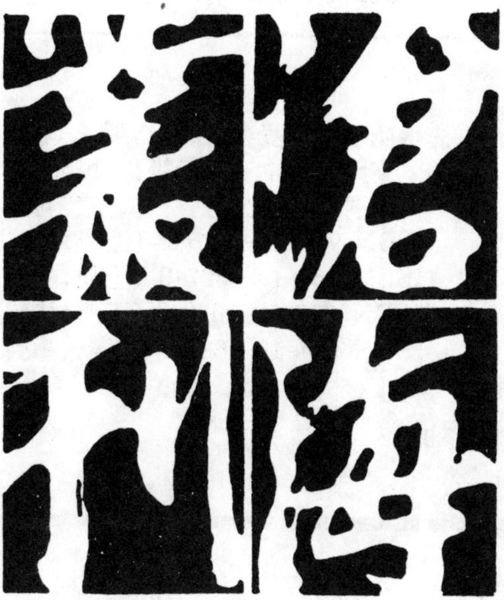

忘機隨筆

王覺源 著

東大圖書公司 印行

國立中央圖書館出版品預行編目資料

忘機隨筆／王覺源著.--初版.--臺北市
：東大發行；三民總經銷，民82
冊；　公分.--(滄海叢刊)
ISBN 957-19-1526-2（上册：精裝）
ISBN 957-19-1527-0（上册：平裝）
ISBN 957-19-1620-X（下册：精裝）
ISBN 957-19-1621-8（下册：平裝）

856.9　　　　82008318

© 忘　機　隨　筆

卷　三・卷　四

著　者　王覺源
發行人　劉仲文
著作財產權人　東大圖書股份有限公司
總經銷　三民書局股份有限公司
印刷所　東大圖書股份有限公司
復興店／臺北市復興北路三八六號六樓
重慶店／臺北市重慶南路一段六十一號
郵　撥／〇一〇七一七五──〇號
初　版　中華民國八十二年十一月
編　號　E 85248
基本定價　柒元叁角叁分
行政院新聞局登記證局版臺業字第〇一九七號

ISBN 957-19-1621-8（下册：平裝）

序言

記不起那位學者説過：「宇宙之間無新意，天下文章一大抄」。這一邏輯，見仁見智，各有説詞。不能説全是，卻也相當成理。考歷來學者大儒，多本其耳聞、目見、閱讀、經歷之所得，秉筆記之，以雜記、漫錄、筆記等名成書出版者，代不乏人。究其極而言之：其文則皆自宇宙已存在之色相與意識中，獲取得來的。既非全創自我，又何嘗不是抄！所以西方大文豪蕭伯納，亦不掩飾的説：「文人似洗衣店，你洗我的，我洗你的，好了，何必肉麻」！明乎此意，誰有理由，祇好默爾而息。

作者因襲學者由來作風，集耳濡目染、閱歷、經驗之新奇怪異、幽默風趣者，亦抄亦創，成此雜記。未能免俗，題其名曰「忘機隨筆」。忘機，雖有掠李太白「我醉君復樂，陶然共忘機」之美；但人有機心，凡夫莫免。莊子有言：「有機事者必有機心」。機心乃一種巧詐之心，而非宇宙自然之心。自修之道，惟在機心未萌將發之際而能忘。此與我個性忘機於真假之際，得性在形骸之外，與世無爭，心無機械者，正相吻合。我自是之，用以自勉！

忘機隨筆之作，非自今日始，時寫時輟，已亘六十餘年，不過近年始加整理而已。差堪自幸者，性雖忘機，筆未亂伐。不提倡什麼主義，不愛空談作秀；但求言之有物，不冒倡導風雅與復興文化之名，祇求務本修身，崇德揚善之實。行文走筆，以生動流利、文質俱備為主。言事説物，亦莊亦諧，期能雅俗共賞。相信不致有清談誤國、莠言亂政之嫌。古人關於言說之事，有「說、聽、辨，必繫以仁、學、公」之旨。古訓照然，應可作為吾人之圭臬。本此宗旨，作者縱處處力求客觀，總難全免主觀用事。這種無心之失，還請讀者見諒！孟子云：「有不虞之譽，有求全之毀」。亞聖超人，尚有所譽，何況凡夫俗子！

忘機隨筆，全書分為四卷（裝訂成二冊），內容包羅萬象。所提盡輕鬆有趣事物，大體容易被人接受。各卷包括約二百節。冊、節各自成單元，閱讀任憑選擇。因為在這競逐名利的社會中，現代人通常沒有長時間、多心力，去消化長篇大論的讀物。在茶餘酒後消閒之中，對於短、小、輕鬆、風趣的作品，或有一顧之雅興。近代學者丁文淵（前上海暨南大學校長）先生，曾看過本書原稿一部分，嘗贈作者數語云：「山不在高，水不在深，傳播知識，言之有物，便是好書」。斯亦「不虞之譽」，除慚感之外，尚祈讀者指教！

一九九三年十月　王覺源於臺北慰園

目次

序言

卷三

一 借腹生子……五三三
二 銀絲鑲嵌藝術……五三四
三 擺夷女與蠱……五三五
四 近代學者門戶之見……五三七
五 白居易逼死關盼盼……五三九
六 中日文化之親切……五四〇
七 末路之開始……五四二
八 鷄尾酒會……五四三
九 王壬秋二三事……五四四
一〇 中國刺繡藝術……五四六
一一 羅家倫豈會變猪……五四八
一二 鄭孝胥……五四八
一三 明士氣節……五五〇
一四 酸梅湯……五五一
一五 彭玉麟之風雅……五五二
一六 墮民……五五四
一七 孔門師弟之武勇……五五六
一八 中國繪畫淵源考……五五七
一九 宋哲元組進德社……五五八
二〇 張宗昌缺德……五六〇
二一 美男子……五六一
二二 對聯出處……五六二
二三 熊再定不食之謎……五六三
二四 清之宮監……五六六
二五 出妻與出夫……五六八
二六 對付太太……五七〇
二七 雙十節的鬼歌……五七一
二八 雜家自古無王佐……五七二
二九 說心……五七三

三〇 譚組菴與胡展堂……五七五
三一 四不主義做官十訣……五七六
三二 猪玀哲學……五七七
三三 一代奇士杜月笙……五七八
三四 節食減肥……五八〇
三五 袁項城附庸風雅……五八一
三六 不希夷也希夷……五八二
三七 清明節……五八四
三八 欽族婦女……五八五
三九 關於林白水……五八七
四〇 邵力子平實自然……五八九
四一 項城與北洋始末……五九一
四二 瓦族人……五九五
四三 豆腐考……五九七
四四 朱元璋之言行……五九八
四五 甲魚顧問……五九九
四六 籤詩……六〇〇
四七 傲慢自大剛愎自用……六〇一
四八 烏鴉世界……六〇四
四九 吳三桂致康熙書……六〇五
五〇 換日線與經緯線……六〇七
五一 雪萊式的戀愛……六〇八
五二 男女平等之爭……六一〇
五三 佛國新年愚人節……六一〇
五四 西藏活佛……六一二
五五 上海三老變三奸……六一四
五六 百封情書感黑鳳……六一五
五七 拿破崙情書……六一六
五八 洪憲六君子……六一七
五九 南天王陳濟棠……六一九
六〇 三日秘書柳亞子……六二〇
六一 報人景梅九……六二一
六二 日人元旦拜神……六二二
六三 談實用時間……六二四
六四 神秘的神農架……六二五
六五 金漆馬桶蓋……六二六

六六　春聯諧話……六二七
六七　巧施移花接木……六二九
六八　臘八粥……六三〇
六九　打羅宋……六三一
七〇　泰國人的禁忌……六三二
七一　當羅男女……六三二
七二　病與藥之謔……六三五
七三　中山妻的身份地位……六三六
七四　人造人……六三七
七五　愛儷園之憶……六三八
七六　語言遊戲……六四三
七七　龍與袁世凱……六四五
七八　牧童遙指杏花村……六四九
七九　阿里山神木……六五〇
八〇　遊戲筆墨不傷雅……六五〇
八一　張競生的一生……六五二
八二　相面……六五三
八三　武陵源風景區……六五五
八四　中國教會運動……六五六
八五　窮秀才不受賄……六五七
八六　珍重青春……六五八
八七　壽子妾詩聯難做……六五九
八八　食在帝王家……六六〇
八九　棄夫判……六六一
九〇　周偉龍殺張敬堯……六六二
九一　顧媽飛上枝頭……六六四
九二　顧鐵僧的詼諧……六六六
九三　梁漱溟與民粹派……六六七
九四　火葬之俗……六六八
九五　越南高山族……六六九
九六　期期艾艾見笑大方……六七一
九七　張之洞生活無常……六七三
九八　喜喪謔詩……六七四
九九　西洋茶話……六七四
一〇〇　愚人不識至理……六七六
一〇一　徐樹錚是龍虎人……六七七

一〇二 故宮珍藏誥勅……六七九
一〇三 八仙之稱……六八〇
一〇四 讚美女體……六八二
一〇五 長沙新年故事……六八三
一〇六 詩情畫意憶蘇州……六八七
一〇七 岳陽天下樓……六八八
一〇八 張季直泣五字……六八九
一〇九 勞動大學曇花一現……六九〇
一一〇 張佩綸詩媒獲偶……六九二
一一一 飲茶風習……六九三
一一二 清宮年事……六九四
一一三 左宗棠之家業……六九六
一一四 平陽有蠱……六九七
一一五 不學無術者流……六九八
一一六 清帝拋屍暴骨……六九九
一一七 馮玉祥乖情奪理……七〇〇
一一八 花國狀元風塵知己……七〇一
一一九 革命報人徐敬吾……七〇三
一二〇 吳梅村之悲哀……七〇四
一二一 傅彩雲有大功……七〇五
一二二 百無一用是書生……七〇七
一二三 綁票勒索……七〇八
一二四 毒蛇醫院……七〇九
一二五 華清池懷古……七一一
一二六 江西老表……七一二
一二七 養蛇死於蛇……七一三
一二八 潘總理吃賽金花的奶……七一四
一二九 陳七奶奶手腕高……七一五
一三〇 左宗棠少時……七一六
一三一 上海錢公館風光……七一六
一三二 張自忠壯烈殉國……七一九
一三三 不欺不苟……七二〇
一三四 外交官之條件……七二一
一三五 希特勒對付訪客……七二二
一三六 褒姒一笑何罪？……七二三
一三七 曾國藩論才用人……七二五

一三八 賽金花嬉弄胡兒……七二七
一三九 獨體繁殖獸……七二九
一四〇 戴傳賢與佛祖……七三〇
一四一 偷盜之事……七三〇
一四二 康南海之愚忠……七三二
一四三 風流寃魂……七三三
一四四 南國象故事……七三四
一四五 巴黎豆腐公司……七三六
一四六 看相卜算……七三七
一四七 竹編工藝……七三八
一四八 范紹增也幽默……七三九
一四九 胡適與林損……七四一
一五〇 曾紀澤的男女社交觀……七四二
一五一 旅館之戀……七四三
一五二 歪聯……七四五
一五三 騙人又騙鬼……七四六
一五四 象棋起源……七四七
一五五 湘西三寶……七四八
一五六 四川榨菜的發明……七四九
一五七 國際問題專家……七五一
一五八 袁世凱竊稿……七五二
一五九 劉陽菊花石……七五三
一六〇 一字千金……七五四
一六一 忠夫烈婦相成忠傑……七五五
一六二 程硯秋欺世盜名……七五六
一六三 妙語天成的對聯……七五七
一六四 雙十節之由來……七五九
一六五 婚變箱屍案……七五九
一六六 美與醜無標準……七六一
一六七 考場三醜……七六二
一六八 關於老殘遊記……七六四
一六九 敬老尊賢……七六五
一七〇 梁漱溟當教授……七六六
一七一 古董玩具……七六七
一七二 胡鐵花詼諧……七六八
一七三 中西乞丐各具特色……七六九

一七四　張天師……………………………………七七一
一七五　一食繫國家……………………………七七二
一七六　金剛御史黃昌年………………………七七四
一七七　行憲總統選舉…………………………七七八
一七八　抗日戰爭勝利…………………………七八一
一七九　說鶯鶯傳………………………………七八二
一八〇　新婚衾枕………………………………七八五
一八一　著書不易………………………………七八七
一八二　景境不易描述…………………………七八七
一八三　女先生的特別費………………………七八八
一八四　陳子昂文壇登龍術……………………七八九
一八五　水蜜桃…………………………………七九〇
一八六　段祺瑞與吳清源………………………七九一
一八七　友情難得………………………………七九二
一八八　曾國藩養生有道………………………七九三
一八九　做人四大原則…………………………七九四
一九〇　地方性小玩具…………………………七九五
一九一　塞翁失馬………………………………七九六
一九二　相思的神話……………………………七九七
一九三　趨炎附勢………………………………七九八
一九四　琵琶非枇杷……………………………七九九
一九五　王熙鳳玩弄權術………………………八〇〇
一九六　毛惜惜罵賊……………………………八〇一
一九七　狀元故里春聯…………………………八〇二
一九八　海洋公園………………………………八〇三
一九九　夕陽無限好……………………………八〇四

卷　四

一　左公柳………………………………………八〇七
二　妙語解頤……………………………………八〇八
三　怕老婆………………………………………八一一
四　盧永祥鐵像公案……………………………八一三
五　政治風度……………………………………八一四
六　神秘的金字塔………………………………八一五
七　世界第一美術家……………………………八一六
八　皮影戲………………………………………八一八

九 男女戀愛捷徑……八一九
一〇 見鬼就打……八二〇
一一 山東五子……八二一
一二 故國不堪回首……八二二
一三 胡適與老僧談重輕……八二三
一四 史事不一其詞……八二六
一五 日本的天皇……八二七
一六 泰國僧伽生活……八三〇
一七 繁榮金陵的遠識……八三一
一八 扇底輕風陣陣涼……八三二
一九 徐樹錚有文才……八三三
二〇 與七有關的迷信……八三四
二一 異聞……八三八
二二 李秀成死之疑案……八三八
二三 康藏人的娛樂……八四一
二四 嘲諷姓名妙語……八四二
二五 聯集……八四四
二六 佛牙舍利塔……八四五
二七 翰林習字三年……八四六
二八 重陽……八四七
二九 閒話杏花……八四九
三〇 豪俠大刀王五……八五〇
三一 蕭振瀛爲父慶壽……八五二
三二 楊脩以才智殺身……八五三
三三 地衣的製結……八五五
三四 談樗蒲之戲……八五六
三五 鬼才詩人李賀……八五七
三六 人在福中不知福……八五九
三七 葉德輝玩世不恭……八六〇
三八 杜月笙與皮簧夫人……八六二
三九 盜亦有道……八六三
四〇 福州女子天生麗質……八六四
四一 華裔日諜川島芳子……八六五
四二 林森的禪學觀……八六七
四三 時髦與盲從……八六八
四四 腰斬、凌遲之刑……八七〇

四五 趙爾巽捷才……八七一
四六 同性戀愛……八七二
四七 吳佩孚塡滿江紅……八七三
四八 美食在江南……八七三
四九 手套趣話……八七五
五〇 張恨水面像特異……八七六
五一 過河卒子……八七七
五二 十叟長壽歌……八七八
五三 那還要得嗎……八七九
五四 精誠所至金石爲開……八八〇
五五 愛情至上者……八八一
五六 動人的長恨歌……八八三
五七 呂蒙正以窮揚名……八八六
五八 神秘軍師……八八八
五九 中國鈔票沿革……八八九
六〇 莊學與名學……八九二
六一 冬至……八九三
六二 梁紅玉與柳如是……八九四
六三 亞瑪遜河採鑽……八九五
六四 絕糧與言志……八九七
六五 驗方奇效……八九九
六六 中國古代化學……九〇〇
六七 世界五大財神……九〇三
六八 愛用同鄉人……九〇四
六九 吳稚暉不看線裝書……九〇五
七〇 史堅如與九一八……九〇六
七一 王揖唐之死……九〇七
七二 巢居穴處……九〇八
七三 天才語言家趙元任……九〇九
七四 楊永泰之死……九〇九
七五 楚國漆器……九一〇
七六 衡文月旦不易……九一一
七七 國難捐怪劇……九一三
七八 二千年前的畫像……九一三
七九 中原大戰……九一四
八〇 鄧錫侯與康莊……九一五

八一 中國古代建築師……九一六
八二 漢文帝拒獻馬……九一九
八三 長條櫈上學游泳……九二〇
八四 巧宦得志……九二一
八五 黃帝陵……九二三
八六 東方人的女性觀……九二三
八七 雌雄變性……九二四
八八 學者日記……九二五
八九 妙語解頤……九二六
九〇 曠世奇才詹天佑……九二七
九一 飛天……九二八
九二 四不朽人葉德輝……九二九
九三 棉藝之花……九三〇
九四 荔枝禮讚……九三一
九五 妙哉……九三二
九六 讖語……九三三
九七 閒話熊貓……九三四
九八 救國七君子……九三六
九九 毛洛人……九三八
一〇〇 嘉定揚州之屠……九四一
一〇一 天下第一泉……九四二
一〇二 朱其慧其人其事……九四三
一〇三 陶業世家言……九四四
一〇四 泰國人戀愛與婚姻……九四六
一〇五 張治中做官三昧……九四七
一〇六 西施是蕭山人……九四八
一〇七 談木乃伊……九四九
一〇八 藥渣魚……九五二
一〇九 日本人之迷信……九五三
一一〇 不以私害公……九五五
一一一 品級棍……九五七
一一二 劉文典目空一切……九五八
一一三 溥心畬有怪癖……九五九
一一四 伯牙古琴臺……九六〇
一一五 嵌字聯……九六一
一一六 古寒山寺……九六二

一一七 祇重生男不生女……九六三
一一八 紗廠大王被綁……九六四
一一九 改詩破案……九六六
一二〇 張大千昆仲……九六七
一二一 閨中人語……九六八
一二二 紅顏薄命……九六九
一二三 粥話……九七〇
一二四 通書……九七二
一二五 神乎醫術的楊叟……九七三
一二六 酒話……九七四
一二七 老人政治與青年政治……九七六
一二八 對聯的教育作用……九七八
一二九 菩薩蠻與蝶戀花……九七九
一三〇 敬酒與罰酒……九八〇
一三一 張作霖伏炸案……九八〇
一三二 汪精衛死於粉骨症……九八二
一三三 選美……九八三
一三四 外交官的資格……九八四
一三五 文人欺騙的自薦……九八五
一三六 竹雕筆筒……九八七
一三七 輓明星阮玲玉……九八八
一三八 清道人兩次遇騙……九八九
一三九 漢唐三戇直之臣……九九一
一四〇 曹娥碑和其故事……九九二
一四一 袁韡菴受口舌之報……九九三
一四二 王鐵珊懲頑……九九四
一四三 我國端午節……九九五
一四四 黨派誤國……九九六
一四五 八旗閨秀亦能詩……九九七
一四六 藉公報私……九九八
一四七 劉春霖狀元艷事……九九八
一四八 八旗第一公……九九九
一四九 怎可不怕老婆……一〇〇〇
一五〇 政學系人物……一〇〇一
一五一 韓愈對避諱的灼見……一〇〇二
一五二 中國巨人的神話……一〇〇四

一五三 精采的霍小玉傳……一〇六
一五四 泥塑戲文……一〇九
一五五 珍貴茶具砂壺……一〇九
一五六 飛機先進——風箏……一一一
一五七 中國最古的報紙……一一二
一五八 胡說猪玀龍馬……一一四
一五九 官商勾結……一一五
一六〇 梁任公之死……一一六
一六一 吉欽人……一一七
一六二 戈公振之婚變……一一九
一六三 湯恩伯公私兩全……一一九
一六四 鳳凰臺上憶吹簫……一二一
一六五 唐代詩人多狂傲……一二二
一六六 古代名人異相……一二四
一六七 蘭陵女子題壁詩……一二五
一六八 天上九頭鳥……一二六
一六九 佛牙……一二七
一七〇 八大山人故居……一二九

一七一 仇瞎子相馬君武……一三〇
一七二 宋哲元葬父壽母……一三一
一七三 訂情詞一剪梅……一三四
一七四 毛公鼎滄桑錄……一三四
一七五 紅樓夢是淫書嗎……一三六
一七六 中秋……一三七
一七七 大義滅親……一三九
一七八 數字詩……一四一
一七九 獺性極淫……一四二
一八〇 紅葉題詩……一四三
一八一 李秀成供詞被刪……一四四
一八二 明太祖故事……一四六
一八三 聯話……一四七
一八四 曾國藩的風趣……一四八
一八五 奮發之詩……一四九
一八六 邵飄萍與京報……一五一
一八七 潘光旦雖殘不怠……一五二
一八八 愛晚亭……一五四

一八九 奇能小技……………………一〇五五
一九〇 胡漢民之喪……………………一〇五五
一九一 馬來人婚禮……………………一〇五七
一九二 義僕顧媽……………………一〇六〇
一九三 凌鴻勛得金牌……………………一〇六一
一九四 大同歌……………………一〇六二
一九五 中外合璧故事……………………一〇六三
一九六 曾國藩兢業聯……………………一〇六四
一九七 今昔先生之稱……………………一〇六五
一九八 神針王瑗夫人……………………一〇六六
一九九 皮刀與鑽子派……………………一〇六六
二〇〇 紅寶石名鴿血石……………………一〇六七

卷三

卷三

一　借腹生子

我國古代的傳統觀念，最重視：「傳宗接代」，至今猶然。苟無後而絕子嗣，便認爲是祖宗的罪人，而遺宗族閭里之羞。故後嗣缺乏之人，常不惜採取任何手段以求之，如納妾、踰牆、鑽穴、野合，亦多以「借腹生子」爲藉口。此種求嗣手段，在我國野史、小說中，亦常見不尠。野史、小說故事，原是社會種種情況的反映，自非完全虛構。古史所傳：諸如履巨人之足跡而生者；履龍蛇之跡而生者；服仙果、夢神怪異類而生者；以及神靈啓示，未婚而懷胎者等等。雖未明白表示是否「借腹」，實際則皆應作如是觀。

戰國時代的巨商呂不韋，以其已孕的趙姬，慨贈與秦太子異人，而隱其實。後來竟誕一壯男，卽後來的秦始皇。是卽以「借腹」之子，陰謀僭奪大秦之江山，而爲呂氏之宗。斯亦「傳宗接代」的另一形態。吳敬梓「儒林外史」第四十四回：「沈瓊枝救父居側室，宋爲富種子乞仙丹」的故事，皆不惜自我犧牲，以腹求種保宗的作法。許多野史、小說傳說：清乾隆帝爲漢女所生。這「腹」就「借」得怪而且大了，把愛新覺羅的天下，大改其觀。趙姬之「腹」與漢女之「腹」，「借」此一下，雖殊途，卻同歸，於「傳宗接代」，則大乖舛了。

近代醫學昌明，以「人工受孕」的方法，改變了過去「借腹生子」的觀念與方式，甚至把法律、倫理、心理、道德等觀念，都要重作考慮了。實際言之，人工受孕的方法，無論試管嬰兒、冷凍胚胎、細胞複製、精子銀行，這許多出自科技的手術，無一不賴「母體腹內胚胎」，方能達致生男育女的目的。這與過去「借腹生子」，也有不同：一是自然成胎；一是人工受孕；二者雖皆可完成生育的目的，其爲「借腹」亦一也。不過自然成胎，精子來源，大體可以確知；人工受孕，精子不免來非其道，不能無疑（或其夫不能生育）。如是傳誰的宗、接誰的代？亦顯然有別。故二者，必在意識觀念，完全廓清，得個水落石出，才不致明知固昧，或自欺欺人，成爲心理上的死結。去年三月，香港某報報導：美國一不道德的醫生，爲婦人施行人工受孕。密用自己的精子，生下七十幾個兒女，而當事者，卻懵然無知，只惜未聞續有報導。

二 銀絲鑲嵌藝術

中國傳統工藝品中，有一種銀絲鑲嵌的美術品。相傳：始出於二千多年前的戰國時代。當時貴族生活，都漸趨豪奢，凡儀仗、車馬、兵器之上，都有一種「金銀錯」的裝飾。這是用金銀絲，鑲在器物上，盤曲成各種花紋——人、物、鳥、獸，或各種圖案。有時還在金銀交錯的紋樣上，嵌鑲各種各色珠寶，以增其華麗色調。紋樣之精美，已達出神入化的境界。

這種「金銀錯」，演變與漆器結合後，成爲唐代流行的「金銀漆器平脫」。其製作法是將金銀絲，在未乾涸的漆器上，製成紋樣，而後打平磨光，成爲光彩奪目的漆器。也有單獨發展成爲貴婦人裝飾的金銀器飾的。「金銀錯」的技藝，曾有一度失傳，到一百餘年前，山東濰坊，有一姚姓工匠，仿製古代器物時，經過長時期的研究，略得其妙。後由名匠與畫家合作，遂創「銀絲鑲嵌」品，暢銷於世。但其製作程序，十分複雜。首先要選擇質地十分堅實的紅木、楸木或核桃木，由木工製成器物，如煙具、茶具、文具、手杖、屏風等。再由畫家在器物上，繪製圖畫或紋樣。繼用利刃，在圖上刻成平漕。再由鑲嵌師，將髮般粗細的金銀絲，打成扁平的長條，用鉗子夾著，沿著平漕錘將進去。最後經過反覆油漆、擦磨、推光，才能在原木色上，顯出銀絲圖紋。一器之成，常非數月或經年不可。

銀絲鑲嵌，充分發揮了中國畫的白描技巧，在構圖方面，講究線條流暢活潑。唐代大畫家吳道子的人物畫，素以線條飄忽聞名。所謂「蓴帶條」的曲線，用以表現飄帶之勢，極富有飛躍運動感！此卽世人所謂：「吳帶當風」了。山東濰坊銀絲鑲嵌，可說也承繼了吳道子的藝術手法。無論是山水風雲或人物神態，都達到很高的繪畫境界。

三　擺夷女與蠱

雲南保山縣，是一個富庶的大縣。抗戰時期，由西南各省到陪都——重慶，保山是必經之路。保山西面山麓，界臨龍陵縣，越二三里許，卽屬旱擺夷族的地區。這些擺夷，原是住在長江流域一帶，後來被北方人壓迫而南移，擺夷人被逼，便漸漸遷移至偏僻地區滇南。盛時，曾建立過他們的帝國——南詔。二千餘年之後，復被明朝武力攻破。從此便衰微下來了。後來經過大明、印、緬、越文化的交流、薫陶，才漸漸走上文明開化的道路。

有人說：擺夷族的女人，尤其是少女，譬之爲「世界上最美麗的動物」，實不爲過。雖然暹邏、緬甸，甚至達雅族（大馬）的女人，也都具有擺夷女人的髮膚和外型。如以欣賞人體美的觀點來看，擺夷少女尤爲富有曲線和彈性的「雌性動物」。她們僅是那結實而黑得發亮的身段和皮膚，就是萬分動人的尤物，何況還具有黃蜂兒似的柳腰呢！擺夷少女雖然可以嫁給漢人，也巴不得嫁給漢人；但她們之嫁與外族，卻有著嚴格的規矩。她們素常儘可與漢族少男交遊，但絕對不許互相遞送東西。在正式成爲夫婦之前，不管愛情之火怎樣在她和他的胸頭燃著，她們是絕對不敢觸及對方（漢族男子）身上的一根毫毛的。同樣地，她們也不許讓對方動其膚髮，接吻和握手是絕對禁止的。聽說她們所以有這許多禁忌，仍是由於兩族之間，先前的互相猜忌之故。如果觸犯了，還是會鬧出大亂子來，成爲怨仇。任何調解，終不易得到諒解的。

擺夷區到處都盛行著一種「蠱」的惡作劇，其可怕程度，尤甚於星馬各地的「降頭」！蠱是一種近乎神話化的「藥物」，據說觸著的人，會馬上失卻理智，而且發瘋，食之受害彌甚。擺夷少女幾乎無不製蠱和施蠱者，她們通常是用它來引導愛情或控制情人的。這種玩意，她們向來僅用於對付外族男子，同族男人是不懼此術的，原因是他們能「解」。蠱的製法，是擺夷族的秘寶，絕對不許傳授給外人。聽當地漢人前輩說，製「蠱」的原料，主要的是一百隻毒而兇猛的蟲、女人的淚水、陰毛和頭髮和香花，製成後，還須經過誦經百日，祭拜百回，方可生效。

「蠱」的法術，擺夷人稱之爲「彼擔眼里」，當她們發現一個心愛的漢族男子時，就設法將蠱物，撒在那男子的髮上或身上，只要有一點點降落在那男子的任何一部份皮膚上，他就一定跑不掉，而成爲異族少女的愛情獵物了。他們結婚後，她會爲他解蠱；但從此這個丈夫，必須服服貼貼地在她身邊。如果他有一天忽然想念家人，而欲暫時離開她，那也行；但他必須把期限實說，才不致誤事。因爲她會在丈夫離開之前，把蠱弄進食物，讓他吃進肚裏，然後對他實說，請他牢牢記著「須在某月某日之前回來。」過此期限，則毒性發作，縱使趕著回來，也爲時太晚了。

此事說來似乎難以置信，其實它比「降頭」（馬來西亞土人的一種迷害人的法術）還要靈，還要厲害。這是抗戰時，被派在保山昆明郊外「機械工廠服務團」工作人員，回國後口述的，當無可疑。

四　近代學者門戶之見

學者門戶之見，代代有之。宋代詩人曾紘，題鳳山書院詩，有云：「暮春浴罷振春衣，正是流觴修禊時，世事藏機應落落，人情忘我總熙熙。醉能辭醉原非醉，詩到無詩便是詩，偉矣蘭亭衆君子，不將文字立藩籬。」自算是非常例外，則極受到後世的讚揚！自五四以後，國內學者由於思想之分歧、關係之生疏，致演成新舊兩派，藩籬高築，矛盾更加厲害。當時大作文章，互開筆戰。新派領導者：爲蔡元培、胡適之。蔡氏比較溫和，胡則非常積極。對胡適唱反調者，則有林琴南、黃季剛、林公鐸、黃晦聞、劉申叔等，都與胡適格格不入。及劉申叔去世，黃季剛離京赴漢（蔡元培竭力挽留，不可得），所餘黃晦聞，向不愛管是非；馬叙倫、劉文典，不愛談文學；沈尹默傾向胡派；錢玄同與胡派聲氣相通。惟有林公鐸，堅守舊壘，不與新派妥協。從此胡氏十分惡林，故林、胡始終分歧。一直到民國二十三年，北大文、哲兩系合併。中文系由院長胡適自兼主任，林公鐸便轉聘到中央大學。至此，北大學者門戶之見，算已暫告段落。

滿淸戊戌政變之後，康有爲與梁啓超的學術聲望，頗受打擊。辛亥革命以後，才漸漸擡頭。及五四文學運動與起，北大地位，日漸增高。學子欲列北大門牆者，旣不容易；學者欲投北大任敎者，由於北大門戶之見已深，亦難得其門而入，卽博學多才如梁啓超者，欲謀一敎席、或作幾次學術演講，也被蔡元培、胡適所拒絕。學術壁壘高築，一至於此，梁啓超只好望北大之門而興歎！民國十年下半年，北大法學院一羣廣東學生，爲仰慕鄉賢學者，特恭請梁氏來法學院演講哲學，並指定講「評胡適的中國哲學史」。開講之日，不僅本校學生羣集，連故都各大學學生，也蜂湧而至，擠滿了大禮堂。演講一連三天半，先兩天，蔡元培、胡適都視若無覩。及第三天，蔡、胡見其聲勢，愈來愈大，有不可嚮邇的情況。乃赴禮堂，表示迎梁。胡適當時並揚言說：「我的中國哲學史，只有梁啓超先生，才配批評。除了梁先生以外，全中國沒有第二人，有資格批評我的中國哲學史。梁先生是中國近代最著名的學者，他是中國國學界的權威。像他這樣的權威學者，批評我的權威著作，我是太福氣了。……梁先生，我太對不起您了。前兩天，我都有事，沒有來招待您。你到我們學校裏來演講，是我們學校的最大光榮！……」胡適的偉論講完後，梁氏才繼續其演講。從此北大新學派之門，也爲歡迎梁氏而敞開了。

「一二八」淞滬對日戰爭發生，章太炎與黃季剛，先後都到了北平。汪榮寶設宴爲黃季剛洗塵，有胡適在座作陪。黃與胡原是相識的，五四後，在北大因與胡適不合而離京至漢。相別至今，並不太久。黃氏對胡氏，若不相識然，席間還給胡以不禮貌的戲弄。胡氏毫不介意，更不以爲侮。在座者，則咸爲胡氏不平。越數日，胡氏設宴請黃季剛、章太炎（黃的老師）、另一不相識的少年，主客共爲四人。黃專與章氏暢言，對胡態度，仍如前日——不相識然。及入座，胡適並爲之介紹說：「我今天請的天下第一人：章太炎先生，是天下第一的經學大師；黃季剛先生，是天下第一的小學大師（時黃專研究小學）；梅蘭芳（少年客人）先生，是天下第一的京劇藝術家。」說罷，都哈哈大笑。其中玄機，似都有難言之隱。此固由於黃季剛之固執性格使然，而新舊派門戶之見，卻反因此而牢固難破。

五　白居易逼死關盼盼

唐時徐州妓女關盼盼，善歌舞，風雅多姿，且工詩詞。張建封（名愔）尚書，鎮徐州時，納充姬人，並築燕子樓以居關。張尚書歿後，歸葬洛陽，翰苑中人，有責關盼盼應以身殉張者，（如和坤伏誅以後，有諭：罪不及妻孥。翰苑中人有嫉之者，則謂和之二妾長二姑、吳憐卿，皆應以身殉主一樣）。盼盼仍獨居徐州故燕子樓，歷十五年不嫁。大詩人白居易，爲校書郎時，遊徐泗間，曾於張尚書席上，贈盼盼詩，有「醉嬌勝不得，風嫋牡丹花」句。後讀盼盼「燕子樓」三絕句，喜其婉麗，感彭城舊遊，因其題，和以三絕。另贈絕句一首，則諷其不死，認爲她早應如綠珠之殉石崇。和詩其一云：「今春有客洛陽回，曾到尚書墓上來，見說白楊堪作柱，爭敎紅粉不成灰。」其另贈詩一首，譏刺的味道更濃：「黃金不惜買娥眉，揀得如花四五枝，歌舞敎成心力盡，一朝身去不相隨。」關盼盼得詩，泣曰：「妾非不能死，恐後世以我公重色，有從死之妾，玷辱清範耳。」乃和白詩：「自守空樓斂恨眉，形同春後牡丹枝；舍人不會人深意，訝道泉臺不去隨。」（見全唐詩）怏怏數日，不食而死。本來生死之際，一秉立場，各行其道，干卿底事？且已時過境遷，何竟無一點憐香惜玉之心，活活逼死一個弱女子。白居易雖得取快一時，實已醜化了詩人形象。元人薩都剌「過彭城」詩有云：「夜深一片城頭月，曾照張家燕子樓」，指的就是關盼盼的悽艷故事。

六　中日文化之親切

中日八年抗戰，簽訂和約，言歸於好，此固時勢所使而然，亦中日兩國文化親切關係之必然耳。當中國西漢末年（約紀元前六〇〇年），日本有所謂神武天皇者，崛起九州，指戈東征，掃平各族，是爲日本建國之始。日本建國後，公元一世紀時，已與中國發生交通。三世紀末，輸入我國論語詩經等古籍。五、六世紀時，更受我國册封。宋武帝時，倭王遣使入貢，武帝下詔褒獎。隋大業十五年，日遣使來朝，其國書有謂：「日出處天子，致書於日沒處天子無恙」，要求與中國通好。所以自南北朝以至隋唐，日本天皇，父死子繼，兄終弟及，屢受册封，稱臣於中國，其文化即日趨於漢化。

西曆六〇七年，日遣小野妹子來中國求經。煬帝厚禮之，遣裴世清往報。天皇大悅，翌年，小野妹子復來，領學生玄理等八人來中國留學，習法律、政治、文學、佛學等科，精研二、三十年，學成回國。孝感天皇聘玄理等爲顧問，襄助變法：定年號曰「大化」，改官制、造戶籍、定田畝、立兵制、設學校、製衣冠、訂刑律等制度，舉凡起居飲食生活之細微末節，無一不倣效唐朝，號曰：「大化維新」。

自此而後，日本每次遣使來朝，必隨派大批學生同來留學。舒明天皇時，派有二百四十二人，大正天皇時，達五百五十人之衆。此輩留學生，皆極傾慕漢族文化之燦爛，愛好中國河山之綺麗，有留戀之情，而不願歸國者。如唐時精究儒學之阿部仲麻呂，曾仕安南都護，愛慕中國尤切！當其奉命歸國時，贈友詩云！「銜命將辭國，非才忝侍臣，天中戀明主，海外憶慈親。」卽其一例。

明洪武二年，日本欽差使臣廝哈，奉特命來中國修聘，入宮覲見，洪武帝詢日本風俗如何？他隨卽奉答：「國比中原國，人如上古人。衣冠唐制度，禮樂漢君臣，銀甕蒭新酒，金刀膾錦鱗，年年二三月，桃李一般春」。讀此詩詞，吾人固覺其吐屬中文質彬彬，益信中日之爲同種同文也。

明正統七年，日遣使臣入華報聘，貢獻禮物。其隨來京師觀光者，計千有餘人。覲見中國君主後，並待以國賓上禮。假境清、天寧兩古刹，爲迎賓館，分別招待。至次年六月，方拜辭回國。其正使臣普福，於途中有詩云：「辭朝奉使入中原，細嚼清松咽冷泉。慈母在堂年八十，孤兒作客路三千，心懷北闕浮雲外，身在西山夕照邊，處處朱門花柳巷，不知何日是歸年。」此外如明太祖、宋濂、祝允明等，與日本當時儒人名士，互相唱和之作很多。皆未涉及外交，兩國文化之親切，更不待言。

日本開化，由於中國文化之影響，實深且鉅！永歸於好，誠勢之必然耳。

七 末路之開始

當拿破崙親統八國聯軍五十萬衆征俄，浩浩蕩蕩，長驅直入。迫近俄都莫斯科時，巴黎派人送其愛子羅馬王油畫巨像來營，意在慰藉遠征拿破崙之心！而一般軍士崇敬拿皇，原若天神，因此爭欲一覩幼主御像以爲快！適拿破崙出而見之，喝令：「勿得使太子畫像陳列營中！」從此心神極不愉快，顧其左右侍衞曰：「我的兒子還年輕，怎麼就可以使他觀此戰爭景況！」

拿破崙攻陷莫斯科，消息傳到早已退守田園拿皇前外務大臣泰勒隆（卽以後維也納會議之法外交家）耳中。泰氏卽頻頻搖頭低聲說道：「這是末路的開始」。果然。拿皇進莫斯科後，俄人實行堅壁清野政策，焚莫斯科，法軍糧食無所資，將士迫於飢寒，乃退。途中遭俄軍之襲擊，全軍遂覆。歐洲各國，乘機結第四次大同盟，大破法軍，陷巴黎，拿皇卽被流於荒島，渡其末路生活。後來雖有復興之圖，亦只廻光反照而已，終未逃出其末路。

拿破崙幼學於軍校，弱冠卽任征意大元帥，東征西討，戎馬一生。列國恐怖，時結聯軍以禦之。其威風蓋可想見耳。但是，當其聲勢赫赫之時，仍於不知不覺之間，感到戰爭之可怖，就是他愛子的畫像，也不願意使之面臨此屠殺場合的景象。可見古今中外，凡屬人類，無論其如何窮兵黷武，只要以心理學的眼光來觀察，似都不能逃出拿翁此例。而歷史侵略之盛事，亦無有超出拿翁之右者；但侵略必敗，拿翁亦早作其定案矣。

今日殺人魔王正師拿翁之侵略作風，以雷霆萬鈞之勢，向各方張開血盆大口。不知月明星稀，於其克里姆林宮門凝神獨立之時，亦有所感於中否？即令自顧爲一世之雄，想亦不過如泰勒隆所云：「末路的開始」而已。

八　鷄尾酒會

「鷄尾酒會」，這個怪名詞，非我傳統文化所固有。傳自西洋，迨無可疑；但我國人明其義者很少，只知「依樣畫葫蘆」而爲之，自炫爲洋派。據作家虞怡（筆名）先生說：鷄尾酒會1.起源於南美洲某鎭；2.動機是慶賀新婚；3.會名，觸發於偶然靈感。茲將虞怡之言，記之於此，俾國人瞭然：

南美洲某鎭上有一家小酒店，老人亞登是這小店的店主，他有一個年輕貌美的愛女叫瑪麗，店中一應的事務，只由他們老父與弱女兩人維持。亞登有養鷄的癖性，在他所養的數百鷄羣中，有一隻紅冠鳳尾體重十五磅非常高大的雄鷄，最得亞登的愛寵，特地替牠取名「碩果」。一天傍晚，鷄羣歸巢時，偏偏找不着「碩果」的蹤跡，亞登在焦慮中度過了一個痛心的夜。翌日索性閉門停業，專心去找尋，並在店門上張貼「本店失去大雄鷄一隻，如拾得見還者，酬金三百鎊，決不食言」的告白；可是過了幾天，仍不見「碩果」的訊息。這位愛鷄如命的老人，便再在告白下端添上一行「並願將小女奉爲妻室，決不後悔」。這樣一來，就轟動全鎭的居民。人人都妄想尋到「碩果」，便可得到美麗的瑪麗。

第二天清早，薄霧還未散。老人亞登在睡夢中給急促的擊門聲敲醒了，原來是一個少年雙手奉上「碩果」，並輕輕道聲「岳父」！於是這歡喜得將要流下淚來的老人接過「碩果」，一面用手撫摩，一面滿不在乎的對少年說：「一切都可照辦，明天來吧！」

結婚的這一天，賀客盈門。瑪麗向客人敬酒，可是這個要葡萄，那個喚香檳，有的呼威士忌，有的要白蘭地，這就難爲主人了。於是瑪麗便將各式各樣的酒，合起來，斟給每位客人一杯。客人們感覺酒味甚佳，紛紛詢問酒名，瑪麗無以對，忽然見到「碩果」昂首振尾，情急智生，隨口答道：「鷄尾酒」。於是客人感到瑪麗的結婚，是由「碩果」所因，就發起定名爲「鷄尾酒會」。自此以後，遠近仿傚，流傳至今，而成爲招待貴賓的一種宴會了。

九　王壬秋二三事

壬秋王闓運，國學家，湖南之名士也。清末民初之談國學者，輒以南王北章（指太炎）並舉。其人放誕不羈，喜詭，因之所傳軼事，無一而非笑料。

民初，孫中山先生禪位，袁項城承繼總統時，拜熊秉三（希齡）組閣。熊與王有舊誼，而袁亦素仰壬秋之名，禮迎至京，擬有所借重（修國史事）。及王抵北京，卻袁之祿而不就，且語多諷刺之處。袁遂命人常導之出遊，陰爲羈之。一日，道經內閣衙門，從者意其必訪熊秉三。詎王忽曰：「此動物園也。」從者駭異，乃究其故？王正聲而應之曰：「熊希齡者，湖南鳳凰人也，鳳凰者飛禽之類也。飛禽棲止之地，非動物園而何？」衆始哄然，其初意本罵當國之輩，但經此番曲解之後，原意反而遮掩了。

王晚年眷傭婦周媽，平居非周媽不歡。某次有竊兒顧其寓，取裘衣數事而去。王了不以爲意，並爲詩贈盜云：「犬吠花村月正明，勞君久聽讀書聲；貂狐不稱山人服，從此簑衣便耦耕」。字裏行間，想見其放誕之風趣。

壬秋於處妻妾之間，頗得其道。湘綺樓日記云：「研樵以其嫡妾不相能，而問於余，蓋意料余善處耶？抑知余家亦不相能耶？余以正言告之：當自屈尊夫人以慰妾，則得之矣。其相譏也，則不過問，要無使妾勝嫡，則自立於無過，而妾不敢怨。近世爭以家事爲諱，而不謀朋友，若研樵可謂賢矣。余雖言之，仍當還問夫人。」

湘綺樓日記又云：「𡢃緹（王夫人名）以嚴怒待兒女，節候當嬉戲，皆凜凜然。然亦背之盜弄淘氣，無所不至，父子之道苦！余欲助之威，則下無以爲生，欲禁之，則下益玩法。漢宣帝言：亂我家者，太子也。慕爲賢明母，而未得其術，其患甚大。故談宋儒主敬整嚴之學者，其子弟率蕩佚敗其家聲。若用以治國，則天下大亂，此豈豎儒所能知耶？兒女既屏息遠去，余不可以妾相對，遂臥一日」。治家難，父子之道良苦。以一代碩儒，也還是只有氣得去睡覺。

王女亦因家學淵源，能文工詩，博覽羣籍。適同邑某生，（忘其姓名），乃一紈袴子，不學無術，日惟聲色狗馬是務。結婚之夕，王女詢其所學，生無以對。復詢其亦嘗涉及四書五經否？生對曰：「我只懂一經。」女問：「何經？」生曰：「嫖經。」王女不禁黯然飲泣。歸語其父，壬秋以木已成舟，亦無可如何。

壬秋不敢乘坐東洋車，光緒初年，王在四川掌敎時，有人特購人力車一輛贈之。湘綺樓日記載其事：「元卿送東洋車來，看似甚顚簸，以奇車不敢乘也。」時至今日，汽車風行，倘壬秋見之，又不知要作何感想？

一〇　中國刺繡藝術

世傳嫘祖發明蠶絲，蠶絲西傳，在西方神話中，嫘祖亦被崇稱爲蠶絲之神。由於蠶絲的發展，刺繡也應運而生，在文化史上，就大放光彩。中國的刺繡藝術家，有名可考的，最遲，在三國時代，就有趙夫人。據美術史上的記載：趙夫人係吳國孫權的夫人，丞相趙達之妹，工書畫織繡，能用手工織雲錦，用髮絲和神膠織珠羅紗，以及精繡圖畫，號稱「三絕」。當時卽有如斯的美譽：「吳有三絕，四海無儔其妙」。她曾爲孫權繡過一幅軍事地形及列國城邑行陣圖，大爲孫權所讚佩。不過，刺繡藝術發展到了明初，顧夫人韓希孟集針法之大成，開創刺繡畫後，出現了新的局面，這就是世所稱之「顧繡」。各地刺繡，受着顧繡的影響，各開放了奇花艷葩。

其中最著名的，有湘繡、蘇繡、京繡、粤繡、閩繡、甌繡、蜀繡等，各有其特長與風格：湘繡的繪畫，有傳統的特色，其針法、用色，都能保有原畫的神采，可說是繡藝中的上品。無論山水、人物、花卉、蟲魚、鳥獸，都能運針如筆，設色天然，而又光彩奪目。偶見其繡藝品，都可與原畫亂眞，誤爲原畫復活，實可說是「神乎其技」。宋代許多名家小品畫，在繪畫史上，是別開生面的作品。一經湘繡家之手，再現出來，眞令人歎絕。甌繡，是浙江溫州的刺繡，以甌江而得名。甌繡繡理分明，繡圖絢麗，色彩鮮艷，繡面生動，風格清新。浙江各地，都有刺繡，如杭州、寧波的刺繡，也各有其地方色彩。至於蘇繡，包括顧繡，最大特色，是秀麗雅潔，線細如髮，針腳平齊，精緻逼眞。花紋多採用流水路的方法，富有裝飾性。蘇繡針法，常用的有三十四種，可以表達各種複雜的景物。最可貴的蘇繡作品，不僅有繪畫的特點，且有自身的藝術特點，與其說是複製，毋寧說是再創造。蘇繡針法，是不斷發展的，看來針腳縱橫交錯，卻具有立體感。皆可以顧繡作之代表。

餘如京繡、粵繡、閩繡、蜀繡，各具特長和不同的風格，亦各有不勝收之美。總之，刺繡到清代，其精緻的技藝，已發展至高峯。南京、蘇州一帶的織錦，都由皇家開辦織造廠，專爲宮廷織造，製造皇帝及后妃的龍袍鳳服。雖較手工刺繡價廉而產豐，卻終未能跨過刺繡之藝術價值。

在中國刺繡術中，有一門特殊的技巧，以金銀絲線盤成圖畫，世稱「盤金繡」，亦值得一述。這種繡法，在廣東又發展成別具風格的金銀線繡掛畫，稱爲「釘金」。「釘金」、「盤金」，皆古代傳統工藝，有悠久歷史。西漢的「鹽論」中，已提到當時「鏤金」的衣裳。南北朝時代，貴族的衣飾，也普遍採用了鏤金的圖案。在唐代，根據文獻「唐六典」記載：當時鏤金的服裝，花飾已達十四種之多。「鑲金」服裝，大約在兩千年前的秦、漢時代，就由中原傳到嶺南，後來逐漸發展成爲「釘金」，又分爲廣州和潮州兩大流派。

一一 羅家倫豈會變猪

羅志希（家倫）氏，任中央大學校長時，笑話故事頗多。羅氏不但說話作鴨公叫，貌亦奇特，常蓄髮數月不理，學生多謂羅氏貌似猪玀，羅氏固不知也。一日他對學生講演，謂人的知識，是逐漸融會而成，不是生呑活剝可成者也。且引飲食作證曰：「譬如人的飲食，入胃以後，經過消化，取其精華，棄其糟粕，而分輸於身體各部。並非我今天吃牛肉，我今天便成一條牛；我明天吃猪肉，我明天便成一隻猪。」滿堂學生，都大笑不已，而羅氏猶在夢中，莫名其所以。

一二 鄭孝胥

老牌漢奸鄭孝胥之勾結日本，出賣國家民族，實非一朝一夕所致。清末，鄭曾任駐日本神戶總領事，是爲其與日本發生關係之開始，亦其後來發生勾結日本之途徑。其後鄭亦未嘗顯赫，僅一度爲廣西邊防督辦，然未久又以貪贓枉法故，被桂撫李經羲逐之出桂，不得已，乃竄居於上海。媚事盛宣懷，復得小官。因此各方夤緣，升至湖南布政使，但其意猶未足，急欲謀得湖南巡撫一職，數次赴北京，私通上下，果不負其鑽營之苦。但行將拜命，奈此奸命運不佳，恰値辛亥革命爆發，湖南首先響應，鄭與湘撫余誠格（壽屏）率先逃遁，數年貪汚所積之資，盡行散失，僅挈妻孥苟全性命於上海租界，黃粱夢醒，贏得一場空。

從此以後，在民國他旣謀不到官；又以民國故，而失去其資財；因之遂痛惡民國，靦顏以淸室遺老自居。但鄭之個性，極熱中於富貴勢力，自然卽絕難安貧而樂道。惟陳散原早已深知其爲人，嘗贈以詩，有「此士浮沉莫問天」與「便欲埋頭聽鼠齧，塵燈殘几不知年」之句，似係惜之，實則陰以戒之，安分守己，不要爲非作惡。

鄭之爲官，向有陰險狡猾之稱。其文章書法，亦頗有名於時。當北洋政府時代，其臭味相投之輩，多欲引之出山，但復恐其不事正道乃止，故鄭終不能有所爲。鄭旣不能長甘寂寞，而計又無所出，乃潛走北京，暗通淸廷宮監，介見溥儀，晉獻政治陰謀。當時雖未獲得效果，也正是後來相挾投敵的淵源。

鄭之親近日本，實非自挾溥儀投敵始。當其在上海作寓公時，詩文之中，卽已見其意：「甲午一戰曲在我，捲旗跋浪歸舟俱。」「甲午一戰「曲在我」之漢奸論調，自然要被日人所讚賞；這種親日的人材，更自然要爲日人所借重。故鄭窮居上海未依溥儀之前，日人常以巨金購買其字，卽可說是變相的利誘政策，因是鄭與日人之交接愈親。當時旅滬的日人，最愛「鄭墨王圖」，「鄭墨」卽孝胥之書，「王圖」乃王一亭之繪畫也。時猶美其名曰：「藝術親善」，實則買賣中國之心理，已先苟合矣。

鄭書除售日外，並不多作。欲求之者，必先投其所好。鄭嗜狗肉，享以狗肉，出紙求書，莫不立應，此亦漢奸之特性也。

同。

明末東林復社，相繼興起，黨禍之烈，不亞於東漢末年。然而明末的時代，究竟與東漢有點不

一三 明士氣節

有明一代，北蒙南倭，侵擾不休。滿洲繼起，其勢尤不可當。士大夫怵於夷狄猾夏之禍，加以當時政治鬬爭的對象，不僅僅是宦官與權奸，而且已經富有民族主義的色彩。等到滿清入關，除了一批漢奸之外，凡是稍有血氣的士大夫，都是向着這一個目標去奮鬬犧牲。

明朝末年的士大夫，有沒有一味明哲保身，不爲危言覈論的郭林宗？有沒有以爲大樹將顛決非一木能維，勸人不必栖栖皇皇的徐孺子？實在可說沒有，這是什麼道理？理至顯明，東漢末年之亂，問題不過是一姓一家之成敗興亡。而明朝末年的情形，卻非如此，而是整個國家民族生死存亡之所繫。不爲危言覈論，不爲栖栖皇皇，那就只有等待着被髮左衽，長爲異族奴隸以沒世了。

所以在明末清初的數十年中，士大夫爲圖謀光復明室，前仆後繼，明知其不可爲而爲之，雖身死族滅而不悔者，實不知多多少少。卽令後來滿清統治地位漸漸穩固，像顧炎武、黃宗羲、朱之瑜、王夫之、傅山、李顒、孫奇逢等，那種對於新朝屼然不屈的精神，猶替明朝士大夫增光不少。正氣所傳，直到全祖望，還是惓懷故國，以寧餓死而無失節自勵。辛亥革命之前，譚嗣同、梁啓超、章太炎輩，藉以鼓勵同志，激揚民氣者也，亦無非鼓先烈之芳風，增同仇之敵愾而已。

因之，就所謂氣節而論，明末士大夫之崇尙氣節，實遠過於東漢。就民族優良的傳統來說，這一點確也是最可珍重的。今日的歷史時代，不亞於明朝末年，而國民氣質的澆薄則反甚。發揚這一優良的傳統，似比任何工作都重要。

一四 酸梅湯

酸梅湯，現在已經流行到許多城市，也是臺北市近數年來應時的食品。但他的發源地，卻是北平，而且一直到現在，最好的酸梅湯，恐怕仍舊要到北平才找得到。

郝懿行曬書堂筆錄上說「京師夏月，街頭賣冰。又有兩手銅椀，還令自擊，冷冷作聲，淸圓而瀏亮，鬻酸梅湯也。以鐵錐鑿碎冰，攙入其中，謂之冰振梅湯，兒童尤喜呷之。」北平之賣酸梅湯者，多係街頭擺販，以敲銅椀作號召。北平曾流行一首竹枝詞：「梅湯冰鎭味甜酸，凉沁心脾六月寒。揮汗炙天難得此，一聞銅盞熱中寬」。卽已寫盡酸梅湯中的味道。

今日的冷飲，有冰淇淋、剉冰之類。在北平的暑天，以前便只有冰梅湯。無論大街小巷，乾鮮菓舖門口，都可以看見冰鎭梅湯的買賣。這名爲是做小買賣，可也不一樣，一個較好的酸梅湯攤子，也用得二三百袁大頭。什麼銀漆冰桶、成對的大海碗、冰盤、小磁壺、白銅大月牙兒，擦得挺亮，配合各色玩藝，用銅鍊子拴着，方盤周圍都是銅釘子，字號牌也是用銅嵌的，字號大半不是「路遇齋」，便是「遇緣齋」。桌子四周，圍着藍布，並有「冰振梅湯」等字。布簷橫額，有的藍地白字，有的黃地黑字，甚爲工緻，迎風招展，好似酒家的帘子一樣。有的上罩大布傘，以遮陽光，手持青銅的冰盞，打出各種各樣的聲調來，頗富吸引力，使過往的人們，輒止而飲之。衡陽路上，臺北公園的附近，頗有此種風情，但設備、作法、情調等，實又相去遠矣。

酸梅湯的做法很簡單，卽把烏梅放到大量的水中去煮。煮時加入冰糖和桂花或玫瑰、木樨，煮好濾去其渣滓，加以冰鎭，卽成。然而如何把烏梅、冰、糖、桂花或玫瑰四者的分量配合恰到好處？那就是每個製售者的秘密了。

北平的酸梅湯，過去以琉璃廠「信遠齋」所售者爲最佳。前門「九龍齋」西單牌樓「邱家」次之。但一般人以其路遠價昂，便不得不退而謀其次，取之於門口的攤販。此種賣酸梅湯的小販，多半兼售其他食品，或挑擔，或推車，經過巷街口時，卽響冰盞，丁當作聲，非常悅耳。「又解渴，又帶涼，又加玫瑰又加糖，不信你就鬧碗嘗嘗，酸梅的湯兒來，哎！另一個味呀！」今日每經臺北的酸梅攤頭，耳中恍惚猶聞北平當日賣酸梅湯的聲調！曾幾何時，滄桑遽變，令人徒生「望梅止渴」之歎！

一五　彭玉麟之風雅

杭州是浙江的省會。馬可孛羅，曾讚譽杭州爲「全世界最美麗的都市」。這美麗，卽以西湖爲之代表。西湖景色，固然秀麗，加以歷代風雅文士詩詞、繪畫的吹噓，使得西湖之名，臻於仙境。友人李少陵兄常說：西湖之美，多少文人雅士領略過，而最得其眞趣者，似乎也只有三數人而已：一爲杭州太守蘇東坡；一爲隱士林和靖；一爲只爲風雅不求官的彭玉麟。林和靖（名逋），結廬西湖孤山，恬澹好古，不趨榮利，以梅爲妻，以鶴爲子，二十年足不履城市，工詩詞書畫，與西湖山水結了不解緣。歷代騷人墨客之遊西湖者，無不大興吟詠，深予讚美。可是自蘇東坡寫了七絕：「水光瀲灩晴方好，山色空濛雨亦奇；欲把西湖比西子，淡裝濃抹總相宜」。眞乃「學士一語驚西子，湖光山色也無言」的絕唱。從此遊人不敢妄吟詩，有亦是自我陶醉而已。

得西湖眞趣的第三人，就是「奪得小姑回」（彭玉麟克復揚子江中小孤山的詩句），極具風雅之趣的「彭郎」彭玉麟。彭玉麟統湘軍水師，戰勝太平天國以後，滿清朝廷論功行賞；命他做巡撫，堅辭；命他做總督，堅辭；命他領兵部侍郎，身帶尚方寶劍，巡視江南水師，始勉而受之。其純正清廉之德，當時似無第二人。死後，清廷特諡以「剛直」二字，亦實唯彭玉麟可以當之。從此彭剛直之名，與其風雅之趣，全國朝野，尤其凡遊西湖者，莫不知之。

當時，彭玉麟身負兵部侍郎巡視江南水師之責，公餘之暇，則貪西湖勝景，於「三潭印月」之側，建屋數椽，名曰「退省庵」，蓋取「進思盡忠，退思補過」之意。他寄居庵中，常以畫梅消遣，以樂天年。他是英雄、是風雅文士，亦是傷心人也。他爲着一個青年情侶——梅仙，發願要畫十萬樹梅花，來紀念她。可說他是個罕見多情種子。他置身西湖，感於東坡學士的絕唱，又不敢吟詩。乃改變方式，在退省庵作了兩副對聯，懸之廳堂左右，一以明其胸襟人格；一則自勵其進補之道。聯云：

聯一：退食有餘閒，當載酒人來，莫辜負萬頃波光，四圍山色；

臨流無俗態，看採蓮船去，只聽得一聲漁唱，幾柱疏鐘。

聯二：別具胸襟，是明月前身，梅花知己；

偶來爪印，爲青山有約，湖水尋盟。

一六　墮民

廣東有一種「蛋民」，亦曰蛋家，居水而不登陸。我鄉亦有一種「墮民」，俗謂「躲民」（不能出頭之人）。臺灣雖是沒有，可是每屆新年，腦子裏總浮起了他們一些影子。記得元旦開門，便傳進「老爺，恭禧、恭禧！發財、發財！」的聲音。隨之，擁上一批穿長衫的大爺，對着神像，唸唸有詞，都不外一些吉利語句。於是老祖母，便給他們一些年糕及賞錢，他們便去到另一家了，這叫做「唱年」。唱年的人，運氣也有好壞。好的，幾天下來，可坐吃一年半載；不好的，便常吃閉門羹，或只收得一些年糕糖果之類，僅足果腹數日而已。

「墮民」原是社會上一種特殊人物，他們主要的職業：男的是吹鼓手，女的是喜娘（以前伴新娘的人）。民間凡有婚喪大事，都少不了他們。據說：這種特殊人物，都是元時蒙古駐軍的後裔，明朝有了天下，就把他們貶落了籍，外人亦不與之通婚作友，但他們還是要爲主人服役的。滿淸入關以後，他的主人也沒地位了，在「一視同仁」之下，這些特殊人物，似乎也就得到解放，與主人平等了。這時雖仍要爲其主人服役，但不是奴隸式的，而是要按勞計酬的自由人了。（廣東「蛋民」的故事，傳聞亦與此略同，只當時無地可容，乃棄陸就水棲而已。）

他們的職業，因爲並不高尙，其他的人也不與之爭。於是這種服役，竟成了他們的專利，不但可以留傳世代，而且還可以買賣。這原因，是由於主人原來把他們當作財產所致。所奇怪的，他的身分雖是墮民，婚喪人家，都非常喜愛他。他們對婚喪人家，都不用勢利眼光來看，一律平等，都稱「老爺」「太太」。尤其是喜娘，會講會說，學會了一套「恭維」「客氣」「吉利」的詞句。雖然有時用得不得體，然人人總是愛「恭維」的，也不去計較他。事實上，他們雖有過當的「恭維」，眞心也希望這「恭維」能成事實。「恭維」成了事實，婚喪之家，還會特別要賞賜一點。

清末詩人黃愚川，有一首通俗詩（載「逑事齋集」），寫他們的唱年，很是有聲有色，詩云：

「兆頭兆頭，吹笛也想好門頭，只取新年開張市利，打算那裏先去？算到某太公，大屋新做，紅包必更重。吃了晚飯就去等，等久不聞人蹤，直到鷄啼後，脚步聲始通。爲何許久不來打大門？我先站起勢，他好賞紅封。門開未及半，笛聲先入鼓冬冬，嚇煞主人翁，關門不及，笛管一節斷其中，眞個是時運不通，想發會窮。低聲喊太公：『你們雖不再打開，跌入笛管一節，也要還儂。笛管已沒有，也不向你討賞封。等明年今日，再來問起新張，起過大利市，做過賓東，等我吹個仙姬送子，丟丟的的，大家唱彩好威風。那時，你再莫笑我撞籠鳥子不英雄。』」

一七 孔門師弟之武勇

近年以來，自由中國臺灣的新氣象之一，便是文事武備，等量齊觀。現在所有大專畢業學生實施預備軍官訓練，與出洋學生必先受軍事訓練的決定，以及歷屆中學畢業學生投考陸海空各軍官學校之風起雲湧，益見允文必須允武之要求，已普遍於一般人士的心理。

本來中國古代的教育，一貫是六藝並重的，禮、樂、射、御、書、數，文武合一，無所軒輊。後來在封建統治階級的愚民政策之下，才漸漸地變了卦。重文輕武，或是偃武修文，實乖我們至聖先師孔子立教的本意。

孔子是中國儒家學說大師，一般人的想像中，都以爲他老夫子總是文縐縐的。卻不知道據經傳所載，竟是一個雄糾糾氣昂昂的英豪人物。後世的文弱書生，妄想自附於孔門七八十代的弟子，大言不慚，未免太不愛面子了。

梁任公在日本的時候，曾寫了一本「中國之武士道」。搜集中華歷史上許多英雄豪傑，起自上古，迄於周秦，開宗明義第一章，就請出孔老夫子來。因爲儒家爲我國學術界的中心，而夾谷之會，孔子相魯定公，對齊景公在大會席上提出嚴厲的責問，不畏強暴，勇往直前，折衝樽俎，居然使齊君輭化，登時允許歸還魯國汶陽的田地。一席話，賽過十萬兵，很有合於武士的道德。

孔子曾說：「仁者必有勇。」又說：「知恥近乎勇。」又說：「勇者不懼……善人教民七年，可以卽戎。……我戰則克……。」都可以表見他的武勇。至於對衞靈公問陣，說未學軍旅之事。一則是他自謙的意思；一則因衞靈公不修政治，一味好戰，所以不肯直道其詳。其弟子曾參衍其學說，亦說：「戰陣無勇，非孝也。」子路還道：「可使有勇，且知方也。」卽此很可看出孔門師弟之尙武精神。

小戴禮記射義篇載：「孔子射於矍相之圃，觀者如堵牆，使子路執弓矢，出延射曰：『僨軍之將，亡國之大夫，不入；其餘皆入。』蓋去者半，入者半。」僨軍的將領，亡國的官僚，在戰場上不能奮勇戰鬬，棄職潛逃，在政府中不能忠於職責，竊位而苟祿。這種人偷生怕死，苟安因循，眞是死有餘辜，殺不可赦，還敢來參觀孔老夫子舉行命令的典禮？所以要子路出場，對他們下道嚴厲的逐客令。

今日大專畢業生之要受軍事訓練，以及一般學子之高喊投筆從戎，固在作反攻軍事上之準備，其意尤在能效法孔門師弟的武勇，然後才可以「臨事不懼，好謀而成！」

一八　中國繪畫淵源考

繪畫是人類理想創造出來的產品，稱之爲藝術，是指其意境美。從中國文字史考及銅器、陶器等遺跡上，可以略悉中國繪畫的淵源。從秦漢雕刻在石器、磚瓦上的形象，可見其萌芽；向上追溯，則從文字、銅器、陶器上，略窺其原始。

中國繪畫取材，似可分爲四大類：人物、山水、花鳥、竹石。其發展程序，大體亦如此。人物，始於漢後，佛教傳入中國，才有人物取法的素材。山水，大約起於唐代，盛於宋代，以迄元、明、清。蓋唐代文風最盛，詩、詞、歌、賦，乃至琴、棋、書、畫，皆爲文人雅士所偏愛。而畫離此類文物，亦無所依恃。故啓發繪畫山水，至宋則成了山水畫的黃金時代。不過到後來，山水畫分成南北兩派：北宗以李思訓、李昭道父子爲始；南宗以唐詩人王維（摩詰）爲首。其詩有「詩中有畫，畫中有詩」作基礎，成爲南宗之祖。以後人才鼎盛，直到清朝初年，猶有四王、吳惲、石谿、石濤等，稱雄於時。

花鳥畫，則稍晚於山水畫。五代時，有黃荃、徐照二人，同爲花鳥聖手。後人則獨稱徐照爲花鳥之宗。由唐以迄宋、元、明、清，代有名家。竹石畫，原無獨樹一幟的能力，只能在人物、山水、花鳥畫中，作爲補景之筆。到了後來，「高風亮節」的儒家出，因而畫竹之風亦盛。宋時如蘇軾、岳飛。經過元代、明時更爲竹石之盛世。

清代繼唐、宋、元、明四代千餘年中，各派皆存，但都無大的發展。惟八大山人的寫意；鄭板橋的畫竹；蔣廷錫的花鳥；都算是時代的新作品。

一九　宋哲元組進德社

當宋哲元拜命爲冀、察政務委員會委員長時，獨當一面，身膺華北四省市重寄，爲民國以來所未有，而日人亦寄以非分之望。日人如願以償，華北政局遂暫呈急轉直下之勢。人物景象、官場風氣，與北洋政府軍閥時代，並無很大差異。宋氏亦一變常態，大事搜羅北洋舊時人物，如高凌霨、王揖唐、李思浩、潘毓桂、潘復之流，均一一延攬，畀以官職空銜，任其活動。其時殷同、陳中孚、殷汝耕等，皆居顧問之列，以備諮詢。乃至早年被通緝與久隱北平東交民巷（類似租界），以及夙遭世人詬罵的蟊賊，均源源出籠上市，善價而沽。日人亦以親善、聯誼之美名，混濁其中，復從而利之、誘之、騙之、收買之，於是龍蛇雜舞，溷濁一團，擾攘愈甚。

宋哲元蒞任之初，爲爭取所謂人才，特組織一「進德社」。雖名爲進德社，實卽宋氏的「招賢館」。其起源，則由於某北洋遺老，以段祺瑞當政時曾組「安福俱樂部」的用心與業績，言於宋氏，宋氏大爲讚賞，遂立刻在北平鐵獅子胡同闢一精舍，爲招納機關。一時北方的風雲人物，夜間不周旋於進德社者，幾百無一二焉。有志登龍者，亦千方百計去鑽營，以進社門爲榮。其屢鑽不疲，而竟青雲直上者，亦比比皆是。故當時的進德社，既有「進德飯莊」之稱，更有命名爲「登天梯」者。凡能在進德社中朝夕出入者，遂被人贈以「天橋怪人」或「雲裏飛」等綽號。蓋喻其有騰雲駕霧，呼風喚雨之功能。

這時的進德社，表面觀之，爲一招待所，亦爲一俱樂部性質的組織。凡住、食、玩、樂，幾無所不備。乃至社員的衣著，亦五光十色。宋哲元本人，自從任委員長以後，很少以軍服出現於公私場合，恒以長袍、馬褂、坎背、瓜皮小帽爲其常服，穿軍服看慣了，初見之有不倫不類不太順眼之感。而其部屬，見上有好者，亦多起而效之。尤可怪者，如佟副軍長、馮師長等，均赳赳武夫，身御長袍，頸圍絲巾，捲起內衣白袖，粗模大樣，宛如上海的白相人。有些人的談吐舉止又極粗鄙，常不免貽笑大方。秦紹文（德純）常配武裝帶，而頭頂則戴上西式呢帽。鄭大明的軍帽，則半似斗笠，半似童軍帽。千奇百怪，風氣如此，出入進德社者，亦不以爲怪。

二〇　張宗昌缺德

軍閥張宗昌，臭聲四溢，中外共傳。其缺德之甚者，莫過於漁色，友人張治安君，曾隸張部，爲言數事，似尚未傳入人耳。

張於北平時，一日，携弁遊中央公園。見一年甫二八之麗者，顧而悅之。經其副官某，查得其居處，重金賄其姑母之僕婦，騙女入張之司令部。嗣女家以女出數日未歸，偵騎四出，始悉已入張幕。蓋女爲北平某名人之小姐。懾於張之氣焰，亦莫敢如何。其父乃託孫寶琦爲之說項。孫走張處，張初猶委稱不知，孫曰：「此某公之掌珠也，請釋之歸！」張無奈，漫應之曰：「那……我沒有曉得，眞對不起！不過我已用過了，奈何？」孫無可如何，卒說某名人，以其女妾之。

張不惟漁女色，猶有龍陽之癖。在北平時，聞某花旦名，強索之，旦窘，雖不欲從，又不敢逆。時潘復爲奉系紅人，旦乃輾轉請其緩頰！潘知張之橫蠻，難以理喩。苦思良久，得一妙計。某次，會議畢，私謂張曰：「旦有痔瘡。」事似寢。越數日，張謂潘曰：「旦並沒有痔瘡！」

一日，張閒行署中，仰首見一僮役，憑樓依欄而望，風姿甚都，張雅愛之！呼曰：「副官，下來！」僮役惶恐對曰：「報告大帥，小的不是副官。」張笑曰：「我叫你副官，就是副官了！」翌日，此僮役果榮升副官矣。

張粗魯少文，督魯時，某次宴客，吃海參。張用牙筷取海參，滑落於桌上，再三夾取不得。乃急切用手指拾納口中，邊吃邊罵曰：「媽的！看你跑到屁眼裏去！」

事係傳聞，實太缺德，信不信由你！

二一　美　男　子

荀子非相篇，有一段話說：「今世俗之亂君，鄉曲之儇子，莫不美麗姚冶、奇衣婦飾、氣血態度，擬於女子。婦人莫不願得以爲夫，處子莫不願得以爲士，棄其親家而欲奔之者，比肩並起。然而中君羞以爲君，中父羞以爲子，中兄羞以爲弟，中人羞以爲友。俄則束乎有司，而戮乎大市，莫不呼天啼哭，若傷其今而後悔其始！」

此所謂「美麗姚冶、奇衣婦飾」之亂君儇子，卽今世之所謂「相公」「兎崽」。梅蘭芳到美國去亮洋相，花了很大代價，獲得一個博士頭銜；但美國報紙，卻給他一個「雄婦人」的雅號。這雖尖刻了一點，實際是沒有錯。

其實，這也不能怪梅蘭芳，因爲他這一輩子，就是靠「雄婦人」出風頭的。七十幾歲，還是靠相公本色，才沒被清算鬬爭。所以「血氣態度，擬於女子」，這是他作「雄婦人」應有的作風，且非僅「擬」而已，尤恐「擬」之不肖，自非現身說法不可。

原來男子美貌，事不可怪。歷史上的人物，如潘安、宋玉，都是長得漂亮瀟洒的。倘他們自以爲美貌，又如荀子所說的：裝腔作勢，學起奴顏婢膝來，以邀他人之寵愛，如董賢、彌子瑕之流，則卑鄙下流，便不足道了。抗戰時代的汪精衞，就是此輩現代的代表人物。

汪精衞，本有美男子之稱，他在南京組織傀儡政府時，日本軍政要人，不呼之爲汪主席，而呼之爲「美男子」，且惡謔之不去口。日本首相近衞文磨與汪精衞晤面後，對記者發表談話，亦稱：「汪先生(?)駐顏有術，是東方一個美男子」。有意「倡優蓄之」，亦不言可喻了。美國人心目中之「雄婦人」，與日本人心目中之「美男子」，用意實沒有什麼不同。

二二 對聯出處

劉韻仙以「日云暮矣君何之？鷄旣鳴兮我不留」一聯，考問李樹柏，張貼何處最好？樹柏大笑應曰：此成渝路上「鷄鳴早看天」旅店之門聯也。果然，我不但見過，且認引用古語，命意亦恰合分寸。

「三代夏商周，四詩風雅頌」。人皆知其爲巧對，然甚少知其出處者。據宋人筆記「東臯雜錄」，謂爲王荆公所出，劉貢父所對。「東倒西歪一個人，南腔北調兩句話」。傳係鄭板橋，於途次遇一醉漢，口出上句。行數伍，才思得其對句。

前在安慶，看到兩首戲臺聯，頗工穩，其一：「繪影繪聲，繪出古人眞面目；爭城爭地，爭回自己舊山河」。其二：「要看早些來，大關節全憑起首；且聽完了去，好結果盡在後頭」。初以爲新作。越年，皆無意中發現：前聯出自太平天國詩文鈔，後聯出自革命聯語。

戲臺對聯，以其所限者泛，易於着筆。李樹柏說出兩首：「虛弄干戈原是戲；又加斑點便成文」。「開場卽是收場日；看戲無非作戲人」。都工穩；但不知出處。

二三 熊再定不食之謎

抗戰勝利後，在上海曾聞有楊妹辟穀的故事。事隔三十餘年，臺灣某報載有：熊再定與楊妹同樣不食的故事。其事實、內容、地點等，因隔海難明眞相，無從捉摸，只錄報上原文於下：大陸陷落前一年，民國卅七年四月，上海「申報」爆出一條驚天動地新聞，說四川有一女子叫楊妹，九年前吃了一棵慈菇，至今粒米未食，照樣生存，斯時正戰亂時期，又值大飢荒，因此這條神話式新聞，特別引人注目，人人爭閱「申報」，個個傳說楊妹，「申報」派了二位記者在四川，報導楊妹的一舉一動一顰一笑，最妙是政府官員與醫藥家、科學家全參與了這場鬧劇，今天某部長談話，明天某縣長說話，隔天又是某科學家鑑定，全是證實前一天「申報」報導的眞實性。

這條新聞超逾了當年的國共戰訊，於是不僅是中國傳播，亦傳播到國外，先說有洋人要到四川去拜訪楊妹，研究「不食」的所以然，更有洋人提出擬將楊妹接到外國去實驗研究，「申報」亦一律予以報導，並嚴肅地呼籲政府，絕不能答應洋人的要求，否則就有辱國格。又說有人要將楊妹偷運出境，以圖巨利，弄到政府果眞派出軍警嚴密地保護楊妹，怕價值傾城的「國寶」失蹤，一直吵了四個多月，「申報」因這條新聞亦銷路激增。

不食烟火能否生存？我當年就抱懷疑態度，在臺灣亦看到過「坐關」新聞，但還是飲水與吃水菓，就是不吃熱炒熟煮而已，報上看到英國愛爾蘭共和軍的革命者，在牢內絕食，照樣飲水拖十天半月亦就不像人形。

楊妹這局戲的結束，亦是由「申報」發了一條新聞而終止，新聞說發現楊妹偸吃花生米，不僅身上藏有花生米，而且家人偸供花生米。

楊妹的故事，終以不了了之。現在僅談熊再定十年不食的故事。熊再定，湖北蔴城市人。我記不太清楚，大約是七十七年夏季。臺灣某報報導，由香港轉來的一段消息。標題相當驚人：「十年不吃不喝，醫學難解」。副標題則說：「人類求生意志，又添新例」。這與楊妹不食的詐騙行爲，自迥然有別。也照錄於後。如眞有其事，誠然是謎。總希望現代醫學有一個答解！

大陸湖北一名姑娘熊再定，迄今十年零五個月粒米未進，至上月才在當地蔴城市「熊家舖中學」入學，恢復了她中斷十多年的初中學籍。

熊再定今年二十五歲，家在蔴城市熊家舖鄉月形塘村。一九七八年二月，她正上初中二年級時突染重病，高燒數日不退。經醫生診治，雖然挽救了生命，但她再也不能吃不能喝了。

據當地醫生說，熊再定染怪病後有九年多時間臥床不起，身如軟泥，身體得到的唯一營養是不定期注射百分之五十葡萄糖液。據專家介紹，僅靠斷斷續續地注射葡萄糖是不能維持人的生命的。但專家們至今還弄不清楚，爲什麼不吃不喝的熊再定，身高由病前的一點四米增加到一點五米，而且一直面色紅潤，頭髮濃黑，記憶不衰，表面上看起來完全是個發育正常的大姑娘。更奇怪的是，當她臥床九年之後，從去年八月起，她慢慢站起來了，經過一段時間鍛煉，現在每天能步行十多里路，還能做些家務事，如洗衣、掃地等。

熊再定的母親表示，女兒十年多沒有解過一次大便，而小便正常。去年春季以來，她吞咽困難稍有好轉，現在每天能勉強吞下半杯（約五十毫升）糖水或米湯、菜汁，但仍不能吞咽稀飯、麵條、鷄蛋花之類的食物。

據稱，武漢同濟醫科大學附屬協和醫院副院長、著名食道專家張錦坤教授曾試圖探個究竟，他把病人接到醫院，與二十多名專家一起作了爲期四個月的觀察和會診。會診期間，熊再定粒米未進。結果發現病人的大腦、心臟、神經、血液、食道、皮膚、肌肉、肝、腎、肺等，均無異常。專家們認爲，這是人類生存史上的罕事，醫學領域裏又多了一個待解的「謎」。

幾年來，熊再定先後收到大陸內地讀者二千多封來信，讀者和當地有關部門共捐助「人民幣」近萬元供她治病，使她增強了生活的勇氣。

熊再定是個樂觀上進的姑娘，在病中一直堅持聽收音機、看書、寫信、唱歌。根據她本人的要求，「熊家舖中學」最近恢復了她的學籍。

熊再定不食不喝的故事，尚待醫學研究，提出證明，古人如莊子說的：「道引之人，養形之士」之辟穀導引，考究起來，都是另有企圖目的的！伯夷、叔齊，本孤臣孽子之心，目的在盡其忠孝；張子房淡泊名利，目的在杜門遁世；李少君乃名利是圖，目的在干進用世。他們的企圖目的，皆已顯載史册。至於神仙與修道成仙之說，智者不談，皆不過黃粱幻想而已。辟穀導引，如伯夷、叔齊、張良、李少君等，皆早已離開人世死去。卽因其所謂辟穀、導引、昇仙者，實不協乎科學眞理，違反了自然法則的緣故。昔人已乘黃鶴去，白雲千載空悠悠，留給後人的，有什麼？且待熊再定故事的科學證明！

二四　清之宮監

明之衰微，至於亡國，論者謂爲閹寺跋扈專橫之所致。實未過當。良以此輩日侍君側，迎媚主意，常得寵信，及其根深蒂固，而百官升黜，皆出其手，朝政紀綱，亦未有不紊墜者。清季承明之統，欲革其習而實未改。太監不惟賣官鬻爵，驕奢跋扈，卽戊戌政變、庚子匪亂等巨案之發生，亦皆太監爲之樞機。邇後朝廷欲行新政，於太監之存廢，論猶未一：「一以爲宦官之制，由來已久，數千百年行之未變，亦猶多妻之制，中國習慣而不以爲異，此種理想，仍占勢力而不衰。一以爲由三代以至於周，皆無此刑餘之人而充官職者。至周之衰，列國之時，孔子時言其害，援古以鬮今，則太監之制可去了。」（見怡園劄記）清初入關，撫有中夏，本已定制以限制太監之權位。據清外史叢刊所載：「順治卽位，首召見臣工，皆言太監等只可供灑掃之役，不可援爲心腹而親近之。遂立數條，歷來奉爲金科玉律。所立之條，限制太監官級，以至四品爲止。鑒於明之魏閹禍國，不准太監出京城一步，康熙乾隆兩聖主待之尤嚴，可以爲法。故二百年來，宮監皆不敢放縱。」有清一季之前二百年，宮監之制，尚無影響於朝政。迨近百年，咸豐馭下不嚴，慈禧執權攬政，而太監漸習驕橫，凡明末之積弊，奸謀詭計，賄賂請託，專騖橫行，復見於世。其最著者，厥爲安得海、李蓮英兩人。兩人皆美豐姿，機警善承人意。野史雜記，多傳與慈禧暗昧之事，固未可以盡信，然亦不能謂爲傳聞之無因。人謂同治之薨，咸豐光緒之被蠱惑而遭陷害，推之清宮近七十年之歷史，盡宮監奸謀所組成，便最爲不可解之事實。兩人亂綱紊紀之事實，史家不乏記載，前輩胡煥廷先生，曾爲述安李之事：「咸豐病於熱河時，慈禧見近侍中有安得海者，頗聰頴，能作事，遂引用之。載垣隱謀，慈禧與榮祿商議大事，皆安得海居間傳言。及慈禧秉政，安遂爲心腹矣。慈禧好大喜功，機警應變，安實爲之助。因之藉勢揚威，造戲園及凡所娛樂之事，以結后歡。慈禧常着戲裝，遊於西苑，安每隨之。常賜安以皇上御用之龍衣及玉如意，其寵信可知。一日恭王請見，后因與安談話，不見。恭王極怒。此不獨恭王失其體面，實有關於國家紀綱，故恭王時懷去此奸之念。嗣因安以出差山東，索賂事發，恭王遂密請旨於慈安，飭山東巡撫丁寶楨等殺之，而慈禧固未之知也。亦因安平日之專橫，不得人心，以故恭王之謀不洩。事久李蓮英言於慈禧，偵爲慈安所爲，兩宮交惡，由是以起。迨同治薨，后不立恭王之子而立光緒，亦基恨於此。」「安得海旣死，繼安而爲總管者，則爲李蓮英。李蓮英外號『皮硝李』，因其未入宦以前，曾拜河間一皮匠爲師，故名。十六歲入宮，以貌美聰頴，得后之歡。權力偉大，除召見外，無論何事，彼皆有權。慈禧寵信，許彼聚斂，除榮祿外，其他廷臣及太后之家屬，皆莫敢望之。慈禧當國五十年，李實爲中國政治之中心人物，握千萬人之生死，掌內外大員之升降，徵十八省之金錢，入其私蓄。李嘗云：『黜陟百官，皆任吾意，雖皇帝亦無如之何。』昌言無忌，其權勢之大可知。李於后前得賜坐，任意談笑，除國家大典守太監常禮，其平日則驕倨自若。爲人則刻薄貪財，眦睚必報。但於太后，則忠誠備至，待人和易，愛笑談，善裝飾，傳聞慈禧扮觀音，李扮韋駝，可以想見。惟鑒於安得海之事，從不侵擾外省，亦不僭越，以求高位。始終以四品頂戴爲安，亦限於法制也。庚子之亂，李實主謀，事敗，慈禧走西安，是時李則恐后諉罪於己，時爲憂懼。慈禧常情，在盛怒之時，恆洩其憤於人，故李此時生命，實決於慈禧一念間也。終以寵信之故，而不加罪。迨慈禧回京，李之權勢益張，宮中諸事，皆彼管之，以至於慈禧歸天，李爲后始終親信之人。」煥廷先生供職宮中，垂三十年，或習見，或耳聞，所云必較確鑿。外傳宮中暗昧汙穢之事，渠亦未敢信其必有。常人之情，每視親切逾常之舉，多不免有意外之揣測。傳聞及野史所載，或卽基於此。總之，宮監只可供灑掃之役，而不能引爲心腹，誠信然矣。

二五　出妻與出夫

「出妻」，是以男性爲中心，封建社會的特產。在禮教統治之下，男性高於一切，女性則賤得毫無地位。「女子無才便是德」的教條，通過種種教導、誘騙、強迫等方式，逼着女子絕對承認這種教條，爲一生可信可行的圭臬。什麼三從——從父、從夫、從子，質言之，卽女性完全服從於男性，沒有自己的思想行爲，聽候男性的擺佈支配。說什麼四德——婦德、婦言、婦容、婦工，以桎梏女性的性靈、思想、行動，就是男性所課於女性的「禮法」。所謂禮法，似亦爲聖人們所贊同的，如說：「惟女子與小人爲難養也」，把女子與下賤的小人同看。爲要加重對女性的限制與迫害，更明白訂定「七出」的法條，作爲男子「休妻」的口實和法律根據。

所謂「七出」，據儀禮疏的解釋，是：「無子，一也；淫佚，二也；不事舅姑，三也；口舌，四也；盜竊，五也；妬忌，六也；惡疾，七也。」這卽是說：一個已婚的女子，必須服從「三從四德」的原則外，還要接受着「七出」的約束，隨時隨地檢點其身心，避免受到「出」的處置。女子亦人也，人有人性，對於毫無理性的「七出」之條，自然防不勝防，謹無可謹。加以男子淫威在握，操縱「七出」的法條，爲所欲爲。欲加之罪，更何患無詞！於是古今來的女子，便不知有多少寃屈於此禮法之下，而飮恨終身！

在以男性爲中心的社會裏，「尊男賤女」。「出妻」之事，已是層出不窮，古籍中亦有不少記載。相反的，對女子之「出夫」者，則諱莫如深。事固尠見，卽有亦不多見於史册。蓋在賤視女性的原則下，必須維護男性之尊嚴故耳。「出夫」之事，就史册所傳之著者，似僅有漢代劉向所撰之「說苑」載：「太公望，故（本）老婦之出夫也，……蓋太公爲汲水人，避紂於東海，爲人贅婿，不力操作，爲老婦出之。」男子出妻，古有「七出」的法條；但女子出夫，則僅有「新序體例」規定：「操作不力、淫亂六親、偸竊傢飾、癱瘓床笫」四項，對象又只限於「贅夫」，而不適用於「非入贅之夫」。太公望是贅夫，又「操作不力」，所以才會遭到老婦「出」的處置。這與既婚女子，犯了「七出之條」者，完全不同。這就是重男輕女的顯著事實。但「出夫」故事，亦有令人惱怒者，乃史記滑稽列傳所載：「淳髡秀，齊之贅婿也，自無戶籍，依婦家籍者……凡十載，不事生業，不睦隣里，不鍾於妻……酷嗜童鷄湯下酒，婦家所蓄白童鷄數十尾，漸次爲其盜食殆盡……不能復得童鷄，乃越墻入盜隣人，鷄未得，已就擒。主人審之，知隣婦贅婿也，恥拳之，命作狗行而出……婦悉，尤恥之，欲其『出』，則抱頭擊石，謂『還我姓來，還我姓來！不還我姓不出！』婦亡（忘）其姓，無奈，仍蓄之……目之爲長工，不願婿之……自是村無敢招贅者。」女子含寃被「出」者，卻不知有多多少少，卻曾未見有下堂妻而死賴不肯離去者。堂堂男子漢，如淳髡秀者，旣爲人之贅夫，犯了四大規定之一而被「出」，反而死賴不肯走，有傷「重男」之尊嚴，自然要令男子們惱怒不已。誤女亦自誤了！

二六 對付太太

女人是最難對付的。所以孔子有「惟女子與小人爲難養」之歎！別的女人用不着對付或不對付猶可；但是自己的太太，卻非對付不可，而且又是世界上最難對付的女人。因爲必須對付而又難於對付，卽不免望之而生畏！故怕太太，也就是對付方法之一。歷史上不管糾糾武夫，或文弱書生，「怕」！似乎更成了對付太太的公例。袁子才云：「專諸與人鬪，有萬夫莫當之勇，聞妻一呼卽還。……五代時朱溫雖凶暴，亦有專諸之風。其他文學之士，如王謝兩公，張稷李陽諸典故，固無論矣」。此例太多，不必多舉。

那又何必要女人，要太太？不要也不行。袁中郎說：「我們只爲有了妻子，便惹許多閒事，撇之不得，傍之可厭！」法國福祿特爾也說：「有她們也不行，沒有她們也不行。」兩說可算不謀而合。中外人士，蓋有同感焉！有了她，不容易對付。有許多人爲避免對付的痲煩，也就不要她。因之，中國文人，終身不娶以對付女人者，旣多其人。而西洋哲學家對付女人，約有兩種方法，算是徹底的。

希臘哲學家戴爾士，是希臘七賢之一，他曾想過：「妻是招致憂慮與痛苦的東西，」所以終身獨居，不思婚娶。起初其母屢勸他結婚，他終回答道：「還早呢！」這樣遷延時日，全不介意。往後他年事漸長，母親頗爲憂慮，又勸他說：「恐已不早了！娶妻子好嗎？」但他回答道：「已遲了！」因此他畢竟終身不娶。近世大哲學家叔本華，也是終身未娶的一位哲人，所以他的意志哲學，其見解雖在康德諸人之上，但不免有厭世的色彩。這「厭世」的意志，與其終身不娶，實不無影響！

希臘哲學之聖蘇格拉底，爲人溫良恭善，口辯而好詼諧。其妻則極刁悍。每有喧擾，蘇則處之泰然！嘗語人云：「娶妻者，所以鍛鍊德性也。比如一人騎馬，馬愈刁悍，愈可練習騎術。」一日，妻復糾纏不休，蘇不與較。將出門，妻愈急，乃將瓶中涼水灌蘇頂，蘇亦神色不動，徐曰：「迅雷之後，必有暴雨。」蘇不計較，蓋長於冷戰者。

這兩種方法，都算很徹底，不過前者太消極。人生應該對付的地方很多，僅爲得對付一個女人的小問題，竟實行一種苦肉計，先來自我犧牲，確是不免小題大做。後者，蘇格拉底對付女人的方法，以靜制動，逆來順受，可謂深得哲學三昧。他不但可稱哲學聖手，亦可說有對付太太的王牌。

二七　雙十節的鬼歌

年年雙十節的國慶，不論在國內或海外，雖依然歲歲舉行慶祝；但國事蜩螗，人物已非，卻糊糊塗塗，度過了六十春秋。記得胡適之博士，曾於民國十年十月四日，做過一首「雙十節的鬼歌」新體詩：

「十年了，我們又來紀念了。他們借我們，出一張紅報，做幾篇文章；放一天例假，發表一批勛章，這就是我們的紀念了！

要臉嗎？這難道是革命的紀念嗎？

我們那時候，權威也不怕，生命也不顧；監獄作家鄉，炸彈底下來去，肯受這種無恥的紀念嗎？

別討厭了！可以換個法子紀念了。

大家合起來，趕掉這羣狼，推翻這鳥政府；起一個新革命，造一個好政府；那才是雙十節的紀念了。」

民十到現在，又已半世紀了，由北洋政府，而南京國民政府，而汪精衞的僞政府，到今日北平的人民政府。政府變換了四、五個，前門拒狼，後門進虎；去一飽狼，來一餓虎；到於今，還是一個未知之數。老百姓喂了六十年的狼和虎，多麼艱苦？眞可說是「備嘗艱苦」！

二八　雜家自古無王佐

日本投降之前，汪僞南京政府，在京、滬、杭三角洲地帶的駐軍，全由僞陸軍第一方面軍任援道所掌握。日軍大勢將去時，任由任西萍的介紹與重慶政府方面，暗通聲氣，有所聯繫，許以戴罪立功。及日本宣佈投降，政府派遣國軍，由湯恩伯前來接收。任援道於交出軍權之後，毫不留戀，有所希冀。湯恩伯將軍，亦網開一面，任由任援道離開大陸，潛赴香港。

任援道因參加過汪僞漢奸組織，到香港以後，言論行動各方面，都極收斂。偶然做些詩詞，用筆名投刊於港報或雜誌。漸與某些由大陸逃港，好附庸風雅的人士，締結文字因緣。曾以「震澤長」的筆名，寫過一百首「鷓鴣天」詞，記評一百位自民國以來的大人物。先後發表於香港報紙（未出版專集）。所評人物，有北洋的、有南京的。其詞評吳稚暉（敬恒，時在臺灣）先生的，中有一句「雜家自古無王佐」，指吳氏爲「雜家」。意謂其從不做官，此原無侮慢輕視之心。吳氏讀之，頗賞其詞，並由報社轉函作者，表示謝意！稚老此舉或不以人廢言，或終未明作者爲何許人。前輩風範，亦實堪景仰！而「雜家自古無王佐」之言，也成了士林中的常語。

二九　說心

西洋人重「腦」，中國人重「心」。

外國有「心理學」，是研究各色人的心理現象。中國宋明亦有「心學」，是造出一個模型，教人把心安放進去的。

心是人類一切行爲的主宰：行爲合理不合理，就可看出心的好壞。好的心，便稱之曰「善心」、

「良心」。壞的心，便稱之曰「黑心」、「惡心」。富於感情的心曰熱心，痲木不仁的心曰冷心，做過了火曰狠心，不置可否曰無心，行爲正大曰「心地光明」，行爲欺詐曰「其心不正」，「心心相印」是指男女相愛和朋友要好，「心曠神怡」是形容精神的愉快。

總之，心的作用，不僅凡人所不能免，就是蓬島瀛洲的神仙，也是不能除掉的。他們有時「心血來潮」，屈指一算，就會知道將要發生的事情是凶是吉，像無線電一樣，心裏馬上就收到了報告。我們凡人雖沒有屈指一算的本領，倘一切言行，果能「捫心自問」，「揆之於心」，吉凶禍福，也不待算而自會知道的。

做人、做事、成功、立業，全靠有「信心」。沒有這顆自信之心，便會自暴自棄的說「心有餘而力不足」，或者說「心力不濟」。有信心而「心無成竹」，結果不是盲從就是胡鬧。所以不論個人和團體，都要有一個「中心信仰」。有信仰，才能生出力量，有「中心」，才不會偏於旁門左道，收得「一心一德」，事半功倍之效。「死心塌地」，不作貳臣漢奸。

賣國求榮，投機靠攏，貪汚枉法，囤積居奇，無非都是「喪心病狂」。「哀莫大於心死」，「喪心」就是死了心的人，等於行屍走肉，槁木死灰。必得「收心」，「革面洗心」，才可復得爲人。復做了人，便再不要「心煩意亂」，「心猿意馬」，處處「明心見性」做個好人。

對人對己對事，都無遺憾，自然「心安理得」。杜甫詩云：誰肯艱難際，豁達露心肝。今日「露心肝」的人誠太少了，自然是「心灰不似爐中火，鬢雪過於砌下霜。」（白居易詩）

三〇 譚組菴與胡展堂

今日談譚組菴（延闓）與胡展堂（漢民）二公，只是本於表彰前輩們的風雅。略言其異同，而不及其身世、行誼、道德、文章。因爲這是歷史家的事情。同時，我所欲言者，也非個人對譚、胡二公的觀感，而是採納了很多友朋的共識共見，相信比較客觀，不會有過分失檢失當之處。

辛亥革命，民國肇造之初，譚公爲湖南都督；胡公爲廣東都督。二公固未嘗知兵，都是以書生領導軍政。這在當時，全國都督之中，實找不出第三人。不過二公出處，並不盡同；譚公以簪纓世家顯；胡公以革命黨人興。譚公三度督湘；胡公僅一任督粵。國父孫先生，開府廣州，每逢離開基地，總是胡公代行大元帥職權。國府成立之初，首任主席，便屬譚公。國府奠都南京，五院成立，譚、胡二公，則分任行政、立法兩院院長。兩公個性，也大異其趣：譚公溫良、器度恢弘、平易近人。尤能與人無爭，自安於位；但期有利於國家，絕不計較名位。胡公剛毅、風骨崚嶒、涇渭分明。苟有利於國家，能生死以之；有犯必較，不忮不求；剛勁不阿、不畏仇忌。譚公有治世的相才，好似平淡無奇，隨緣常住；實則調和鼎鼐，好整以暇。胡公則非盡善「王者佐」的相才；有守有爲，卻不願唯諾謹愼的守其故常。譚公的雅量大度，固爲胡公所不及；而胡公敬事執一的貞誠，又爲譚公所難能。

由上述兩公相異之處，從他們的書法和其日常言行生活中，亦可窺其概略：譚公書法，脫胎於歐、柳、顏，渾化於南園。方圓嚴整，融貫柔和，極盡調適之工。胡公書法，全力摹擬於曹全碑，方隅稜角，一筆一畫，絕不容有苟且脫略。兩公身材，譚肥胡瘦，亦很顯明；但修短相若。譚公善爲巽語，常能片言解紛，令人卽之也溫。胡公素性寡言，更無絃外之音。且是一言旣出，沒有討價還價，使人更不免有「一言堂」之感！兩公一生，各有千秋，譚公渾號「譚婆婆」，卻以實至名歸的「太平宰相」而終。胡公歷經「世變」，數作「海外逋臣」。晚年，落寞寡歡，終以宿疾而告不起。

三一 四不主義做官十訣

國民革命，尚未統一中國之前，北方軍閥混戰，政出多門。當軍閥、官僚、政客相互勾結爲惡之際，欲求一家眞正獨立不阿的民間報紙，眞是難上加難。天津大公報自張季鸞等三巨頭接辦以後，辦報方針才漸漸朝着這方向走。爲欲如此，三巨頭吳達銓（鼎昌）、胡政之（霖）及張在開創之初，卽互約「三人誰也不得擔任與政治有關的公職」。並曾以「不黨、不賣、不私、不盲」的「四不主義」，宣示於國人。本此原則而行，故大公報在季鸞有生之世，亦始終維持着它「民間報紙」的色彩。到王芸生手裏，才把它變色出賣了。

湘人劉梵如分析他的「四不主義」曾說季鸞：「不黨，他僅同情於國民黨，也沒有入黨。不賣，他從不與軍閥、官僚、政客打交道，便斷絕了買賣之途。不私，他因胸懷闊達、恬淡，自能公誠而廉潔。不盲，他才能見事透明，作文不離情、理、法。」都恰如其人，並非虛語。

大公報三巨頭的「互約」與對國人的「宣示」，對季鸞來說，大體能信守和做到了。他對當時的官場現形，認識得最爲透徹。他認爲除政治因素外，要做當日的官，必須通達十大竅門，曾編有做官十訣，以供笑談，云：「一筆好字，二撇小鬚，三斤酒量，四季衣裳，五官並用，六親不認，七竅不通，八面玲瓏，九尾仙狐，十寸面皮。」這就是說，做官要以熟習李宗吾的「厚黑學」爲張本。張季鸞說自己：「除能喝半斤四兩之外，絕不是這類材料。」所以他一生不敢也沒有做過官，任過公職。

三二　猪玀哲學

約翰彌爾說得好：「與其做一個滿足的猪，不如做一個不滿足的人。」他的意思，就是指我們的人生，如果僅知物慾的重要，雖終日飽食暖衣，過着紙醉金迷的生活，又有什麼意義與價值？沒有人生一種高尚的快樂，那就與猪沒有區別了。人究竟是人，是人，自然卽有人的理想生活，要物質與精神之間，得到平衡的發展，然後才能充實人生的意義與價值！

許多人，雖都有這種想法，然今日社會中，類此猪一樣的人，又正是滔滔不絕。因此使社會便日趨於混亂，使人生更走到黑暗的途徑。同時一般高潔有理想的人士，反而被社會庸俗之徒，所鄙視輕賤。以貪汚枉法者爲才，以多財善賈者爲能，沒有是非曲直，缺乏正義公道，社會焉得而不亂？人生焉得而不痛苦？大言之：現代資本主義社會，小言之：中國自抗戰以來的種種不合理之作爲與風氣；都有形或無形的在鼓勵這一思想與行動之發展。

今日世界的情形，正如卡勒爾所說：「除了金錢之外，人類已墮落到對於任何事物都不能發生與趣」。「一個人只要有錢，什麼權利都可以享受」。近代社會幾乎把道德心完全忽略了。……凡能辨別善惡，謹愼勤儉的人，便一生窮困，人們把他當作惷才……強盜們安富尊榮，享盡幸福，以掇奪財物爲生的混徒，也受警察的保護，和法律上的尊嚴。……」（均見所著「人的奧妙」），卡勒爾雖是就美國情形來說的，然反觀今日之中國社會，恐怕僅只有程度上的差別而已。這一種只重物質，只講享受的思想，我無以名之，只好演繹約翰彌爾的話，名之曰「猪玀哲學」。

莊子說：「鼹鼠飮河，不過滿腹。」人生的豪華奢侈，原都是有限的，不可能以一人而兼二人或多人的享受，也不可能將其財富帶去見閻王。如遺之於子孫，而遺產貽害於子女的例子，社會更是屢見不尠。所以只爲金錢財富打算盤的人生，不獨失去了人生的價値，且是禍患的源泉。合理的人生，是要求物質與精神的平衡發展，消極言之，物質以夠支持生存就夠了。積極言之，以天下之財濟天下之用，輸私財而公社會，心靈上所獲得的，不是虛空，乃是快樂。這快樂才是眞實的快樂！亦唯有眞能瞭解人生之價値者，才能領略得到的。我們雖然不必像陳仲子一樣，故作矯情；但猪玀哲學，總是要打倒的！

三三　一代奇士杜月笙

向有二十世紀現代朱家、郭解之譽，民國三十六年，在香港逝世的上海名人杜月笙，在國內外，是衆所深悉的。上海浙江一帶，不用說「杜月笙」三個字，更是家喩戶曉。他交遊遍海內，聲譽滿海內，無論識與不識，對他都欽崇備至。上海十里洋場、租界上，雖是洋人的勢力範圍，但社會上事無鉅細，當沒有辦法解決之際，洋人也得登門請教，只須杜月笙「閒話一句」（上海人一般口語，信守不渝的意思）便萬事皆了。甚至地方行政當局，每遇棘手難辦的事，請他出面設法主持處理，亦常迎刃而解。故他當時在上海的社會地位，有「地下市長、江湖領袖」之譽，大有舉足輕重與決定的力量。而其俠義之風，尤普及於江南社會，蔚成一種風尚。由此亦足見其潛勢力之雄厚。

杜月笙其人，可謂正與太史公司馬遷所言相合：「其言必信，其行必果，已諾必誠，不愛其軀，赴士之阨困，既已存亡生死矣，而不矜其能，羞伐其德。」（豪俠列傳）視爲俠義，實不爲過。宜其物望攸歸，衆心信服。他在上海，爲社會服務了四十年，不曾在政治上做過什麼官。一生所主持負責的，都是一些經濟機構與社會工作。他所經營的事業與領導工作的頭銜，有時竟達四、五十個之多，多得連他自己都弄不太清楚，而必須用幾個秘書協助。幾乎全上海的銀行、銀號、公司、商行、報社等公益、慈善、救濟機構，很多都是由他擔任董事或董事長。五花八門，兼資並蓄。這樣一個社會傳奇性的人物，他的生平事跡，眞是多采多姿。民國三十六年，他六十歲時，曾出版一種「杜月笙大事記」。逝世後，又有「杜月笙先生紀念集」數册。當年的報章雜誌先後也有不少報導。以上有關他的文獻資料，包羅既廣，記載尤豐，茲僅舉其概略，藉存此一江湖奇人，動人的遺風雅範。

杜月笙歸眞反璞，生世算是完了。古文學人士替他人作傳記或寫墓誌，最後照例來一套什麼「贊曰」、「銘曰」，吹捧歌頌的駢體四六文章。現在雖用不着如此虛僞舖張，也不妨說幾句老實話。綜杜月笙一生，其初之不務正業，亦類今之太保流氓。及其憬悟，又能從善如流，不私其財，不自求享受，不爲兒孫稻粱謀，專注社會大衆，關心民生福利，素行急公仗義，濟困扶危，皆視爲「盡人之本分」。以一布衣而名動公卿，往來顯貴，亦無逢迎驕矜的俗態與矯情奪理的言行。所創「恆社」，以「互助互信」相勗勉，立爲共同守則。雖負俠義之譽，絕不以武犯禁。蓋以爲人和藹謙恭，與世無爭，與人無怨，而又功在國家社會。此其所以難能可貴耳。

上海乃至江浙一帶，大佬、好老、濶老、強老多矣，而「名不虛立，士不虛附」（史記語），試問尚有誰能出杜之右！故以智愚論人，不如以世俗之見論杜月笙，杜月笙直是一個愚到極點的智者；以好壞論人，如不以一般觀點看杜月笙，杜月笙乃是一個壞到頂點的好人；此其所以爲奇也。余無適當之詞來記述他，只好譽之爲江湖奇士。

三四 節食減肥

人到中年以後，體之肥碩者，多爲脂肪過多。據醫生云：此非傳統俗說的「福相」，而是一種病態——血壓高、心臟病、糖尿病諸種預兆。最易導致血管硬化，引起腦溢血、腦充血等症，重者可立致死亡。輕者多淪於癱瘓、瘖啞、痲痺，成爲終生之痼疾。今雖醫學昌明，醫術進步；但云特效藥物，則尚無萬應靈丹、針劑，可以立致起死回生。今人有爲「思患預防」者，多採釜底抽薪之法：一爲多事運動；一爲節食減肥（並非絕食）。前者易行，今日習之者已多。後者，雖禁食慾，雖言之頭頭是道，而實踐躬行者，卻仍寥寥無幾。

節食減肥之道，非倡自近代始，古人已行之而有效證在者，亦不能不信。古史有云：梁昭明太子蕭統，爲丁貴嬪所出，丁貴嬪卒，太子水漿不入口。武帝使人謂之曰：「毀不滅性，況我在耶？」乃進粥數合。太子體素肥壯，腰帶十圍，至是減削過半。梁散騎常侍賀琛，啓陳四事，武帝閱奏，大怒，召主書於前，口授敕書以責琛，末言：「朕三更出治事，隨事多少，事少午前得竟，事多日昃方食，日常一食，若晝若夜，昔腰腹過於十圍，今之瘦削，才二尺餘，舊帶猶存，非爲妄說，爲誰爲之，救物故也。」

以上二事，皆出於梁武帝父子，兩人軀體，原皆肥碩。一以居喪節食；一以政繁節食；皆獲得減肥的實效。信不信？有史爲證。今日之實行「節食」者，以女性爲多，各國皆然。女性或已肥碩，求其不增胖益肥；或爲預防，保其身材苗條秀麗。在男性中，則尠聞有從事節食減肥者，必其饕餮之徒居多。

三五　袁項城附庸風雅

袁項城（世凱）清末民初之梟雄也，世所公認。而袁氏亦時以魏武帝曹操自命，雅慕烏鵲南飛之句，亦刻意欲摹倣之。

袁在清末，因事被隆裕后罷免後，乃遁歸河南故里。其故居花園廣闊，有樓臺亭閣之勝。袁氏優遊其中，大有林泉風雅之樂。常集所謂名流者高會於園，曾有「圭塘唱和集」一册行世。袁氏此園，名曰「養壽」。園中有池，名曰「圭塘」。袁氏次子克文，在上海時，亦有名士之稱，後自榜其居曰

「龜庵」，似爲「養壽」下註釋者，人皆竊笑之，時有大龜小龜滿門庭之誚。當時與袁氏唱和者，有陳小石、齊仲琛諸人，與清室皆有淵源。入民國以後，皆掛名遺老以歿世，獨袁氏例外。此輩原無一人具有詩才，故其「圭塘唱和集」中所選者，無一而不惡劣。好在物以類聚，都不自覺也。

集中袁有五言絕句一首，頗爲時人注意：「樓小能容膝，高檐老枯齊，開軒平北斗，翻覺大行低。」末句雖竊取寇準「回首白雲低」之句，口氣誇大，其不甘寂寞，野心勃勃，求做皇帝之心，已躍然紙上矣。袁氏又有斷句云：「蛺蝶不知花欲睡，飛來飛去鬧春光」。眞是傖俗已極。就詩言詩，袁世凱可說是尙未入門，不夠小學程度。不過歷代梟雄，每於事業之餘，總喜攀附風雅，以圖欺矇後世，此亦不獨項城一人爲然耳。

三六　不希夷也希夷

周作人（豈明）五十生日時，曾作「五十自壽」七律一章，發表於「人間世」雜誌，詩云：「常說出家今在家，且將袍子當袈裟。街頭竟日聽談鬼，窗下終年學畫蛇；老去無端玩古董，拖鞋赤足掃芝蔴；人家若問其中意，請到寒齋吃苦茶。」是描述當時的客觀環境，且能含蓄不露。當算是白話詩中的上品。當時發表於某雜誌，和者頗多，如錢玄同、劉半農、林語堂等，皆有佳章。揭傒斯少年，遇水仙女，別時留詩，有「盤塘江上是奴家，郎若閒時來吃茶」句。「來吃茶」，本古代社交中常語。周作人語，顯係由此承襲而來。

及民國二十八年秋，周作人落水當漢奸以後。有陳子展者，仍步周作人「五十自壽詩」原韻，發表一詩於民意週刊曰：「老夫詩本不名家，劇韻姑成一字袈。救世莫爲千佛手，做人須學兩頭蛇；男兒自詡鬚眉髮，官相難全黑胖痲；生活近來新幾許，咖啡不喝喝紅茶。」說他「終年學畫蛇」，畫來畫去，只畫出一條兩頭蛇。隔了不久，該刊復載傳尙杲一七絕云：「旣然前世着袈裟，可惜今生未出家，說虎詠龍還罷了，如何竟畫兩頭蛇？」

史傳五代南唐魏明好吟詩，動輒數百言。尙袖以謁韓熙載（南唐中書侍郎，善屬文）。熙載佯辭以目暗，且置几上。明曰：然則某自誦之可乎？熙載頻搖其首曰：適耳忽聵。此郎明指其詩，不堪入目，也不堪入耳。魏明只得懷慚而去。賈似道初入相，有人作詩贈之曰：「收拾乾坤一担擔，上肩容易下肩難，勸君高着擎天手，多少傍人冷眼看」。只是通俗而已，尙不卑下。相傳安祿山賜其子櫻桃一筐，並附以詩曰：「櫻桃一籃子，半青與半黃，一半與懷王（祿山反時封贈），一半與周贄」。懷王爲祿山子，周贄則爲其子之友。有見其詩者，告祿山曰，若改「一半與周贄，一半與懷王」，則較爲諧韻。祿山答曰：「豈可使周贄先於吾子！」

前人有集經、子中語，作詠屁詩曰：「視之不見名曰希，聽之不聞名曰夷，不啻若自自口出，人皆掩鼻而過之。」可見希夷之詩，今古皆有，宜乎令人目暗耳聵。周作人原詩，大約是作於民國二十二年，如取下有色眼鏡來看，自稱是寫實抒情之作；但經過輕之者幾番推蔵折騰之後，面目全非，不希夷也希夷了。俗說：「時乖命舛金成鐵」，這也就難怪了！

三七　清明節

時雨紛紛，清明節到了。推算清明的方法，是從冬至數至一百零五日，便是清明節。清明節前兩日，爲「寒食節」，又曰禁烟節(家不舉炊火之意)，古人最爲重視，唐宋詩人墨客，歌詠其事者頗多。王禹偁詩云：「無花無酒過清明，興味蕭然似野僧；昨日鄰家乞新火，曉窗分與讀書燈。」卽詠其景。清明，最重要的工作，便是「掃墓」。蓋過去受了制度的限制，民間不敢設立祠堂，供奉祖先；但孝思不匱，飲水思源，簡樸之禮，亦不敢免。清明祭於墓，不獨是禮，而且是忠孝之教也。是日，男女多往祖墳掃墓，擔提樽榼，懸掛楮錠，道路絡繹不絕。拜者，酹者，哭者，爲墓除草添土者，焚楮錠，次以紙錢置墳頭。野塚中無紙錢者，則爲孤墳。孤墳在目，更不禁增人淒涼之感。新葬之墳，祭掃較早，應在清明以前，俗所謂「新墳不過社」。掃墓既畢，並不卽歸，擇風景幽美之區，芳草地，流水邊，列坐盡醉，有歌者，有吟者，哭笑無端，蓋哀往而樂回也。

王崇簡清明詩云：「盡說遊行好，春深桃李夭，香車旋曲水，寶馬踏荒烟。風雨偏今日，鶯花又一年，誰家歸去晚？綵索尚鞦韆。」(青箱堂詩集)蓋往日都中，最重清明寒食，上至內苑，下至士庶，俱重視之。有立綵索鞦韆架，日以嬉戲爲樂者，但此風久革，今日臺灣固尠，大陸亦久不復有半仙之戲了。

他鄉遊子之未歸者，多於此日感念出遊，因遊者之衆，好事者名之曰「踏靑」。婦女兒童有戴柳條者，斯時柳芽將舒苞如桑椹（大陸情形），謂之柳筍。諺云：「清明不帶柳，死後變黃狗。」其義云何？殊不可曉。婦孺迷信，怕變黃狗，所以戴之者特多。又一諺云：「清明不帶柳，死在黃巢手」，因黃巢作亂時，以清明日為期，以帶柳為號，故有是諺流傳。農家相傳經驗，謂清明不宜作風。此日有風，必過四十九日始止。諺云：「清明刮了墳上土，大風刮到四十九。」據云，極多占驗。

三八　欽族婦女

緬甸的女人，一般說來，都比緬甸男人較為自由和受到各種生活上的優待。惟有「欽族婦女」，在婚姻上所受束縛與人身自由被剝奪之厲害，不獨為緬甸各族之所無，亦世界各地所罕見。

欽族的婚姻制度，至今仍沿襲古代風俗為基礎。就是用金錢進行買賣的奴隸婚姻，把婦女當作奴隸或商品一樣，公開討價還價，進行買賣。生意談成了，交錢交貨以後，一切便互不相干了。一個欽族女人，在未結婚以前，婚姻上，便已有各種束縛的條件存在。女兒在父母家裏居住時，即被視作外人，且要受到父母兄弟種種的輕視和虐待。結婚以後，因為女兒已經不屬於父母所管束的人，更要被人鄙賤。欽族的父母，都是絕對「重男輕女」的。生了女孩，不但自己感歎不已，甚且諱莫敢言。生了男孩，卻會鬧得天翻地覆，到處宣揚。正因風俗如此，女兒在家中，不但自視為不相干的外客，殊不自安！出嫁以後，如鳥出樊籠，也就拋棄父母而不顧了。所以欽族子女，多不知道自己的外祖父母，更不說其他的親姻關係。因此，在她未出嫁之前，做父母的，便苛刻使喚，迫她一切操作，待遇則奴隸不如。父母好像要圖報復以洩恨似的。欽族女子，在未出嫁之前，是不准「吃鷄肉」的。這不是說不能吃，而是不許女子吃好的東西。要出嫁以後，才能有吃好東西的權利。關於這一點，據說近年已有些微改變。

欽族少女，臉部必須刺上青綠色的花紋，證明她已達結婚年齡，方准出嫁。如果沒有刺花紋，縱成了老處女，人們也不承認她是待嫁的姑娘。她們臉上爲什麼必刺花紋？相傳緬甸古代有一個國王，有一次出宮遊樂，遇見一位欽族大臣的女兒，年輕美麗，便選進入宮，侍奉國王。從此，欽族少女相戒，爲避免皇家的選取，便在臉上刺着可怕的花紋，使美色變成醜陋，以逃選災。傳說如此，姑妄聽之。另說：欽族男子，經常成羣結隊，出外狩獵。婦女便留在家中。她們害怕野獸的襲擊，就在臉上刺着青綠花紋，逃避野獸的注目，以後便習以成俗。臉部花紋，大體有兩種格式：一爲圖案花紋；一爲黑漆一團。今日欽族較進步的男子，已多不選臉上有花紋的女子做妻室。此風已在演變之中，或不久可戢。

欽族男子，有納娶四五個女子爲妻的特權。而女子卻只能「從一而終」，更絕不許有不貞的行爲發生。婦女死了丈夫，便要遭到人爲的種種歧視。她從此也要歸屬於亡夫的兄弟，被娶爲妻，繼承亡夫的遺產。一個寡婦，是絕沒有外嫁的自由。她如果堅持不與亡夫的兄弟成親，而要外嫁時，有時亦可獲得家族的允許；但原有繼承亡夫財產的權利，則全被剝奪。並須將過去的聘金，全部還給亡夫的親屬；連自己一切私蓄財物以及兒女，也要全部留下來。她只能赤手空拳，隨着她的新丈夫而去。總之，欽族婦女之無自由與受種種束縛，一言以蔽之：都是「重男輕女」觀念所造成的。

三九　關於林白水

前年在聯合版副刊發表邵飄萍遺聞兩則，曾牽涉到黃遠生，惟未及林白水，頗有餘憾！茲就所聞諸邵某者誌之。

黃、邵、林在北京政府時代，乃鼎足而三之名記者。然三人都是死於非命。平心論事，三人皆具天才，不同流俗，三人恃才逞氣，其死大可惋惜。林氏私德，聞尚不惡。惟愛於新聞筆墨間肆謔，常使人啼笑皆非，不能下臺。茶餘酒後作談笑之資則可，見之報章，似乎出了新聞記者之道德範圍。時林主「社會日報」筆政。每遇黃郛之名，則署以「黃籌辦」，因黃正籌辦一政治性之會議，故特賚以此名。再則許靜老（世英）正以好好先生組閣。一日林以記者身分，列議席旁聽。翌日，新聞中卽有「遙望之，閣議席上，數其頭爲八，近視之，而耳則十七」之語。人多不解，嗣經其說明：是日出席閣員九人，許以身體矮小，不甚引人注目。有海軍次長（代部長出席）吳某缺一耳，故九人爲十七耳也。當時許以曠達態度置之，而吳則恨林入骨。林如此寫新聞，眞可謂缺德。類此新聞報導，不一而足。時張宗昌駐京，林亦明白，此公不好開玩笑，獨不及之。則轉其對象於潘某，潘乃張氏智囊之一。林新聞中則有「潘實不智，腎囊而已」。潘恨在心，時思有以殺之。某夜，派軍警往林私宅捕之，繫衞戍司令部，略詢數語，卽引出而槍決之。

林被捕後，自知死不可免，乃立遺囑語其妻妾各自謀生。林死後數日，遺囑始見於報，中有「我命在頃刻」之語。蓋林平日語人云：「我右手執筆，左手扶其將落之頭」。固已預知其作風之危險矣。

當林被捕之時，聞有薛某求情於張宗昌。張以林曾未傷及己，復以薛之情面，乃條諭赦林，不意赦條至衞戍司令部時，林已被槍決矣。說者謂潘已悉張有赦林之意，故先發以制之，究不知眞情如何。白水之人緣雖比黃、邵好得一籌，但常謂「不遭人忌是庸材」，其恃才逞氣雖不足取，然亦大勇之新聞記者。

林白水，閩侯籍，涉足北京新聞界，主「社會日報」筆政（該社設北京宣外棉花頭條），其社論與副刊，以文筆俏皮，均具特色。白水爲張宗昌所殺（林實潘某陷害，張無必死白水之心，前已言之）。輿論因特以之與邵飄萍並稱（因邵亦京名記者，且同死於張宗昌之手），其實同而不同也。白水與飄萍，雖同死於張宗昌之手，然絕不可以相提並論。飄萍之死，直接是由於風流賈禍，內情則爲政治關係。而白水之死，眞可說是恃才逞氣，文字之獄也。如以「報人」而論，飄萍長於行政，白水宜於執筆。白水之言，雖多超出新聞記者之道德範圍；但私德不惡，士先器識而後文藝，余則寧舍飄萍而取白水，卽在今日之新聞界，亦難多得如此之人。

湘人，薛子奇（大可），當袁項城（世凱）陰謀做皇帝時，與湘人楊皙子（度）等，組「籌安會」，策劃進行，頗露頭角。項城死後，樹倒猢猻散，薛便作了無所歸宿的流浪客。直至民國十二三年間，政治情況已多變遷，正値北洋軍閥混戰（直奉戰爭）之際，薛乃潛回北京，開始其政治生活。集資創設「黃報」於北京宣外大街，實則以報人的姿態活躍於社會耳。

子奇之創「黃報」也，白水實多代籌贊助之功，以萍水之逢，竟成莫逆之交。當白水被捕時，有薛某求情於張宗昌者，即子奇也。患難見友情，子奇營救之力，竟至長跪於張宗昌之前，張爲感動，乃發諭赦。不意死林者，非張宗昌，乃潘某也，故終未獲救。白雲蒼狗，余作此記，已是三十餘年的事了，子奇何在？迄無所聞。來臺之初，余曾在中廣梁寒操先生處見之。

四〇　邵力子平實自然

邵力子，字仲輝，浙江紹興人。清季末葉，從事新聞事業，與于右任、葉楚傖諸先生，辦過報、興過學，夠稱新聞、教育界的老前輩。他也是中國共產黨的原始發起人之一。隨侍蔣介石公，任秘書長，最年深日久。馳驅國政，任陝、甘兩省主席，做過駐蘇聯大使。三十八年，以國共兩黨和談首席代表，率團赴平。和談未成，遂羈留北京，以閒職渡過一生中最後的十八年。一九六七年，某日清晨，其夫人傅學文突然發現他以無疾而終於寢床，享年八十有六。其生也，平實自然；其死也，亦平實自然。

邵力子一生，無論個性、立身、處世、說話、行事、爲文等，無一不平實自然。凡與邵氏相識者，無不覺其態度溫和，待人接物，非常平實自然，能給人以「即之也溫」的好感。經常笑面迎人，從無疾言厲色，富有幽默感。一口紹興話，談笑生風，爲文筆力雄健，頗有紹興師爺的風尚。平時衣著，簡單樸素，間著西服或中山裝，以穿中裝時爲多。晚年，鬚髮盡白，平頭無鬚，步履踏實，精神不減少壯，走路自然瀟灑。生活平淡，最不考究飲食，無論在家作客，上桌談話不休，甚至終席不取一桌。最特別的，除上海有家，供家人居住外，他個人無論任職何處，如南京、蘭州、西安、重慶等地，都是住在機關宿舍或朋友家中，從不另營家室。短期公差或旅遊，不是住飯店，就被友朋爭迎於其家，且不願其離去。邵氏一生事業，都未離開過書生本行。詩、詞、文章，自然都是專長傑出；既少舞文弄墨、吟風韻月之舉；也絕無一般發刊著述或刻印自傳、回憶錄之事。處處表現，盡是平實自然。

而其平實自然，給人印象最深者，尤莫過於談話的風趣。民國二十二年，邵氏接替陝西省主席之初，楊虎城不滿情緒，常見於詞色的說：「邵力子算什麼？他的主席，還是我讓給他的。」有人以告邵氏，邵曰：「那好，他如果不讓，我倒感激他；他現在如果拿去，我更要感謝他。」西安事變時，次日，邵氏見了蔣公，蔣公說：「你們怎麼搞的？不要來見我。」邵知蔣公正在氣憤之中，不發一言。稍待，即自動離去。及回南京，蔣猶餘憤未息，顯有開責之勢。邵未待其啓齒，迅急直陳說：「我只管省政，也不問中、軍兩統之事，更管不到老虎、豹子，我是不該主陝的。」蔣公一聞邵氏先發之言，反而語塞。久露難色而後言。抗戰勝利，重慶召開政治協商會議時，各黨各派，政爭甚烈，分排蔣、擁蔣兩派，以擁者佔大多數。有擁者以詢邵氏。邵曰：「應對事不對人。徒擁蔣，如蔣公死了，又怎麼辦？」邵氏羈留北京時，中共爲人口問題，進行討論。邵氏發言，謂：「曾聽說杭州妓女，有吞活蝌蚪避孕的事。」當時許多大陸婦女，避孕心切。吞之，卻不見效，便向邵氏質詢。邵曰：「我已說得明白，我是聽說，並未說有科學證明。」

大陸反右派運動時，很多人害怕鬪爭，爲表示忠心，便互相挑戰應戰，爭貼很多大字報，以示對黨交心。邵氏不管大字報、小字報，他都未貼過。有人問他：爲何不貼大字報？邵說：「貼大字報要自願，誰也不能強迫我」。反右派時，有許多人，向邵氏訴寃訴苦。邵說：「你找錯了對象，我如果不是中央保護我，我也是右大派。」邵氏某日出門，經一托兒所門前，小孩羣叫「叔叔好！」隨行的工作人員說：「他們對你都叫叔叔。」邵說：「那還好，總比叫哥哥、弟弟好！」文革時期，「外調」人員，有一次訪邵，想瞭解某些政治歷史情況。隨認邵氏所供情況不老實。便從衣袋中取出「毛語錄」，向他唸了好幾段。邵全不動聲色，等他唸完，便說：「我在毛主席語錄中，曾沒見過有：老年人不准忘記這樣一句話。」

邵力子不是歌德的門徒，更不會說：我們的太陽，我們的鋼。上述這類風趣的話，既未脫他平日直言敢諫的慣性，亦不失其平實自然的本色。

四一 項城與北洋始末

所謂「北洋系」「北洋軍閥」，皆近代習見習聞之名詞，現在雖已成爲歷史之陳跡，語之起源，亦或遺忘。鴉片之役，闢五口，河北江南，慣稱南洋、北洋。兩江總督稱南洋大臣，直隸總督稱北洋大臣。甲午後，項城督直，卽習稱北洋總督，設練兵處於小站，蓋北洋軍之發祥也。清末項城開府北洋，羅致「憲政黨」人，隱爲政治中心，與論詬病，始有「北洋派」之名。名以傳著，乃有北洋大學、北洋醫院等見焉。北洋武人，類多出自輿臺，傖俗鄙野，芙柄時傳，王士珍（北洋元老）常云「我北洋團體」，王占元則謂「我們北洋派」，竟自承爲榮，殊不知有植黨營私之嫌也。練兵聘德人爲教習，軍法部勒尚嚴，原不可非。嗣後，項城思化國軍爲私產，卽拔選差弁，常謂「不識字的人靠得住」。詎料若輩饑附飽颺，徒增自累，馮、段離之於先，曹（錕）王（占元）等繼之於後，洪憲坍臺，無一而非「靠不住」以速袁之終也。

北洋練軍，意在對外，甲午戰敗之動機也。原項城感於朝鮮之失，懼謁合肥（李鴻章），託人先容，合肥謂「此子有膽可造」。項城晉見，深爲李重。合肥遺摺復以「足智多謀，規模宏遠」保奏朝廷，實項城騰達之根基也。而清廷以李係夙將，且稱知兵，以袁繼李（李氏摺亦有「惟袁能繼臣後」之語），亦在集「淮軍」部衆，練植新軍。迨袁私心漸露，新舊派分，清廷亦微悉其隱。鐵良（兵部尚書）採良弼之說，卽欲集權中央，項城則多方結納，並羅致留洋軍事人材，以王莽謙恭下士之術，平息流言，卒達操縱之謀。光宣之交，各省督練公所，卽全爲袁氏爪牙。故武漢起義，洛鐘響應，似履夙約。以軍權授外人，爲歷朝所未有，此清廷之失策者一，督練新軍用留學生，爲袁氏騙術，此清廷之失策者二。不然，清室雖在必亡，然決無若是之速也。但由專制而共和，北洋固已被國民黨所利用，而項城之成功，亦利用革命勢力以挾制清廷之策耳。此段歷史之錯綜複雜，讀之殊可令人眼花撩亂。

北洋軍人之中心思想，可以「服從，報恩，無黨」三種意識概括之。若輩出身多微賤，才質駑下，只知私情，尠識大體，其行爲之動機卽多以私爲出發。故有團體雛形，裂痕便生。鐵良欲自炫於朝，示威於外，「彰德秋操」，意卽在此，亦與項城暗鬭之開端也。王英闓（鐵派）與段祺瑞（袁派）卽首啓其釁，王之得力助手爲朱子勤，段忌之擬調入軍校，王代白於鐵，鐵謂「不要理他」。王在北洋並無地位（從此未得袁氏之用，鬱鬱以終），但其妾孫氏爲孫傳芳之胞姊，卻繫有以後北洋之重要關係。蓋孫氏初極貧，少隨母投姊求食，王不認親，經妾（孫姊）一言，始容充差弁，嗣王以其伶俐活潑，乃資助讀書，留學日本士官，歸依於王占元，一帆順風，卒開府江南，號稱聯帥。王占元在項城心目中，原極鄙視。日本迫簽二十一條時，王竟通電有所主張，袁復電責不留餘地，並分電各督戒勿妄言，時項城正圖謀帝制，嘗以「軍民分治，軍人不干政治」之說，箝制武人，然能收效一時，此固袁之魄力，亦北洋中心思想之三種意識所使然耳。

北洋之有政治主張，段祺瑞實導之於始（辛亥聯名請願共和），此雖項城竊權之手段，贊助「軍民分治」之主張，鄂黎元洪卽先被其利用。項城此意，卽在限制國民黨人之活動及分佈自信爪牙於各省之張本。故未及一年，各省革命黨人卽多被捕殺，勢難立足。惟李烈鈞（贛）、譚延闓（湘）、胡漢民（粵）諸公，袁氏無法收用。善後大借款成功，項城一面大施收買政策，一面對國民黨用兵（卽癸丑二次革命）。從此北洋似已統治全國，而十餘年軍閥混戰之禍，亦植根於此。

項城得勢，野心愈熾，然猶有所顧者，則恐黎元洪被國民黨所利用（黎有武昌首義之大名），因與鄂籍某要云：「宋卿在鄂，我眞不放心，君鄂人，爲桑梓計，應速自謀」。某要會意獻策：「拆散其左右軍人，勾結其重要幕僚，屆時不動聲色，密召入京，可保無事」。袁乃如法炮製，黎果應邀入京。初寓之總統府，陽示優異，嗣除行館於瀛臺（卽慈禧幽光緒之所），此處四面皆水，一橋可通，暗兵守衞，限制賓客，實爲軟禁。袁氏稱帝，封黎爲武義親王，黎左右諸人，卽分兩派，一贊受封（饒漢祥等），一派反對（瞿瀛等），黎不能決，謀之周樹模（平政院長，鄂人甚敬之），周曰，願副總統爲鄂人起義，稍留體面。樸前清曾任封疆，尙棄官出走。副總統將來，尙有大總統希望。一受册封，則身名俱廢。袁所爲恐喪無日。黎乃決辭，且時與人云：「周少樸前清做過翰林、御史、撫臺，尙且出走。我豈能受王封乎？」屬瞿草辭。袁復遣使齎封往，黎怒逐之。從此黎氏杜門不出，唐經宋帖，誦習終日。袁崩，黎始回復自由。

黎幽，段（祺瑞）繼督鄂，段承密令，裁汰舊軍，首義諸將，先後罷斥。凡有革命起義色彩之紀念事物，均令改張。項城心理，以爲今後再有革命起義，卽不利於己，共和係被誘惑清室所成，他人何功？常云「華甫（馮國璋）攻下漢陽，宋卿已逃洪山，我如不密電阻攻武昌，黎已被俘，都督何來？若云贊助共和，則菊人（徐世昌）方足以云有功，我亦不敢自居。」蓋徐曾爲清相國，參袁密謀，清室退位，宮中尙多阻力，徐以詔書用璽有功故耳。次則，示威輿論，大漢報胡石菴首遭其害，後之論者，反以文人輕薄病胡，未免寃枉！

癸丑以後，北洋統御天下，西南各省，自松坡（蔡鍔）北上，亦失中心，項城乃以湯薌銘督湘，陳宧督川，湯陳原非北洋嫡系，老派多持異議，而袁則以「汝等用意甚善，但我有用法，可勿過慮」，排衆議。袁以湯爲湯化龍（時有左右國會力量）之弟，鄂人，且與黎有鄉誼，拔之，亦「和黎，悅鄂，聯湯」之政策耳。至陳則素有智囊之稱，川滇新軍，多其擘畫，松坡等皆其舊友。以陳督川，袁固不失知人善用，誰料智者千慮，必有一失，帝制發生，湘湯獨立（受乃兄及組菴先生之用），川陳反正（松坡遊說之功），袁聞大驚，未久卽沒。湯陳反正，爲北洋系中之一大敎訓，「自己人靠得住」復爲日後北洋排斥異己之張本。然後之十年內訌，吳（佩孚）徐（世昌）倒段，直皖之爭，所謂「自己人」，又不知將作如何解說？川湘反正，長江大動。上海肇和（兵艦）起義，蘇督（馮國璋）鼠首兩端，洪憲坍臺，項城亦永與北洋脫離生世關係矣。（上述事實，多出自先君「璜父筆記」作者自註。）

四二　瓦族人

緬甸珊邦北部，丹崙江（卽怒江下游）東岸一帶，爲土民「瓦族人」集居之所。當地人稱之爲「瓦區」。瓦區，到處高山峻嶺，但無深險山谷與流水急湍的河流。他們以耕種爲生，仍採用刀耕火耨的原始方法。他們完全不食油，每天都要吃很多辣椒。山野種了很多鴉片，但一般人吸鴉片的很少，多把它當作藥品使用。過去有「獵人頭」的風俗，今已不復存在。

瓦族人自稱：他們是從天上掉下來的。首先從天空下凡的，是一個瓦族少女，頭上佩帶著月亮，當作銀環。太陽又將一副弓箭，給予一個瓦族男子，從天上擲下來。她和他在凡塵中會合，選擇了丹崙江河岸同居，這就是他們的始祖。這個男子，他們以後稱他爲「黑象王」。瓦族男子，多穿漢人裝式，女子則穿布裙，上衣亦爲漢裝。多數女子的髮髻，是凌亂不堪。頸上帶著銀環，有的是籐圈。逢喜慶宴集，才戴帽子。帽子上綴有彩色線條和死人的頭髮，沒有死人頭髮的帽子，卽不被人重視。有些女孩子，只留四五寸長的短髮。不穿上衣，雙峯高聳外露。下身僅穿一條及膝的短裙，裙的顏色很多。腰部套上十個籐環，頭上有三、四個銅環，耳上亦有耳環。無論何時，背上都負著一個竹或籐籮。

瓦區的小孩，到了四、五歲時，父母就准許他們抽煙戽，被准許嚼一種有檳榔氣味的樹皮。父母們哄誘或恐嚇孩子們，常說：「你若不聽話，就不准你抽煙戽了」，可見孩子們，亦以此爲最佳的食物，如同我們孩子們之愛糖果一樣。他們的煙戽，配上一支很長的竹管，上面雕刻著很多花紋，或塗以各種顏色。有些瓦族婦女，也愛吸煙斗。他或她們，平時都沒有戴竹笠或撐傘以遮太陽或雨水的習慣。晚上睡覺的時候，也沒有鋪蓋被子之類的東西。不論天晴下雨，都要出外從事耕種，任由雨打日曬。因爲氣候比較寒冷，晚上睡覺，則全家男女大小和客人，都環繞在「火塘」（特造的土方，內面燒火）旁去睡。他們認爲清除垃圾、洗刷、沐浴等，都是神所憎惡的事。因之，他們沒有掃地、去垢、洗濯、沐浴的習慣。所以他們在衞生上，是絕不敢領教的。如果要將庭室打掃乾淨，衣裳洗濯清潔，或淨身沐浴等，還先要向神靈禱告，祈求賜准！一次不准，下次再求，總可偶爾獲到一次答許。

他們在食物方面，沒有將米飯與菜蔬分開來煮的風俗，都是將米、青菜、狗肉、牛肉、辣椒、鹽巴等，混合在一塊，放點水去煮。不乾不濕，像摻和了草木瓦石的泥漿一樣。他們認爲最鮮美可口的食物，乃是腐臭而生了蛆的肉類，因之，誰都愛而不捨。

瓦族地區的僧侶，是最受人尊敬的。這些僧侶，與緬甸本部或其他地區的僧侶，也不相同。他們穿着鞋靴，並佩刀劍，很像一種武士。小乘佛敎的僧侶，不食「非時之食」，卽過了中午，就不進食。但瓦族的僧侶，下午和晚間也吃東西。他們常携帶土槍或刀劍，四處遊蕩。留上幾寸長的頭髮，並不像一般和尙剃得光禿禿的。鬍鬚也不剃，留得很長，像京戲中唱鬚生的人物。他們善騎馬、抽鴉片，嗜酒如命。據說：他們享有一種艷福，一般和尙是不能接近女色的；但他們有接受「獻童貞」之舉。所謂「獻童貞」，就是「初夜權」。無論王公大臣或富室庶民的女兒出嫁時，須於婚前一日的傍晚，送往僧院，由僧人破其童貞。次晨，乃迎歸成親。此習由來已久，至今未改。

瓦族人，有一種更難堪的習俗，卽不論男女老少的小便，都是站立行事的。大便之後，也從不去把肛門弄清潔。他們一直相信：他們所居的境域內，有一種「金鹿」。金鹿的糞，會變成黃金。因之，他們也常常三五成羣，到山林川澤中，去尋覓金塊。他們每隔五日，有一次墟市，各處來趕集的男女，多是買賣酸牛肉、酸猪肉、菜蔬，和日用物品。狗肉最多。狗肉亦因節日需求的多而漲價，全身毛色一律而均匀的狗，値價最高，雜色的則較賤。也有各種酒攤，一般男婦既多光顧，尤是僧侶們駐足痛飲的地方。以前他們不用紙幣，近年緬幣已經通行了。

四三　豆腐考

現在我們每日的餐桌上，常有一樣價廉物美，而且營養極富的菜——豆腐，最能適合大衆化的口味。尤是素食者，未可或缺的，故亦有「和尚肉」之稱。我們家鄉有句笑話：「肉是我的仇人，豆腐是我的命，見了仇人，我就不要命了。」前兩句，表示豆腐重於肉；後二句，不要命了，還吃什麼肉？寥寥二十二字的笑話，語妙味深，還是豆腐佔了上風。

相傳「豆腐」爲漢淮南王劉安所發明，古謂之菽乳，原料爲黃豆。造法是將豆入水浸，磨成漿濾去渣滓，用火煎之，澱以鹽水鹵汁，在釜中收之，壓去水分卽成。相傳朱熹不吃豆腐，因朱子注重格物致知，以爲初造豆腐時，用豆若干，用水若干，用雜料若干，合而秤之共若干，造成後，重量超過原秤之數，格其理不能得，所以不食豆腐。可惜的是朱子能作到不了解其道理，而不食，卻不能作到窮究得其道理而成爲科學家。

現在一般人以豆腐爲最富營養，成爲重要食品之一，而且豆漿可以解鹵汁之毒，誤食鹵汁者，服豆漿即解。不服水土的時候，吃了豆腐也可得安。豆腐的烹調法至多，而且精拙懸殊很大，菠菜熬豆腐、韮菜花或香椿拌豆腐、蝦燒豆腐、紅燒豆腐、鹽水煑炸豆腐、沙鍋燉豆腐、葱炒豆腐、麻婆豆腐等等吃法，不一而足。下可以作家常小菜，上可以作筵間佳肴。如「宮保豆腐」，爲盛宣懷獨創；「組菴豆腐」，爲前行政院長譚延闓所特製。而涮羊肉鍋子中的凍豆腐，尤爲不可缺少的作料，買豆腐時在行的必要挑豆腐邊，謂之「老邊兒」。豆腐的直系和旁系親屬很多，最知名的有豆腐漿、豆腐乾、豆腐皮、豆腐腦、豆腐絲、臭豆腐、醬豆腐、老豆腐、豆汁及杏仁豆腐等。因其物美而價廉，故今日中下家庭之廚室中，幾已成爲清一色的「豆家天下」。

四四 朱元璋之言行

明太祖既滅元，與羣臣論元政得失曰：「步急則絕，民急則亂，居上之道，正當用寬。元季君臣，躭於逸樂，失在縱弛，實非寬也。大抵爲政之道，寬而有制，不以廢事爲寬，簡而有節，不以慢易爲簡，施之適中，則無弊矣。」厥後命楊靖爲刑部尚書。又諭曰：「愚民犯法，如啖飲食，嗜之不知止，設法防之，犯益衆。惟推恕行仁，或能感化。」其言未嘗不深切著明，然用法嚴峻，胡惟庸、藍玉之獄，牽引孥戮，至數萬人之多，此一事也。專制時代，用宦官實爲弊政，漢唐兩代，禍亂相尋。太祖於定內侍官制時諭曰：「內臣但備使令，毋庸多人，古來閹寺弄權，可爲殷鑒。求良善於中涓，百無一二，用爲耳目，則耳目蔽，用爲腹心，則腹心病。馭之之道，但使之畏法，不當使之有功，有功則驕恣，畏法則檢束。」又曰：「漢末宦官雖驕縱，尚無兵權，唐以兵柄授之，馴至大害，朕深鑒前轍，左右服役之外，重者傳命四方而已。」其垂宦寺之戒，亦可謂明且切矣。然於平五開蠻一役，先後遣內侍吳誠呂玉觀兵，與唐用魚朝恩爲觀軍容使，又何以異。終明之世，宦者之禍未已此又一事也。昔賢有云：「爲政不在多言，顧力行何如耳。」太祖只求言之成理，初無實行之心，故洪武之治，不能與漢唐盛時媲美。現值抗戰時期，任務極爲艱重。要當本既定國策，於力行二字，痛下工夫也。

四五　甲魚顧問

平江周仲平，挾有「祝由科」與「排教」法術，流浪江湖，爲人治病、獻技，多具神效，人多以「周神仙」稱之，而不名。聲名不僅傳於三湘，且遠及於華北。其人雖非富有之家，衣食總可無虞。平時衣着，或長或短，絕不講究什麼派頭，如一鄉下老粗。唯於治療病患，施行重大法術時，雖男女環觀如堵；或嚴冬季節，重裘不暖之際；亦必脫盡外衣，僅留一身內衣褂褲。有時在緊急關頭，還敞胸露臂，汗流浹背，熱氣衝頭。傳說：十三年十二月間，周仲平到了北京，有人將周神仙之事，言於段祺瑞。段氏好奇，召之入宅，略事寒暄後，曾獻「盆中釣鼈（甲魚）」之術於段前。

其法：先於簷下置清水木盆，覆以報紙。周於盆側唸唸有詞。少頃，盆中漸有水聲發出。他又加唸咒語一次，隨揭去覆蓋盆上的報紙。觀衆只見水中鼓起水泡花，像釜中沸水一樣。且漸生出綠色浮萍，終於浮萍滿盆。時盆側外垂一繩。周仲平將繩輕輕提起，則赫然一大甲魚在，猶動彈不已。衆客驚其神奇，當時甲魚（代表富貴）交廚司烹之，敬獻執政加餐。甚得段氏激賞！時段氏正任北洋政府臨時執政，聘之爲顧問。用意何在？外人不得知。一時故都政壇人士，多稱周仲平爲「甲魚顧問」。由是周仲平「活神仙」之名便大傳於京津。時北洋財政總長葉恭綽，曾介周與張作霖相見。張請周表演法術。周隨從衣袋中，取一鑽戒出，交張手。並說：「大帥，請看看我這戒指如何？」張檢視手中戒指，忽然不見了。原已被周用法術取去了。張卽深信周之法術高強。辭去時，猶致以多金。

四六 籤詩

科學發達的今日，迷信的觀念，仍照常存在很多人的腦子裏。元旦，應朋友之邀，遊新竹獅頭山，男女六、七人，賞玩風景，別無企圖。息一寺中，有位太太首先發動，拜神求籤，卜問遠在大陸的家人的景況。既是問大陸的情形，自然大家贊成沒有反對。一位太太抽得一籤，她看了，馬上變色，鬱鬱不樂，視若眞有其事，未免太愚妄了。

籤詩詞句，類皆八面玲瓏，解好解壞，說東說西，無一不可。當時這位太太所求得的籤話是：「青青河畔草，鬱鬱園中柳。盈盈樓上女，皎皎當窗牖，娥娥紅粉妝，纖纖出素手。昔爲娼家女，今爲蕩子婦；蕩子行不歸，空床難獨守」。這原是一首古詩，就文直解，則爲「薄命女，有姿色，早淪爲娼，嗣從良於蕩子，不料蕩子又常不回家，感覺非常寂寞」而已。而這位太太便不知道想到那兒去了？所以才鬱鬱不樂。一位老先生彭君則說：「這是寫才子不遇的，首二句指其英年，次四句指其懷才，末四句則言不遇之幽憤」。另一位老劉說：「這是諷刺仕途無節操之人的，謂爲輕進之士，才雖不凡，學則不具，一旦政治情況變遷，靠而不攏，放濫無恥，萬分悲哀！」各人言之成理，無一而不可通。什麼是籤詩？就是這樣一套捉摸不定之語。

四七　傲慢自大剛愎自用

劉文典教授，由於生性很怪。情緒欠佳時，常與人鬧得不歡而散。其實他心地光明、醇厚，平日待人接物，不失常軌，極爲可親。但在逾矩之時，狂傲自大、剛愎自用，便乖了舛。革命北伐，政府奠都南京時代，劉文典，擔任安徽大學校長。安大學生，因故鬧風潮。時北伐軍蔣總司令介公，已成中國最高的實際領袖。黨政軍的決策，皆由其掌握。爲欲瞭解安大學潮實況，因召劉校長來京面詢。劉見蔣公時，即指手問曰：「你就是蔣介石嗎？」蔣公駭然！隨責其對安大學潮處置不當，致學潮愈鬧愈大。劉文典並不反躬自咎，還大發牢騷，聲色俱厲。蔣公知其爲不可以理喻，遂令收押看管。暫了此鬧劇。事聞於章太炎、吳稚暉兩先生（皆與劉爲友），皆分向蔣公關說，請原其無識，准予保釋。蔣公原無罪劉之意，只在挫其一時的火氣！蔣公礙於章、吳兩先生的情面，只得見好收蓬，不加追究。劉既獲釋，乃赴滬謝章太炎，章笑問之曰：「聽說你當面罵了他一頓，可是當眞？」劉猶氣憤未平，指手畫腳的說：我完全是用京戲臺上「擊鼓罵曹」的姿式。章亦激賞不已。蓋章素有「章瘋子」的雅號，當贈劉一聯有云：「擊鼓堪稱彌正平（上聯忘了）」之語。劉因自大自用，章亦庶幾近之。

中國對日抗戰時期，日寇飛機到處轟炸，昆明地區，自未能免。他在西南聯大講課時，即常對學生說：「警報來了，一定要跑。我雖很窮，亦必借錢坐車逃出城外。你們要知道：我還沒有盡傳所學給你們。如果我被炸死，中國文化，就被炸去一大塊去了。沒有中國文化，日寇更會猖狂了。所以一定要跑警報。」劉文典對於中國新詩、新文學家，素不放在他的眼底。他常對學生說：「他們不似你們幸運！你們今天在這裏讀書，政府請了我來教你們，何等幸運！他們可憐，他們幼年失學。世界上只有幼年失學的人最可憐！」語未畢，學生已哄堂大笑了。

清華有一次開教授會議，時朱自清（佩弦，浙江紹興人，數主清大文學系）提出某（忘其名）應晉級教授。劉文典認為：天下無此荒唐的事。直指朱自清說：「如某人當教授，你請我到那裏去？置陳寅老於何地？必先請當局給我兩個設法，謀一條出路，然後方可語此。」朱自清與某皆大窘。經馮友蘭調解，始寢其事。他以後常對人說：「他校吾不敢知，吾清華文科，實只兩個半教授。」人或問之曰：「請示所知，那兩個半？」劉笑曰：「寅恪一個，友蘭一個，我半個也。」目中無人，一至如此。馮友蘭還是因為他曾作過清華文學院長，才勉強列之。

抗戰期間，劉文典在昆明西南聯大開課。及抗戰末期，於空襲中逃躲警報。在防空洞口，與文學家沈從文相遇。劉冒昧的對沈說：「你何必躲警報？」沈反問：「劉先生為什麼也來躲？」劉曰：「我躲警報，不是為我劉文典，而是為中國。告訴你：如我被炸死，就沒人教莊子，中國文化被炸去一大塊，日寇更要猖狂了。至於你教小說的，隨處都是。你何必躲？」沈從文素性謙恭厚道，亦知劉乃一剛愎自大自用之徒。講課時，亦常對學生說過如此向「自己臉上貼金」的話。我心雖不平，實無與他計較的價值。

劉文典，自修而通英、日、法、意四國語文。過去也翻譯許多外文書籍，這是事實。有學生爲習第二外國文，晉叩劉文典的意見。劉曰：「方余之留東也，習法、意文，係極簡陋之和（日本）法字典。其時，尙無和、意字典出版。吾國至宣統二年，始有鄺富灼之英、華大字典，比較完備。以今日所出字典視之，亦嫌簡明。然早期吾華學生之寫讀能力，皆較爾等爲佳。可見工具愈方便、愈懶惰，一如今日之有汽車然，人之兩腿，反而退化矣。」不但答非所問，簡直是借題自炫一番。學生無故挨罵，只好抱頭而退。同樣的情形，劉文典常對學生批評近代的翻譯家說：「彼輩將原本書，置於其右，稿紙置於其前；半吋小字典，置於其左。翻一個字，譯一個字。請問如此譯筆，尙成何話說？其中國文佳者，則湊而成文；但求圓而成之，與洋文的原意，亦相去不啻十萬八千里也。」其自大自信心之強，即類多如此。

劉文典，從來是傲氣凌人的，當然不限於上述幾件事而已。不過他的傲骨，也是偶有可觀的。如不逢迎領袖；不巴結權貴；但都不被人注意而已。而惡他傲氣的人，反說他在要學者脾氣。今日世俗，愛道人之短，誇說己之長，和烟視媚行的人特多，於是連所謂「傲骨」之輩，也就不在嘉許之列了。

四八 烏鴉世界

旅行到了緬甸，無論在城市或鄉村，你可以不愁爲了酣睡而誤了起床的時間；也不可能爲了埋頭工作而誤了約會或吃飯的時間。幾乎分秒不爽，到時到刻，會有「機干」（緬甸人稱烏鴉爲機干）把你從迷夢中或專注精神時，呼醒過來。在清晨和傍晚，你到窗門外吸一口新鮮空氣，就會看到牠們，正在逐隊成團的鼓動翅膀，黑黝黝的滿天亂飛，「鴉！鴉！」地眞像自叫其名。我國西安城，向有「烏鴉的領土」之稱，比之緬甸「烏鴉的世界」，實在相差太遠。

烏鴉的嗅覺力，是異常靈敏的，輕微的腐肉氣息，也可引致牠的垂涎。在我國向有「鵲鳴吉、鴉鳴凶」的傳說，病人屋上有烏鴉，或偶然聽到烏鴉的叫聲，都認爲是一種不吉之兆。病者將不久於人世，平常人也會有是非口舌糾紛或其他不幸事件發生。可是，牠又偏愛多嘴而噪聒。水滸傳中，魯智深倒拔垂楊柳，就是爲了牠的緣故。其實烏鴉之可恨，並不在於「鴉鳴凶」，實在於牠們極度貪饞，而無所不吃，嚴重的損害了農作物。

烏鴉，在我國人的心目中，雖不受歡迎；但在緬甸，卻長期獲得最優厚的待遇。牠們不像金絲鳥或孔雀似的，在囚籠中被珍視，而是世世代代過着自由自在的生活。緬甸虔誠敬佛的教徒，還天天把飯菜盛好，掛在樹枝或木杆上，有禮貌的款待牠們。雖然如此，牠們還是貪得無饜，常常飛到飯桌上，甚至砧俎上，突然啣走了牠所喜愛的魚或肉，不管那主人心痛不心痛。遇了這些現實的損失，佛教徒還會唸一聲「阿彌陀佛」，表示對佛祖的感謝！而一般人民，卻不能忍受，便用彈弓或泥丸來懲罰牠們。這時，佛教人士又來爲牠們作祖護，大宣傳其「戒殺生」的教條，或作「超渡」牠們的舉動。

烏鴉確實可惡，但在緬甸一般人的心理中，烏鴉又確有其可取之處：牠們能以「車輪戰」的戰術，迫使兇狠健碩的老鷹，精疲力竭而死。在緬甸這烏鴉的世界中，老鷹是危害家禽鷄鴨最大的兇手，烏鴉戰老鷹，也是常見不尠的事。人說：「天下烏鴉一般黑」，在臺灣，我就很少看過。

四九　吳三桂致康熙書

明室之亡，論者多歸罪於一婦人女子——陳圓圓。圓圓何罪？罪亦成之於吳三桂。故三桂實罪禍之魁也。這段史實，載之典籍，決非誣陷。清室內閣中，舊藏有「吳三桂致康熙皇帝書」。余於友人處，見其鈔本，更足證史實之不謬也。原書云：

「皇明罪臣吳三桂，致書康熙皇帝陛下，人言三桂反，三桂實非反也，先帝殉社稷，三桂効申包胥痛哭秦庭之義，請援貴國，那九顏王子惟恐三桂心不誠，宰烏牛，殺白馬，立誓煞水神前，誓曰：殲賊之後，凡中國所有，悉歸貴國，那九顏王子猶慮桂心未盡，又令薙髮胡服，然後發兵十萬，令桂居前，清兵居殿，進兵百里，卽遇降賊逆臣唐通，桂奮勇一戰，殺賊殆盡，李賊捲甲疾趨，桂念君父之仇，不共戴天，奮戰逐北，直至潼關地方，李賊破膽而遁，桂因神京無主，返兵西向，那九顏王子頓背前盟，將順治帝懷抱擁立，斯時卽欲理論曲直，惟恐貴國之師扼其前，李賊之兵躡其后，是功未成而身先喪，知者不爲也。錫以王爵，封以通侯，豈得已而受命乎！厥後嗣王不道，政歸權臣，四鎭鴟張，六師紛沓，與三桂無與也，那九顏王子貪心無厭，驅兵南入，以致滅我社稷，使十七葉神聖天子，斬宗絕嗣，言之痛心，一統之勢既成，版圖悉歸清有，那九顏王子博功跋扈，毒流宮闈，皇帝赫然震怒，粉骨搗灰，在皇帝之待九王子太薄，而九王子背盟受禍，不爲過矣！桂三十年來，臥薪嚐膽，求太祖之後無其人，血淚既枯，嘔心欲死，不意天復眷明，去年二月間，於虁州太平縣界，得太祖十四代孫周王，聰明神睿，漢光武、宋高宗，不足比擬其萬一，眞屬中興之令主，因未告廟先稱周王元年，統兵百萬，直抵燕京，三十年之積聚，任皇帝移歸建州，以娛終身，三桂之待貴國，不爲薄矣，卽皇帝之祖宗，亦屬內附，普天赤子，有何嫌疑，其中國人民社稷，留待新主拊循，非皇帝之所預聞也，桂前不顧父，以殉舊主，今不顧子，以扶新主，心事可知，遑問其他，望皇帝勿歸罪，請撤去藩臣，幸甚，幸甚。」

從吳三桂此書觀之，皆屬飾詞巧辯，企圖歷史翻案，煽惑反清志士而已。跡其居心用事，徒爲個人私利私慾是圖，何嘗存有君父之念！當其傳聞君死、父囚、家業被奪，似皆無動於衷。及聞陳圓圓被沒入宮，則怒髮衝冠，目嘴盡裂。曰：此仇必報。吳梅村圓圓曲，已經歷言其事。三桂書中末段，所謂：「前不顧父，以殉舊主，今不顧子，以扶新主」，徒自欺耳，何能騙人？三桂降清，榮封藩王；及其削藩，又假爲明復仇之義，舉兵反清。毫無原則，只是一個小人耳。

五〇 換日線與經緯線

要瞭解「換日線」，必先知道格林威治天文臺。這天文臺，是在英國倫敦市區內，格林威治地方，建於一八八三年。同時，在此建立了劃分地球南北向經度的零點。線（點）東爲東經，西爲西經，東西各一百八十度。東經一百八十度，爲一日之始；西經一百八十度，爲一日之末。東西經加起來，便是劃分橢圓形地球的三百六十度。而事實上，始、末則在同一地點。但在同一地點，卻不能用兩個日期。因之，必須設換日線。這就是換日線的由來。

換日線，則選定了夏威夷羣島，較西的海面，無人居住，距夏威夷「時差」（經線向東或向西移動，便有時差）半小時之處，畫出一條並非直線的換日線。線西爲一日之始，東爲一日之末。此線之曲折不直，或因國界交錯在另一國屬地上等等之故；但時間必須統一。同時，線東的日子，儘管不同；但晨、昏卻相差無幾，不致大感不便。這樣，人們到了格林威治天文臺時，自然是站在經線零點上，等於「足踏東西兩半球」。在此，如適逢其時，便可看到「月正西沉」，同時，又可看到「紅日東昇」。正可構成下聯「足踏東西兩半球」的上聯：「眼覩日月同光耀」。

至於緯線，與換日線卻無關聯。緯線與經線配合觀察，僅可確定地球上的地理位置，也是人爲的。不過經線，爲南北向的直線；緯線，則爲與赤道線等距平行、環繞地球之圓圈。經度爲三百六十度，緯度祇有南北各九十度；在赤道上，經緯線每度之長短略等。由此便可知地球的形狀，似爲一平扁大肚的南瓜。在赤道上的緯度線零點上，也有一建築物作標幟，是在東非赤道上的烏干達首都。也做格林威治建立一條線，線北爲北緯，南爲南緯，蓋了一拱圈，立上一塊碑，碑身成圓錐狀，高約一·五〇米。人站在拱圈下線點上，向天空看，除白雲外，不見任何一特殊之處。也可說是「一步跨越南北緯」，正可與「足踏東西兩半球」的上聯對起來，有異曲同工之妙。由於經緯線與換日線的劃分，如果人們停止於南北極時，那東、西、南、北四方，應該是消失了。又可說一句：「身在兩極無四方」，更饒興趣。由是可知地球上或地球赤道，地球經緯線，都是人爲的，虛設的。絕無赤道，經緯線的實體。

五一 雪萊式的戀愛

關於徐志摩與陸小曼，由戀愛結婚而婚變之事，是近年來文藝界人士最熱門的話題，見解也極不一致。個人的意見：徐、陸的戀愛關係，頗與雪萊對男女的關係觀，彷彿同出一轍。雪萊一生的戀愛事跡，是盡人皆知的。雪萊是英國的詩人，系出貴族，學於牛津大學，以倡無神論，被學校開除。又因與咖啡店的女郎結婚（這是貴族階級所不齒的），見逐於家庭。雪萊於是過着流浪生涯，對宗教及社會制度極爲憎惡。他的詩極具聲色，或謂爲拜倫（英詩人，一七八八—一八二四）所不及，其詩卽多此種心理的表現。後在航行途中墮水溺死。

英國在維多利亞時代人的心目中，談到雪萊與女人的關係，無不指他是一個大傻瓜。眞正瞭解其人其詩的人，看法並非如此。卻把雪萊的男女觀念，看成爲「遨遊八表的愛麗兒——一隻穿花的蝴蝶，一個弱不禁風的小東西，輕輕飄飄永不着地，又俊美又天眞。」（日人溫源寧語）所以雪萊觀念中的男女關係，他愛的不是這個或那個女人，凡是異性，無論手上、臉上或聲音裏，他看到一個「理想美人」的影子，都是他的戀人。

徐志摩跟女人的關係，也頗有雪萊式的意象（自不純化）。卽與志摩有關係的任何女人，也別妄以爲志摩眞的愛過她，他只愛過自己心中「理想美人」的幻象。他不僅和女人的關係上是如此，就在他的詩文作品裏，以及和男友的交往上，甚至他所有的妄念妄動，莫不如此。他對張幼儀、陸小曼、林徽音（民初國會議員林宗孟——長民——的女兒）。對所有交往中的女性，其中有物、其中有象，但又彷兮彿兮，宛若有情而又無情。

當王賡與陸小曼解除婚約，陸、徐結合時，仍遭徐父之強烈反對，以脫離父子關係，不分志摩家產相阻嚇。而徐之髮妻張幼儀（出生寶山大家，民國四年與志摩結婚，且已生子，伉儷之情甚篤。或謂十一年時，徐在柏林已與張離婚是因小曼的關係。但徐與小曼認識是在十三年，似與此處事實不合）。反而從中勸解，自願和志摩仳離，以促成徐、陸好事。在常情上言，如譽幼儀爲謙讓豁達，無寧說是徐、張從未愛過和被愛過，張才肯斷然出此釣譽之策，徐也才無一點留戀餘情，大家都祇把這段關係當作過眼的影子而已。

至志摩與小曼之間，本是「使君有婦，羅敷有夫」，在跳舞遊樂場合認識的。徐或驚其豔麗，僅爲其「理想美人」的影子。志摩這類理想，從這個女人飛到那個女人，影子雖多，志摩的愛也只是出於一件東西，他的「理想美人」的幻象。林徽音固其幻象之一，而陸小曼亦僅其幻象之一而已。

五二 男女平等之爭

在重男輕女社會中，男女地位之不平等，乃一極不合理的現象。爲求合理，乃有男女平等之爭。今人之爭，多以民主、自由、人權之說爲依據。在古代宗法社會中，又何嘗沒有爭執！但不是人格、人權、法律、地位之爭，卻祇是一種私情，私慾不平之鳴而已。史載：「南朝宋廢帝子業之姊山陰公主，適駙馬都尉何戢。公主淫恣，嘗謂帝曰：『妾與陛下，男女雖殊，俱託體先帝，陛下六宮萬數，而妾唯駙馬一人，事太不均。』帝乃爲公主置面首左右三十人。吏部郞褚淵貌美，公主就帝請以自侍，帝許之。淵侍公主十餘日，備見逼迫，以死自誓，乃得免。」山陰公主，雖已略窺男女平等的眞諦，在宗法社會，總算是難得的；但所爭者，只是一己的兒女私情慾念，實不足與現代人權地位之爭同語。

五三 佛國新年愚人節

四月一日，爲西洋的愚人節。國人習其俗，亦於是日愚人一番。可是我們的鄰邦泰國，卻以此日爲新年的元旦。愚人者亦常自愚，已沒有什麼好說了。惟泰國的新年，雖屬鄰邦，知者反爲不多。而且在其慶年盛典中，禮節之隆重，佈置之華貴，爲了瞭解異國風情習俗，因就友人黎君所言者，加以介紹。

泰國素有佛國的雅號，因之一切節慶紀念，亦多有佛的意味。他們四月一日的新年元旦，便稱佛曆元旦。每年此日，各地均有慶年大會，在國都曼谷地方，更是熱鬧異常。京都的慶年大會，照例於極廣闊的草地中舉行，地廣數千畝，場面極偉大。全場四週，圍以電燈，色彩相間，數以萬計，遠望夜景，宛若游龍。場內佈置，除佛事外，頗多富有敎育意義的設置。如場之北爲春耕典禮場，有米、穀、蔬、菓等農產品的比賽，有新式農具展覽等。場之中設彩票臺，泰國每於新年發行新年彩票一種，元旦日卽於此臺開彩。場之南爲佛壇，壇之四週，有唸經亭、音樂亭等。場內及四週，則圍以戲臺、雜技臺、遊藝臺、臨時商店、醫院、托兒所等。電話機、播音機，設置亦極周全。

慶年儀節，開始於除夕（三月三十一日）下午，首由高僧、官員，率領樂隊，及善男信女恭迎佛像，遊行至場，繞場一週後，安置於佛壇之中。遂進行祭典，膜拜、誦經、各種儀節。其一切儀式進行，余雖莫明其義，而其繁瑣行動，亦不無可觀之處。

元旦清晨，會場四週，已是車水馬龍，途爲之塞。紅男綠女，莫不盡情歡狂。並各備齋牲禮品，靜候道旁，以待僧至。約七時許，空中發砲三響，大會正式開始。此時卽有數百名僧人，魚貫入場，善男信女，遂開始齋僧。黃衣僧人，托鉢循齋道而行，無不滿載而歸。

齋僧禮畢，隨舉行春耕典禮。此一儀節，非常隆重。由政府的最高首長，領率百僚行之。事前由專司其事者，佈置春耕禮應用物品。選肥牛兩頭拖犂，領導行禮者執犂端。並飾仙女四人，擔穀種隨於犂後。領導行禮者撒種，以慶新年豐收。約半小時左右，禮畢。農民觀衆，擁入場內，爭取穀種，歸撒於自己田地，亦取貴種豐收之兆也。

春耕場之左側，有穀米等農產品的比賽。品類繁夥，僅穀種一項，即有二百種之多，均由大會主持者，分類評判，分別等級，給予獎勵。除此之外，尚有民衆運動大會、各項運動比賽、各種技擊競賽、各種遊藝表演、各項展覽會，名目之多，實難盡縷。從元旦日起，早有安排，每日各有重要節目，一直要到第八天爲止。第九天，熱鬧的新年，才漸漸寂靜下去。因此一年一度之新年盛會，一般人民，既不欲隨便放過，在政府方面，則亦藉此作宣傳教育的機會。上有好者，下必有甚焉，在政府與民衆合作之下，於是泰國的新年，也就更加有聲有色，較之我們的新年，自然更有不同。

五四　西藏活佛

我國西藏地區，自初民以來的政治組織，素行「政教合一」制度，由一個活佛主持宗教與政治，以統治萬民。這活佛卽宗教上的大喇嘛，藏人稱之爲「呼圖克圖」。歷史相傳：皆能世世轉生，永掌政教大權。儼如西天活在人間的神佛，蚩蚩之氓，信而不疑。正如韓邦靖之詩所云：「更信番僧取活佛，似欲清靜超西天。」其「世世轉生」的方法與情形，略如下述：每當一位活佛將死之時，預留遺囑（或假造），自言卽將轉世再生。並指出轉生地點、時間、地形、房舍、方位、日月星辰、樹木花草等狀態，莫名其妙的說法，神乎其神，以惑人心。活佛死後，衆僧徒遵從遺囑，分途結隊，去找如上述狀態的初生嬰兒。同時，邊疆人民之爲父母者，亦無不希其初生嬰兒之能成爲活佛。一人成佛，鷄犬昇天，那個不想！當父母的希望與尋找靈童的僧徒，一拍卽合時（花樣卽生於此時），則轉生的靈童，便成爲新生的活佛了。但既分途去找，便常有兩個或多個靈童出現。於是又產生了繼承活佛寶座之爭。

活佛寶座之爭，無法解決時，中國政府爲弭爭端，便把西藏分爲兩部分——前藏與後藏。前藏在拉薩，由達賴活佛主持；後藏在日喀則，由班禪活佛主持。兩方競爭，固可如此解決。倘係多個靈童競爭，淸康熙的處置，卽設一金瓶，採用抽籤方式來解決。中籤者，爲眞活佛，掌政教實權；未中籤者，爲假活佛，則有名無權；最後必須經過皇帝御批，才算定規。

考近代西藏活佛，大都是由漢人與藏人共同主持尋找。轉世地方（或在靑海、西康），轉世靈童，因政治因素，多由中央指示或授意而行的，且要經過很多年，才能如願找得到。在此期間，也正是尋找人員的機會來了，陰謀詭計，收錢納賄，經過許多花樣，方找到了活佛，分別送到拉薩或日喀則。然政權之爭，仍然存在。鷸蚌相持，則正成了中央利用與控制的手段。國府建都南京，南京沒有黃敎寺喇嘛廟。班禪活佛九世（受中國政府支持的），既受達賴活佛的排斥，又不能回西藏，就祇好仍住北平。二十六年，班禪九世逝世，轉世的十世班禪，仍住北京。以後接受了新政治的改造。七十八年，才返西藏，不幸未久死去。至於達賴活佛，則由西藏逃往印度，與中共對立。直到今日，不知所終。中共控制西藏很嚴，亦久未聞有西藏活佛消息。中共愛搞什麼現代化，西藏活佛，想亦現代化了。

五五　上海三老變三奸

我國對日抗戰之前，上海鉅商、大亨、聞人很多。其最著者，除虞洽卿、王曉籟、榮宗敬等之外，有所謂靑幫三大亨——杜月笙、黃金榮、張嘯林；更有所謂「上海三老」——聞蘭亭、袁登履、林康侯。及抗戰與太平洋戰爭相繼發生，這「三老」有的逃難至大後方，參與抗戰活動；有的則僑寄海外，渡其安靜生活；有的則落水爲奸，協助日寇爲禍。所謂「上海三老」者，便是這類好漢。他們「三老」，一生經歷，大體相似。爲奸結局，亦復略同。

聞蘭亭，字漢章，江蘇武進人。以年歲、資歷言，似爲三老之首。貧寒出身，初作棉紗學徒。民初來上海，從事紡紗業，相當順手，竟成了紗業鉅子。中年好佛唸經，以商人而作儒者模樣，私德尙不惡，人多以老前輩目之。抗戰發生，日方積極拉攏；周佛海復予多方引誘；汪精衞亦特予以尊重；他便同流合汚了。勝利後被捕，猶欲寫詩以明志：「無限靑山散不收，雲奔浪捲入簾鈎；直將眼力爲疆界，何啻人間萬戶侯。」審判兩次無結果，終於三十七年病死。袁登履，寧波人。少極貧困，入基敎後，任牧師，隨入了上海聖約翰大學，以英文好，復獲敎會之助，因得發跡。民初到上海，開始商場活動。十餘年間，漸成上海聞人。抗戰發生，落水爲奸，做交易所，成巨富。因而活動愈廣，聲勢顯赫。受丁默村、李士羣等的挾制，爲惡更甚。勝利後，被捕下獄，審判一直未決。三十七年，政府特赦後，人民法院復判罪十年，免予執行。四十三年，病歿上海。林康侯，上海人，初以敎職維生。

嗣棄教從商，向銀行業發展，頗爲得法，成了銀行界鉅子。正當此時，上海戰事發生，逃赴香港。及太平洋戰爭發生，香港淪陷，林康侯被捕。日寇逼降，遂爲漢奸。回到上海，復與汪僞政府勾結，爲惡益甚。日僞跨臺，林被捕下獄，亦纏訟不休。判罪二年，出獄後，赴香港定居。五十四年，以病歿於香港。「上海三老」卒以「上海三奸」終，亦可謂爲「志同道合」之徒耳。

五六　百封情書感黑鳳

沈從文結婚成家，比較稍晚。這段良緣，是始於民國十七年。這時，沈從文執教於上海新中國公學。對該校校花張兆和，極爲垂青。由暗戀而寄纏綿愛慕、情文並茂的情書。初彼美不但不爲所動，反將其情書，向學校當局公開。弄得沈從文難以爲情，心灰意冷！後經友人「再接再勵」之勸，繼起直追。她終感於沈從文之眞情摯意，由相戀，而結成連理。雖是好合之緣；但也拖了相當長的時日。據說：這一良緣，還是沈從文寫了一百封情書給張兆和，才把她追求上的。這一風流韻事，後來傳播開來以後，大家好奇，對這位沈太太張兆和，無不刮目相看起來。眞的，初見其人，還沒有驚艷之感；可是越看越好看。有些女眷們更說：與她愈接近，愈覺得她親和可人。於是大家就給她一個綽號——黑鳳。

黑鳳，算是一株空谷幽蘭，確有超羣出衆的美。風度端莊、嫻雅，益顯出其大家閨秀的氣概。容貌則杏臉桃腮，明眸皓齒。惟膚色欠白而稍黑。本來我國人的審美觀念，向以「雪膚花貌」、「細皮白肉」為美的條件。乍見黑膚，自難驚其鮮艷。不過她膚色雖微黑，但極細膩飽綻，正極合標準的健康膚色。賜以綽號「黑鳳」，當是由此而來。她住在昆明桃源鎭之時，雖快接近徐娘年華，但風韻猶存，仍看不出是兩個孩子的媽媽。抗戰復員後，住在北平，日常仍是一襲陰丹士林旗袍，不假脂粉，終不減其明麗光輝。

黑鳳，不但有其自然的外在美，且是更具內在美的一個賢妻良母型的主婦。平日深居簡出，操持家務，鉅細躬親。間時，則喜看看文藝小說等書籍。因之，他對陸小曼與徐志摩；郁達夫與王映霞的桃色事件，極為清楚。常當故事般的講給學校同事好友們聽。偶然和丈夫帶着孩子，出門散步。卻從不去左右鄰舍，串門子、嚼舌頭。她是一個文學家的妻子。她知道文人多數是無行的，風流瀟灑的。她也知道文人的太太，見多識廣，風習相染，亦常不免於生活浪漫。她將這類故事，也常當作自己閨中私語的資料。雖在引以自警自檢，也未嘗沒有諷示提醒沈從文，不要亂拋愛情的意思在內。她認為最使人生苦惱喪志的事，實莫過於有夫之婦或有婦之夫的烏七八糟亂來。所以他們夫婦，始終都沒有閒話，留給人講，各「從一而終，絕不後悔」，如胡適之先生一樣。

五七　拿破崙情書

英雄美人，類多豔史，中外一例。十九世紀之侵略英雄拿破崙，桃色新聞（舊聞），更是不尠。當其征意大利時，正與一個美豔女郎約瑟芬戀愛。約瑟芬乃一嬌豔極具風趣的女子，能使拿翁拜倒石榴裙下，自非偶然。拿翁雖在征途中，就其情書中觀之，似猶刻刻不忘。

其情書有云：「我覺得需要安慰，這安慰惟有寫信給你可獲得。……我生命的靈魂，請於每班郵差來時，寫信給我。否則我活不下去了。……」「我收到你的信，使我的心充滿着愉快！自從離開了你，我無時不感苦惱。我只有在你的身邊時，才覺愉快！我時刻在回念你的吻，你的淚，你魔人的妒忌，還有那約瑟的傾國傾城之色。自從我認識你以後，我的崇拜你，與日俱增。願你給我看到你一些缺點吧！不要太美麗吧！不要太溫柔吧！尤其不要太仁慈吧！最好永不要妒，永不要哭，你的眼淚使我發狂了。請確信我意念中除了你不能再有別的東西了！」

英雄氣概，情書亦另有氣概，今人多學而爲之，其實則非可以學而能也，除非你的愛人沒有見過這兩段情書，你可照抄。然而也要你的愛人不下於約瑟芬，才不會負你的苦心！

五八　洪憲六君子

民國四年八月，楊度（哲子）爲迎合袁世凱（項城）帝制陰謀，結合安徽孫毓筠（字少侯，孫家鼐之侄，曾任安徽督軍、北洋政府教育總長、袁氏約法會議議長）、湘人胡瑛（字經武，曾任山東督軍）、湘人李燮和（字柱中，曾任滬軍都督）、江蘇劉師培（字申叔，北大教授）、福建嚴復（字幾道，一字又陵，清賜進士出身，京師大學堂堂長），組織六人幫（自稱洪憲六君子）的籌安會。哲子自任理事長，孫副之，其他四人爲理事。楊鼓吹帝制，曾發表「君憲救國論」一文，袁氏認爲「深合孤意」，特頒親題「曠代逸才」四字匾額一方給楊。劉師培急欲自見，乃著「君政復古論」，以明勸進。哲子躊躇滿志，不可一世，常以新朝首輔自居。

袁氏帝制失敗，民國五年六月憂憤暴卒。哲子深玷汚名，進退失據。黎元洪下令通緝拿辦洪憲始禍諸人（十三太保），六人幫的楊度即居其首。他不得已乃避居青島，匿跡消聲。迨張宗昌督魯，楊復追隨有年。流落之中，還作「避難行」、「東洲行」等詩以自慨。十六年，武漢政府造成寧漢分裂時，左派分子猶欲利用楊度，極力造謠說：「奉系與南京政府，將以犧牲張宗昌而謀妥協。」暗中煽動哲子，慫恿張宗昌傾向武漢政府。不論事實眞象如何？張宗昌失敗以後（被鄭繼成刺殺），哲子亦遁去。

六人幫的通緝令，直到民國七年七月，北洋政府始下令赦免，從此哲子的行動，始得自由。偶往上海旅行，猶膽小如鼠，未敢公開活動。民國九年前後，欲與陳獨秀勾搭；十六年思與左派串合，皆無成就。十一、二年間，復受國父孫先生之命，暗効馳驅，常往來於北平上海道上。時國民黨人士，雖多非議者，但某公卻說：「哲子是爲履行其一九〇五年的諾言」。民國十五年移居於北京，有人說他仍暗負有秘密政治任務。其表面則爲從師齊白石學畫，且誦經禮佛，修心養性。至十七年北伐成功，始遷上海。

上海自非哲子適宜生存之地，不過有一技在身，求活的路道總比較容易。他除賣字畫（買者無幾）消遣以維生之外，則依上海聞人杜月笙先生作食客，繼續禮佛和撰作佛文，其含禪性之別號，即始用於此。一個四十年來的風雲人物，晚年竟窮愁潦倒若此，處境亦實堪憐。加以肺病纏身，久治難脫，終於二十年九月，逝世於上海，時年僅五十七歲。綜哲子一生的政治生涯，沒有一貫的理想與主張。時而革命，時而立憲，時而君主，晚年又傾向於革命；不時復與左派分子勾搭。直言之，卽其思想路線錯雜，時左時右，時而標榜中間。結果，行出多途，自難有成。

五九　南天王陳濟棠

曾在廣東獨立，反抗中央，被稱爲南天王的陳濟棠（伯南）的一生，頗多爭議，有譽亦有毀。蓋自十七年多，粵主席李濟琛調京，由陳銘樞繼任主席。翌年三月，李以勾結桂系，欲盤踞兩廣、兩湖，以武漢爲中心，企圖叛亂。中央爲防患未然，便將李送往南京湯山看管，並擬改組廣東省府。粵籍元老——特別是馬超俊，咸認陳濟棠爲人土氣，望之似愚不可及，惟賦性純厚，向善有心，……操守棨實可靠，外騖心少，安份聽命。出任斯職，主席似可考慮！蔣主席同意，便發表陳任斯職。以後南天王陳濟棠的江山，卽發端於此。

陳濟棠在任八年，於二十五年八月下臺，離開廣州，便息影於香港。他在粵時，被指爲背叛中央，實在沒有公開的事實表現。有人說：陳濟棠乃袁世凱第二，容或是之，亦不過邯鄲學步而已。至謂企圖南面稱王，又有何種跡象？但他忠心於胡漢民，粵人則多認之。傳說：當胡漢民逝世時，陳聞耗，曾痛哭倒地打滾。這或不是欺世的做作。胡氏自國府奠都南京以後，一直擔任立法院長，至二十二年，始辭職還粵。傳係政爭失敗，陳濟棠則最爲氣憤。民國十四年，廖仲愷先生，在粵被刺。謠言歸罪於中央特務。粵人更咬定係中央「鋤非其類」的陰謀，大爲不滿。陳濟棠野心之得以發展，也就是利用了粵人地域情結的結果。

說良心話，陳濟棠自十八年至二十五年，這八年治粵的績效，是有好評的。至少民生利樂，社會安定，絕不是虛言。他後來之失察誤事，全在余漢謀與廣東空軍之先後歸順中央。陳濟棠見大勢已去，乃於二十五年夏，通電中央，藉口主張率師北上抗日。自然未被中央接納。不得已，便於是年八月離粵，出洋考察。越年，對日抗戰爆發，陳濟棠以共赴國難回國，仍然任職中央。來臺後，猶養望在朝。蓋以南天王夢碎，一切早已興趣索然。四十三年十一月，終至抑鬱以卒，葬於北投墓園。

六〇 三日秘書柳亞子

辛亥革命以後，南京臨時政府成立。柳亞子以為革命告成，正是酬庸功勳之時。他的心意中的私念，縱不能獲得總長一席，至少也不會低於次貳之階。乃於民國元年一月，興致勃勃的趕赴南京。時革命資深望重之士躋躋京華。不意羣雄競逐之餘，柳亞子僅被任為臨時大總統府秘書一職。後來據其「我和言論界的因緣」一文中說：「經過了武昌革命和上海光復，民國元年一月，去南京大總統府，當了三天的秘書，抱病而還。」所謂抱病，自然是一種託詞。昔有五日京兆、今有三天秘書，古今輝映，算是無獨有偶。他不幹秘書的原因，後來吳鐵城先生卻指出其眞相：「是要文人臭脾氣，不願作附屬品。」自認為功高酬薄，當然不屑而為之。從此開始，柳亞子亦漸趨消極。據其自道：「這時候，我是無聊極了。」

六一　報人景梅九

一代報人景梅九先生，名定成，梅九其號。山西安邑人。長我十餘歲，相識很早，終成忘年交的朋友。他於清末進學(秀才)，中舉，二十四歲留學日本。學識根基，大有可觀，素有山西才子之稱，也是一個無政府主義者。從事報業四十餘年。辛亥革命後，曾任北洋政府國會議員；國民政府時代，曾任中央監察委員；卻沒有做過政府的正印官。以一代報人，一品老百姓，七十高齡，適逢亂世，屈死於西安。女兒抱屍痛哭，至於瘋狂。夫人閻慧青，我早年見過，以後情況，則不清楚。

他一生除辦報外，著述多，故事也多。其爲人也，異常超脫。平居無事，則獨自一人玩天九牌，變化多端，樂而不疲。偶偕夫人及小孫輩看看京戲；在西安則聽秦腔。他一生固窮，口袋充實時也是窮。平生不愛穿、不愛吃、不愛賭博、不愛應酬。在家時多，歡迎客來，客來必留餐，才許離去。愛高談濶論；但不談人是非。不計較得失，不危言聳聽，不發怒罵人，不悲觀厭世。滿口天然金牙，從不洗刷。客來不迎，客去不送。談話時，只見微笑，細語從容，自由自在，無所窒礙。因此人多稱之爲「活菩薩」。任何人一見此公，一切得失利害、生死榮辱，受其超塵脫俗形象的感染，都會化解於九霄雲外。

如果一定要說他有什麼不好的地方，那就是吃「鴉片烟」。革命北伐，統一中國後，被選爲中央監察委員。因爲他初辦報時，早已吃上鴉片烟。這時便有許多朋友，攻擊他爲腐化。他不反駁，且作

「腐化記」一書，以告友人。自言：「別人吃鴉片，越吃越瘦；我吃鴉片，越吃越胖。別人思想腐化，人格腐化，才是眞正腐化；我吃鴉片不過是一部分生活的腐化，而非眞腐化」。是書三萬餘言，還能說得頭頭是道。抗戰時，我過西安，他已把鴉片戒掉了。西安的鴉片，當時雖嚴禁，吃風猶熾。他這枝老槍，竟能戒掉，眞算難得。我問他，他又發一段妙論：「一個人必須了解主客之分。我吃鴉片烟，是我去吃他。我是主，他是客；主不見客，客非走不可。如果成癮，則反客爲主，變成了他吃我。他既吃我，我又戀他，則非與鴉片共存亡不可。所謂癮不癮，乃無決心的代名詞耳」。我說「妙論」，亦可謂爲「的論」——決心是成功之本。非超脫如景梅九先生者，也不易臻此。

六二　日人元旦拜神

元旦爲一年之開始，民間迷信愈深。我們鄰國日本人士，亦不例外。據友人鄭詠芝兄所云：元旦，日人最迷信者，莫過於上廟燒香供神。是日攘攘熙熙，咸鄭重其事。祈禱的神人：有觀音、不動明王、地藏王、布袋和尙、稻穀神等。大都與我國民間所供奉者相等，如千手觀音、送子觀音，牆壁間所作地獄圖，有刀山、油鍋、血池、斧鋸。乃至廟宇之建築設備，神像之雕塑等，無不與我國所有者類似。此亦不怪其然，日人接受我國文化，佛亦隨之泛海東渡也。

日本，元旦最熱鬧的地方，卽爲神寺廟宇，而以淺草觀音堂爲尤甚。是日，人山人海，幾至水洩不通。地攤鋪設夾道，小店林立滿廊，有售香燭紙箔者；有售符籙祭品者；有售干支玩具黃曆通書者；有售舊衣破物、兒童玩具、麵點茶食者；有推命、看相、拆字者；有演雜技賣唱者；眞是五花八門不一而足。人聲嘈雜與鑼鼓聲、鞭炮聲相間，亦別有風趣。

赴廟參神者，例須納資，不論多寡，謂可消災，亦廟祝騙財之一法。如納資可以消災，眞是天皇可以萬萬年無災無難，長生不死。但日人深信不疑，神權力量之大，卽此可以想到。各廟收取納資，設木櫃於神座前，長常數丈，善男信女，爭赴納資，似稍遲卽不爲神所受一樣。信者，以婦女爲最多，而西裝革履之男士頂禮膜拜者亦不少。參拜畢，以白紙結於神殿前，云爲「結佛緣」。後至者，結紙處已無餘隙，乃至窗門上、屋簷下、樹枝頭，無處不是白紙飄飄，亦若中國淸明時節野墳上之紙錢一樣。各神廟中，均蓄鴿無數，則不明其意，鴿已見人多，亦馴不避人，而拜神者亦不敢予以侵犯，並購食物以飼之，謂此鴿爲「神兵、神將」，迷信至此，可謂深矣。廟中以蓄鴿太多之故，鴿糞則遍地皆是，人亦視作慣常，不以爲怪，更可異者，則向不予以掃去。

淺草觀音堂，以觀音像最多。對觀音，男不頂禮，女則膜拜，亦特殊之象。元旦參神者，多以手帕掛佛像前，喃喃祝告，各有所求。廟中多植松樹，新年婦女，皆往摘取松針，擇其長短相等者，成雙成對而束之，包以潔紙，携之而歸，謂可「避邪」。婦人獲此，心中無不大爲安慰！此日廟中殿角廊下，婦女匍匐地上之選擇松針者，亦幾無隙地。婦女拜神歸，求得符籙，防其褻瀆，則置於頭頂髮際間，招搖過市，恬不爲怪，色彩相間，亦新年中之一點綴耳。

六三 談實用時間

「以竿測影」來計時的時代，雖早過去了，然在交通沒有發達的偏僻地方，所用的時間，還是所謂「地方時」。什麼是地方時？卽太陽正當頭，便是正午十二時。因地球對著太陽公轉，總只有一點是與太陽成直線的，如是每地都有不同的直線點，卽每處都有不同的正午十二時。這一直線點觀測的工具，就是所謂「日規」。地球上凡經度相差十五度的，時間卽有一小時之差別。在科學、交通極爲發達，世界幾若一室的今日，時間的差別，多只能以秒計分計。「地方時」便全失掉了他的作用了。

因此之故，全世界都要求有一個統一的時間之確立，卽所謂「標準時」。標準時的規定，是以地球一日公轉三六○度，把地球經緯劃爲三六○度，以英國格林威治爲起點，以東爲東經，以西爲西經，每轉十五度爲一時區，全地球分爲二十四個時區，每區內的時間卻是相同的。我國分五個時區，最西用東經八二・五度的時刻做標準，稱崑崙時區，由西而東九○度是回藏時區，一○五度是隴蜀時區，一二○度是中原時區；最東一二七・五度是長白時區。（參見前第五○節）

對日抗戰以前與抗戰初期，南京、上海，乃至臺灣，都是用東經一二○度的中原時區標準時（用地方時的也有），迨政府遷都重慶，爲軍事上需要，卽將各地時間統一以東經一○五度的隴蜀時區做標準，此卽所謂「抗戰標準時間」。剛剛改變的時候，用起來很不方便，凡有時間內容的談話或文字，都要補充或註明一句「新時間」或「標準時刻」。後來用慣了，直到抗戰勝利以後，都是用此。

日本佔據上海的時候，上海實行一種所謂「日光節約時」。其意說是上海人的生活太萎靡，日上已三竿，猶在夢中眠，以致浪費日光，故主節約。我政府還都南京以後，實行「夏令時間」，其法是比標準時間早一小時，一切工作時間，亦提早一小時。每年四月一日開始至十月，國民的日常生活，便都要受「夏令時間」的支配。今日臺灣也是如此。

六四　神秘的神農架

鄂西有一神秘的處女地——神農架。過去鮮爲人知，外人亦鮮有入其境者。地跨三省，連綿秭歸等八縣，爲一原始森林地帶。毒蛇猛獸，據爲窟穴；害蟲惡蟻，依爲溫床；人不敢入，任其繁殖。於是神秘性愈高，大都視爲化外。直到對日抗戰時，才漸漸揭開其謎底。

神農架，周臨湖北、四川、陝西交界的山區，南臨長江，北望武當山，乃山高谷深的原始林區。主峯稱大神農架，高達三千公尺，有「中華屋脊」之稱。古老相傳：古神農氏，曾在此遍嘗百草，爲了上下採藥方便，便在千山萬壑之上，搭蓋柵架，故有「神農架」之名。另一古老傳說：是神農氏架屋修煉金丹之所。他飛昇後，房屋被風吹散，變成片片原始森林。不論神話如何傳，地方如何神秘化？此處地理條件，則極適於野生動物的棲息，種類多至五百種以上。主要的，有：黑熊、棕熊、華南虎、金錢豹、獐、鹿、麝等。還有世近瀕臨絕種的大鯢、飛鼠、金絲猴、白猴、白狼、熊貓、蘇門羚等，亦非常珍貴。神農架，是第四紀冰川的遺址，原產北冰洋白熊，在此繁衍，已逾十萬年。

神農架，有野生植物兩千多種，乃名副其實的綠色倉庫。冷杉最多，粗壯挺拔，三人不能合抱，是寶貴的建築材料。罕見的觀賞植物：有花如錦囊的盛敦草，葉上長花的青夾葉，藍、紫融和的迎春樹。珍貴樹種，還有珂南、珙桐、香果樹、鐵堅杉、黃檀、香樟、桉樹、麥吊杉等。藥用植物，亦極豐富，有人參、當歸、天麻、杜仲、黃耆、黨參、川貝、枸杞、銀耳、石斛等，質優量多。還有九死還魂草、頭頂一顆珠、長鞭紅景天、長寧草等，皆屬本地珍貴的特產。神農架有「野人」出沒，文獻上曾有記載。近年連續發現「野人」腳印一百多個，五指分明，長約半公尺，是目前世界上發現的最大腳印。

六五　金漆馬桶蓋

北洋時代，誰對新聞記者，都要避退三舍。到後來，如日本特務頭子土肥原，也不免要來巴結；原來記者們所畏懼的僅爲軍閥，尤其是「大醬」（大將）。本來秀才遇了兵，有理講不清；大醬就是絕不講理，先槍斃了再說。名記者如邵飄萍、黃遠庸等就是這樣白送了命的。張恨水因其交遊廣、人頭熟、富機智、有辦法、活動方面吃得開。李筱帆曾負馮玉祥特務方面之責，乃一個可怕的人物。馮失勢後，他蟄居故都，無牙之虎，猶有餘威；這原是張恨水幫了他的大忙。李筱帆解除權力之後，他深知特務令人怕，記者同樣令人怕，因極力挽求恨水，結納新聞界朋友作護符。曾與小實報的管翼賢、新北京報某、京報社長湯修慧（邵飄萍之妻）等結爲好友，撐持顏面。他的仇人，因怕記者烏屋所關，亦不敢攖其鋒。而恨水則不免有養奸護惡之嫌。

胡鼎銘，貴州人，行八，人多以「胡八爺」稱之。狂狷耿介，不拘小節，豪於飲，醉則大吐狂歌；好臧否顯要，於清流輩則常以幽默出之。某日，張恨水由上海、南京返平，朋輩約飲清談，且探消息。胡忽顧張曰：「君有大筆如椽，名山鉅著，固今日之班馬也，奈何甘爲金漆馬桶蓋耶？」胡之此言，蓋以張之言論，已少往時火氣，對國策新猷，亦不加評說。恨水達人，毫不介意，聞之大笑曰：「胡八爺眞知我者也。」自是恨水在知友集會中，亦常以「金漆馬桶蓋」自諷取樂。

高桂滋爲陸軍宿將，常以儒將自命；好附庸風雅，輒以詩文示人。張恨水見之戲謂張季鸞曰：「今日華北文壇，眞乃秦幟高張矣。」所謂高張，卽指高桂滋與張季鸞，兩人皆秦人也。季鸞亦只好默爾而息，因高正同在座耳。季鸞隨因對日抗戰時，宋哲元的二十九軍的大刀隊克敵致勝，名傳全國。遂以「大刀宋明軒」，向恨水徵對，聲明要切時事。恨水卽隨口應對二則：一爲「膽小萬福麟」；一爲「長腿商啓予」，前者指日軍迫承德時，萬坐馬上，正集全軍官兵於平原上訓話，適日本偵察機凌空低飛而至，萬心膽俱裂，落馬墜地之事。後者指商震，當中日冷口衝突時，商之善逃善遁，不亞於萬福麟。足見恨水不但爲人活躍，且有急智。

六六　春聯諧話

每屆新年，政府常有提倡貼春聯之舉，寓宣傳國策於慶祝，法良意善，原不可非。茲就記憶所及之有詼諧趣味者，錄誌一二。

民國七、八年時，軍閥混戰，人民苦之，有人改舊日春聯「國恩家慶，人壽年豐」一聯，為「國窮家苦，人瘦年荒」，頗切實際。

清祝枝山（允明）態度詼諧，某年至杭州度歲，適一鐵店正鑼鼓喧天供神謝年。祝即景書一聯授之，聯云：「若非平日別鋪拍劈抨碰，怎得今朝尋長阿辣勃同。」上聯係形容打鐵聲，下聯指其鑼鼓音也。

某家幃簿不修，除夕貼春聯，沿用舊句：「天增歲月人增壽，春滿乾坤福滿門」。有好事者，貼去「人」「福」二字，改書「娘」「父」二字，其聯則變為：「天增歲月娘增壽，春滿乾坤父滿門」。可謂謔之太甚。

名士樊樊山（增祥）以入民國後，民間對舊曆仍陽奉陰違的過年，因作一春聯榜之於戶：「男女平權，公說公有理，婆說婆有理。陰陽合曆：你過你的年，我過我的年。」一時有人高唱婦女參政，故摭拾入聯。

某文化人，不事生產，貧無以過年，除夕書一聯於門：「咦！那裏放炮？」「哦，他們過年！」不寫窮而窮像自見。

六七　巧施移花接木

民國十三年，北洋政府內閣總理孫寶琦（慕韓），與財政總長王克敏，因「金佛郎」案之爭，孫寶琦下臺後，北洋官場中，又遍傳一些捕風捉影的謠言，說：「王克敏交結了曹大總統的變人李彥青，常於私邸後花園，中夜設宴，命其姬人小阿鳳侍酒。王克敏則借故廻避到天津。」李彥青雖得寵於曹大總統：但爲一胸無點墨、出身微末的小人。如有欲求，大總統亦無不應許。他替王克敏說話撐腰，凡天津人士，無不知之，多謂爲無恥。好事者，且以兩語贈之曰：「博士分桃，紅杏出牆」。這些謠言，可能係仇家或孫派人士所揑造出來的。但事實上，雖未全中，亦相差無幾矣。須知無風不起浪，既已起浪，必然有風。這風時人卽有如以下之傳述：

李彥青以小阿鳳伶俐活潑，早有垂涎之意。及孫寶琦與王克敏互爭不讓之事發生，以爲有機可乘。適王家那天邀他飲宴，他亦藉機逞能，表示負責，以博王夫婦之歡！小阿鳳爲牢籠計，亦假獻慇懃！李六妄念既萌，乃約以俟探消息，再作決定。由於互有要求，雙方自然心領神會。王克敏眼睛而心未瞎，當與小阿鳳設下一套「移花接木」之計後，卽赴天津。小阿鳳當許以重金，商得某胡同手帕交怡琴老六之同意，將其隨身的小娘姨阿寶，借來作爲自已從小帶大的侍婢。次日，李六如約至王家。阿寶奉茶，李六驚爲天仙，愛不忍捨，且稱「強將之下無弱兵」。小阿鳳微笑不答，知事已諧。李六詢明阿寶身世經歷之後，再三要求小阿鳳割愛，任何條件，都願接受！小阿鳳說：「六爺，阿寶是我最喜愛的人，昨日才由上海接來。待三爺的事，費神辦好了，我當以阿寶當女兒，遺嫁給六爺，也是她的福份。」李六高興極了，當說：「三嫂，上海人閒話一句，明日報命！」如是王克敏仍留任了財政總長。李六亦將阿寶藏嬌金屋。小阿鳳雖花了一筆錢，自己差幸金蟬脫殼，未墮名節。王克敏冒險過激灘，也幸未弄巧成拙。所謂「博士分桃，紅杏出牆」，大家仍祇好存疑。

六八 臘八粥

童時，每屆十二月初八日，見家人作「臘八粥」。及長，旅食他鄉，年終亦多有作此者，以北地為尤風行，視為盛事。

此風聞始於禪家，禪家謂十二月初八日為「臘八日」，循臘祭遺風，煮紅糟粥以供佛飯僧人。民間拜佛者，漸習其事，因而普及於一般官民之家。影響所至，清宮中，亦視為故事。「養正書屋全集」中，並收有清宣宗詠臘八粥詩：「一陽初復大中呂，穀粟為粥和豆煮，應節獻佛矢心虔，默祝金光濟衆普。盈几馨香細細浮，堆盤果蔬紛紛聚，共嘗佳品達妙門，妙門色相傳蓮炬。童稚飽腹慶昇平，還向街頭擊臘鼓。」清宮視此為定制，「光緒順天府志」中，亦載其事：「臘八粥，亦名八寶粥，每歲臘月八日，雍和宮熬粥，定制，派大臣監視，蓋供上膳焉」。不獨視為故事，而且鄭重將事焉。

粥之作法，實無他奇，不過煮雜豆米，和胡桃、榛、松、棗、栗之類作粥，盛碗中，上鋪乾果色糖而已。富室競侈，其果皆極美飾，盛以精巧瓷甌，配以諸般糕點，餽送親友，僅供一啜。貧民或中等之家，則不如此講究，蓋非僅點綴故事，亦當一餐過耳。

六九　打羅宋

抗戰勝利復員，由渝東下人員，到了上海，知道賭博場中，有一種新花樣，叫做「打羅宋」。「羅宋」，原是上海人，對俄國人、事、物的一種泛稱，如俄人，稱羅宋人；俄國煙，稱羅宋煙；俄國菜，稱羅宋湯等很多。當時「打羅宋」，在大江南北，也一枝獨秀，成爲風氣。中國賭博法很多，自有「打羅宋」以後，大家寧拋棄國粹一切賭法，變成逐臭之蠅。四人坐下桌，各據一方，多餘的人，便站在後面，做「蒼蠅」。由坐者一人當莊，三人做閒家，押注不拘大小，像中國推大牌九一樣。

「打羅宋」，原來就是香港「十三張」的遊戲。戰後，流行到上海，創始者，據說：是一個南美烏拉圭人，於一九三九年，發明十三張的遊戲，用意在以之代替傳統玩橋牌的作法，增加賭博更大的興趣。此法漸漸普遍到全世界各大都市，幾成了國際賭博。十三張在上海初期，原是不少人，因對俄人厭惡心理的一種發洩，亦名之爲「羅宋牌九」。因十三張的玩法，又類似中國大牌九的玩法，要擺下分列陣式：莊、閒家，頭道與頭道比博；尾道與尾道比大小；因此叫它羅宋牌九。玩此賭博時，便叫「打羅宋」。

一九四九年，中共進入江南，對俄國已成「一面倒」之勢。羅宋人便由末席，一躍而尊居第一。

「打羅宋」，因大觸了老大哥的忌諱，大家便改口爲「打十三張」。從而「羅宋人」亦一變而爲「老大哥」了。現在行情如何？卻不得而知。

七〇 泰國人的禁忌

禁忌一事，各國皆有。泰人重頭輕腳，睡時必先辨明方向，忌以頭向西，蓋認西方乃死人之方向。下衣亦不置床頭，粧臺不設臥榻足端。凡人席坐，忌以物過其頭上。卽小兒之頭，亦不許侵犯，若用手打其頭，謂必生病。無論坐臥，最忌以腳向人，以腳指物示人，最爲失禮。

泰人重禮貌，見面時，合十互拜，但舉手合十姿勢，亦有講究；兩手合十高舉至胸前爲拜佛，舉至額前爲普通對人見禮，若高舉過頭者則爲拜鬼矣。

泰人旣重頭部，故住宅之門口，其下端絕禁懸掛衣物，尤其是內褲與襪子。華人與泰人同居，因不知忌諱，常在樓上曬衣，泰人見此，每裹足不前，其避忌有如此者。

七一 當羅男女

緬甸珊邦中部，有一少數民族叫做「當羅」。當羅族人，多在傾斜的山丘地帶，以種植稻米、山薯等農作物為生。每逢墟集日期，挑運農產品到墟市售賣，然後換取所需要的食用物品。他們所居的茅屋，都矮小而長，沒有窗子，裡面如黑漆一團。晚上睡覺，一家集在「火塘」旁邊。以大竹筒當枕頭，不需要什麼被蓋。他們極尊重「牛」，把牛當作自己的恩人。因之，他們也絕不食牛肉。由六歲孩子到七十多歲的老人，都要到田裡或山中去做工。輕鬆的工作，則由孩子承擔。一年之間，沒有休歇。一個十歲的當羅少女，能背負二十公斤重的物件，行走五六公里，而不要半途休息。他們大都能刻苦耐勞，即此可見。

當羅男子們，都穿着黑衣黑褲，通常用一條粗布紮在頭上。也有穿耳的風俗。腰間懸掛一把長刀。認為他們的祖先，就是用這種長刀來開天闢地的。他們不能忘記祖先，把長刀當作恩物一樣的看待。從這些裝束看來，如斷定他們不是珊族人，那就錯了。因為他們仍是緬語系的珊族人，不過生活習慣不同而已。當羅女子，穿着短袖衫和短圍幔，用藍色布巾紮頭。都戴耳環，兩手各戴一只手鐲。如係已婚女子，她們要在兩隻小腿上，縛紮兩條黑線，及八條銅彈簧。未婚女子，則僅佩戴腳鐲。不論男女老幼，都愛嚼檳榔。不論到什麼地方，檳榔盒，總是隨身携帶走的。青年男女，都善於利用喜慶節日，談情說愛，互相勾引。年長的人，對於兒女的戀愛，亦從不過問。所以他們男女戀愛，是非常自由的；但女兒找到了一位情郎，如果沒有得到家長的同意，就不能結婚。

每逢「月蝕」，他們認為月亮已被「阿修羅」捕獲了。便要大聲疾呼：「放它吧！趕快放它！」甚至對天空放射土炮土槍，意在嚇走「阿修羅」。天旱時節，他們會將一隻泥土甕，盛滿清水，甕口蓋上竹片，竹片中穿一個小孔，將一根竹篾揷入孔內，拖上揷下，使之發出聲響，這就是他們求雨的方式。他們不論身體受了任何的傷害，即將竹竿破裂為二，取下竹內的粉和薄皮，敷貼在傷口上，謂不久卽可痊癒。

當羅人有一句家喻戶曉的俗語：「砍伐樹木前，要到樹木的周圍，看過三遍」。他們每逢談到男女婚姻大事時，就會引上這句俗語，來指示男人或女人。意思是要把對方仔細的看清楚，不要草率從事。男女談情說愛，雙方都不直言，要用一套隱語來對答。隱語入了港，就是互相默認了對方的要求。男子追求少女時，要將帶來的菸枝，送給女郎；拿出身邊的檳榔盒，親手捲檳榔給女郎吃。當將檳榔送進女郎口中時，卽開始一套冗長的一問一答的隱語。最後如聽到女郎說：「我吃了你這一口檳榔，我便有依靠了！」那就算大事定矣。他或她的家長，不但不阻止子女的戀愛，反常鼓勵他或她與異性接觸。白天少男可以毫無拘束地找他的情人，到情人家裡和她幽會。晚上，他可以拿一枝葫蘆簫，跑到女家門前去吹弄情調。女郎的家長，一聞簫聲，便佯作不知，避開到另一間房中去。此時，女郎如果是愛慕這男子的話，當然早知此人是誰。便吹着竹筒口哨，表示歡迎！並親去開門，把男孩牽進來，男子到女家去幽會時，隨身總要携帶一把佩刀、一些菸枝和檳榔盒。進門時，要將腰刀取下，用手握佩刀而入。如不將佩刀取下，大搖大擺的進去，就是對女郎的絕大侮辱。從此，她也永不會再與這男子來往了。在過去，如有此種情事發生，女郎的家長，還可到官廳去控告他，使他受到很重的處罰。

情郎進入室內，女郎便招待他到「火塘」旁邊坐下，喁喁細話。情郎如未得到女郎同意，而有軌外行動時，女郎便會拿起身旁的短刀或薪柴，打擊情郎。家長亦大聲疾呼，向村人宣佈該男子的莽撞，使他無地自容。村人則爭譽女郎勇敢機智。從此，該男子卽成了村人嘲笑的對象。也休想再能與該村或近村的女子結婚。縱能找到對象，亦必須離開本村，遷避他地，才能成其好事。可是有些地區的當羅人，青年男女的交往則不同。他和她們經常混在一塊，互相嬉戲，或在稻草堆中，各據一方，互相吸引。藉稻草堆來苟合，成爲夫婦的，最爲平常。凡沒有得到情郎的女子，便要去沐浴，自怨命薄，洗掉晦氣。此地的女郎，每人都要輪流做一羣女孩的首領。她要在晚上九時至翌早二時許，率領一班女孩，巡視各地。如見有無賴男子，對女子無禮時，她卽採取行動，使這男子不能在本村立足。男女如同意訂婚，男子卽應派人向村人分送鹹茶雜拌，傳報「某人與某姑娘，某月某日訂婚」的消息。結婚之日，要大宴村人。酸魚是一種必備的美饌。離婚的手續亦簡單，祇須由村長捲兩口檳榔，分給離婚男女嚼食，就可分開，或娶或嫁，互不相涉。

七二　病與藥之謔

袁子才（枚），不喜服藥，所撰隨園筆記有言：「先生不喜服藥，有以人葠贈者，至不啓封而還。嘗語人曰：草木可以活人，神農至今不死矣。又曰：孔子所愼齋戰疾，然而泰山其頹之時，不聞子貢爲之延醫，子夏爲之和藥。其言頗有趣味。先生生平，不解導引，而壽算偏高，殆其胸次悠然，不害於天和之故。」

某筆記載：趙周人督河南時，其幼子病，瀕於危。文武百官，禱於開封救苦廟，願減己壽，爲趙子延年。以當時合衆減壽計之，約一千年。有謔之者曰：「此子若不死，可謂禍害一千年。」

德皇威廉第二，有一次患病，召醫入診。醫曰：「陛下放心，小病一兩天就可以好了。」威廉聞而謂之曰：「至尊如孤，小病豈能侵寡人，這次病，必定是不小。」語狂而謔。

七三　中山妻的身分地位

陳衡哲教授，是蔡元培（孑民）先生開風氣之先，在北大所聘任的第一位女教授。她一貫主張男女平等、反對納妾的健將。「中山妻」這名詞，似乎也是她創造出來的。在她以前，還沒有聽人談過。這典故與其眞實意義何所出？陳氏亦未說明過。據她的解釋說：「清末民初時代，雖已跨進二十世紀，但中國的婚姻習慣，仍多沿襲封建的傳統觀念，咸以通婚大家世族，爲晉身顯貴的終南捷徑。士大夫階級，仕途苟不得爲清望官；婚姻苟不結上高門第，則其政治地位與社會階級，都會因之降低或淪落。這種情形，很可能延續到後輩若干代。爲了避免或挽救這種現象，有些人便從各種管道發展，男的非高門世族的女子不娶。其已結髮有妻者，有的便把『家鄉太太』，對外隱秘，對內儲存起來，另娶一位世家的或摩登的太太。」這位新太太，陳氏無以命名，便名之爲「中山妻」。她並謂：「不必妄取證例，我的好朋友傅孟眞先生，他的學識才能，固是値得讚揚的；但他一生的成功，就有賴於他娶得浙江俞門俞大綵小姐爲『中山妻』。在學術、地位、事業各方面，都得到她的幫助不少。類此情形者，還有很多，就都不必說了。」

據一般人看來，所謂「中山妻」，既不出於中國經典，也不見於西洋彙書；該算一個摩登名詞。既說不是「續絃」或「兼祧」；說是「情人」或「同居人」也不合；在中國婚姻習俗上，確有點不倫不類。龔德柏（老報人，國大代表），曾放大炮式的說過：「中山妻這名詞，在中國傳統習語上，沒有她的名份，實際上就不殊於姨太太，在家族之間，沒有她的地位、社會地位，既不能彰彰公然提出；法律地位，也是途途不通；如被當事者向法院告訴起來，還難免有『重婚』之罪。如是姨太太，便不會有這些痲煩。但姨太太與交際花草，實際又祇是批發與零售的不同。那『中山妻』與姨太太就更難分軒輊了。自然也有特殊的情形，中山妻亦有爲髮妻、元配，或家鄉太太所望塵莫及者，那又另當別論了。」龔氏這段妙論，是繼陳衡哲閒話之後，在朋友閒話中所說的。閒話就閒話，習慣成自然，亦不必去計較。

胡適博士感情世界中的主要人物，就是早年名噪一時，蔚爲文苑奇葩的陳衡哲女士。她的一生事迹，就是一首精彩百出的長詩。曾有新文學史上冠軍之譽，復是「中山妻」一詞的創始者。她的珍聞韻事，娓娓訴來，確有令人如在山陰道上，應接不暇之概。

七四　人造人

近世科學進步，有所謂「鐵肺人」，卻不是欺人之談。電影裏看過有所謂「原子人」「科學怪人」之類。雖未爲事實所證實，然科學萬能，有巧奪天工之妙，且日益進步，乃是不容否認的。近讀墨子至德經，我國在周穆王的時代，卽已有了「人造人」之技師，豈非怪事！

周穆王西巡狩，偃師鶴見王，王薦之曰：若鶴偕來者何人邪？對曰：臣所造能倡者。穆王驚視之，趣步俯仰，信人也。巧夫鎖其頤，則歌合律；捧其手，則舞應節；千變萬化，惟意所適。王以爲實人也，與盛姬內御並觀之。技將終，倡者瞬其目，而招王之左右侍妾。王大怒，立欲誅偃師，偃師大懾！立剖散倡者，以示王：皆傅會革木膠漆黑白丹青之所爲。王諦視之，內則肝膽心肺脾腎腸胃；外則筋骨支節皮毛齒髮；皆假物也，而無不畢具。合會復如初見。王欲廢其心，則口不能言；廢其肝，則目不能視；廢其腎，則足不能步。穆王始悅而歎曰：人之巧乃可與造化者同功乎？

我國稗史所記，每被視爲神話。而孔明之造木牛流馬，則爲正史所傳，以及墨子至德經之「人造人」，亦豈神話耶？以我國歷史之悠久，未始沒有超人之人物，與希世之創造發明，惜不得其傳。後人意識未得，亦祇好以神話目之。

七五　愛儷園之憶

生性最嗜遊山玩水，探勝訪幽，可是曾在上海住過整整五年的我，對於上海的名勝古蹟，卻曾沒有問過津。上海的幾處名園勝跡，本來都是値得稱譽的。但是凡遊紙醉金迷的上海者，都給大都會特有的「光」與「色」所吸引，於是便在「光」與「色」的動蕩中，昏昏沉沉地消磨過去。即老住上海的人，也都沉淪於「光」與「色」的氣氛中，過着非常緊張忙碌的生活。誰也不會注意什麼名勝古蹟，萬一注意了，也好像倒了胃口似的。因此，在這資本主義化的上海，談起什麼山水園林，便似乎有點鄉氣，至少覺得你不夠味，或是個書獃子。其實，清幽的園林，在大都市中，鬧中取靜，自非夜總會、跳舞廳、跑馬場、跑狗場、回力球場，乃至咖啡館、按摩院等可比，我好山水，原算是「鄉氣」

十足的，但過去在上海五年的十里洋場生活，也沒能例外逃出「光」與「色」的籠罩，與上海的風景古蹟締結良緣。卅七年夏，禍亂猖狂，前方激戰，作者方以待命之身，重遊久別八年的上海。時前方消息，頻傳惡化，情緒煩悶，彌覺無聊，繼由友人劉君介濤之介引，遍賞上海名園，「愛儷園」卽其中之最負盛名者。寄苦悶心情於園林花鳥，固無殊於飲鴆止渴，然當時美景，今猶歷歷在目。近聞是園已作了招待貴賓之地，舊時景物復大都荒蕪破壞，令人更不勝今昔之感！因書憶之所及，以供同好。

愛儷園的主人，是一個猶太人哈同，故園平常亦稱作哈同花園，說到哈同，上海人士乃至婦孺，幾乎無人不知。在史的意義上說：我覺得哈同花園，與上海的繁榮，似有着極密切的關係。因爲哈同初到中國上海時，還祇是一家洋行的小伙計，而那時的上海，雖已被帝國主義所迫開闢爲商埠很久，但仍是荒涼得很。直到英、美、法等國，連續派員到上海詳細考察之後，才認定將爲東方第一個貿易良港，而且必形成爲中華全國商業經濟的總樞。由是卽引起了各國的特別重視，一面收買土地，私自擴充地域。同時，競與我國交涉，添闢租界。其時我國的滿清政府，原是昏聵無知，加以貪官污吏，更上下其手，所以各帝國主義的要求，無不如願以償。各國既已添闢租界，便積極移民來滬。界內市面，漸漸繁榮起來。隨着，上海的地價，也就飛躍高貴，而經營地產的商人們，一轉手之間，都大發其財了。哈同不特是其中的一個，並且因爲他是洋大人，做事精明強幹，頭腦也極清楚，便使他成了地產大王，變爲上海天字第一號的大富翁。

明白了哈同發展的環境，順便介紹一些他的身世。哈同，是猶太人，生於南美烏拉圭的一個城市中。因爲他的父母都是沒有國籍的人，所以飄浪無定，到處爲國，到處爲家，先由烏拉圭飄浪至印度的孟買，在孟買駐足了六七年，哈同這時便在孟買一所英國學校讀了六七年書。後來，他父母又飄浪到東方的香港經商，此時哈同已是一個成人了，父母便把他送進香港「老沙遜洋行」學習，從此他便開始其獨立生活，並且奠定了他未來事業的基礎。在洋行內，公餘之下，便努力讀書，研究商業經濟，對於地產的研究，亦很具心得，這也許是他後來在上海發展能力的淵源。四年以後，哈同被派來上海老沙遜分行服務。一到上海，他自己便覺得希望很大！更克勤克儉，奮發圖進，在洋行內已爲經理及一般同事所稱賞。如是者又是四年；哈同也覺悟了寄人籬下，終不能發展自己的才略。於是向洋行辭職，獨撐門面，初爲股票與地產的掮客，繼而加入新沙遜洋行，負地產部的責任，從此隨着上海地價的躍進，他的財產也同樣地躍進了。過去，我們一般人的意識，只覺得猶太人是有名的守財奴，吝嗇鬼。猶太人靠着沒有國籍的便利，吸收各種社會的同情，拼命搜刮金錢，吸取利潤。在此，我們卻看到哈同的努力邁進，決非全憑僥倖所致。而且，在世界各國的大都會中，差不多無處沒有猶太大富翁。我想他們的成功，自也有其刻苦奮鬪的經過，也是值得贊揚和取法的。

哈同的花園，從「愛儷」兩字的命名，此園的女主人，也有加以記述之必要。而且聽說「愛儷」兩字，原係由女主人「儷甤」之名演化而來。因此，女主人的重要，當不下於男主人了。園的女主人是羅迦陵。羅氏原籍閩南，幼年時因兵匪之亂，隨其父母輾轉逃至上海，羅氏在閩，本小康之家，且係書香後裔。逃滬後，家境日困。不久，父母相繼逝世，遺留下一個弱女子，孤苦零仃，幸經同鄉某商人的援手，將羅氏收養於其家。後來，羅氏在另一同鄉家中，與哈同相識；但此時的哈同，還是一個落拓的小商人，羅氏觀察他爲人勤儉老誠，反省自己身世的可憐，不免對哈有情。而哈同亦愛羅更熱，經過兩個月的互戀，兩人便宣告結合了，此乃一八九九年的四月，他倆結合後，哈同的事業，從此亦青雲直上。所以哈同對羅氏始終是非常敬愛的，若無羅氏的賢內助，哈同事業未必卽能如此一帆風順。這是哈同常對人言且引以爲幸的事。

以前常聽到關於哈同的發跡及其與羅氏之結合，很多荒誕有趣的傳說，尤其是哈羅的結合，說得眞像煞有介事，且舉出許多傍證，故意聳人聽聞。中國人向有一種不好的習慣，對於成功成名的人物，總好加一些無中生有怪誕不經的說話，所以對於哈同，也未例外。如說哈同在某洋行當司閽時，年齡已三十多了，哈每苦某種問題的煩悶，不獲解決，某日遇縫窮婦某，一見傾心，兩下目語，因成好事，從此同居，結爲夫婦。此種傳說，依情理似屬可能，在上海也不是沒有的事。所以大家亦信之不疑，且認爲此一對窮愛人，竟變爲上海的巨富，實在是個奇跡。其實，事實的眞相，完全與此不同，哈同固可爲司閽者，羅氏固可做縫窮婦，但所傳的時間上的矛盾，與那時上海情形的迥異，均足證明傳說之不足信。至於其他離奇之說，亦不足道。羅氏篤信佛敎，哈本猶太敎徒，但他對於宗敎的觀念較淡，所以他對於任何敎，都無所好惡。由於羅氏之佞佛，並愛好興學，因在靜安寺路圈地數百畝建愛儷園，並且夫婦均藉花草鳥獸，與佛堂學校等，作退休養生，以娛晚年。哈同先逝，聞殯儀極簡，遺骸卽葬在花園之側，這都是哈同的遺囑。羅氏逝於民國廿三（？）年，未生育子女，嗣以遺產承繼問題，尙生無數糾紛，人去樓空，此名園之命運，宜乎注定是要多難多災！

愛儷園可稱上海園林之冠，其範圍的廣闊，建築的宏麗，眞可算是東方的名園。園分內外，入園門，左爲問事處，右爲招待室，「海棠艇」也是應接賓客的處所，時已有人居住其中，艇西傍爲「茝蘭室」、「黃蘗山房」，再西爲「接葉亭」，亭圍草地，並護以竹屛，但半已荒圮。設垂花門，門對「聽風亭」。由亭南行，至柳灣，灣前一橋，名「絮舞橋」，當時我獨立橋頭，近挹淸香，遠收黛綠，已覺名花美景，應接不暇。臨流有亭，名「觀魚亭」，不遠處有「撥雲亭」，石級層折。循級而上，覺雲氣滃然，一似撥雲而來，佈置相當巧妙。撥雲亭上有「捫碧亭」，長廊繚繞，顏曰「蜨隱」。園中各處樓臺亭閣題名，都很雅緻恰當。同伴劉君告余曰，園中各處之命名，係上海某名宿學者的傑作。當我們在蜨隱中踱着，看看沿廊的景色，樸質幽美，又另成一種風調。出蜨隱廊，轉入「串月廊」，深覺長廊無限，而走着又一點不會吃力。廊盡處，爲「引泉橋」。過橋，是「九思廎」（「廎」之意爲「小堂」——作者），廎南爲「延陵小榭」。循榭的裏廊，至「飛流界」。界東有「挹翠亭」、「水芝洞」、「方壺」、「小瀛州」等勝。小瀛州的北岸，有石梁，叫作「堆碧」，堆碧兩字，眞虧命名者之想得透，誠妙人也。堆碧前一石塔，爲「北洞天」，循塔洞前行，見一舟依山而泊，題名「載我」。劉君笑說：「載我以行，可御風而登仙也。」載我之舟的前面有石峯，名「太華仙掌」，後爲「雲林畫本」。至此，見環山帶水中的懸崖，恍如身在名山，看了一樣危險非常。園中有此結構，實覺生色不少。劉君說：如果許可的話，他甚願花些錢在此消夏，何必定要到山之巓或海之濱去？的確，余來上海後之苦悶情緒，至此亦消除了十之八九，山水怡情，誠信而有之。

愛儷園轄境，雖祇數百畝地，但是什麼都有，可謂已集山川河嶽之大成。我們試登上山峯的「鈴語閣」，俯視全園，便覺景色無窮。也難怪劉君要興歎了！鈴語閣西爲「涵虛樓」，樓下一亭，臨着「愛夏湖」，立亭中，三面浮水，四望豁然，亭因名「六鼇遠駕」。由亭西行，經「平波廊」、「藏機洞」、「山外山」等勝，轉至倉聖明智大學舊址。學校寂無一人，似放假或停辦狀，劉君亦莫知究竟。學校雖不大，聞其設備尙齊全，大禮堂祀倉頡聖位，禮器樂器，一切古典禮樂，如孔子廟然，應有盡有。受了湖光山色薰陶之後，參看古香古色的倉聖祠堂，始覺泱泱大國之風，巍然兀立！但回思當前禍亂未已，大好河山造成了千瘡百孔，不禁悲從中來，泫然泣下！從山外山西南行，有「萬生園」、「賒月亭」、「題扇亭」等勝。題扇亭南爲「婕蕝」，有坊題名「渭水百畝」。此處萬竹挺秀，臨風招展，令人超然有世外感。由此東行，經「橫雲橋」，有方塔七級，矗立池中，層層噴水，蔚爲大觀。塔南石筍林立，塔北曲徑通幽，花木翳翳。再行，經過「梅壑」、「水心草廬」、「柳堤試馬」、「阿耨池」等勝，爲「藏經閣」。閣西爲倉聖明智女學。折而東行，經「思潛亭」、「淡圃」、「瀉春潭」、「烟水灣」、「降水海」等勝。過「玉蝀」小橋，入「頻加精舍」。舍前爲「養生池」。池上一亭，名「鑑泓」，池後有「春暉樓」。再後，爲園主的家廟。由養生池輾轉回至海棠艇，見「歐風東漸閣」，閣下有流水，據說水通黃浦江，黃浦江潮至時，水聲淙淙，故題「聽濤」。至此，園內名勝，大半過眼，只餘一小部分，因時間不許，祇好割愛，然而私心已覺十分滿足了！如果不是當時的時事羈懷，或有更長時間的留戀，亦未可知。歸途中，劉君曾詢我的感想如何？我沒有講話，祇覺得東方園林之優美，愛儷園已盡其表現的姿態了。

七六　語言遊戲

我國過去社會，有一種語言遊戲——繞口令。以其澀口難吐，漸漸流忘。後來，語言學家，認爲是練習語言音韻最好的方法。趙元任教授，自小聽覺靈敏精細。他的耳朵，後來公認是國際五對耳朵之一。美國世界語言學會，認「趙博士永遠不會錯」。有人則謂趙元任的方言，實爲龔定菴後第一人。龔定菴爲清季大文學家，少時資質極高，生來有一對極靈敏的耳朶，一條極巧的舌頭。受其外祖父及名師段玉裁的培植，在語言上，有任何人所不及的特長。每到一陌生地方，祇要住上幾日，就能通曉當地的方言。甚至滿、蒙的語言，也能聽能說。趙元任也應和他一樣，都是天才語言學家。他能說三十多種中國方言，精於美、英、法、德、瑞、日多國語言文字。

趙博士自小好作語言遊戲。如寫日記，其中便有不少的代號與方言，祇有自己看得懂，別人則把它當作「天書」。用反切的方法，講秘密話，沒有經過他指點，完全是聽不懂的。語言遊戲中，有一種「繞口令」，最初祇是爲遊戲而遊戲的。後來他覺得也是一種練習語言音韻的方法，大可寓教學於遊戲。因而作了一絕妙好詞繞口令：「施氏食獅」，文說：

「石室詩士施氏，嗜獅，誓食十獅。氏時時適市視獅。十時，適十獅適市。是時，適施氏適市。氏視十獅，恃矢勢，使是十獅逝世。氏拾是十獅屍，適石室。石室濕，氏使侍拭石室。石室拭，氏始試食十獅屍。食時，始識是十獅屍，實十石獅屍，是釋是事。」

這段妙文，以遊戲說，很少有人能在短時間內，字字正確，句句清晰，誦讀如流的。因爲誦讀不易，便多棄之不取。現在便有漸漸失傳之勢。在「語言學」著作中，或尚能找得到。就練習語言音韻來說，確是很好的教材。也虧趙博士想得出、做得出。他爲使學者易學易練，練習舌尖上顎音的NL之區別時，創作了兩句話：「牛郎年年戀劉娘，劉娘連連唸牛郎。」這也可以作繞口令遊戲，但都祇有有心人，才能想得出，做得出來。

七七　龍與袁世凱

龍，舊說爲鱗蟲之長，能興雲雨，利萬物，與麟、鳳、龜並稱四靈。左傳謂：「深山大澤，實生龍蛇」。後世喩非常之人皆曰龍。所謂：「飛龍在天」謂居高臨下，因以喩君上。以龍喩君，便成史册之專詞矣。君之勃起曰龍興，君之御極曰龍飛，君之居處曰龍宮，君之寢榻曰龍床，君之服章曰龍衮，君之崩殂曰龍馭。他如龍顏、龍輿、龍位、龍庭、龍行虎步、龍子龍孫，凡天子之衣、食、住、行，無一而不龍。迨滿淸入主中原，揭黃龍爲旗，於是以龍喩君之義益顯，世人對龍之印象亦愈深，是龍之黃金時代，亦龍在中國歷史上之沒落時期。

龍有如是之尊且貴，而影響於民間者亦特深，所謂龍門、龍吟、龍淵、龍盾、龍蟠鳳逸、龍文子弟，都與閥閱名流，極爲關切。等而下之，龍燈、龍舟、龍泉、龍洞等，復爲民間所習知。因而製造許多神話故事，以惑愚夫愚婦，求雨禱龍王，擡屍祭龍槓，迷信有龍華盛會，風水有龍蟠虎踞。柳毅於洞庭遇龍女牧羊，歸而娶妻如龍女，已成風流佳話。人民苦於官吏之貪汚，希望龍圖（言包公，民間視爲神）再世，更是普遍心理。所以中國過去之社會，到處充溢「龍氣」。中國過去之歷史，至袁世凱稱帝時止，亦未嘗不可名之爲「龍史」。

龍，究竟有無其物，抑究爲何物？史亦莫或能道其詳。有之，亦必獸或甲蟲之類，以之比擬萬物之靈的人，實爲不倫。然則龍之謎何由而生？據近世社會學家之研究，彷彿亦圖騰時代之遺產。所謂圖騰，據佛拉塞所說：「是一類物質的東西，野蠻人對之特別信畏，相信這東西與他們自己之中間，有特別的關係存在，因此將他作自己或團體的符號，尊爲神聖而崇拜之」。此風今之北美洲印第安人及澳洲之土人猶存之。我國史册所載：少昊金天氏，以鳥紀官，他如成湯之玄鳥，秦之黃蛇陳寶，楚之祝融義和，都是以物作符號之例證。太皞伏羲氏時有瑞龍，「以龍紀官，故爲龍師名……」，亦何莫非此之意。邇後所謂「潛龍勿用」，「飛龍在天」，史不絕書。於是龍氣大盛，流傳數千年之龍史，今猶膾炙人口。

中國圖騰制時代，久不存於今日，鳳鳥玄鳥之類，亦已早日絕跡，獨龍之謎尚能潛隱於人之腦海中，故又何如？蓋龍素爲君主權威統治之工具，專制淫威，民不能忘，此其一。易有「雲從龍」，韓退之有「龍噓氣成雲」之說，雲爲雨之變，雲雨與農事尤有密切之關係，故俗常以歲龍之多寡，以判其年之水雨情況（曆書所載），因之農民與龍即有密切淵源，此其二。上有所好，下必有甚，龍之迷信故事，流毒民間牢不易破，此其三。由是者，自然造成「圖騰者衆矣，而龍獨傳」的結果。談虎色變，至今多數鄉愚猶不敢議談龍事，觸犯神龍。

中國之龍史，本隨胡清之亡而絕筆，然有一度回光反照者，則由於袁世凱之龍心不死。袁世凱執民國之政權，醉心萬乘，已非一日。卒以龍飛八十有三日，而召聲敗名裂之恨。論者謂袁之罔顧輿論，欲登龍座者，一由於袁氏之雄才大略妄自期許，一由於左右之盲從附和慫恿促成。其實袁之妄自期許，人之附和慫恿，都是發源於袁之龍夢（袁迷信星相家眞龍下降之說）未醒。蓋袁氏雖有帝制野心，初猶未敢妄舉，左右窺其隱，即濫進諛詞，逢迎諂頌，煽惑其心，投其所好。下述故事，似即促成袁氏改制之主因。

據云：有方某者，爲一年未弱冠之青年，係袁之第六妾推薦而來，蓋其遠房親戚也。袁以方某婉順忠謹，作事輒能先意承旨命，爲近身侍役，每日清晨，於袁將起時，照例以一碧玉杯盛參湯進，此杯爲慈禧所賜，袁頗珍愛之。一日，方待袁飲畢將出，取杯還置原處時，忽失手墮磁盤中，碎爲二。方大恐，乃私白於袁妾，欲圖遁。妾止之，謂逸如被獲罪反加等，乃授計而去。至翌晨，方將碎杯以膠黏合，仍盛參湯以進，迨至袁臥榻前，忽大呼仆地，玉杯磁盤，碎成片片。袁在夢中驚醒，坐起責之，方膝行叩頭而請罪曰：「奴才該死，適見一黃麟修角之龍，盤繞榻前，雙瞳發奇光，直射奴面，不覺駭倒云。」袁聞言，急揮手止之曰：「毋多言，去休！」方乃拾碎片而去。袁自是益信己爲黃龍下降，而以當今眞命天子自居，不知爲妾窺破弱點，致受廝養愚弄，自貽伊戚，亦可哀已！

此事曾載東南日報，據作者所云：「係聞於熟習掌故之前輩，而非齊東野人之語」，相信亦不爲無因。此袁氏稱帝前之事。而袁氏稱帝後，亦有一事，可資對照。民國四年十月，宜昌英領許勒奇等組旅行隊，探至宜昌峽上游峽端之龍龕子，俗名硝洞，有龍化石，大小凡八九尾，中一尾軀幹較長大，以針刺之，似石炭質，惜羣龍無首，未爲酷肖；但吠聲吠影盛傳一時。時袁氏正事籌安，而巨化石事蹟之新奇，趣味之馥郁，遂爲一輩勸進者阿諛之資料。湖北巡按使飭縣保護，並據奏入京。隨奉袁氏上諭派專員張某（忘其名）來宜視察，官吏皆尊張曰「欽差」。張察畢返城，竟謂首尾俱全，栩栩如生，實爲大皇帝之國瑞。其事因益神奇，乃令全縣演戲張彩爲祝。張某以情入奏，袁氏電令省府撥專款萬元，飭修祠廟，册封石龍爲瑞龍大王，改宜昌爲瑞龍縣。同時並頒宜昌石龍申令一通，文曰：「洪憲元年一月十日政事堂奉申令王占元段書雲電稱：據宜昌商會暨學堂員董地方紳耆等公具陳請書，內稱宜昌神龕山洞，近經歐人深入探索，見石質龍形，起伏蟠迴，約長五十餘丈。考係上古眞龍形質蛻化成石。當此一德龍興之日，肇造萬年磐石之基。龍神石化之遺形，適蜿蜒効靈於江漢。天眷民悅，感應昭然。懇據情電呈，請將宜昌石龍發現一事，予以表彰，並付史館紀錄，垂示來茲，以答天庥而副民望等語。自來國家肇興，在於憂勤惕勵，政治修明，無一夫不獲。若侈談瑞應，以爲貞符，如古之神爵鳳凰、黃龍甘霖等事，實無當於治化。方今科學日新，凡事必彰其眞理。詎可張皇幽異，粉飾太平。所請宣付史館之處，著毋庸議。惟岩巒深邃，蘊此瑰奇，古迹遺留，足供採考。應由該將軍巡按使等，責成地方官吏，妥爲保護，俾資學者之研究。予早作夜思，惟以民生休戚爲念。但使衆億豫悅，卽是庥徵。願我將吏士紳共體斯意。此令。

袁氏於此石龍，陰爲修祠册封，其對龍興趣之深，已可想見。申令復爲矯情之語，豈亦視人言之可畏歟？蓋石龍之發現，不過偶因時會之事，袁氏竟據爲一己之靈瑞，其謬已甚。故帝制取消，石龍亦不見有若何神應。惟石龍發現之地，距我國海岸千餘英里，竟有爬行海棲之動物，示人以碩大之遺蛻，則可知當時迄今，中國地勢已迭經變遷，此蟲時代之古，由此亦可推見。祇世之考古與地質學者，事後尠有考究之作發表，是則可惜耳。

故袁氏之帝制，蓄志於星相妄說之眞龍，興於斷養愚弄之黃龍，成於宜昌發現之石龍，前後三龍，竟斷送一世梟雄之命運。猶憶當洪憲帝制發生時，軍人派主用快刀斬亂麻手段，速成其事。段芝貴急遣人赴滬定製龍袍一襲，價值五百金，密備閱兵時仿陳橋故事。文治派則主籌安會，克定探得父意，卒採文治派之謀。滬製之龍袍，遂行收藏。及大典籌備處成立，卽於北京定製價值四十萬元之龍袍，五百金者遂棄而未用。迨帝制取消，大典籌備處所製之龍袍，亦不知流落何所。軍人派所製之龍袍，則由芝貴贈與坤伶劉鴻聲。洪憲龍袍之結果，作了伶工粉墨登場之用，必非袁氏龍夢中預料所及。龍之餘波，亦從此而終矣。

七八　牧童遙指杏花村

唐代詩人杜牧，任池州刺史時，曾寫下一首傳誦千古的詩：「清明時節雨紛紛，路上行人欲斷魂，借問酒家何處有？牧童遙指杏花村。」這所謂「杏花村」在何處？後人頗多疑義。據傳：詩中所指的杏花村，是在今安徽貴池縣城西郊秀山門外。當時杏花村，不但有很多酒肆，也出產名酒。後來加上歷代文人士子的渲染，更使杏花村名揚海內。「池州府志」記載杏花村有云：「舊有黃公酒壚，後廢餘井劃在民田內，上刻有：黃公廣潤泉字。明朝天啓年間，清朝康熙、雍正年間，都曾在此建亭、築坊、葺祠，因得流傳。」

杏花村，亦飽經世故，傳歷多代，屢經滄桑之後，理應：「杏花易，蔓草生」，早成了荒涼村野，但古井酒壚，至今猶存。尤其古井井水清冽，俗稱：「香泉似酒，汲之不竭」，因之，也助長了杏花村的盛名；更推廣了貴池杏花村的大麯酒，遠及中外各地，香醇遍溢。

七九 阿里山神木

臺灣中部，阿里山的天然森山區，有矗立於登山路旁，一株樹齡達三千歲的紅檜，人盡稱之爲「神木」。紅檜屬柏科常綠喬木，質地硬堅，宜作橋樑、傢具、經久致用的器物，是珍貴木材之一；但生長緩慢，非經百年，不能成材。本身具有馥郁的氣息，歷久不歇，製成器物亦如是。現存阿里山的神木，樹齡和體積，都是罕見的，它身高五十三公尺，樹圍粗約二十公尺，是阿里山之寶。神木歷盡滄桑興替，而能不毀於雷火與斧斤斲伐，巍然屹立，尊之爲「神木」，誰曰不宜。你幾曾見過如此的有生物?!現在神木的四週，圍以木欄，旁設木亭一座，好事者或係森林保衞者，置有「神木頌」詩碑於其內。紀念歟，抑祝其萬歲耶!

八〇 遊戲筆墨不傷雅

世人但知葉小鳳（楚傖），擅長政論、詩詞、文藝、小說，而不知其遊戲筆墨，亦別具風趣，膾炙人口。上海有天台山農者，劉姓，爲當時名作家之一，常在上海晶報寫文章。其人業醫面痲。與葉氏詩酒往還，時相譏嘲。一日，葉見劉氏面經化妝，敷了雪花粉，隨信口賦詩嘲之：「不揚何用飾鉛華，卽飾鉛華總莫遮；嫁得胡廝非兩好，比來玳瑁果無差。鬚眉以外留鴻爪，口鼻之間帶玉瑕；豈是簷前貪午睡，風吹額上落梅花。」有吳三痴者，不知爲何許人？與葉極爲友善。其人雙耳重聽，葉氏贈之詩云：「未作家翁疾已成，天公相戲太無情；昻頭屢問心方識，側耳重聽事乃明。會友詠諧須畫字，逢人談笑請揚聲；傳聞古有治聾術，社日宜酣酒一甖。」

葉氏不但有酒癖，且有戲癖。鄭逸梅（南社社員）說：「楚傖好酒成癖，與酒友結不解緣。」有事可證：葉氏在上海主持報社筆政時，菊壇人士多識之。有老伶工孫菊仙，擅音律，與葉氏不但爲多年好友，也是酒中同道。常各手一杯，滔滔談天下事。孫伶尤悉清咸、同以來的掌故，如數家珍，也是最有談天藝術之人。孫伶口講指畫，葉則揮毫記錄，後成「龜年清話」一書。吳江歌女汪寶寶，略通筆墨，爲葉氏舊識，亦豪於飲。某年別久相値，席間與葉氏約：成詩三十絕，寶寶飲十大杯。葉氏卽席成詩，寶寶信守諾言，並將葉詩收藏起來。以上兩則故事，葉氏樂與酒友結緣；寶寶不失江湖豪情；亦算是文壇佳話。

另有懷友哀矜之作，但不可與遊戲筆墨同看。南社詞人余天遂，歸道山已十年。南社故舊特假上海派克路功德林作紀念會。四壁唁詞，多出南社同人之手，不少佳作。葉氏亦有一聯云：「於金石書畫外，秉擅歧黃，莫療貧病。處風雨蜩螗中，飽經憂患，遂了平生。」平實自然，極切其人其事。

八一　張競生的一生

提到張競生，四十以上的人，當然還很熟習。此公可說是以「性史」起家，亦以「性史」而聲敗名裂乃至鬱鬱以死，可哀亦復可鑒耳。

競生與余之相遇，是一個偶然的應酬場合，他是以教授身分出現的，其夫人褚××亦在座。別時他猶以北平什刹海畔之住址見告，約以再見。競生此時，雖尚未名揚四海，但在報紙上已漸露頭角。因適有一師生戀愛之公案發生，各報拾爲大好題材，大都非難於師（該女生原與某男生戀，後移愛於師），在封建思想尚濃之當日，自屬當然之情。惟競生獨排衆議於「晨報」發表文章，認爲愛是可以轉移的，戀愛亦不能逃出優勝劣敗之公式。如此論調，今日視之，已極平淡，在當時實難免「立異」之譏。

競生性情似乖僻，既常有吃冷豬肉的道學氣味，亦堅持其男女戀愛之左見，由此繼續發展，乃愈趨於極端。故不數年，「性史」乃見於世。復在上海創立「美的書店」，以戀愛與性作品爲號召。名譽遂頹矣，社會目之爲妖孽，大有羣起而攻之之勢。當其執教於北平大學也，對於哲學與文學方面，尚有相當的貢獻與信仰，至此亦因此涉彼，一筆抹煞。

在衆怒難犯之下，競生幾無立足之地，乃再度潛赴法國，改其所學，習地方自治與農村組織等。回國後，仍潛隱於故鄉饒平，從事農村工作。鄉人猶記前嫌，不予合作，終無一成。亦因此之故，致造成競生之性格愈爲怪僻。每日三餐，輒以磅量計其飯菜，限定晨餐兩磅，午餐一磅半，晚餐一磅半，不許有毫釐之差。鄉人時譃之曰：「競生吃藥，而非吃飯。」

貧賤夫妻不下堂，競生一蹶不振之後，褚××竟拂袖而去。緣競生原配許氏，早遭遺棄。張自褚去，氣益不足，張求許氏故劍復合，終以水火難以相容，許氏復飲鴆死。從此競生罪孽深重，更爲世所賤矣。褚××自棄張後，未久卽已琵琶別抱。對日抗戰時，有人尙在重慶見之。或詢以當年與競生的同居情形，似有慚色，而不置答。

競生韜光養晦，深自懺悔，只想求得社會的諒解，其心亦良苦矣。民國二十三年，北大舊友數人，擬建議北大當局，重延競生歸校擔任哲學教授。贊成與反對者，各居其半。當局爲免物議，終拒而未納。廿年來，迄不復聞其消息，或已寂寞老死於窮鄉僻壤矣。

八二　相　面

世界上有一種專替人看面孔爲職業的人，叫做「相面」先生。三十六行裏，有沒有他的地位？不得而知。在山場廟宇，風景名勝，遊人雜沓之地，卻多有他們的踪跡。今日的臺北市，像龍山、圓環、廟門口、旅館裏、馬路邊，也是無處不有的。最普通的，只用白布塗畫一幅人面相，掛在路旁或提在手裏，雙眼睜開，流轉看著穿來穿去的各色人等。抓著機會則運用三寸不爛的舌頭，就得把他點住，至少有一元到二元的收穫。

這種機會倒是很多的，問題只看他的本領濟不濟？只要你從他跟前一過，他就得把你點住，直截了當的說：「先生：你臉上氣色雖旺，心裏一定還有不安！」瞭解他們作風的人，自然不理他就過去了。而不明白此中道理的人，心中便要起一個疙瘩。你想人生在世，不如意之事常有八九，一聽這兩句話，覺得很是靠邊，沒有不動心的。這時，只要你把腳步略微一停，他知道你已動了心，便會伸手把你揪住，於是，什麼五官咧，三才咧，五嶽咧，四瀆咧，來上一套之後，更說：「欲知流年氣運行，男左女右各分清，天輪一二初年運，三四周流至天城。」大哥！貴甲子幾何呀？假如你說二十八。他趕緊就會說：「噯呀！二十六走丘陵，二十七走墳塚，二十八歲正走印堂。相書上說得好：『八歲十八二十八，上至山根下至髮，有無生氣兩頭消，三十印堂休帶煞。』按你的天中、天庭、司空、中正、印堂、山根、年上、壽上、准頭、人中、水星、承漿、地格，全部不錯，應該是主大富大貴。只因你的這額無主骨、眼無神、鼻樑太低、嘴無脣，應該幹東東不著，幹西西不就。」潑了你一瓢冷水，你便要歎起晦氣來，相信他不是江湖氣派，敢說直話，而不是拍馬屁。可是你心裏總有點不舒服，於是他又轉口便說：「幸而你一生嘴直心快，不奸不詐，吃得虧，讓得人，別看現在受點委屈，將來老運卻是很亨通的，吃不盡，用不完，妻財子祿，都是很不錯的。」你的心裏又卻有暗暗的歡喜，作眯眯的微笑了。

你想既被他點住，不是求財，就是謀事；不是看月令，就是斷終身，不論你說那裏，他就陪你那一套，反正求財謀事是說日子，月令終身是說後來。都把你捧得一個不亦樂乎，甚至被他大教訓一頓，還要恭而敬之送他幾塊臺幣！

前人有一首詩云：「與君對面語平和，先問年庚是幾何？談相全憑青白眼，評量眞善閱人多。」

的確不錯。

八三　武陵源風景區

我國地大物博，過去由於內地交通閉塞，許多名勝景物，近年因發展觀光旅遊事業，才開始傳名於世者很多，如「武陵源風景區」，卽其中之一。「武陵源」風景區，包括湖南數縣的三大區域——張家界、天子山、索溪峪。景物之幽美，實不亞於「西子湖」。不過西子湖以水勝；武陵源則以山勝而已。

湖南「武陵源風景區」，包括上述區域，分屬於桑植、大庸、慈利三縣，範圍卻比西子湖區遼濶得多。張家界，現爲國家森林公園，亦武陵源風景區之中心。中分黃獅寨、腰子寨、金邊溪三遊覽區，各具其勝。如黃獅寨，湘西民謠說：「不登黃獅寨，枉到青岩山。」金邊溪，久旱不斷流，久雨不長綠，十分神奇。腰子寨，有引人入勝的風景，與黃獅寨相對，可以互相穿來揷往。溪水奔流，花奇草異。其中美景勝地，可以指名數點者，約有二十六處之多。天子山，怪石參差，峯巒起落，造成自然的奇特風光。分爲石家檐、茶盤塔、老屋場、鳳棲山、黃龍泉等景觀區域。沿途共有八十四個天然觀景臺。境內有一座仙人橋、兩個天地、四個天門、五個溶洞，乃整個武陵源風景，最集中的地方。索溪峪，以山奇、水秀、洞幽而聞名。

「西子湖」文物風景，歷史悠久；交通則水陸四通八達；歷代文人學士、騷人墨客，歌頌不絕；

西湖十景，化裝美容，歷史早傳盛名。武陵源，範圍雖較西子湖廣若干倍；風景名勝之可指點者，不下數十百處。只以發現期，歷史短淺，雖在積極開發中，交通仍多不便。無論過去或現在，文人學士，前往旅遊觀光者既不多；詩詞文章歌頌宣揚的作品，尤是罕見。一切自然風景，雖美不勝收，惜皆未趨時尚，登上時髦之堂，神話故事，內容縱豐，亦不易廣收招徠之效。

八四　中國教會運動

此處所說的教會運動，並不是指佛教、道教、耶教、回教在我國發展活動的情形，而是指近代中國革命運動之濫觴的「教」「會」運動。這類教會運動之起源，由來已久。自蒙元以異族入主中原，漢族雖一時屈於武力，無可奈何；然而蒙、漢種族之間，終難避免畛域之見。當時民間，遂有稱爲「白蓮會」之秘密結社。元末韓林兒因之而起，亡元社稷。明興，此等秘密組織，一時銷聲匿跡。明隆慶、萬曆年間，民困日深，外侮日亟，秘密結社之意識，因而乘機復萌。滿清入關，又以異族爲主，耀武揚威，勢傾一時。一般忠義之士，無力恢復祖業，則相率以義氣相結合，暗中徐圖進取，秘密結社之風，因之愈熾，基礎越發越廣而深入。

論其流別，則有「教」與「會」之分。在北方者，多稱之爲「教」，如「天理教」、「八卦教」、「白蓮教」之類皆是；在南方者，則多稱之爲「會」，如「天地會」、「三點會」、「哥老會」之類皆是。教與會，同源而異流，一致以「反清復明」爲口號。實則皆爲農民不堪忍受貴族、官僚、地主之重重剝削與壓迫的一種農民革命運動。遜清一代，教、會暴動事件，幾乎無歲無之。其中之最著者，如滑縣天理教之亂；臨清八卦教之亂；臺灣天地會（林爽文）之亂；川、楚、陝三省白蓮教之亂；為時多達數年，少亦數月。後來，如太平天國，乃起源於「上帝會」（僅此會有洋氣）；義和團，亦屬教會之支與流裔；「興中會」、「華興會」、「光復會」、「同盟會」，都是由教會脫化而來。乃至「強學會」、「保國會」、「保皇黨」、「政聞社」等等，亦無不與教會有直接或間接的關係。謂近代中國革命運動史，即中國教、會運動史，亦無不可。

八五　窮秀才不受賄

論者謂：在北洋時代，自袁世凱、馮國璋、段祺瑞以次，吳佩孚（子玉）實為當代標準的軍人。公正廉潔，以四不主義治其身。晚年窮得要靠北平軍事委員會救濟金以維生，正說明其一生，清廉操守，為北洋軍中突出的第一人。其拒絕王克敏賄賂的故事，更值得大書特書。

民國十一年，直奉第一次戰爭發生。奉敗而直勝後，王克敏（叔魯，杭州人，生於廣東，對日抗戰時的漢奸）一日，命從人攜現鈔二十萬元，並親來獻呈吳佩孚。吳氏駭然莫知所措曰：「閣下攜來鉅款，備我以供軍餉之需乎？吾當具立收據，請示還期！抑以贈我私人乎？吾一窮秀才出身，無需此鉅款。若以犒賞直軍，則直軍向不敢受格外之賞。閣下此款，若於戰前接濟直軍，我當拜領，且感此為有力之接助也。惜於此時，無論以何種名義，均不敢取。謹領盛意，請將原款攜回。」王克敏窘甚。唯唯而退。

原來民國六年，段祺瑞內閣總理，掛冠而去。王士珍（聘卿，河北人）代國務總理時，內閣改組，王士珍以王克敏有財神之稱，便物色之擔任財政總長。民九，直皖戰爭後，王克敏爲十大禍首之一，被政府下令通緝。以後數年，在政壇上，便鬱鬱不得志。今日王克敏此舉，原圖於新閣成立時，取得財政總長一職，以恢復舊時風光！欲賄吳氏有以成全之。而吳氏一生廉潔自持，自然更不會取此不義之賄賂也。

八六　珍重青春

奥斯姆的名言：「若使你在四十歲的時候，並沒有將你的姓字，刻在成功之門頭上。那麼，你就將手中之刀丢下，也沒有關係了！」

一切創造和發明，大都是建樹或孕育於青年時代。青年時代的人，便要緊緊捉牢成功的機會，不要讓失敗之魔，擋住你的前程！

時代青年，睜開眼看！蒸汽的發明者瓦特。二十四歲的時候，即已從事於蒸汽機械的製造，二十六歲就完成了他偉大的工作。愛迪生二十六歲時，成功了數量電報機，二十九歲又發明了留聲機。電話的發明家貝爾，完成他的事業，也只有二十九歲。

伽利略二十三歲時，在比薩斜塔上，確定了物體下墜的定律，成爲物理學界發現空前的奇跡。被譽爲偉大天才的牛頓，在劍橋大學讀書的時候，就學會了當時所有的數學，時年不過十九歲；二十二歲的時候，成立了他所謂二次式定理，次年又發明切線用法與微積分學，二十五歲時，發明了他的著名重心學說之一部分，二十六歲時還發明了望遠鏡。

這許多偉大發明創造者，都是成功在三十歲以前。古人云：「三十而立，四十而不惑」。人生在三十、四十之前，就應該好好地排定一個規程！到了三十、四十歲時，才可以收穫一個成果。爲著自己的前途和事業，爲著社會人羣的幸福，都要刻苦自勵以圖之！一個高中老師對學生說：「你們想，德國大科學家愛因斯坦，在二十六歲的時候，就發明了他的相對論。你們現在都是二十多歲了，有一點成就沒有？」一個頑皮的學生馬上回問：「老師，你已經發明了什麼？」筆者今日正和這個老師一樣，卻不希望時代青年也和這個頑皮學生一樣。希望大家都能做愛因斯坦、愛迪生，在青年時代，把姓字刻在成功之門頭上！

八七　壽子妾詩聯難做

民國十九年，余因事赴滬，遇父執汪翰林詒書前輩，曾云：舊都名妓青青的香窟中，懸有易實甫所贈一聯，文曰：「清斯濯纓，何取於水」；「倩兮巧笑，旁若無人。」所嵌青青兩字，可謂極構思之巧矣。汪詒書前輩記憶固強，余亦至今不忘。當時在座者，尚有周吾山、劉伯倫，都是愛說故話舊的文學之士。主人陳護簧（嘉祐，革命元老）說：從來頌壽諛墓之詩聯，最難着筆；而壽妻妾子姪之詩聯，更難立詞。樊樊山有壽子五十聯云：「我亦癡翁，願再撫汝五十年，壽汝乎，抑自壽也；身爲大邑，豈獨有民十萬戶，愛民者，斯天保之。」（按樊山之子，時爲某邑宰）早已膾炙人口。而無獨有偶，尤不易得者，卽易實甫之妾，四十壽時，實甫以聯祝之。云：「佳人才子總情痴，女愛男歡，願生女皆佳人，生男皆才子；花好月圓無量壽，天長地久，看地上花常好，天上月常圓。」眞是情文並茂，無以復加。兩款最難立詞之詩聯，竟似信手拈來，實不愧爲近代詩壇兩雄。

八八　食在帝王家

清至道光之季，世運漸衰，內則叛亂踵起，外則強鄰逼近，威信漸替，軍政日窳。而道光帝雖亦非荒淫之主，然節儉之德，亦多不可及。至暮年尤甚。宮中膳品，常緣舊例具進，帝或偶思食一物，而知其價甚昂，則止而不索。慈禧太后，雖亦有儉約之性，然以快樂爲主，與帝則判然不同。當帝時，宮中用度，每歲只二十萬，內務府大臣司員太監等，進項爲之大減，咸出怨言，常用其伎倆以違帝旨。閱半癡錄所載，亦見概略。「一日帝偶思食粉湯，命依所言之製法製之，內務府上言：若依此製法，須另蓋一廚房，專人司之，須經費六萬兩，常年費尙須一萬五千兩。帝攢眉曰：朕知前門外有一飯館，能做此湯，每碗只售四十文耳，每日可命太監往購之。踰數日，內務府復上言：前門外之飯館已關閉。帝歎曰：朕向不爲口腹之欲，濫費國帑，但朕貴爲天子，而思食一湯不能得，可歎也！」清乾隆帝，常有遊樂之事，但家法極嚴，以儉約爲臣民先。曾數舉巡幸之典，每至一處，則喜訪其地特產之精者食之。清室外記載有帝食豆腐一則：「帝至江南揚州，食豆腐而甘。此本揚州有名之肴饌，問其價只三十文耳。乃下諭以後類此價賤味美之饌品，御厨中亦須備之。後回宮，察知在揚州所食之饌，價只三十文者，內府開至十二兩之巨。問其故，內監等言南方之物不易至京，故價值懸絕如此。」清室內府類此虛浮之弊，習已視爲固然，雖以乾隆之明察，而終不能革。慈禧當國時，明知之，亦無如之何。故內務府大臣，爲最優美缺，每年進項，幾有百萬之巨，自宗室王公以下，皆有分潤。弊竇深固，雖有勵精圖治之主，亦非倉卒可以革除。又巘厂劄記所載：「冬季，有一日極冷。乾隆帝召見汪由敦，問其入朝之先，在家曾食何物。汪答：臣家貧，每晨只食鷄子二、三枚。帝訝曰：鷄子每枚價値七錢五分，朕每食尙只二枚，汝每早食三枚，如此豪奢，乃稱家貧耶。汪不敢以實情奏知，但曰：臣所食之鷄子，與宮中不同，每枚價値銅錢一文耳。帝聞之，心知其故，乃嚴斥內務府之浮報焉。」乾隆帝較爲精明練達，還能予以嚴斥一類之譴責，與貴爲天子思食一粉湯而不得之道光帝，卽對於內務府亦不能置一詞，則內政外交更無論矣。國勢愈趨愈下，內憂外患之迭乘，亦漸積之勢而然耳。

八九　棄夫判

朱買臣出妻，歷史傳爲美談。其出之動機，蓋因妻羞買臣之貧而已。現代妻以夫貧而求去者，已屬司空見慣，國家猶立法以保障之，更無怪人情之反覆無常也。嘗聞顏眞卿爲撫州刺史時，邑有楊志堅者，安貧樂道，其妻以資給不充，索書求離。志堅以詩贈之：「當年立志早從師，今日翻成鬢有絲。落拓自知求事晚，蹉跎甘道出身遲，金釵任意撩新髮，鸞鏡從他別畫眉，此去便同行路客，相逢卽是下山時。」妻卽持詩詣州，以求別適。眞卿判曰：「楊志堅早親儒教，頗負詩名，心雖慕於高科，身未霑於寸祿。遇妻睹其未遇，曾不少留，靡追冀缺之妻，贊成好事，專學買臣之婦，厭棄良人，汙辱鄉閭，傷敗風教。若無懲戒，孰遏浮囂。妻可笞二十，任自改嫁。楊志堅秀才餉粟帛，仍署隨軍。」（見雲溪友議）此眞大快人事。前年報載某省主席，見法院之離婚案特多，亦以笞責粉腿之法，而遏其風，後遂無敢以棄夫而興訟者。此非獨眞卿專美於前也。

據「唐詩紀事」所載，詩與原詩則略異。唐詩人楊志堅「送妻」詩云：「平生志業在琴詩，頭上如今有二絲，漁父尙知溪谷暗，山妻不信出身遲。荆釵任意撩新髮，明鏡從他別畫眉，今日便同行路客，相逢卽是下山時。」詩皆措詞委婉，心平氣和，似無怨尤。只輕輕的說，將來相逢，可能各已婚嫁，或會感覺「新人不如故人」。借用古詩「上山採蘼蕪，下山逢故夫」詩意，不着痕跡。顏眞卿之判，似未瞭解作者本意，還加了笞責的處罰，則實太欠公平。

九〇　周偉龍殺張敬堯

「九一八」事變後，華北局勢混亂。一般舊軍閥、官僚、政客，多受了日本收買，蠢然思動。軍統局北平工作組，查悉親日軍閥張敬堯（曾任湖南督軍，有屠夫之稱），時方作寓公於北平六國飯店，携其愛姬，竟日周旋於日人之間，計劃圖謀不軌。軍統思有以除之，藉杜後患。誰願執行此一任務？正擬採用拈鬮辦法決定時，曾有軍統十三太保之一的周偉龍（湖南湘潭人，出身黃埔，陸大特七期，曾任交通警察總局局長），以座衆都非軍人，自己似責無旁貸，乃毅然挺身而出，願以執行此一任務爲己任。

周既負責，便率必要助手，也在六國飯店，靠緊張敬堯居室，開一房間。經常暗中窺伺張的行動和生活習慣。觀察多日，悉張每晨八時左右起床，盥洗後，循例立於床前，由姬人替他穿着長袍，扣鈕馬褂。九時許，施施出門。周覺此時，乃最好採取行動的時間。周密設計，某日佈置，由助手駕駛汽車，預停在六國飯店正門口，等待得手之後，迅卽駕車向天津方面逃走。只須出了東交民巷口，便可安然無事了。

當日早八時許，周一切準備妥善，暗中監視張之舉動。等他脫掉拖鞋，穿上皮鞋，站在床前，姬人爲着長袍馬褂，當其背轉身體一刹那之間，周迅卽衝到張房的門口，對準張後腦和背心要害，連發數槍。張尚未出聲，便倒仆於地。姬人已面無人色，狂呼：「捉賊！救命！」槍聲中，已驚動了同樓居住的房客，有的前來問訊；有的紛紛奪門下樓；一時情況大亂。周便乘此混亂之際，從容夾在人叢裏，下樓，走上預留的汽車，化裝坐候的司機，迅卽駛出東交民巷，向天津方面駛去。周偉龍任務完成，亦得不次升遷。至抗戰勝利後，已升至掌握軍統實力的交通警察總局局長了。只惜爲德不卒，未獲善終！

九一　顧媽飛上枝頭

民國七年九月間，安福系馮（國璋）段（祺瑞）內鬨，使徐世昌漁翁得利，安坐了大總統的寶座。王揖唐雖捧段未成；但出其意外，獲得了選舉活動中「八十萬」倘來之阿睹物。人逢喜事精神爽，乃進而勾搭上了「顧太太」。所謂：顧太太，人有很多的說法，有謂：顧太太，本姓顧，為上海長三堂子的小娘姨。有謂：淸初，南京秦淮河上四大名妓之一的顧眉生，嫁了落水名士龔之麓以後的稱呼（不叫龔太太，而叫顧太太）。有謂：顧太太原是人家的童養媳，未曾圓房，丈夫因病而死。被婆婆賣入娼寮，她心有未甘，乃潛逃赴滬，以傭工為生。嗣被其婆婆查訪找到，引致糾紛。經其傭主某，出面調解，由顧太太獻出其私蓄一部分作贖金，才得還其自由之身。這時的顧太太，年不過二十左右，雖擺脫了覊絆，四顧茫茫，仍落入了青樓為「跟媽」。偶與王揖唐相識，驚其花容姿態，皆屬上乘，竟屈居「跟媽」，未免美玉落泥沙，便為籌謀，脫離妓寮，收為副室。或謂顧媽此時，已擁多資，原有擇人而事之意。適逢王揖唐以政治關係，來到上海。一見之下，兩情相投，遂告同居。從此，顧太太便飛上枝頭作鳳凰了。常與王揖唐參加交際應酬，周旋於衆貴婦名媛之間，固可分庭抗禮。而其本身言談進退，亦非常雍容得體。外人多以「王太太」尊之，自己亦常以「王太太」自居；但仍有人稱「顧太太」者。而王揖唐的子女和近親，則多呼之為「顧媽」。「顧媽」之稱，本有兩種意義：一是尊稱，有長輩之意；一為通常佣人之輩，全由各人心理而確定，身分則始終未明。而王揖唐與她的關係，倒很像湖南大名士王湘綺（壬秋）與周媽一樣，似妻非妻，似傭非傭。實「夫人」、「太太」、「姨太太」、「老媽子」兼而具之。

王揖唐的髮妻某氏，據說相當賢淑，于歸王家，尙屬貧賤夫妻。王揖唐之發達，得力於其內助者亦多。王揖唐得意政壇後，其妻竟一病不起，富貴未能共享。及顧太太入門，王揖唐便有將她「扶正」的打算。因聞子女心有不平，有提反對的風聲。乃託詞「扶正」之議，係合肥總理作主。欲以段祺瑞的牌頭，壓服子女。此乃家庭私事與倫常問題，段祺瑞縱想管些閒事，亦決不會及此。而其子女，故始終不肯承認有此繼母。及十三年，王揖唐擢任安徽省長，携顧媽赴任。當時報上發表消息，竟稱「王夫人」或「王太太」不絕。時王揖唐有二子在滬，見報大爲不滿，乃刊登啓事聲明：「先母棄養多年，家父並未繼娶，現在僅有一老娘姨顧媽，隨侍其側，不得僭稱夫人。」啓事發佈後，當卽遍傳爲笑柄。使王省長很難爲情，顧太太更覺慙愧難安，悔不該隨夫之皖！跡其子女之意，原在哀念其母，辛勤一生。死後，正室之名，又被一不清不白的女子竊去。不但有辱先人，名不正、言不順，亦有損家族的聲譽。以致才有此一聲明。

旁觀者清，不管其爲「王夫人」、「王太太」、「顧太太」或「顧媽」，都全不與外人相干。不過顧媽，其非大家閨秀、名門淑女，已很顯明。她以出身於下層社會的妓寮，平日耳濡目染，習於巧言令色，擅於靈活應付，自然瞭解一切應人處事的乖巧手腕。王揖唐活躍於政治舞臺，自然很需要這樣一個伶俐妖艷出色的助手，才能保證勝算。故當日一般官僚政官，多能對王揖唐俯首稱臣者，顧媽之功，實不可否認。尤其她能說服小阿鳳（養女或親生）下嫁給王克敏做姨太太，結成狗屁倒竈的岳壻關係，狼狽爲奸。使王揖唐在政治戰場上，更是如虎添翼。

九二　顧鐵僧的詼諧

顧實，字鐵僧，又名鐵生，常州人，國內有名的文字學大師。當其任國立東南大學教授時，適軍閥內戰發生。顧老因事，須返故里常州一行。預向校方索得教授證一紙（證明身分，以利通行）。顧此行，因得沿途有恃無恐，未生阻礙。不料至常州站下車，證竟失其效用。站上兵士，堅持檢查行李，顧與理論，反遭士兵批其頰，並罵顧曰：「媽的……管你什麼教授不教授！」顧雖一介書生，亦明「秀才碰了兵，有理說不清」之理，卽忍辱而去。及抵家，憤無可洩，乃作三千言的詳函，送給該兵的長官，信固滿紙牢騷也。該長官亦知此君不可冒犯，覆函道歉，顧氣乃平。

顧鐵老，亦一東方朔之流。平日詼諧多趣，與伍老博士，同爲國內稀有的幽默人物。當其在上海正風文學院，教授文字學時，愛在課間作詼諧語，或時說德、法、日本各國話。蓋顧老原爲一留日學生。某夜，九時餘，學生皆將入睡。忽聞上課鈴聲。學生揣想：必是顧老頭前來補課（因常有其事）。於是學生，亦多衣着不整，走進課堂。顧老點名以後，劈頭便說：日本如何如何！扯到日本女人時，則謂：「日本女人，遍身是毛，不若中國女人之美。諸生他日去日本留學時，愼勿娶日女子爲妻云」。學生爲之哄堂。雖深夜聽課，精神亦爲之一振。顧老頭，亦可謂深明教授法之人。

九三　梁漱溟與民粹派

中國近代新儒學家之一的梁漱溟，以「鄉建理論」作基礎，搞鄉村自治建設。梁漱溟爲實踐其理想——鄉村自治的鄉村建設，嚴格言之，皆不過是一種烏托邦的社會主義；或農村改良主義；或民粹主義的陰影作祟。這最好的教訓：卽全世界任何國家，尚無光耀世界的成功先例；相反的，俄國歷史上，卻早有了失敗的先例在。俄國十九世紀六十年代後，有一派智識分子，對於俄國革命的看法，主張「到民間去」！他們同情於農民解放。認爲俄國有特殊的國情——以農立國；有共同的封建土地制度存在。故俄國不必像西歐一樣，要經過資本主義的轉變到社會主義。倡這一派主張的人，稱爲「民粹派」。俄國「民粹派」的思想主張，雖與梁漱溟「鄉建派」的鄉建理論不盡同，而忽略了客觀環境的發展；不明社會改良與革命的本質則一。故「民粹派」終被馬克思主義所粉碎；「鄉建派」亦終被毛澤東所否定，結果亦略同。

梁漱溟的鄉建理論，雖本源於中國儒家學說，而非出於俄國的民粹主義；但兩者的本質，卻都是一種空想主義。毛澤東的共產思想與其革命過程，雖也重視過農村；但都只是一種策略的運用，以利用農民爲革命手段。與梁漱溟所理想和追求者，迥然有別。梁氏於中共佔領大陸後，猶不自藏其拙劣，固執成見太甚，忽視了環境的變遷，在中共政治之下，仍然高調其農村建設。如四十二年九月，中共召開人民政協會議。梁漱溟「特邀」以「掛名」政委的資格發言批評中共農業政策，指「鄉村農民生活太苦」，曾與毛澤東展開舌戰，致被毛澤東罵得他狗血淋頭（見毛澤東選集第五卷），再策動其黨徒，羣起而批鬭攻擊之。從此共區每有羣衆運動，梁漱溟就要多遭一次批鬭之殃。他被不斷的批鬭，也就是從他妄言批評共區農業政策，「鄉村農民生活太苦」開始。易言之，能說不是他「鄉建理論」所買來之禍嗎？

九四 火葬之俗

我國中土之民，傳統極重風水之說，於是堪輿家（相地者）乃大行其道。一般庶衆，凡親死必覓名曰「佳城」的善地，發地以安葬之，求其福蔭後代子孫。即未謀妥窀穸者，亦必擇地先淺厝之，以待牛眠，然後移靈深葬。迄於近世，或爲家庭經濟環境所限；或爲親死異鄉，將來還要歸葬祖塋；於是「火葬」之舉以興。火葬之利，既可節省葬費；而且骨灰搬運容易；以故今人——尤其是客旅他鄉之人多重之。

火葬之舉，固多有利於時代環境；但起於何時？人多莫名其源。「辭源」一書，則謂：「本爲佛敎之制，宋時已盛行於中國，今則東西洋各國亦有之」。此說或可採信；但又不能令人無疑：一、佛敎僧人之有深功道行者，身後，多有舍利子；但舍利子，必經火化之後，才能從骨灰中取得之。火葬起於佛敎，這是可以徵信者。二、高僧並不盡行火葬。譬如少林寺西山下，有一大墳場，瓦塔林立，上尖下圓，塔內皆高僧之肉身也。有謂：待其肉身枯乾，取出裝以金漆，供奉於寺內神龕，以資信徒頂禮膜拜（如廣州六榕寺，有禪宗六祖慧能之肉身）。可疑的：六祖，高僧也；舍利子，佛教之至寶也；何六祖不重舍利，而取枯乾的肉身？這是菩薩的事，茲亦不作深談。曾讀唐史，則異「辭源」之說，謂火葬之俗，來自突厥。錄作參考：

「貞觀八年正月，突厥頡利可汗卒，命國人從其俗，焚屍葬之。」按突厥故地，即今之新疆天山南北一帶，俗尚火葬。其可汗率其部落來歸，與華人雜處，生活習慣，均從本俗。火葬之入中國，即在是時，應無疑義。又後漢書西南夷傳載：「冉駹夷者，武帝所開，以爲汶山郡。其王侯頗知文書，而法嚴重，貴婦人，黨母族，死則燒其屍。……」按汶山郡即今四川茂縣，歸化中土，遠在突厥之前，火葬之俗，爲時更早，其爲夷傳入，則確鑿可信也。又宋史：「太祖建隆三年三月禁民火葬。」（辭源所謂宋已盛行，或係據此而云）

九五　越南高山族

越南山區的少數民族，北部有瑤族、苗族、儂族；中南部有高山族，人數最多，已逾百萬。高山族人，原住於濱海地區，後被占族壓迫入山。越南族入平原區，又把占族驅上高山。高山族人，以農業和狩獵畜牧爲生。原要向占族納稅，並爲之服務。後來的占族人，則要向越南族人納稅，爲之服務。他們都樂於山區，每年僅下山一、二次，交換食用物品。終其生未到過平地者，亦多其人。

越南山地民族，占族男子多鬆頭，婦女則撮髻腦後，體貌俱黑。上衣短袖衫，下穿色布圍巾，大都赤腳。檳榔夾蔞葉（即佬葉），時不離口。高山族，至今還是母系社會，還存有染齒的習俗。一口白牙，經過檳榔的陶冶，已經夠黑了。再加以黑染，卽不亞於黑炭。他們因少與外間接觸的關係，自然比較落後。如以度量衡來說，他們就沒有輕重斤兩的計算，只有長短、大小的分別。譬如要買一條牛，牠的重量，並不計較，單論牠角度之長短。而長度的計算，則以普通人身爲準，自手指以至手臂，都是長度的單位。這種單位，據說有十五種之多，如一指長、一掌長、一臂長等。他們計算時間，沒有鐘錶，也沒有如古代人「以竿測影」的辦法。只以太陽的方位來決定；夜間，則以鷄鳴爲標準；月形虧盈一次，是一個月的標準。路程方面，沒有里數計算，只以時間來作計算辦法。如說：「某地到某地，要三夜行程」。卽這一段路程，要經過三夜的住宿，頭尾要跑四天，卻不知其里數。

山地民族的衣服，亦多彩多姿。莫族的婦女，喜歡穿純黃或純白的服裝。頭戴圓頂大帽，用一條粉紅或綠色巾仔，拴在頸項下面。莫族婦女的膚色，比越南族的更爲潔白細嫩，身材婀娜，臉龐多似瓜子形，的確具有美女的胚子。他或她們的禮服，很似我們的睡衣，長垂及地。全身沒有鈕扣，穿時由領口內直套下來。衣上用各種花線繡成條紋花邊，自上而下。兩臂之下，有兩個三角形，胸前亦有兩個尖角的三角形，就是內衣，也用五顏六色的布條，間成各色的小方格。胸前襯着一條黑帶，黑帶上則安裝一排排的大鈕扣。頭戴大草帽，遠遠望去，好似一個鮮艷顏色的大草菇。黑泰族的女子，喜穿黑色衣服，濶大的長褲。白泰族人喜穿藍服，女郎則愛穿濶大的長裙。少女頭上，都斜梳着髮髻。結婚時，髻則梳在頭頂當中。參加慶典時，頭上則纒着五彩繽紛的刺繡頭巾，紅色的絨球，從頭巾垂到頸部，各有千秋。

瑤族人，喜歡奪艷，還保存着古代遺風。男子體格魁偉，肌肉結實。女子則以眼睛圓大、腿部細長、臀部聳圓、乳峯隆起，稱美勝於各族。每逢新年大典日，青年男女，則羣集於廣場上，載歌載舞。每一男子，都有一個女孩爲對象。如果同時有兩個男子，愛上一個女孩，成了三角糾紛時，則由村長當場祈禱神靈，決定那女孩屬於誰。如果村長和神靈解決不了時，就由兩個男人比武來解決。決定了，當卽舉行婚禮。瑤族和苗族，都是父系社會。結婚時，需要聘禮和嫁妝。儂族和蝦米族，是母系社會，一切財產傳給女兒。男人雖有私房錢；但少得可憐！一切都是以母性爲中心。

不論父系社會或母系社會，他們都以家庭爲單位。宗教，是家庭的基石；家庭又爲宗教的中心。家中無論男女大小，都要參加宗教儀式。按季節、地方性，全村有共同的拜祭禮。山地民族，都認太陽爲眞神，「卡阿」是惡神。相信靈魂存在。祭神時，以水牛爲最高至貴的犧牲。鹿、豬等次之。他們有些信仰天主教的，但這是法國統治時代，才傳進來的。

九六　期期艾艾見笑大方

胡適與馮友蘭（芝生），爲留美哥大先後同學；同爲美國實用主義哲學大師杜威的學生；同以文學哲學博士，在清大、北大任教，爲中國學術權威。馮友蘭的學術思想，發爲文章，動輒萬言，或數十百萬言，邏輯分明，章句清晰，早爲儒林所共許。最突出的現象，卽馮說話，有點「口吃」，或可比如史記所言：「韓非爲人口吃，不能道說，而善著書」一流的人物。馮氏所著，如中國哲學史、新世論、新世訓等書，皆爲世所重。有謂其學識思想，實超過其學長胡適博士。他雖「口吃」，所幸爲中州口音，雖漏口並不太難懂。

「口吃」，廣東人稱爲「漏口」，世俗稱「結巴子」，指人言語蹇難的意思，每每說一個字，要連發多次音。文學上則常以「期期艾艾」四個字來形容它。這四個字，歷史上的典故如上述「韓非爲人口吃」。漢書上說：「周昌爲人吃，又盛怒曰：臣口不能言，然臣期期知其不可。陛下雖欲廢太子，臣期期不可奉召」。劉攽的解釋說：期讀如荀子欲綦色之綦。楚人謂極爲綦。師古曰：以口吃故，每重言期。又世說謂：「鄧艾口吃，語稱艾艾」。魏將鄧艾口吃，晉文帝戲艾曰：卿每艾艾，不知有幾艾？艾答曰：假如孔子曰：鳳兮鳳兮，亦只一鳳。這就是「期期艾艾」的出處，都是指人口吃來說的。

口吃，按生理學所說，原是先天的生理因素，其病由橫隔膜及聲帶運動不調，或過受驚恐，或與同病者相處，遂成一種習慣。這並不算是人生理上之病；但在人際關係上，卻確是一種病。醫學上雖沒有治療的方法；但在生活、心理、習慣上，卻能加以矯正！矯正的方法：必發語時，務令凝神壹志，心安氣定，避免情緒激動。習之既久，自有意想不到的效果。馮友蘭口吃，生平是否施行過自我矯正的方法？卻不得而知，但其見笑大方的事，則時有所傳。曾任外交部長的葉公超（崇智，廣東人），十八年，曾任清大及北大教授有年，與馮友蘭素有深交，常不拘於形跡。葉氏對馮氏口吃，最愛開玩笑。每見面，常捉古證今，問馮家的門牌號碼：「芝生，你家門牌多少號？我老是忘了。」馮氏絕不疑其戲己，老實的答道：「二二二二……二號」，一連好幾個二，蓋其所居，爲「二二號」也。葉氏左右之人，皆大笑不已，此亦可見馮氏本性之老實忠厚！更有令人見笑者：馮氏每說到意大利法西士的領袖「莫索里尼」時，用河南口音說：「莫索、莫索、莫索……里尼兒」，莫索了很久，才能出口。如說到「顧頡剛」其名時，也得「咕唧、咕唧、咕唧……剛」。如當他心煩意躁時，更要莫索……或咕唧……到二三分鐘之久。這當然不免要見笑大方。

九七 張之洞生活無常

有清一代名臣張之洞（香濤），功在國家，文治尤著。論者謂張氏學識宏達，治事多方，足可比之張居正。惟其「生活無常，號令不時」，頗爲世所詬病。亦使其幕僚、屬吏、侍從輩的生活，因之反常，亦若輩莫大之苦事。平居往往閱書，晝夜相繼，不食不眠。閱完就寢，又或終日不興。閱書時，家人侍從，皆不敢請；眠後亦不敢請其興。在四川學政時，按臨地方郡縣。肩輿在途，不令停，則不敢駐。輿夫輩，則只好更番輪息隨其後。輿內除坐席外，上下四旁盡是書。地方官吏之供奉者，所備飯食，悉荷擔隨行。時值炎熱，公在輿內閱讀，已歷晝夜，忽令停輿具食。擔中所備食物，類多腐不可進。公顧侍從曰：不必具席，但取猪肉作羹卽可。此猶小焉者，僅其個人之興息而已。

清制，學使按試地方郡縣，卽以是郡知府，爲院試提調。一日，試成都時，知府因故未到，卽另委松潘廳同知周某，代任試差。及應試童生，已由提調點名入場矣。適學使張公，尙未起床。直遲至午夜，始得張公命題。此則張公文人結習，生活失常，缺乏時間觀念，以私害公之一例。張公一生清廉，世所共知。向傳四川學政，收入之豐，居各省之冠。但張公學差任滿交卸後，幾無以治裝離川。

其後，張公歷任兩廣、湖廣、兩江總督，凡二十餘年；但其生活無常，依然故我，或夜治文書，達旦始寐；或接見賓客，即席鼾睡；其幕僚、屬吏，常莫知所從，而他卻始終怡然不覺。此無他，實其稟賦天性有別於人耳。

九八　喜喪謔詩

平湖石廉雲任河南某廳廳長時，與李慶雲女士熱愛，舉行結婚之前日，正值母喪，有謔者於賀禮奠儀中，附贈七律一首：「樹燈花燭共輝煌，鵲噪鴉啼兩樣忙。哭哭啼啼初入殮，吹吹打打正歸房，新人坐處添新鬼，喜酒移來作奠觴，待到明年冬至節，九泉笑看抱孫郎。」詩雖屬於打油，情節倒是蠻對。

九九　西洋茶話

中國文學上，或者名賢的遺聞逸事中，雖有許多關於茶的故事，可是在西洋人的生活當中，似也沒有例外。

格林維爾的日記載着：「當大衞嘉力克來往於王公貴人之間，聲名極盛的時候。飲茶大家約翰孫博士還沒有成名。他常常對嘉氏說：『大衞！我不羡慕你的有錢，也不羡慕你交遊上風頭之健，我只羡慕你喝茶的本事這樣大！』」

約翰孫博士自稱是：「無恥的茶客。」他有一次參加劇作家肯白蘭家的茶會。名畫家雷諾爾滋爵士大膽的提醒他，說他已經喝到十一杯了。博士答道：「我不去數你喝酒的杯數，你爲什麼要來數我喝茶的杯數？」於是又笑道：「如果沒有你的提示，我已經不至於再擾女主人了，現在你提醒了我，一打之數只缺一杯，我現在一定要請肯白蘭太太給我補足了它！」

有天晚上，雪尼斯密司，在奧斯丁夫人家喝茶。當時座客滿室，僕人托着茶鍋進來，看樣子他幾乎是沒法穿過這許多客人的中間。但是當他人和鍋所到之處，大家都急忙回身讓避。雪尼斯在旁邊起來對女主人說：「人生要求出路的，最好是手捧着滾開的茶鍋去跨進世界。」

號稱：「海底電線之父」的裴爾德，平生遊歷極廣。他到之處，都一定要帶着自己的茶葉，親自泡製。有一天，裴氏走到紐約城茶葉和咖啡集中區的「前街」。看見一個茶師，正在把茶泡了來嚐。他湊上去察看他的泡法，末了就跑進店裏去問道：「你吃這行飯有幾年了？」茶師說：「三十一年了！」這個茶師那時所得的年薪幾乎有二萬元美金了。裴氏說：「好的，你不如改行來得好！你實在不懂得怎樣泡茶，現在去學又已經太老了。我來泡一杯茶你看看！」於是他從衣袋裏掏出一小包茶葉，拿出一點點，沖上水，泡了幾秒鐘，敎茶師嚐！那茶師嚐了，馬上吐出來，說道：「壞得簡直沒有見過！連泡也沒有泡好！」

裴氏掉過頭來走開，喃喃自語的說：「你要是個專家，仁慈的上帝，稍微救下幾個我們喝茶的罷！」等到這位百萬富翁已去得無影無蹤，茶師這才狂笑起來，對一個店員說：「他是老裴爾德，一個古怪的茶客。他喝的都是金錢所買得到的最好的茶葉，每磅至少花費到九元美金。我卻告訴他說，他的茶葉不好，這是戲弄他呢。」

英國大政治家格蘭斯頓，也是一個著名的茶客。說他自已每天從半夜到早晨四點鐘中間所泡的茶，是下議院各議員中，隨便那兩位合共起來的量，都比不上的。

德國哲學家康德，每逢工作到長時間，總要靠茶和煙來支持。

美國詩人朗費羅說：「茶促進靈魂的平靜。」

英國的名將威靈頓，在滑鐵盧打敗拿破崙的時候，告訴部下諸將說：「茶使頭腦清靜，因此使他沒有誤。」如此說來，那位歐洲魔王的沒落，茶也「與有力焉」。

一〇〇 愚人不識至理

由於貪污之風盛，然後才有「廉潔之道難！」廉潔何難？則由於貪污之提倡，而不容汝去講廉潔，操廉潔。歷代帝王除宋太祖鼓勵臣僚貪污，已見宋史外，其他諸帝諸王反廉潔而提倡貪污以縻繫其部屬者，史籍亦不勝枚舉。

北史杜弼傳：「初，神武自晉陽東出，改革朱氏貪政……及平京洛，貨賄漸行。弼以「文武在位，罕有廉潔」，言之神武。神武曰：「弼來！我語爾：天下濁亂，習俗已久。今督將家屬，多在關西，黑獺常相招誘，人情去留未定。江東復有一吳老翁蕭衍，專事衣冠禮樂，中原士大夫望之，以爲正朔所在。若急作法網，恐督將盡投黑獺，士子悉奔蕭衍，則何以爲國？爾宜少待，吾不忘之。」

高歡爲着怕「督將盡投黑獺，士子悉奔蕭衍」；使他的國本發生動搖，竟不肯立法懲治貪污，一任部屬貪污枉法，不去過問。他把心中方略面授杜弼。杜弼心中，自然還不以爲然。因之不久，又去進諫。高歡不得已，便打開窗子說亮話，給以更明白的教訓。

「外將有沙苑之役」，弼又請「先除內賊，再討外寇」（指諸動貴掠奪百姓）。神武不答，因令軍人皆張弓挾矢、舉刀按劍以夾道，使弼冒出其間。曰：「必無傷也。」弼戰慄汗下。神武然後諭之曰：「箭雖注不射，刀雖舉不擊，劍雖按不刺，爾猶頓喪魂膽。諸動人冒鋒刃，百死一生，縱其貪鄙，所取處大。」弼頓顙謝曰：「愚人不識至理？」妙哉「至理」！杜弼眞是「愚人」，直到「戰慄汗下」，方才「識」得。如此「愚人」，天下正復不少。「百死一生」的動人，雖「貪污枉法」，而「所取處大」。故廉潔在高歡的心目中，實不比貪污之用處大。要講廉潔、操廉潔，即「無可取」。

故在野心勃勃的專制帝王時代，要想建功立業，而又要廉潔，實在是很難！像杜弼一樣，不識此中「至理」，祇能算「愚人」。

一〇一　徐樹錚是龍虎人

徐樹錚（又錚，江蘇蕭縣人），民國十四年十二月，於廊坊倉猝遇難，嗟悼之者，固多其人，謂爲長才難得，邊事更少經營的人；而稱快者，亦大有人在，目之爲危險人物，謂爲少一挑撥政潮、鼓動內爭的人。平心論事，徐樹錚實爲當代未可多得之人才，其一生行事，雖有可議之處，但志在匡時經國，乃以操之過激，致遭嫌忌。其所作政治活動敢爲非常之舉，亦不免識見每多不能克副。唯其功績有不可掩沒者，則爲收復外蒙一事。膠州宿儒柯劭忞（鳳孫）所爲徐樹錚墓誌有云：「公去不逾時，俄人入寇，陷庫倫，而邊事不可問矣。惟執國柄，自棄燕雲，詎逭清議。君雖譽謗滿天下，然漠朔之績，卽質之忌者，亦無異詞。」便可代表一般公平持論者之見。

徐樹錚十四年出國考察列國，年底返國入京覆命之前，曾專程訪問過孫傳芳（字馨遠，山東人，時自任五省聯軍總司令兼三軍總司令），這是當時最惹人注意之事，姑置不說。再則親赴南通訪問張謇，兩人交談甚歡，季直且以前程遠大期之。旋聞廊坊遇害，傷感之餘，並輓之以聯云：

語讖無端，聽大江東去歌殘，忽焉感流不盡英雄血。

邊才正亟，歎瀚海西頭事大，從何處更得此龍虎人。

既歎邊才難得，更追懷外蒙治績，着眼深遠，實非尋常泛泛之作可比。季直除聯輓之外，復作「滿江紅」一詞以悼之。詞云：

策蹇彭城，看芒碭山川猶昨。數人物，蕭曹去後，徐郎應霸。家世不屠樊噲狗，聲名曾雋燕昭馬。戰城南小怯亦何妨，能爲下。將玉帛，覲棋暇，聽金鼓，橫刀咤。趁續完騫傳，更編遵雅（徐樹錚文集名）。反命終申知遇感，履凶不論恩仇價。好男兒爲鬼亦英雄，誰堪假！

康南海（有爲）亦爲詞悼之。詞云：

其雄略足以橫一世，其霸氣足以隘九州，其才兼乎文武，其識通於新舊；既營內而拓外，翳杜斷而房謀；又敭歷乎域外，增學於四州；其暗嗚廢千人，其詞視無全牛；其飛動高歌擅崑曲，其嫵媚清詞追柳周。大盜竟殺猛士兮！天人起邦家殄瘁之愁；假生百命之前，為人龍而寡儔。袁世凱內爭兮，碎明於九幽。

一代人豪，竟不克展其懷抱，而死於非命。悲國失良才，溢於言表。張謇、康有為兩人，對當代武人素不輕加讚譽，獨對徐樹錚才兼文武，一稱為「龍虎人」，一崇為「猛士」，徐樹錚似應死而無憾了！祇是英年早逝，死非其時，死非其地。雖死於知遇最隆的段祺瑞執政之際，卻當段祺瑞最倒霉失意之會，竟為避觸權勢之忌，而無飾終之典，論人情道理，卻很說不過去。

一〇二 故宮珍藏浩刼

我國北京故宮，由歷代統治者，所搜刮收藏的珍奇玩物珠寶，不但各宮中多得難以數計，各倉庫內，也堆積得滿坑滿谷。自辛亥鼎革後，兒皇帝溥儀，坐鎮宮中，少不更事，也正是故宮古物珍藏，被宮中內賊上下其手，偷出變賣的開始。除溥儀首將宮內收藏的珍本古籍，和歷代名人書畫，偷運出宮；各太妃也常將珍貴物品交由心腹太監夾帶出宮變賣，或送往娘家；太監們耳濡目染，亦仿而行之；上行下效，及於一切工役賤夫，凡有可乘之機，亦未有入寶山，空手而出者。自民國元年，到民國十三年，溥儀被逐出宮，這段漫長歲月中，已是故宮珍藏文物損失最慘重的時期。尤其民國十二年六月二十七日晚七時許，那一場「建福宮」大火，整整燒了十二小時，焚燬房屋數百間，所燒燬的珍奇古物，更超出被偷賣出去的珠寶文物，不知幾千萬倍，價值卽根本無法估計。

建福宮一帶的建築，包括有：靜怡軒、延壽閣、慧耀樓、吉雲樓、碧琳舘、妙蓮花池、積翠亭、廣生樓、凝輝樓、香雲亭等十餘處，還有最寶貴的金亭四座，都是鑽石頂、景泰藍座。皆位於故宮的東北角。這些樓閣的建築，不但宏偉壯麗，而且內部佈置，都極堂皇雅緻，且都供奉着金佛、金塔，以及各種金質法器和藏文古經版；另外又珍藏着清代九世皇帝的畫像、行樂圖、與歷代名人字畫、古銅器、古瓷器等稀世之珍品。其餘尚有溥儀大婚前，爲了修繕儲秀、長壽兩宮，已將二宮的珍玩古物，都移過來暫存。再加上溥儀大婚時，所收到的全部禮物，統統儲存於此處。因此，建福宮的奇珍異寶，可說堆積如山如阜，全是四海之精英。建福宮，怎麼會着火？當時除本宮首領太監七人，負責看守外，根本無人居住，絕不可能是神話中的天火。這無名之火，顯係宮中內務府人員，多年勾結太監，盜賣宮中古物，監守自盜的縱火。爲消滅證據，一夜之間，盡成焦土，查也無從查起了。

一〇三　八仙之稱

「八仙」的說法，在我國典籍中，已屢見不尠。唐書李白傳，李白與賀知章等八人，結爲酒中八仙，杜甫有「飲中八仙歌」；譙秀蜀紀，容成公與李耳等八人，均在蜀修道，稱「蜀之八仙」；淮南王劉安，有客八人，皆文學之士，有「淮南八仙」之稱。現在所說的「八仙」，與以上無關，祇談今日世俗所說的「八仙」——鍾離權、張果老、曹國舅、呂洞賓、李鐵拐、藍采和、韓湘子、何仙姑。這八仙，生不同時代，籍不同地，究竟如何組合而成此「仙班」？神仙通鑑、神仙傳、列仙傳等書，皆不見記載。惟元劇本，有八仙慶壽、八仙飄海之名。蓋世俗「八仙」之名，實始於元代故耳。而此八仙，現在略可考證者，分述之於次：

鍾離權，漢時咸陽人，又稱漢鍾離。曾歷仕漢、魏、晉，爲周處裨將，爲齊萬年所敗，逃終南山正陽洞修道成仙。唐時一度出現，且引渡了呂洞賓。

張果老，自稱爲唐堯時代人。在唐時始出現，隱居中條山。唐玄宗、武則天皆欲求之，不得。時有方士告明皇：張果老是混沌初分時的白蝙蝠精，明皇亦疑信半參。

曹國舅，宋時人，名佾，曹皇后之弟，故以國舅稱。少年出家，隱名山學道。後歸，於黃河邊遇呂洞賓，以語解其惑，乃拜呂洞賓爲師，從此得道。

呂洞賓，號純陽，九江人，在民間知名度最高，傳說他的故事亦最多。在唐代，科考不得志。不久，黃巢作亂，乃偕家人隱居終南山，以絕世辟穀成道。

李鐵拐，隋時人。在終南山學道四十年，元神出舍，屍被虎殘，魂魄乃附於一跛足丐屍身上。復活後跛一足。經西王母點化昇仙，授以鐵拐。

藍采和，續仙傳云：「一腳着靴，一腳點地，夏則衫如絮，多則臥於雪，氣出如蒸，每行乞於城市，踏歌於濠梁間」。歌曰：「踏踏歌，韓采和，世界能幾何？紅顏一春樹，流光一擲梭，古人混混去不返，今人來更多。朝騎鸞鳳到碧落，暮見桑田生白波」。歌畢，駕雲凌空而去。

韓湘子，字清夫，呂純陽引度登仙。相傳爲韓愈之侄孫，韓愈有「左遷至藍關示侄孫湘」詩。湘少時出家學道。歸時，適逢韓愈誕辰，湘子獻技稱壽。勸愈棄官學道，詩有「解造逡巡酒，能開頃刻花」之句，愈指爲異端，不從。湘取小盆植花，花開顯金字聯云：「雲橫秦嶺家何在？雪擁藍關馬不前」。當時韓公不解其意。後文公貶謫潮州，行至藍關，天下大雪，旅途困頓。湘子忽然趨前，文公始恍然大悟。

何仙姑，名阿瓊，永州女子，爲八仙唯一女性。少具道根，呂洞賓度之登仙，初給她一桃，因而絕粒。能知過去未來事。並傳：狄青南征，師出永州，常問兵事於她，言多有驗。後人奉之爲神，稱何仙姑。

一〇四　讚美女體

中國古代文學作品，形容女體之美，神筆精描細繪，眞是刻畫入神，形色俱勝。如「芙蓉面」、「櫻桃口」、「柳葉眉」、「小蠻腰」、「鷄頭肉」、「春筍手」、「玉面朱唇」、「雙瞳翦水」、「冰肌玉骨」、「媚眼秋波」、「明眸皓齒」、「粉白黛綠」等，對女體各部位之形容，已是各盡其妙。再把時代向前推，如詩經衞風碩人篇，所說：「手如柔荑，膚如凝脂，頸如蝤蠐，齒如瓠犀，螓首蛾眉，巧笑倩兮，美目盼兮。」更是中國古人對女體最早、最具體、最生動的描繪。這樣極盡讚美的形容，眞可說是空古絕今了。

前人有將「春葱」比美女手者，剝光的春葱，固然白嫩可愛；但仍不若「手如柔荑」之妙。什麼是「荑」？在北方生長的人士，類多知之。荑，是「茅」的初生嫩芽，漸成嫩莖，色白帶淺綠，透着微紅，白又不蔽綠掩紅。採而察之，嫩柔柔，軟綿綿，絕似少女的纖纖玉指，故以「柔荑」形容女手，其傳神盡態，實勝過「春葱」多矣。「膚如凝脂」，長恨歌形容楊貴妃「溫泉水滑洗凝脂」，就是採用了詩經的美詞。「凝脂」，原是將動物脂肪，煎熬凝結而成柔軟物，潔白滑潤且不留手。以之比擬白嫩光潔之女體皮膚，文學上實無出其右者。「頸如蝤蠐」，蝤蠐類春蠶，身長色白，以之比擬被柔髮三面襯托來「白頸」，實極富情調而有誘惑力。「齒如瓠犀」，「瓠犀」是瓠中之子，方圓潔白，用以形容女人的貝齒。「螓首蛾眉」，「螓」小於蟬，額廣而正，用以形容女人之首。「蛾」指蠶蛾，眉細而曲，用以形容女眉。此皆言女子之靜態美。如此比擬，促視之並不覺得美。必待細味之、靜思之。腦海意象中，溶貫了天籟之氣，才會覺得眞是至美的描繪。益以動態玄渺之形容：薰蘭竟體、春風滿面、傾國傾城、沉魚落雁、儀態萬方、翩若驚鴻、靜如菩薩、動若游龍等，文人之筆，更使女體之美，出神入化了。

一〇五 長沙新年故事

臘鼓聲聲，歲聿云暮！引領四坳（張治中火燒長沙，及抗戰三次大捷）。親朋報簡：城郭已非，田園寥落，「歲暮家室情，各個念爾歸」。更不勝有家歸不得之感！童年生活，湧上心潮，憶之所及，信筆而書，聊當新年試筆。

長沙每於年之臘中，開始新年準備：東塾解館，西疇輟耕，百匠紛紜，市廛喧噪。室無大小，舉行掃除，滌汙浣穢，意在新生。協乎衞生之旨，洵佳俗也。主婦製糕，酒人釀酒，忌「衰、老、病、死、苦」諸不吉利之語。童稚擾旁，預爲犒賞，喜氣充盈，樂不可支。熙擾闤闠，採辦「年貨」。菜餚瓜果，靡不畢具。通書（今之曆書）一部，視尤珍重，蓋來年之行止動靜、吉凶休咎、忌辰祭日，多取決於此。農人據「春牛圖」，以決耕種時令，卜水旱豐荒，屢驗不爽，殆民間之袖珍氣象臺也。

小年剛過，千家萬戶，爭貼春聯。普遍習用「國恩家慶」、「人壽年豐」之類。喪家常標「吾門尚素」、「天下皆春」惟色尚藍或褚。市聯如「生意興隆通四海，財源茂盛達三江」，幾乎千家一律。宅之前門，分張「文丞」、「武尉」，或「神荼」、「鬱壘」，鄉人信其能治鬼鎮邪也。前者出於傳說故事，謂爲唐魏徵與尉遲恭，文武二臣，侍太宗疾，鬼魔不敢爲祟。後者故事源於「風俗通」，「神荼」、「鬱壘」，皆「治鬼精」也。室內則遍貼「對我生財」、「五福臨門」、「百無禁忌」之紅標語。階前有「天官賜福」，偏厦有「左右逢源」，倉頭、灶前，乃至牛棚、鷄塒，亦無不敷以吉祥語句之紅箋。巨室不免，小家尤多見之。應時生財，市中售聯之小攤林立。潦倒文人，多趁機會，掙取筆潤。書法佳者，恒恃此以作過年之資。

二十四日，俗傳灶君昇天述職，家有謝灶之祭。祭品僅供清茶乾果，不陳牲醴，謂灶君茹素，不敢以葷褻之也。另貢蜜製米餅，似近賄賂，亦似蜜敷灶君之嘴，使之隱惡不宣。神人共通舞弊，又何盡怪人間也多不肖之徒。年事籌備既畢，理髮、沐浴、更新裝，幾人盡如斯。至是，廳堂則懸燈結彩，桌椅則披紅掛繡，陳設古董，敷張字畫，內外輝煌，氣象萬千，靜候新年之光臨！

除夕，迎灶神還座。行「辭年」式，有「團年」之舉。美酒盛饌供神畢，家人團敍暢飲。唯魚不能舉箸，意取「有餘」。元宵後，乃不爲禁。甚者，特製木魚以代，更爲可哂。宴罷，黃童白叟，與趣彌濃，手提燈籠，配合鑼鼓，巡遊鬧市。遊者羣集，列爲長蛇。夜深始返。爲父母所許者，年只一次。婦孺輒於是夕占卜休咎，多藉童稚無意之閒言，參詳其義，毋乃太過。湘俗商賈年底結帳，連日奔忙討索，洎除夕未清者，常生口角之爭，中夜不休，東方將白，乃荷荷去。但有可風者，無論詈辱至何程度，翌晨相見，仍必歡若平生，拱手作揖，互爲恭賀！禮也，亦義也，唯我禮義之邦則有之。除夕慣例通宵不寐，坐以待旦，曰「守歲」。家長分「壓歲錢」，晚輩及僕婢皆有領受權利。償錢既具，則繼以餘興，玩「骨牌」，擲「骰子」，作「狀元籌」、「陞官圖」等，以達元旦。居常爲家長所不許者，今亦可以破例五天。是時，街頭司更，擊柝揚聲，蓋古詩歲聿云暮，「遒人以木鐸」之意耳。機巧乞兒，印製執鞭騎士，沿戶歌送，名送「財神」，討取賞惠。主人樂財，自不吝予。三五日後，各家所迎接之財神，幾至門（財神貼門上）無虛席。財神如是之多，而人之窮猶故我。人人不說，吾復何言？晨興，依新曆書所示時刻，拜神燃炮，曰「出天行」。一家炮發，四城響應，更有以炮鬪富鬪勢者，如臨戰場，達旦不休，即所謂「迎新年」！

元旦，新年之第一日。家人「拜年」，喜氣洋洋，歡聲載道。親朋故舊，見必盡禮。行輩相若者，一揖便可，於長輩則就跪拜不恭。童稚更笑逐顏開，向長輩一拜，便可獲得「包封」（紅紙包賞錢）。新年忌諱特多，不祥之語當諱，觸器壞物，亦所嚴忌。孩童心身，不免有被壓制之苦。賀年畢，進「金銀元寶」（紅棗桂圓煮雞蛋），取招財進寶之意。出「茶盒」，中盛各色糖果，取之不禁，尤稱孩童之心。客至亦如之；但必擲「包封」於盒中，以賞僕婢。新年「出行」，類多於元日行之。按曆書求福、祿、財、喜神之方位定行踪，以求一年所希冀之幸運。年初二，商店有開年之宴。以其祭餘享店員，店員去留，即於宴飲中表示之。其法，店主親敬擬辭退店員雞肉一方，俗稱「無情雞」。並言：「多謝幫忙！」店員會意，心雖忐忑，仍必故作鎮靜，強顏歡笑。宴罷，束裝賦歸，店主親送至門，大有「君子絕交」之風焉。拜年之禮，湘諺有：「初一子，初二郎（女壻），初三初四拜地方」習語。故初二日以後，親朋交往，特爲親密。遠道則遣僕致帖爲代。帖長五寸寬三寸，世宦之家，輒超此規定。商店更以「送紅」爲重事，親疏不遺。戚友餽贈，不外年糕糖果。平時疏於存問者，必藉年終或年首作一番表示。孩童嬉戲，點綴尤多。戴加官，舞刀劍，極爲通常。抽地螺，烏烏若今日之空襲警報。燃炮竹，擲地作聲，有轟然震耳之地雷炮，有聲色俱全之電光炮、花筒火箭，萬花齊發，美不勝收。婦孺之特殊活動，則爲參神拜佛。娼寮更花枝招展，頂禮城隍，頻添廟祝神棍以發財機會。乞兒謀利，花樣百出，其狡而猾者，善頌善祝，人情世故，皆可作如是觀。

舞獅、玩龍，爲民間新年特有之娛樂，各地類同。惟湘人耍獅龍之花樣技術，不及廣東；但較寶島爲精。鄉鎭地方或家族宗族，多有「龍會」組織。「包封」所入，爲數不貲，除開支外，悉以歸公，以壯來年之聲勢。龍會之歷史較久者，且置田產。湘之獅龍，雖不若廣東之考究，然雜配綦繁，綵製牲畜、羅漢、舟車、花燈、及彩排故事戲劇，各幫爭奇鬪異，動輒數百衆。「地花姑」類北方之棚棚戲，隨地流動表演，有聲有色，尤能引人入勝，惟近淫褻，輒爲政府所禁。此藝似爲湘省所特有，他處則未曾見。與元宵燈節配合，火樹銀花，彌覺洋洋大觀。

元宵爲年節之終，「看花燈」、「吃湯圓」，自有許多新年餘氣；但孩童與依人作嫁之人們，則不免雙眉漸鎖。東塾傳經；西疇有事；百匠就業；商賈開市；「一年之計在於春」，諸凡迅卽恢復正常狀態。

一〇六 詩情畫意憶蘇州

「小樓一夜聽春雨，深巷明朝賣杏花！」這是陸游「臨安春雨初霽」對杭州的寫照。在杏花春雨江南的早晨，蘇州亦同具此景。賣花女，叫賣梔子花、白蘭花、茉莉花的聲音，響亮悅耳，非常動聽。即如蘇州許多大街小巷，他若桃花塢、蘋花橋、萘霞巷、濂溪坊這類名字，聽來也相當充耳欲昏。深巷、朝陽、帶雨的花兒、賣花的人兒，淡粧濃抹兩相宜的蘇州姑娘，娉娉婷婷，出入小橋流水人家，也帶來了盎然春意，是詩情，也是畫意，這些感性，令人眞個是樂而忘憂！

這著稱的江南水鄉，向有「中國威尼斯」之譽。城內流水交叉，船舶上下，城市如在水面。蘇州女紅，早著一方，余沈壽女士，曾繡製義大利皇后肖像，毫髮畢露，維肖維妙，馳譽於國際間，今猶口碑載道。不輸於香港的蘇繡，可與湘繡並美。蘇州文風鼎盛，代有名家，如唐時的陸龜蒙；明時的唐伯虎、文徵明；清時的狀元宰相陸潤庠，均文名籍甚。長安韋應物，久刺蘇州，人皆稱之「韋蘇州」。吳在戰國秦漢時代，乃是一班遊俠亡命者的政治避難所。伍子胥逃昭關，吹簫吳市；項梁殺人，與項籍避仇吳中。後來一個鞭屍楚平王；一個推翻秦二世；都是以蘇州作其發祥基地。這在當時的情形，恍如今日之港九，成爲人們追求自由民主，推翻專制暴政的行動計畫所。近代詩人蘇曼殊大師，有詠蘇州云：「江南花草盡愁根，惹得吳姬笑語頻；獨有傷心驢背客，暮煙疎雨過閶門。」現在我這半個吳人，撫今追昔，則有句云：「八字橋邊嬌客至，心旌搖落過閶門。」雖不免有掠美之嫌，亦唯此情懷，與大師殊耳。

一〇七　岳陽天下樓

岳陽樓，素有「洞庭天下水，岳陽天下樓」的盛名，一樓一水，雙美具稱。樓矗立於湖南岳陽市西門城樓之上，早與武昌黃鶴樓、南昌滕王閣，並稱爲江南三大名樓。現樓，係光緒六年重建，爲三層三檐純木結構，樓頂蓋黃琉璃瓦，四面環以明廊，腰檐設有平座。據傳：匠心巧運，全樓不用一根樑、一枚鐵釘。時尤稱奇。

岳陽樓，位當洞庭入長江之口，南綰三湘，北控荆溪，俯瞰洞庭，煙波浩瀚，景色萬千。相傳前身爲三國時，吳將魯肅，訓練水師的閱兵臺。唐時張悅謫守岳陽，才在此建樓，正名爲「岳陽樓」。其時，詩人李白、杜甫、白居易、孟浩然、劉禹錫等，先後登臨，寫下不少傳誦千古的詩篇。宋時，滕子京謫守巴陵郡（岳陽），政通人和，便重修岳陽樓。范仲淹爲作震動古今文壇的「岳陽樓記」。文中有云：「先天下之憂而憂，後天下之樂而樂。」讚揚滕子京的崇高品格與偉大抱負。清沈德潛說：明楊基詩，應推五言射鵰手，起結尤入神境。其詩云：「春色醉巴陵，闌干落洞庭，水呑三楚白，山接九疑青；空濶魚龍氣，嬋娟帝子靈，何人夜吹笛，風急雨冥冥。」從此詩文傳千古，樓亦傳千古，幾於家喻而戶曉。在社會民間，傳播廣而且深者，還是唐呂洞賓的故事。歷史相傳：呂洞賓，世稱呂祖，亦稱八仙之一。常飄然來去，遊戲人間，沒有絲毫掛礙，是仙人，也是凡人。曾來洞庭湖地區，三次在岳陽樓和遊人共飲。醉意瀟灑愉快，見之者，都彷彿他是岳陽樓的常客；但無人眞認識他是誰，只覺其人很風趣，常能給人帶來快樂氣氛。第三次醉後，在「岳陽樓題壁」詩云：「朝遊北海暮蒼梧，袖裏青蛇膽氣粗；三醉岳陽人不識，朗吟飛過洞庭湖」（見全唐詩）。墨瀋未乾，就不見其人影蹤了。歷代詞人，以此爲寫作題材者甚多。故事愈傳愈廣，雖婦小及販夫走卒，無不耳熟能詳。湘鄉曾國荃氏（國藩之弟），在岳陽樓右側，曾建三醉亭，以資紀念。

岳陽樓，曾保有歷代文物，以李白的對聯：「水天一色，風月無邊」，最爲著名。次當以清書法家張照所書「岳陽樓記」的雕屏，人稱文章、書法、木料（紫檀木）、雕刻，爲「四絕」。清書法家何紹基手書撰百零二字的長聯，情景交融，咸稱佳作。岳陽樓附近的「三醉亭」，相傳呂洞賓曾三度醉臥於此。「梅仙亭」，因出土有枯梅花紋的石板，相傳爲仙蹟而得名。如此文物勝蹟，今皆不知依然無恙否？

一〇八　張季直泣五字

清咸豐三年（一八五三），出生於海門農家。有謂他小時資質似不甚高，讀書時代並沒有嶄露頭角與出衆的風流文采，其實這正是他資質過人之處。因資質高的通病，求學做事多不求甚解，不務精實。他十五歲（同治七年）應院試，取中第二十六名縣附學生。南通州試亦幸得列名在百名以外。如眞資質低劣，根本無此可能。不過州試結果頗受其業師宋樸齋的苛責，謂：「譬若千人試，而取九百九十九，有一不取者，必若也。」

季直受師責之刺激後，殊引以為恥。乃刻苦自勵，發憤為學。其自訂「嗇翁年譜」有云：「余至西亭，凡塾之窗及帳之頂，並書『九百九十九』五字為誌。駢二短竹於枕，寢一轉側即醒。醒即起讀，晨方辨色。夜必盡油二盞。見五字即泣，不覺疲也。至是余雋而范落。」其自苦奮發之情，概可想見。文中所言之「范」，係指范肯堂。他與范肯堂原係世交，居同鄉里。范小張一歲，初在科舉試場中張輒落范後，及張受師責而發奮後，終勝范而獲「雋」。從此范心不甘而負氣，僅青一衿，不再出應試，以致演成後來「范、張交惡」。這且不必談。

一〇九　勞動大學曇花一現

國民政府奠都南京之初，百政待舉，氣象一新。我國大教育家蔡元培先生集國內最高教育行政當局與大學校長，在京商討最高教育興革事宜，多主採行法國式教育制度。由各國立大學校長，兼理各省地方教育行政。提倡「教育科學化、勞動化、藝術化」。在上海設立「國立勞動大學」；杭州設立「國立藝術專科學校」。上海的勞動大學，由吳稚暉、蔡元培、李石曾諸元老負責創辦。於民國十六年秋，開始招生。校長由行政院農礦部部長易培基（寅村，湖南長沙人，曾任北京師範大學校長，北洋政府時代任教育總長）兼任。大學部分設工學院（院長程千雲）、農學院（院長李亮恭）、社會科學院（院長彭襄）。並約定與比利時的國立勞動大學合作。學生畢業後，保送比利時大學深造。故外國語課程，以法語爲主。工學院設在江灣，農學院設在寶山。除大學部外，還設有中學部、小學部。原意將實施由小學而中學而大學的一貫教育辦法。創辦人吳稚暉、李石曾兩先生，皆係國際知名的無政府主義者；教職員亦多無政府主義的信徒；他們一貫主張「崇尚自由，減少干涉」，亦漸形成爲校風。學生上課不點名，亦絕少缺課者。學生待遇，極爲優厚。淸華大學學生，因庚款關係而有補助。勞大則更過之，學生全部公費，不僅學雜費全免，每年尙發給冬夏兩季制服。首開全國大學全部免費的先河。似亦無有繼起者。因之，投考者至爲踴躍，似皆不願放棄此一大好的求學機會。

九一八事變發生，日本侵佔我東北，全國民情激昂。學生抗日活動，普遍展開，愈趨愈烈。發展到後來，而有集體赴南京，向國民政府請願，要求政府立卽動員，出師北上，對日抗戰。不意學生活動，漸漸發生了質變。由於左派分子，從中利用，便不免有出軌情事發生。由抗日要求，轉而對內鬧事，風潮澎湃，實行罷課，影響及於各界，社會更爲動盪不安。未久，淞滬對日戰爭爆發。勞動大學，位居江灣，首當其衝，正是戰爭陣地之所在。勞大的水塔、校本部、工學院，全部被燬。工學院隨改在上海租屋，繼續上課。勞大既遭了池魚之殃，尤其不幸的：二十一年，教育部長蔣夢麟，藉口某種嫌疑（學生中的左派），奉命下令：「國立勞動大學停辦」，晴天霹靂，師生痛惜，甚有落淚者。事後，吳稚暉責備蔣夢麟：這樣重大的事，爲什麼決定之前，不和他們幾位校董商量一下。蔣夢麟答以「奉命辦理」。吳稚暉便面斥蔣爲「無大臣風度」。（蔣夢麟後寫紀念吳氏文中，猶提及此事）。而「無大臣風度」一語，亦常被人借用，作爲對蔣夢麟開玩笑的口頭語。

勞動大學，自民國十六年秋，草創開辦，迄二十一年停辦。經時不過五年，眞可說是曇花一現。所幸學生後來，都分別安置於北大與中大，皆能完成其學業。

一一〇 張佩綸詩媒獲偶

張佩綸，字幼樵，豐潤人。清同治時進士。文藝作家張愛玲，係其孫女。他本人則爲清相國李鴻章的孫女婿。張佩綸四十六歲時，入李鴻章幕爲賓，雖無赫赫之名，亦非等閒之輩，李尤重其才。因張曾於法人攻馬江時，應敵無方，致遭福建基隆兵敗，遁走，獲罪充軍。得李鴻章庇護，救之納入幕中。張感李氏深恩，日常以子侄之禮，謹侍左右。李氏以其爲人尚勤愼，復擅文墨，頗加重視。一日，張因事入見請安，適李正在書房酣睡，不敢驚動。便靜坐於書案之前，以待李氏醒覺。偶見案頭有一詩卷，字跡秀麗，隨手取來閱讀。不覺爲之大驚！蓋此詩卷，原來寫的內容，多有關自己馬江兵敗之事。看到有「綸才宰相籠中物，殺賊書生紙上兵，……豸冠寂寞丹衙靜，功罪千古付史評」數語，詩不甚佳；但似有獨鍾。佩綸不覺落淚沾襟。深覺作者與已未曾一面，不知其爲何許人？今日力爲自己辯護，又讚自已具有才華。於是知己之感，不覺油然而生。及李醒覺，忽見張佩綸流淚滿面，奇而問之。張乃以實告。李便謂：「這是小孫女所作，請你指正！她今年二十歲，尙未配人，你可留意，遇有機會，爲之作伐」。張聞之，心爲大動，急跪向李氏請求說：「門生已兩次斷絃，至今未續，請老師見許，以孫女公子，下嫁給我！」李氏原愛張氏之才，李小姐似亦早已心許。詩出無心，竟媒佳偶，一時傳爲佳話。

一一一　飲茶風習

人類歷史上，中國人是最早、最愛飲茶的民族，茶亦中國主要飲料之一。近若干年代以來，被外國人發現，茶有很多好處：飲用之後，不但可以解渴，且能振發精神、恢復疲勞、清潔腸胃、抵抗疾病、強固齒牙、增強目力、安定身心等等。於是飲茶之風習，漸漸擴張，由東亞發展到西洋。中國飲茶的風習，盛行於何時？據史所載，大約在西漢時，即已大行。趙飛燕別傳：「后姜見帝賜坐，令進茶。左右奏云：向侍帝不謹，不合啜此茶。」三國吳志韋曜傳：「孫皓每次飲羣臣酒，以七升為限，曜飲不過二升，則賜茶茗以當酒。」劉獻廷「廣陽雜記」謂：飲茶始於三國，或僅知其後，而未見其前。

我國百工百事行業，皆有祖師。茶事既已盛行，自然也有祖師。祖師為誰？相傳為唐之陸羽。新唐書陸羽傳：「羽嗜茶，著茶經三篇，言茶之源、茶之法、茶之具尤備，天下益知飲茶矣。時鬻茶者，至陸羽形置煬突間，祀為茶神。其後尚茶成風，回紇入朝，始驅馬市茶。」後來，政府為益稅收，於邊疆設稅吏——茶馬使。清季，左宗棠初到西北時，曾以欽差大臣兼陝甘總督之尊，猶兼任了這小小稅吏——茶馬使。何以封疆大吏，會兼任地方一個小吏？其實吏雖小，而所轄之權則大——掌握着西北外交、軍事、經濟（海關）特權。邊疆「驅馬市茶」，即中國需要馬，邊疆需要茶，互相交換，自然涉及外交、經濟、軍事等問題。故茶對於邊疆各民族，是不可一日或缺的。這是由大西北，而中亞細亞，而西伯利亞，各民族所酷嗜的飲料，他們更愛將味厚的茶，熬成濃汁，視爲解除其腹內牛羊肉「食而不化」的聖藥。中國歷代之所以能長期約束邊疆民族者，控制茶葉，就是最有效的武器。

上述邊疆之民，以茶當藥，煮成濃汁，可名之曰「熬茶」。福建人小壺小杯，小心品味，可名之曰「品茶」。廣東人一日三頓進茶，邊飲邊談，可名之曰「飲茶」。北方人飲茶，大壺大碗、大口吞喝，可名之曰「喝茶」。江蘇人愛茶，早晨皮包水，晚上水包皮，可名之曰「泡茶」。四川人飲茶，一杯在手，大擺龍門，可名曰「擺茶」。湖南人的茶，五味俱全，盡杯嚼食，可名曰「喫茶」。國人於茶，各有所好，互異其態。這是吾友李少陵茶博士的創見。唯湖南人「五味俱全」的茶，雖是特殊，實則古已有之。東坡志林云：「唐人煎茶用薑。故薛能詩云：鹽損添常戒，薑宜煮更誇。」物類相感志云：「芽茶得鹽，不苦而甜。」是前人飲茶，加薑加鹽，已成常事，湖南人，不過仍保古風，除此二味之外，添加一些芝蔴、豆子而已。湘人猶許爲人間少有的美味。一般說來，誠如茶經所云：「山塘夜坐，汲泉煮茗，至水火相戰，如聽松濤，傾瀉入杯，雲光灧瀲，此時幽趣，故難與俗人言矣。」此種飲茶神韻，非雅人莫能致之，故不足爲外人道也。

一一二　清宮年事

清宮年俗，多同民間，惟鋪張設備，繁文縟節，較多而已。故老相傳，舊京人士自臘月二十三日祭灶起，謂之年底。宮中大小官員，因已封印，別無所事。有事，則爲準備過年。

清宮六部各院衙門，自十九至二十四日之內，由欽天監選擇吉期，頒示天下，一體封印。遇有重要之事，皆須預印空白。其例行之事，往來可用白片。而大小官員，亦藉機抱得過且過主義，絕不思有所爲。

清例於月之下旬，有「射草狗」之舉，其法束稈草爲人形一，狗一，剪綵緞爲腸胃，選達官世家之貴人交射之，至糜爛，祭之以羊酒。祭畢，帝后太子嬪妃並射之。各解其衣服，俾巫覡祝讚，讚詞皆吉利語。讚畢遂以與之，名曰「脫災」，意取來年之吉祥也。

民間二十三日祭灶，宮中亦如之。於坤寧宮祀灶。宮殿監先期奉聞。至日，宮殿監率各首領太監，設供案，奉神牌，設拜褥，陳祭品，奏請皇帝詣佛前神前及灶神前，拈香行禮。禮畢還宮，再奏請皇后行禮，送燎，宮中視爲隆重禮節。

清宮向例，祭灶以後，工部堂官，委司員滿漢各二人，入宮中照料，懸掛對聯。其對皆係白綾白絹所製，多半楷書。各宮門改易春聯，安放絹畫鍾馗神像。廿四日，乾清宮廷前，設萬壽燈、八仙望子四架。廿六日，各宮殿俱掛門神對聯。廿八日，宮中及甬道東西兩廊，設五色羊角燈。三大殿，由內務府及工部官員督同匠役張掛。內庭各處，由門神庫太監，先期報知宮殿監，傳齊營造司太監進行。先自乾清門乾清宮，以及各宮各門。並驗明張掛數目，次年二月初三始收取貯藏。各宮內並張掛宮訓圖，名目繁多，因宮而異。

宮中除夕，以門鐶跌地，名曰：「跌千金」。百合柿餅飣盤，名曰：「百事大吉盤」。燃火照耀，又焚柏枝，名曰：「遇歲」。此皆民間所未有者。

除夕及元旦，淸晨，皇上陞殿受賀。首爲皇后、太子、妃嬪、宮監。繼則在京大小官員。皆有體制，不可稍紊。其他應行各種禮節繁重，非如民間一拱一揖，一聲恭禧卽算了事也。

一一三　左宗棠之家業

左宗棠，字季高，湖南湘陰人。滿淸中興名臣之一。由軍功起家，累官至總督，拜東閣大學士，封恪靖侯，卒謚文襄，算是有淸一代的赫赫人物。左宗棠初出統軍，胡林翼（玉麟）嘗寄書郭崑燾云：「季公不顧其家，應請籲門中丞，飭鹽茶局每年籌三百六十金，以贍其私，此亦非薄之至。鄂中營官，有家在鄂者，均不止此，若季公非有廉可領者也。」時郭崑燾，在湘撫駱秉章幕，故以託之。左宗棠時以候補京堂幫辦軍務，故無養廉可領也。胡林翼又慮左公不取，復致書於左云：「營中公費，須多訂數目，軍事以用財養賢爲正法眼藏。嘗笑世無不用錢之豪傑，亦決無自貪、自汚、自私、自肥之豪傑。公之小廉曲謹，婦孺知名矣。不私一錢，不以一錢自奉，又何疑而不以天下之財，辦天下之事乎。」均見胡文忠公集。

左宗棠與郭崑燾書，則云：「自十餘歲孤露食貧以來，至今從未嘗向人說一窮字。」左氏自開入隴時，僅支廉八千兩，捐贈本縣書院二千，普濟、育嬰二堂各二千，又以二千修祠館、買墓田。及新疆平定，左乃遺書戒諸子曰：「吾積世寒素，近乃稱巨室。雖屢申儆，不可沾染世宦習氣，而家用日增，已有不能撙節之勢。我廉金不以肥家，有餘則隨手散去，爾輩宜早日爲謀。大約廉餘擬作五分，以一爲爵田，餘作四分，均給爾輩，每分不過五千兩。子孫能學吾之耕讀爲業，務本爲懷，吾心慰矣。或且以科名爲門戶計，爲利祿計，則並耕讀務本之素業而忘之，是謂不肖。」皆見左氏書牘年譜。前輩之人格風範與其清廉公正之懷，於此可盡見之。不謂舉世無雙，而今世則萬無其一焉。

一一四　平陽有蠱

湘、川、黔之交，苗人養蠱，知者頗衆。某日，與四十年前的老友，浙人胡建平，相遇於途。爲言他已讀過拙作熊希齡一文，提及所述「湘西放蠱」之事。並謂浙江平陽，亦有蠱害傳說。玆如所言，在余實係初聞，轉爲介紹於次：

浙江平陽之地多山，抗戰之前，居民尚多茅塞未開。無知土著，有專以養蠱爲生者，稱曰「蠱人」，且世其業。我雖未親見，地方卻常傳其事。據說：若輩養蠱之法，於每年之重五日（端陽節日），捕毒蟲百類，如蛇、蝎、蜈蚣、蟾蜍等，雌雄各一。幽置一甕之中，僅留一小孔隙，以通空氣。不給食物，使之互相殘殺呑噬。其碩果僅存者，則爲蠱種。爲蛇曰蛇蠱，爲蝎曰蝎蠱，爲其他毒物，亦如其名。然後瘞之室隅，並祝之曰：「日給若干錢。當於某年、月、日，供一人爲壽。」由是每日有錢置於蠱人案頭，適如所求之數。晨夕供以茶飯，誠敬甚於供奉宗祖。供畢，傾於瘞蠱之地上。日久霉腐薰蒸，茁生一菌，焙乾藏之。至祝約日期，有客至其家者，密以菌末，混合於飲食中，給客飲食。客歸必無疾而卒。屍殮入棺中，必被蠱食之盡。至於解蠱之法，亦與湘西苗人不同。平陽居民，因多習聞蠱害之事，常相率戒入蠱人之家，更勿就其煙、酒、飲、食，卽可免於禍。故罹其害者，多爲初至其地的異鄕客。養蠱者，自私自利，毒殺他人以供蠱。祝時原已約定了年月日期。至期如果爽約，害必及於己身。因屆時無客至其家或至而未沾飲食。如此爲求自保，雖妻妾子女，亦不免將之作替死鬼。相傳清乾隆年間，某蠱人之家，有女已適人。其蠱約到期，迄無客至。會其婿來省親，乃毒殺之。其女憤恨已極，遂絏其父，而自首於官。官以其女大義滅親，爲地方除害，不以逆倫論罪，有而赦之。並出示懸爲厲禁！從此蠱人乃稍歛跡，至今已否根除？則不得而知。

一一五 不學無術者流

東南人士，莫不知有曹廚子。其人余常見之，實一不學無術者流。因隨譚組菴先生司烹調多年，而名以彰，咸以當今易牙目之。譚死，曹亦有聯輓：「侍奉承歡憶當年，公子趨庭，我亦同嘗甘苦味。治國烹調非易事，先生去矣，誰識調和鼎鼐心」，傳誦一時。有人詢之，曹只說不好、不好！從不敢直言爲某代作，其實聯係出周鰲山之手，如其可傳，則千百年後，論者必謂曹爲多才多藝之人矣。後之視今，亦猶今之視昔，考古之難，則史之以訛傳訛，而不可信者不知凡幾。譚晚年，每食似非出之於曹不樂。故京師宴會，有譚在座者，饌必請曹治之。曹亦因是居奇，每席必索値四五百金，少亦百金。私積累富，乃至鉅萬。或謂譚固藉此以調劑隨從老人，其亦信然。譚死後，曹設酒樓於長沙，猶以組菴席相號召，每席仍三四百元，其實曹已富家翁，筵席皆倩人理之，既不爲貴，而其意又更下矣。

一一六　清帝拋屍暴骨

民國十七年五月，清東陵被孫殿英部師長譚溫江盜掘，事曾轟動全國。以慈禧太后之定東陵與乾隆帝之裕陵，遭難最慘！蓋世傳此兩陵中，殉葬寶物爲最多，也是譚溫江所選定之目標。遂用火藥轟燬隧道，窮搜歛物，飽掠而去。清室聞耗，隨派大員偕隨員徐榕生（埴）等多人，前往收拾殘骸，重加封葬。事後，徐榕生有「東陵於役日記」。所記慈禧陵被掘後情形：「七月初十日，午隨各堂官到菩陀峪地宮隧道。埴與叔壬先下，爲之導引，仍由石門下盜發之穴匍匐以進。先至西北隅仰置之槨蓋前，啓上覆破壞槨板，則孝欽顯皇后玉體偃伏於內。左手反搭於背上，頭髮散亂，上身無衣，下身有袴無襪，一足襪已將脫，徧身已發霉，均生白毛。蓋盜發之日爲五月十七日，盜去爲五月二十四日，至今已暴露於梓宮外者四十餘日，可慘也。卽傳婦人差八人，覆以黃綢，移未毀朱棺安於石牀，然後以黃緞被褥裹之，緩緩轉正，面上白毛已滿，兩目深陷，成兩黑洞，唇下似有破殘之痕。又覆以黃緞衾，藉以黃緞褥，殮於原舊朱棺之內。……又在棺內外檢得當日殉歛已落之牙，剪下之指甲，用黃綢包好，放於衾外。」曾三度垂簾統治晚淸政局的慈禧太后，死後僅二十載，卽罹此拋屍暴骨之辱，其生前功罪，姑置不論。揆諸結局，亦大可哀耳。

至於乾隆，在有清一代，自稱爲十全老人，差可稱爲賢明之主。裕陵就是他及后妃五人安息之所。共金棺六具，刼後骸骨拋棄滿地，零亂已極，無法收拾。結果只得同棺亂歛葬之。情形據徐榕生所記：「七月十二日，晨同叔壬仍在裕陵監工，於石門外拾得踵骨一，呈堂敬謹保存。午後，耆、陳兩堂同來查勘。水已退至尺餘，埴同叔壬用凳支板，度至四層石門。門左扉傾欹，右扉已被炸藥轟碎倒地，一棺欹置於上，門檻西段亦碎，門內之水與門外同，門內棺槨破碎顛倒，衾縫散亂堆積，骸骨徧地皆是，混雜泥水中，不知誰爲帝誰爲后誰爲妃也。」自稱十全老人的乾隆，爲清朝諸帝，享年最高（八十）之人。死後如不竊取國家珍寶殉葬，又何至落得拋屍暴骨的下場！

一一七 馮玉祥乖情奪理

譚組菴先生，以書法名於時，亦以飲食名於時。譚氏個人生活，亦別無所嗜。爲其專營食事者，則爲曹廚子，曹擅烹調，從譚公多年。公每飯亦似非出曹廚不歡。故京滬要人宴客，如遇有譚公在座者，饌必借用曹廚治之。某日蔣介公宴客，首席卽譚先生。每進一菜，蔣公必說：「此菜極佳。」譚則說：「不好、不好。」舉座皆奇其言。及席散，始知掌廚者，卽譚公館的曹廚子。京滬宴會，因借重曹廚者日多，其名益噪。曹亦自居奇貨，代治一席輒爲一百袁大頭，已成慣例。

譚公宴客，向不假座於市廛酒樓，常設席於南京石板橋譚公館，不意也發生過一次大煞風景的事。民國十八年，馮玉祥奉命來京，出長軍政部。畏公爲盡地主之誼，在其私邸爲馮氏設宴洗塵。肴饌陸續陳前，且極豐潔。馮氏忽離座起立而言曰：「今國難至此，將士多饑疲，百姓無以糊口。我又何心領此盛饌！食亦不能下咽。」語畢，揮淚絕裾而去。座客皆驚愕失常，畏公獨神色不變，未予挽留，且送之出門。返座，仍舉杯敬客。隨曰：此公一向固爲詭異，矯情作態慣了，不足怪異！越數日，故事重演。軍政部設宴歡迎新部長就任。馮氏亦即席大發牢騷，攻擊國軍待遇不公。他說：「同爲國民革命軍，有的按月發全餉，有的幾成，有的終年不發。革命是打不平的，自己同志之間即不平，還談什麼革命？今承諸公體諒玉祥平日節約，特承以兩菜一湯招待。我第二集團軍的同志，從來就沒有吃過這樣的好菜，我只好和淚吞下。」如此乖情奪理之事，他就不知表演過多少次？

一一八　花國狀元風塵知己

科舉時代，各省趕赴京師會試的舉子，大都是初次離鄉背井。爲免旅途寂寞，並爲互相照顧，便多結伴而行。當夏壽田與一班湖南舉人們取道長江，順流而下，到上海以後，在候輪北上天津赴京時，自然不免藉機遊玩一番。每人縱未腰纏萬貫，但赴京會試，原是家族間一大喜事，家長爲壯其行色，亦決不會蔽其私囊。一班青少子弟，雖盡非紈袴，但落到花花世界的十里洋場，目迷五色、心猿意馬，自少不了探花問柳，去打茶圍、吃花酒。其時，上海會樂里正有一蘇州名妓剛剛大魁爲花國狀元（不詳其名），恰被這羣舉人老爺（娼門不論客人年齡，一律稱老爺）在酒筵上碰着了，舉座無不驚爲天人。她不但姿色超羣出衆，而且口齒伶俐，說得個個開懷，舉座皆歡。

有位舉人老爺對花國狀元笑道：「在我們這批老爺之中，這回進京，那幾個會得高中？你且評評一下看！」那花國狀元便指着夏壽田道：「別人儂勿知，這位夏老爺，黑黑胖胖的，一定會高中哉！」在座皆舉人老爺，她獨舉夏老爺以對，私心似有所偏，不洽輿情。有人觸了霉頭，心雖不樂，在逢場作戲中，也不便見之於顏色。另一位舉人老爺只好說：「如果夏老爺眞個中了，我們便非逼他娶你不可，你怎麼樣？」那花國狀元立刻應聲道：「好，儂明天就取下燈來（上海樂戶門前都懸有花牌燈，夜晚燃燭其中），不做生意了，等夏老爺高中！」說做就做，次日，果然取燈，除下了艷幟。

這正像賭寶一樣，的確是花國狀元成敗的重要關鍵。夏壽田是陝西夏撫臺的少爺，這張底牌或許早經洩露了。在花國狀元想來，不管夏壽田能中與否，中了，夏必感風塵知己之恩，會來娶她；不中，夏亦必念她守死不變之情，也會來娶她。總之，撫臺大人的兒媳婦，她是敲定了。一個風塵女郎，尙有何言？這寶算來是不會輸的。

夏壽田有了翰林的資格，如果像一般翰林一樣，在京學干祿，至少可以做個翰林院的編修；但他收到夏撫臺三萬兩銀子之後，囊中飽滿，任其揮霍，便不作其他的想法，只迫不及待的，藉口回鄉祭祖，專程到上海感風塵知己之恩，眞個榜眼娶了狀元做姨太太，隨帶回湘。同時，由於錢多了作怪，花了一千兩銀子，買了整套十二副象牙的活動春宮；這是一位京中名家的作品，與仇十洲的工筆春宮畫，有同等價値。仇畫工筆細膩，傳神毫端，顧春福譽爲「醉心悅魄之作」，與這象牙作品，皆爲藝術的結晶，供作藝術賞鑑，自無不可。倘落到色狼、登徒子的手中，必然改觀變色，作了閨中行樂的模擬圖了。

夏榜眼中了以後，不在京中謀政治發展，卻帶了姨太太——上海花國狀元回到家鄉湖南，過了十餘年的優遊名士生活。到了民國二年，始從楊皙子的勸，到了北京，依附於袁大總統。湘綺樓日記有一則諷刺的記載云：「夏榜眼又去討姨太太去矣。」實際是指他進京，做袁世凱的官去了。「後來，眞是如響斯應，官做了，姨太太也討了。」

一一九　革命報人徐敬吾

清末，革命思潮與行動，已暗暗滋長起來。其時傳播思想如：「革命軍」、「自由血」、「猛回頭」、「黃帝魂」，「揚州十日記」、「卅年落花夢」、「廿世紀大舞臺」等含有革命色彩之書刊，都列爲「禁書」，不准民間閱讀。

光緒末年，有蘇人徐敬吾者，卽以推銷「禁書」傳名，且獲「革命」之榮銜。其人機警活動，有膽識，神出鬼沒，大有見尾不見首之槪，章太炎氏常以「鼓上蚤時遷」形容之。時人亦有稱爲「野鷄大王」者，以徐氏曾作「野鷄花榜」一文，發表於某報副刊，因卽以此歸之。錫以「革命報人」者，乃一般革命黨人用以崇報其宣傳革命之功也。

徐氏雖行動詭秘，然終未逃出淸政府邏者之手掌。但被捕後，淸吏又以其面貌猥瑣，舉止庸俗，不類知識分子，更不似革命黨人，因得倖免。亦自此後，旣不見其沿街賣報，且無知其所終者。

一二〇 吳梅村之悲哀

「人怕成名猪怕肥」，猪肥了，就會被人殺了來吃，人成名了，固是光榮，有時卽成了禍水。官僚政客在「奶奶長，就是娘」的原則下，便不惜投降靠攏，厚顏事敵。而新來的統治者，爲轉移人民的視聽與誹謗，也想多拉些所謂「名人」下水。如鄭孝胥等一班文奸，是這樣下去的，三百年前的吳梅村，也就是這樣背明歸清的。先奸後奸，其揆一也。

吳梅村在明崇禎時，官至祭酒，淸貴顯重，望高一時。而且爲「復社」（張天如所領導的）的健將，激昂慷慨，素負佼佼之聲。當淸軍牧馬江南之際，吳梅村雖已退息林泉，不負明社顚覆之責，然就大義與其平日之言行論，如不能如黃石齋等之力圖規復，卽應如劉念臺等之完成大節。乃吳竟智不出此，妄以「老母在堂，妻兒難捨」之詞，苟全性命，作了順民。僅作順民不仕新朝，猶不失其「遺老」資格。可是吳梅村，終忍不住他的「官迷」，與新朝的威脅利誘，竟成了新貴，再膺祭酒的頭銜。淸貴之職位，便由馮婦再來而減色了。

吳梅村究竟是個詩人，詩人是富有情感的，情感又是脆弱的。他的良心雖然終是發現了，可是究竟遲了一步，錯了一着，新官做了未久，便息影田園，悲哀終身。其哀怨的情緒，大有「掬盡一江水，難洗身上汚」之慨。康熙八年，他在重病之中，竟常以手自搥其胸。其良心之痛苦，蓋可想耳！其發洩於文字中者，亦充分流露出來。如「賀新郞」一闋云：「萬事催黃髮！論龔生天年竟夭，高名難沒。吾病難將醫藥治，耿耿胸中熱血，待灑向西風殘月，剖卻心肝今置地，問華陀解我腸千結？追往恨，倍淒咽！故人慷慨多奇節，爲當年沉吟不斷，草間偷活。艾灸眉頭爪噴鼻，今日須難決絕。早患苦重來千疊，脫屣妻孥非易事，竟一錢不值何須說！人世事，幾完缺」。由於悲哀過甚，其病也就日益沉重。家人知其已不可救，請留遺言！吳梅村惟有眼淚雙垂，低聲吟着：「忍死偷生廿載餘，而今罪孽怎生除？受恩欠債須塡補，縱比鴻毛也不如！」未久，卽撒手西天了。

一代詩人吳梅村，蓋棺論定，卽可以其「縱比鴻毛也不如！」一語代表之。三百年後的今日，想見其人，可恨亦復可哀。讀其詩詞，亦猶爲之酸鼻。其與吳梅村同一作風的人，現在豈少也哉，一誦吳之詩詞，不知亦有同病之悲哀否？

一二一　傳彩雲有大功

鹽山潘毓桂撰賽金花墓誌：「庚子之役，彩雲有不世之功，其所爲戢利之囟飮，與夫息呼韓之野心者，與明妃之登車和戎，拯生民於水火，免宮社於夷蕩，先後殆如一揆」。（廿六年文摘一卷二期）八國聯軍入京，賽金花力說德帥瓦德西下令禁殺人放火，功不可掩。毓桂所云，實不爲虛。賽之能名震於後，此固最重要之一幕，其色藝行爲，亦一引人入勝之徵也。

賽之眞姓氏，世尙尠知，姓曹姓謝，都屬時傳。初以傅彩雲之名出現，復更名曹夢蘭，終以傅彩雲定名。賽金花乃其藝名也。蘇商人女，初住杭州，年十四淪爲妓。翌年，嫁蘇狀元洪鈞爲妾。洪製定情詩四章，其一云：「吳娘似水豔無曹，貌比紅兒藝薛濤，燒燭夜攤金葉格，定場春擁紫檀槽。蠅頭試筆蠻箋膩，鹿爪拈花羯鼓高。忽憶燈前十年事，煙台夢影浪滔滔。」形容其聲色才藝，蓋可想見其傾倒之情，洪至西歐，賽充公使夫人。遊歷俄德等國，以善交際著。西方人士見之，無不贊賞。某國女皇，與之並坐攝影，一時傳爲美談。「可憐坤媼河山貌，曾與楊枝一例看」。卽歌詠此事。年十八回國。未久，洪鈞死。賽輾轉至滬，與伶人孫三兒狎。二人常奇裝豔服，共駕華車，招搖過市。金花之名，遂噪於滬。

越年，孫三兒挈之北上至津，榜名趙飛靈，張豔幟於津。亦以曹夢蘭出現於京。名卿鉅公，譽之如天人，紈袴子弟，無日不盈其門。庚子，聯軍入京，賽諳德語，且與瓦德西有舊，遂結膩友。時與戎裝佩劍，並馬京郊，旁贊機務，威赫一時，軍中有賽二爺之號。時與瓦德西，居清宮之儀鑾殿，嚐平民所不敢試嚐的味道。不但聯軍殺人放火，由其一言得禁。卽和議時，李鴻章不忍入西太后宮中（瓦德西居此，時尚有西后之靈位在），賽卽提德帥兩耳，出而就談。賽之媚人本領，與其膽識過人，亦實非同凡品。時人有詩紀其事：「侍郎碧落騎箕去，番將重瀛破浪來，一曲琵琶翻古調，和戎不用出燕臺」。「鳳寢難疏過位儀，耳提出入弄胡兒，和夷若更論功績，麟閣應圖絕世姿」。

和議成，聯軍退出，孫三兒亦早死北京。賽復南下至蘇州，時年已三十餘矣。再嫁滬寧鐵路委員黃某。黃死，又落風塵，復傳彩雲名。年四十，三嫁參政員魏某爲妾。魏死，又下堂。從此年邁容衰。民國三年，住上海漢口路某旅社，門署「賽寓」二字。「門前冷落車馬稀」，亦已大非昔比了。老竟思京，復北上，住北京，晚年則潦倒不堪矣！（參見「義僕顧嫣」）民國二十五年十一月，竟貧病卒於故都。

玉笑珠溫，繁華若夢，酣歌醉舞，風流如煙。論賽之生平，雖有折衝之才，視其晚行，亦難下萬全之論。故都人士，爲營葬於陶然亭畔之錦秋墩，其生平豔史，大半見於「孽海花」說部（劉半農作，後爲賽反詆）。樊樊山作彩雲曲，文士弄墨，復有「續彩雲曲」。其中渲染雖多，事實大抵不錯。

金花性雖淫蕩，然亦雅人深致，善書畫，筆墨淋漓，極其秀麗（亦洪鈞賞賽之處）。書畫多落款「擷英女史賽金花」，下蓋「傅彩雲」陰文印章。凡平日與交遊者，多有此贈。余得常州盛世猷先生轉贈一聯，淪於大陸，今則存亡莫卜矣。

一二二　百無一用是書生

世人多說：「百無一用是書生」。書生卽文人，直可說是「文人無用」。在中國社會，傳統觀念：讀書人是佔有崇高地位的；但這地位，又是早晚時價不同。需要時，被人奉爲上賓，譽爲學者，爭相延攬；不要時，直謂書生無用，寫文章，不如挑糞夫。所以一爲文人，直不如傭工僕奴，「招之卽來，揮之卽去」。雖能弄文舞墨，咬文嚼字，詼諧談笑，發發牢騷，逞一時之快，沾沾自喜；但到了「甑灶塵封，妻怨子啼」的時候，夫婦文人，縱空自慰藉的說：「爺有新書上相公」，也不能畫餅充饑。所以法國的巴爾札克和左拉；俄國的克拉索夫等；都是國際有名的詩人，亦無不債臺高築，潦倒一生。豈眞「文人固窮乎」？不過是文人自欺欺人之詞耳。

漢高祖在未得天下之時，最恨文人，時將儒冠儒服，置之溷中，予以侮辱。後來覺得「馬上得天下，不可以馬上治天下」。及叔孫通制朝儀，欣然的說：「今日方知帝王之可貴」。文人的地位，在劉邦的心目中，似乎就覺得比衝鋒陷陣的武將高多了、有用了。如是歌功頌德者，需要文人；著書立說者，要靠文人；甚至宮妃復寵，也需恃文人。張之洞，淸末名臣，亦翰苑出身的書生。晚年，因事上奏言事，被李鴻章知道，因諷之曰：「不意香濤服官數十年，猶有書生之見」。卽「書生無用」之譏詞耳。故唐代劉堯說：「注重文藝的人，往往忽略德行，說不定早晨登科，晚上就犯法。文章好，有什麼用？曹植七步成章，在治國上，有什麼用」？司馬相如作「子虛賦」，漢武帝極賞其文，卻始終不用他負政治責任，也就是「文人無用」，左右了他的思想。宋太祖也說過：「要是李煜拿做詩塡詞的工夫來治國，誰又能滅掉他？」

究竟書生「有用」，還是「無用」？實決定於其「讀的什麼書」？「做的什麼事」？徒然空言咄咄，無補時艱。文人也：落花啼鳥，播弄是非；文人也：歌功頌德，藏之名山；書生也：空自炫耀，淸談誤國；挨駡、餓死，又何能免？於是死硬派的文人，挨駡不還嘴。餓死爲事小，還要孤芳自賞！如杜甫說的：「文章千古事，得失寸心知」。韓昌黎說的：「小慚小好、大慚大好」。甚至於玩世不恭，矯情鎭物。書生到了自鑽牛角尖的地步，也就無可救藥了。

一二三 綁票勒索

何謂「綁票勒索」？現行刑法指爲「意圖勒索而擄人者」，俗名之爲「綁票」。這在人煙稠密之區，居民複雜之地，往往有之。擄人者，覬覦富者多金，伺機而擄其人或其親屬，是爲「綁票」；隨後秘密通知被擄者的家人，限期以鉅額錢財來贖，謂之「贖票」.，倘被擄之家，置若罔聞，不予理會，擄匪常憤而殺害被擄者，謂之「撕票」。此事在東方國家，如上海、香港、澳門等地，早已常傳不尠。今日的臺灣，過去社會治安，尙稱平定良好。近年由於經濟繁榮，流氓歹徒，由於物質的引誘，便不惜挺而走險，綁票勒索之事，亦時有發生。考綁票勒索之事，機會湊巧，順利遂行，僥倖得逞，誠屬發財致富的捷徑。其實，事亦非起自近代，考之史册，中國在東漢時，即已見之。

「橋玄幼子遊門次，爲人所刼，登樓求貨，玄不與，司隸校尉河南尹圍守玄家，不敢迫，玄瞋目呼曰：『姦人無狀，玄豈以一子之命而縱國賊乎?』促令攻之，玄子亦死。玄因上言，天下凡有刼質，皆並殺之，不得贖以財寶，開張姦路。由是刼質遂絕。」

橋玄之謀，不令綁匪得逞，寧捨自己一子，以全國人之子，其公誠爲政，世誠罕有。近世之綁案，家屬多願以鉅款贖票，雖出自仁愛肉票心懷。相反的，則助長了綁架之風，難於戢止。縱或綁匪被擒，執法者又常格於民主作風，宥其一死。倘以橋玄爲法，顧全大局，治亂世用重典，相信對消滅綁票勒索之風，必多助益。

一二四　毒蛇醫院

曼谷的毒蛇醫院，爲世界四大毒蛇醫院之一——南美洲兩所、印度與泰國各一所。毒蛇盛產於草莽叢生、土壤卑濕的熱帶地區。泰國卽位於此等地帶，其毒蛇之多，爲害之烈，眞使人聞之喪膽。自一九二三年，曼谷毒蛇醫院成立後，凡因蛇傷就醫者，鮮有不治，誠可謂爲泰民的救星。

這所毒蛇醫院的組織，分爲五部分：一爲醫院，治療傷患。二爲研究室，研究人畜細菌，製造血清。三爲毒蛇標本陳列室，供人參觀。四爲馬房，養了黃馬八匹，用以製造抗毒血清。五爲養蛇場，設於院中空地，圍以短牆，內有一環形水溝，並繞以鐵絲網。空地上並有水泥築成墳形的蛇屋，大小毒蛇，卽飼養於其中。

毒蛇種類不少，其中以眼鏡蛇最多。有的蜷伏於蛇屋；有的紆行於空地；有的浮游於水溝；有的盤桓於樹上，準備脫皮。牠們靈活的伸吐火燄似的舌頭，圓瞪着陰險的小眼，猙獰面目，着實可怕！可是，有一種蟒蛇，又長又粗，常蜷伏着不動。有些當地婦女，乘毒蛇遠離之際，能朝着牠面對面的跪着，更能靈活的避開蛇頭蛇舌，用自己的嘴唇，去偷吻那腥羶粗糙又冰冷的蟒蛇脖項。直到偷吻成功爲止。據傳：能吻到的話，就會交到「好運」。不過，這種冒險的風習，目前雖被普遍禁止，而無知鄉民，間仍不免要去試嘗。

該院規定每星期四，爲提取毒蛇毒液的日子。每屆此日，矮牆的四周，站滿了外來觀衆，爭看這幕緊張的表演。取毒汁的醫生和助手，由場外架梯進入蛇羣中。皆身穿白衣，手戴膠套。首由助手熟練地向毒蛇下手，一瞬間，便抓着一條毒蛇頭部的兩側。醫師則一手以鐵鉗夾緊蛇頭，一手以玻璃片插入毒蛇的兩排牙齒之間。蛇因受到刺痛，立刻有兩道透明無色的液汁，由毒牙射出，注於玻璃片上。在短短一、二分鐘，取毒液的手續，就大功告成。然後醫師再以玻璃管，吸取牛奶，餵給這條蛇吃。最後將牠抛入水池中，任其自由。

接着院內其他的醫生，將所收集的毒液，進入馬房，注射於黃馬的軀體內，而以千分之二溶合的毒液，注射到馬的面部。經過一年以上的時間，這馬的血液，就變成爲抗毒血清，也就是治療蛇傷的聖藥了。自從抗毒血清發明以來，不知拯救了多少人的生命，這也就是醫學上的最大貢獻！

一二五　華清池懷古

今陝西臨潼縣城南，驪山東北麓，原是溫泉地帶。華清池便是陝西著名溫泉之一。驪山風景幽美，山色秀麗。「驪山晚照」，早已列入古代「關中八景」之一，聲譽遍西北。遠在秦始皇時代，已在此建有離宮，名爲「驪山湯」。並從咸陽的「阿房宮」，修了四十多公里的閣道，通往驪山。神話中便傳說：秦始皇在驪山遇見一位神女，因她態度輕佻，給秦始皇唾了一臉口水。他臉上長滿了瘡疱，無法治癒。秦始皇不得已，祇好請求她饒恕。神女才用溫泉水，洗好他的臉瘡。因此驪山湯，又名「神女湯」。驪山溫泉，有治病神效的消息，便不脛而走。各地病患，多不辭長途跋涉，來到驪山，都希望「妙湯回春」，解除疾苦！

傳至漢代，武帝加以擴建，使驪山更具宮殿規模。王維詩句有云：「漢主離宮接露臺，晴川一半夕陽開」，就是對此地風光的讚美。唐貞觀十八年，太宗派遣名畫家兼傑出建築師閻立德，負責設計，把驪山湯，改建爲湯泉宮。唐天寶六年，玄宗再度大規模擴建，改名「華清宮」。湯泉，亦改「華清池」之始。

華清宮，是一組龐大的建築，從驪山山麓至頂，滿佈閣樓殿宇。唐玄宗每年都要偕同楊貴妃來避夏遊樂。唐玄宗在此的寢宮，叫「飛霞殿」。殿南的御用浴池，名「蓮花湯」，全用白石砌成，池中有兩朵白石雕成的蓮花，溫泉從蓮花心隱藏的泉眼流出。蓮花湯西面的「芙蓉湯」，是楊貴妃專用的浴池。白居易傳誦千古的：「春寒賜浴華清池，溫泉水滑洗凝脂」，所描寫的綺麗景色，即是此處。今則江山未改，景物全非，令人也不免有世事滄桑之感！(參見卷一第一節)

一二六 江西老表

湖南人稱江西人為「老表」，從史事考證，至少已有五、六百年之久。由這一淵源的發展，可見湖南人與江西人的親切關係，實在太不平凡。推溯起來，這一不平凡的關係，乃是由於人口遷徙所造成的。

歷史上，中國人口的遷徙，古老的，且不必說。單自明初起，江西人向湖南的大遷徙就有三次：明初，朱洪武與陳友諒大戰，江西人支持朱洪武；湖南人援助陳友諒。朱勝陳敗。朱恨湖南人，進行血洗；湖南人一面則向川、黔、桂逃亡。江西人便乘虛而入，揷草為標以居。這是第一次。後來，滿清入關，湖南人又被大屠殺與逃遷。及吳三桂不報國仇而報妾仇，大戰於湘江兩岸，湘人又被大屠與遷逃一次。這是江西人遷湘的二次。太平天國時代，一方面太平軍大殺，湘人大逃；另方面，反太平軍的湘軍，盡是湖湘子弟，大戰很多次，湘軍死亡更不計其數。湘地人烟寥落，江西人又大遷徙來了，是第三次。於是湖南地區，無形之中，便成了江西人的殖民地。

北方山西人，南方江西人，都是以善經商聞名於全國的。湖南既成了江西人的殖民地，於是江西的商人，隨之遍佈於全省所有大小城鎮。經過幾百年之後，到今天，所有大買賣、大商號，幾全被江西人所操縱。好在江西人，是湖南人的老表。老表在湖南住上若干代後，又通通變爲湖南人；加以親上加親，血統幾混成一系，和諧相處，互助合作，便自然無間了。否則，一個是殖民地；一個是帝國主義；能免於流血戰爭嗎？

一二七　養蛇死於蛇

和碩禮親王一世，名岱善，爲太祖嫡長子，封多羅貝勒（大貝勒）。按序當立爲儲君，因智略不及太宗，乃避讓之。

太宗卽位，晉封岱善爲禮親王，統正紅旗兵，爲壓旗王，又曰鐵帽子。八旗八王八大家，禮親王則爲八大家之首。

清末，禮親王世鐸，卽其裔孫。性機警，善積儲。其王府，卽對日抗戰前之華北學院，明崇禎后父周奎之府第。世傳費宮人刺虎，卽在此邸。庚子之亂，府中數世所積藏之黃金大寶，每寶重五十二兩，被洋兵運至府外，堆積幾與影壁齊，不能計其數。隨皆舁入一大教堂，晝夜擡運，十餘日始盡。庚子損失之鉅，僅此一邸，卽大有可觀。

禮親王僅一子，名承厚，患瘋病，有傻氣。恩封入八分鎭國公，人呼之曰「承公爺」。喜養貓犬，尤愛養蛇。每出則使僕從携筒貯蛇以隨。承厚懷中袖內，蛇亦蟠滿。回府，則將羣蛇羅列於烟塌上，吸鴉片，終被蛇咬死。

一二八 潘總理吃賽金花的奶

淸末名姬賽金花，孽海花諸野史劄記，多傳其事。繪聲繪色，增添香料，傳播風流，便不免言過其實。

以余所知，賽爲欽差大人洪狀元妾，是實。洪死下堂，張艷幟津滬，亦確有其事。八國聯軍入京，作瓦德西情婦，雖不恥於國人，然於亂局之保全，實不無間接之功。其人慷慨，有丈夫氣。性慕風雅，善於識人。待人接物，手面極大。倘其享捐道員，賽金花慨贈二千金。楊士驤未遇時，先後用賽金花夜度積蓄，何止十萬兩？潘毓桂醉心金花，年方十四，常依其懷。賽恆當衆戲曰之：「燕生這細娃子，要吃我的奶。」北京政府時代，潘貴爲總理，人猶以此笑之。

一二九　陳七奶奶手腕高

清宣統年間，馳名京師煙賭花魁，有陳七奶奶者，手腕通天，張幟宣武門外椿樹二條胡同。附鳳攀龍，拉皮撮對。名閨顯宦破產喪操，時有所聞。至於勳貴時賢，莫不趨奔陳七奶奶門下。每當夕陽西下，椿樹胡同，車馬絡繹，焚膏繼晷，喝雉呼盧。碧紗帳、芙蓉城，肉作屛風，烟迷好夢。座上客常滿，往來無等閑。所司早悉陳七奶奶底蘊，懾於喧赫之威，未敢冒於拿辦。

王錫三（民初直隸某局長之老岳）攝西河守備。年壯好勇，率探往剿，拍闥升堂，盡數入網。粉白黛綠，金幘烏衣。羅帕遮羞，春眉蹙鎖。擠擠推推，一遞一聲，起解出巷，相互嘘吁。

審訊時，笑話百出。王公某，今老矣，聞猶在人間。供時曰：「老爺，你明知我是李某某的兒子，實在丢不起這個臉，就錄上我是乾果行學徒成不成？」某戶部主事千金，化名細姐兒，自稱小老媽。王守備夙皆熟視，亦默笑而定案。

事爲提署聞，急電飭王釋衆。然一宵階下風味，若輩已不堪其苦。王識時，不三日卽請辭，歸隱津門。

一三〇　左宗棠少時

有清一代名臣左文襄公宗棠，少負文名，有大志。二十九歲時，方鄉居，設館授徒，以資餬口。其自題小像詩云：

猶作兒童句讀師，生平至此乍堪思，學之爲利我何有，壯不如人他可知。

蠶已過眠應作繭，鵲雖繞樹未依枝，回頭二十九年事，零落而今又一時。

又曾製一聯。傳係左未遇時，爲迎曾文正公國藩（有說爲迎陶澍，似較正確）而作。左之見賞於曾，此爲其進門禮。聯云：「春殿語從容，廿萬里家山，印心石在。」「大江流日夜，八州子弟，翹首公歸。」

一三一　上海錢公館風光

周佛海，掌握南京僞政府財經大權之後，決定在上海成立「中央儲備銀行」。得日人介紹，推薦錢大樾（書城，行三）擔任中儲副總裁（周爲總裁）。周赴大連邀錢，自然一拍卽合。從此周、錢狼狽爲奸，財源滾滾而來。當周佛海初至大連找錢大樾時，日方早已傳訊先容。待周到達時，錢三爺自然特表歡迎，招待他住在大連櫻町一所洋樓大厦——錢公館（據說此屋係盛老五（盛宣懷後裔）的女兒拜錢三奶奶爲義女時的贈禮）。周佛海名住大連金城銀行，而朝夕吃喝玩樂，則都在錢公館。因爲花訊年華的三奶奶，雖不算美，風度卻佳，更有的是辦法，比北方「聯準」銀行總裁汪時璟的太太殷八姑（漢奸殷同之妹，能幹在汪之上）的手段辦法，更見高明。周佛海在錢氏夫婦殷勤巴結之下，便不覺落進了桃花潭裏，初至大連，便作了錢三奶奶入幕之賓。周雖淺嚐卽止，而錢三奶奶則佔了先入爲主之勢，以後在其衆乾女兒的脂粉陣裏，周龐子亦大有樂不思蜀之慨！

錢大樾既來上海「中儲」負責，愚園路錢公館的氣派，經過錢三太太精心設計鋪張之後，自不減於大連的錢公館，也才能博得「大觀園」的盛名。錢三奶奶原是北平八大胡同的女中英雌，人呼爲「老九」，因其皮膚黃而不白，非常風韻有緻，又有「黑牡丹」的美譽。時錢大樾雖係金城銀行一中級職員，但家庭富裕，本已與朱慶瀾將軍的女兒結了婚，且生下一女，終以性情難投，遂告分居（並未離婚）。錢因常跑八大胡同，與黑牡丹結了良緣，便被稱爲錢三太太。抗戰勝利後，錢三爺以漢奸罪入獄，朱小姐由渝來滬探監，卻不期與老九相值，秘密多時的眞相，始大白於衆。老九氣極，便藉此跑到香港，準備與某醫生結婚；但事未諧，仍返上海。據傳：錢三爺在大連時，已早有隱疾，失去了閨房之樂。到上海以後，仍常有醫生穿房入戶，爲三爺治病，也爲三奶奶治了寂寞。周佛海在大連，能夠輕而易舉的倒入三奶奶懷抱者，此亦重大因素。錢三爺對自己無可奈何之事，亦只好明知之，固昧之。上海大觀園裏，春光明媚，美不勝收，皆以錢三奶奶作中心，羣芳粥粥，盡是萍水相逢之人。日本投降後，大觀景色，風流雲散，多不可考。三十餘年後，老輩中人，猶有樂道其中之佼佼者。如錢公館的管家小姐某，豔若冰霜，而性情獨怪，人稱爲大觀園門前的石獅子，勝利後，接收人員亦不逼近。胖美人姊妹花，原係北洋某財閥的乾女兒，後由財閥作主，姊嫁潘復，妹歸朱耀。三奶奶最親信的朱小姐，代管保險箱，除將箱中部分財物貢獻給接收人員外，大部則挾之遠走青島。藍蘭與某姓三姊妹，皆三奶奶在大連時的舊友，陸小曼爲錢太太的煙霞客人。江友任係銀行界吳某的夫人，任錢三奶奶的書畫老師兼文牘，因三奶奶雖讀書不多，亦愛附庸風雅。北平有幾位名伶，如李少春等，每到上海，常下榻園中，也曾鬧了不少風波。

在大觀園衆多佳麗之中，被三奶奶暗示指定能與周佛海接近者，一爲上海交通銀行某課長之女，算是三奶奶的靈魂，嬌小玲瓏，冰雪聰明，是大觀園中的出色人物；一爲人稱許太太者，碩人頎頎，亦園中異彩。原已嫁得金龜婿，另又勾上某權貴，其夫的官運與她的豔名相得益彰，後以政治關係，被七十六號拘捕，關了很久。周佛海將她釋放出來，加入了大觀園，也收攬入懷中，並派到中儲任職。她一舉一動、一顰一笑，最能引人入迷，不幸中途病故，在大觀園中逞雄未久。若此二嬌者，周佛海始終視爲禁臠，明其內幕者，自不敢去問鼎，恐遭不測之禍；不知其底細而企圖染指者，必被園中司事者告以「不必再來」。

總之，大觀園中往來的人物，凡不夠資格、標準、地位者，都休想入門。但男女雜沓，經常入新出舊，川流不息。說得漂亮一點，類似俱樂部，吃、喝、牌、賭、鴉片，無所不具；說得難聽一點，便不異今日之所謂應召站，但高貴得多。錢三奶奶才能因此抖起來，小小的錢公館，成了汪家班的大觀園。京滬名女人，又誰不想來走動走動？也很少沒有風流佳話留在園中的。大都問津漁翁，只能點到而止，進而尋幽探勝，又必須另覓桃源。

一三二　張自忠壯烈殉國

民國二十九年五月，日軍大舉進攻我襄、樊。方家集一役，日軍已被張自忠（三十三集團軍總司令），打得落花流水。張爲徹底消滅敵軍，乘勝跟踪緊追不捨。且留遺書於馮治安，表明「許國決心，並託以公私後事」。他與日軍苦戰經旬，至南瓜店之役，既彈盡矢窮，心力疲竭，且其身已中敵六彈，猶屢仆屢起。及五月十六日，終於血盡氣窮，以身殉國。其忍辱負重之精神，與其死事之壯烈，不但爲對日抗戰史上第一人，卽求之於古名將中，亦不可多覯。人謂：「慷慨成仁易，從容就義難。」而張將軍乃決心成仁，立志取義，抱必死之決心，謀定而後動，故其成仁取義，實慷慨、從容兼而有之。

張自忠殉國消息傳到重慶以後，蔣中正委員長大爲震悼。同時也懷疑：何以總司令戰死，副總司令及軍長、師長均未陣亡？遂下令徹查，並嚴令找回張將軍的忠骸。否則，重辦高級將領。繼張將軍任五十九軍軍長的黃維綱奉令後，親率部隊，再渡襄河搜尋，終於發現張將軍的墳墓（據說爲日人所安葬，並樹立木牌，可見敵人對張自忠也是敬仰的），乃將其靈櫬先由陸路運至宜昌，停於東山寺。事先並未公佈，及消息一經傳出，宜昌民衆不期集而弔祭者，逾數萬人，有的掩面流涕，有的悲呼嗟嘆。有一位老婦人得此消息，且含淚煮麵食、捧香燭，前來弔祭。情景之感人，實非筆墨所能形容。當張將軍的靈櫬，由宜昌起運到重慶，蔣委員長特通電全國（文長不錄），文極沉痛，不但可作張自忠將軍的神道碑，直不啻是國立的張將軍的紀功碑。情理深入，恩義周備，非張將軍其人其事，實不足以當之。而文章之優美，猶其餘事。從來學者之論究生死者，死有泰山與鴻毛之別，其能如張自忠死事之忠烈者，史或不乏其儔。但一個人的人生，能獲得國家最高領袖若是知遇之深，奬譽之隆，懷念之殷，悼痛之切者，歷史既不曾見，亦實抗日史上第一人。生而爲英，死而爲神，宜爲國人俎豆千秋之對象耳。

及張將軍靈櫬運抵重慶儲奇門時，素車白馬，弔者塞途，民衆鵠立大道，默默哀泣，蔣委員長且親臨致祭，撫棺痛哭。所有軍政大員，一律臂纏黑紗，登靈航弔祭。十一月十六日，卜葬於重慶北碚梅花山山麓。一代英雄長伴梅花。國民政府垂念忠良，曾頒令追贈陸軍上將，舉行國葬，入祀忠烈祠。並將湖北宜城縣，改爲「自忠縣」。宜城人士，又將南瓜店所隸之柴口埡鄉，改爲「藎忱鄉」，縣內長渠，改爲「藎忱渠」，以誌不忘忠烈。此亦爲歷史所罕見。其身後之哀榮，極爲隆重。在重慶開追悼會時，各方所贈輓聯，美不勝收。張滿會場內外，工整切貼者甚多，我記憶所及，有國民黨重慶市黨部一聯：「驅十萬衆，快九世仇，數中華男兒，盍讓將軍獨步；拼七尺軀，爭方寸土，是復興鐵券，豈惟吾黨殊榮。」

一三三　不欺不苟

丁文淵博士，曾任上海國立暨南大學校長。三十八年撤退來臺。翌年，偕其德籍夫人，轉赴香港。他雖沒有落進難民收容所，自然也算是「難民」。隨之，香港政府辦理難民登記，丁博士夫婦和左舜生（曾任農林部長）、易君左（名文學作家）等一樣，原也辦過難民登記手續的。當他前去登記時，曾有人提出不贊成的意見，認為有失大學校長的身分。丁氏曾很坦白的說：「我雖是從大陸逃出來的智識分子，但不是遺民；因為我沒有亡國，也不是義民；因為我沒有陣前起義，更不是順民；因為我不甘作奴隸，才逃難來港。既然是逃難，當然就是難民，眞難民，登記了又有何妨？也許可能得到慈善家們一點救濟！」其言雖哀；但丁氏一生胸懷之坦蕩，雖流離窮困而不欺不苟，眞是無愧無怍！

一三四 外交官之條件

對日抗戰前，我駐日大使館參事王某，雖係初出茅廬的外交人員，但對如何做一個好外交家的看法？頗為切實。

王曾語人云：「一個良好的外交家，必須具備五個條件，缺一件都不成功。這五個條件是：第一、腦舌並存，第二、情癡，第三、老寡婦，第四、老道人，第五、貪官汚吏」。聞者驚異，請王釋疑，王乃逐一為之解說：

「腦舌並存：中國過去的外交人員，多是有腦無舌。雖能不辱國家的使命，但言語不通，與外人交涉，透過翻譯，諸多不便，難免有失。近世的外交家，則多有舌無腦，雖滿口洋話，流利無比，但已忘其自身乃中國之外交官，也因此而有親甲或親乙之外交家發生。如能腦舌並存，當不致有此現象。

情癡：外交家對於其國家民族，應永遠愛護。卽國家在某種情況之下，待我甚薄；或所行事，不爲國家所諒之時，仍應如男女之戀，眷懷祖國。沒有祖國之癡愛不可以爲外交家。

老寡婦：老寡婦之保守產業，視同生命，吝嗇已極。外交官對於國家的土地主權，卽應如此慳吝。決不可如公子少爺之擺架子，充闊佬，把祖宗遺產隨便拋贈。

老道人：老道人以道家之旨，修養心性，無論何種功利、酒色，乃至於生死威脅，都不足以動其心。一個駐外的外交人員，所經利祿酒色之機會極多，非有如老道人之高深修養，恐難逃出種種魔關。

貪官汚吏：這不是說外交人員要做貪汚枉法的事。而是說：「外交官對於智識情報，應如貪官汚吏一樣，貪得無厭，如是才能獲得知己知彼之功」。

如此取譬，雖似不倫不類，但事實上一個所謂好的外交家，起碼也應做到這幾點。筆者不欲以人廢言，因記之。

一三五　希特勒對付訪客

希特勒在貝許斯伽登的私寓中，牆壁間張貼一份規程，明白的告訴每位來訪的客人：(一)除了本人臥室之外，不准吸烟。(二)客人不准與僕役交談，並不准替僕役携帶信函及物件。(三)對於元首，不論何時須稱元首，不得用其他的稱呼。（四）女客不得濃施脂粉，並不得將指甲染色。（五）入客室須在飯鈴搖過後兩分鐘內入席，在元首未就座或離席時，客人不得先行入座或離座。（六）元首入內時，凡客人坐下者無須起立。（七）晚間十一時，客人須回自已臥室，除非元首邀他談天。（八）客人不得走出客房的界線，並不得走入僕役室或秘密警察部的辦公室，及挺進隊的公事室去。（九）客人離去貝許斯伽登之後，不許將別墅中的內容告知外人，並不得將元首談話擅告別人，如敢洩露元首私人生活狀況者，予以嚴厲的處分。

規矩雖只九條，拘束實在太甚。有人說：「史達林好得多，便無此種規矩」，因爲是「閻王開飯店，鬼都不敢上門」。

一三六　褒姒一笑何罪？

褒姒是周幽王的寵姬。幽王爲要博得褒姒的歡心——一笑。「一舉烽火」，褒姒果然「不覺撫掌大笑」。「一笑何罪？」褒姒這一笑，確是笑壞了，種下亡國的禍根。在歷史上，成了亡周的罪魁禍首，留下千古罵名，眞是寃枉透頂。

據歷史記載：大夫褒珦，因忠臣趙叔帶被幽王所逐，入朝直諫。幽王大怒，反將之下獄囚禁。其子洪德，深知天子荒淫好色。要救父親出獄，必要投其所好。不惜重價買得褒姒進獻。褒珦果然出獄。可是幽王自此迷戀於色，不理朝政。褒姒得以賣弄姿色，迷惑幽王，勾通奸臣虢石父、尹球，廢申后及太子，纂爲正宮。於是朝廷之權，盡入奸黨之手。褒姒事先曾對虢石父、尹球說：「全仗二卿同心維持，若得伯服嗣位，天下當與二卿共之」。雖是女子，居心亦可謂毒。褒姒陰謀既成，身得專席之寵，卻仍不肯笑，幽王想盡法子，下了「有能致褒姒一笑者賞賜千金」的命令，因引出虢石父「舉烽」的妙計以致失信諸侯。後申侯借犬戎兵直逼鎬京，救兵無片甲，西周終於滅亡，幽王亦被弒於驪山之下。這亡國的悲劇，歷史多歸罪傾國傾城的褒姒。其實滅國之罪，不能盡歸於她。褒姒只是個不知進退，被人愚弄的傀儡。而罪魁卻在幽王，其他虢石父、尹球、褒洪德、申侯，都是幫凶。

因當周宣王時，徐夷淮夷；南有荆蠻；西有姜戎犬戎；北有獫狁；都想侵入中原，雖經次第遣將討平，總難保沒有後患。中原處於四面楚歌之中，正當奮勵圖強的時候，而幽王卻荒佚無度，於國體日衰之際，不理朝政。反而命左右遍訪美色，信聽讒言，曲逐忠臣，一味昏庸。倘使幽王是個英明之主，不但奸臣賊子不敢肆意專權誤國，就是褒洪德亦用不著獻美毒計。倘使幽王不貪於色，褒姒亦決施不出倚色賣色的手段，當然也不會種下驪山的悲劇。再則申侯用兵逼鎬金，原意不外使幽王覺悟，重立申氏爲后，立宜臼爲太子。初不料竟是引狼入室。後來造成惡果，也覺悔之晚了。故歸結來說：西周之滅國，自是幽王自作孽，不可活；權奸乘機爲禍，正是抱薪助火；申侯挾敵自重，何殊開門揖盜。褒姒一弱女子，只是一「玩物」耳。玩物喪志，咎在玩主。歸罪於物，是絕不公平的。

一三七　曾國藩論才用人

曾文正之善於鑑識、培植、使用人才，世所共稱，由其弟子薛福成之言，可以知之。

「知人之譽，超軼今古，或邂逅於風塵之中，一見以爲偉器，或物色於形迹之表，確然許爲異材。嘗謂天下至大，事變之殷，決非一手一足之所能維持，故其振拔幽滯，宏獎人傑，尤屬不遺餘力。」

蓋文正初出治軍，苦乏人材。其時惟鄧輔綸爲其幕中之特出，宿儒碩彥，多與交遊。輔綸卽時以英能之人保薦。陳士杰入幕，以人才爲大計，復開廣徵博取之源。士杰，文正譽之爲「于御衆之道，得古人之遺意」（見招請士杰書）。故文正所部文武吏士，初來時，必先與士杰面。陰鑒能否，以定取舍。賢能不遺，魯拙無倖，故一般才傑之士，亦無不趨之若鶩。曾以西學干文正之容閎卽曰：

「當時各處軍官聚於文正之大營者，不暇二百人。……總督府幕中，亦有百人左右，府幕之外，更有候補官員，懷才之士，凡法律、算學、天文、機器等專門家，無不畢集。幾於全國人才之精華滙聚焉。」

薛福成「敍曾文正幕府賓僚」一文，所舉自李鴻章以下，亦凡八十餘人。其所識拔培植之人，類多早年朋友與學生，而建策獻圖投效者有之，禮聘邀請者亦有之。總之，凡能受文正之知遇者，決非無因。故文正論才與用人之見解及態度，卽有其獨到之處。於其早年所作「原才篇」（見文集）中，卽可見其梗概。文正認定風俗之厚薄，繫於在上一二人之心之所嚮。國家所需之人才，可由在上者因己之心嚮陶鑄而成。咸豐卽位之初，文正應詔陳言，卽以講求「官吏得人」上達。求闕齋弟子記亦云：「爲政之道在得人，得人不外四事：曰廣收、愼用、勤敎、嚴繩」。已示其養材用人之原則。所謂廣收，薛福成所記文正在籍辦團練時所用諸人，則云：

「或聘自諸生，或拔自隴畝，或招自營伍，均以至誠相與，俾獲盡所長」（見庸盦文編）。

所謂愼用，文正自言：

「將帥之浮滑者，一遇險難之際，其神情之飛動，足以搖惑軍心；其言語之圓滑者，足以淆亂是非；故楚軍歷不喜用善說話之將」（見書札卷十八）。

李次青（元度）赴安徽時，相約不用好大言之文人，弟子記所載：

「大抵人才約有兩種：一種官氣較多，一種鄉氣較多。官氣多者，好講資格，問樣子，辦事無驚世駭俗之象，語言無此妨彼礙之弊。則失也，奄奄無生氣。……不能苦下身段去事上體察一番。鄉氣多者好逞才能，好出新樣，行事則知己不知人，語言則顧前不顧後，其失也，一事未成物議先騰。……吾欲以勞苦忍辱敎人，故且戒官氣；而始用鄉氣之人，必取遇事體察，身到、心到、口到、眼到者。趙廣漢好用新進少年，劉宴好用士人理財，竊願師之。」

至於「敎」與「繩」，弟子記中亦云：

「大體人才約有二種。高明者好顧體面，恥居人後，奬之以忠則勉而爲忠，許之爲廉則勉而爲廉，卽薪水稍優，誇許稍過，冀有人才出乎其間，不妨略事假借。卑瑣者無遠志，但計錙銖，馭之以嚴則生憚，防之稍寬則日肆。務使循循乎規矩之中方好。」

此四項原則，確爲用人之準繩。人既用矣，誠以相處。僚屬將吏之來謁者，文正無不接見，慇懃訓誨。偶有疑難，必博訪周知，代爲籌劃。平時書信告誡，亦若師長之督課學生，父兄之期子弟。人之善者，極爲贊揚，大如李鴻章虹橋之戰，小如錢鷟石衕石兄弟之家書，皆引愧不如，而樂爲稱道。胡文忠（林翼）以臬司統兵隸其部下，文正奏其才勝己十倍，文忠乃有不次之擢用。此猶其表面者。其更難能可貴者，李元度與文正交誼，不爲不厚，然亦兩次被文正所參。李雖終身不得志，但國藩歿後，元度猶哭以詩云：

「記入元戎幕，吳西又皖南。追隨憂患日，生死笑談中。末路時多故，前期我負公。雷霆與雨露，一例是春風。」既見元度沉痛之懷，尤想見文正對僚屬之魔力也。

總之，一讀晚淸同光間之歷史，當時較爲重要之人物，尠有非出自文正培植獎掖之門者。文正如何汲引人才，時人如何受文正所影響，文正如何受人才之幫助，無一不可於公私記載中窺見之。而思轉移風氣甚至轉移運會之人，似宜知所取法。

一三八 賽金花嬉弄胡兒

賽金花在當年，和其後來，最愛閒話八國聯軍入京，她與瓦德西的故事。因爲當賽金花在北京妓運高照之時，正是「北洋炮火動地來，拳匪所創之禍發」，聯軍爲報復德國公使克林德遇害之故，一入京城，毫無軍紀，更大肆燒殺暴行。時聯軍統帥瓦德西與賽金花共居於中南海淸宮儀鑾殿，亦不免要逃回祿之災。

在禍亂擾攘之際，瓦德西與賽金花又是如何接近交好的？說者亦有不同的說法：有謂賽隨洪鈞使德時，瓦爲其故識；有謂賽以略通德語，自告奮勇前往交涉的；有謂受權力人士所勾通暗使的。不論她是如何接近的，然她能以入地獄的精神，犧牲色相，藉機勸阻聯軍的暴行，確是有惠於北京老百姓，也算有功於地方。她之所以能夠傳名，此事當有重大關係。

如是觀之，當儀鑾殿被火，瓦、賽倉皇逃出，衣着不整之情也就不值得一笑了。賽金花雖極力否認其事，而樊樊山「後彩雲曲」則指「此時錦帳雙鴛鴦，皓體驚起無襦褲。」後來瓦、賽艷史之盛傳一時，文人輕薄，自是始作俑者。不過，賽金花之所以要否認，或許是有避「鹹」之嫌（因津滬等大港口，有一種專門接待水兵洋客的妓女，稱「鹹水妹」，爲國人所深惡，而不敢問津）；但賽亦有自炫之態，又何能免人之非議。傳說：當瓦帥拜倒於賽金花裙邊之時，結爲膩友，常戎裝佩劍，並馬京郊，威風凜凜，旁若無人。人多以賽二爺稱之，而不呼其名。勢燄之盛，無與倫比。不但以能令瓦德西阻止燒殺暴行而妄自驕矜；當議和之初，還要當着李鴻章的面前，顯露一手絕招。時李爲中國和議代表，因瓦居慈禧宮中，李格於成例而不敢入；賽即提牽瓦耳出而就談於李，把國家大事，戲弄瓦德西於其掌股笑談之間；不但能見賽之媚勁猶存，亦可見其膽識有其過人之處。時人喬態凡曾有詩紀其事，其一云：「侍郎碧落騎箕去，番將重瀛破浪來，一曲琵琶翻古調，和戎不用出燕臺。」其二云：「鳳寢難疏過位儀，耳提出入弄胡兒，和夷若更論功績，麟閣應圖絕世姿。」更很難說不是實情。

一三九　獨體繁殖獸

有一種野獸，似貓非貓，似狸非狸，產於粵北連縣、連山、陽山三屬叢林之中。當地居民，無以名之，名之曰：「自足獸」或「知足獸」，也有稱之爲「不求人」（此字不當，循世俗口語）者。民國二十七年，余於韶關友人處，見其形狀，明其情後，因名之爲「獨體繁殖獸」，顯其實也，友亦贊同。

此獸初生，依老獸生活。約半年後，達成熟期，已具生育能力，即離老獸（母）他去。獨居野處，與同類亦無合羣性。性質極爲純良，似爲動物中之最弱者。沒有攻擊的能力，更無利爪、鋒齒、厚皮、堅甲等以自衞，即常被他獸來侵襲。本身則毫無反抗與侵襲他獸的能力。一遇侵襲，唯有俯首投降，任其宰割。幸具有一種最敏感的聽覺力，與善跳強躍的四足，常能從險裏逃生，作了牠能生存、能繁殖的機會。牠的食料，專以竹葉、嫩樹葉、松子、果實維生（與熊貓相近似）。不肉食，亦不捕食蟲蟻一類的小動物。傳說：牠的肉可食，香嫩無腥味，且有滋補的功用。

當地居民，所以稱之爲「自足」、「知足」、「不求人」者，實以其一身，已兼備牝、牡（陰、陽）兩性器官，牠無須外求，即不必另找配偶，便可以完成交媾，獲得下一代的嗣續。我名之爲「獨體繁殖獸」，實較其他的命名，爲合情切實。即因爲牠本身尾部，並列有兩個生殖器——一牝一牡。每當春暖，交配季節屆臨時，兩個器官，自會互相盡其爲用的功能。每年生育一次。小東西的若父若母，實三位一體也。故大自然造物的玄妙安排，誠有不可思議者在。馬來亞有一種魚，馬來人稱爲「海馬」或「龍洛子」，與「自足獸」之繁殖功能極相似。（參見卷一第三十六節）

一四〇 戴傳賢與佛祖

戴故院長季陶（傳賢），主辦「星期評論」時，對於迷信仙佛鬼神，攻擊不遺餘力。至其晚年，則信佛甚篤。據知戴者言：當民國十年（或云爲十一年） 國父孫先生命戴氏入川，藉調停川亂，策劃革命。及至漢口，卽聞川中將領有不利於己之傳言，神經頓受刺激，竟成半瘋癲。其時留漢口之民黨中人士，皆勸戴氏暫留漢攝養。戴不聽，買輪西上，於行近宜昌時，忽躍江自殺。幸爲隨從人員所救。事後戴公曾謂：當下水時，戴沉載浮，心迄不死，一轉念間，乃思旣爲革命黨員，萬無自殺之理，遂口誦佛號，頓覺身輕如舉云。

一四一 偷盜之事

偸盜之事，自古有之。古之大盜，首推黃帝時之盜跖。跖爲柳下惠之弟，日殺不辜，肝人之肉（史記）。跖之徒問於跖曰：盜亦有道乎？跖曰：何適而無道耶，夫妄意室中之藏，聖也；入先，勇也；出後，義也；知可否，知也；均分，仁也；五者不備，而能成大盜者，天下未之有也（莊子）。是跖之爲盜，乃有道之盜耳。

初時偷盜，不過金銀財物而已。降至後代，偷盜之範圍愈廣，偷香、偷酒、偷桃、盜詩、盜文，愈演愈奇，甚至不以爲恥，反目之爲風雅。

晉書故事：韓壽，字德眞，堵陽人，美姿貌，賈充辟以爲掾，充女見而悅之。時西域貢奇香，一著人則經月不歇，帝准賜充。充女密盜以遺壽，或聞其芬馥，稱於充。充取女左右婢考問，以狀對。充秘之，卒以女妻壽。世云「偷香」，卽出於此。「賈女窺簾韓掾少」，「應知韓掾偷香夜」，經過詩人之傳播，不僅香而且艷矣。

世說新語，言鍾繇（三國時之大書家）二子毓和會之「偷酒」。鍾毓與弟會，小時值父繇晝寢，因共偷藥酒。其父時覺，且託寐以觀之。毓拜而後飲，會飲而不拜。既而問毓何拜？對曰：酒以禮成，不敢不拜。又問會何以不拜？對曰：偷本非禮，所以不拜。

漢武帝故事：東都獻短人，呼方朔曰：王母種桃，三千歲一結子，此兒不良，已三偷之矣。柳宗元詩：「蓬萊羽客如相訪，不是偷桃一小兒」，則以偷桃爲萬古盛事。

盜詩，從來很多。唐詩紀事：楊衡字仲思，吳興人，初隱廬山，有盜其詩登第者。衡因詣朝，亦登第。見盜詩人，怒曰：「一一鶴聲飛上天在否？」其人答曰：「此句知兄最愛惜，不敢偷」。衡曰：「猶可恕也。」

至於盜文，則代代有之，於今爲烈。昔唐書李逢吉傳贊有云：「夫口道先王語，行如市人，其名曰盜儒」。盜儒之行，章學誠在文史通義中，言之詳矣。「吾見今之立言者，本無所謂宗旨，引古人言而申明之，申明之旨，則皆古人所已與也。雖然，此則才弱者之所爲，人一望而知之，終歸覆瓿，於學固無所傷也。乃有黠者，易古人之貌而襲其意焉；同時之人有創論者，申其意而諱所自焉；或聞人言其所得，未畢於書，而遽竊其意以爲己有，他日其人自著爲書，乃反出其後焉。且其私智小慧，足以彌縫其隙，而更張其端，使人瞢然莫辨其底蘊焉。自非爲所竊者覿面質之，且窮其所未至，其欺未易敗也；又或同其道者亦嘗究心反覆勘其本末，其隱始可攻也。然而盜名欺世，已非一日之厲矣。而當時之人，且說某甲之學不下某氏，某甲之業勝某氏焉，故君子惡夫似之而非者也。」偷盜文風甚囂塵之今日，且盜而無道，章學誠此言，應是一劑良藥。

一四二　康南海之愚忠

康南海（有爲）經濟文章，蜚聲遜清之季。變法之役，逃難日本，較六君子之就義，雖遜一籌，然其愚忠，亦有不可及之處。

南海於光緒君臣之間，情感相當諧洽。光緒幽禁瀛臺，帝王身世，已大可哀，德宗與慈禧同時而崩，亦成清室一大疑案。凡讀清史至此者，無不心懷同感！

民初，南海歸自日本，友人邀之觀劇。時正演「光緒痛史」，優孟登場者，正有觀衆之一的康有爲。康未終劇而歸，隨賦數絕。余所能憶者，僅三首，詩云：「老夫入座倚欄觀，化身冠帶正登場，喁喁若有感傾動，共指鯫生嘆息看。」「事無成敗過雲烟，劇裏君臣嘆逝川，太息諸人皆拱木，天遺一老我身全。」「獨存痛史懷先帝，又復現身帥老夫，優孟衣冠臺上戲，豈知在座卽眞吾。」一往深情，見於言表。劇中人而爲座上客，眞是歷史上的奇談。

南海晚年，始終緬懷「先帝」，亦終以此悒悒而卒。據前輩汪詒書（清翰林，鼎革後，隱上海，以遺老自居）告余：「康臨終時，尙囑家人扶之起，整衣冠，列香案，陳光緒所賜之物於前，向南謝恩後，始寢而逝。」此可見南海在生之忠於清室，臨死之愚忠更不可及。

一四三　風流寃魂

民國二十一年，舊曆元旦，桃符萬戶新，喜氣洋洋的時節。江西省會南昌，卻發生一離奇命案，造成一風流寃魂。事實經過，據街談巷議如次：

南昌地方法院推事謝某，固一翩翩少年，素行不檢，自命風流公子。時與某部幹事陳女士，私戀頗深，時相過從，不避物議。陳有一好友夏女士，藉故常至陳寓。陳與謝戀，對夏亦毫無所隱。終致謝某與夏女發生暗戀，惟苦沒有良機，互償心願。値是年元旦，謝某專程詣陳寓賀年，適夏女亦在座候陳，蓋陳已去戚家賀年未返。僅留一女傭看家。謝某以機會難得，乃給女傭一大紅包，並囑傭出門找主人回家。傭早已窺悉謝夏隱情，明知謝爲調虎離山之計，看在紅包面上，亦急速離去，避作他們的眼中釘。

不奈好事多磨。當這對野男女，雲雨正酣之際，驚聞陳女返寓，叩門甚急。謝某驚悸之餘，卽草草完事，啓門納陳。陳女入門睹狀，驚駭失色，大發雷霆，與師問罪！夏女便趁機溜去，謝某獨當其衝，向陳女說盡好話，立誓旦旦。及陳女怒顏稍歛，謝百樣哀求，挽之入幃，顚倒情深，重溫好夢。陳女未久，謝面色大變，身如癱瘓。陳女知非尋常，遽推之而起。而謝則僵臥如故，下體流精不已。陳女生平未經過此情，已無所措手足。在無可奈何情形之下，便不顧謝之死活，只作多方掩飾之謀，先爲謝清理下體及床褥；次爲謝着衣裳；扶之躺坐椅上。便出門報警，謂：新年有客來拜年，忽得急症，不省人事。警察趕來探視，蓋已氣絕矣。因轉報地方法院，派法醫來驗。法醫識爲本院推事謝某，驗得其實，並窮詰陳女及女傭。盡悉死者連御兩女，因興奮過度，又在不正常情況之下，受驚而挫，斷爲「脫陽」斃命。嗣謝妻劉氏，擬延律師控陳、夏兩女輪番姦斃其夫。其翁謝公則以其子風流，自召其禍，實無嫁罪於人的理由，乃止其訟。

故老相傳：舊時婦人頭髻上有簪（女兒身沒有），雖睡時亦不拔下。作用卽在防男人的脫陽。果遇此情，迅取簪刺男人的尻骨，男神經突受刺激，精關便遽閉了。不移動其軀體，稍時，便安然無恙。以情理言，似有可能；但從未聽人提過實證報導。

一四四　南國象故事

象，是一種熱帶特有的動物。其形態，我們在臺北動物園或其他的地方，或早有了認識。它體大、力壯。它的鼻子，其力之雄偉，能推倒一棵不大不小的樹，其活動之靈敏，能拾撿一朵小的花草。它們最富於合羣性，一遭戰事，動輒整隊出發，襲擊敵人。它們的預感也極靈敏，尤其是它將死的時候，它必定走到墓地，靜靜的躺着，等候死神的邀請（十餘年前某電影片中亦曾介紹過類此情事）。

南洋的農人，多半都是住在深山中，深山又是野象生存發育之所。象性喜吃香蕉、青菜，和其他可口的果實。所以農人與象同處深山，農作物卽常常要受到象的殘害。

南洋有一盡人皆知的故事：有一次，某農人之農作物，被一羣野象所踐踏。農人惡之極，竟約了幾個朋友，槍殺了一隻野象。（在南洋原是不准人民殺害野象的，政府特爲規定。）翌日，農人眞是大禍臨頭了！野象竟排山倒海的結隊而至。不但農作物被蹂躪摧毀，所有房屋建築等，也都被推成平地了。不僅此也。從斯而後，野象還日必數至，向農人挑戰。農人沒有辦法應付，卽不得不向野象無條件投降！

投降的方法：當野象羣來時，農人挑一擔香蕉，向野象請求道：「象哥呀象哥！你是獸中之王，小農人有眼不識泰山，竟冒犯了你的義怒。現在我知錯了，特備上等香蕉一擔，奉獻大王，請求原宥！小農人家徒四壁，衆口嗷嗷，僅靠些微物產糊口，大王等如能曲體下懷，另覓食處，小農當感激無涯也。」野象聽了認爲滿意！乃一聲呼喚，全隊竟揚長歸去，不復來擾。

南國的象，與北國的駱駝，可說是相互媲美的。北國的駱駝，爲交通運輸的最佳工具。而南國的象除運貨送物而外，當地土人，還不少在象背上住家。既可到處行動，又可爬山涉水，眞是四海爲家，無往不適。其法，用竹製一亭，大小約六尺，上面加以或方或圓的頂蓋。亭腳用繩緊束於象之肚皮。夜間睡覺或平常休息時，只需將帶一鬆，大象倒臥，該亭仍豎立於象背之旁。一家二、三口，及家具均置於竹亭之內。其生活之富有詩意，實非身歷其境者，所能料及耳。

去年（四〇年）四月，南洋歸國觀光華僑黃君宜口述。

一四五　巴黎豆腐公司

法國巴黎之有豆腐，據說是始於中國的張靜江（人傑）先生。

張靜江先生，在清末的時候，本是江蘇的候補知府，因爲藩臺沒有垂青，久未得到實補。後來孫慕韓到法國去做公使，帶去兩位隨員，一是李石曾先生，其一便是張靜江先生。

張先生到法國以後，除了本位的工作以外，並在巴黎開設一家豆腐公司。是巴黎唯一的豆腐公司，也是巴黎有豆腐的開始。開業時，便大做廣告，稱其豆腐有很多優點：一、潔白衞生，二、容易消化，三、富有營養，四、價廉物美，是中國最新發明的食品。果然引起了法國人士的注意！同時出品亦證實了廣告不是欺騙宣傳。豆腐的銷路，也就日漸推廣。物以稀爲貴，豆腐的價格，也因之而步步高升。

一日，巴黎大學來函，以化學系員生請求參觀豆腐公司。張先生因想：豆腐製法，原很簡單，設備亦極簡陋，若被參觀看穿了內幕，對於營業前途，不無影響。於是卽時增闢房屋，添置許多器具設備，假造了許多藥品，用中文標列陳設，分門別類，花樣繁多。並劃分倉庫、工廠、辦公室等等名稱，五花八門，表現規模非常宏大，以待巴黎大學員生之來參觀。

巴黎大學化學系員生，果然來公司參觀。張先生乃親爲領導，詳爲解說一切（是事先編造的），使化學系師生，也莫測高深。好在地方清潔，豆腐的確又潔白衞生，容易消化，富有營養，參觀者亦自然覺得非常滿意！經巴黎大學一度參觀之後，而豆腐的聲價，也就更加提高了，門庭若市，大有應接不暇之勢。

巴黎豆腐公司，後來的確也賺了不少的錢，張先生並未自私，卻以大部分捐獻孫中山先生作革命事業的經費，餘則用以維持朋友的生活及當時的留法學生。張先生爲中國革命元勳，豆腐與中國革命，也就有這樣一段因緣。

一四六 看相卜算

好談麻衣柳莊之術者，於人之貧富、貴賤、壽夭，言之鑿鑿，且肯定某運佳、某運否，若其事之皆有先定然。如信之過深，求之過切，則泥矣。泥則常不免於誤事，消磨人之興趣與志氣。有世傳曾文正公國藩精相術。凡文武員弁之來謁者，必審其福量之厚薄，以定取舍及任之大小。有人謂：文正公未必精於相術；但使閱人稍多，而能用心者，亦未嘗不可得一、二焉。文正公素有知人之明，於人才之高下，德之淺深，福之厚薄，以其閱歷經驗，多求互相印中，能於觀察其細微末節之中，得其要旨，雖不中，亦不遠矣。殊非一般星命之說，可與比擬。

相傳清季中葉，浙江海寧有陳宰相者，晚年致世於家。某筆記載其故事，有云：「公之足下有赤痣，每自詡爲貴徵。黃夫人者，公配查夫人之侍婢也，嘗爲公濯足，手捧足而視其痣。公笑曰：婢子何知？我所以官極品者，此痣之相也。夫人亦笑曰：公欺我！公足只一痣，已貴爲公卿，何以我兩足心均有赤痣，而爲婢女？公聞之驚，使跣而視之，信，遂納爲簉室。生二子：長文勤公世倌，官宰相；次闇齋公世侃，官翰林。查夫人亦生三子，皆登科第膴仕。世目公門爲五子登科云。」

「笑贊」（雜記）一書，記卜者以機智取信云：

卜者子，不習本業，父譴怒之，子曰：此甚易耳。次日，有從風雨中來求卜者，父命子試爲之。子卽問曰：「汝東北方來乎？曰：然。曰：汝姓張乎？曰：然。復問：汝爲尊正卜乎？曰：然。」其人卜畢而去。父驚問曰：「爾何前知如此？」子答曰：「今乃東北風，其人面西而來，肩背盡濕，是以知之。傘柄明刻清河郡，非張姓而何？且風雨如是，不爲妻誰肯爲父母出來？」

一四七　竹編工藝

竹，在詩人畫家的筆下，有很美好的評價；在工藝家的手中，便成了巧思奇構的作品。我國南部，氣候溫和，雨量充足，到處綠竹成蔭。北方則爲罕見之物。竹的品種，據說有四十餘種，各有其妙用。以竹編來說，就千變萬化、五光十色、美不勝收。有考古學家，曾在浙江吳錢山漾的新石器時代遺址中，發現很多竹編器物，卽足證明：中國最早在四、五千年前，竹編工藝，已很發達。人們傳說：魯班大師和巧匠太山大師合作，創造了竹器。實在的，竹器的創製，與木工有密切難分的關係。

竹編工藝，有人說：當以浙江東陽的作品爲冠軍。東陽竹編，造型優美，精工細巧，色彩富麗。在編結技術上，尤具特色：有穿花、穿字的；有透空、結邊的；有打束、纏股的；都巧妙得天衣無縫，使人多難瞭解：是怎樣凝結起來的？含蓄的智慧，又是多麼深厚？

福建的竹編工藝，也是極負盛名的。此則因爲福建有很多特種竹子出產：有鬼臉竹、梅鹿竹、紫斑竹、湘妃竹、豹紋竹、鳳眼竹等，都有天然美麗的花紋，適合於編製各種用具。用這類竹子，製成器物，特別多采多姿，使人有更多的美感！福建竹編，視不同用途，而有不同風格；有福州品、有泉州品，在形式和色彩上，各有其獨特可人處。尤其是著名的彩漆工藝與竹編工藝結合的器物，在美觀上和保存上，更增加了很大的價值。人見人愛，讚不絕口！

一四八　范紹增也幽默

范紹增在川軍中，朋輩多錫以「哈兒」的渾號，他亦不以爲忤。其爲人也，平時亦極幽默風趣。一般川省人士，體型多比較短小精悍，而行動則異常矯捷。行軍作戰，更出沒難測，外省軍人常以「川老鼠」稱之。事實上，重慶山城耗子既多且大，出入水陸，並不十分畏人，或亦川人爲「川老鼠」得名的由來。某日，黃炎培（任之，江蘇人，戰前爲中華職業教育社社長，後稱職敎派。抗戰時任國民參政員）與范紹增相遇於途。黃謂：「川老鼠，將何之？」范隨應以：「腳下人，隨我來！」兩人笑謔不已，相携而去。這「腳下人」原是有出典的。因戰時外省人之入川者，川人多以「上海人」、「下江佬」、「下江人」稱之，甚或挖苦的呼爲「腳下人」。黃炎培聽不慣這三個字，曾作了兩句打油詩曰：「分明是你肩上客，反說我是腳下人」，用以投桃報李。因爲川省勞工苦力，多以擡「滑竿」（類似涼轎）爲業，外省人初入川到重慶，不慣登山爬嶺，多藉滑竿以代步。川籍勞工擡在肩上，健步如飛。范哈兒戲報以「腳下人」，典亦由此而來。其實「川老鼠，將何之？」「腳下人，隨我來！」也是一妙對。

相傳范哈兒在未顯達時，最愛坐茶館，或因流浪無聊，或爲約會幫會徒衆。經常一襲長衫，白布裹頭，坐在茶館或酒店，泡一碗沱茶或要上四兩大麯、一碟花生、兩塊豆腐乾。加以范又健談，娓娓不休，幾個人海闊天空，大擺其「龍門陣」。消磨永晝或一坐半天，是很平常的事。以後下江人到了四川，亦多養成了坐茶館的習慣。川人十九愛吃辛辣食品，范紹增每飯必備辣椒。秋冬之際，飯館「毛肚火鍋」開堂（類似北方的「涮羊肉鍋」、廣東的「生片火鍋」、上海的「菊花火鍋」），范尤嗜此不疲。抗戰前，范駐軍大巴山側，有共軍自通江來犯消息。時正當午膳，范忽謂：「毛澤東『同志』來了！」同席皆瞠目以視之。范知在座者有誤解，乃說：「我不與他那個（指共產）同志，他是與我這個（用筷指着辣椒）同志。」大家爲之捧腹大笑不已。

陳布雷先生曾批評少數川人說：「川人穎慧活潑，實甚於他省，而沉着樸質之士，殊不多覯。其模仿性極強，亦頗思上進，然多疑善變，凡事不能從根本致力，卽軍人官吏，亦均文勝於質，老大而氣狹。」這雖是對一般人來說的，然與范紹增對照一下，縱不全是他的畫像，大部分和他的生性言行，卻相當吻合。

一四九　胡適與林損

胡適之先生爲學，崇尚實用。故對美國杜威的實驗主義，備極推崇，並早有深刻之研究。此次由美返國，且在臺灣大學公開講演杜威的哲學，極受聽衆歡迎。

唯憶在五四時代，舊派勢力尚雄，胡氏此說，不免被人視爲邪論，而攻之最烈者，則爲黃季剛（侃）、林公鐸（損）諸教授，以林爲最。二十二年，胡任北大文學院院長，兼主文學系，乃有舊派教授馬裕藻等聯袂辭職，非難胡氏之事發生。其時林公鐸即致函胡氏，寥寥數十字，實有不堪入目者。原函云：「字喻胡適，汝本亂賊，人盡可誅，律無專條，遂爾兎脫，然爲杜威作夷奴，爲溥儀作奴才，縱有他技，亦無足觀，況無之乎？嘗試懷疑諸邪說，只遺臭耳，盍張爾弓，遺我一矢。林損」。（見長沙璜父劄記）

所云「爲溥儀作奴才」，固不知所指。然「爲杜威作夷奴」，則顯明的是指胡氏崇尚杜威思想之故。林氏之守舊固執怪僻之性，卽此固可概見。這種口吻，當時頗引起輿論的反感，實爲林氏惜之。然杜威的思想，不惟胡氏所崇，國人所服，數到現代國際學術權威，實驗主義，還正是一個主要脚色。

一五〇　曾紀澤的男女社交觀

男女社交，是一種禮節，是現代人的說法。四五十年前的中國社會，是不容許有這種觀念的。而限制這種觀念最重要的東西，便是所謂「名教」。舊的「名教」觀念，不能破除，又要應付新的環境，實在是一件兩難的事。曾紀澤卽恰恰碰上了。

曾文正公長嗣紀澤，爲清末有名的外交家，辦過幾件出名的外交事件，瞭解西洋禮俗，思想也算非常進步，但格於名教關係，對於男女社交觀念，卻不敢苟同西俗。光緒四年，他奉派出使英、法，挈眷隨行，在啓程之先，卽致書法蘭亭（係英國派遣隨行照料之人），商定條件。其書有云：「……現有極要之事，須與台端一商者，貴國爲秉禮之邦，泰西各處禮儀爲重。然道途太遠，風俗亦異，是以彼此儀節，迥然不同。一切細故末節，儘可通融辦理。惟宴會一端，尙須商酌。泰西之例，男女同席宴會，凡貴重女賓，坐近主人，貴重男賓，坐近主婦，此大禮通例也。中國先聖之敎，則男女授受不親，姑姊妹之女子，旣嫁而返，兄弟不與同席而坐，不行同器而食，至親骨肉，其嚴如此，則外客更可知矣。中國婦女，若與男賓同宴，將終身以爲大恥。現在中國與泰西各國通好，將成永久之局。將來國家遣使，亦必常行不斷，公使挈眷，事所常有。鄙人此次挈妻子同行，擬請足下將鄙人之意，婉達於貴國儀禮大臣之前。中國公使眷屬，只可間與西國女賓往來，不必與男賓進拜，尤不可與男賓同宴。卽偶有公使至，可使妻女出見者，亦不過遙立一揖，不肯行握手之禮。中西和好雖殷，吾輩交影雖篤，然此一端，卻與中國名教攸關，不必舍中華之禮，而從泰西之禮也。」（見「儳厂劄記」）即此可見紀澤之所斤斤計較者，還是爲的名教。被名教所拘束，雖其思想新穎，亦不肯破此難關——男女社交公開。

無論西人遵守不遵守此條件，紀澤卻確如此而行。如其經香港時，港督亨乃西來迎，據其「使西日記」所載：「亨公昨日面言將遣其夫人來船拜候內人，余答以內人應先登岸拜候。惟中西禮節不同，不能拜男賓，尤不能與男賓同宴，亨公亦自知之。遂約本日午初仍遣舟輿迎內人登岸，余亦入其署中，照應一切。余與亨公談宴甚久，內人在上房，有女僕能傳達諸言，宴談亦盡歡，未正辭出。」算是初次打破西洋禮俗的慣例。

考曾紀澤之所以如此保守，固由其思想尚未完全西化，亦由於海通以來，中國人吃了洋人幾次大虧之後，對於洋人，恨猶在心。由恨而諱言洋務，更鄙視辦理洋務之人。紀澤如果打破中國「名敎」的傳統，實行男女授受相親，當更爲時人所輕賤。在此難於左右之際，在新環境中，而能保持舊禮俗，亦可算是勇矣。今有以頑固目之者，異時論事，余卻不敢苟同。

一五一　旅館之戀

二十年的飄泊生涯，何處爲家？有家就是旅館。住了二十年的旅館，在我整個的生活史上，已經佔去了半部紀錄。別後廿多年來，到現在還忘不了他，時常還眷戀着他。他給我的印象太深，給我的好感太大！因記之以文。

住旅館唯一的好處，就是使人永久呼吸着「自由」的空氣，不受呆板限制，起得早，不會擾亂別人清夢，回得晚，不會叫門驚動別人。沒有柴、米、油、鹽、燈、水、茶、炭的麻煩，也不會受女傭男役拉架子難伺候的閒氣。茶房隨叫隨到，而且恭而敬之，猶怕老爺脾氣不好。行動睡眠，談笑遊樂，都不會感到拘束，唯我獨尊，老闆見了我，經常九十度的鞠躬，笑面相迎！

這種生活，不僅不孤獨，而且永遠是過着「羣」的生活。凡是愛住旅館的人，多少都有一些向心的習性（這是三十年來經驗的大發明），出出進進的人，不管張三李四，雖不認識，大家都不擺面孔，互相都有一種希望接近的心理。素來道貌岸然的老頭兒，年紀似乎也輕了一二十歲，平日趾高氣揚的青年，也會做出低聲下氣的樣子，平日羞答答的少女，也會大方起來，還有那些交際花草的人，更會給你許多無償的安慰。這種生活景境，除去旅館，是難求得的。

生性最愛朋友的我，一天無客來，便惶惶不可終日。每天所接觸的人，此來彼去，眞是三教九流，我都歡迎，五光十色，一律不厭。研究問題者有之，謀事借錢者有之，擺龍門陣者有之，若有其事者有之，我都得要使他們高興而來，哈哈而去。如果不是在旅館的話，被房東或左右鄰舍看到了，一定會要懷疑這小子幹的什麼鬼路。房東不下逐客令，左右鄰舍，也會鳴鼓而攻。

住旅館，既不必勞心家務。燈、水、洗澡、電話、傢俱、被褥、手巾、抽水馬桶，一切日常生活所要的東西，一概俱備。而且開支反比組織家庭還要經濟。古人詩云：「只管風流莫下流」，在旅館似乎也是毫沒問題的。

孤零零的單身男女，旅館才是唯一的家，才是唯一的安慰與可眷戀的地方。凡到過巴黎、倫敦的人，都知道西洋大都市旅館之多。旅館的顧客，十分之八九，不是旅行過往的客人，而是長期的住客。也正因爲是旅館有許多好的地方。中國人把家庭看得太崇高，把私人小範圍看得太重要，自然對「自由」「羣生活」的旅館，不太理想，而我始終覺得他是可「戀」的，廿年來如一日。

一五二 歪聯

袁項城（世凱）執民國政權，醉心萬乘，卒以乘龍八十三日，而聲敗名劣！死後，謔者挽之以聯云：「救國救民本素心，說什麼改造君主，蹂躪法權，須知廢止大典，取消紀元，我固有始有終，維持總統。爲功爲罪由公論，試看那哲子慫恿，松坡反對，都是湘江毓成，衡嶽產出，他們做好做歹，皆在湖南。」聯固不足觀，事實倒很切。蓋袁世凱稱帝，有所謂籌安六君子，楊度居首。楊號哲子。而在雲南起義首倡反對帝制者，則爲蔡鍔。蔡字松坡。楊蔡皆湘人也。

帝制初起，上海鎭守使鄭汝成遭暗害。哲子曾挽之：「男兒報國爭先死，聖主開基第一功。」洪憲坍臺，楊乃帝制罪魁，首逃天津。謔者改其聯以轉贈哲子：「男兒誤國爭先走，聖主坍臺第一功。」眞是旗當鼓對。

民國十四年（甲子），段祺瑞在北京爲臨時執政時，梁鴻志爲秘書長。民國元年（壬子）的臨時政府，則梁燕蓀（士貽）爲秘書長。段爲執政時， 國父孫中山先生逝世，徐東海（世昌）去位，好事者爲一聯：「壬子甲子，兩度臨時，梁上君子冪中賓，只見鴻來燕去。」「約法憲法，同歸於盡，執政合肥天下瘦，可憐海闊山枯」。這一歷史聯話，當傳誦一時。說者謂出自徐凌霄之手，不知是否？

一五三　騙人又騙鬼

國父初建廣州革命基地時，革命風氣，已吹遍全國。民國十一、二年間，有川軍某將軍，企圖混水摸魚。派軍出川作戰，將士頗多傷亡。及回師萬縣，急圖開會追悼，以廣聲譽。事先，其參謀長已為作大舉的計畫，建議某將軍紛派代表團，展開活動。代表南下廣州，謁大元帥孫中山先生。孫大元帥便給予名義，將其軍隊秘密（因尚不能公開）升格，官員則水漲船高，見官升級，以資鼓勵！代表北上北京，北洋政府，則許協助軍餉，補給軍械。如此施技取巧，雙方討好，名收利得。從而更可偷生苟活於夾縫之中，左右逢源。在其所謂追悼會舉行中，有一看不順眼人士，明其詭計，致贈一輓聯云：

一手可遮天，革命騙人，追悼騙鬼；

兩頭都是路，發財向北，升官向南。

一般盲目執事者，不識輕重，照樣懸於大會場中。後某將軍見之曰：「嘿！趕快扯下！」

一五四　象棋起源

入（孔老夫子雖看不起博弈之道，但弈棋始終是中國一種高尙的游藝。自古已然，於今爲烈。棋，在中國僅有圍棋與象棋。現在不言圍棋，單講象棋。象棋始於何時何人？據各種典籍所載，其說紛紜，莫衷一是。就個人所見，不置批評，僅予介紹：

世傳舜作象棋以敎商均（舜之子），始有象棋的名稱。

有謂象棋始於漢代，是楚漢戰後的作品。所以局中的俗例，往往書明「漢界楚河」四字。鴻溝劃界，是因楚漢而得名的。

象棋是周武王所造，其進退攻守之法，乃爭國用兵戰鬪之術。以象牙飾棋，故曰象棋（太平御覽）。

雍門周謂孟嘗君曰：足下燕居則鬪象棋，亦戰鬪之事乎？故當時棋戲極一時之盛（說苑），象棋又似起源於戰國。

武帝天和四年，帝製象經，殿上集百僚講說（後周書）。而隋經志也說：象棋經一卷，周武帝所撰，有王褒、王裕、何妥等註釋。又有象經發題義。據小說家說：周武帝象棋經，有日月星辰之象。

印度自佛敎傳入後，文化已漸次溝通。印度地處熱帶，產象很多，土人作爲玩物。後加以細心研究，用象牙爲棋。佛敎傳入，僧人戲棋，以消歲月，成爲今日的象棋。

總之，象棋爲中國所創造，抑印度所傳入？都無確切的記載和證明。或者以訛傳訛，或者揣摩臆測，都不足信。大體言之：象棋是「中國發明的。」比較可靠。

一五五　湘西三寶

傳說湘西三寶——黃金、苗女、毒蠱是。湘西乃湖南省西部與川、黔接壤一帶地區。

自沅陵出發到洪江，一路風景，無異江南。洪江爲一大埠，電影、京戲、話劇，無一不有。過去以黃金、鴉片、紙、桐油，爲湘西四大支柱。對日抗戰時，鴉片絕跡，黃金卻因需要而激增。湘西可說遍地皆金，無論何種泥土，祇須將泥沙淘去，卽有很細的沙金發見。據說：安江有一淘金小兒，淘得一較大金塊，就買了六十畝田地。由此可見湘西黃金之多。四川西康的黃金，僅產於金沙江及其附近小河中。而湘西泥土中，有泥金；沙石中，有沙金；岩石裏，有岩金。不論高山平地，處處都有黃金。無怪湘西原係盜匪最多之區，後來亦隨黃金之增產而日少。蓋淘金一日，至少有大洋三四元的收入（當時僱工做工，每日不過二三角），實比做盜匪優厚得多。

離開洪江西進，多是高山峻嶺。「闗羊捉肥者，殺無赦」的標語，隨處可見。初至其地者，自不解其意。這在湘西是通行的慣語，其意卽不許「攔路搶刼」。湘人重義，盜亦有道。湘西乃苗人的世界，苗分「生苗」「熟苗」。生苗，仍過着半開化的生活，不和漢人來往。熟苗，能說漢語，與漢人通商，而不通婚。苗人皆身體強健，雖六十老婦，猶能挑百斤重擔過山嶺。婦女出外交際工作，男子則留守家園，看護小孩。與漢人男當門戶，女主中饋，完全相反。婦人平時，不與他人交談。外來人不知，常罹意外之禍。如屬閨女，反歡迎男人與之攀談，卽馬上戀愛，發生肉體關係，亦無問題。苗女得山水之靈秀，不但身體健美，發育均勻，肌膚滑膩，姿態活潑。而湘女多情，苗女亦不例外。因其多情，益使人有可遠觀而不可褻玩之感！大家具有一種戒心——怕她們放蠱。因放蠱，常作了她們維繫愛情的手段。

放蠱，在湘西苗區，是極流行的。蠱是一種毒蟲。放蠱的人，秉承師傳，必須按期害人。如無外地客商，可爲放蠱之對象時，卽親生兒女，亦在被害之列。受害的人，分十年、五年、十月、十天。如不解破，至期必死。據說：放蠱，苗不施苗。因爲他(她)們，都知解破之法。破蠱之法，相傳「進門蠱」，從左足而入，兩眼向上看，數一、二、三、四、五。「茶飯蠱」，拿時，由上向下提接。「烟蠱」，用手向烟嘴接。如此，放蠱的人，知道對方是內行，卽不敢下毒手。此法不知確否？但當地政府，嚴禁放蠱的佈告，隨地可見。事實是眞，自不用疑。

一五六　四川榨菜的發明

榨菜，被人視爲烹調上珍貴之品，在各都會的大酒館的廚房中，幾無不備此一味的。說起它的歷史則很短，由發明，經改良，推廣到現在，不逾百年罷了。

相傳榨菜是僧侶發明；但他沒有如意的獲到成功，清宣統年間，江北洛磧有位德誠和尙，用鹽水醃漬青菜頭，裝酒罈，運出川銷售，無人接受，大爲虧本。他雖失敗了；但這事卻成爲四川造榨菜的嚆矢。

乾製榨菜的成功，在民元間，產地爲涪陵，可惜發明者姓名不傳，當時輸外省頗能獲利。民二三年洛磧聞風興起，重慶附近各地榨菜作坊亦相繼成立，最初每年數千罈，民十一二年間，便有數萬罈運銷上海，民十七八年增至十萬擔以上，民二十三年重慶、萬縣兩地出口總值逾百萬元。

榨菜由青菜頭製成，如芥菜類，是普通青菜的變種，二年生草本，根爲多肉直根。分山菜、河菜兩種，山菜爲高山出產，菜頭較小，性質乾脆，河菜產在水濱，體積較大，富於水分。榨菜不擇土質，普通不利用夏季作物原地如瓜豆類收穫後約於白露秋分間播種，越月移植，十二月便可供蔬菜之用，製榨菜的菜頭則須待二三月採取。這種植物與禾本科植物輪種，收穫最佳。因此農人多喜栽植，產量日豐。

製法很簡單，將菜頭劃開，老皮剝去，晾乾經七八日到十餘日，便可醃鹽，加香料，中經壓榨流出水分卽成榨菜。

榨菜滋味鮮，可以生食，可製素菜，酒肆中的榨菜豆腐湯、榨菜肉片湯，都覺清淡可口，若用以作清燉肉、紅燒肉，更好吃不過。抗戰時交通梗阻，運銷不易，旅外的川省富商，往往航空運寄榨菜，以嘗家鄉風味，亦足見川人之嗜此品矣。

一五七　國際問題專家

對日抗戰期間，以談國際問題，爲最出風頭的事。或爲公開演講、時事座談；或爲皇皇議論，發表報紙刊物。不僅後生小子，沾沾自喜，卽老儒宿將，乃至所謂經濟專家、法政專家，亦復抵掌雄談，什麼美蘇問題、聯合國、艾森豪威爾……時刻不離口。不久以前，有自命爲名教授及專家的某君，應某團體之邀（據說是毛遂自薦的），講述國際情勢，洋洋灑灑，歷二小時餘始罷。當時余之全身肌肉，爲之緊張萬分！因是而思及桐城派初祖方望溪老先生。

方望溪（苞）先生，是清代的大文豪。論學以宋儒爲宗，推衍朱、程的學說，尤致力於春秋三禮。文學韓、歐，嚴於義法，凡所涉筆，皆有六籍之精華。吾輩後生小子，敢不拜服五體投地！不過此老對國際問題的看法，卻不敢於苟同。

清雍正之際，用兵準夷，頗苦棘手。方望溪先生忽上書於當時的權要，獻一奇策。謂：「西國人多嗜茶，我可責令大西洋人（按係指葡萄牙人）代爲聯絡荷蘭國，出兵搗賊之虛，或牽制使賊不敢動，我當歲給茶銀以報之。倘大西洋人頑固不爲通於荷蘭，或荷蘭人吝不出兵相助，則我可以禁止互市恫嚇之。云云」（見方望溪文集「論邊事書」，此係記其大意。）

望溪獻策，請滿清政府利用外交手段，以強迫荷蘭出兵，夾攻準夷，眞可謂國際的奇論。大約方老先生對於國際問題的瞭解，腦子裏或許只有一個荷蘭國，或許就地圖來看，也還不知道荷蘭國在那一方向、那一經緯線上？他老不過信口開河的說說而已，信不信由你。後之視今，亦猶今之視昔。方老先生在當時以碩儒的地位來講國際問題，安知不有人要稱他爲國際問題專家呢！今若稱某君爲專家，似亦不爲過。君子成人之美！

一五八　袁世凱竊稿

清李鴻章幕中，才識最著者，當推于式枚。于賦性耿介，詞藻華麗，佐李鴻章幕垂二十餘年。清室既屋，民國告成，于即卜宅江蘇之崑山，隱居不出，常會故交，詩酒自娛，可謂潔身自愛者。于於清季朝野掌故，博聞而強記，故其日記中，多述「民國人」（王壬秋語）軼事，間加批評，詞尤嚴厲。其日記中對於袁項城（世凱）尤深致不滿，措詞極爲冷雋。有人以其事言於袁氏，袁氏恐其說流傳於外，密以重金通于宅之僕婦，卒竊其稿而去，報之袁氏，舉而付諸一炬。于於失稿後，悒悒不樂者久之，更不自知其有內奸也。同時，亦可見梟雄如袁氏者，亦知畏後世之淸議。此日記若能流傳於今，必爲稗史之要籍也無疑。

一五九　瀏陽菊花石

距湖南省會——長沙，不百里的瀏陽，產一種名物——菊花石，爲天然生成的珍貴方物。中國地大物博，除瀏陽之外，尙未聞他地有同樣的奇石。菊花石，石質細緻，類大理石。外形大都靑灰色，形若一塊頑石，外表沒有什麼特徵；其中則潛生着許多紋理，全視妙手運作，以定其價值。斲石工，將頑石剖開，內有白石紋理，神似菊花的朶瓣莖葉。經過專工琢磨之後，菊花朶、瓣、莖、葉，愈爲肖妙。

但斲石專匠，除須有賞鑒藝術的天才；判斷紋理來龍去脈的眼光外；尤須具有豐富的經驗，才能肆應。顧慮周全，才不致損傷或浪費其精英。何處取硯臺、何處取墨盒、何處取筆筒或洗筆盂、何處作石屏、何處作盆景假山、何處作小玩品？每一花朶瓣莖葉的佈署，着手計畫時，都必胸有成竹，方能措置裕如。蓋以菊花石的產量無多，斲石工無不珍之惜之。加以依此爲生的斲石專工，都是父子傳承而來的世家，也不願輕視其業，而毀其令名，亦非鄭重其事不可。

菊花石作品，以文房用品和裝飾品爲最多；惟製硯臺，卻不相宜。因其既不受水，復不沾墨，欲與端石硯媲美，則實相差太遠。菊花石的小品製作，余已見過很多。大件成品，僅見過唐孟瀟（生智）家客堂桌上，一座盆景假山，高不盈尺，配以紫檀木座。余細細觀察研究後，覺得精則精矣，恐有不少處，是藉膠質沾合起來的。主人視爲珍寶，以價值言，當屬不貲。聞斲石匠，當時儕於風雲人物的聲勢，是以半賣半送，取價二千元，讓給現在主人的。

一六〇 一字千金

「中華民國憲法」頒佈以後，一日，張九如（立法委員，來臺去世）兄，戲謂余曰：「千錘百鍊的憲法，終於出爐了。如要計算所花稿費，一字眞不下千金」。余曰：「動員多少人力物力；公私一切花費；從五五憲草至其完成公佈，經時多少年；合而計之，一字何止千金？恐屬無價之寶」。九如兄與我對話，當時都未經過調查統計，也無從去調查統計，皆不過是揣測而已。過去所謂「一字値千金」，衹算一句成語。流傳至今，並無實際意義，或是一筆數字的籠統說詞；或係形容稿費之高的意思。眞說「一字千金」的高稿費，歷史上，恐怕誰也沒享受過。

歷史所載，如史記云：呂不韋完成他的著作——「呂氏春秋」以後，徵求大家批評。誰能改動這部書「一個字」的，就送他「一千黃金」。這「一千」的單位，究竟是「兩」、是「斤」？史記並無明白交代。這筆歷史上最高稿費，有無人獲得？也未見有下文。我們衹得存疑。又「野客叢書」大意說：漢武帝的陳皇后，失寵於武帝。陳皇后以「黃金百斤」，奉餽大文豪司馬相如，作「長門賦」以悟主。此所謂百斤，亦不過擧其成數而言，亦未必爲整整百斤。如以長門賦共爲六百三十餘字計算，則每字稿費，就合二兩半黃金，也未免使人難以置信。所以上述古代的稿費，雖高標有「一千黃金」或「黃金百斤」之說，實多不免於誇張，言過其實。今日「中華民國憲法」，雖未標示過「一字千金」。而實際上，這部憲法的完成，所耗費的時間、人、財、物、力，又何嘗會少於「一字千金」！

一六一　忠夫烈婦相成忠傑

我國對日抗戰勝利之後，全國各界爲紀念忠烈，在上海舉行張自忠將軍追悼會。莊嚴肅穆，場面亦極浩大。輓聯詩詞佳者，多刊於報端。孔祥熙先生一聯，清麗典雅，爲不可多得之作。聯云：「隨棗之役，勝利之基，日月儷丹忱，聯捷雄風青史在；長城而後，轉戰而死，河山縈碧血，從來名將白頭稀。」詩詞最佳者，近代名詩人，有江南才子之稱的楊雲史（圻），所作「賀新郎」詞，詞曰：

「拼卻全軍墨，渡長河追奔逐北，胡兒褫魄；十萬豺狼齊瓦解，漢幟平明皆赤。鬪困獸一身陷敵，衆寡懸殊都不計，猛無前誓掃荊襄賊。南瓜店，堪歌泣；喜峯急難英名立，嘆蘆溝求全毀譽，看赤成碧。三載沙場千日戰，血洗英雄心跡。好頭顱今番非昔，雪涕良心安慰語，知將軍決死非今日，眞勇將，諡忠烈。」

事之難能可貴，更足資崇仰者，猶不限於此。張將軍的夫人李敏慧女士，未隨張將軍轉戰各地，一直因病留滬養痾。及張將軍殉國，左右初猶力予隱瞞，恐有傷其病體。稍後，始得聞張將軍殉國之耗，絕食七日，泣血而死。這較之魯詠安（前浙江省政府主席）之沙夫人，墜樓殉夫，更爲節烈。消息傳出，國人再一次的大震動。忠夫烈婦，同時出於一門。在重慶開追悼會時，蔣委員長題額：「相成忠傑」。政府亦明令予以褒揚，並將其生平事蹟，宣付國史舘，單獨立傳。此乃民國歷史上，第一位女性立傳的人。生死尊榮，世之所稀。

一六二　程硯秋欺世盜名

國人談舊劇青衣旦角者，常以「梅、程、荀、尙」並舉。此四人者，余皆曾聽其戲。藝術如何？因所知無多，不敢妄爲月旦。四人之生活性習，據老劇界中人云：梅蘭芳性較純厚，見人吶吶若不能言。稍慳吝，過去向善之心頗強，對社會可謂無大功，亦無大過。荀慧生則傖氣甚重，但知愛錢，未嘗讀書，故粗魯淺薄則有之。對社會亦無功過。尙小雲最坦率豪爽，殆近於胸無城府，好急人之急，所以在北平以他的人緣最佳。鬻歌幾二十年，獨無餘財，北平人常以「尙菩薩」呼之。又以其出資助人，最少必爲五十金，因亦呼爲「尙五十」。稍熟於北平伶界實況者，皆禮重之。大陸易色以後，荀、尙，早已不知消息，梅則投靠新朝，於平津賣唱矣。至於程硯秋，今日雖亦不明其下落，然渠在四人之中，卻是一個最陰險無行的人。過去最能欺世盜名者，亦惟程伶而已。

程硯秋以狡童得巨公李某（姑隱其名）所賞識。而某公則未免忽視了國家的官制，抗戰前未久，竟爲程夤緣得中樞之「樂官」，及「中國戲曲音樂學院副院長」。聲名大噪，亦確是梅、荀、尙三人所沒有的榮譽。但吾人不論其背景如何？實際意義如何？所謂「樂官」，要爲政府之一官，乃輕以畀伶人，使主中國之「樂政」，究屬不倫。當時輿論譁然，雖終賴某公之力，得尸其位。然抗戰軍興，程亦還其本來面目，一代樂官，竟鬻歌平津，媚事敵虜，重度其私坊生活。某公維護之意，豈非全付之流水！

程昔在北平時，以見狎於某公，意頗自得。一日於稠人廣座間，大言曰：「人以程硯秋為伶人，其實我程硯秋在外國時，外國人還請我做教授，試問國內的許多名教授，有幾個能似我之曾為外國教授者乎？」聞者初疑其酒後大言，後乃知其所言，亦確有其事。這除梅蘭芳之博士可以媲美外，荀、尚二人又是望塵莫及的。因為荀、尚沒有到過外國。

不過程之教授，來歷不像梅蘭芳的博士一樣。不是人家送的，而是自己封的。蓋程伶以公費遊歷歐陸時，曾一至瑞士日內瓦之世界語學校，曾邀其教授太極拳數次，程遂以「教授」自命，惟諱其學校與課程。這就是他教授頭銜的所自來。

所以程伶之亦能紅極一時，一是由於某公之捧持；一則由於能欺世盜名也。所謂藝術，自當別論。

一六三　妙語天成的對聯

日本侵華，「九一八」時期，余正佐魯詠安（滌平）省主席於浙江杭州。東南日報原社址，前臨衆安橋，後接竹竿巷。時許君武（湘人，來臺後去世）亦在魯幕，撰贈一聯，嵌東南日報四字，聯云：「與孔雀齊飛，東南盡美；臨竹竿之巷，日報平安」。人多謂其妙語天成，頗具巧思。湖南湘陰左曙初（左宗棠之後），有才子之譽。晚年設帳於故鄉。一日有一遊方客，江夏人，來館求助，左氏傲之，出一聯云：「四水江第一，四季夏第二，先生居江夏，是第一還是第二?」遊方客隨口答曰：「三教儒在前，三才人在後，游士乃儒人，不在前也不在後」。也很渾然。

許君武腹笥儲聯對很多，謂：「年難過，難過年，年年難過年年過」，並謂此聯：陳布雷先生曾對以：「人怕死，怕死人，人人怕死人人死」。語雖通俗，亦可謂妙。某年冬季，寒甚，河水結冰，運兵受阻。時有一船士兵，打破河冰，船乃通行。某成一聯云：「冰結兵船，兵打冰開兵去」；下聯，久思不得。越多時，在河邊散步，見一尼姑在洗鞋子，靈感觸發，頓得下聯：「泥染尼鞋、尼洗泥盡尼歸」。傳說：清代乾隆帝，夜間私行，風雨中經一民宅門前，聞宅內讀書聲，朗朗然，隨叩門而入，依當時情景，出一聯云：「風聲雨聲讀書聲，聲聲入耳」；室內讀書士子聞之，不加思索對曰：「國事家事天下事，事事關心。」浙江某，以本省縣名綴一聯云：「龍游麗水，仙居天台」（下聯不聞有對者）。作家王曉菴，挽某封翁聯云：「是親戚，是朋友，是同道，我志足相投，十載往還如一日；有老母，有少婦，有兒女，君歸胡太速，五旬分訣已中秋」。皆渾然無做作。

清代詞人袁簡齋（子才），嘗張一聯於所居江寧隨園之門首曰：「此地有崇山峻嶺，茂林修竹；誰能讀三墳五典，八索九丘。」江都汪容甫聞知，立馳書與袁，乞借墳、典、索、丘一觀。袁得書，隨將聯撕去。聯雖文學中的小道，未經深思，常出毛病，卽鴻儒如袁子才者，亦不例外。

我國對日抗戰時，有人戲代汪精衞夫婦，贈秦檜夫婦跪像一聯：「唉！我縱喪心，有賢婦必不如此！啐，吾雖長舌，無奸夫何至於斯?!」蘇州彌勒佛龕聯：「大肚能容，了卻人間多少事；滿腔歡喜，笑開天下古今愁」。城隍廟大殿一聯：「爲人果有良心，初一十五何用你燒香點燭！作事若昧天理，三更半夜須防我鐵練鋼叉」！此皆警世勵俗聯，善善而勸，惡惡而嚴。

嘗見鴉片煙館對聯：「燈光不是文光，偏能射斗；文將並非武將，亦善用槍」。又聯：「全憑氣味留知己；半藉烟霞訪故人」。又聯：「一呼一吸精神爽；半吞半吐氣味長」。某理髮店懸一聯：「大事業從頭做起；好消息自耳傳來」。都是遊戲筆墨，亦堪稱佳構。抗戰時，國民政府遷都四川，某教授偶成一聯曰：「四川成都，重慶新中國；兩浙臨海，寧波太平洋」。全聯綴地名而成，雖平淡無奇，亦樸質可愛。

一六四　雙十節之由來

中華民國國慶日，命名「雙十節」，係由民國元年參議院在南京開會時，所明白規定者。當時對於「節」名，衆議紛紜，有人提議名「光復節」，又有人提議名「炎黃節」，衆皆嫌其狹隘，否決之，馬君武以「雙十節」之名進，衆意乃決。此名創者，實爲吳稚暉，君武據以提出，此壯麗之節名，遂呱呱墜地矣。

一六五　婚變箱屍案

民國十二年春，國父孫先生，由滬返旆廣州，續行大元帥職。滇桂軍恃功驕橫益甚，佔領廣東膏腴之地作其防區，開放賭禁、烟禁，強徵苛捐雜稅，魚肉百姓，萬般勒索。更以暴發戶，驕炫於世。

未久，滇軍楊希閔部第一師長趙成梁結婚，在廣州大事鋪張設宴。大元帥以領導革命大業的苦心孤詣，特頒發喜賞十萬元，以示契重。時湘軍爲赴粵難，來粵未久。凡湘軍總部將校級人員，皆接獲其喜柬。新娘爲廣州某女校校花馮姓。喜宴設於廣州第一公園。事先搭蓋臨時宴客廳，佈置得富麗堂皇，可容數百席。公園正門牌樓，燈火輝煌、氣象萬千。惜未能盡滿人意者，除滇軍將校外，各軍及地方官員，則很少前去道賀，領其盛宴。終以筵席準備太多，事實上，則盡飽了「聞風而至，來看熱鬧」遊園客的口腹。

未逾年，廣州國華、越華各報，刊載一件箱屍案新聞，但語焉不詳。直至楊（希閔）劉（震寰）事變後，新聞界才和盤托出。始悉此箱屍案中的屍，卽趙成梁新婚妻，與妻之表兄。趙妻馮姓女，原與其表兄某極親密，有約在先，不願嫁趙。無奈馮女父母，貪財畏勢；其兄亦欲倚趙謀官，惡姻緣遂致錯中造成。婚後，馮女與其表兄，仍時有私約。不幸春光外洩。趙不能忍，遂刄此野男女藏屍箱中。時趙寓爲廣州東山東皋大道，距黃花岡未遠。趙夜命馬弁，移箱屍至附近山岡叢葬處掩埋，被巡邏警發覺，或謂：箱屍被野狗挖露。當時新聞界，雖有風傳，然皆不敢直書實報。倘楊、劉不謀叛，或叛而不敗，則此箱屍案，恐終要成爲「無頭公案」。

蓋當楊、劉事變之前，廣州新聞記者們，懾於滇軍威勢，凡涉及滇軍之公私事務，皆絕不願多惹痲煩；港報記者，也都不願開罪滇軍。萬一惱怒了滇軍，小則明毆、暗打；大則拘捕、槍殺；這在羊城，是常見不尠的。故當箱屍案發生之時，記者們都只得守口如瓶，不敢透露一鱗半爪。及楊、劉事敗之後，婚變箱屍之眞相才大白於世。

一六六　美與醜無標準

人類自有生以來，對於美與醜的觀念，向無一定標準。有之，那只是人爲的標準。各人依其標準，經過內心衡量所產生的好惡觀念，不是自然的，只是內心天秤的反映。所謂是非、善惡、順逆之別，無不同此理則。

愛美，最怕幼稚。譬如濃脂厚粉的女人和奇裝花衫的男人，其稚氣俗氣太令人可怕。愛醜的人極少，但是厭醜的眼光卻沒有標準。

俄國小說裏一位大將軍帶着小兒子在路旁迎接一位元帥，他和元帥握過手後，倉慌喊他的兒子說：「來，這隻手的恩澤傳給你！」這副醜態多使人扼腕！然而他在教給兒子儘量學這醜態和賞鑑醜的陶養！

你知道，美與醜是相反的兩個極端，可是你知道現在你正站在這兩極端的靠近那一面的地方麼？不怕你知道，不怕你反省；最怕你糊塗，最怕你迷信。假如你眞是愛美的，你就絕不會愛濃脂厚粉或奇裝花衫的男女；假如你是厭醜的，你也絕不致在你一舉一動中，妄想承受別人的恩澤來給自己及兒孫增光榮。那不會是光榮；醜的光榮將帶給你以可怕的災禍，使你的兒孫愚昧！

「美」雖不是富饒，但也不是單純的窮困。相反，「醜」不必盡是窮困，但亦非盡屬富饒。富人有美，窮人更有醜。富人無美尚可勉強，窮人獻醜卻令人作嘔。不管是金錢上的窮，精神慾望上的窮，以致學識上的窮，都不必做醜態，向人獻醜。乞丐不可怕，獻醜的人實在可怕，卽是一例。所以美與醜無標準，只是各人心理上所生之好惡觀念。

一六七　考場三醜

一年一度的升學考試，今又其時了，每屆此際，總有些不大不小的糾紛。今年省縣市學校，多實行聯合招生辦法，考試或許不會發生波折。

前清八股取士，以及後來改考策論，有三種考卷，對於考生是最無顏面的：第一「繳白卷」。只寫題目不作解答。甚至題目亦不錄。這是最乾淨，不會另生枝節。第二「鈔刊文」。先存僥倖之心，熟讀或夾帶刊印文章，照鈔原文，企圖瞞過考官眼睛。其人品行雖然比繳白卷的差，但文章大抵是好的，所以亦不會旁生問題。第三「瞎寫」。瞎寫自然文不對題，或無關痛癢，甚至笑話百出，反貽人以茶餘酒後談話之資料。此所謂考場三醜。自古已然，於今尤烈。

「瞎寫」，應算最壞。不但無取錄的希望，而且遺留笑料。「繳白卷」理固不能名登金榜，然今亦有例外。假如投考者的父兄是闊佬或達官貴人，在報名時，主持招考者的心裏，卽早已打定必取的腹稿了，考試不過是一種形式而已。周佛海（漢奸，病死獄中）長江蘇教育廳時，卽盛傳一故事：某公子投考某中學，枯坐了幾場，考卷一字未寫，原封奉還。不取嗎？不但情面攸關，而且對於自已的前程，影響很大，甚至馬上要打破飯碗。思之再三，妙計來了：幸好公子繳的是白卷，隨在此白卷上代塡一些黑字。因爲卷子是主持招考者自己做的，更不能不自尊爲上乘。結果不但榜上有名，而且名列冠軍。復恐此二人情送得不明不白，乃以私函說明如此這般，彼此「心照不宣」，一舉而兩全其美。

「鈔刊文」，品雖下於繳白卷，但僥倖之心，還須有兩種：一是題目正對所熟讀或夾帶之文，二是閱卷者完全瞎了眼。同時他事先也得下一番「熟讀」或「鈔夾帶」的苦工未嘗不可稍予原諒，理或無有枝節。且看市面充滿什麼「升學指導」，「各科試題答解」一類的書嗎？巨幅廣告：「考試必讀」，「升學必備」。儘管讀熟或夾帶，字字照鈔，閱卷者只有驚爲奇才，不給百分，也得九十。卽使閱卷大臣識破了「文鈔公」，原也無妨。他已知道這是時代的通病，天公地道，就卷子酌給分數，也會要馬虎一點。

最下品的「瞎寫」，這也無可救藥了。如題目是：「孝順父母」。一開頭，就是：「夫父母者，何物也？……」其不取錄，自然不是天數，實叫活該。甚且還要給閱卷者，大打其頂批：「父者陽物也，母者陰物也，陰陽不和，乃生汝這怪物也。」轉爲大家所竊笑，卻是最不好下場的。

如此考場三醜，無論在那種考試場合中，總是不免的，只是程度之差別而已。斯文掃地，余何言哉！所以一直反對考試制度者，也有人在。

一六八　關於老殘遊記

「勿奢書齋弄墨」，有「老殘遊記與劉鶚」一則，對本書作者少史，言之綦詳。信亦同為老殘之愛好者。

在晚清小說中，有幾部佔重要地位的，那就是官場現形記，二十年目睹怪現狀，孽海花和老殘遊記，都可算是晚清小說之代表作。在藝術上，都有相當成功，能反映出末朝的社會眞象。老殘遊記，尤其中之錚錚者。

在文學上最引人注目的，是描寫的技術。老殘遊記描寫：王冕畫荷、黃河敲冰、王小玉唱大鼓、大明湖遊記，皆是有聲有色的。胡適之論老殘遊記，曾說：「老殘遊記，最擅長的是描寫的技術，無論寫人寫景，都不肯用套語爛調，總想鎔鑄新詞作實地描寫，在這一點上，這書可算是前無古人了。」這是的評，而非吹噓。

「棋局將殘，吾人將老，欲不哭泣，也不得乎？」作者已意識到清室已趨向末日。但他畢竟還是一個忠於清室的人，一方大罵革命黨人（見繡像小說原本）；一方認提倡科學，與辦實業，可以挽救危亡。既恨貪官汙吏，也恨所謂清官。對於毓賢、徐桐、李秉衡一班人，攻擊尤不遺餘力。認為「贓官可恨，人人知之；清官尤可恨，人多不知。蓋贓官自知其病，不敢公然為非。清官則自以為不要錢，何所不為。剛愎自用，小則殺之，大則誤國，吾人親自所見，不知凡幾。歷來小說，皆揭贓官之惡，有揭清官之惡者，則自老殘遊記始。」痛快淋漓，言行如一。

劉鐵雲，以老殘代表自己，而理想的自己，就是書中的「異人」——初爲璵姑，繼爲逸雲。以異人托出其理想，是純淨的、疎放的、超塵絕俗的，對人世社會有深刻領悟。這樣的人物，求之不得，只有從事創造。由於各種條件，要適應舊時代人物理想，和作者心理的因素，這異人，自以女性最恰當。於是才有璵姑和逸雲這理想人物創造出來。

在書中，他把「眞實的自己」和「理想的自己」同時並存。有了老殘，再有璵姑、逸雲。老殘代表人間比較強的；璵姑、逸雲卻是他超現實的理想，一種理想的人生觀與世界觀。璵姑、逸雲，雖同爲劉鐵雲理想上的寄託；但性質上，逸雲是發展的，比寫璵姑的分量更重。因爲這是他更理想、更崇高的影子；是他晚年人生觀和宇宙觀的凝集。在璵姑時代，種其因；逸雲時代，收其果。

讀書不易，讀老殘遊記，也是一樣。

一六九　敬老尊賢

基隆、屏東、南投等縣市，最近咸有敬老會的舉行，組敬老組，訪問各該縣市區的壽星翁，致贈禮品，以示敬老尊賢，法良意善，自不可非。

據調查，基、屏、南，男女壽星當中，其年歲之最高者，爲基隆之陳黃草老太太，高齡一百零四歲，南投之林劉珠老太太，高齡一百零二歲。大家認爲他們是人瑞，稱羨不已！

彭祖八百歲，神仙活得幾千萬年，就是燒丹練汞，也可以長生不老，這些我們固不敢相信。但是人生一、二百歲的壽命，歷史傳說的也很不少。卽民國以來，仍不乏其人。抗戰以前，聞四川有一位李青雲，壽高二百五十有奇，今尙存否？則不得知。山東有阮國長，娶妻凡五，壽高一百六十七歲。民國十六年才去世。河南有李芳孝，居杭州鳳凰寺，係回敎敎長。當其一百十七歲時（二十三年），魯詠安（滌平）先生正主浙政，頒贈「洛中元爽」四字褒狀。親爲延接以禮，迎送至省府大門。壽星之名，洋溢國內。此外，爲人最熟知者，馬相伯先生，逝世時其年亦在百歲以上。

今陳黃草老太太，一百零四高年，林劉珠老太太，一百零二歲，固爲人中之瑞，然而方之李青雲諸老，幼矣。

一七〇 梁漱溟當敎授

梁漱溟，廣西桂林人，早年研究中國哲學與印度哲學，頗具功力。所以他是一個純粹讀書人，但從沒有進過新制學校。相傳他有一段軼聞趣事。當蔡元培（孑民）先生任北京大學校長時（民五以後），梁漱溟前去報名投考北大。不料考運不佳，竟名落孫山。隨後有一偶然的機會，梁得直接晉見蔡先生請益。接談良久，蔡驚其學問淵博，才華出衆。不欲以學生屈之，反聘之爲北大敎授。一時傳爲美談。亦有人說：這完全是子虛烏有的傳言。以常情來說，自不足信。但此類事情，發生在蔡先生門下，並不算稀奇古怪。因爲蔡元培先生，不但是中國革命的元老，而且博學多才，還是滿淸時代的一個進士，更是知名的「好好先生」。中國「五四運動」思想的大本營，就是北京大學。其時北大的校長，也就是蔡元培先生。他一生愛才若渴，又極熱忱，常不因小節細故而屈抑人才。如中國近代藝術家徐悲鴻，向不甚相識的蔡先生找工作。其時，北大沒有「藝術系」，很難安置；但又不願遺棄此一人才。乃因人設事，在北大特設一「畫法研究會」，聘徐擔任導師。以此推彼，梁漱溟之能聘爲北大教授，從蔡先生方面觀之，不過同出一轍而已。

一七一 古董玩具

古董玩具，原是有閒階級的消遣品，窮小子何敢正目而視，談談卻總無妨。記得十餘年前，故宮古物案，喧騰一時，臭傳中外。也正是因爲利之所在，人爭竊之以肥己，古玩之價値可知矣。古玩之所以可貴者，爲何？李笠翁云：古物崇尙於富貴之家，以其金銀太多，藏之無具，不得不爲長房縮地之法，斂丈爲尺，斂尺爲寸。如藏銀不如藏金，藏金不如藏珠之說。愈輕愈小，而愈便收藏故也。矧金銀太多，漫藏誨盜。易爲古董，則非特穿窬不取，卽誤攫入手，猶將擲而去之。跡是而觀，則古董較金銀爲價之低昂，宜其倍蓰而無算也。準此言之，則竊古物者，爲三代以下最聰明之士，無疑。

由於古董玩具之可貴，由於竊取古董之最爲聰明，故隨故宮古物案之後，而有淸室東陵西陵被盜之事發生。這次掘陵工程之大，計畫之周密，據當時的報告，實非小偸小盜所能爲力的，蓋一有勢力有組織之盜掘耳。陵寢中，掘出奇珍異寶甚夥。傳聞其間之最可貴者，厥爲翡翠瓜一對，朱實黑仁，色澤鮮明，栩栩如生，確爲價值連城之品。此項珍奇，當時雖一度價驚宇內，後亦不知落於誰人之手，微聞已屬之善變將軍馮玉祥（終以善變喪身於赴俄帝之輪中）私產矣。對日抗戰之前未久，上海著名古董掮客唐某，忽經手一著名寶物的買賣，謂卽馮玉祥的玉西瓜一對。由唐某介紹，售與西商，代價爲三百四十萬袁大頭。其接洽與繳款地點，時人言之確鑿，在上海西藏路大中華飯店。而唐某於一經手之間，獲回佣四十萬金，遂引起上海古董同行之忌妒，秘密勾當，乃盡洩無餘。從此中華至寶流入異邦。雖爲國人之不幸，而馬二則富可敵君侯矣。

古玩誠是可貴，在達人觀之，殊不值得一顧，呂蒙正爲相時，有人以古硯一具求售。賣者將他形容得面面俱到，並且鄭重的說：「一呵卽潤，毋須注水也！」蒙正聞而笑曰：「卽一日能呵得一擔水，亦值不上幾文錢耳！」賣者遂抱慚而去。故說：「古董無價。」可作兩面解釋：一則其價之昂，不啻連城，一則其價之賤，不若敝蓰，全是因人而定。

一七二　胡鐵花詼諧

胡適之先生自海外歸，新增考古人士一大發現，卽胡之老太爺鐵花（傳）先生官臺東事。胡老先生，人僅知其爲一良吏，而尠知其乃一生活嚴肅、態度詼諧的人物。其生活之嚴肅，在適之先生所著四十自述中，已略言及。其態度之詼諧，則未見一傳。偶讀「耕心別墅詩話」載鐵花先生調侃胡雋卿先生詩，已足見其風趣。

「吾鄉胡雋卿先生，工詩好學，常讀書華山禪院，山下有青樓，先生自修其間，從未遊行其地。同里胡鐵花先生調以詩云：『夜夜澄心學坐禪，更殘漏盡未成眠，忽然一陣風吹到，幾處笙歌雜管絃。雲影迢迢月影孤，山中習靜要工夫，僧房寂寞蒲團冷，未悉禪心入定無？曉色迷離睡轉濃，三杯昨夜醉黃封，非常最是邯鄲夢，莫遣沙彌亂打鐘。』逸趣自然，含蓄不盡。」

鐵花先生，其鄉人多以三爺呼之，以其和藹可親，風趣盎然，故人尤樂近之。適之先生之富詼諧趣味，亦未嘗不是得自其先人之遺傳耳。

一七三　中西乞丐各具特色

學者莊宣澤作「在海外的感受」一文，及其「民族性與教育」一書中，描寫歐洲國家的乞丐，各有其特色：英國公園的行人道上，常有藝術家似的人士，用彩筆在水泥地上，畫了幾幅美麗的圖畫，有山水人物花鳥。隨後，自己坐在畫旁，不發一言。初見之，不知其用意何在？及詢之遊客觀衆，才知是討錢的。這是大英式的乞丐，有點紳士派。

德國的乞丐，多數是下午或晚上，在鬧市大街，或大公司門前，或遊藝場邊，雄糾糾直挺的立着，身上懸掛一塊牌子，上面寫着：「我找了許多天，都沒有工作做，那一位有工作的，給我做點吧！」或寫：「我以前曾在歐戰時，替國家出過力。現在連生活費，也沒有了。」他們立着不動，像軍警站崗一樣，還很神氣！這是德國式的求乞方法，有點希特勒精神。

法國式的乞丐，往往拿着提琴或手風琴，在人們吃飯或工作時，到你身邊唱幾首歌，奏幾曲音樂，等人們愉快了，就開口討幾文。法國人，雖行乞，仍是藝術味道很濃。美國乞丐更巧妙，平時舉止濶綽，像一個富翁。每天坐汽車進城，走到一秘密地方，便化裝成一殘障乞丐。然後到鬧市中心，或熱鬧的區域，開始向人伸手討錢。據說：他們每天收入，常不少於五十美元。美國究竟是一個現實主義的國家。人們爲現實，亦可化裝行乞。

中國式的乞丐，則無此一套法式。無論鄉城，常可見到的乞丐，是裝作可憐相、惡濁相。使人覺得同情或討厭，給他幾文，急求避開。有的你不施捨的話，便跟着你跑，很遠不辭，你無辦法擺脫他，也只好給幾文了事。有的立在居戶門前，懶洋洋的叫喊，必待你施捨之後，他才移駕到另一家門口。有的女乞丐，拖帶很多男女小孩（不一定是自己生育的），蓬頭散髮，汚衣垢面，你非多些佈施，更不易脫離他們的包圍。從上述各國行乞的方式來看，實與各國的民族性，脫不了關係。中國人行乞，表現都不緊張，少勇氣，有耐性，沒有獨立奮鬪的情緒。一天討得些許，即感到滿足。這種「知足常樂」的修養，在外國人看來，是一種奇蹟，也是民族性所形成的。臺灣現代，是富裕了，乞丐也幾乎絕迹了。

一七四　張天師

早傳張天師到了臺灣，不敢相信。前見報載嘉義道教會，敦請嗣漢第六十三代天師張恩溥設壇，舉行祈禱大會，張天師已到臺灣，是信有其事了。

提到張天師，在內地幾乎是無人不知的一個神秘人物。在迷信的社會中，他尤具有雄厚的潛力。臺灣同胞對他的印象感覺如何？我卻不知。

講到張天師，不能不注意他的來源，他的祖先，據說是漢末三國時代的張陵（張道陵之道字，乃後人所加），這是大家所共知的。迄今爲六十三代（或云六十四代），其第一代之產生，傳說是由於風水關係。一個地仙（看風水的先生）和一個農夫，同時發現龍虎山爲蓮花地，每夜在山的某處開一朶蓮花。農夫先下手爲強，把他祖先的遺骸，在夜裏偸葬在蓮花穴裏。事後被地仙知道了，也無可奈何！便對他說：如果日裏安葬，則爲眞命天子，夜間則出半仙高士。後來出了第一代張天師，完全是由蓮花地的發祥也。

龍虎山在江西之貴溪，到了貴溪，而不上龍虎山一瞻張天師的豐采者，未之有也。而我獨例外，民國廿八年我因公赴貴溪，甚想得遊名山，拜訪神人，終以事急，錯過了機會。當時據駐軍劉團長告余：「一般人理想中的張天師，一定是一位道貌岸然神通廣大的人物。當一見面之後，事實完全證明想像之不確。他與一般常人無異，天師之爲天師，完全是靠祖宗的餘蔭。他並不能『鎭壓妖魔』。民國十七、八年，中共在江西時，他也要離開龍虎山，到上海租界去避難。他也不能『辟邪』及『點石成金』，以致日常生活也很窘，又時常涉訟，這不能不算是神仙的末路。原來天師每年賣符籙的收入，頗有可觀。不過他的支出，也是很大的。但天師也似滿不在乎，因爲他還有不少的田地產業，和千千萬萬的善男信女，作他經濟上的後盾。」我想如果不是共產黨來了，要沒收田地財產、清算、鬪爭的話，今日他或許還不會離開龍蟠虎踞的仙境，來到臺灣。

劉團長並說：「傳說中，天師某一代曾出了一個外姓的李天師。當時也經張天師當面否認了。他說只有李法師，而無所謂李天師。言下亦大有凡人不明『天』事，淆亂視聽之慨！」

「天師府的確相當雄壯，不過也破壞了不少。天師傳家寶物，有印、劍、都功籙三件東西。余僅見其印，五色奪目，傳爲漢玉。上清宮之建築，純爲宮殿式，亦因歷年太久，多已頹廢。內有鐘一口，據云有九千九百九十九斤，並含有純金若干，詢之：爲何鐘不湊足一斤成爲一萬斤？說是皇上稱萬歲，凡是『萬』的數目，是屬於至尊的，凡民不敢違制，以示區別，而尊名器。此外有古樹一株；古碑數塊，皆爲數千年以上的東西。『樓空人去鐘猶在，碑蝕苔深字半存』，惟供人憑弔而已。」

這是傳說記錄，未經考證。並以質之張天師！

一七五　一食繫國家

中國人對於「食」之一道，是向不後人的，「豪門一席酒，貧家十年糧」，固算不得什麼稀奇。

就是「一簞食、一瓢飲」，雖不免是傻人了，卻還是有他的窮快樂！這些現在似乎都不足道，然爲「一食」而影響國家存亡的歷史事實，卻眞值得一讀！

一食，而敗國家大事者，如左傳宣公二年，鄭公子歸生，受楚王命以伐宋。宋華元樂呂禦之。二月壬子，戰於大棘，宋師敗績，囚華元，獲樂呂及甲車四百六十乘，俘二百五十人，馘百人。……將戰，華元殺羊食士，其御羊斟不與。及戰，曰：疇昔之羊，子爲政；今日之事，我政。以入鄭師，故敗。君子曰：羊斟非人也，以其私感，敗國殄民，於刑孰爲大焉。時所謂「人之無良」者，其羊斟之謂乎。

一食，而弒其君者，如左傳宣公四年，楚人獻黿於靈公。公子宋與子家將見，子公（公子宋）之食指動，以示子家。曰：他日我如此，必嘗異味。及入，宰夫將解黿，相視而笑。公問之，子家以告。及食大夫黿，召子公而勿與也。子公怒染指於黿，嘗之而去。公怒，欲弒子公。子公與子家謀。子家曰：「畜老猶憚殺之，而況君乎？」反譖子家，子家懼而從之，夏弒靈公。鄭書曰：「鄭公子歸生（即公子宋）弒其君權不足也。」

一食，幾亡其國，同時亦救一人之性命者，如戰國策：中山君饗都士大夫，司馬子期在焉，羊羹不遍。司馬子期怒而走於楚。說楚王伐中山君。中山君亡，有二人挈戈而隨其後。中山君謂二人曰：子奚爲者？二人對曰：臣有父，嘗餓且死，君下壺餐臣父，臣父且死，曰：「中山有事，汝必死之。」故來死君也。中山君喟然而歎曰：「以一杯羊羹亡國，以一壺餐得二死士。」

一七六　金剛御史黃昌年

黃君國英前年由銅梁寓書陪都，請爲文以紀其先伯祖黃昌年先生。余以前輩令聞碩德，未嘗詳悉，卻之。是年秋，國英赴滇工作，經渝過訪，復請，並出先生參奏直督袁世凱摺，新萬古愁曲遺稿兩篇，暨清吏部主事黃芥滄（兆枚）先生所撰之墓表。前輩事略與剛毅之氣，雖可略見一班，然國英不能道其具體，率爾操觚，猶有未取。惟按芥滄先生所撰表述：

「……公初諱履初，繼更名昌年，……公生而歧嶷，爲諸生時，嘗讀書麓山及湘水校經堂，即有聲譽序間。光緒乙酉舉人中庚寅恩科進士，入翰林授檢討。公秉性亢直，遇事有不可於意者，輒若骨鯁在喉，必盡情傾吐乃已。初通籍時，假歸省親，道出省門，循例拜謁長吏。適公本邑上忙有浮收田賦事，以爲大不便民。力言於巡撫張公，張公用公言，屬藩司轉飭道府查辦，卒撤邑令任，而以浮收者留抵下忙正額。事雖僅關桑梓，亦可見公之關心民瘼矣。公在翰林十年，大則以國計民生爲念。庚子拳匪，翠華西幸，公間關奔赴行在，忠愛之忱篤焉。在行在保送記名御史，特旨毋庸引見，先行回京，異數也。補授山西道監察御史，旅派協理京畿道，尋轉補陝西道，又掌河南江南道。公在諫垣，屢上封事，舉劾疆吏賢否，指陳時政得失。當有清末季，士大夫率相習於虛僞詭隨，而公獨侃侃持正論，不避權貴，有謇然當官之概，愈以見公之高風亮節，爲不可及也。兆枚於公爲後進，自癸卯通籍後，與公同居都下者蓋七八年，時相過從，偶亦杯酒聯歡，意氣甚相投也。辛亥國變後，兆枚家居奉親，公則伏處鄉園，以編纂爲樂。時復來城訪舊，至則必枉顧敝廬，諸友招邀，市樓會飲。其時則卜孝廉芸盧，李布衣行我，粟戶部歌鳳及兆枚，皆嘗與公相唱和。今彼三子者，亦皆先後下世，追懷曩迹，蓋不勝故交零替之感！……」

表中所述：公在諫垣，屢上封事，舉劾疆吏，指陳時政。事實無紀，不無惋然！就余所夙知者，亦祇數則，如「奏請西后撤簾」（摺存國史檔案中），「爭鐵路事」（見粵漢鐵路始末記），「參李興銳」（軼事載南庭筆記），「興學育才」，「建設水利」諸端。其不避權貴謇然當官之尤可見者，則爲數劾直督袁世凱，風動京畿，亦金剛御史之所由得名也。先生劾袁凡三次，摺猶存國史檔案中，國英示余遺稿，蓋甲辰三月初一日第一次所奏者。摺云：「奏爲疆臣擅作威福，侈僭驕貪，朝士朋奸，屬僚比匪，僭通內侍，倚仗外交，欲攬大權，妄希非分，謹據實糾參，恭摺仰祈聖鑒事。竊臣恭讀順治十三年上諭：都察院爲朝廷耳目之官，職在發奸剔弊，及大奸大惡從未經人糾劾者，果有見聞，卽據實直陳，等因：欽此。嘉慶五年，仁宗睿皇帝閱乾隆六年實錄，特褒左都御史劉統勛奏劾大學士張廷玉尙書公納親爲能防微杜漸。因又諭曰：卽如和珅，從前和珅專擅貪黷各款，若諸大臣有言責者，能早爲參奏，皇考必立將和珅懲治，和珅亦不能恣意妄行，是轉可保全末路，等因：欽此。仰見聖謨遠大，日月並明，故能消患於無形，弭姦萌於有兆。微臣久處高厚，伏念時艱，斧質難辭，紀綱必肅。如直隸總督袁世凱，性本粗獷，目不知書，憑藉勛階，濫邀天寵。我皇太后皇上以時方有事，倚賴重臣。如其罪止專橫，或可資爲捍禦，乃臣近觀練兵處奏訂章程，駭愕憂懼！反覆尋求，實從古以來無此柄臣，亦無此創局。夫號令不一，兵家所忌，盡人知之，而未有使各行省數百兆方里之地，歸於一處一人遙制者。蓋兵事者，國初本隸兵部，後因更代頻數，委任不專，書吏積弊，乃僅有陞遷調補瑣碎挑剔之權，於是權在軍機，責成督撫。二百年來，亦屢用以收功矣。原督撫之所以主兵者，以其就地練兵，就地籌餉，有封守之責，無牽掣之虞故也。卽有數省協勦之事，在公忠者不分畛域，而苟有保守疆界之深心，朝廷且不能奪。從前捻寇披猖，所以有分省勦賊之事也。今按練兵處章程，提鎭以下歸其撤參，督撫以下，聽其賞罰，將來什伯之長，得以阻撓二字與疆臣爲難，殊失大體。其若將才，歸其破格錄用，實缺歸其考訂敍補，專餉項之報銷督催，不由各部擅專，製造局之考查賞罰，添設專員查閱，請予崇銜，將領概歸酌選。是十數行省之兵力，概歸一處，千萬人之職掌，握於一人。慶親王鐵良以京秩在內，袁世凱以督臣在外，權力孰重，無待臣言矣。且察袁世凱自任山東巡撫以來，卽有專制自由，萬一緩急蹉跌，能如郭子儀之速解兵柄乎？亦無待臣言矣。自昔奸人竊竊，其初亦未必如是，良由權勢積漸有以成之，所謂騎虎不得下也。寵而不驕，降而不憾，非純德有學者難之。如聞袁世凱乃戊戌反正之人，其植基已不厚。庚子在山東巡撫之任，最近京畿，而專意保全疆土，乘輿旋軫，洊陞直督，當亦涉繁難之際，彼亦無能措手，及漸就範圍，乃大肆其威福自由之計，臣請條而列之。袁世凱有大罪八：戊戌所備巡幸行宮一切制度，多未改剏，袁世凱僭而居之，其心何安？大罪一。壬寅春皇上恭奉慈輿謁陵，御坐輪車，袁世凱偪近至尊，無人臣禮，大罪二。勾結宦官，月有進奉，獻諛固寵，至以電車，使萬乘之尊，輕蹈危險，大罪三。從前火車碼頭，本在河東租界，袁世凱改置河北，未爲不是，乃與奸人孫廷杰將河北地售與洋人，居奇分肥，大罪四。孫廷杰於庚子勾結洋人，佔據鹽場，以爲可索重償，前大學士李鴻章欲殺之而颺去，現任鹽法道；汪瑞高當庚子亂時，正充支應局提調，膽敢將存餘巨款，搬運寄家，李鴻章亦欲殺之，當李鴻章在世，兩人皆不敢到天津，袁世凱利其重賂，反相依倚，不加參處，庇護奸人，大罪五。自該督受任以來，多設無名局所，虛擲有用金錢，以順直賑捐二千萬之款，不足供其揮霍，從前海軍報解奏銷，皆不實不盡；又如督署改建鐵橋，運署重新蓋造，皆不咨報，與津海關道唐紹儀候補道陸嘉穀等，營課聚歛，位置私人，侵削小民，大罪六。藉練兵爲名，欲將各行省有著之款，盡行抽提，如欲裁各省綠營餉項解津及提取膏捐監釐屯田加稅計畝攤捐各節，是盡罔天下之財聚之一方，名爲練各省之兵，而不計各省之餉，倘以此激變東南，袁世凱斷難兼顧，敢爲大言以欺朝廷，大罪七。京員清秩，除徐世昌已經奏請外，如傅增湘、于式枚等。該皆羅致幕府，爲耳目心腹之寄，若輩往來京津，刺探機事，不扣資俸，令人趨之若鶩，役使近臣，樹私植黨，大罪八。是八罪者，猶該督顯然之迹。若論該督之心，直欲籠絡天下兵財，鞭笞天下文武，盡奪軍機六部之權，一成直督一尊之勢。臣竊憂之！頃聞大小臣工，多不謂然。每練兵處有所奏請，慶親王輒曰此出會辦之意，是慶親王已知之矣。知之而不言，爲不忠於國，大臣不言，故小臣言之。伏乞皇太后皇上宸衷獨斷！或委公正大臣，密加查察，或交六部九卿會議之處，非臣下所敢擅擬。臣又竊稽前事，唐代宗之世，勝兵七十六萬餘人。宋熙豐間，內外禁旅五十九萬人，南渡初，李綱議立沿河帥府，置軍九十六萬七千餘人。方以今之時勢，練兵誠不容緩，然不統籌全局，委任非人，忍誤戎機，更勞聖慮。倘以該督，頗有時名，藉禦外侮，亦宜暗爲消息，如從前總理各國事務故事，令督撫皆兼練兵處大臣銜。或鐵良之才，可當大任，令常駐天津，以該督爲襄辦，皆可以矯偏重而遏亂萌。由後之策，乞勿宣示臣章，會其別生欺飾，靜以察之，隱情自露。近來奏事甫上，內外卽已喧傳，而外間督撫，皆有在京探事之人，早爲布置，無從查辦，亦機事不密之最大者也。微臣區區，不勝惶悚，恭候睿裁，伏乞聖鑒！謹奏。」

蓋先生在朝此時，正慶親王奕劻繼榮祿而爲軍機領袖，直隸總督袁世凱深與結納，北洋遙制朝政，其權力之偉，遠過合肥（李鴻章）之時。瞿子玖（鴻機）相國，以才敏受知，且有清望，簾眷亦隆。以先生之高風亮節，與子玖相國不謀而合，自成一流。子玖相國與奕劻同直樞垣，遇事每有爭持，對北洋則時主裁抑，先生尤堅贊之。由是奕劻與之積不相能，世凱尤憾之，而淸議以奕劻貪庸，世凱跋扈，多右子玖與先生。此摺既見先生忠愛忱篤，光緒三十三年丁未政潮之發生，此亦其張本也。是摺稿末，先生於丙寅六月復自記一節云：「此摺出後，有直隸候補道洪某到京，以袁督意餽三萬金，三次拒之。又丁未外簡天津，以袁之故，自求簡缺」。先生之求簡缺，顯係政潮所關。世凱之收買籠絡，先生之廉正自持，更可證之，余所見新萬古愁曲遺稿，似爲近作，大半指責慶袁與清政不修之事，惜稿太長，此記無法收入，國英云：先生詩文遺稿約十餘卷，正整理中，其全部遺著，自將與世見，非獨曲稿而已。國英余之中表行，先生則長輩也，書記極略，不敢以紀先生，藉供留心史事者之參考則可耳。

一七七　行憲總統選舉

中華民國三十八年，政府播遷東來臺灣，算是苟安下來了。自辛亥革命，民國建立，由國父孫中山先生起，而袁世凱、黎元洪、馮國璋、徐世昌、曹錕、蔣中正，已經連接有了七個總統。雖任期有久暫，秉政有長短，但沒有一個人，沒有發生或大或小的糾紛；也沒有一個，不是利用民主形式選舉出來的。而所有這些民主形式的選舉，要以國民政府行憲，形式比較周全而堂皇，而非過去民主政治的假象。

國民大會於三十七年三月二十九日，在南京揭幕。四月九日，有代表一五〇餘人聯名，提蔣介石為總統候選人。復有吳敬恒等二〇〇餘人贊成。同時，亦有一〇九人，提名居正「陪太子讀書」與蔣氏競選總統。實則蔣氏已為衆望所歸，總統已成定局；但在民主政治形式上，仍不能不作秀一番。十九日，國代投票，二七六五人中，蔣氏獲得二四三〇票；居民獲二六九票；蔣氏便順理成章的當選總統。總統選舉，算在風平浪靜、衆望攸歸情況下過關了。而熱鬧激烈的場面，卻是在副總統競選時出現的。

逐鹿副總統的人，原有李宗仁、孫科、程潛、于右任、徐傅霖、莫德惠等六人。他們各具或明或暗的政治色彩，各顯神通，四出拉票。以李宗仁活動最為積極：在上海設宴招待記者，大送簽名照片；在南京輪流大宴國代，發表競選宣言。更有安徽李品仙、廣西黃旭初各將政費，大量運來首都，作為李氏競選資本。孫科則有CC與幾個財團，作其經濟後援。程潛亦有李默庵與兩湖人士，各出私蓄來投資。其餘如于右任、徐傅霖、莫德惠，則皆恃其社會物望，各圖坐享其成，而無其他活動能力。副總統選舉，四月二十三日，開始舉行。代表投票者二六四八人，李宗仁得七五四票；孫科得五五九票；程潛得五二二票；于右任四九三票；莫德惠二一八票；徐傅霖二一四票。翌日，以得票較多的前三名復選，出席代表二四五八人。結果李宗仁得一一六三票；孫科得九四五票；程潛得六一五票。彼此競爭既烈，意見亦隨之加深。是晚，三人先後放棄競選，事成僵局。經蔣氏推定王寵惠等五人，出任調解，袪除誤會；國大主席團胡適等五人，復奔走勸進競選；才獲得三人同意：二十八日再選。是日，出席代表二六〇五人，李宗仁偕夫人郭德潔；孫科偕夫人陳淑英；均以笑容滿面姿態，立於國大會堂入口處，與各代表殷殷握手，都志在獲得他們的票數，結果，李仁宗獲一一五六票；孫科得一〇四〇票；程潛得五一五票；都未超過三分之二以上的法定票數。最後由李、孫兩氏，於二十九日，作第四次競選，出席代表二六三八人。李宗仁因獲得程潛方面的選票，計一四三八票；孫科得一二九五票。結果，李氏倖勝，當選爲副總統。

國民政府行憲，總統、副總統選出後，形式上，雖皆大歡喜，實際上，餘波盪漾，固始終未平；選舉期間，出現了倒霉與暴力事件，卻是令人極不愉快的；如有少數國民黨籍的當選國大代表，忽由黨方命令，強迫讓給民社、青年兩友黨。若輩心懷不甘，擡了棺材，向大會請願。千古盛典，竟遇此倒霉的事。次則，粤籍國代，因助孫科選舉，而搗毀救國日報，損其印刷機件，而其社長龔德柏，向有大炮之稱，幸聞風逃脫。否則，必難免於流血。此倒霉與暴力之舉，尤爲眞民主人士所不齒。總統與副總統，規定五月二十日正式就職。在典禮中，蔣氏著長袍馬褂的中國式大禮服，斯斯文文。李氏卻是全副戎裝，威風凛凛，當時說者，也認爲此中大有文章。

總之，此次總統與副總統選舉，固有「臺上歡呼臺下怨」之感！而助選不力的黨方負責人士，以未能控制黨員，善盡其責，受了上級譴責，則興味索然；而一般捧場擡轎者，什九也吃力不討好。蔣氏爲了安撫選場失敗者，乃以國民黨副總裁畀孫氏；湘贛綏靖主任位程氏；莫德惠則獲憲政督導會會長的酬庸；左舜生、徐傅霖、方覺慧、洪蘭友，則分任副會長；其他被迫退讓的國大代表及前制憲國代，也各獲得委員一席。略分一杯羹，聊表補償之意。至於程氏，終未領情，利用其職權，作了三十八年「起義」的資本。李氏與蔣氏的恩怨，卻至死未能化解；程、李兩氏，先後皆靠攏於紅朝。

一七八　抗日戰爭勝利

戰爭，是最殘酷，最可怕的。攻城掠地，殺人盈城遍野。大則可滅人國，亡人種族；小則能離骨肉，蕩人家產。我對日本八年抗戰，是中華民族爲爭自由、獨立，死裏求生存，不得已而被迫對日本帝國主義所作的聖戰。黃河與大江南北，以及沿海地帶的繁華都市，和農村僻壤，不但遍罹戰禍，而且創劇痛深，已至其極。國人流血犧牲，毀家蕩產，皆爲歷史所罕見。及三十四年八月十九日，突傳日本無條件投降，大戰結束，我們勝利了！舉國歡騰，高興得熱淚涔涔落下。默吟杜甫——聞官軍收河南河北七律：

劍外忽傳收薊北，初聞涕淚滿衣裳；卻看妻子愁何在？漫卷詩書喜欲狂。

白日放歌須縱酒，青春作伴好還鄉；卽從巴峽穿巫峽，便下襄陽向洛陽。

這種意境，眞不啻是我們當時的寫照。戰爭是勝利了，接著興盡悲來！想到破碎的河山與毀滅的家園，到處有啼痕，如何收拾以善其後？一時籌不出善策。尤其抗戰八年之中，物質的損失，猶在其次，精神的傷害，將無法可以彌補。敵騎所至，壯丁被活埋，婦女被強姦，已指不勝屈；後方復員歸來的人，「訪舊半爲鬼」！田園寥落，骨肉流離，錦繡河山，元氣大傷。更痛心的：大戰剛罷，內戰接踵，且有方興未艾之勢。瞻望前途，何時得了。中唐時雍王李賢的黃臺瓜辭有：「種瓜黃臺下，瓜熟子離離，一摘使瓜好；再摘使瓜稀；三摘猶可爲；四摘抱蔓歸」。瓜猶如此，何況於人！最後且借石達開——無題詩，作爲本文的結束：

揚鞭慷慨莅中原，不爲仇讎不爲恩；只恨蒼天方憒憒，欲憑赤手拯元元。

三年攬轡悲羸馬，萬衆梯山似病猿；我志未酬人亦苦，東南到處有啼痕。

一七九　說鶯鶯傳

我國唐朝時代，社會風俗和男女之間，不正常的關係，白居易詩云：「……牆頭馬上遙相顧，一見知君卽斷腸；……感君松柏化爲心，暗合雙鬟逐君去。……聘則爲妻奔是妾，不堪主禮奉蘋蘩。終知君家不可住，其奈出門无去處。……爲君一日恩，誤妾百年身；寄言癡小人家女，愼勿將身輕許人！」唐代的愛情小說，數量相當多，都能或多或少、或深或淺地反映了當時婦女的悲哀命運。士族「始亂終棄」的負心行爲，以及當時嚴格的門閥制度，直逼得婦女們，眞難以自拔。

唐元稹所撰之「鶯鶯傳」（又名會眞記），是敍張生與崔鶯鶯的戀愛故事。終於發生超友誼關係。後來張生得志，人事變遷，男女遂各別嫁娶。這所謂張生，並非另有其人，實鶯鶯傳作者元稹的自寓。西廂記亦早認定此說。而元稹「離思」所云：「曾經滄海難爲水，除卻巫山不是雲；取次花叢懶迴顧，半緣修道半緣君。」卽隱敍了自已與鶯鶯的事，且有後悔之意，就可資佐證了。不過鶯鶯傳，確是一代傑作，有人譽爲是唐人小說中，首屈一指的作品。後來的文人，曾將它改編爲詩歌、鼓子、諸宮調、雜劇等等。其中以元代王實甫雜劇「西廂記」，寫得最爲成功，也最著名。「鶯鶯傳」

是一篇比較早期的作品，在形式上，還保有相當濃厚的佛敎講經文，和民間説唱文的色彩。一方面受當時「行卷」的影響，在敍事中，往往插入詩詞，議論。所以鶯鶯傳雖有精彩的描寫，但通篇的結構，則略嫌鬆弛。

本傳內容敍述唐朝貞元中，一位姓張的書生，性貌溫美，傾心於一位千金少女崔鶯鶯，並且暗中數度幽會，及後，張生科舉成名，便斷絕情意，別娶他女。

這篇作品雖然只有短短的三千多字，卻雕塑了兩位鮮明的人物——崔鶯鶯與張生。崔鶯鶯是一位在封建家庭中長大的典型少女，她端莊幽靜，弱不勝衣。她有一般少女的矜持，不隨便與生人見面，所以當鄭氏（鶯鶯的母親）令她出來會見張生時，她開始是「久之，辭疾」，後來不得已才「久之，乃至」。張生以言詞挑她，她也不對。但鶯鶯不是沒有感情的，只是她的愛情的火燄被壓抑著，只能秘密地在內心燃燒。在「美風容」，「情溫茂」的張生苦苦追求之下，她不能不大動芳心。於是她大膽地寫了一首詩「明月三五夜」約張生到西廂相見。這就是著名的「待月西廂下，迎風戶半開。拂牆花影動，疑是玉人來」。但是等到張生眞的應約而來時，鶯鶯卻扳起面孔假正經地把他敎訓了一頓。她「大數張曰：『兄之恩，活我之家，厚矣。是以慈母以弱子幼女見託。奈何因不令之婢，致淫逸之詞。始以護人之亂爲義，而終掠亂以求之。是以亂易亂，其去幾何？……特願以禮自持，毋及於亂！』言畢，翻然而逝。」這正是封建社會中少女們曲曲折折地表達愛情的典型方式。然而，鶯鶯終於無法欺騙自己，無法壓抑自己青春愛情的火燄，她再也管不了深閨之訓，她大膽突破了它，在一天夜裏，自動來找張生了。從此，他們瞞著家長，「朝隱而出，暮隱而入，同安於曩所謂西廂者，幾一月矣。」這種瞞著家長暗中幽會的結合當然沒有保障，而且吃虧的終是女方，尤其是在封建社會中，始亂終棄的負心行為已經成為智識分子的普遍行徑。這種情況是一樣要在張生與鶯鶯之間發生的。所以當張生「俄以文調及期，又當西去」之時，鶯鶯便心中暗知這次的分別將成永訣。她說：「始亂之，終棄之，固其宜矣。」她覺得始亂終棄是可以原諒的，她「愚不敢恨」，她只有默默地準備忍受一切後果。她不敢說什麼，她只有幻想張生不要走上其他知識分子所走的道路，她說：「必也君亂之，君終之，君之惠也。則沒身之誓，其有終矣」。鶯鶯非常愛張生，她珍惜這一份愛情，但事實告訴她，「始亂終棄」的命運就要降臨她身上，她無法擺脫這個悲慘的下場。盡管她臉上強作歡笑，要鼓琴以悅張生，然而肚內車輪轉，難言的斷腸悲痛，使她鼓琴「不數聲，哀音怨亂，不復知其是曲也。」絕望的痛苦使她只有「投琴，泣下流連」。這是一段非常精彩的細節描寫，寫出了鶯鶯內心的劇烈痛苦和紛亂。真是愈是忍住了的眼淚，愈能使旁觀者傷心。後來，張生到京城去了，果然，他沒有例外地拋棄了鶯鶯，另外娶了別人。對於這種「始亂終棄」的負心行為，鶯鶯沒有歸咎於張生，她反而勸張生好好地照顧新人。她給張生的詩寫道：「棄置今何道，當時且自親。還將舊時意，憐取眼前人。」鶯鶯是一位多麼值得可憐與同情的舊式少女。

現在再看看負心的張君瑞，最初的熱情。當他第一次考試落第，還「贈書於崔，以廣其意」；但是，當他一旦科舉成名便「志亦絕矣」，甚至為自己的斷絕情意而文過飾非，竟然振振有詞的說道：「大凡天之所命尤物也，不妖其身，必妖於人。使崔子遇合富貴，乘寵嬌，不為雲，為雨，則為蛟為螭，吾不知其變化矣。」「予之德不足以勝妖孽，是用忍情。」張生將崔鶯鶯比作妖孽，比做禍國殃民之惡魔，並且覺得自己的「是用忍情」是名正言順的。這是一個多麼卑鄙可恥冷酷無情的傢伙！從鶯鶯傳中我們看到了唐代婦女隨意被拋棄，而又只能聽從命運的擺佈的悲慘命運，也看到了知識分子們在功成名就之後斷情絕義的負心行爲。可惜本篇作者將負心漢處理爲正面人物，原諒他的負心，還欣賞他的文過飾非，使得本傳之主題不大明確。

一八〇　新婚衾枕

結婚，是人終身大事。中國傳統觀念，婚俗各地不同，而民間一向視爲最隆重者，大抵北方迷信衾枕；南方迷信馬桶——尊之爲「子孫桶」，考究的，用朱紅金漆（暫且不談）。三十年代的文藝作家老向（王向辰），曾言北方新婚衾枕，至爲詳盡。一個人從呱呱墮地開始，爲母親者，就要爲其準備新婚衾枕動腦筋。如何籌劃準備，盡美盡善，其操勞負責的精神態度，一點細微末節，都不敢敷衍了事。一直要到孫輩降世又結婚，才算告一段落。母親啊！眞偉大，幾十年來的心血，大都花在這方面。本文不暇詳述，茲僅就老向所述之末段，略記之於次：

……新婚初夜，吃了子孫餑子以後，鬧房的由公開活動變而爲秘密組織了，鋪床專員們就要來啓動這些被褥。她們的一員必須是「全人」，都受了主婦的請託。在半莊半諧、裝神弄鬼的鋪床當中，這些專員對這一雙早婚的新人，要教以人生大道，直到現在還不曾列入學校課程的人生大道。她們首先告訴新人，這初夜的被褥，鋪什麼樣兒就是什麼樣兒，不許新人亂來更動，誰動誰有災。然後在那一羅被褥中，把主婦指定的一部分攤在炕上，指著新夫婦說：「狀元他爹，狀元他娘，狀元他大娘來鋪床」。說完了，把一份衾枕，鋪在炕中間，而且將被窩的一頭兒折起來。這樣，逼得新人除了同衾，別無他法。她們舖著床，一邊掃，一邊念：「掃掃表兒，生個小兒；掃掃裏兒，生個女兒。」在口才擅長、練習有素的舖床者，能背誦整本大套的喜詞兒，詞意有的也很雅訓。不過，近來的鄉下人，似乎沒有人注意這些事了。

在舖好了被褥以後，通常還要用一個銅盆在炕上滾一遍，口裏念誦：「滾一滾盆，姑娘兒子一大羣！」若用織布的乘子代替銅盆，則祝詞是：「滾一滾乘，子孫娘娘多多的送。一年一個二年倆，三年過後一撲拉。」娶妻爲的生子，當然多多益善了。愛開玩笑的，往往趁舖床時，抓一把豆麥之類撒在被窩裏，使那些聽房的人們，精神煥發，有所期待。

這樣繁瑣的舖床儀式舉行完畢，那些專員還得莊重的叮囑新婦：「記著！女趁男，先生男；男趁女，先生女。」然後慢慢的把燈移到外間去，因爲忌諱新人「吹燈」。這一瞬間，新人的情緒大概緊張到了極度吧。

結婚的次日，主婦帶著新娘子到四鄰去拜門的時候，一般好事的晚輩們，會熱心的替新夫婦的被褥作一番清潔檢查。

一絲一縷，來處不易，這新婚衾枕，在新婚的一週內和第一個新年中是陳列在外面的。以後，除了應用的，便都鎖在櫃裏；沈厚的人家，一直等到生的兒子要結婚了，才把那些被褥取出來。

一八一　著書不易

著書立說，本非易事。今坊間所陳新籍，汗牛充棟，表視之，皇皇書也，探討內容，大都狗偷鼠竊，其舛漏更無論矣。嘗考子書自孟荀而外，如老、莊、申、韓、管皆自成一家言。後子書一變，如呂氏春秋、淮南子，其彙而爲書者，亦不脫於諸子之言。其他縱有書集，亦必古人之所未及，而後世之不可無者，而後爲之。如司馬溫公之資治通鑑，馬端臨之文獻通考，皆以一生精力而成之，遂爲後世不可無之書。而論者猶謂其中不免小有舛漏，以視後人之書，愈多而愈舛漏，愈速而愈不傳。蓋視成書太易，而急於求名故也。其囫圇吞活剝、東抄西襲之作，更非以欺世，實以自欺耳。伊川晚年作易傳成，門人請授，伊川曰：更俟學有所進。則今之好著書立說者，可以休矣。

一八二　景境不易描述

前人筆記，有記述宋代畫院故事者。內容大意，是說宋代設畫院試士。其法，是命題令赴試士子作畫，題如：「狀元歸去馬啼香」、「萬綠叢中一點紅」、「深山藏古寺」等。赴試士子，應將題中畫景描出，然後批評比較，以切題意眞而貼實者爲最。但一般應試士子所述者，類多說來說去，大同小異，誰最眞切貼實？也很難證明。竊以爲紀實文字，不當浮誇。既爲意境文字，描述實不妨小說化一點，才能使人意遠境活，描述以能說得多采多姿便佳。

曾傳：「深山藏古寺」一題，文壇共認：許地山的述評，爲述意境絕妙之作。他說：當年有人畫羣山之中，有一處伸出寺簷一角。此圖有深山，有古寺，惟既見簷角，則不切「藏」字。又有一畫，叢樹層峯，峯隙見一鐃鈸在空中。此圖不見古寺，惟見空中鐃鈸，深得「藏」字之旨。惟山不能算深，如寺藏在深山，則鐃鈸亦不可見。只有一圖，一僧從遠山行來，背後隨一狗。此圖絕妙。深山之狀，就圖當可看出；但何以知山中有寺？因有此僧，假使是行腳僧，則不能說山中有寺；因有此狗，則不是行腳僧。僧帶狗出入，以防意外，必是寺在深山；若在近山，便不必帶狗。如此，則「深山藏古寺」一句，皆切合矣。屢見述此故事者，每將第一、二圖之景說明。狗隨僧一景，反未見有述之者。何者爲眞？未能斷定。如說得愈小說化，愈能顯景境之妙，愈能使人心悅神怡！

一八三　女先生的特別費

國民政府奠都南京，立法院副院長邵元冲（翼如，浙江紹興）先生，後死於西安事變，已垂四十餘年矣。其夫人爲當代書家亦詩人的張默君女士，時仍居考試院典試委員。詩才甚高，書法蒼勁別緻，人多樂於收藏。夫婦唱隨之樂，尤爲時賢健羨不置。

立法院成立二週年（民國二十年），舉行紀念會時，觥籌交錯，熱鬧非常。立委陶玄女士與張默君氏同鄉世交，忽起立戲推邵元沖氏爲懼內會會長。邵氏聆之赧然，倉卒無詞以禦。時立法院長胡漢民先生，離座助陣，謂陶尚係小姑獨處，對於夫婦問題，無發言資格，衆爲鬨然。陶語塞，但朗笑不已。張默君氏，則隔座以指戟頰示陶，陶滋不悅於胡，微嗔曰：「到底你們男人幫男人，想必你（指胡）也是懼內會會員之一。」去今若干年（忘了）前，當考試院華林館，在教育部南京落成開幕之日，邵氏夫婦合作贈一聯，文爲：「萬卷圖書開秘府，六朝文物溯華林」。聯由邵氏撰文而張氏揮毫，至今猶見有抄存者，余悉而錄之。

邵氏夫婦，好遊山玩水。民國十八年，寓首都南京。有次，兩夫婦偕友，作棲霞山之遊。半途，張疾入路旁一茅舍，歷數分鐘始出，當向邵氏索零洋一元，以賞茅舍老嫗。邵隨笑語其同行某君曰：這一筆特別費，唯女先生始有之。某君笑而答曰：公將如何報銷？

一八四　陳子昂文壇登龍術

相傳唐朝陳子昂，初入京不爲人知。有賣胡琴者，價百萬。豪貴傳視，無辨者。子昂突出，顧左右以千緡市之。衆驚問。答道：「余善此樂」。皆道：「可得聞乎？」子昂道：「明日可集宣陽里」。如期偕往，則酒肴畢具。置胡琴於前。食畢，捧琴語道：「蜀人陳子昂，有文百軸，馳走京轂，碌碌塵土，不爲人知。此樂賤工之役，豈宜留心！」舉而碎之，以其文軸遍贈會者。一日之內，聲華溢都。

一八五　水蜜桃

初到臺灣，所見到當地的水果，以香蕉、鳳梨爲大宗主產，而且皆美味可口。其他如巴拉、芒果、桃、李、橘、梨等雖具；但都不如理想，難登大雅之堂。現在農曆五月，桃子上市了。今日臺灣的桃子，尤其是改良後的「水蜜桃」（果名非常香艷），已差可與大陸的水蜜桃比美了。中國大陸的江南，原是桃子的世界（生長旺盛，栽培便利，故分佈也很廣）。其中最令人懷念不已者，莫如上海、蘇州一帶的「蟠桃」。俗人多稱：就是「西遊記」上：「王母娘娘大宴羣仙，開蟠桃大會，吃了長生不老的」那種桃子。

蟠桃，有大型小型兩種，大的如龍華產品，每只達五、六兩重以上；小的如太倉產品，每只亦有二、三兩。果形扁圓，中央凹入，皮色黃綠，上具紅點，果肉乳白色，緻密多汁，味極甘芳。有些地方所產，樣子雖多奇形怪狀，但都不失蟠桃本味。國人傳統觀念：桃子不是正門水果。其實另有一種「水蜜桃」，卻早列入名貴水果之榜了。在大陸出產「水蜜桃」最有名的地方，過去是浙江奉化。但因水蜜桃難於收藏，不便運輸，故其產量不多，名聲傳播自然不廣。後來移種於上海龍華，芳名乃大噪於時，成爲世界高貴的桃種。今日臺產的品種，不知是否同源於大陸？

水蜜桃的果實很大，平均六兩至半斤。果作短橢圓形，表面黃白，肉質緻密，甘甜而饒芳香，可稱爲桃中之王。倘蘇東坡學士再世，也必會與荔枝難分伯仲耳。北平也產水蜜桃，地在天津附近。天津桃與上海桃，產地不同，果形亦略異。天津桃，果尖圓形，果皮淡綠，皮上有濃紅斑點，看上去非常美麗。肉作紫紅色，論滋味，則略遜上海桃一籌。

一八六　段祺瑞與吳清源

獨步日本棋壇二十餘年的吳清源，福建人。自小承習家學淵源的棋藝，九歲時，即已嶄露頭角，與一些高手對局，素有天才棋手之譽。民國十四年，吳十一歲，家道中落，全家流寓京中，其父以病去世後，生活更難以爲繼，便有遷回故鄉的打算。顧水如（上海人，爲段府第一棋士）以其少年，稱健棋壇，時常向段祺瑞游揚，並道其生活情形，意在段氏見賞，能予以提携。段見獵心喜，亦思一試吳之棋力。顧遂領他前往謁段。段初見吳，以其童稚，不甚介意，掉以輕心，便讓吳兩子對局。吳固小孩，不明尊賢敬長與不解謙遜之禮。一局結果，竟把段氏打得落花流水。段氏大意失荊州，殊不自安，以心緒不寧，且不願見客；但對吳清源，並未冷落，反極力予以嘉勉，且允協助其學費，讓吳留京，不必回鄉。由於段氏的經常協助與耳提面命，吳之棋力亦日益精進。三年後，在段氏鼓勵之下，吳清源乃得東渡日本。刻苦磨練，終於揚名於日本棋壇。

段祺瑞氏，民國十五年以後，已隱居天津，不問政事，日惟以圍棋消遣。「九一八」事變後，華北風雲日緊。段因蔣介公之邀，二十二年南下，頤養於上海。於是全國棋手，又大多滙聚於滬濱。二十三年，吳清源由日來滬，以段在滬，特登門晉謁，久別重逢，自不免對談一局。吳似爲報恩，或已領會到敬老謙讓之意，結果，以半目小挫於段氏。段氏心中，自然很明白：這是吳清源固示之禮讓。越日，上海時報有消息載：意謂吳清源向人揚言「：老段下棋，自視太高，我念他年高，讓他一局云云。」如此說來，吳也未免有欠忠厚。蓋段、吳對局，一個是棋壇票友；一個是國際馳名的職業棋士；原不待對局結果，勝負之數，早已判明。而吳竟以世人皆愚，自作聰明，公開自炫一番，則品斯下矣。若段氏者，圍棋是其一生最大的愛好，一生不但積極推動中日棋藝交流；而培植資助中國棋士，尤不遺餘力。如汪雲峯、顧水如諸名手，皆與段府有密切關係，而吳清源亦其中之一。及段氏晚年，猶以吳之前途為念！曾向蔣介公建言：「吳清源這位罕有的圍棋天才，有可能加入日本國籍，將是中國一大損失，應設法召吳回國。」可見段老晚年，不但猶心存國家，也沒有忘懷於吳清源。

一八七　友情難得

我國古代典籍中，所言交友、處友之道很多，尤重視與朋友道義之交情。就情感而言，則謂：「與善人交，久而信之。」就理解言，則謂：「友直、友諒、友多聞。」就不憑窮、通、貴、賤，變易其心而言，則謂：「君乘車，我戴笠，他日相逢下車揖；君擔簦，我跨馬，他日相逢為君下。」可是世道衰微，友誼交情，未因古訓昭然，而持久不移者則日寡。歷代文人學士，發為詩文而致傷感者，仍多其人。如太史公司馬遷報任少卿書、韓昌黎的柳子厚墓誌銘、杜甫的貧交行，皆已言之深矣。總之，古今朋交之交，兇終隙末者固多；始終如一者，亦不少；典籍皆有可考。

茲僅以徐晦故事言之：唐憲宗時，御史中丞李夷簡，彈劾京兆尹楊憑，前為江西觀察使，貪汚僭侈，貶臨賀尉。憑之親友，無敢送者。惟櫟陽尉徐晦，獨至藍田與別。太常卿德輿，素與晦善，謂之曰：「君送楊臨賀，誠為厚矣，無乃為累乎？」對曰：「晦自布衣，蒙楊公知獎，今日遠離，豈得不與之別！」德輿嗟嘆稱之。無何，夷簡表晦為監察御史。晦謝曰：「晦平日未嘗望公顏色，公何從而取之。」夷簡曰：「君不負楊臨賀，肯負國乎？」夫晦不以憑之得罪而負之。而夷簡能以其能不負友，斷其能不負國而薦之。交誼之誠，皆有足道者在。

如此友誼交情，英國文豪培根之言，亦深具同感！培根談友情文中說：「友情主要成果，為竭誠表白與安心，心安則各種情緒，得以起伏自如。另一方面，關於行為舉止和處接物種，在理解上，可以使黑暗及混亂思想，一變而為光天化日。在情感既安、判斷亦決以後，可以得到不少幫助。」雖東西易地，而仁人所見，正略同耳。

一八八　曾國藩養生有道

「曾文正公（國藩）全集」中，所言養生之道方法很多。其最重要，為人所共知者，有四端：懲忿、窒慾、少食、多動。曾國藩說：「古人以懲忿、窒慾為養生要訣。」他在家信中又說：「懲忿，卽吾前信所謂少惱怒也；窒慾，卽吾前信所謂知節嗇也。因好名好勝，而用心太過，亦慾之類也。」又說：「懲忿，卽全篇中所謂：養生以少惱怒為本也。」又說：「旣戒惱怒，又知節嗇，養生之道，盡在其我者矣。」這八個字，看來很簡單，可是做去也不容易。懲忿，要心胸開濶，不存絲毫的機械，這就是心理衞生最重要的條件。慾的範圍太大，所以他說：「寡言養氣，寡視養神，寡欲養精。」這就是做人一切要有所節制，也是心理衞生上很重要的。少食也含有節制的意思，所以他又說：「眠食有恒」。多動所以調節精神，也是非常重要的。所以他每天在兩飯之後，各行三千步；並且每晚睡前，必先洗脚。前者是心理衞生；後者是身體衞生；這都是曾文正公養生之道的方法。

一八九　做人四大原則

明朝有位蔡虛齋先生，曾爲做人的規模定下原則：「以篤實信天下，以大節竦天下，以器量包天下，以學識固天下，以實才猷實事業副天下。」人要向這方面努力，眞是堂堂正正，轟轟烈烈，可算是不負人生。這和王心齋所說的：「天地以大其量，山岳以聳其志，冰霜以嚴其操，陽春以和其氣。」一正有異曲同工之妙，已把做人應具的規模具體的說明了。

人生品格要獨立，意志要自由，學識要高超，志向要遠大，必須如此才不虧負生存於天地之間，才能開闢一個天覆地載的規模，充拓得一個天施地設的氣象。所以古今英雄志士，大都是自己立定脚跟，不從個人身家名位上起念的人，因爲一個人單爲個人着想，做人的規模，便自然狹小低下了。遠的不必論，以黃花崗七十二烈士來說，他們那個曾有自私的打算？他們不過是要開天闢地做一番事業；殺身捨生的去救人於水火，那種做人的規模，眞是太偉大了。

一切人的作爲，要由誠而起。學業也好，事業也好，都須要以誠爲出發點，所謂「誠之則精」，的確是千古不易的至理，所以做人要樹立規模，心中是不可缺乏精誠以爲根本的。在人生中，誠中的識見才是大識見，誠中的擔當才是大擔當，有了大識見，又能夠大擔當，還有不成就偉大人格的嗎？

偉大的人格，不只是一個勉人的名詞，在它的背後是有許多條件的。在那些條件中，最要緊的莫過於樹立做人的規模。忠臣是愛國志士的規模，孝子是敬愛長上的規模，義士是道義處世的規模。

在我國的文化傳統上，一個志士不僅是應該聲色貨利侵不倒，也應該是生死患難考不倒的。人不患無位，患所以立，所以說品性人格當在意志堅定上求，當是做人的起碼原則。

一九○　地方性小玩具

藝術創作，由於使用的材料、工具、時地的不同；由於形象、設色、作法的差異，作品就顯現出不同的特色。寧夏銀川，有一種玩具，是用五色絲線編結而成的小動物，風格獨具，色彩艷麗的各種鳴禽和涉禽，栩栩如生，頗富有生命力，在茁壯中，見其精靈；渾厚中，見其巧妙；這原是大藝術家，所極力追求而難盡得的地方，值得玩味！

潮州工藝美術中，多反映出傳統的藝術與文化。潮州婦女心靈手巧，善於刺繡、編織。製作的刺繡之抽紗、抽繡，早已聞名世界。在民間習俗中，少女們都需習做針線。及結婚時，要帶很多「香包」到夫家，分贈親友。香包，是利用零星綢緞製成的，形狀很多，大都是象徵吉祥、幸福的鯉魚、佛手、彩粽、錦鈴，以及活潑可愛的小動物。香包雖小，製作卻十分精美，有的配合刺繡或盤金，顯得更華麗多彩。親友們，則多從香包的精巧，來評說新娘的巧思、智慧。香包中，一般都塡充各種香粉，懸掛之處，便芬芳四溢。旣是小飾物，又可作小玩具。與上述刺繡線編作品之可愛，亦各有千秋。

一九一　塞翁失馬

世俗有句「塞翁失馬」的成語，語原出淮南子：說明天道難憑，禍福沒有一定。後來採用這成語，多是安慰失官、失業、失意、以及其他不幸事故者。就是說：雖發生了這不幸的事，或許還是一種福氣，將來可以得到幸運，可以化解其他更大的不幸。這種安慰語，已爲人情之常，被安慰者，亦只好作如是觀。

故塞翁失馬一語，下接一語「安知非福」，希望從此以後有所補益！慰人或自慰，都是很適當的。但是另有兩語：「塞翁得馬，安知非禍！」這很類似畫蛇添足，卻有點近乎無聊。因物凡失而得，是誰都祈禱希望的。人逢喜事精神爽，必然表示愉快，也是人之常情。若一定要學槁木死灰，得失皆無動於衷，便不近乎人情，卽道學老師，亦決不至此。宋孝篤「怡親齋筆記」，則謂：塞翁失馬數語，乃淮南子所述。原意是說有術者，能預知。既能預知，自屬意中事，故無所謂憂樂；人讀之，亦無憂樂之感。那讀他究有何用？還不如讀那些窮愁得志，揚眉吐氣的作品，爲他們抛一點熱淚之爲快。如蘇秦封武安君，路過洛陽，父母郊迎；鄧弼答蕭、馮兩生所問，而曰：吾今日壓倒老生矣；周進赴考，連捷，而為學政；皆含有此意。惟寫蘇秦吐氣的話太多，反使其家人難堪，則有點過火。諸如此類窮愁吐氣故事，當局者之能自覺奮發，而不自安天命者，自然也有得於「塞翁失馬」的鼓勵。

一九二 相思的神話

今人稱男女相思為「相思病」。此病，在晉人干寶所作「搜神記」中，卻有一段神話。故事發生在二千餘年前的戰國時代。時宋康王有一舍人韓憑，娶妻何氏，相當美麗。康王見到心悅，設法奪去。韓憑當然很憤怨！康王又將韓憑下獄，判以重罪。可是韓憑的妻子，對丈夫始終舊情難忘，秘密寫下一封情書給韓憑。因為怕此信給康王搜到，洩露心意。於是在信中寫了幾句隱語：「其雨淫淫，河大水深，日出當心」。不久，此信果然給康王得到。康王拿給大臣們看，大家都不懂。其中有一個大臣蘇賀，他看出信裏的用意，說：「其雨淫淫」，就是愁且思的意思；「河大水深」，不得往來的意思；「日出當心」，言其有死志。

不久，韓憑自殺。他的妻子也早有死志。她偷偷將自己的衣服弄得腐朽。一日她隨康王登上高臺，欣賞風景的時候，乘人不備，跳下臺去。左右侍衛，慌忙搶救，只抓到她的衣服。但她的衣服，已經早被她弄至腐朽，當侍衛抓到時，卽被撕斷而人脫跳下就死了。她的身上還留下一封遺書，上寫：「王利其生，妾利其死，願以屍骨賜憑合葬」。康王非常憤恨，不允合葬，令人將她收埋，使其墓與韓憑墓相對望。並且說：「你們夫婦那樣相愛，現在要能使塚合起來，我才不去阻止你們。」誰料一夜之間，神跡出現了，兩個墓上，各自生出一棵大梓木，幾天長得有一圍粗，兩樹向下屈接，根在地下交相盤結，枝在上面纏繞錯綜。又有雌雄一對鴛鴦，常棲息樹上，終日不去，交頸而鳴，聲音感人。當時宋人惋惜他們，便叫兩棵樹爲「相思樹」。相思一詞，從此就常被人用作男女的思念，這雖是一段神話；但是男女如此堅貞的愛情，其「相思之苦」，似較民間傳說的「梁、祝故事」，更爲哀艷。

一九三 趨炎附勢

「趨炎附勢」，亦可稱：「附勢趨炎」。此言出於宋史，意謂：對有錢有勢的人，去趨承、去伺候，奔走恐後，以博其歡心。這種趨炎附勢之徒，旁觀者無不厭之、惡之。而被趨附者，亦未必喜之愛之；但其本人則如孟子所謂：其色赧然，病於夏畦，內心悅樂。此等人物的機智，實未必都在水平線上。假使彼輩能向正途找出路、求發展，亦未可限量耳。蓋彼輩可說是機智有餘，性遂有所備。他從這方面伸展，社會人士對於彼輩，背後雖有鄙視的譏評，當面卻還得加以禮遇。蓋對彼輩不敢親近，亦不敢得罪也。以其每奔走於達官權貴之門，如遇事須通過權貴，假如得罪了他們，則所遇事故，常能被他們阻礙；卽無須央託者，亦不宜得罪他們，防其藉勢來干涉欺壓。以故每虛與委蛇，最爲上策。所以趨炎附勢者，在社會上，總是要佔些小便宜的，其目的也就在此。

友人胡滌非，生性戇直，疾惡如仇。惟於趨炎附勢之輩，卻另有一種看法，他說：「平心而論，此類趨炎附勢的人物，在茫茫人海、大千世界之中，並不算是最壞。蓋世人生活的方式，千花萬樣，各各不同，農工商醫政教之專業者且勿論，專以口舌爲生者，亦有種種，至其偏邪神秘者，更不勝舉，則趨附者如列爲一種職業，至少比偏邪神秘者爲上。而其本身當在吹拍時，何嘗不自覺失態，但不如是，則錢財何能入手，故彼必自慰曰：譬如商人推銷貨品，未必貨眞價實，人家未必需要，他們鼓其如簧之舌，使人動聽，而後成交，社會上亦視爲正當，我無貨品，自然靠這些好話權作貨品，主人接受，也是做了一宗買賣，所得酬報，等於銀貨兩楚，並非受恩可言。我想彼等若作如是想，亦甚近理，趨附者當時雖得主人財物，是用諂媚換來的，一旦主人失勢，他掉頭不顧，別尋門徑，亦是勢所必至。譬如推銷商人，舊主顧既無力承購，再去招呼，不但徒勞，反如故意戲弄，使之難堪，我對附勢者的看法如此，孔子說，如得其情則哀矜而勿喜，也是此意。至於不從正業而起家者，人反不以爲意，其實其人未必較賢。」

一九四　琵琶非枇杷

市場水菓店攤，夏果雜陳，枇杷、荔枝、芒果、楊梅、蘋果，無一不備。枇杷亦名盧橘，蘇東坡學士有詩云：「羅浮山下四時春，盧橘楊梅次第新；日啖荔枝三百顆，不辭長作嶺南人。」上述諸果，似皆列果類之精英。蘇學士雖鍾情於荔枝或亦不嫌盧橘，而余對盧橘，則更有偏嗜。理由不必說，只說昔人一枇杷故事。有人以枇杷一筐，作書餽贈友人。書中將「枇杷」寫作「琵琶」。友明知其爲筆誤，仍不放棄戲弄機會，當作七絕以答之曰：「枇杷不是此琵琶，只爲當年識字差；若謂琵琶能結果，滿枝絃管盡開花。」並附書稱謝云：「承惠琵琶，開匣視之，聽之無聲，食之有味。乃知司馬彈淚於江干，明妃寫怨於塞上，皆爲一啖之需耳。嗣後覓之，當於楊柳曉風梧桐夜雨之際也。」其人得書，自知其嘲，亦一笑置之。

一九五　王熙鳳玩弄權術

紅樓夢小說中，在榮國府和寧國府，總管事務的王熙鳳（鳳姐），不但是一個潑辣婦，更掌握着很大權勢，大觀園裏，已盡人皆知。這是因爲她本身，已具有兩大優越條件：一爲管理事務能力強；一爲善於運用權術手段。不說別的，如她定下的憑竹籤發物發錢的辦法，已相當於現在若干機關中事務課領物的辦法。當賈芸窮極無聊，想在賈府謀一差事時，曾再三請託鳳姐的丈夫賈璉，然而璉二爺竟無能爲力。後來他靈機一動，知道求土地公公不如求土地太太，乃買了些麝香去孝敬鳳姐。他深知鳳姐喜愛奉承，喜愛排場，遠遠的看見鳳姐由一大羣人簇擁而來，忙把手逼緊身體，恭恭敬敬，搶來請安。雖然鳳姐連半眼也不看，仍望前走，只問了他一句：「母親好？怎麼不來我們家逛逛。」他要下人奉承，因此常常當面甚或暗裏使賈璉過不去，表示她的權力遠在丈夫之上。賈芸第二次來訪她時，她就向他笑說：「芸兒，你竟有膽子在我眼前弄鬼，怪道你送東西給我，原來你有事求我。昨日你叔叔才告訴我，說你求他。」賈芸也很聰明的，知道自己走錯了路兒。因說：「求叔叔的事，嬸嬸別提，我這裏正後悔呢。早知這樣，我一起頭就來求嬸嬸，這會事也早完了，誰承望叔叔竟不能的。」鳳姐笑道：「啊！你那兒沒成功，昨日又來尋我了。」賈芸道：「如今嬸娘既知道了，我只好把叔叔撇開，少不得求嬸娘，好歹疼我點兒」。鳳姐冷笑道：「你們要擇遠路兒走，叫我也難，早告訴我一點兒，甚麼事不成了！」這一段話很逼眞地渲染着鳳姐玩弄權力的個性。

自然，玩弄權力也得看清對象，鳳姐是個「刁鑽古怪的鬼靈精」（賈母語），知人知己，密於安排，凡事自然知道適可而止。所以平日有說有笑，尖酸刻簿，到了不宜於說笑的場合，她也能夠「嚴肅」起來。她在賈母、王夫人面前湊趣，爲的是要討好，不需要她湊趣時，她也善於藏拙。所以在賈母及王夫人眼裏，她永遠是個識時務的「俊傑」。鳳姐如轉爲男身，生當今日，怕莫不是一個挺出色的「總務司長」或者「經理」「處長」嗎？

一九六　毛惜惜罵賊

宋有毛惜惜，爲高郵官妓，艷名噪一方。宋端平二年，榮全據高郵城叛，與同黨王安等宴飲，召惜惜佐酒。惜惜恥於供給，安斥責之，惜惜罵曰：「汝本健兒，官家何負於汝而反？吾有死耳，不能爲反賊行酒。」全怒，以刃裂其口，立命臠之，至死罵不絕口。後閫臣以聞於朝，宋理宗特封爲英烈夫人，並勅建英烈夫人廟。宋黃淑詠竹七絕詩有云：「勁直忠臣節，孤高烈心。」惜惜雖屬青樓女，亦實可當之無愧。潘紫岩作詩以紀其事，云：「淮海絕艷毛惜惜，蛾眉有此萬人英，恨無七首學秦女，曩使褁頭眞杲卿。玉骨花顏城下土，冰魂雪魄史中名，古今無限腰金者，羅綺叢中過此生。」

一九七　狀元故里春聯

張季直（謇），原籍海門人。因科舉考試之故，先冒籍如皋，繼歸籍南通。及金榜題名、狀元及第、大魁天下後，海門、如皋兩縣，始深悔之——我縣失了一個狀元。張故居在海門長樂鎭，大魁後五年，建造一所新宅，翁同龢相國，題其新宅爲「扶海垞」三字以贈之。張每年必自寫春聯張於門。辛亥年（武昌起義）元旦，自書春聯曰：「旁人錯比揚雄宅；日暮聊爲梁父吟。」壬子聯云：「民時夏正月；國運漢元年。」蓋是年，爲中華民國成立開國之年。戊午（民七）春聯則謂：「大田多稼，農夫親耕；百川至海，遊子返家。」正當地居民，日夕夢寐所求者。蓋海門縣，爲大江入海之門。滄海桑田，曾幾經變遷，始有今日。以視江蘇其他各縣，已屬佼佼者矣。

一九八　海洋公園

來臺灣以後，旅行香港、九龍十餘次，僅遊過一次「海洋公園」。海洋公園，爲觀光港、九人士，所必去之地。園在香港山頂，分海濤館、海洋劇場、海洋館，包括兒童遊樂場、雲霄飛車等。由香港政府經營，據說：香港政府，每年要貼補港幣二千萬元。在工商社會、海上明珠之中，當爲市民最佳休閒遊樂的場所。遊者除收一次門票港幣七十元外，進門後，概不收費。盡爾逍遙。

遊客如住在九龍，汽車從海底隧道通過，約十分鐘，出隧道。到香港後，搭攬車上山頂。車上可見整個香港地面、海灣景物。攬車經兩個山頭，卽至其地。入園，先去「海濤館」，看金魚大觀，種類極繁。館外風景極美，有花、草、水池，坡上有很多彩葉植物，紅色最爲悅目。還有庭園、假山、水濂洞、瀑布設備。池中有各種烏龜，假山有孫悟空等很多瓷像，配備得宜，亦雅而不太俗。海濤館本身，是飼養海豚的大水池，可以看海豚的生活情形、海豚各種表演，櫃臺上並有小海豚出售，多用以戲弄海豚，而不帶回供養。

出海濤館，到海洋劇場，還有鯨魚表演。另加高空跳水、海豚套圈和鼓掌等。高空跳水，是美國人表演的，有各種樣式，鯨魚表演，花樣亦多。最後，去海洋館，是海洋生物教育館，懸有多種圖表說明、解釋，皆由電腦控制問答。且有儲養海生動物的大水池，用玻璃或塑膠板，分別隔着，可看得非常清楚。

參觀完畢，搭登山電車下山。車有電動扶梯，分若干段，每段約有五層樓高。海鮮畫舫，亦香港一景。停在海面，另有交通船，供往返之用。主船，裝飾得畫棟雕樑，金碧輝煌。入其內，看不出是船，完全像馬路旁一大餐廳，前後有很多進，高有數層，有電梯上下。每層特設「龍座」，像太和殿、金鑾殿，極盡豪華。遊客多在此用膳，或拍紀念照片。

一九九 夕陽無限好

夕陽，與詩人常結了不解緣，「夕陽無限好」，便是夕陽收入詩篇之一例。「夕陽無限好」，意在歌頌，原可欣娛；但接句「只是近黃昏」，便有深致感傷之意，殊欠達觀。凡好景都是難久住的，故曰：好花看到半開時，何況夕陽！譬如朝陽，也是無限好；但轉瞬而炎威逼人矣。時運之與，如日中天，爛然光輝，自極其滿意，不久移向下坡，日自西斜。若明此理，便用不着感傷了。又詩句有云：「去日兒童皆長大，昔年親友半凋零」，常是老人致慨之詞。引用時，若將此二句吊轉，爲「昔年親友半凋零，去日兒童皆長大」，則見新陳代謝，後起有人，前途大放光明景象。同樣情形，「夕陽無限好」，將接上洩氣的下句「只是近黃昏」，改爲另一續句爲「人間重晚晴」，那又是何等的氣壯勢雄，大快老懷！

卷四

卷四

左公柳

凡到過陝、甘、西北的人，莫不知有或看過左公柳。清季湘軍統帥之一的左宗棠（季高，湖南湘陰人），統率湖湘子弟，奉命征剿西北捻匪。他爲着軍事作戰的必需，與西北邊疆的安定，一勞永逸計，決策從陝西潼關到玉門關，修築一條寬大馬路，並於沿道兩旁，夾植楊柳，以保水土。這條路線，長約三千餘里，工程之偉大，蓋可想見。其時，並沒有如今日之交通便利，與修築的機械工具可資利用，完全是靠人工勞力，胼手胝足的去做，與牲畜馱載轉運，日夜辛勤的苦幹，才能抵於成。至於種植楊柳樹，楊柳本質，原極脆弱，宜生長於溫濕水濱地帶，而不宜於西北乾燥高原。生長不易，枯萎亦速，種植時更非慇懃照顧不可。這樣大而且麻煩的工程，聞者無不爲之色變。

左宗棠生性剛毅，信心堅定，凡事一經決定，說做就做，做必求其徹底。左帥命令，比法律還要尊嚴。軍隊打到那裏，馬路開到那裏，楊柳栽到那裏。大道的規格：幹道，以大車四輛成排對開爲原則，路寬四丈至八丈；按寬度，兩旁摻雜種植四排至八排楊柳。支路，以大車二輛對開爲原則，路寬二丈至四丈，兩旁摻雜種植二排至四排楊柳。統限「三年完成」。縣官違者，重則殺頭，小則革職，軍官亦然。老百姓損壞楊柳樹一株，軍棍二十；牛羊踐踏，罰其主人。軍令如山，誰敢不遵！官民偶有差池，被革辦者，自然亦不乏人。可是，三年以後，這條空前的西北交通幹道，果然如期完成。除幹路三千餘里外，兩旁支路，四方放射，宛如輪盤。每至春風初放，楊柳依依，昔日的荒漠，今日的綠洲，彷如到了江南，眞是令人健羨不已。

左帥西征，平陝甘，定天山南北路，建歷史空前的西北大道，鞏固國家的邊防，豐功偉績，自在國家。這不只是左帥的光榮，亦湖湘子弟的光榮耳。後來楊昌濬（石泉）贈左帥詩，故云：

大將（或云「上相」）西征人未還，湖湘子弟滿天山；

新栽楊柳三千里，引得春風度玉關。

語氣之壯濶，實非左帥無以當之。至今湘人讀之，猶覺得驕傲！蓋清光緒年代，西北回部反。左宗棠自浙移督陝甘。左率湘軍肅清秦隴，復進軍平定天山南北路。不僅軍事上勝利，其開西北，更留有很多偉大建設，魄力之大，成就之廣，史無前見。尤其塞外自古一片荒涼，唐王之渙出塞詩有云：「羌笛何須怨楊柳，春風不度玉門關」，令人已多隔絕之感。左氏「引得春風度玉關」，改造了自然環境，自然也功超前古了。抗戰時，西蘭公路——由西安至蘭州一段，長約一千四百餘里的路基，完全就是當年左帥的營路，略事修整而成的。至於「左公柳」，後來因乏人照顧，大多已遭摧毀，僅平涼一帶，略有存者。前人慘淡經營，後人不肖，不能守成，令人不無感慨係之！

二　妙語解頤

明徐渭佐胡梅林公幕，胡曰：「君文士君，無我不顯。」徐曰：「公英雄公，無我不傳。」又語公曰：「公惠我以一時，我答公以萬世。」

張士簡家僮運米三千斛還吳，失大半。士簡問故，答曰：「鼠雀耗也」。士簡歎曰：「壯哉鼠雀！」

宰相王嶼好與人作碑誌，有送潤筆者，誤扣右丞相王維門，維曰：「大作家在那邊。」

狄仁傑為相，至盧氏堂姨家，見表弟曰：「某幸為相，表弟有所欲，願悉力從其請」。其姨曰：「吾止有一子，不欲令事女主。」仁傑慚止。

章子厚涉險不動，子瞻曰：「子厚必能殺人。」子厚曰：「何也？」子瞻曰：「能自拚命者，能殺人也。」

嚴子陵隱富春山，司徒霸遣使書。使者求報，嚴曰：「我不能書。」乃口授之。使者嫌少，可更足？嚴曰：「買菜乎？」

李腟峒作詩，一句不工，即棄去不錄。何大復深惜之，李曰：「自家物終久還來。」

桓宣帝常謂孟萬年聽妓，絲不如竹，竹不如肉，何也？孟曰：「漸近自然。」

王介甫為相，大講天下水利。值一客獻策曰：「梁山泊決而闊之，可得良田萬頃，但未擇得便利之地貯此水耳。」介甫傾耳沉思。劉貢父抗聲曰：「此甚不難。」介甫欣然，以為有策，遽問之。曰：「別穿一梁山泊，則足以貯此水矣。」介甫笑而止。

萬士亨士和舉進士，將之官，其父戒之曰：「願爾輩為好人，不願爾輩為好官。」

陳眉公曰：「士人當使王公聞名多，而識面少。寧使王公訝其不來，毋使王公厭其不去。」

王守仁初封新建伯，入朝謝，戴冕服，有帛蔽耳。或戲之曰：「先生耳冷耶？」王曰：「是先生眼熱。」

李中谿無子，恆不樂。友曰：「孔子不以伯魚傳，釋迦不以羅睺傳，老聃不以子宗傳。待嗣而傳，三教絕矣。」

齊太祖奇愛張思光，時與款接。笑曰：「此人不可無一，不可有二。」

張繼儒曰：「待富人不難有禮，而難有體。待貧人不難有恩，而難有禮。」

明太祖觀祀歷代帝王廟，各獻爵畢，獨於漢高祖增一爵，曰：「我與公不階尺土而有天下，比比他人不同，特增一爵。」

陳眉公曰：「後生輩胸中落意氣二字，則交遊定不得力。落騷雅二字，則讀書定不深心。」

趙母嫁女，臨嫁敕之曰：「愼勿爲好！」女曰：「不爲好，爲惡可乎？」母曰：「好尚不可爲，況惡乎！」

殷浩才名冠世，庾翼弗之重，每語人曰：「此輩宜束之高閣，俟天下太平，然後議其任耳。」

陳萬年子咸，數言事，譏刺近臣。萬年病，召戒床下。話至半夜。咸睡，頭誤觸屏，萬年大怒，曰：「乃父敎戒汝，汝反不聽，何也？」咸曰：「具曉所言，大約敎咸諂也。」萬年乃不言。

宋林逋曰：「逋世間事皆能之，惟不能挑糞與着棋。」

人問禰正平：「荀令君趙蕩寇皆足蓋當世乎？」禰答曰：「文若可借面弔喪，稚長可使監厨請客。」

崔趙公嘗謂徑山曰：「弟子出家得不？」徑山曰：「出家是大丈夫事，豈將相所能爲？」

杜審言將死，語宋之問、武平一曰：「吾在久壓公等，今且死，固大慰，但恨不見替人。」

柳季雲好彈琴飲酒，每出返，家人問：「有何消息？」答曰：「無所聞，縱聞亦不解。」

鍾繇二子偸酒，繇假寐以觀之。毓拜而後飲，會飲而不拜。既問之。毓曰：「酒以禮成，不敢不拜。」問會何以不拜？會曰：「偸本是非禮，所以不拜。」

許允爲吏部郎，多用其鄉里，魏武帝遣虎賁收之。其婦出，戒允曰：「明主可以理奪，難以情求。」既至，帝問之。允對曰：「舉爾所知，臣之鄉人，臣所知也。」

鄭翰卿曰：「世未有憐才而不好色者，好色憐才，總歸一致。」

梅殷守淮南，罷兵入見。帝曰：「都尉功勞可念也。」對曰：「臣領其半。」帝曰：「功勞惟有大小，安有全半？」對曰：「勞而無功，非半乎！」

潘景升家貧客衆，必百計款送之，常謂羅遠游曰：「人窮皆有底，余窮獨無底。」羅曰：「何也？」曰：「窮客日來，豈有底乎？」羅曰：「窮客日來，正是有底。」

鴻臚卿孔羣，好飲酒。王丞相語云：「卿何爲恆飲酒，不見酒家覆瓻布，日日糜爛？」羣曰：「不爾，不見糟肉乃更堪久？」

三　怕老婆

中國官書稗史，關於懼內（怕老婆）故事的記載，屈指難以勝計。通常談丈夫怕妻者，常不離開「河東獅吼」或「季常之癖」等典故。這是因爲宋人陳季常（慥），其妻柳氏，極爲兇悍，蘇東坡學士，曾有詩調戲他說：「忽聞河東獅子吼，拄杖落手心茫然」。事以詩傳，陳季常便成了怕老婆的名人。俗語說：「怕老婆，是一件好事」，不宜讓陳季常獨擅其美。考歷史的名懼內家，當首推漢高祖劉邦。劉邦之妻呂雉，是負有盛名的，雖非悍妻，卻是十足的妒婦。高祖天下大定後，呂雉把持後宮，劉邦莫敢奈何！所有寵姬，幾全成了階下囚。最後她把對劉邦的妒恨，全寄於戚夫人，使她淪爲「人彘」，並斷送了惠帝。西晉賈充的後妻郭槐，亦有名的妒婦。賈充畏之，竟不敢迎歸前妻李婉。郭槐疑李婉稚子黎民的乳母，與賈充有染，竟殺乳母，任稚子餓死。郭槐生女賈南風，欲晉武帝選爲惠帝妃。武帝曰：「有其母必有其女」，武帝之懼郭槐，可謂甚矣。東晉名士車胤之妻，疑心最重，醋勁一發，便要持刀殺人。胤不敢越雷池一步。此外如名臣房玄齡，善治國而未能齊家；名將戚繼光能振軍而不能整乾綱；無不是怕太太的結果。黃巢禍國作亂時，唐中書令王鐸出任都統。王鐸素畏妻如母老虎。在匪警緊急之際，忽傳其夫人將來任所。王聞之色變，謂：「黃巢既欲南來，夫人又將北至，奈何」？結果竟投降於黃巢。其畏妻之情，尤有甚於悍匪者。

老婆之可怕，非僅中國爲然，外國亦如之。相傳：西洋大哲學家蘇格拉底，深受太太的虐待。曾表示：因怕太太而被迫促成其哲學修養。有一次，蘇格拉底的太太，向他無理取鬧，一頓大跳大罵之後，給他一盆冷水淋頭。蘇格拉底神色不變的說：「必然的事，迅雷之後，必有暴雨」。他已怕得無法應付，只好自我陶醉，解說一番，算不失哲學家的風度。美國總統林肯，以「解放黑奴」的英雄，也不能不怕太太。當其與太太舉行結婚典禮時，盛裝走進禮堂，有一小孩問他：「到那裏去？」林肯說：「誰知道，大概是到地獄去吧！」林肯不嗜煙草，某次，林肯與僚屬會談，到會者多抽雪茄，夫人不耐烟氣，憤然走開。吸煙者忙向林肯道歉！林肯說：「沒什麼，我倒很希望也能抽雪茄」！他雖怕太太，卻不失政治家的風度。

四　盧永祥鐵像公案

國民革命軍北伐時，盧永祥雄據浙江成爲反革命一大集團。有人謂盧在浙江，雖不脫軍閥作風，然較之齊燮元等，似又略勝一籌，此姑置不論。然關於盧之鐵像公案，則不發生於浙江，知者極尠。因略述其事：

辛亥武昌革命起義，各省紛紛響應，淸廷復起用袁世凱，企圖消弭革命力量。惟袁氏心懷異志，此已世人皆知。袁氏深知北洋軍權，已能操縱自如，僅駐石家莊之吳祿貞，恐難爲己用，乃密遣人刺殺之。同時，更派曹錕率其所部，越石家莊，進陷太原，南及趙城。曹兵所至，刼掠甚苦。後雖撤兵，而晉東諸邑，則已殘破不堪矣。

其時，盧永祥正爲曹部（第三鎭）之協統，而刼掠趙城軍隊所用之旗幟，則大標「盧」字。事後，趙城人士以「盧」爲盧永祥，乃集資爲盧鑄鐵像，使跪於城門口，若秦檜夫婦鐵像跪於岳墓前一樣。鐵像兩手各持元寶，喻其刼掠民財，其狀甚惡。盧後電山西主席閻百川（錫山）先生，請毀此像，盧謂：「當時本人並未在軍中，刼掠事當由曹錕完全負責，因何如此凌辱本人」。百川先生當令趙城縣宰毀此像。趙城人士則聚衆力拒，相持數年，仍未毀去。盧不得已，乃另爲計，以數千金，雇強者數人，於夜半擊碎之。此正盧擁大兵駐浙之時。

「碑可毀而名不可毀」，盧之鐵像公案，似不以毀像而獲解決。徒添史家一段疑難資料而已。

美國前羅斯福與杜魯門以及現任艾森豪，當選總統以後，曾與他們競選的政敵，都替當選的總統來道賀！在今人看來，這種政治風度，是值得讚揚的！殊不知美國這種政治風度，是有歷史淵源的，歷史上更有可以欽崇的一頁。

在一八六〇年，美國曾有一場競選總統最熱烈的政治運動，這就是林肯和道格拉斯的政治競賽。結果林肯是當選了總統，但是林肯第一個接到道賀柬的人，不是他的親戚和好朋友，而正是他原來的政敵道格拉斯。林肯作就職演說的時候，替林肯拿帽子的人，也不是他的隨從侍衞或其他的朋友，而正是他原來的政敵道格拉斯。隨後美國南北戰爭發生，大喊「忘了黨派，記着國家！」擁護林肯總統，至死不渝的，也不是其他的人，而正是他原來的政敵道格拉斯。這一種公爾忘私的政治風度，確是值得欽崇敬仰的。

五　政治風度

戊戌康梁政變，事洩，楊銳等六君子殉難。而事敗之原因，實由於袁世凱另有陰謀之所致。大政治家亦革命家譚嗣同之犧牲，即作了袁世凱政治登龍的資本。事初，譚嗣同因事亟，捧德宗詔諭慟哭，正無所爲計之時，因思袁世凱久使朝鮮，復力主變法維新，譚嗣同因密奏請：特賞侍郎，冀其綏急可助。一日，譚巡赴法華寺訪袁，時袁頗有激憤之狀，並豪語以堅譚等之所爲。但僅越三日，事變遂發，袁無所動靜，而譚則以死待捕。並謂：「革命無不流血成，中國未之前聞，有之，今請自嗣同始。」就義前，檢所著書及詩詞稿本數册，家書一篋，以付梁啓超。梁東渡赴日本，而譚則堅不赴日而被執，於獄賦「我自横刀向天笑，去留肝膽兩崑崙。」是年八月十三日，即被斬於市。

譚嗣同變法事敗，以死待捕，不作偷生苟安之謀，事殊壯烈！如此慷慨就義，正氣凛然，更是革命家應有的政治風度！此一積極的政治風度，尤可使頑廉而懦立！

六 神秘的金字塔

被譽爲世界十大奇蹟之一的「金字塔」，是古老帝國埃及文明的結晶，埃及人早已視爲國寶。所謂金字塔：外貌成三角稜型，像中國的「金」字形態，我國人據其形象而稱之。實際則爲埃及古代帝王皇室要人的陵墓。埃及很多地方都有，大都比較矮小簡陋。其最著稱者三座，皆位於埃及首都——開羅西北郊的基澤丘陵上，是紀元前四千年建築的。這裏的金字塔，分大、中、小三座。埃及古代帝王、王妃、王子去世時，其屍體經過防腐劑（埃及獨特發明）處理之後，貯放於預建塔內的石棺中，然後予以封存。流傳千古，即從此開始。

這三座金字塔，工程之偉鉅，親臨其境者，無不歎爲觀止。僅以三事言之，即在今日原子時代，科技、機械極進步的時代，也會覺得不太簡單。第一、建材的取給，據說：大塔是用每塊重達三千公斤的花岡石，二百三十萬塊堆砌而成的。每塊巨石，是用人工就山崖一斧一鑿取出來的。要動員多少工人？花費多少時日？又如何運到工地？用何種運輸工具？這都是不可想像的艱鉅無比的工程。第

二、如何施工。必須按圖施工，必須有極深高度精確科學的設計與指導。又鉅大石塊，如何吊起來，安放在一定位置上？而且要整整齊齊，緊密得毫釐不差；兩石之間，用什麼黏合劑黏接起來，牢固得經數千年而不變移毫釐，幾乎都是不可思議的事。第三更爲神秘。以最大的塔而言，除巍峩崇峻的外貌，精細無比的建工而外，還具有一種極神秘之感！這就是人們到現在，仍不明其「眞正穴口」之所在，不得其門而入。現在供人們出入的洞口，是用炸藥炸開的，架設木製階梯，直通內室。現洞內已裝有電燈照明，遊客入內，必須低頭彎腰而行。內部僅有三個石室，每室內有就地雕成的石棺兩座，大約卽帝王與皇后的陵墓。不過木乃伊早已移送到開羅博物館陳列去了。塔內現已空無一物，雖不値得一觀，然神秘感則終難去人們的感懷！

七　世界第一美術家

「世界第一美術家」，是義大利皇后讚賞中國繡聖沈雪君的榮稱。沈壽，字靈芝，號雪君，蘇州人。有才名、工刺繡。年二十，嫁浙江舉人余兆熊（覺）。夫妻香閨靜好，郎讀女繡，雪君繡藝，愈益精進，大有凌駕「露香園」顧繡之上的態勢。爲時不過數年，夫妻愛情，終於綻開裂痕。說者紛紜，不一其辭：有謂雪君雖冰雪聰明，但身體嬌弱，不耐家庭煩瑣；有謂雪君生有潔癖，不愛燕婉之求；有謂雪君專心致志於繡藝，心無二用；有謂雪君漸有婚外之情，受了舊禮教桎梏，離合兩難；有謂丈夫娶妾，她不能不遠離（此與實情不合）。見仁見智，固各有所本，姑置不論。若以時間、事態而論，似以「婚外情」之關係者較多。

相傳，清慈禧太后七十萬壽時，沈雪君精工繡製山水畫四幅，送進宮中（有人說是其夫主使，於情不合），深獲慈禧賞識，召見，溫語獎勉，並於清廷工商部，設立「刺繡傳習所」，任沈雪君爲總教習（似非其夫之力所能達致的）。隨以製品，參加義大利都朗博覽會，美國巴拿馬展覽會，聲名遠播，及於歐美，譽爲繡聖、義大利皇后，且讚爲「世界第一美術家」。從此以後，在清廷工商部（張謇曾數度任工商部大臣）安排下，派沈雪君先後訪問日、義、法、美、加諸國，除受各國之歡迎外，沈雪君亦藉觀摩之益、藝益精進，此非有大力如張季直（謇）狀元者之支持協助，實莫克臻此。及光緒、慈禧逝世後，「刺繡傳習所」，也無疾而終。民國以後，張季直回南通大辦實業，並辦一所「刺繡學校」，禮聘困居天津的沈雪君來南通任校長。時雪君雖年過四十，皮膚潔白，風度嫻雅，望之猶似花信年華。張季直雖然花甲初過，猶身壯力強，朝夕相見，自不免惺惺相惜，何況已早有默契於懷！季直且於豪華的「濠陽小築」中，建一「謙亭」，作爲雪君的居宅。雪君且以自己的秀髮作線，繡成「謙亭」二字，凸凹分明，意氣飛揚、烏黑油光，不同凡響的一幅刺繡，以贈季直，永作紀念，情意之濃，自不言可喻。尤其兩人之間，多年來的詩詞往還，一唱一和，又豈泛泛之交者可比。雪君晚年，一病多時，季直探病問安，遍覓名醫，垂愛關憐，溢於尋常。及其病歿，更營齋營葬，以一個平民之女，仰荷大魁天下的狀元公親題其墓碑：並刊印「沈壽繡譜」，傳之後世，這就更不平凡了。所以張季直與沈雪君的關係，人有指爲「婚外情」者，或卽因此。有人如必以東坡樊謝比季直，以朝雲月上比雪君；固不相侔（余同意戚君之見）。如必擺道學面孔，謂張、沈僅限於知己神交，而無桑間濮上之約，亦超出情理之常，也難昭信於世。

八 皮影戲

客有回大陸探親，自長沙歸來者說：湖南省政當局，爲提倡傳統民間藝術，特組織「木偶皮影劇團」機構，從事皮影戲的研究發展。以推廣民間正當娛樂，解決人們枯寂苦悶的日子，頗受大衆的重視。

大體言之，遠在一千九百年之前，我國民間已有一種類似今日與電影相彷彿的「影子戲」。「影子戲」有「影戲」、「皮影戲」、「羊皮戲」，不同的名稱。表演方法，在戲的前方，張掛一幅與現代電影院的銀幕相似的白紙幔。表演者，在幕後提線，使以薄羊皮或紙剪鏤刻而成的人物，做出種種動作。利用燈光，把活動的形像影子，射到白紙幕上面，觀衆坐在幕前，慢慢欣賞。這種影戲，且是「有聲」的。因爲幕後，另配備了樂隊，隨劇情奏出樂聲：也配備著「配音」的人，跟著幕上影出人物的動作和口形，作出吻合說白或歌唱。此種影子戲，後來還發展到「以羊皮雕形，用彩色裝飾」，而成功爲七彩影戲。

宋室南渡後，皮影戲，曾經成爲宮廷內的一種娛樂；但始終沒有與民間脫節。在農村中，凡慶祝豐收與生日喜慶場合、祭祀神明時候，人們都樂意看到這種輕而易舉、別緻而又具娛樂性的演出。中國各省的皮影戲，原來也各有其特殊風貌。今日大陸，經過特別倡導之後，其內容與風貌，聞略有許多改變。客說：我卻沒有欣賞過。據說：臺灣亦有皮影戲，是由薄牛皮剪鏤而成的。

九　男女戀愛捷徑

在今日之所謂文明社會中，跳舞，輒美其名曰：健身運動，以掩其邪惡；或說爲：社交應酬，以擴展人際關係；其實二者皆非，徒在自欺欺人。直言之，跳舞，不過是近代男女交往的管道之一；戀愛，結婚的終南捷徑。不必廣徵博引，徐志摩、陸小曼、王賡的三角關係，正是以跳舞始，亦以跳舞終。

王賡字綬卿，江蘇無錫人，係清末留美學生，獲碩士學位後，復入西點軍校習軍事，據傳他是中國入西點的第一人。回國後，服務於北洋政府的軍隊，自是軍人中的鳳毛麟角。當時，中國人的跳舞風氣尚不盛行，在北京，僅北京飯店有舞廳設備。而出入其中者，大多係外國人、外交人士或留洋學生。王賡因有洋頭腦、洋作風，亦經常到北京飯店舞場去活動，偶然與陸小曼相識。由一見傾心，而形影相投，而發生自由戀愛。進而藉口奉父母之命，正式結婚。故王男陸女的結合，是始於跳舞。

王、陸婚後，伉儷之情原極幸福，仍常偕至北京飯店跳舞消遣。不料遇到北大教授而且是留美學生——徐志摩，由相識而認交。同時，徐亦跳舞好手，其溫文儒雅，復爲王賡（武人）所不及。小曼不免心旌搖搖，便和志摩多方接近，常藉執經問字爲題，朝夕過從。從此王、陸的美滿生活，便漸漸起了變化。未久，事有湊巧，王賡奉派出國，小曼未與偕行，於是徐、陸大好機會來臨，無人監視，在舞廳或花前月下，搞得如膠似漆。及王賡返國，徐、陸已成難解難分之勢，終於陸向王提出離婚要求。王知大錯已全由自己鑄成，覆水難收，只好允陸解除婚約。這很明顯的王、陸關係，亦以跳舞終；另一方面，徐、陸關係，又以跳舞始。

徐、陸結婚後，小曼周旋於社交場合，跳舞、票戲、遊樂依然不事收斂，復與京劇票友翁瑞午過從甚密。更受翁影響，染上鴉片嗜好成癮。小曼原來最善揮霍，現更支出浩繁，志摩已難以應付。他為滿足小曼的需索，乃拼命作文、寫畫、兼課。課則由上海兼到北京，為增加收入，以濟小曼之慾。為趕時間，京、滬往返，不得不利用飛機的迅捷，不料竟因此而墜機殞命。是徐、陸之終結，又能說與跳舞、玩樂沒有間接關係嗎？

由是以觀，男女交往的終南捷徑是跳舞。但對徐志摩與陸小曼來說，跳舞更不啻是他倆的墳墓，比常言戀愛是墳墓更慘！

一〇 見鬼就打

某人常語人云：鬼百般怪狀，皆尚可耐，所最難看者，即鬼之笑耳，迄今思之，猶令我悽神寒骨、毛髮俱豎也。此事載庸盦隨筆。鬼真可怕嗎？不。

湖南張廷尉豈石，其人豪俠仗義，孔武有力，能赤手捕盜，常謂人云：「見鬼莫怕，但與之打。」人問曰：「敗奈何？」曰：「我打敗了，才同他一樣。」語固幽默可笑。然處「人何寥落鬼何多？」的世界，見鬼不要怕，「見鬼就打」，倒是無辦法中的辦法，敗了也只同他一樣。

豈石曾題其居有云：「南軒北牖又東扉，取次園林待我歸，當路莫栽荆棘草，他年免掛子孫衣。」言可風世，亦可說是對鬼而發耳。

二一 山東五子

民國初年，「山東五子」，盛傳於時。所謂五子者：「子玉」吳佩孚，「子廙」周自齊，「子嘉」盧永祥，「子忠」張懷芝，「子春」王占元。是五子者籍皆山東，故有此稱。且同係民國成立以後，袁世凱時代，北洋軍系的將帥。其中以子廙又比較突出，曾做過北洋政府幾任總長和國務總理。分別略言之於次：

吳子玉（佩孚），蓬萊人，北洋直系的健將，一個出類拔萃的軍人，也是一個儒將。歷居要職，最後任十四省聯軍總司令。失敗後，一事無成，退隱北京什景花園，不問政治。七七對日抗戰發生，日本威脅利誘，他矢志不屈。有人謂：因吳氏慾望太大，日方無法接受，於二十八年十月，乃藉日本牙醫之手，陰施毒殺而逝，享年六十六歲。後人惜之，民國一完人，竟被謀殺以終其生。

周子廙（自齊），單縣人。清末留美，算五子中的洋貨。曾任駐美使館參贊。回國後，任山東督軍；北洋政府的交通、陸軍、教育、財政等部總長；隨登國務總理兼攝大總統職務。十一年赴歐美各國考察歸，與梁士怡同留寓香港，縱情聲色，涉足花叢，沾染性病，諱疾忌醫，終於民國十二年以風流病歿，時年五十三歲。

盧子嘉（永祥），濟陽人，北洋武備學堂出身。袁世凱任之爲第十師師長，兼淞滬護軍使，兼浙江督軍。十四年，兼江蘇督軍。久據江南繁榮富庶之區。退居北京閒職養望，企圖再起，事無所成。廿二年，病逝北平，年六十七歲。

張子忠（懷芝）東阿人，出身天津武備學堂。淸末隨袁世凱於小站，歷任軍職，升至甘肅提督。民元，倡君主，反共和。民五，任山東督軍，後兼省長。民八，任參謀總長。民十三年退職。二十三年病逝於天津，年七十四歲。

王子春（占元），冠縣人。五子之中，是唯一的老粗，由北洋軍中挑水伕、衞士出身，後被選送入北洋武備學堂。由小校官洊升至師長。民五年七月，袁世凱任之爲湖北督軍，兼省長。在任甚久，剋扣軍餉，大刮地皮，在天津購置產業甚豐。十年八月，鄂人驅王，湘鄂戰起，王占元大敗垮臺，已無再起之力。乃退居天津，恃其豐富的財產，度其餘年。民十九年，以七十歲病歿於津。

北洋五子，類似世俗拜盟換帖的兄弟，同居北洋要津。分道而馳，各顯神通。生無利澤及鄉邦，死無哀榮可道，實有忝於英雄本色。

一二　故國不堪回首

「七七」蘆溝橋事變，我國對日抗戰爆發。二十六年十二月十三日，南京衞戍司令長官唐生智，抵不住日軍松井石根大將的圍攻，放棄了南京。國民政府先期撤出首都，遷移重慶，繼續抗戰。八年中，南北各地軍閥殘餘，野心政客，在日軍卵翼之下，認賊作父，沐猴而冠，紛紛成立僞組織者，先後有蘇錫文、傅筱菴的僞大道市政府——上海市政府；王克敏、王揖唐、齊燮元的華北臨時政府；梁鴻志、陳羣、溫宗堯等的南京維新政府；以及汪精衞、陳公博出面的僞國民政府。城孤社鼠、羣魔亂舞，把中國大好河山，弄得烏烟瘴氣。南京不僅成了汪僞僭號的新京，也是日本中支派遣軍總司令岡村寧次大將，發號施令的大本營。

多行不義必自斃。日本軍閥，經過我八年的抗戰，卒以三十四年八月十四日，先後兩顆原子彈，而屈服宣佈投降。我們勝利復員還都，到了龍蟠虎踞的金陵，形勢依稀，舊日王謝堂前燕，卻早已飛入尋常百姓家；揚子江上的東流春水，不盡的滾滾流入大海；大上海的十里洋場，輪廓依舊，但昔日繁華，已空如春夢；六橋三竺的西子湖畔，蘇堤縱有春曉，柳浪不再聞鶯，空遺著南屏晚鐘，點綴著凄涼春宵；吳王臺畔的姑蘇城，鄧尉的香雪海，加上虎丘和獅子林，都蒙塵在一片妖氛裏；煙花三月下揚州，瘦西湖弱不禁風，平山堂四郊多壘，史可法墓木雖拱，單獨是「幾點梅花亡國淚，二分明月老臣心」的一聯，便能引起千千萬萬不忍作奴隸人們的同情和共鳴。這些江南三角洲的名城，雖然江山無恙，其奈「故國不堪回首月明中」何！

一三　胡適與老僧談重輕

我對日抗戰，北方淪陷於敵，北平大學南遷。時北大校長蔣夢麟，曾由南方去電北平，盼北大敎授，都到長沙「臨時大學」集合。這是由北大、清華、天津南開三校，臨時組合的大學。南京淪落，再遷到昆明後，改爲「西南聯合大學」——稱西南聯大。在昆明西城牆外，蓋了一些泥牆、草頂、紙窗、泥地的教室和宿舍。如老病、家累，不能離開者，暫留北平，校方承認其爲「留平教授」。北大所留四人：一爲周作人，他的日文、日語都很好，且是日本人最尊崇的中國文學家、學者。一爲孟森，未久病故於北平。一爲馬玉藻，爲人懦弱怕事。一爲馮祖荀，略有神經質。周作人七七事變時，沒有離平。因他在事變前，已被日本特務牢牢釘住。經常有日本人跑到他家，談天說地，進行煽惑。時胡適之正在倫敦，奉命將出任駐美大使。深恐豈明被日人挾持去當漢奸。曾寄新詩一首，內有「只爲智者識得重與輕」之句，在勸老僧離平赴昆明。胡適此時，已明老僧的處境，或尙不知豈明已被校方用護校名義，任爲「留平教授」之事，其與周作人「談重輕」的白話詩有云：

藏暉居士昨夜作一個夢，
夢見苦雨庵中吃苦茶的老僧，
忽然放下茶盅出門去，
飄然一枝天南行。
天南萬里豈不太辛苦？
只爲智者識得重與輕。
夢醒我自披衣開窗坐，
誰知我此時一點相思情。

詩末註明的時間、地點，是「一九三八、八、四、倫敦」。二十七年九月二十一日。

老僧便以「苦住菴吟」回敬了胡適。詩云：

老僧假裝吃苦茶，
實在的情形還是苦雨，
近來屋漏地上又浸水，
結果只好改號苦住。
晚間拼好蒲團想睡覺，
忽然接到一封遠來信，
海天萬里八行書，
多謝藏暉居士的問訊。
我謝謝你很厚的情意！
可惜我行腳卻不能做到；
並不是出了家特別忙，
因爲菴裏住的好些老小。
我還只能關門敲木魚唸經，
出門托鉢募化些米麵，
老僧始終是個老僧，
希望將來見得居士的面。

雖改「苦茶菴」爲「苦住菴」，尙裝著老僧苦守清規的態度；但其意態，似已有些游移，終不敢道出

「捨輕就重」的話。不過老僧此詩，還是經過一年多以後，才落到胡適的手中。這遲到的原因，據說：為胡適與老僧約定暗名「胡安定」，大使館的人，不知為誰，信便被壓在信箱裏。後來被胡適親自發現，始得讀之。胡氏隨於二十八年冬（十二月十三日），回寄老僧七言絕句一首，故有「兩張照片詩三首，今日開緘一惘然！無人識得胡安定，扔在空箱過一年」之言。其實老僧，則早在是年秋季，已落水為奸了。胡適尚與漢奸通訊，雖不知不罪；但他原來期望老僧「識得重與輕」之意，則已空勞悵望，付之東流了。

一四　史事不一其詞

清至乾隆中葉，為一極盛時代。及和珅入相，倚勢弄權，貪刮罔忌。由督府以至道縣，層層佈置私黨。人咸畏其勢燄，競營獻納，以固其位。致吏治敗壞，民生凋喪，釀成川楚教匪之亂。元氣喪盡，時久未蘇，而和珅終於伏法，家財抄沒，難計其數。其財產被沒清單，私家記載頗多，如王益吾之東華續錄等，多相牴牾。不見官書，實難取信。不僅此也，關於和珅出身一事，傳者亦不一其詞。英人濮蘭德「清室外紀」所載：「當乾隆中葉，和珅以正黃旗滿洲官學生，在鑾儀衞當差，選昇御轎。一日，帝在轎中，披閱四川省章奏，係言匪亂之事。龍顏甚怒曰：虎兕出於柙，龜玉毀於櫝中，是誰之過歟？衆皆茫然不解。和珅曰：皇上之言，守土者不能辭其責。帝聞而顧之，見其儀度風雅，聲音清亮，甚異之。是日回宮，遂召見，奏對稱旨，由是不次升擢……。」

薛福成「庸盦隨筆」所記：「乾隆中葉，和珅以正紅旗滿洲官學生，在鑾儀衞當差，選昇御轎。一日御駕將出，倉卒求黃蓋不得。高宗云：是誰之過歟？各員瞠目相向，不知所措。和珅應聲曰：典守者不能辭其責。高宗見其儀度風雅，聲音清亮，乃曰：若輩中安得此人？問其出身，則官學生也。和珅雖無學問，而四書五經，則尚稍能記憶。一路昇轎行走，高宗詳加詢問，奏對稱旨，遂派總管儀仗……。」兩書所載，時間同一，情節亦相近似；但君臣問答之事，則顯有歧異。此類史事之傳，失之官書，莫知誰是，又誰能信之。濮蘭德以外人而述中華掌故，未必如庸盦之能言而有據。且兩文佈局無異，詞句亦多雷同。說者謂：或濮蘭德固根據庸盦所述，但思有以避抄襲之嫌，而曲爲之變折耳，此說似略近情理。

一五　日本的天皇

日本天皇是世界上得以維持其象徵性的國家元首最久的貴族，迄今天皇依然是日本的象徵性皇帝。外國人稱日本天皇爲「米卡都」。其實日本人並不稱呼天皇爲「米卡都」，而是稱爲「登納」。「米卡都」意思是神聖之法庭。日本人是不叫出天皇的眞正名字，因爲其名字被視爲有神聖不可瀆褻的。天皇的眞正名字謂之「登蘇」。「登蘇」意謂天子，「登納」則謂天皇。除此之外，日本天皇尚有十個名稱，例如人間神，法庭以及皇宮等。研究起來，日本天皇的各種名稱似乎是抄襲自中國的文化。

天皇的尊稱謂之「米卡都」，此已爲外國學者所普遍接受的了。此名稱是與日本人對日本國之來源的迷信相一致的。根據日本人的傳說，認爲他們是直接來自上蒼，尤其是太陽神。「米卡都」是高於其他的任何神之後裔。據說，淫慾之神蘇山納強姦了其妹妹阿瑪德拉莎，於是就生下了天皇之先輩，其第五代卽是第一個「米卡都」，彼之名爲金穆，他於公元前六百六十年前卽位，而成爲日本的第一個天皇。由該時起，日本天皇之沿襲一直迄今從未曾中斷過。

上述的傳說卽是日本人與天皇之溯源。不過，日本天皇是否於公元前六百六十年卽位，目前仍是一個十分缺乏證據的謎，蓋連日本最早的歷史記載亦是始於公元七百廿二年爲開端。雖然這些史籍也追述至較此早一千年前的日本歷史，惟其傳說與神話之成份多過事實之記錄。

關於日本天皇的一件十分古怪的事情是，雖然天皇被視爲神一樣的尊貴，惟卻與日本的歷史沒有多大重要性的連繫。天皇似乎在很早以前卽被剝弱其權力，而只封其爲憲制上之象徵皇帝而已，自該時起，天皇似已喪失其對政府的政策之影響力。

從一系列的日本史籍中，人們當會發現到，自公元七世紀以來，就不曾有過一個天皇親率軍隊赴戰場厮殺與進擊。甚至連主持重要與規模宏大的社稷會議，也沒有天皇的份。日本政權的主要權力一直旁落在有勢力的貴族式集團的手中，而「米卡都」只不過是一個有名無實的皇帝而已。古時候，許多「米卡都」皆生活在貧困中，而不像中國帝王所過的那種豪華奢侈的生活。換句話說，天皇似乎是一個隱居的神，他們很少在公開場合露面，踏出國土赴外國訪問更是稀罕加上稀罕的事了。此與日本天皇生活的傳統作風是有着緊密的關係的。

欲瞭解日本，就必須對「米卡都」有所了解。日本人有一種思想，卽是他們視其最靠近的鄰邦爲附屬於他們，而不是他們附屬於這些鄰邦，因此對日本人來說，中國似比日本較低一等，而其他世界的人類則與他們較少溯源，他們自視爲神之兒子，是故在各方面皆優於他國的人民。日本人對天皇視爲神，此種心理在第二次世界大戰中曾被明顯地表現出來。日本皇軍有進無退，寧可死不屈服，就是因爲他們認爲其打仗一切是爲了天皇之故。

在作戰中，天皇就是一個無形的激勵符，他是一個神龕中之神主。任何一個日本軍隊皆心甘情願地爲天皇而死。有一個有趣的問題是，在一開始天皇是否就是一個日本人民生活中之活神之象徵，抑或他曾一度是一個勇敢善戰，親率大軍衝鋒陷陣之戰地英雄？只因爲後來其權力逐漸被剝弱而最後成爲一個有名無實的天皇。這是一個迄今尚未能打破的謎。蓋因屬於日本宗教之一部份的神話傳說，其內容十分模糊，且也未能提供日本的最早期的歷史事實。日本的封建時代視婦女十分低賤，故日本人的眼中只有皇帝，而很少有皇后之存在，是故，在許多史書中所提到的都是有關天皇的事蹟，而有關皇后的資料則可謂是稀少極了。

在一段十分冗長的時期裏，日本人從中國人身上學到了許多東西，因此佛教與孔子學說也傳入了日本。葡萄牙係第一個歐洲人到日本進行貿易，他們也帶來了西方文化，尤其是天主教。在此期間，日本政權一直由一個將軍所控制，其稱號爲「蘇岡」。「蘇岡」制度統治日本達數世紀之久。如是，日本便出現了兩個法庭：一謂「蘇岡法庭」；一謂「米卡都法庭」。前者擁有無上權威，後者不過是名義上的稱號罷了，根本就無實權。後「蘇岡」改稱爲「戴公」，意即「偉大的閣下」；此後，天皇就被打入冷宮，一切實權便控制在「戴公」手上。在較後的日子裏，天皇雖曾一度由「戴公」手上再取回一些權力，但也很快又告旁落他人手中，因此，在歷史上，天皇就一直不曾眞正大權在握。

在第二次世界大戰後，曾經對天皇是否應被提審一事，進行了一次大辯論；主張天皇應受審的人認爲要是希特勒與莫索里尼尚在人間，則其必受提審並處極刑是無疑問的，許多日本軍官也受到軍事法庭的審訊，且被判處各種不同的徒刑。惟天皇並沒有受到審判，他今天（一九六四年）依然在日本人的生活佔有中心地位。今天，毫無實權的天皇，以過去的靈魂正生活在一個現代化的工業國家裏，這確亦是一個奇特的歷史現象。

一六　泰國僧伽生活

泰人全國信佛，佛教爲國教（僅泰馬邊境有少數人民信奉回教），因此全國皆僧。青年男人，至一定歲數，必須出家，卽尊如泰王，亦必度僧伽生活。

僧伽生活，至爲簡單。但因不能從事生產，故其消費完全仰賴國人之善信者。每日破曉，各寺院僧伽卽托鉢外化，化緣所得，全寺僧人，共同分配。僧人每日兩餐，晨一，午前一。午後只許飲水。兩餐之規定，乃實行佛家戒慾禁念之意。然僧人肉食，並不禁止。高僧竺摩和尙每不以爲然者。

出家僧人，除每晨出外化緣外，經常亦執行善慶或弔喪儀式，施主贈以金錢。每年守夏節與施黃衣禮式舉行誦經之時，施主每以金錢及一切用品，奉獻僧用。僧人儉用，一年收入亦足夠開支矣。

彼國設有佛教學院，以供僧人進修，此猶如本邦之回教學院，供回教徒研究。曼谷設有巴里文學堂，不少僧伽，埋首於此，研讀經典。緣自拉瑪四世倡行僧伽考試制度以來，迄今九十餘年，分爲每年九級，陰曆三月間，考試一次，凡王家寺院僧伽，考得第級，每月可得王家津貼。此後每晉一級，俸亦遞增，且由王家授於掌扇一柄，中有褒文，以示區別。

一七　繁榮金陵的遠識

江南自經清、洪兩軍多年苦戰之後，蹂躪破壞，多有數十里內無人烟者。尤以金陵（南京）被圍日久，社會秩序蕩然，商業經濟蕭索。及城破後，大功告成。曾國藩善後之策，即以「繁榮金陵」爲急務。其策：一爲舉行鄉試，以招徠文人士子；一爲恢復秦淮畫舫，以增遊客商賈。前者，當時極受誦揚；後者，則深受各方譏議。前者，暫且不說；後者，曾氏則認尤急於前者。蓋收復之後，省城荒廢，歌舞早歇，南朝金粉，一洗而空，秦淮亦無復歌舞之聲。曾氏則亟命興之。初以廢舟二艘，命工改造，編竹爲篷，飾以畫欄，任載遊客。更令於河畔，栽植楊柳。於是六朝胭粉，管絃歌舞，又漸漸蓬勃起來。時道州何子貞（紹基）金陵雜詠云：「沿河不見柳絲搖，步雨青谿長板橋；丁字簾前猶彷佛，更誰閒話到南朝。」全椒薛慰農亦有「白門新柳」記云：「白門有客惜芳華，悵觸前遊舊酒家，多少幽懷成影事，故將彩筆寫烟花；結伴尋春得得來，赤欄橋畔再徘徊；可憐一樣秦淮柳，都是紅羊刧後栽。」深有江山依舊，景物已非，不禁有滿目荒涼，今昔滄桑之感！

當曾氏下令恢復秦淮畫舫後，一時遊人增多，復興繁華。時江寧藩司李宗羲和知府涂宗瀛，皆爲當時的理學人士，欲逐秦淮妓船。一日謁曾氏曰：「日來河下甚熱鬧，公聞之否？」曾氏明其來意，徐答曰：「信熱鬧耶？熱鬧大好。君等第遣人彈壓，毋致滋事可矣。」李、徐默然而退。龔蔗軒感事詩云：「楊柳新栽綠作陰，相公曾以畫船臨；閒情不是耽絲竹，一片蒼生同樂心。」實將曾氏心事，完全道出。後曾弟國荃督兩江，與兄意見殊相左，下令禁止。南朝江山，復趨寂寞。舟人數百，焚香哭訴於丞相祠堂。朱孔彰有詩詠其事云：「改得長龍（曾氏戰艦）作畫橈，秦淮未禁弄笙簫；當時曾見舟人哭，一夕涼風咽暮潮。」薛慰農聞曾國荃下令禁娼，寄以詩云：「六朝金粉久荒涼，才有生機上綠楊；修到秦淮風月長，豈宜飛渫捉鴛鴦！」國荃見之，雖一笑而罷；但其識見，則終不及其乃兄。

一八　扇底輕風陣陣涼

人類生活，在沒有風扇、電扇之前，大都是用傳統而來的扇子。扇子，過去時代，在夏季是不可少的恩物，用在驅暑、驅蚊。它本身即具備了「裝飾」與「實用」價值。既小巧輕便，因其爲兩面之物，又常加上詩詞書畫，使之發生風雅的關係。美人手中扇，已很夠詩情畫意，如果加上一種藝術的點綴，如繪畫、題字、雕刻、或噴上香水之類，更是「扇底輕風陣陣涼」，既香艷，又悅目；扇子之用，可謂妙極了。

扇子的種類極繁，有紙扇、葵扇、牙扇、蒲扇、羽扇、檀香扇、鵝扇、紗綢扇等。款式則千差萬殊，有折疊式、圓周式、心型式、孔明式、方型式，不一而足。扇子到夏日炎炎，愈顯價值，更是大衆化的寵物；如以實用立場言，扇子比風扇、電扇更方便；如果以裝飾立場言，扇子是女性夏日手中的點綴品，與脂粉袋、太陽眼鏡、遮陽傘一樣，居同等地位。製造很精、質素很美的扇子，也只有高貴富豪的女性，才有資格把握它；但到了涼風天末，秋扇見捐，也是女性最難忍受的時候。（寓言）。

一九　徐樹錚有文才

徐樹錚為民國史上叱咤風雲的人物之一，不特曉暢軍事，嫻於政治，即對經史詩文，亦有相當素養。雖常從事軍事政治活動，性尤好學，勤於研究。雖舟車旅行，必載書以隨。如由北京至庫倫，車中僅置漢書一部。及任邊帥，終不失其秀才儒雅風度。尤愛結納文學人士，談經論道。素與海內宿儒柯劭志、林琴南、馬其昶、姚永樸諸人遊，且向林琴南執弟子禮甚恭。故其詩文造詣，皆具相當功候，斐然可觀。文工駢體，極典麗矞皇之致。詩有唐人味，如「萬馬無聲秋塞月，一燈有味夜窗書」；「美人顏色千絲髮，大將功名萬馬蹄」等句，最為人所傳誦。

徐樹錚所作「視昔軒遺稿」，固多可誦之作，非僅詩以人傳也。其對月詩云：

狼邀狐鼠託宗盟，老猾乘權卒自傾。
冠冕一朝悲毀裂，龍蛇無數起飛鳴；
高炎早伏秋來訊，暮雨能摧郭外晴；
月色橫空雲影去，男兒襟抱與同情。
購我頭顱十萬金，真能忌我亦知音。

閉門大索喧嚴令，側帽清遊放醉吟；
白日歌沉燕市筑，滄溟夢引海角琴；
雲天不盡纏綿意，敢負平生報國心。
蓄意雖極隱晦，但氣壯詞雄，音韻鏗鏘，自是英雄吐屬。

二〇 與七有關的迷信

西洋人迷信，認爲「七」這個數字最爲吉祥。根據舊約聖經創世紀，上帝創造天地，七日成功，他賜福給第七日，定爲「聖日」。因爲在這日，上帝歇了他一切創造的工作，就安息了，所以又叫「安息日」。新約聖經的啓示錄中，更說到七個教會和七個金燈臺，七印封嚴的書卷，七位天使吹號，七個金碗，七種災禍，七顆星座，七個喇叭，七種精神，一條七個頭的大龍，七頭上戴著七個冠冕。

古代羅馬人特別喜歡「七」字，大概因爲古羅馬城是建築在七座山上的原故。相傳，西洋中古時期，上帝也是「七個」，照希伯來神話的說法，有七個神的名字。但丁的地獄中，有七種罪惡：驕傲、憤怒、妒嫉、色慾、食慾、貪婪與懶惰。

莎士比亞把一個人的一生分作七個時期：嬰孩、學生、愛人、兵士、法官、丑角，而最後，又是「孩子氣的人」，正是所謂「返老還童」。人的美德也有七種：謹愼、公正、堅毅、節慾、忠實、希望與慈善。

中古時代歐洲的武士，自幼卽入貴族之家爲侍，他所受的訓練有七，謂之「七成」，卽閱讀、投射、技擊、游泳、打獵、著棋、作詩。那時代的學校科目則有「七藝」：文法、修辭學、辯證學、算術、幾何、天文、音樂。不習七藝，無上流人的資格。

後來，歐洲人承繼了羅馬傳統，把科學分爲七大類：數學、天文、幾何、文法、邏輯、音樂與修辭。但今日的科學，已非此七科所能包括，一般人卻認「七」這個數字，與時間、空間、語言與文化都有一種神秘奇妙的因素。

西洋人稱世界上有古代遺留下來的七大奇蹟：一是埃及金字塔，二是巴比倫的空中花園，三是以弗所的岱雅那寺，四是雅典的朱匹忒像，五是羅得島的阿波羅像，六是亞歷山大里亞的燈塔，七是巴比侖的城牆。

現代人也常常遇到「七」，海洋就有七大洋：北極洋、南極洋、北大西洋、南大西洋、北太平洋、南太平洋與印度洋，每週一來復，稱爲七曜日，卽日曜、月曜、火曜、水曜、木曜、金曜、土曜，七曜周而復始，今俗謂之一星期。

回教的天堂中有七個境界，在第七個天堂中，每一神靈中有七萬個頭，每個頭有七萬張嘴，每張嘴有七萬條舌頭，而每條舌頭可說七萬種語言。日本神話中有七個幸福之神，是慷慨、愛情、超脫、戰爭、健康與兩個長壽之神。

但是，說來眞奇怪，「七」這個數字，在外國認爲是吉祥的，在中國便有各種不同的看法，有的認爲是一個衝動的數字，有的認爲是美滿的數字，有的則認爲極兇惡的數字，總之，「七」是一個不平凡的數字罷了。

地支的子是一數，午是七數，子午是逢衝的。行酒令的數七，有明七暗七的分別，犯了就得罰酒。戰國時代，秦、楚、燕、齊、韓、趙、魏等七國，互爭雄長，謂之七雄。宋司馬光所作的七國象戲，亦稱古局象棋，就是以「七雄」爲基調的。

史記孟子列傳：「序述詩書仲尼之意，作孟子七篇」。這是以「七」名篇之始。漢枚乘作七發，文中說七事以啓發楚太子。後傅毅七激、崔駰七依、崔瑗七蘇、馬融七廣、曹植七啓、王粲七釋、左思七諷，皆仿其體，總稱曰「七林」。

後漢書以詩、書、禮、樂、易、春秋、論語爲七經。宋以尚書、毛詩、周禮、儀禮、禮記、公羊傳、論語爲七經。清以易、書、詩、春秋、周禮、儀禮、禮記爲七經。兵家以孫子、吳子、六韜、司馬法、三略、尉繚子、李靖問對爲七書。

道家說人身有七魄：一名尸狗，二名伏矢，三名雀陰，四名吞賊，五名非毒，六名除穢，七名臭肺。此七魄，身中之濁鬼也。佛家則以地獄趣、餓鬼趣、畜生趣、人趣、神仙趣、天趣、修羅趣爲七趣。言地獄等七處，爲衆生所趣向者也。

選擇家有七煞之說，人死了，頭七要回煞，故喪事每七日設奠，謂之忌七。建水陸道場，起碼是一七或二七，多的乃至七七。吹劍錄云：「世俗信浮屠，以初死七日至七七日，百日，小祥大祥，必作道場功德。」就是本此而來的吧！

每一座寶塔，起碼是七層。習八段錦，有馬上七顚的項目，古時的人，要高滿七尺，才能算大丈夫，人有七竅：兩耳，兩目，一口。莊子上有：「人皆有七竅，以視聽食息。」人有七情，喜、怒、哀、樂、愛、惡、欲是也。

古禮出妻之七事，叫做七出。據儀禮云：「七出者：無子一也，淫泆二也，不事舅姑三也，口舌四也，盜竊五也，妬忌六也，惡疾七也。」而大戴禮則云：「婦有七去：不順父母去，無子去，淫去，妒去，有惡疾去，多言去，盜竊去。」

人生開門七件事，柴米油鹽醬醋茶。這是任何人的日用必需品，但盧仝卻要七碗茶，一碗喉溫潤，二碗破孤悶，三碗搜枯腸，惟有文字五千卷。四碗發輕汗，平生不平事，盡向毛孔散。五碗肌骨清，六碗通仙靈，七碗吃不得，唯覺兩腋習習清風生。

古琴由三絃至五絃，再加兩絃，成爲七絃。七言詩，每句皆七字，如七古，七律，七絕，七排等是。又有七哀，亦是詩體的一種。文選云：「七哀謂痛而哀，義而哀，感而哀，怨而哀，耳目聞見而哀，口歎而哀，鼻酸而哀也」。

大年初七是人日，才是一年第一個好日子。七月初七日爲七夕，是牛郎織女相會銀河的佳期。最毒辣的是：民國四年五月七日，日本人提出的二十一條。二十一，便是三個七字構成的。最悲痛的是：民國廿六年七月七日，日本人發動蘆溝橋事變。

最爲後世崇拜的，八月二十七日是孔夫子的聖誕，他有七十二位及門弟子，傳佈仲尼之學，世稱爲儒家。最殘酷的是：明末流寇張獻忠的七殺碑：「天生萬物以養人，人無一德以報天。殺！殺！殺！殺！殺！殺！殺！」

二一　異　聞

杭州東南日報，載異聞三則：一、最長壽的生物。細菌最不容易死亡，別種動物所不能忍受的冷和熱，它卻能忍受得來。有幾種細菌在華氏寒暑表上零度以下四五九度時仍能生存，又有幾種細菌在華氏寒暑表上三三〇度時仍還活著。最奇怪的，有某種細菌經細菌學家證明是在一萬萬年以前的煤炭裏發現復活的，這恐怕是全世界最古老的動物了。二、寶石礦場奇俗。緬甸木瓜克紅寶石礦場裏有一個規則，凡是採寶石的工人，頭上必須戴一頂鐵帽，連嘴都遮住，而且用鎖鎖著，這是防止他們發現了珍貴的寶石，吞入肚裏，然後再從肚裏瀉出來賣給別人。三、一浴廿五先令。在地圖上控制紅海口的亞丁，現在已經有了新式的自來水裝置，以前你要想在亞丁沖一個鮮水浴，要費廿五個先令，以「烈久酒」著名的柯拉老島，就是在現在，要買一桶飲水，也要費廿五個先令哩。

二二　李秀成死之疑案

太平天國的天王洪秀全，建立金陵王國，李秀成之功，實未可沒。他以一個農民子弟，成為太平軍氣概昂揚的儒將；以出身舊封建社會，成為反封建的民族革命領導。歷史記載，非之者最多，而譽之者則寡。直至辛亥革命後，輿論才漸爲之平反，且多惜其爲功不卒。最爲人有疑莫釋者，就是他死得不明不白。

金陵被圍之日，李秀成滿腔孤憤，歌嘯於吳市，寫出：「鼙鼓聲聲動未休，關心楚尾與吳頭，豈知劍氣外騰後，猶是胡塵擾攘秋……」的詩章，決不是偶然的，太平天國的命運已瀕臨於一個總清算的日子了。同治三年六月十六日，金陵官軍在曾國荃的指揮之下，掘地道，裝地雷，將城牆轟倒二十餘丈，清軍蜂擁而至，金陵遂告陷落。其時天王早已仰藥自殺，李秀成於亂軍中匿避民家，六月十九日爲清將蕭孚泗從民家搜出，即送曾國藩行轅訊審。至七月一日，曾氏復派道員龐際雲、知府李鴻裔會訊，令李自書供詞，前後凡四萬餘字。七月四日，曾氏又親自提訊一次，而附帶訊審的有天王胞兄洪仁達、洪仁發兩人，以病勢垂危，即被執行死刑，在二洪死後的兩天，李氏亦告棄市。

綜觀李秀成被擒至棄市的經過，其間有幾處地方，成爲歷史上的疑案。第一，李氏洋洋數萬言的供詞，原文不見記載史籍，即野史筆記中，也遍搜不得，曾氏雖曾將供詞抄送軍機備查，但是否爲李氏一字不易的原供，頗屬疑問。同治三年七月七日曾氏給其子紀澤的信中，有：「僞忠王自寫親供多至五萬餘字，兩日內看核酋供，如校對房本誤書，殊費目力……之」語，所謂「校對房本誤書」，及七月一日爲道員龐際雲等所訊供詞爲四萬餘字，此則云「多至五萬餘字」兩點，顯然有增損及修正原供的蛛絲馬跡可尋，第二，李氏是先執行死刑而後奏報的，而清廷的原意，卻要將他檻送京師，經過大審，再加處決。觀王定安編的曾文正公大事記：「逆首李秀成、洪仁達等均係內地亂民，不必獻俘，第該逆等罪惡貫盈，自應檻送京師，審明後，盡法懲治，以洩人神之憤……」的上諭，便可以知道。

假定李秀成的供詞，是被曾氏增損或修正過的，他的用意何在呢？有許多人推測，在李氏的供詞中，一定有勸曾氏反正的言語。此外對於中興漢室的計畫，也必附列了許多條陳。此種推測，如果屬實，則李氏的精神之偉大，實足令人景仰不置。蓋李氏至此，已成階下之囚，自知必無生理，但他還能置個人生死於度外，一息尚存，仍爲民族革命的事業努力不懈。他要想以一個叛徒的身份，來說服一個負有重大使命的清廷大員，來激發他的民族情緒，從滿人的包圍中，投身到革命的懷抱來，這不是一件很容易的事情，在書面上，自非有洋洋數萬言的擲地作金聲的文字不可。

我們如果認爲此項推測，於當日的事實有接近的可能，則對於曾氏先執行李氏死刑然後奏報的原因，亦可迎刄而解了。以曾氏的宏才大略，當日所處的地位，炙手可熱的聲勢，以及精銳的基本部隊……立於民族革命的立場，未嘗不可倒戈相向。以曾氏的學識與倫理的修養，及其早年託於吟咏的抱負（曾氏題楊忠愍公二疏草詩有：「古孰無死，曾不可班，輕者鴻毛，重者泰山，楊公正氣，充塞兩間，……」送謝果堂前輩歸江南詩有：「我者曾讀知恥集，憾不追遂參翱翔，當時小人竊國柄，狐鳴梟噪何貪饕？」等句），未嘗沒有民族的熱情與意識，但是曾氏生不逢辰，他的時代，已經不是明社既屋之後，一班遺老孤臣奔走復國的時代了。其時愛新覺羅氏的根基早已打到，漢人的知識份子在大興文字獄之後，已全部爲「舉業」所收買，知識份子既無人大張旗鼓地來幹，那些流動在下層社會中江湖黨會又那個敢首先發難呢？

太平天國軍興之後，聞風響應者固然很多，但是在宗教觀念上，卻給予許多尊崇儒教的正統派的學者們的望而卻步。曾國藩、左宗棠、彭玉麟……之輩，對於國軍信奉天主，認爲離經叛道，極力加以抨擊（對於民族思想則未見提及），此或許是太平天國發動的民族革命的致命傷，也許是在上中層社會中不能獲得廣大同情的重要因素吧？

曾氏對於太平天國的幾個中心人物，平日心儀甚久，認識甚淸，觀其函勸石達開投降的熱忱，可以知之。李秀成被執之後，天國之大勢已去，民族革命的實力已宣告終結，在這個時候，李氏來勸曾氏「反正」，時間已經太遲了。倘使曾氏有這種動機，但在利害的估計上，未免太不合算，因爲革命不能成事，反要遭滅門大禍，此「智者」所不取也。何況當時曾營中淸廷所派的耳目密佈呢？曾氏若不增損或修正李氏的供詞，若不提早將李氏正法，也許大禍便立刻生於肘腋之間。

二三　康藏人的娛樂

康藏人民，終歲勞苦，省衣節食，以納賦稅，自吾人視之，亦云苦矣。然詳細調查之，彼等亦善於尋樂也，因該地多溫泉，人民常往沐浴，天寒每月一次，如遇暑天，則間日一次有時流連六、七日，少亦一、二日，去時二、三人偕往，或闔家全往，携臥具備酒食，優游其間，至其浴法，久坐於溫泉之中，多至三、四時，少一、二時，此卽所謂「溫泉泡澡」也。每當氣候和煦之時，林靑草碧之際，倚樹張幕，藉草爲茵，或飲酒作樂，或相率歌舞，不事拘束，各盡其興，必數日而後始歸，此種有似露營之生活，而彼等則稱爲「耍柳林子」也。當地人民，平居無事，常於淸晨或午後，跋涉崎嶮之山，數人同行，不分男女，且行且歌，聲應山谷，此卽所謂「男女轉山」藉以習勤也。此外則爲跳舞寄興，常於元旦及節日舉行之，土人著紅綠之衣而爲跳舞，演種種之技術，舉行之日，達賴喇嘛坐於高殿觀之，大小官吏皆來布達拉陪觀。有所謂「跳月斧」者，童子演之，足繫小鈴，手持斧鉞而舞，有進退之法，合緩急之節，頗足觀也。要而言之，康藏人民之娛樂，大抵不出上述數項，以視內地都城之溺於煙、賭、冶遊者，反覺高尚多矣。

二四　嘲諷姓名妙語

文學人士，似多數具有幽默風趣的性格。雖或平日行爲拘謹、不苟言笑的道學夫子，亦難盡免。如程明道與伊川兄弟，弟自謂「目中有妓，心中無妓」，指兄「目中無妓，心中有妓」的故事，卽可說明。文士們的幽默風趣，多出之詩詞聯對，或形諸語言，甚且以姓氏名號作資料而嘲諷者，無所忌諱，常一笑置之而已。事例很多，略述於次：

笑笑集：陳伯益面黑而狹，多髯，寫眞掛壁上，其友謝希孟見之，戲題云：「伯益之面，大無兩指；髭髯不仁，侵擾乎旁而不已。」旣而，謝希孟寫眞，衣皂道服，躡僧鞋，伯益爲題讚曰：「禪鞋僧人鬚鬢，道服儒巾面皮；秋水長天一色，落霞孤鶩齊飛。」見者絕倒，後謝希孟改名直，字古民，伯益復咏其名曰：「炊餠擔頭挑取去，白衣舖上喝將來。」相與大笑。

北齊書徐之才傳：徐之才聰辯強識，有兼人之敏，尤好劇談諧語，公私言談，多相嘲戲，其嘲王昕姓（指王字）云：「有言則訌，近犬則狂，加頸足而爲馬，施尾角而爲羊。」盧元明見而不平，因戲徐之才云：「卿姓（指徐字）是未入人。」之才應口卽答云：「卿姓（指盧字）在亡爲虐，在丘爲虛，生男則爲虜，養馬則成驢。」可謂字字入骨！

曲洧紀聞：俚俗有「張王李趙」之語，猶言是何等人，無足掛齒牙之意。宣和間，王將明、張子能、王履道、李士美、趙聖縱，俱在朝，是時「張王李趙」之語，喧於朝野，聞者莫不笑之，譏其無能也。

新笑史：徐侍郎如珪謫外，復以廷評入，不欲忘舊臺中銜，投名刺曰：「臺末」，他僚刺曰：「臺駁」。太常寺卿白若珪，性謙下，投諸權貴名刺曰：「渺渺小學生」。好事者作句曰：「臺末臺駁，渺渺小學生，同是一珪，徐如白若。」見者軒渠，以其同是一珪，而作風不同也。

冷齋夜話：石曼卿隱於酒，善戲謔，嘗出報恩寺，馭者失控，馬逸墮地，吏驚扶之，意必茹怒，曼卿徐着一鞭，謂馭者曰：「幸我是石學士也，若是瓦學士，豈不跌碎乎？」可謂善於解嘲矣。

清稗類鈔：順浩某處有尹姓者，開罪於友，士子作尹謠以嘲之云：「伊無人，羊口是其羣。斬頭箏，滅口君，縮尾便成丑，直腳半開門，一根橋扛，扛箇冷屍靈！」此比唐人「丑雖有足，甲不全身，見君無口，知伊少人」之謔更爲刺骨。同時，有詠奚姓七字吟云：「奚，雙奚，此物奚，雖多亦奚，子之迂亦奚，虞不用百里奚，如此則與禽獸奚？」亦刺骨之至。

春渚紀聞：李章敏於諧笑，赴鄰家蘇姓小席，旣進饌，章曰：「每見人書蘇字不同，不知魚合在左邊者是，在右邊者是？」主人曰：「古人作字不拘一體，移易從便。」章引手取主人案前之魚示衆曰：「領主人意旨，今日右邊之魚，亦合移左邊如何？」一座輟飯而笑。

千笑集：兩人相遇，甲問乙姓。乙曰：「姓孫。」因轉問甲，甲曰：「不敢！」乙曰：「問姓何嫌之有？」甲曰：「姓祖。」乙悟其戲己，乃曰：「巧哉！我孫君祖，君祖我孫也！」

堅瓠集：萬曆中，王廣文號竹月，年邁，髮齒已落，更缺一耳。一生作詩曰：「竹月號三無，無恥（齒）之恥無，然而無有爾（耳），亦則無有乎（鬍）。」眞惡謔也，按年邁體衰，而亦嘲其名，似無足取，故曰「惡謔」，亦不爲過矣！

封氏聞見錄：楊伯博任山南縣縣丞（副縣長），其妻陸氏名家女也。縣令朱某，婦姓伍，偶與諸婦會席，既相見，縣令婦問贊府夫人何姓？答曰：「姓陸。」次問主簿夫人，答曰：「姓戚。」縣令婦勃然入內，諸夫人不知所以，欲回，朱聞之，入問其婦，婦曰：「贊府夫人云姓陸，主簿夫人云姓戚，以吾姓伍，故相弄耳。其餘夫人賴吾不問，問必曰姓八姓九矣？」朱大笑曰：「人各有姓，豈相弄耶？」令婦復出主宴。按：事甚有趣，伍陸戚諸氏婦萍水相逢，可謂巧矣。其餘夫人，若有姓八姓九姓十者，豈不更趣？

廣笑府：宋儒爲姓名謎曰：「長空雪霽見虹霓，行盡天涯遇帝畿，天子手中持玉簡，秀才心厭着麗衣。」謂韓絳、涼京、王珪、曾布也。又曰：「人人皆戴子瞻帽，君實新來轉一官，門狀送還王介甫，潞公身上不曾寒。」謂仲長統、司馬遷、謝安石、溫彥博也。又曰：「佳人佯索扶，露出胸前白雪膚，走入秀緯尋不見，任他風颺捲江湖。」謂賈島、李白、羅隱、潘閬也。

二五　聯　集

陶行知病逝時，有其同鄉某輓以一聯，至爲平易工貼。聯云：「知行！當日讀書維艱！口應心，辦起曉莊師範；行知！如今立言不易！腦充血，睡着黑漆棺材！」曾於抗戰時任僞駐日大使蔡培，勝利後被判死刑，其於行刑前在獄中自輓一聯，雖寥寥數語，然對其生前死後，已道得淋漓盡致！聯云：「生前夢想造天堂，縱如願以償，結果難逃一死！死後魂能遊地府，惟志心朝禮，但求永不超生！」抗戰時，成都流行一副妙聯：「金男大，金女大，男大當婚，女大當嫁，齊大非偶；市一小，市二小，一小在東，二小在西，兩小無猜」。按金男大，金女大，齊大，一小，二小，俱係校名。一小在市東，二小在市西，均切合事實，誠可謂構思巧合，引述自然也。

二六　佛牙舍利塔

本隨筆曾作「佛牙」一文，說明佛牙經過複雜離奇的歷史。頃讀中國名勝古蹟一書，載有「佛牙舍利塔」一則，與本書前記，略有出入。因錄之以供參考：

坐落北平西山八大處的第二處，靈光寺舊址。八大處，就是八座古代寺廟，錯綜分佈在翠微山、平坡山及盧師之間。根據佛教史籍記載，相傳釋迦牟尼逝世之後，有兩顆牙齒，留在人間。一顆輾轉傳到獅子國（斯里蘭卡）；另一顆則傳到烏萇國（印度北部蘇瓦特河流域），再傳到于闐（新疆和闐）。公元五世紀，中土僧人法顯，西遊至于闐時，把佛牙帶到南齊的京都建業（南京）。隋統一中國後，又把佛牙送到古都長安（西安市）。五代時，中原經常發生戰亂，佛牙再轉到當時北方的遼燕（北京）。據「遼史・道宗紀」載：一〇七一年（遼道宗咸雍七年），安放佛牙舍利在唐建靈光寺的招仙塔。

「舍利」是梵文的譯音，意爲屍體或身骨。舍利粒子，一般有三種顏色：白舍利是佛骨和佛牙；黑舍利是佛髮；赤舍利是佛肉。白舍利中的佛牙，尤珍貴而罕見。清光緒二十六年（一九〇〇年），八國聯軍蹂躪北京，摧毀了招仙塔。後來僧人，在殘破塔基中，發現珍藏佛牙舍利的石函，函內的沉香木盒，有題記：「釋迦牟尼佛靈牙舍利，天會七年四月二十三日記，善慧書」等語。天會七年，即公元九六三年。現存的佛牙舍利塔，是在舊塔的遺址上重建起來的。

二七 翰林習字三年

熊希齡，湖南鳳凰（苗疆）人，由舉人而翰林，在苗人之中，自是鳳毛麟角。熊希齡之能點翰林，據說：第一，是他運氣好；第二，是沾了身爲苗人的光。因爲以前科舉考試，不論文章如何好，中了進士之後的殿試，點翰林，最重視的是要大白摺子上館閣體的書法寫得好。如龔定庵（自珍，浙江仁和人）爲清道光年間的進士，學問淵博，才氣過人，詩文稱海內，早爲名冠全國的大名士，惟因字寫得不好，始終沒點得翰林，成了他一生的憾事。熊希齡的字，也是不夠標準的，看在苗人——兄弟民族——的份上，欽點翰林時，光緒皇帝特於其試卷上御批了「習字三年」四個大字，以後竟成了同年們酬酢中的佳話。幾年之後，由於他勤謹臨摹學習，不但字果然寫好了，而且東渡遊日，又隨五大臣出洋考察憲政歸來以後，竟成了最有歐美新思想的政治家。不明其身世者，誰也不會料到他原是一個苗人。

二八　重陽

「秋風滿城，涼煙四起，亭臯落葉，隴首飛雲」，中秋剛過，又屆重陽。此情此景，人以是爲立秋後第一寒信，謂之重陽信，蓋指秋之一般情狀也。舊以陰曆九月初九，日月皆值陽數，復以爲節名——重陽節（一名重九）。曹丕與鍾繇書曰：「歲往月來，忽復九月九日，九爲陽數，而日月並應，故曰重陽」。俗嘉其名，以爲宜於長久，因亦有享宴高會，卽憑添了一輩墨客騷人之詩話：杜甫所謂：「舊日重陽日，傳杯更放杯」。王筠所謂：「重九惟嘉節，抱一應元貞」。作桃花源記之陶淵明，最能藉題發揮，當不放縱機會，故謂：「余閒居愛重九之名，秋菊盈園，而持醪靡由」。孟嘉從桓溫，九日宴龍山，風吹落帽，孫（盛）孟爲文譏答，播爲美談。天下本無事，庸人自擾之，劉漁父致友書，故謂「佳節本無勝，文人自擾之」，良有以也。

「重陽」亦非九月初九日之專詞，如楚辭遠遊：「集重陽入帝宮兮」。洪興祖註：「文選云：『集重陽之清徵』，注云：『言上止於天陽之宇，上爲陽，清又爲陽，故曰重陽』，或謂集陽爲天，天爲九重，故曰重陽。」此處「重陽」，指天而言，卽有別於俗說之重陽。不過謂重陽爲天，今文已不多見，而重陽名節，則婦孺皆知。其能遍普於民間者，亦由於一種神秘故事之推動。吳均續齊諧記：

「汝南桓景隨費長房遊學累年，長房謂曰：『九月九日汝家當中有災，宜急去，令家人各作縫囊，盛茱萸以繫臂，登高飲菊花酒，此禍可除』。景如言，齊家登山，夕還，見鷄犬牛羊一時暴死。」

故事相承，後遂有九日登高之舉。流俗之意，在於避災，而附庸風雅者，則有登高會，茱萸會。以重陽相會，登山飲菊花酒，杜甫詩云：「明年此會知誰健，醉把茱萸仔細看」。郭元振詩云：「避惡茱萸囊，延年菊花酒」。蓋卽歌詠其事。後顯貴之踵行其事者，代不乏人，據史籍所傳：南齊書禮志，宋武帝在彭城時，九日上項羽戲馬臺登高。齊武帝本紀，九日，孫陵岡商飆館，登高宴羣臣。全唐詩話，唐中臨渭山登高，皆是，其流行於民間者，如崑新合志，九日邑人胥上馬鞍山登高。清嘉錄所載：「舊山九日在吳山治平寺中，牽羊睹彩，爲攤錢之戲。今吳山頂機王殿，猶有鼓樂酬神，喧闐日夕者，或借登高之名，遨遊虎阜，簫鼓畫船，更深乃返」。邵長蘅冶遊詩云：「何許更登高，吳山黃花節」，卽指其事。上下相傳，九日登高，無論其爲「迷信」，爲「遊樂」事已成爲習慣。

「重陽」不限於以節名九月初九，而登高之舉，古人亦不拘於九月初九者，如石虎鄴中記及隋文帝本紀，有正月十五日登高之會。桓溫參軍張望有七日登高詩。晉李充有七日登剡山寺詩。韓昌黎有人日城南登高詩。元魏東平王翕有人日登安仁山銘。類此者，旣非避災，亦非風雅，蓋有老莊「衆人熙熙，如登春臺」之意，而與重九登高之義則迥殊。

重陽除登高飲酒，消災避難，給文士以詩歌之材料。流俗以冶遊之機會外，亦農人占卜雨水之資助。荆楚歲時記：重陽日，常有疏風冷雨，俗呼秋風盲雨。李福重陽風雨詩云：「天公也似可其詩，到此年年例風雨」。如果重陽日晴，則一冬無雨雪，故農諺云：「夏至有風三伏熱，重陽無雨一冬晴」。測之常不爽。在科學未昌明之中國社會，數千年來，重陽又作了氣候之測量器。

中國無論任何佳節，除酒食外，必各有特殊之食品，以資點綴。元旦有年糕，端午有黍角，中秋有月餅，重陽自然不能例外，卽有所謂「重陽糕」。吳郡志：九月九日食重陽糕。范志：重九以菊花茱萸嘗新酒，食栗糭花糕。雅志：重陽日蒸五色糕相餉，謂之重陽糕。惟有一代詩人劉夢得，作九日詩，欲用糕字，以五經中無之，輟不復爲。宋子京以爲不然，其九日食糕有詠云：「飆館輕霜拂曙袍，糗餈花飲鬪分曹，劉郎不敢題餻字，空負詩名一世豪。」今猶傳爲吟壇佳話。重陽以後，俗例百工作坊開始夜作，蓋有夜長晝短，未可虛擲光陰之意。蔡雲吳歈云：「蒸出棗餻滿店香，依然風雨古重陽，織工一飲登高酒，篝火鳴機夜作忙」。細細領會，味更無窮。

邇者，重陽雖不見重於時（民國十九年國府公布以陽曆九月九日爲「重九節」，廢除重陽之稱），「老去悲秋強自歡」，亦人生常有之態度。但際此漫天烽火之日，每吟「遙知兄弟登高處，遍插茱萸少一人」之句，必有同感於天涯淪落人也。

二九　閒話杏花

杏屬薔薇科，別名：柑梅。蒙古及中亞細亞原產。我國南北都很普遍地種植，江南的二月，正是杏花怒放的時候，「江南二月杏花天」，增加了江南二月春色的可愛。杏花，除了供觀賞外，它的果實也很美麗，果子在花落後漸漸可見。最初是青油油的，四、五月間便黃澄澄了。再過了一些時候，便可以摘下來，送入口中，實爲果實中的上品。

杏花和桃花都被人視爲淫冶的花，說到女人不安於室，必定說什麼「紅杏出牆」。古人對於杏花，也很鍾情，看杏花時，常摘下來揷在鬢邊，東風掠過髮梢，便飄出一縷縷的幽香，受人特別喜悅。葉靖逸詩云：「春色滿園關不住，一枝紅杏出牆來。」杏花好像做了蕩婦的代表。

揚州的太平園，園中滿植杏花，每逢初春，紳士們大宴杏花，一枝命一妓倚其傍立，叫做「爭春」。池州城秀山門外，憑着杜牧一首詩：「淸明時節雨紛紛，路上行人欲斷魂，借問酒家何處有？牧童遙指杏花村。」每年春天，吸引不少遊人，在那裏的杏花和酒家也一天天多起來了。陸游曾遊臨安，詩有「小樓一夜聽春雨，深巷明朝賣杏花」之句。正合江南人士願望，都人紛紛傳誦，傳入宮禁中，陸亦因之得官。杏花與春雨連的，花帶來了盎然春意，亦人生大快事，自爲人們鍾愛欣賞。

三〇　豪俠大刀王五

江湖豪俠大刀王五，原名正誼，以一市井匹夫，馳譽河北、山東一帶。滿淸末季，在大江南北，提起大刀王五，幾婦孺皆知。王正誼之名，反爲王五所掩。原以爲人保鏢爲業，設鏢局於北京宣武門外。車前以大刀爲標幟，故多以「大刀王五」稱之。所經之地，盜賊聞風而匿。平日交結黑白兩道好漢，率加敬畏有加。其爲人也，性情豪邁，輕財尙義，不欺不苟，常約於衆曰：「非不義之財毋妄取；非該死之徒毋妄殺；本身犯姦淫者，殺無赦」。盜賊聞之，奔走相告，各自檢束，無敢犯者。此其立身處世之道，亦其統羣馭衆之方。

當滿清末季，腐敗的政府，引起外交連連挫敗。喪權辱國，民怨沸騰，幾有集衆告亂之舉。政府官僚，全歸罪於大刀王五。刑部堂官，擬派濮青士（溧水人，清翰林，與譚嗣同同榜，爲人淸正簡明），調兵逮捕王五訊辦。王五不懼官衙，聞訊，乃自動親往投案，直陳民衆保國衞民的要求，並責官吏以大義。濮青士早已耳聞王五俠義之聲。今日眼見這漢子，五十餘歲，氣宇軒昂，英氣逼人，兩目炯炯有光，方面大耳，表現出堅毅果敢的精神，知其決非敗類。不但未加究責，反溫語慰而釋之。此事倘落在奸臣惡吏之手，大刀王五不死也得脫一層皮。

從此濮青士既認識了王五，王五亦深感濮青士之賢明，時思有以圖報之機。及光緒二十四年，濮氏外調南陽守，以負累太重，不能成行，且多處告貸，無一應之者。王五悉其情，初以私蓄二百金贈之。濮氏中途困阻，又以五百金濟之。兩次皆被濮氏嚴詞拒絕，幾經解說，終以借用暫濟其急而納之。王五又因以沿途不靖，且親護送抵南陽。王五因事難留，急告返京，濮氏擬還王五共七百金。王五則謂公事爲重，私借則約稍緩。隨卽單騎絕塵而去。濮氏歎曰：此誠江湖豪俠，友中之國士耳。

戊戌維新，乃光緒與康、梁、譚（嗣同）等，共謀國家富強之舉。結果，被袁世凱賣友求榮所破壞。百日維新結束，譚嗣同等六君子皆以身殉難。此次政變，王五亦無名英雄之一。他與譚嗣同原有舊誼（濮青士介紹），奔走其中，貢獻頗多。及事急，王五力勸譚氏出奔，並願全力護送出京；但譚則堅持不願離去，並正色曰：「志士仁人，有殺身以成仁，無求生以害仁，吾誓不趨避也。」王五無奈，只得揮淚訣別。及譚氏被捕入獄，題詩於獄壁云：「望門投宿思張儉，忍死須臾待杜根；我自橫刀向天笑，去留肝膽兩崑崙。」其中「忍死須臾待杜根」一句，蓋指杜根在漢安帝時，曾上書直諫太后歸政，后怒，乃撲殺之。譚此時亦冀其未死脫走，寄望於王五之意也。王五以譚嗣同以國士視己，已亦當以國士報之。後於八國聯軍之役中，欲繼譚嗣同遺志，對國家民族有所表現，終不幸殉難於亂軍之中。戰國俠士豫讓答趙襄子，謂：「智伯以國士待我，故以國士報之。」大刀王五亦庶幾近之。

大刀王五，初爲江湖豪俠，而濮青士獨具慧眼，慰勉之，寬釋之。王五於感激之餘，扶濮氏之危而濟其困，具見其俠義心腸與不欺不苟的精神。在戊戌政變中，竭忠盡智，奔走號召之餘，尤不顧身家性命，願全力護送譚氏脫險。八國聯軍之役，猶思以國士報譚，有所貢獻於國家，卻不幸齎志以殉，亦「天與英雄之恨」耳。謂爲江湖豪俠，實不爲過。

三一　蕭振瀛爲父慶壽

七七事變前年，民國二十五年春，蕭振瀛以事成利就，顯親揚名，乃爲其父大慶壽辰於北平。首以市長名銜，泛發壽柬，有的則另附八行，專簡奉邀。除附「貴賓證」之外，遠道客人，並附「預定飯店房間」、「頭等車票」。凡接到柬、函邀請者，雖有難色，但因有丁春膏被誣事件的前車之鑑，又不敢得罪結怨於彼。礙於形勢，只好勉力去捧捧場。故是日仍是車水馬龍，祝者盈門，相當熱鬧。惟前來祝壽者，多簽名行禮後卽去。顯要留享壽宴者，更寥寥無幾。及壽宴開席，除蕭家親族、僚屬、侍從、警衛之外，盡是小孩們的天下。酒席原準備六百桌，結果則尚餘四百餘席。

壽期中，所收珍貴禮品很多，紅包也不少。同時，也收到很多匿名嘲罵信件，皆置之不理。甚有包送炸彈者，幸被發覺，而未肇生事件，這是由於早有防範的結果。原來禮房的主事者，因恐有意外，早電駐門頭溝的工兵營，派工兵四名到平，駐宅外任檢查特務。凡外來裝包禮品，均須由該工兵驗明，方准送入。一日，果然發現了炸彈，如非早有設防，後果則不堪想像了。各方所送春聯幛軸亦多。二十九軍全體官兵，所贈壽聯最爲出色。聯云：

喜峯口抗敵時，死疆場的皆係蠢才；今日名利雙收，飲水思源，莫忘本路軍人血汗。

察哈爾議和後，識時務者方爲俊傑；此際異珍滿列，捫心自問，出諸兩省民衆脂膏。

此聯文采，雖不算佳構，但官兵情緒，則已躍然聯上。傳說：某主席接到蕭公館壽柬時，隨口囑其秘書，備一副輓聯送去。秘書驚愕不已，但又不敢違命，只好將稿撰好，當面呈閱。主席看畢，隨置衣袋中，說：「很好，很好，我說錯了，是壽聯。」後來，此事竟傳到蕭振瀛耳中。蕭悻然說：「好呀！爲何不送來？送來了，我眞要掛在高堂。如是，則『九朱堂上兩條白，萬綠叢中一點紅。』乃是天然妙對。」他並曲加解釋說：「九者，我蕭仙閣的綽號也（他在北方有九千歲的綽號，不知何所出）。朱者，喜慶之紅彩也，堂者，祝壽之禮堂也，無一而非吉利之兆。」眞是「厚黑」到了家。蕭振瀛不自審勢度情，爲父慶壽，原想與宋哲元爲母祝壽比美。結果，風光不起來，自討沒趣，好在鍋貼市長也「不在乎」！

三二　楊脩以才智殺身

三國時，在曹丕與曹植兩兄弟間勾心鬪角的爭位中，楊脩無疑的也扮演著重要的角色。他是曹植的羽翼，是個才氣淵博的人。但他終以才高而喪命於曹操之手。

楊脩是怎樣的一個人呢？三國志裴注引典略：「楊脩字德祖，太尉彪子也。謙恭才博。建安中，舉孝廉，除郎中，丞相請署倉曹屬主簿。是時，軍國多事，脩總知內外，事皆稱意。自魏太子以下，並爭與交好。」曹操是個好招納賢才的人，楊脩被羅致爲主簿，做事很能使曹操稱意，所以很得信任。當時自曹丕以下，無不爭與他結交，可見當時他是一位紅人。我以爲，曹操所以用他，不僅因其才，也因他「謙恭」，假如他能忠心耿耿的爲曹操服務，不涉入丕植之爭，他是不致被牽累而罹殺身之禍的。

楊脩是擁植派的，他和丁儀、丁廙兄弟都欲以曹植爲嗣，所以，不免在曹操跟前而爲植說話。「太子患之，以車載廢簏，內朝歌長吳質與謀。」此事被楊脩知覺，固以之爲把柄白曹操，冀藉此打擊曹丕。「太子懼，告質，質曰：『何患？明日復以簏受絹車內以惑之，脩必復重白，重白必推而無驗，則彼受罪也。』太子從之，脩果白而無人，太祖由是疑焉。」（裴注引世語）楊脩雖聰明，也料不到吳質會只略施手段，就使他見疑了。曹植本甚爲操所寵，幾度欲立爲太子，但因他「任性而行，不自雕勵，飲酒不節」，如此的驕縱，又私開司馬門，令到曹操大怒，從此寵日衰，曹操對他是另眼相看了。而楊脩屢爲曹植出主意，既爲曹操所察，自不免疑他欲與曹植有所陰謀，於是，「既慮終始之變，以楊脩頗有才策，而又袁氏之甥也，於是以罪誅脩。」後患不能留，自然是先下手爲強了。

楊脩是被以「交搆」罪賜死的。裴注引世語寫道：「太祖遣太子及植各出鄴城一門，密敕門不得出，以觀其所爲。太子至門，不得出而還。脩先戒植曰：『若門不出侯，侯受王命，可斬守者。』植從之。故脩遂以交搆賜死。」這可說是曹操設下的圈套。

楊脩死後百餘日，曹操也死了。因此，曹操除去楊脩一著可說是老謀深算。如操先脩而死，則楊脩又不知要如何的鼓動曹植和曹丕作對了。

楊脩因有其聰明的才智，而才智卻毀了他。他恃才傲物，屢次忖度曹操的心意，無異是手捋虎鬚。而他的死，可說是引火焚身。這很可爲後人之鑑。

楊脩死於建安二十四年秋，卽公元二一九年。裴注引典略說：「脩臨死，謂故人曰：『我固自以死之晚也。』其意以爲坐曹植了。」然而，曹植卻還活到魏明帝太和六年，卽公元二三二年。這該是能使楊脩飲恨黃泉的吧？

三三 地衣的製結

讀南唐李後主詞中有「紅錦地衣隨步皺」之句，初不明其所指。後見唐書，亦有「刻畫魚龍地衣」言，始明古代叫地毯爲「地衣」，這「紅錦地衣」，卽指當時舖地之錦毯。古代的地毯，大都爲錦繡製成，質薄易破，致有「隨步皺」的現象，也易汚染，卻很精製雅麗，氣派雖不同於今日，質地卻比今日優勝。

現代地毯，多用羊毛紡成粗毛線，編織而成。名貴的地毯，全用手工編織，用各色毛線拴結在細蔴（現爲尼龍絲）的經緯線上，每拴好一個線結，卽行切斷，又拴一個。做工如此，所以織成後，厚而有彈力，不會「隨步皺」，且經久不壞。此種貨色，我國以西北地帶爲多。有用機器縫製者，則與手工不可同日而語。

地毯有各種形式，各種色調、圖案、花樣，隨人所好。千變萬化，步行其上，舒適之感，油然而生。

三四　談樗蒲之戲

法國東南隅，瀕地中海沿岸的摩洛哥，面積二十方公里，約當我國浙江省五分之一弱，爲世界最小的國家。人口不及三萬，氣候溫和，風景宜人，有著名的別墅，爲避寒避暑的勝地，富豪巨賈，趨之若鶩。政體爲君主立憲，政權則付託於賭博公司。君主之俸金，國家之支出，皆仰賴於該賭博公司的稅收，故有賭博國之稱。歐洲之嗜賭問津者，經年絡繹不絕。摩洛哥誠世界一大賭國，不但政府賴以維持，人民亦賴賭博抽頭爲生。日本發動侵略戰爭時，東亞也出現了如摩洛哥一樣的地方很多。以孤島上海爲最著。都依靠賭窟的苛徵賭稅，作爲侵略資本。對其他開支，也獲得巨額的補助。

賭博，原稱樗蒲，我古哲人謂：「博奕樗蒲，乃牧猪奴戲耳」。據傳：奕，原係唐堯發明，用以拘束其不肖子丹朱，免其放縱恣性。樗蒲，卽現在賭具之稱。傳爲老子發明，作爲適性消閒品。作用原限於適性消閒，不期流傳爲敗家喪德的工具，風行於下層社會的黑暗面。卽如摩洛哥賭博之行，也不見得是上流社會的光明面。換言之，這種「樗蒲」，行之於販夫走卒，則曰「竊財賄」，有觸「新生活」的禁條，行之於稍有地位的所謂「領導層」，則自以爲「適性情」，因而夜以繼日，上行下效，置公事於不顧，而違法亂紀、傷風敗俗之事，紛至沓來，這是「適性消閒」嗎？有許多人，飽食終日，無所用心，難道是生活苦悶，精神枯寂，因而藉「賭奕」排除之、消弭之，且謂「猶賢」，聖人之言也，豈不異哉！殊不知聖人此種譬喻的旨趣，用意深重，實係針貶一般頹廢浪漫醉生夢死的病態心理，並非希望人人能「博奕」才算「用心」；才算不虛擲時間，怎能曲解，強調訓詁作護身符，誣衊聖人！既曰「猶賢」，又怎樣會加上「牧豬奴」的雅號呢？

三五　鬼才詩人李賀

中國文學史上，有兩位短命詩人；初唐的王勃，是其中的一位，他只活了二十九歲就死了；後人都替他可惜。但想不到還有一位比他更短命的詩人，就是李賀，他只活到二十七歲。自古以來，文人之衆，沒有一個是像他那樣短命的。

李賀，別字長吉，是河南省境內的昌谷人，爲唐宗室鄭王之後裔，曾爲協律郎。他七歲的時候，就能作詩。當時頂有名的文人韓愈和他的朋友皇甫湜，聽到李賀這樣聰敏，不敢相信；於是便相約到家裏去看他，要他當面做一首詩，以試驗他的才學。他提起筆來，不加思索，迅速就寫一篇「高軒過」。其詩如下：

「華裾織翠青如葱，金環壓臂搖玲瓏，馬蹄隱耳聲隆隆，入門下馬氣如虹。云是東京才子，文章鉅公，二十八宿羅心胸，元精耿耿貫當中，殿前作賦聲摩空，筆補造化天無功。龐眉書客感秋蓬，誰知死草生華風？我今垂翅附冥鴻，他日不羞蛇作龍。」

韓愈和皇甫湜看了的確寫得不錯，不禁大爲驚奇，從此他便詩名大振了。他的詩以奇詭著稱，不落尋常畦徑，所以當時沒有人能學他。李賀奇詭的詩，如神絃曲等，都很多鬼趣，故他有「鬼才詩人」之稱號。雖然他的詩奇詭，但他工於修辭；他的瑰麗的辭藻，頗能引動讀者，使人愛不忍釋。

在唐憲宗元和初年，也是他十六歲那年，就到京裏去應進士試，那時元稹等一般老學士，都以爲李賀的父親名晉肅，「晉」與「進」字同音，例應避諱，勸他不好再考進士。他聽了這話，也就不考了。韓愈知道了這件事，很不以爲然，便做了一篇「諱辯」，特別爲他辯護，說父親雖然叫做「晉肅」，兒子仍不妨投考進士。但他仍然不肯依從。

他既不應考，從此就專門做詩。他做詩是很奇怪的，並不像人家坐在家裏杜撰，他一定要跑到外面去尋求詩料。他做詩的時候，時常在早上騎了一匹瘦馬出去，馬後面跟了一個小書僮，替他背了一個古錦囊（卽漂亮的書袋）。他這樣東跑西奔，沒有一定的地方。偶然看到一些風景，或者心裏有些感觸，便拿出筆來，把詩句用紙記下來，投進古錦囊中。這樣七零八落的寫了許多。直到太陽西下，他才回家。回家之後，便在燈下將古錦囊中所得的零碎詩句，拿出來細心整理、琢磨而成一首一首的詩。所以他的做詩，大多先有材料，然後命題；不像別人先有題目，然後再絞盡腦汁做成功的。

他的這種生活，除非是在大醉之後或是家有喪弔之事，從來不肯間斷。他的母親看他如此，常常憂慮他嘔出心來。但是母親的擔憂，始終不能使他改變過來。

他所做的詩，大多可以歌唱；例如他數十篇的樂府，都被當時的伶工把它配合絃管，以供歌唱。是故他每做一篇，輒爲人家拿去，自己不曾留下。但是他做詩因爲太過刻意求奇，苦吟不息，所以二十七歲時就短命而死了。

他的死，據說是玉帝來召喚他的。當他臨死的時候，夢見一個着緋色衣服的人，駕了赤虬（有角的龍），拿了一副書版，上面寫了古體篆文，說是來召他的詔旨。他看不懂這文字，便叩頭推說母親年老有病不能去。

那個人笑着說：「天上的玉帝修成了一座白玉樓，召你去做序記。」

這「天上修文」的傳說，就結束了這位短命才人的一生。

三六 人在福中不知福

太平天國時代的詩文聯對，可以查閱者甚多，亦有很少得見的佳作。當李秀成（忠王）駐兵蘇州時，軍館中有聯云：「是耶非耶，此地不知誰主；得過且過，今生何以爲家。」又有直書杜句云：「王侯宅第皆新主；文武衣冠異昔時」（南宮搏說北京情形，也借用過此語）。當時蘇州的官民，以太平軍入城時，未多殺人，且行仁政，皆忠王之賜，乃爲李秀成立石牌坊於閶門外，橫題「民不能忘」四字，實抄襲胥門外湯文正公斌德政坊之詞也。

及同治二年，李鴻章受太平軍之降。清軍克復蘇州，李鴻章入城，見李秀成牌坊上，列衆官紳之名，且包括潘、翁、彭、沈諸閣臣朝貴的親戚，列名其中，李鴻章乃遣兵守護之，不使拆。實則列名參與之人，多非建坊之人，皆係無賴小紳，借大官紳之名，以自擡身價，取媚於李秀成。李鴻章不明實情，原擬按通敵之罪，深究窮治。後察得眞情，乃急令人拆毀。但蘇州紳者，反不明李鴻章曲全之意，竟因此深恨李鴻章。相傳後來李鴻章被清流黨所攻擊，乃爲吳人所主使，卽種因於此坊，坊雖毀而仇未消也。俗云：「人在福中不知福」，斯亦一例耳。

三七 葉德輝玩世不恭

葉德輝字煥彬，出身翰苑，晚清進士。湘人多以「葉麻子」呼之，葉亦漫應之而不惱。生性怪僻、倔強、頑固、保守，不亞於辜鴻銘（湯生）。學有專攻，爲世推重，家中藏書甚豐，且多珍本，爲海內負有盛名藏書家之一。藏書中，有「雙梅景闇叢書」一種，係集很多性書而成，尤視爲珍寶，絕不輕以示人。爲衞道人士所訾議，目爲劣紳。

葉氏素行旣玩世不恭，不拘細節，因之，其趣聞逸事流傳亦多。除散述於本文各節者外，特提二、三事言之：湖南水上警察廳廳長某，原業划船夫。辛亥革命後，譚延闓（組菴）氏爲湖南都督。民國二年，袁世凱以湯薌銘督湘。北軍攻入湘境，入長沙城。譚氏於倉卒間，得某船夫載渡湘江，向嶽麓山走避，倖免於難。民國五年，北軍敗退，譚氏重督湘政。委某船夫以水警隊職。不數載，竟連陞官至全省水上警察廳長。旣儼然顯要，遂斥聚斂所得，營造巨厦。落成有日，託同寅轉懇葉氏爲題門額。葉諾，次日書「文廬」二字以貽之。某廳長獲之，視如至寶。以己本不能文，竟獲葉氏之奬譽，衷心自極快慰！急鳩工勒石，裝置門楣。聞者猶疑葉氏已改常態，亦事阿諛。葉氏笑曰：君曾閱

「解人頤」一書否？書中有業皮匠者，勤儉起家，求士人書堂匾。士題「甲乙堂」以贈之。匠私念甲乙爲天干之首，定屬頌揚之詞。乃不知「甲」形似鑽子，「乙」形似皮刀，皆皮匠工作之具。正是譏其出身低微操賤業。今某廳長划船起家，「文」字則正似「戴竹笠、操雙槳」者然，豈不恰合其身份！越數年，值廳長花甲之辰，其僚屬欲得葉氏一壽文，以投廳長之所好。葉亦慨然許之。文中有云：「其於乘風破浪之中，歷驚駭而不懼者，唯先生乎」之句。驟視之，似讚某廳長於多事之湘垣，每能沉着應變，智勇兼具。實亦譏其「江上操槳」之生涯耳。人多喻其意，獨某廳長始終未覺。

按春宮畫能避火，我國各地民間，多有此傳說。葉氏藏書中，亦常夾置春畫。有人向葉氏詢其故？葉謂：「火神原是貴家小姐，其侍婢多達三十餘人。後因罪被玉皇大帝降爲竈下婢。其神力不下於竈神。平時好着黃色衣服，怒時則穿紅裳。但因其出身貴家閨閣，縱在盛怒之際，一見猥褻圖畫，亦不能不遠走避之。」葉氏以神話說明其事，彷彿若有所本。本何所出？沒有證據，自然也是他僞造的。

葉雖宿儒與一般人無異，脫不了凡胎凡骨凡心，風流浪漫，喜漁女色，有逾常夫。晚年，常藉故遠遊十里洋場的上海。每至必偕其門弟子曹某，治遊宿娼，無有虛夕。曹某以無資奉陪藉口避去，葉亦不強。無事閒遊時，必至四馬路採購春畫。遇昏暗處所，則邀賣者携貨至其旅舍，供其選擇，藉此飽覽一番。據曹某云：葉氏長沙住宅的臥室中，常懸不太暴露的仇十洲畫多幅，尚幽默含蓄。如羅帳低垂，塌前置男女鞋各一雙，褻衣則抛塌旁帳外。一小貓躑躅帳外，睜目凝視，舉爪攫帳。使人心領神會，常會悠然神往不已。

三八 杜月笙與皮簧夫人

杜月笙愛皮簧，一生別無所獲，卻獲得了早享盛譽的兩位名藝人的垂青，先後都成了月笙哥的夫人。四夫人姚玉蘭，原是上海共舞臺的紅女伶，與杜於十八年結婚。另一人就是私戀多年，三十九年來香港後，才與杜補行婚禮的五夫人孟小冬。孟係余叔岩的再傳弟子，早膺有「冬皇」的榮封，名揚京滬。他有五位夫人，唯有這兩位卻是以嗜好相同，惺惺相惜而結合的。

杜對於皮簧，不但愛聽愛看，與之所至，有機會亦常粉墨登場，客串一番。戰前某年，上海聞人虞洽卿的壽辰，寧波旅滬同鄉會為設祝壽堂會，杜月笙與姚玉蘭兩人，卽客串「四郎探母」一戲，姚飾鐵扇公主，唱做俱佳，四郎杜月笙，亦大有風頭。民國十九年，浙江省政府主席張靜江（人傑，浙江吳興人，曾在海外經營古董生意，獲利頗豐，悉以濟助革命）在浙江杭州西湖舉行萬國博覽會，杜與張嘯林、楊嘯天（虎）等上海聞人，都應邀前往參觀。時楊嘯天在西冷附近山上，建築一座美侖美奐的崇樓高閣，藉機舉行落成宴客。杜與張嘯林合串了「打嚴嵩」與「連環套」兩齣平劇，座客皆覺大飽三福——口福、耳福、眼福。

至於杜月笙與孟小冬這段由戲劇同好而結合的姻緣，亦相當曲折有趣。杜原早傾心於冬皇，當「八一三」抗戰發生，杜與孟不約，皆由滬至港。因各較閒散，見面機會既多，過從亦日益親密。及三十年「一二八」太平洋美日戰爭爆發前夕，杜以公赴渝，久滯未歸，孟小冬最初猶留港以待，不久，亦北上至平，似已成了分飛勞燕。孟在北平，以生活關係，重理舊業，登臺演唱。杜在渝，則舊情難忘，每至夜深，必以短波無線電收聽孟小冬在平登臺演唱的轉播。杜用情之深，似以一聆珠喉亦可稍獲慰藉！

以後直到三十九年，杜與孟小冬皆避難香港，始得重續舊盟，補行婚禮，冬皇才正式成為杜氏家族的一員，杜亦更有快慰平生之感。杜月笙逝世後，冬皇夫人以知音難再，亦謝絕紅氍毹上再現身手。雖間逢喜慶盛典，偶或一露色相，卻又不是一般顧曲周郎可以欣賞得到的。

三九　盜亦有道

自古相傳：江湖遊俠、江湖醫生、術士，甚至綠林盜寇，即凡跑江湖混飯吃的人，無論是獻技、賣解，或所謂排客、辰州符，或為邪門左道，無一沒有師承。當若輩入門拜師之時，儀式都相當隆重，必須焚香化帛，行三跪九叩首的大禮。雖無立字畫押之習，而斬鷄頭、立惡誓，卻是常不可免的。從此以後，闖蕩江湖，靠所學技藝，吃飯維生，是可保證的。但要恃技藝，為非作歹，或致富貴利達，師門也是絕不許可的。如果欺師滅祖，背誓犯禁，也必遭報應。「如果未報，時候未到」，世俗亦常懸此以自警惕！由於這種封建、鬼神、迷信思想的束縛，才使江湖人士，循規步矩，沒敢去做翻江倒海的事。最低限度，也使一入師門之徒，受着精神的威脅，始終尊師重道，安份守己的主要原因。所以莊子說：「盜亦有道」。這道理就是說：強盜，有強盜的規矩，江湖人士有江湖規矩，不能隨便去破壞。

四〇 福州女子天生麗質

福州地處我國東南沿海港的關係，中西文化的交流，都比中原僻地頻繁。所以閩南有若干都市、繁華摩登，早可與上海一爭上下。一移目及於福州女性，更覺得她們美的水準，比蘇杭女子要高；服裝的入時，身體的健康，比蘇杭小型女子要強。天生麗質難自棄，服飾慾、表露慾，原是女性的特嗜，而福州女子這一本能，似乎都不弱於任何地帶。每因天朗氣清，或歲時伏臘，鬧市街頭，盡是她們披露的畫廊。眼睛都靈敏深黑；鼻樑都細長高突；皮膚都柔嫩雪白；加上最摩登的服飾；與來自西洋化粧品美化的香霧和紅霞；你說這福州的全景，美不美、迷不迷人？因此之故，便影響到社會、風氣、經濟、道德各方面，亦自然的結果。這結果的負面作用，也就是孕育娼妓的溫床。

說到福州過去的娼妓，有私娼與官娼之分。最上流的官娼，名爲「白面處」和上海長三堂子，一樣款式。對日抗戰之前，白面處已門可羅雀。還能勉強維持門面者，是以賣嘴不賣身作標榜的清唱堂。無論何人，只須花三元法幣，就能進去點唱三齣戲，這還是一時極紅的清唱堂。後亦多家歇業，僅存田墩的三數家。等而下之，便係慘無人道的娼寮，與上海野鷄款式無別，數目之多，求售之切，到了駭人聽聞的地步。至城內的暗娼、包月婦、零售處之類，內容雖無法調查，但推詳起來，證以社會蕭條景象，產業不振，國步艱難，與夫人口的過剩，也不難舉一反三，可知她們的愁苦大概。

總之，福州是塊好地方，飲食男女，都有過一番盛名。娼妓不比上海多，而福州的社會狀態，也不比上海墮落。說到兩性的縱弛，人慾的横流，則與風土氣候有關，亞熱帶的環境，自然要比溫帶爲烈。而一般女子之姣美健康，又是不曾到過福州的人士，所意想不到的。

四一　華裔日諜川島芳子

我東北「九一八」事變後，王克敏在華北之一帆風順，與後來成爲所謂「日系」，能直接溝通東京的關係，完全是由於日人多田的支持。多田之所以要積極支持利用王克敏，固以其爲「日本通」，而借重「財神」，更爲其主要目的。其間之穿針引線者，便離不開川島芳子。

川島芳子，有日本名字，並不是日本人，而是滿清肅清王的小女兒，原名金璧輝。肅清王在旅順時，曾將她寄養在日人川島浪速家中，取了這個日人名字。她幼年聰明、伶俐、活潑。及長，日語說得極爲流利。以清室貴胄之女，周旋於日本人之中，自然突出於衆。滿洲事變後，她更展現異彩！日本少壯派的軍人，多色鬼而兼好奇，與之交接親近者，實多其人。這並非她有什麼政治或特殊的本領。時多田任滿洲軍事最高顧問。川島芳子以川島浪速的淵源關係，拜了多田作乾爹（義女），就在多田的宿舍住下。乾爹、乾女打得火熱。乾女兒侍奉乾爹，亦無微不至。熱河之戰以後，她曾介紹張宗昌舊部的程國瑞、方永昌爲日本皇軍效力。程、方兩人，當然是受川島芳子的支配指揮，至是她乃有「金司令」之稱。「金司令」與「浪漫女」齊飛，狼藉聲名，傳播遐邇。溥儀（滿洲國皇帝）聞之，殊不能耐，乃授意其兄金碧東，叫她速回日本。她不得已，乃離滿洲至天津。

七七抗戰之前，多田曾任天津日軍司令。王克敏與多田之發生聯繫，就在此時，也是由於川島芳子的拉攏介紹。中國對日抗戰期中，日本有所謂：「多田聲明」，曾鬧得中外大譁。多田卽是日本在中國班子裏，所謂五虎將——板垣、土肥原、岡村、磯谷、多田——中之一，卻是五虎將中，最軟弱的一個。但他佔有另一種優勢，卽他曾在中國入學讀書。中國語文，比其他四虎將都要好。後來居然做了參謀次長，又轉任爲華北最高司令官。川島芳子這次由滿洲來到天津，故態未改，鬧過很多花邊新聞。多田又勸她回到日本。七七事變後，她再由日本來北平住家。及多田轉任華北北平最高司令官後，她又從中加深與王克敏間的勾結。多田以王克敏爲「日本通」，這種人才既難得，而「王財神」的聲名，最易引起號召，亦極力予以支持。川島芳子，此時除與多田往來外，並介紹一些乾女兒，平劇坤角如吳素秋、李玉茹等人，包圍在乾爹左右。多田的風流艷事，從此亦與川島芳子並醜共臭了。多田因常微服夜出，深宵始返，所有這些行爲，盡被王克敏偵悉。頗不以爲然，於是逢人便說。多田知之，也不稍露聲色。某日多田與王克敏因公相晤，多田微笑告王曰：「三爺，貴國有幾句成語：逢場作戲，河水不犯井水，請高擡貴手，怎樣講？」隨顧左右而言他，一笑而去。責人不留半點痕跡，日人牢籠漢奸的手段，也算高明。二十九年僞「華北政務委員會」組成，王克敏未能久於委員長之位，固爲汪精衞在倒他，或許也是多田給他的小小警告。

四二　林森的禪學觀

林主席，對於俗所謂「酒、色、財、氣」之事，一生都很少沾染，甚至與之絕緣。惟於「好佛」，倒被人視爲他的嗜好之一。其實他之所謂好佛，並不同於一般善男信女之朝夕禮拜、誦經，迷信於神道，而是探討佛家禪宗的思想理論。這又是他受了宋、明理學的影響。林公對於宋學的研究，頗具相當功力。在其生活思想、態度方面，已多所表現。我國當南宋時代，「宋學」與外來的「禪宗」，已普遍流行於社會。所謂「宋學」，又名「性理學」，重視義理之學。原來「宋學」與「禪學」所探討的，都是人的「心、性」，所以二者之間，有很多共通之點。例如：禪學所說的「明心見性」，和宋儒所說的「省察修道」，幾乎相同。禪宗所說的「見性成佛」，與儒家所說的「窮理見性」，理無二致。他如「坐禪」與「靜坐」，「性相」與「性理」，都有共通的含義。尤其禪家的「頓悟妙境」，與宋儒的「豁然貫通」的大覺大悟，均有異曲同工之妙。卽不怪當時有「儒禪不分」的論見。

胡適之先生作「中國哲學史」，出版了上册，沒出下册，卽因他寫到宋、明哲學時期，碰到外來的禪學擋了路，無法繼續寫下去，必得對禪學，再下一番探討功夫。他灌注後半生的心血，研究禪學——特別是禪宗東土七祖神會（禪宗二十八祖，傳到達摩爲東土初祖，衣缽相傳到七祖神會），終未找到禪學的究竟義。對其「中國哲學史」，也就不得不暫時擱筆。林主席雖不是學術大師，他之研究禪學，也不外想將「明心見性」與「省察修道」，「見性成佛」與「窮理盡性」等思想理論，相互融會發煌，而能豁然貫通，達到大澈大悟的妙境——明心見性。除用鍥而不捨的精神致力外，平日與胡適先生談話，其所探討者，亦皆不外「儒禪不分」的種種問題。有謂：介石蔣公之重視陽明學說與倡力行哲學，也是受了林公啓導影響。所以林主席的好佛，只在參悟禪悅上用功，而不具外在任何色相，這在一般凡夫俗子，乃至善男信女看來，自然是很難理解的。

四三 時髦與盲從

今日之所謂「時髦」，是指趨時尚異而言，如「時髦人物」、「時髦風氣」、「講究時髦」。其實愛尚時髦的事實，自古已然，於今爲烈而已。後漢書馬廖傳，載廖上章帝疏，其中就有一段談到由於無知的盲從而形成的時髦風氣：

傳曰：「吳王好劍客，百姓多創瘢；楚王好細腰，宮中多餓死。」長安諺語曰：「城中好高髻，四方高一尺；城中好廣眉（畫長而濶的眉），四方且半額；城中好大袖，四方全匹帛。」斯言如戲，有切事實。（後漢書卷五十四馬援傳附子廖傳）

按馬廖上疏勸成德政，時爲漢章帝建初二年（公元七十七年），距今一千九百年，他所說的盲目的時髦，以之形容今日之都市，遠如羅馬、巴黎、紐約、東京，近如星馬，還是很切題的。一種風氣的形成，首創者皆出於無心與偶然，而附和者則由於無知的盲從。如果沒有許多渾沌的盲從者，風氣就不會成其爲風氣，也就無所謂時髦了。

趨尚時髦，並不限於衣飾（現代都市中的時髦則集中於衣飾），其它方面，也有講究時髦的。在君主專制時代的中國，臣屬的一舉一動皆決定於帝王的嗜好，因此成爲一種時髦的風尙，歷史上是不乏其例的。唐人佚名撰「玉泉子」不分卷，記有唐文宗時的一個故事：

> 夏侯孜爲左拾遺，常著桂管布衫朝謁。開成中，文宗無忌諱好文。問孜衫何太粗澀。具言桂管產此布，厚可以御（禦）寒。他日，上問宰相：「朕察拾遺夏侯孜，必貞介之士。」宰相曰：「其行今之顏冉（顏淵冉求）。」上嗟歎，亦效著桂管布，滿朝皆倣之，此布爲之驟貴也。

按晚淸李寶嘉的「官場現形記」，也有類似的故事，說某巡撫喜歡穿破舊的官服，羣起而倣效，竟使舊衣價較新衣貴數倍。不僅衣著的精粗或新舊，可成爲一時的風尙，就是文學藝術，每因皇帝的愛好，也能造成流行的風氣。宋楊萬里的「誠齋詩話」不分卷，記有一則南宋初的故事：

> （宋）高宗初作黃字，天下翕然學黃字；後作米字，天下翕然學米字；最後作孫過庭字（唐人，有草書帖「書譜」傳世——吉注），故孝宗太上皆作孫字。

中國的書法是一種藝術，選擇臨摹的範本，應當決定於個人的興趣。而以一人之嗜好爲標準，謂之無知的盲從，誰曰不宜！又如初唐的詩歌風格，雖不脫六朝餘韻，卻也沒有恢復齊梁的艷麗輕靡的宮體。據宋人尤袤的「全唐詩話」卷一：

> 帝（唐太宗）嘗作宮體詩，使虞世南賡和。世南曰：「聖作誠工，然體非雅正。上有所好，下必有甚焉。恐此詩一傳，天下風靡，不敢奉詔。」帝曰：「朕試卿爾。」後帝爲詩一篇，述古興亡，既而歎曰：「鍾子期死，伯牙不復琴。朕此詩何所出邪？」敕褚遂良卽世南靈座焚之。

倘尤氏所記可信，則關係於一代詩歌風格的，全繫於虞世南之一言。可見風氣之形成，皆由於偶然，也因為盲從。可以這樣說，好時髦的人，都是被人牽著鼻子走的。

四四 腰斬、凌遲之刑

中國在封建專制社會中，有多種酷刑。腰斬與凌遲，即其中之兩種。其刑為何？正史很少記載。關於腰斬之刑，余讀薛福成「庸盦隨筆」，得知其概略：「余幼居無錫西溪上外家顧氏宅中，其右鄰秦氏，亦巨宅也。父老嘗告余曰：此前福建學政俞鴻圖舊宅也。雍正年間，俞君督學閩中，關防頗嚴，操守亦慎。每扃試之日，戒其僕從分值內外，毋得擅自出入，將以絕傳遞之弊。乃其妾與僕勾通，作奸犯科，每傳遞之文，即貼在俞君背後補褂之上，僕役輕往揭取，授之試士，而俞君不覺也。久之，考取亦濫，遠近大譁，為言路所彈劾。上遣侍講學士鄒升恒往代其任，並令將俞君腰斬，鄒君即為監斬官。而鄒君與俞君本兒女姻親，以讋於天威，不敢漏洩。俞君倉卒受刑，及赴市方知之。劊子手於腰斬之犯，向索規費，得費則可令其速死，不得則故令其遲死。俞君既斬為兩段，在地亂滾，且以手自染其血，連書七慘字，其宛轉求死之狀，令人目不忍覩。鄒君據實奏陳，上亦為之惻然！遂命封刀，從此除腰斬之刑者，蓋自俞君止也。俞君既死，其宅鬻於他人，居之者多不利，至今已七八易主矣。前歲宅主某君，正在浴室，忽見半段血人滾出，一驚而絕，其厲氣之未散可知矣。父老之言蓋如此。夫傳聞之說，能否翔實無誤，固未可知；然其鬼往往見形，且居之者皆不昌，則余固聞之已熟，殆非虛語也。」

至於凌遲之刑，則於「庸閒齋筆記」中窺得之。據云：「……本朝嘉慶時之成得行刺。成得者，京師中厨役也。於睿宗駕幸圓明園時，行刺。當即被擒，上命諸王大臣六部九卿會審，默無一言。但云若事成，則公等所坐之處，即我坐處也。上寬仁，不欲窮詰、興大獄，遂命凌遲處死。其處死時，先大夫在京，與衆往觀之。先立一木樁，將成得縛於樁上，其面前，又置二木樁，乃牽其二子至，一年十六歲，一年十四歲，貌皆韶秀，蓋尚在塾中讀書也。至則促令向成得叩首訖，先就刑。得瞑目不視。已乃割得耳、鼻及乳，從左臂魚鱗碎割，再割右臂，以及胸背。初尚刀刀見血，繼則血盡，只黃水而已。割上體竣，忽言曰：快些！言甫畢，廠上走下一官，謂之曰：皇上有旨，令爾多受些罪。得遂瞑目不言，臠割至盡，乃死。究亦不知何人指使。倘非上之聖慈，則漢之楚獄，明之胡獄，株連而死者，且數萬人矣……。」

四五 趙爾巽捷才

趙爾巽爲滿清封疆大吏，民國初年，熱河設特別區，趙爲都統。任職近十年，儼然一土皇帝。趙素有捷才。人有引經據「卦」爲之聯曰：「爾小生，（三字經）生來刻薄。巽下斷，（八卦）斷絕子孫。」嗣被趙聞，立援筆改爲：「爾小生，生來本分。巽下斷，斷不容情。」見者深服其才捷。亦一筆墨戰之佳話也。

四六 同性戀愛

同性戀愛，乃屬一種變態的性愛。不論男女，今古皆有，而以男性爲尤烈，此處亦僅就男性而言。

男性對於同性間發生性慾的戀愛，稱爲同性戀，是就女性男，或男性女的現象來說的。這在古代歷史中，已經司空見慣。如文景盛世的漢文帝，寵幸鄧通，不惜賜以銅山，任其鑄錢。戰國時代，龍陽君爲魏王薦枕席，擅專寵。漢哀帝幸董賢，共起居，兩情繾綣，爲之斷袖。衞靈公寵彌子瑕，與之分桃啗甘。此皆帝王酷愛男風之傳於世者。歷代歷朝的宮廷內外、倖臣寵宦，正史所載，還不知多少？等而下之，王公大臣、達官貴紳、豪商巨賈，乃至販夫走卒，都不乏此道傳聞。如「聊齋」中黃九郎，「紅樓夢」中的饅頭菴，與古今小說，隨筆，雜記所述者，都可窺見一斑。

同性之愛，究竟是反人道的作風，乃一種醜行穢事，終屬邪門左道，只容偸偸摸摸，見不得天日，不足爲外人道者。乃近世世風日下，廉恥道喪，大衆傳播報導，有些失教失養的青年小子，竟以「應召站」之類，公開於通都大埠。什麼「龍少爺」、「董相公」、「仙女下凡」、「神通廣大」，公然大肆招攬。除供同性之發洩外，且作異性之面首，召之卽來，揮之卽去，前後門開，兩面營業，無恥竟至如此之極。不但玷辱祖宗，尤爲社會所不齒。

四七 吳佩孚塡滿江紅

吳佩孚（子玉）將軍，晚年退居北平，接待賓客時，常以孔孟之道，老莊學說開談，意在避開時事，以和緩發牢騷的情緒。因之，訪客多無法接近其來訪的目的。平居寂寞，則作詩詞以抒積悃。當中、日關係惡化時，所塡「滿江紅」一詞，尤自視爲傑作。訪客得其致贈者頗多。其詞曰：「北望滿洲，渤海中風浪大作。想當年，吉、黑、遼、瀋，人民安樂。長白山前設藩籬，黑龍江畔列城廓。到而今外寇任縱橫，風塵惡。甲午役，土地割。甲辰役，主權奪。嘆江山如舊，異族錯落。何時奉命握銳旅，一戰恢復舊山河。卻歸來，重作蓬萊遊，唸彌陀。」吳氏晚節可風，詞中亦已早露。據傳此詞且已譜成軍歌，駐防冀察的二十九軍將士，多能朗朗高唱。

四八 美食在江南

「聞香下馬，知味停車」的食客，來到鎭江，誰都會想一嚐著名江南的「肴肉」。肉切成一塊塊，端上桌來，肉質透明，鮮艷異常，色、香、味三者俱備。與肴肉同著的「干絲」，配以鷄絲、火腿絲、冬菇絲等三絲齊全，煮以上湯，無論充饑當點心，與小籠包或湯包共進，更或一杯在手，才不負此上品佳餚；或如粵人飲茶，一盅兩件，很可消閒，坐上大半日。鎭江與揚州人，固各有所長。早晨上茶館品茗，愛好「皮包水」；晚上去澡堂泡過足，習慣「水包皮」；則有同嗜。鎭江恒順的醋，天下馳名，酸溜溜的風味特別。古人記述鎭江，江淹恨賦有「亦復含酸茹嘆、錯落烟沉」！晉溫嶠有「未嘗不中夜撫膺，臨飯酸噎」！他鄉遊子，每看世道艱難，多不免有如杜工部所說：「萬事益酸辛」了！

崑山的吃，第一當推「鴨麵」。吳人眼中，本來貴鵝賤鴨；但鴨烹調得法，仍爲老饕所賞：北平「烤鴨」、南京「板鴨」、廣東「燒鴨」、揚州「八寶鴨」，都早中外馳名。崑山「鴨麵」店，城中遍街林立。並非如貴陽的「培元正氣鷄」，在周西成銅像旁，「只此一家，別無分店」。所謂「鴨麵」，麵是普通麵，鴨則加蓋於麵上；也可過橋，另盛於一小盤。所可貴的，全在「交頭」，把鴨肉切成狹狹的長塊。約十餘片，淺淺平舖在盤底或麵上。鴨不是燒，近似鹽水滷鴨，皮色淡黃，肉質肥嫩，鹹淡適中，味道恰到好處。像桂林馬肉米粉，食量大的，可盡十盤八盤；量小者，亦可二三盤；而且物美價廉，絕不讓人失望。

崑山另一特產，便是陽澄湖的大閘蟹，更是膾炙人口。陽澄湖，又名陽城湖，上接吳淞江，在縣西北三十餘里，與蘇州接界，呑吐羣川，波流浩瀚，以產湖蟹著名。涼秋九月，無腸公子，出沒湖中，隻隻青殼金爪，碩大無朋，重逾七、八兩，肉腴味美。九月團臍，十月尖。運銷京滬。對日抗戰時，更遠飛重慶、昆明。平時每年裝運海外，港九在南貨店出售，無論是否產自陽澄湖，一律冠以此名。國學大師章太炎與其夫人湯國梨，最喜食蟹。曾詠有「不是陽澄湖蟹好，今生何必住蘇州」的佳句。

蘇州城內，繁華所在之區，爲觀前街，因在玄妙觀前而得名。兩旁店舖，一律洋樓建築（現在已不稀奇），鱗次櫛比，宏偉整齊。采芝齋、稻香村、葉愛和、野孛齊、陸稿薦等，皆一二百年以上的老店，亦蘇州馳名的糖果店。分店遍佈全國通都大市，隨處可見，貨色齊全，凡愛吃甜食者至此，無不大投其所好。玄妙觀，經常人潮，肩摩踵接，仕女雜沓，熱鬧非凡。賣吃食的攤檔，每一檔口，也擠滿了人，踞案大嚼，都吃得津津有味。加以蘇州人做生意，講起話來，不論男女，都是一口「蘇白」，女人說來，嬌滴滴的，更非常動聽，使人未曾眞個，便已銷魂；但吳儂軟語，出之男子，那就不敢恭維。

所謂美食在江南，此不過舉其一二而已。他如南京、上海、常州、揚州、無錫、丹陽無不各有「當家吃食」，現仍掃座以待客人光顧，只恐今非昔比了。

四九 手套趣話

手套是今日摩登少女不可缺少的東西，尤其是在宴會或舞會上，更不能缺少。但在幾百年前，手套是皇室的所有物，別人是不能戴的。英國故女王伊利沙白一世，每年大約要用二百對手套，到她逝世之時，遺下的約有一萬對。十五世紀的歐洲皇族，他們吃飯都要戴手套，據說，一方面是表示自己的地位，另一方面是表示自己有高深的衞生常識。

相傳美洲有些工人，用一對青色的手套就可以買到一個妻子。挪威的女子，如果把一對黑色的手套送給她的情人，就是表示答應他的求婚。

今日的歐美有些地方，在聖誕節的時候，如有戴手套的女子在街上出現，那麼任何男人都有接吻她的權利。南美洲的安利亞民族，妻子如想跟丈夫離婚，她只須把一對手套放在盤裏，那麼她的丈夫就能會意到怎麼一回事。還有，古時的意大利政府，他們對於犯罪的人，有一種很奇怪的審訊方法，那就是叫犯人把一個撕爛的手套呑下肚去，如能當場嘔吐出，便宣告無罪，但如嘔吐不出，就宣判死刑。

中國人把一對手套獻給客人，意思是歡迎光臨，但地中海中的俄斯島的土人，把一對手套獻給客人，則表示有絕大的悲哀。

五〇 張恨水面像特異

張恨水，爲新聞界耆宿，筆名則隨時興而定，不下二十餘。嗣以李後主「人生長恨水流東」語，取「恨水」作其統一名號。早年從事新聞，以寫小說爲副業。又背道而馳，以新聞爲副業，小說爲職業。利用小說發展新聞，出版小說百餘種，以「啼笑姻緣」、「春明外史」、「金粉世家」等爲最著。與張季鸞爲好友，季鸞迷於鴉片，恨水死愛麻將。最特別的，兩張最愛互相譏謔，取笑對方。

張恨水的面像，與常人特異。因爲他的頭大如斗，聲如洪鐘；朋輩見此異相，常以「張大頭」或「屠格涅夫」（世界巨腦人之一）呼之，而好謔之徒，更多方設喻取譬以譏辱之。恨水雖泰然處之，不以爲侮，卻常引經據典來作一番解說。他說：「人之不同，各如其面。中國古代名人像貌特異者，史不絕書。如荀卿所說：『仲尼面如蒙倛，周公身如斷菑，皋陶色如削瓜，閎夭面無見膚，傅說身如植鰭，伊尹面無鬚眉。』余何人斯？天雖給我奇顏異像，自不敢與諸聖大賢高攀並列。」又說：「諸葛瑾之面似驢，歐陽詢之面似猴，斛律光之面似馬，朱元璋之面似豬。余非驢非馬，不與猴子分王，不與豬公爭帝，頭大聲洪，恰與諸人平分秋色。天橋相者張鐵嘴，評余碩喉胖腦乃屬福相。有福就有祿有壽，余又何樂而不居！」恨水曠達，多面求證來解說其異相，也未免是多此一舉。

張季鸞最爲率直，亦常戲謂恨水曰：「君身後，當以頭骨指贈博物館；令人類學家，核計君腦之容量。縱不流芳，亦可遺臭。」座客聞之，無不捧腹大笑。管翼賢則以恨水的大頭，比美羅志希（家倫）的大鼻子。

五一　過河卒子

三十五年冬，首屆國大開會，盛傳胡適之先生將出任政府要職。時胡正在北平，力闢此說，謂自己不過是一個「過河卒子」不夠大人物資格。「卒子」過河，力量原可當車，胡氏於學術的成就，尤其近年在外交上的收穫，更證明卒子過河的力量，實不亞於車、馬、砲。由於「過河卒子」之成功，於是「我的朋友」，也就被人利作標榜，很多人因此而發了跡。於是胡氏便警告後生，不可亂稱「我的朋友胡適之」。近來文壇上已不見「我的朋友」了（例外的在不久以前，報上載過「我的朋友傅斯年」，此公要算是不明行情），而「我的朋友」，反成了胡博士的外號。

胡博士因提倡白話文，曾被舊派文學家，將他的名字譯成「到那兒去」。某年清華大學招考新生試題，以「胡適之」三字命考生作對，某生以「孫行者」對，譽為上乘。胡氏提倡新文學，當時國人對之毀譽參半，反對派為聯以譏之，「蠱惑青年，伊於胡底。狂鳴異說，吾誰適從。」今日衡之，吾將以適之為祭酒焉。

胡氏詼諧趣味，凡接近其人者，類能知之。憶其曾長吳淞中國公學時，有男女學生由同學而戀愛，將結婚，請胡氏為證，並乞書一聯以誌紀念。胡乃輾轉銀鉤而書曰：「睜開眼看世，撐起腰做人」。語意雙關，頗堪玩味。胡氏四十壽聯中，有二聯亦饒趣味：「何必與人談政治，不如為我做文章。」「憑咱這點切實工夫，不怕二三人是少數。看你一團孩子脾氣，雖說四十歲亦中年。」胡氏今年六十有二（本月十七日北大同學集會慶祝），雖年逾花甲，然其思想行為，猶不遜青年，何云中年！

五二　十叟長壽歌

「十叟長壽歌」，是前人徐徵所作（港報載）。作者藉着十位百歲老人的親身體驗，說明健康長壽之道：「昔有行路人，海濱逢十叟，年皆百餘歲，精神加倍有。誠心前拜求，何以得長壽？一叟捻鬚曰我勿嗜煙酒；二叟笑莞爾，飯後百步走；三叟頷着頰，淡泊甘蔬臭；四叟拄木杖，安步當車久；五叟正衣袖，服務自動手；六叟運陰陽，太極日日走；七叟擰巨鼻，空氣通窗牖；八叟摸赤頰，沐日令顏黝；九叟撫短鬚，早起亦早睡；十叟牽雙眉，坦坦無憂愁。善哉十叟詞，妙訣一一剖，若能遵以行，定然登上壽」。簡括十叟所言的意義，卽一戒烟酒、二多散步、三素食、四安步、五多勞動、六練太極拳、七空氣流通、八沐浴日光、九早睡早起、十寬懷。歸納言之，十叟之言，可以四點盡之：一、多運動操作；二、蔬食且少食；三、起居有定律；四、襟懷常開朗。四者兼收並蓄，卽今日常言：衞生健康之道。果眞做到了，又何患壽之不長?!

五三　那還要得嗎

譚組菴（延闓）先生，佐國父孫先生開府廣州，任湘軍總司令時，原已中年喪偶，曾誓言決不續絃。或謂這是懔於生母生活上的敎訓，人多美之。但他有宿疾——高血壓，每病作，必召醫針治。民國十三年在廣州，畏公時任建國湘軍總司令，駐市區高第街許家大屋。曾聘一美國小姐，敎授英語。久之，女憐其鰥又病，欲以身侍，終被譚公所拒。女自覺慚，遂辭返美。又在廣州時，經常有一綽約多姿的女護士，替譚公打針。針爲肌肉注射，必裸其下體至臀部。有唐支厦（從事戲劇運動的唐槐秋之父）者，原爲某軍司令，性極粗魯，時佐譚幕。本一非女伴不能安枕之人。一日，見護士來爲譚氏注針。事後閒談，笑問公曰：「總司令，當女醫生打針時，那把戲動不動？」譚卽答曰：「嘿！那還要得嗎！」凡人「不見可欲，不爲所欲」。畏公卽見所欲，亦不爲所欲。他自喪偶後，守身如玉，從此二事，卽可爲證。所以他不但是一個孝子，也是一個生不二色，伉儷情深的人。

五四　精誠所至金石為開

「祝由科」以「祝說病由」治病；「辰州符」以「咒語符籙」治病；皆不取給任何藥物。從科學觀點來看，總是說不通的；但有事實具在，又不可完全抹煞。政治大學胡耐安教授之族兄存厚先生，曾營木業公司，常往來湘西辰、永、長沙之間，與一劉姓水師（排客）識久交深，幾無事不共商量，關於本行辰州符之秘，亦常直言無隱。劉水師曾言：辰州有一最負盛名的籙法師，人尊稱之為籙大爺，聲譽滿湘西。道中人，無不知其人，更無不敬仰其人，與其法術之高深莫測。此非別人，卽劉水師的老師。劉因諱師名，卽常以「師尊」代之。劉水師常自謙的說：「我自問學藝，差可過門；但為人治病，如接合斷骨，尙難立刻見效，至少亦須經時半日」。「如接合斷鷄頭，祇能支持片刻，行走三數步卽仆。若師尊者，法術之高，確已達到極致。為人治病，見其可治者，治之無不立見病患若失。其不可治者，寧不動手，亦不願其癒而曇花一現，反而傷透人心。如狗斷腿者，自可立時接合如常。接合鷄頭，亦祇能經時半日而已。」並謂：「其師曾救活一遭匪徒殺害的人。其人頭頸已半脫，約逾一刻鐘許。師尊急施法治，幸得復生，今猶生活如常」。故辰州符之法力，誠有令人不可思議者。

劉水師云：自己承師門之敎，為時尙淺，法力自然不深。最大的毛病，是由於精神的貫注力不夠。師尊施法，除咒語、符籙之外，絕不假助任何外力。師常說：「符籙效用，首在唸咒。咒語之功，端在精神凝聚。精神貫注，金石爲開」。初入師門學藝，卽須勤練運用內功之術，當焚化符籙、密唸咒語、噴灑符水時，必須運用全副精神，隨火、隨聲、隨水，滙聚於一的（目的）。法力之著神效者，實皆施法者之全神貫注，有以致之耳。所以余從師十餘年來，謹守師訓：「學必勤習」，亦始終未敢稍懈。

五五　愛情至上者

愛情，在古聖的心目中：「食色性也」。愛情與飲食，同樣重要，不飲食會餓死的。人獸皆然，這是天性，先天所賦的。在現代人的口吻中，愛情自由，亦人生的權利，「無自由，毋寧死」。所以愛情、飲食、人權，毫無神秘，明明白白擺在人生裏面，不是他人任何藉口，可以侵犯和掠取的。中外三部著名言情的小說中，各有一個多情的名女子：林黛玉、崔鶯鶯、朱麗葉。結果，雖生死殊途，卻都是「愛情至上」，爲愛情而犧牲者。

林黛玉是一個典型的悲劇角色，她愛賈寶玉，賈寶玉也愛她，但是他們不能夠像朱麗葉與羅蜜歐那樣，直截了當的原因還是在林黛玉這方面，她不敢說她要嫁給誰，只能默默地愛着，坐待人家把寶玉蒙在鼓裏與另一女子成親而發瘋做和尚去，而她自已也就不知道是愛人的負心或是自己命薄，只好拖着抑鬱的心情死去，但是林黛玉因爲她的過於孤傲與懦弱的性格，造就了她的命運比朱麗葉還要悲悽可痛。

元稹會眞記裏的崔鶯鶯，張生一見了她就「行忘止，食忘飽，恐不能逾旦暮」。但是一經分離而各嫁娶了之後，張生便打起官腔來說：「大凡天之所命尤物也，不妖其身必妖其人……昔殷之辛，周之幽，據百萬之國，其勢甚厚，然而一女子敗之，潰其衆，屠其身，至今爲天下恥笑。余之德不足以勝妖孽，是用忍情。」當張生要見崔鶯鶯的時候，已經出嫁了的崔鶯鶯拒見作詞曰：「自從別後減容光，萬轉千迴懶下床，不爲旁人羞不起，爲郎憔悴卻羞郎」。

崔鶯鶯雖然是活下去了，但是比起朱麗葉、林黛玉的悲痛應該是更深沉更長久。

沙士比亞在「羅蜜歐與朱麗葉」書裏，寫了一個不幸的女子朱麗葉，被家族的仇人羅蜜歐所愛，同時她也愛羅蜜歐，但是她的父母要將她迫嫁給另外一個男子帕利斯，朱麗葉便求敎於僧侶而裝假死，藉得在墓裏與羅蜜歐會合而潛逃，但是被信使延誤，羅蜜歐聽信了朱麗葉的死訊，便携帶了毒藥在僞死的愛人前自殺，但是當朱麗葉醒來的時候，見心愛的人已死，也就用短刀自殺於其身傍，這是一個悲劇，讀者們都無不爲他倆灑同情之淚。

這三個名女子，對於愛情的態度：朱麗葉是勇敢而剛強的，不能爲所愛的人而生，終亦爲他而死。這精神，與孤零寂寞、抑鬱自滅的瀟湘舘主人林黛玉的下場，使人比較要快意！至於爲郎憔悴卻羞郎的崔鶯鶯而活下去，比之林黛玉卻又另有所見。故林黛玉、崔鶯鶯、朱麗葉的生死觀雖異，卻都是愛情至上的犧牲者。

五六 動人的長恨歌

我國唐代，現實主義詩人白居易的「長恨歌」，作於唐元和元年，爲其早期最著名的作品。歌寫成後二十年，元稹作「白氏長慶集序」，猶謂：「二十年間，禁省觀寺郵候牆壁之上無不書；王公妾婦牛童馬走之口無不道。」不僅歷代詩人對長恨歌多所讚譽；大陸近代作家黎白駒所作「長恨歌影響力」一文，敍述廣泛詳盡，也指出：「當代娼妓也因爲誦讀白學士長恨歌，而自高身價。」淸人趙翼在甌北詩話中說：居易得名在長恨歌一篇，其事本易傳，以易傳之事，爲絕妙之詞，有聲有情，可歌可泣，文人學士旣歎爲不可及，婦人女子亦喜聞樂誦之不脛而走，傳遍天下。從這段話中可以想像長恨歌在當時以及後代之風靡天下了。

長恨歌所寫的是唐明皇和楊貴妃的愛情悲劇。前段寫唐明皇由於過分溺愛楊貴妃，荒廢國政，（春宵苦短日高起，從此君王不早朝。承歡侍宴無閑暇，春從春游夜專夜。），並且濫用朝臣，寵信奸人，而引起「漁陽鼙鼓動地來，驚破霓裳羽衣曲」的安祿山之變，造成楊貴妃死於馬嵬驛。在描寫這一段的時候，白居易對於唐明皇是表示不滿和怨恨的。白居易是一個正直敢言的詩人，在他四十歲以後所寫的諷喻詩中，他就毫不客氣的針對時弊無情鞭笞。但在後半段，卽楊貴妃死於馬嵬驛之後，詩人卻是同情那一片癡心的唐明皇的。這時候詩人已經不再把他們當作帝妃來描寫，而是當作一對普通的戀人來描寫了。詩人歌頌他們眞摯、深厚、專一的愛情，並爲他們不幸的遭遇而哀嘆。因此長恨歌的主題思想是具有兩重性的，但這兩重性的主題思想並不會前後矛盾，不會混淆不清。詩人對於愛情悲劇的製造者——唐明皇與楊貴妃（主要是唐明皇）給予譏諷，而對於愛情悲劇的承擔者——唐明皇與楊貴妃寄予同情。這個雙重性的特點使它和歷史上其他的愛情悲劇不同。它和梁山伯祝英臺的愛情悲劇不同，也和林黛玉賈寶玉的愛情悲劇不同。梁祝、賈林的愛情悲劇的製造者，是封建制度，唐明皇與楊貴妃的愛情悲劇的製造者，卻是他們本身。

詩人對於唐明皇與楊貴妃這兩個人物形象的描繪是下過工夫的，他不但描繪了他們的外貌，並且結合了內心活動。這就加強了藝術形象的感染力量。詩人描繪楊貴妃是：「回頭一笑百媚生……侍兒扶起嬌無力……雲鬢花顏金步搖……雲髻半偏新睡覺，花冠不整下堂來。」

「玉容寂寞淚闌干，梨花一枝春帶雨。含情凝睇謝君王，一別音容兩渺茫！昭陽殿裏恩愛絕，蓬萊宮中日月長。回頭下望人寰處，不見長安見塵霧。唯將舊物表深情，鈿合金釵寄將去，釵留一股合一扇，釵擘黃金分合鈿；但教心似金鈿堅，天上人間會相見。」

在這裏我們看到貴妃也一樣對唐明皇一往情深，感情眞摯。楊貴妃的形象是根據正史的記載也好，根據詩人的想像也好，符合老百姓的願望的是他們對愛情的專一，就是這一份純潔的感情博得老百姓廣泛的反復吟咏。

儘管詩人在詩歌前半段對於唐明皇的荒亂國政感到不滿與怨恨，但是在面對一個感情眞摯而又淒涼寂寞的李隆基時，卻是懷着同情的。唐明皇在楊貴妃死後幸蜀時：

「蜀江水碧蜀山青，聖主朝朝暮暮情。行宮見月傷心色，夜雨聞鈴腸斷聲」。「歸來池苑皆依舊，太液芙蓉未央柳，芙蓉如面柳如眉，對此如何不淚垂？」江水、青山、月色、夜雨、鈴聲、芙蓉、柳樹都引起傷心人的無限感觸。

詩人寫唐明皇還都以後是「夕殿螢飛思悄然，孤鐙挑盡未成眠。遲遲鐘鼓初長夜，耿耿星河欲曙天。鴛鴦瓦冷霜華重，翡翠衾寒誰與共？悠悠生死別經年，魂魄不曾來入夢。」白居易爲我們塑造了一位苦苦追念死去的太太，淒涼寂寞的丈夫的形象。看到這形象，令人想起梁山伯在聽到祝英台被迫改嫁時的悲痛心情。

我們從詩中出現一位道士來協助唐明皇，把天上人間又聯繫起來，讓有情人再度互通款曲，以慰相思之苦，又可以證明詩人對李楊的悲劇是寄以同情的。

長恨歌的藝術成就是很高的，除了以上所述的形象刻劃外，還運用了浪漫主義的方法虛構了海上的仙境，增加作品的奇情異趣：「排空馭氣奔如電，升天入地求之徧，上窮碧落下黃泉，兩處茫茫皆不見。忽聞海上有仙山，山在虛無縹渺間。樓閣玲瓏五雲起，其中綽約多仙子。」尤其是那句「在天願作比翼鳥，在地願爲連理枝」，更是充滿了民間文學的情調。

然而，長恨歌的研究者，對於它的主題評價卻有很大的分歧。宋代那些迂腐的批評家，甚至將長恨歌說成什麼「豈特不曉文章體裁，而造語蠢拙，已失臣下事君之禮。」現代學者或者根據詩人自題詩集說「一篇長恨有風情，十首秦吟近正聲。」就肯定長恨歌與秦吟同是暴露統治者荒淫、罪惡的詩。或者根據陳鴻的長恨歌傳所說：「元和元年冬十二月，太原白樂天自校書郎尉於厔。鴻與郎邪王質夫家於是邑，暇日，相攜遊仙寺，話及此事，相與感嘆。質夫舉酒於樂天前曰：『夫希代之事，非遇出世之才潤色之，則與世消沒，不聞於世。樂天深於詩多於情者也，試爲歌之，如何？』樂天因爲長恨歌，意者不但感其事，亦欲懲尤物，窒亂階，重於將來也……」，由此斷定長恨歌的主題思想是「懲尤物，窒亂階」，而反對長恨歌是一篇歌頌愛情專一，有美亦有刺的作品。這些看法之所以錯誤是他們離開了作品本身來討論作品的主題思想。卽使我們同意作者的寫作動機果眞是「懲尤物，窒亂階」吧，但作者的創作動機並不一定就是作品的客觀意義。文學藝術是一門複雜、細緻的學問。在世界各國的文學作品中，我們常常會發現作品所流露出來的客觀意義往往大於作家的主觀思想的。如曹雪芹的紅樓夢、托爾斯太的戰爭與和平等等是。

五七 呂蒙正以窮揚名

呂蒙正，字聖功，宋河南人。苦學成進士，三度拜相，尋授太子太師，封許國公。爲政尚寬靜，敢見義執言，世有「賢相」之稱。但他的成名，並不在地位高居賢相之時，而是早在尚未發跡「窮困」之年，卽以「窮」揚名於時。因他之窮，確與衆不同：既不怨天尤人，更曠達爲人所難及。他有一首「詠窮詩」云：「世人紛紛笑我窮，我窮不與別人同。架上有書隨我讀，壺中無酒任他空。道通天地有形外，出入風雲變態中。一朝拔出黃金劍，斬斷窮根不見踪。」這種安「窮」精神，眞是世所罕見。而「窮」之揚名，亦或以詩而益彰。

呂蒙正，幼孤，生活窮困，被迫到庵寺爲和尙寫經。久之，以和尙輕視有加，便憤然離去，流浪京中。一日，見劉員外的千金小姐，搭彩臺、抛繡球招親。樓下站着很多富家子弟，樓上站着一位美麗的名門閨秀。呂蒙正以看熱鬧的心情，遠處旁立以觀動靜。不料樓上抛下繡球，恰巧落在他的懷中。這自然是劉小姐故意抛來的。而劉員外見是個衣裳襤褸的窮士，認爲門不當、戶不對，便不願結此姻緣。劉小姐則認定是天訂良緣，不顧父母反對，決意下嫁與呂蒙正。偕赴寒門，共同生活。

呂蒙正喜得佳人，也得到佳人不斷的鼓勵與協助；但仍無解決「窮」的妙計。後來有一種「狀元菜」，原是他夫妻用以充饑的「紅莧菜」。及呂蒙正中了狀元以後，此菜便以人貴，被稱爲狀元菜，身價陡增百倍。他倆住在寒門中，某歲臘月廿三日，正值家家祀灶之期，俗傳：灶神是一家之主，每年此日上天，向玉皇報告這家生活狀況。蒙正以家貧，無力備辦祭品供奉「灶神」，乃以一詩敬呈灶神，詩曰：「一盞清茶三縷烟，送爾灶君上青天；玉皇若問人間事，蒙正文章不值錢。」灶神雖已應付過去，但過年仍然無米爲炊。不得已，只好與妻商量，向岳家劉員外乞援。岳家便允於除夕日，送酒食來。是日清晨，岳家依言着工送來，適寒門尚未啓扉，工乃置食品於門外，在雪地用扁擔寫上一個大「窮」字而去。及呂蒙正夫婦起床開門，才知岳家已將食物送到。及見雪地中的「窮」字，蒙正不禁感慨隨生，吟道：「頭戴烏紗身抱弓，蒼天也知蒙正窮。」妻在身旁，見此情景，不禁氣憤起來，迅從頭上拔下竹笄，對準「窮」字亂劃，隨吟：「頭上拔下金釵劍，斬斷窮根永不窮。」新年開泰，氣象一新，蒙正亦連科及第，高中了狀元，官運亨通，三度拜相。

在這以前，蒙正曾數次赴考，皆不得售。最後赴京趕考，又苦無旅費，其妻從其母手中商得一「金如意」。蒙正赴當典銀時，朝奉「以人賤物」，視金作銅。及中狀元還鄉，復以銅戒尺一支，着人送原當典銀一千兩。朝奉見尺上有「翰林院用品」字樣，連說：可以，可以，隨即照交一千銀兩。蒙正曾感慨的說：「時去黃金變銅，運來銅尺生光；我仍一我耳，前後迥異若此，能不令人扼腕！」蒙正一生潦倒，及其得志，鞠躬盡瘁，爲國爲民。以「窮困」始，以「賢相」終，佳話流傳，千古不絕。

五八　神秘軍師

對日抗戰以前，四川總在混亂之中。留心四川問題者，莫不知劉湘幕中有一位神秘軍師。此人姓劉，名崇雲，四川人，川人皆以不可思議的策士目之。其人擅道術，據其自道，非但預言屢中，且有廣大神通。初在河南，以左道惑衆，河南省政當局下令緝拿，劉乃狼狽潛回西蜀，依劉湘。叩以休咎，對答不爽。劉湘遂敬之若神明，尊之曰「劉老師」。劉湘無論軍國大事私人行止，胥取決其於一言。

劉軍師以劉湘之見重，乃益以諷湘。嘗謂劉湘爲天上最大星宿，不僅可據四川一方稱雄，且示可霸半個地球。劉湘更爲所惑。軍師嘗夜半焚香，觀察天象，揚言劉湘之星光煥發，鴻運將臨，應卽興兵掃平川亂，先奠蜀基，以展大業。並謂已蒙天庭允許，委岳武穆爲總指揮，龐士元爲總參議，七七四十九天，卽可統一四川。當時，識者聆之，莫之哂笑，劉湘則信之不疑。川亂不止，亦未始非此軍師之始作俑者。抗戰中，劉湘病歿漢臯，神秘軍師亦不知下落矣。

五九　中國鈔票沿革

從歷史考證，中國行使鈔票。大約遠在宋、金、元時代，便已有類似今日的鈔票出現了。宋史蔣偕傳說：「朝廷募民入票於邊，增給直券，俾赴京師討取錢貨，謂之交鈔。」可知自北宋時已開始有鈔票了。而這段記載中所謂「交鈔」，並不是在市面公開流通的，只是朝廷為了便利而發給這種錢幣代用券，有如是輸納軍糧的單據，需要到京師來才能兌現。

一直到了南宋時代，鈔票的發行才算略具規模。這時由北宋的「交鈔」發展成為「交子錢」，朝廷還特別設置「交子務」來專司發行交子錢的事務。根據宋史食貨志載：「高中置行在交子務，印交子錢，引給諸路，令公私同見錢行使。」這裏所說的「交子錢」就是鈔票，見錢就是現錢，指明交子錢與錢幣同樣通用，那便是說鈔票在南宋時開始正式成為一種通貨了。

南宋發明「交子錢」是有原因的，當時由於民窮國窘，故發「交子錢」以補國庫，朝廷看到交子錢很得民間信用，便越發越多，結果弄成幣值低落，民間拒絕使用。到宋孝宗時，陳良祐上稟力言濫發交子錢之弊害，孝宗始下諭由國庫撥出白金把交子錢全部收回，並將印鈔銅模繳銷，一場通貨膨脹的風波才告平息。但是過了不久，交子錢又重新出籠，流行市面，而且發得比以前更濫，「食貨志」中有這樣的一段記載：「當時官家強行科配，致民間皆閉門牢避；行旅持券，終日換不得一錢。」當時民間簡直視交子錢為廢紙了。

金仿南宋的成例，也施行一種類似交子錢的政策，結果也和南宋一樣。金史「耶律楚材傳」曰：「……仿孝宗時，以交鈔與錢並行，而有人以出鈔爲利，收鈔爲諱，致以萬貫易一餅，民力困而國亦窮。」宋金時代圖利用鈔票之發行，來改變當時的經濟制度，但當時只是毫無計劃，濫印亂發，反而帶來通貨膨脹的後果。

到了元朝，鈔票的形式更爲接近現代了。據元史「食貨志」記載：「元太宗始造交鈔，世祖中統元年又造中統元寶交鈔，其法以絲爲比值標準，每銀五十兩，易絲鈔一千兩，諸物之值並從絲例，票面值分十文、二十文、三十文、五十文、一貫、二貫多種，每二貫準白銀一兩。」這說明元時之交鈔已有一定比值，而且使用了一個很長時期，後來因爲物貴鈔賤，才再改革，另發「至元鈔」，以每貫抵中統貫鈔五貫，每年印發數十萬至數百萬，鈔票的形式花樣，亦頗精巧，根據韓泰華的「無事爲福齋隨筆」考證：「元鈔版以銅爲主，四圍雕花甚細，中橫刻壹拾貫文字，次又橫刻字號，外旁大字壹拾貫，中下皆合同，尚有合同數處，爲青綠綉澀，惜僅存其半，未能辨識。」當時鈔票的印製，和現代的鈔票形式，差不多已大致無異。

元朝鈔票雖以錢文爲單位，並設有「泉貨監」，監鑄銅錢，但實際上元朝並未鑄錢，只於各路（省區）設「平準行用庫」，按照貿易金銀平準鈔法，每銀一兩入庫，值「至元鈔」二貫，金一兩值二十貫，出庫則銀一兩值二貫五十文，金一兩值二十貫五百文，民間藏有金銀的，也可赴庫兌換，有鈔的也可兌換金銀，由於有了金銀做準備金，因此鈔值也很穩定，不像宋金時代的鈔票，萬貫只換一餅。

元代的鈔票，發行得很順利，在那時，朝廷規定只許鈔票流通，不許行使硬幣，元代中葉，江淮曾頒佈一種「鈔法」，廢棄宋銅錢，禁止民間以金銀私相買賣，但民間私藏，終難禁絕，「胡長孺傳」曰：「朝廷雖禁錢，而民間自用也。」結果元世祖不得不下詔：「金銀乃民間通用之物，今後任民從便交易。」然而，這樣一來，大家都行使金銀銅錢，而交鈔的價值更江河日下，終至不可收拾了。

明代對鈔票行使，也和宋元一樣，洪武年間有一種叫做大明寶鈔的，為一形式最大的鈔票，每張竟長達一尺，濶達六寸，印刷亦不錯，鈔票上橫印「大明通行寶鈔」字樣，兩旁並印有「大明寶鈔」，「天下通用」八個字，中間有一貫錢的圖案畫，外有龍紋花邊，桑白皮紙質，分一貫、五百文、四百文、三百文、二百文等五種。

清代之初，並無發鈔，迨自太平軍興起之後，為應付戰費之支出，至不得已發行鈔票。但結果信用全無，民間均不使用，據同治癸酉年間「金壺七墨」卷中有一段記載當時的發鈔情況云：「軍興之初，厘捐法尚未通行，餉胥不繼，乃議製鈔票以濟之。」又云：「交鈔分發各縣易制錢，商賈無所用，則賣諸報捐人，十錢只值二三，捐局以外皆不同，非獨民不信官，則屬員亦不信長吏。」清鈔命運，亦難逃失敗的結局。

歸納起來，各朝發鈔失敗的原因，是因為大都沒有準備金，而且多為濟一時之窮困，沒有完整的計劃，以致經濟制度沒有產生良好的效果，不過中國發鈔之早，在經濟學的發展及研究上是值得重視的。

六〇 莊學與名學

劉文典教授，在中國學術上的地位，論者觀感不一。譽之者，則謂：他在中國學術上的地位與對我國古文學莊子研究之貢獻，自陳寅恪而後，堪稱海內第一人。毀之者則曰：其人自大傲慢太甚，簡直是剛愎自用，常不近乎人情。縱有才美如周公，亦不足觀矣。這是儒林人士，兩種不同的評說。現在姑置不論，他是中國近代莊學專家，也是儒林公認的事實。

有學生問劉文典教授：惠施學說，與莊子學說，能否契合？惠施學說，語多神異，趣味橫生，清談家何以不取作清談資料？他講莊子天下篇時，便答覆了這個問題：惠施學說所談的，是名家的理，根據思想道理以探求眞理。與易經老莊學說都不同，而是研究宇宙萬有的原理、原則，屬於哲學。前者卻屬於名學，公孫龍等也屬此派。惠施所說：卵有毛、鷄三足、馬有卵、犬可爲羊、火不熱、目不見、龜長於蛇、白狗黑等。公孫龍說：白馬非馬、堅白論等；這些都是名學上的理，立詞詭異，理不易得。清談家是專談空理的，以名家學說，義理難懂，便很少人去追求。卽能通能談，要人聽得懂，仍不容易。所以名家學說，很難流播，終有學而少傳。與老莊學說，根本是各行其路的。我（劉自稱）未專攻，不敢以不知爲知，略悉皮毛而已。這也就是陳寅恪先生獨許他「知之爲知之，不知爲不知」的註腳。

六一　冬　至

「岸容待臘，着柳眼以將舒；山意衝寒，點梅花而欲放。」寶島臺灣，雖還看不出這一幕景色，在內地大陸，這確是冬至之寫照。

冬至，在內地視爲一極重要的令節，文學上考據之作甚繁，不爲引敍。然亦有足述者：江南風俗，每屆冬至，人家多祭拜祖先，或一家行之或聚族而爲之，雖以有用之金錢，作無益之舉動，然祭拜祖先，乃爲「孝」之表現，「民族意識」「倫理觀念」卽存乎其間，固未可以迷信嗤之也。尤在倫理觀念淡泊之際，相反的，倒有提倡之必要。

節逢冬至，亦墨客詩人逞才情的機會，其中不少佳作，如高適云：「冬至招搖轉，天寒蝃凍收」。王安石云：「都城開博路，佳節一陽生。」張來云：「荻籬茅屋柯山下，賣餅歸來也做冬。」杜甫云：「天時人事日相催，冬至陽生春又來。」民族詩人陸放翁云：「歲月難禁節物催，天涯回首意堪哀，十年人向巴山老，一夜陽從九地來。上馬出門愁斂版，還家留客強傳杯，探春漫道江梅早，盤裏酥花也鬪開。」更傳情意。風花雪月，利用時節，道之以正，亦未始非民族文學之助也。至「九九消寒圖」之作，雖屬冬至應時之點綴，亦不啻民間三冬之日曆，較之置酒盛會，喝雉傳籌，亦有意義得多。

六二　梁紅玉與柳如是

梁紅玉與柳如是，同爲歷史上的名女人。前者生於北宋時代，適宋室中興名將韓世忠。後者生於明清之間，適明末墮落文人錢牧齋。韓世忠原有四位妻室：白氏、梁氏、茅氏、周氏，白氏係元配，餘皆側室。就中以梁氏名紅玉者，最有名。特別是黄天蕩戰役中，梁紅玉親執桴鼓助戰，以及屯軍禁地，親自織蒲爲屋，最爲史家所歌頌！她是一奇女子，也是一巾幗英雄。

梁紅玉，原是鎮江青樓一名妓。羅大經「鶴林玉露」說：「韓蘄王之夫人，京口娼也」，錢牧齋「初學集」說：「蓋楊國（夫人）家本楚州（今淮安），寓京口也，楊國起家北里，慷慨擇配，識英雄於鞦韋之中，遂能定國難，奏奇功。」蓋韓世忠微時，涉足花街，紅玉一見鍾情，其定情詩云：「清白女兒身，墮落在風塵，心懷報國志，欲覓引線人。」淮安縣志列女傳，所言則略異：「韓世忠妻梁氏，北辰坊人。江淮兵亂，流落爲京口娼家女。」韓、梁姻緣的結合，「鶴林玉露」有另一種說法：梁紅玉「嘗五更入府伺候賀朔，忽於廊柱下見一虎蹲臥，鼻息齁齁然，驚駭，急走出，不敢言。已而人至者衆，復往視之，乃一卒也。因蹴之起，問其姓名爲韓世忠，心異之，密告其母，謂此卒定非凡人，乃邀至其家，具酒食，卜夜盡歡，深相結納，資以金帛，約爲夫婦。蘄王後立殊功，爲中興名將，遂封楊國夫人」，梁紅玉以一弱女子，慧眼識英雄。南宋之安，世忠之勳，以及巾幗英雄之名，胥紅玉之功也。

至於柳如是者，初亦為妓，張豔幟於吳門，色藝冠絕一時，時欲為之脫籍藏嬌者，大有人在，而竟慕衰老之錢謙益，不惜芳齡，不顧妾媵，則其心之另有懷抱，蓋可想見。故明亡以後，偕牧齋遊於西湖，曾指湖水曰：「此水甚清」。其諷錢殉國之意至明，乃牧齋竟惜其死。張問陶曾有詩以紀其事曰：「紅豆花殘又幾春？一枝煙柳尚丰神，無窮家國傷心事，且恕文人為女人」！牧齋不能死節於明難，而獲謗罪於清廷，仍不免於一死。柳如是竟以身殉，縊於其家之榮木樓。大名不可得，亦能獲其小名，亦奇女也！

梁紅玉與柳如是，雖同屬名女人，卻異代不同功。同落風塵，所偶則異；同具慧眼，然結局殊途；一成巾幗英雄之名，一委頓殉情而死；前者，芳名昭史册；後者微名則隨流水逝。人生際遇之不同，天道總是公平的！

六三 亞瑪遜河採鑽

提起鑽石，許多人便會聯想到比利時以及剛果來，其實巴西的亞馬遜河流域諸地區，也是鑽石的產地，如果那個地方不是有鑽石的存在，相信是沒有人會去過問的，旁的暫且別提，即使是那條河末梢的許多條水河，就已經有鑽石了，因為那些鑽石藏在碎石和砂的中間，很難去找尋，就算找到它，也不過是最細的那種鑽石，它的底色有點黃，並不值錢，如果想找尋比較值錢的鑽石，除了冒險走進那條河的核心，並沒有其他的方法，這樣做十分危險，原因是河水流到核心的地區，就是蠻族鬬士的王國。白種人帶了嚮導到達那個地區之時，便算帶了最名貴的禮物——鬧鐘和唱片機，也不一定能夠很順利地通過，因爲活在那裏的蠻族有幾十種，言語的不同，生活方式的不同，沒有一個嚮導是跟所有的首長有交情的，除此之外，那些探險家或者獵人，還須與鱷魚週旋，與蚊蟲交戰，比較寬濶的河裏，活着數不清的鱷魚，至於比較窄的河流，雖然沒有鱷魚，但是卻有蚊子，那種蚊子有半英寸長，給牠叮了一口，就會發熱發冷，跟着傷口腫到好像木桶那麼大，這種病叫做橡皮腳，十分難醫治，有這幾種的困難，抵達鑽石產地的人，可謂十分的少。

在蠻族居住的地方，由於氣候炎熱，有許多古古怪怪的植物滋生，單是食人的花，就已經有三十餘種；最大的花比一個房間還闊，它躺在路上，很難發覺，如果一腳踏在它的身上，那朶花就把這個人緊緊地捲住，只有兩個鐘頭的時間，就使他的軀體變成水。另外有些花更加古怪，它好像響尾蛇的頭，平時低垂下來，一旦有人走近，它就像一條箭似地飛撲到他的臉孔，刺盲他的眼睛，這種蛇頭花，因爲生長得比較多，走到那裏，如果沒有戴眼鏡，簡直無從去防範了，走進了森林還要戴眼鏡，自然十分不方便！

在一些有毒花生長的地方，往往有籐的存在，那些籐，並不是從樹上垂下來，而是伏在地上，有人一腳踏上去，他就如同一條蛇似地把他捲住，籐身有許多尖刺，幾十條尖刺插進他的軀體，那就非死不可。不過當地的嚮導有一個很妙的應付辦法，他們把樹枝削成一條長棍，每走一步，就把它撥一撥，棍在前，人在後，如果碰上了食人花或捲籐，那條棍給它捲去，便不再走，在那些綠色的森林裏面，隨時可以找到適當的樹枝，如果失了一條，不妨再削一條，易如反掌，雖然沿途都有困難，但仍不會絕望。

爲了防範蚊子的襲擊，避免蛇的傷害，那些探險家走進沼澤地帶時，不管天氣如何熱，仍要穿衣服，那種衣服由非常結實的蔴布製成，穿上了它，蚊子便滲透不入，腳下還要穿一對長靴。至於頭部，另有一種白色的蚊帳，從濶邊的帽子垂下來，包在胸前，臉孔和頸子躲在蚊帳裏面，那就不會給蚊子咬死，至於鱷魚，牠們往往聚着一、兩百條，擋着去路，想穿過鱷魚陣，只有一個方法，那便是把棘竹縛在小艇上面，順着水勢滑下去，好像渾身都是槍尖，鱷魚也不敢去惹它，可是，這樣的一條小艇，必須划得很快，片刻也不能夠停留，稍爲停頓，艇裏的人就會給鱷魚當晚餐。

一個探險隊，千辛萬苦地穿過了上述那些危險的地區，到了鑽石的產地，仍然不安全，原因是那裏有許多鬆土，所謂鬆土，名符其實，那些土地看來與普通的地面沒有甚麼分別，如果錯腳踏上去，它就突然滑落，變成一個小穴，那個人不知道跌到怎樣深，連屍骸也沒有，鑽石愈大的產地，鬆土愈多，不但有鬆土，還有很強的硫黃氣，從地面升起來，嗅吸了它，就會生病，的確不是好惹的！

六四　絕糧與言志

孔子對於人類的天性，有很深刻的理解，他說：「飲食男女，人之大欲存焉。」他把「飲食」放在「男女」之前，蓋不吃飯則肚餓，雖美色當前亦無動於衷也，由此可見「食」比「色」重要，飽暖之後才思淫慾。儘管是大政治家、大哲學家、大藝術家、大詩人、大作家，以至大野心家，如果肚子空空，他首先想到，不會是什麼問題，而是吃飯問題，每天至少要想到三次，多者四、五次。

最動人的古代吃飯故事，該是孔子在陳絕糧的故事。孔子家語載：「孔子厄於陳蔡，從者七日不食。子貢以所賫貨，竊犯圍而出，羅於野人，得米一石焉。顏回仲由炊之於壞屋之下，有埃墨墮飯中。……召顏回曰：子炊而進飯，我將祀焉。對曰：向有埃墨墮飯中，不可祭也。孔子曰：然乎，吾亦食之……」讀者你瞧，孔子明知飯中有塵埃，可是肚子餓壞了，只得「吾亦食之」，不再拘守「割不正不食」的禮節了。

不僅孔子如此，中國歷史上許多有名人物，也曾遭遇到窮途，肚餓難耐，向人求乞討飯。例如春秋時楚員伍子胥奔途中生病，乞食慓陽。漢朝大將韓信，初貧甚，常釣於淮陰城下，就食於漂母。唐人王播少孤貧，就寺僧齋堂吃齋飯，後三十年，貴爲揚州鎭守，題詩曰：「三十年前此院遊，木蘭花發院新修，而今再到行經處，樹老無花僧白頭。上堂已了各西東，慚愧闍黎飯後鐘，三十年來塵撲面，如今始得碧紗籠」。

東坡志林載有兩個窮措大相與言志。一云：「我平生不足，惟飯與睡耳，他日得志，當吃飽了飯便睡，睡了又吃飯。」一云：「我則異於是，我當吃了又吃，不暇睡覺也。」這兩個窮措大假如得志，他們的吃飯三昧，正如猪玀一般，只要吃得胖胖的，便萬事大吉云。若果猪有哲學，應該就是「唯吃史觀」哲學。這哲學，猪是可以應用的。但在人，人的生活，就止於吃和睡那麼簡單嗎？

六五　驗方奇效

民國初年，北洋軍閥，混戰不休。湯薌銘、張敬堯、傅良佐等軍閥，先後充任湖南督軍。所率軍隊過境，毫無紀律，姦淫擄搶，無所不爲。鄉民飽受殘害，苦無可告。長、瀏（長沙至瀏陽）道上，有很多茶店，以供過往客人——轎夫、苦力——茶水爲業。某茶店女老闆，一日，被惡軍纏擾不休。一婦當關，經九名惡軍輪番攻擊。九人去後，婦仍若無其事，還洋洋自得，舉以傲人。清采蘅子「鳴蟲漫錄」，有一則故事說：

「有官舫泊某處，見岸上臥一裸婦人，狀若死，衣褲及針線籃，置於身旁，不類遇盜者。疑而往視，按其腹甚堅，陰有流精，知爲輪姦氣閉，令人覓舊草履焚之，伏其身，以陰就烟燻之。返舟遙視，良久，婦自起，著衣携籃而去。復往視之，地漬精升餘。後訪知婦以縫紉登糧艘，人見其輕佻，挑之。婦故依門者，樂就焉。於是合舟水手四十餘人迭淫。淫畢，見其欲斃，委於岸，揚帆去。此官久歷仕途，曾檢經藏，故知治法。」

這兩則故事，固皆不足錄，後者，遇害有方可治，倘非某官之經驗，亦莫能治之。俗謂：驗方治大病，信而有徵。「香草筆記」謂：「元鮮於伯機記，杭醫宋會之者，善治水蠱。以乾絲瓜一枚，夾皮剪碎，入巴豆十四粒，同炒，以巴豆黃色爲度。去巴豆，用絲瓜炒陳倉米。如絲瓜之多少。候米黃色。去絲瓜，研之爲末，和清水爲丸。如桐子大。每服百丸皆愈。（宋言巴豆逐水，絲瓜像人脈絡，去而不用，藉其氣以引之，米投胃氣也。）」香草筆記又謂：一、端午日，取韮菜搗汁和石炭，杵熟爲餅，爲治刀鎗傷聖藥，骨破亦可合。二、病噎食，飲用鵞血，即愈。三、薏苡仁，用東壁黃土炒過，水煮爲膏，服數劑、治疝疾。四、荆芥穗爲末，以酒調下三錢，治中風。信不信由你，錄以備考。

六六　中國古代化學

世界上之有煉丹術，以中國爲最早；基於這項事實，美國著名的原子專家薛加尼斯丹博士才把中國譽爲「化學的母親」。大概在公元前二世紀初期的那些歲月裏，中國就已有很多人開始做煉丹的實驗，並且已經進步到懂得以「硫黃」和「水銀」來做主要的原料了。史記和漢書上的記載以及傳留至今的周易參同契一書，都是很可靠的證明。至於西方的煉丹術，在方法和理論上，大體和中國差不多，但在時間上卻要晚了好幾千年，而且跡象可以證明西方的煉丹術，乃是從中國傳去的（薛加尼斯丹博士是唯一承認此事的西方科學家）。

遠在三千年前的殷商時代，中國人就已經懂得製造不同的青銅合金。這是一個十分重要的開端啊！

金屬時代的作用，在化學智識範疇裏，佔着非常重要的地位。中國西漢時的著作「淮南萬畢術」裏面就有「白青得鐵卽化爲銅」的記載；東漢時的著作「神農本草經」裏也曾提到鐵取代銅的過程和過程中的「眞質外徵」(現象)。這是金屬取代作用裏的一個典型，後來在宋朝曾經發展爲製造工業用的膽銅。這是中國古代化學知識應當肯定的另一項重要的成就。

中國古代先賢，老早就知道「五銖錢裏就含有鋅質」的定理。第四世紀的一些有關的著作(如莫升著的「沉石典」)中的「俞(金旁)石」一詞是很常見的，這種東西已經被證實爲「含鋅質的黃銅」。因爲「鋅」這東西在中國史籍上出現得這樣早，所以關於「鋅」的發明問題，曾引起世界化學工作者的高度注意研究和討論。一九五四年，聯合國的有關部門且曾爲此問題而特地設立了一個「調查小組」，由東德科學家采珂拉主持其事，經過了三、四年的調查和考證，結果只得到這樣的結論：「鋅之初次出現，確係在中國境內，但當時它在中國的科學工作者的某種化驗中意外地出現著，發現它的人，當時並不知道它的性質，更不懂得加以利用，他們只是把它當做『在某項化驗中偶然出現的物質』，並加記錄下來而已。眞正發明『鋅』的人，該是一千年前的天竺(印度)高僧培拉美……他發明它，並使用它……」這樣的報告書發表之後，馬上就遭到一個在美國留學的福建籍青年學生楊春琳的反駁，楊君並指出：中國在唐朝時就已經知道用「爐甘石」——炭酸鋅——來做黃銅了，後來在煉金屬鋅的技術上還進展到很高的水平呢。楊君在致給聯合國有關部門的信中(後被發表)，還附着另一說明：「中國明代有個叫做宋應星的人，曾著『天工開物』一書，裏面就有煉倭鉛(鋅)的詳細說明……」(本邦南大圖書館有「天工開物」一部，凡五卷，爲明代宋汝遜著，此人是否卽「宋應星」，尚待高明指出)。

「鎳」在各種金屬裏，本來不是一種很普通的物質。歐洲到十八世紀中葉方知道鎳的存在和加以利用，但中國卻在老早以前，製造白銅時就懂得利用它了(白銅含鎳)。第三世紀的著作「廣雅」一書中，就把「鋈」字解釋為白銅，當時的化學家還曾作過白銅的化學分析。根據文獻的記述和實物的化驗，我們知道：大約在西漢時，中國人已能製造銅鎳合金（白銅），且曾運往近東大夏去售賣。準此，鎳質的開始利用，也是中國在化學技術上的一大貢獻。

豆腐是誰都曾吃過的普通食物，它是植物蛋白質的加工利用。「豆腐」的發明是極富創造性的，我們在很多的史籍中，可以看到有關豆腐的記載，我們知道，北宋以前就已經有它了（王安石還曾把豆腐列為皇帝日常食物之一呢）。

「玻璃是不是中國發明的？」這問題最少已被爭論了二、三百年，而到現在還沒有得到定論。民國初年在四川楚墓出土的玻璃「文鎮」，以及後來在長沙楚墓掘出來的玻璃珠子，都不能斷定它們的來歷。但我們能夠在元代的一些著作中找到製煉玻璃的記載（如白渚的「琉璃三要」一書，就有詳細可靠的記錄），卻又不能在史書上找到歐西方面何時將玻璃傳到中國的具體記述，這就難怪這問題要一直被爭辯着，又一直尋找不出它的眞正可靠的答案來。

幾千年來，中國人民在化學工藝上的知識和技術方面的成就，當然絕不止上述所提的幾種，其他如油漆、染色、釀造、製革、製糖、造酒、冶煉金屬和醫療藥物等，有關化學的知識都相當豐富。只惜不能盡道其詳。

六七　世界五大財神

「恭喜發財」，請到中東去！因爲今日發財，與石油實不可分。據說今日世界上最富有的五個大財神爺，其中就有四個是以石油起家的，正所謂「一滴石油一滴金」呢！假如你不相信的話，請看看油田王國的大財神吧！

第一位是沙烏地阿拉伯的沙德王，此君有財產若干？單說他的油田進賬，每年就是三億美元。他的手頭很是豪濶，一九五七年送給英女王伊利沙白登基紀念的珠寶，就是九十萬美元，他的王宮共二十四座，嬪妃侍官人等約一萬名。

第二位是庫華特的族長艾布都拉，每年在石油上的收入約爲一億五千萬美元。可是他做人作風與沙德王迥異，沙德王只重個人揮霍享受，他卻將石油財富用三分之一作政府開支，三分之一作建設，三分之一存入英國銀行。

第三位是奎達的阿立平，他在油田上的收入，每年是一億美元，卻是中東最傑出的執政者，也是中東最慷慨助人的大濶佬。奎達僅有居民四萬，卻成爲世界最富有的邦國，每戶人家每年的平均收入就是一萬二千五百美元。

第四位是印度藩王尼占姆，他的財富多爲珠寶，一箱一箱的無法估計。世界最大的一顆鑽石名叫傑克勃就屬他所有，值四百萬美元，他的財富至少擁有十五億美元以上，他還有不少金礦，皇宮庭院中遍地都是金條。

第五位是美國的大財主亨特，亨特石油公司是全美最大獨資經營的石油公司，在加拿大及德薩斯州以外十三州都有分公司，每年的進益亦達一億美元，他的財富約在五十億美元，其資本之雄厚，可以想見。

以上所述的五大財神爺，除三位是中東石油大王外，一位是美國的石油大王，一位是印度的巨富藩王，卻是出名的守財奴。値得一述的是亨特，他出身寒微，做過牧場工人，僅有小學程度，第一次投資石油五十元，誰知從此就無端端發達！這五大財神，係一九六四年所瞭解者，今日想多已搬位了。

六八 愛用同鄉人

爲官作宰，其所屬胥吏，大都愛用同鄉人。自古以來，無不皆然。捧檄履新之初，凡文書、會計、總務一應人等，甚至皂隸之輩，靡不以同鄉充之。揣其用意，不外：一、藉以顯示己之才能，威風於鄉曲；二、富貴歸故鄉，與其同鄉共享，亦有肥水不入他人田之意；三、除同鄉之外，一時無可親信之人。以致主官爲某省某縣人，其省署、縣署，常不免有某省某縣同鄉會之譏。無論達官小宦，多不出此作風。尤其某公主政湖南，湘省各界，卽有：「非禮勿言、非禮勿聽、非禮勿動、非禮勿用」之謠。蓋主席籍隸湖南醴陵，「禮」與「醴」同音。

古史亦言，有因此而招致非議者：「漢光武以郭伋爲并州牧，伋過京入覲，光武問以得失。伋曰：選補衆職，當簡天下賢俊，不宜專用南陽。是時在位多鄉曲故舊，故伋言及之」。由郭伋所言，可知愛用同鄉，由來有自。不過以帝王之尊的漢光武，率土之濱，莫非王臣，尚不免此，又何怪其封疆大吏，及等而下之的官員之不法而效之！

六九　吳稚暉不看線裝書

友人無錫孫德先君，與黨國元老吳稚暉先生同里，並甚得稚老的器重。爲言稚老軼事二則，世尚尠傳，提供共賞。

稚老之所以字曰稚暉者，乃因其讀謝宣城集而景慕其人之故。謝宣城名朓，號玄暉。其時稚老之名則朓也。清末，維新之風甚盛，稚老則頗嚮往於康南海（有爲），思想爲之丕變。並與友人相約，二十年不看線裝書（指中國的古書）。二十年來，匪伊朝夕，須持之以恆，乃改名曰敬恆。

民國十一、二年間，稚老任法國里昂中法大學校長，以經費困難故，所事多感掣肘，益以本校學生，大都由國內以「勤工儉學」之名而往，人數既衆，品類不齊，頗多予稚老難堪者。國內輿論，不明當時實際情形，對稚老亦有不諒解之誹語。稚老赤誠任事，忠心爲國，竟不得各方的同情與協助。思之憤極，乃於報端登一啓事自訃，其首二句云：「寒門不幸，蹇及自身」之語。今已三十餘年矣，稚老今如尚在，亦不知自笑其善戲謔兮也歟？

七〇 史堅如與九一八

紀元前十二年，先烈史堅如先生，謀伏藥炸粵撫德壽，不成，被執。清吏以嚴刑逼供同黨，繫足指，碎一骨，暈厥堂上，卒無供詞。又數日，乃遇害。史先烈，廣州人，美豐儀，曾留學日本，死時年僅二十二歲。民國告成，粵中同志於廣州第一公園立碑紀念烈士，撰碑文者胡展堂（漢民）先生，稱其志行爲前史所未聞。

廿餘年前（約民國廿二、三年），余於南京陵園新村見革命元老陳少白先生，是日正爲九月十八日。先生茹素，臂黑紗，如有所唁。余初以爲紀念東北死難同胞，問之先生，曰：是也，而不僅是，蓋史堅如先生遇害日，亦爲九一八也。先生每值是日，輒致唁念，不意九一八，當時竟是雙重哀典。國父孫先生任臨時大總統時，曾追贈烈士爲上將軍。袁項城（世凱）繼爲總統，以痛惡民黨故，竟抑置之。

七一　王揖唐之死

我國對日抗戰勝利，依法懲治漢奸，王揖唐在北平被捕，繫於河北城南二十里外的河北第一監獄。王剛入獄門，尙相當安分守法，除兩次提審之外，整日都在牢房，默坐或睡覺。卽是監獄放風；讓罪犯至庭院活動一下，而王揖唐也從不出牢門一步。他在牢房壁上，懸掛觀音大士畫像一幅，終日唸經不息，偶或吟幾句詩。他有一特長，能躺在牀上寫字，且作蠅頭小楷。覊拘日久或因苦悶難當，或思展其自欺欺人的慣技。身體相當強壯，卻時裝病呻吟，又不肯就醫。且曾一度裝瘋，一度裝聾、扮啞、或裝傻作呆，醜態百出，鬧出很多笑話。曾又數度絕食求死，企圖免罪或減輕其刑責。監獄負責人，恐其有礙牢房的安寧，只好將他改住病房第四室。直到送他服刑前，未作移動。

爲虎作倀的賣國漢奸，總是難逃法網的。王揖唐自更罪不可赦。經河北高等法院三審，於三十五年九月八日，判處死刑。決定十日執行槍決。至期上午九時，他仍裝重病，用擔架將他擡至女監西側，卽日本著名香艷間諜，亦王揖唐早所素識的川島芳子（原名金璧輝，係淸室後裔，寄養於日人川島浪速家，冒姓川島）就刑之處，準備行刑。檢察官照例詢問一番後，王揖唐始知大事完了，唯請「再發回上訴」！「請大總統開恩」！槍斃時，開了五槍（三槍未響），王大鬍子才氣絕身亡，時年七十歲。

王揖唐伏法之日，正是監獄規定犯人家屬探監之期。大鬍子的遠房侄子王德鏞，亦隨帶一籃水果食品等，前來探視。抵監獄鐵門前，卽被阻於門外不得入。尙不明何故？及入始悉大翳子服刑的凶訊。結果水果食品，只好當作祭儀了，下午卻領得王之屍體而還。備棺裝殮，寄存於法源寺，待擇期運鄉歸葬。王揖唐的文學，頗有根柢，又係著名的日本通。生前曾有中、日文及譯述著作頗多。今日卻難得一見，是否「以人廢言」的關係？那就不得而知了。

七二　巢居穴處

相傳在民國十七、八年間，有絲襪太太者（今日眞是太普遍了）與其夫君劉某，築巨厦於南京之鷄鳴山下，富麗堂皇，自不待言。時有所謂丘八詩人（相傳爲死於赴俄途中的馮玉祥），專愛尋人缺點開玩笑，亦於此巨室之側，構一茅舍，與之比照，實則馮未居住其中。誠然，相形之下，一則洋化，一則國化，其間之豪華與簡樸，自很分明。

史載：司馬光與王拱宸同住洛陽，王園第甚侈，中堂起屋三層，最高曰：「朝元閣」。司馬光則於私宅穿地丈餘，作「壤室」，其意在與朝元閣相對也。嗣邵堯夫譃而稱之，王居爲「巢居」，司馬之宅爲「穴處」。

兩故事比較起來，「洋化、國化」，「巢居、穴處」，似有同工異曲之妙。不過穴處不易，非有如司馬之賢之德不可。丘八詩人內奸詐而外造作，妄冀媲美前賢則謬矣。

七三　天才語言家趙元任

趙元任博士的語言天才，能說三十多種中國方言，他猶覺不夠。他生長在北方，稍長才回到南方，馬上學會了常州、蘇州、南京、上海的話。更深入內地西南，調查方言、灌錄音片。到廣東不及一個月，廣州話、臺山話、客家話都會了，且能以土話來作演講。他爲中國語言，灌了很多種錄音片，奠定了中國語言學的基礎。他精於美、英、法、德、瑞、日多種語言文字。更妙的是：外國地方的方言，有時說得如當地人一樣。他在美國各地跑，到喬治亞州，和黑人說話，便說黑人語言的美國話；在巴黎，對下層人士，則說巴黎市的土話；到德國福蘭克佛州，對下層人士，則說福城的音德語。他最高興的事，就是旅行到任何地方，只須經過很短的時日，就能說當地的土話。最不高興的，是別人說：「你的話我不懂」。

七四　楊永泰之死

楊永泰（暢卿），政學系巨頭之一，當其任軍委會秘書長時，權勢煊赫，曾有江西太上皇之稱。楊之爲人，精悍跋扈，令人極爲側目。惟其識見不俗、任事勇敢，誠政學系中之佼佼者，遠非其他派系一般著名人物，庸駑下乘之輩，所能望其項背。楊之馭下，或如劉玄德之噓寒問暖，或如張翼德之不假辭色；事之者，有以爲賢，亦有以爲苦者。有人曾戲詢於當時民政廳長呂某，呂在半醺時，沉吟半晌，告其人說：「楊之待人，每予人以食生洋葱的感覺，辛辣乾脆，人雖欲一口嚥之，亦不禁流淚雙頰矣。惟一的對策，就是臭頭臭腦，不賣他的帳」。蓋楊永泰每遇「臭頭」之人，反每每與之折節相交，蓋認斯人「如此臭頭，其中必有道理」也。若區區廳長如鄙人者，留學海外時，如外國人之臭頭語氣，諳之已久。牛刀小試，已見奇效，余乃悉與楊相處之道矣。

廿四年，楊永泰調湖北省政府主席。次年十二月，被刺於漢口江漢關輪渡碼頭殞命。當年謠言滿天飛，當局謂爲兩粵所使，而無人信之。有謂實CC所爲；有謂爲穿黃馬褂幹的；有謂爲：「未央宮斬韓信」故技的重演；更有謂爲：其如夫人與一夙所親信副官，頗有關係；楊死後，其如夫人且以自焚殉夫聞焉。弄得烏雲蔽天，久久未白。其實刺楊兇手姓施，當場拿獲。翌年二月，劉蘆隱因楊案被捕，審判，罪名成立，判處徒刑十年。楊永泰之死，直到此時，才見水落石出。

七五 楚國漆器

自殷墟出土，考古學者已認我商、周、戰國時代，科學、哲學、文學、工藝、美術，皆已有高度發展。戰國青銅時代將結束時，鐵器興起，漆器亦隨之而興。當時日用器物，凡可用漆髹製的器物，都施以漆。不但使工藝、美術，大加發展，且使器物經久不壞。上承商、周，下迄秦漢，漆器工藝，代有發煌。近世，戰國時代的楚國漆器出土；以及長沙馬王堆、漢墓出土；無一不可佐證。這些出土漆器，姑名之曰「楚國漆器」，以資識別。

我國福州漆器，製造技術的淵源悠久，就是承襲楚國漆器，用木胎或夾紵製成粗胚，然後在器胎上，施以彩漆繪畫。從楚國漆器圖案和繪畫線條，及其變化來看，可以知道當時，是用毛筆作繪畫工具的。從楚國漆器色彩來看，雖在地下埋藏了二千多年，仍可看出色調之美艷。當時漆繪工藝，已至高度水準；自不是一朝一夕之功。從造型來看，楚國漆器雖仿陶、銅器而來；但已比較精巧進步，有很多獨創性的成就。從圖案來看，漆匠們不滿於商、周時代裝飾圖案的作風，卻根據漆器本身的性質，演變而爲華麗生動的裝飾紋樣，無論構圖、線條、顏色的配合，都已步上更高的藝術境界。

同時，楚國漆器，寫實性的繪畫，很富有創造性，直可視爲中國早期的繪畫作品。此外，對考古家來說：楚國漆器，都是極有價值的歷史史料，可以看出當時貴族的生活狀況，以及兩千多年前，漆器藝術的光輝成就。

七六　衡文月旦不易

文人筆下，對於任何文學作品，總不免有月旦之詞，沒有盡善盡美的。儘管嚴幾道與林琴南，同爲近代文壇之傑，作品亦難免世人的吹毛求疵，盡善不善，盡美不美。嚴幾道自謂已讀過林琴南「茶花女遺事」八次，猶不忍釋手。卻又謂其「綺業深重，此書銷盡支那蕩子之魂。余酷愛此書，已八番披讀未厭。祇覺閱後令人心志澄然，有導人性情入正之功。瑪格麗特，溷身勾欄，而心靈絕未霉腐。亞猛愛念初發之際，純眞一本赤子之心，故能湛然深感，之死靡移。一經老人棒喝，善念油然而生，莫克自遏。萬苦千辛，甘之如飴，入後備受亞猛凌挫，泰然見有。離騷有『旣修能眞內美』之句，惟茶花女足以當之。一切衆生，皆具佛性。一念迴向，卽同本有。斯愈橫徧十方，豎褱三界，不垢不淨，絕待晶瑩。」

嚴氏這種似褒似貶，提綱挈領的簡略書評，已將全書內容與譯作，統括其中。旣有導人性情入正之功，文學至上，卽爲得之。不過也有人謂：嚴氏之評，殊非平心之論。也可說是嚴氏心自汚染，志氣沉淪，才有此戲言出口。實不足爲茶花女之病，轉足見嚴氏之器量太小。但不論孰是孰非，而茶花女一書的身價，反經嚴氏品題而益高，自然也是事實。

有某學者曾說過：「嚴幾道與林畏廬（卽林琴南），均爲文壇泰斗。嚴譯多爲社會科學，如天演論、原富、法意、及名學等書，極盡雅達之能事。其中原書取譬，均易以中國典故。非學貫中西，融會貫通者，不克臻此。故讀其書者，幾疑爲嚴之創作，不似譯自西籍也。林譯多爲小說，以茶花女、吟邊燕語等書，爲最膾炙人口。雖筆法力追史漢，然多矯揉造作之處，氣勢究不自然。至其創作金陵秋等書，則較譯文，更爲遜色。然嚴文深奧簡古，非國學素有根底，而又細心讀之，不易解，非如林文之可以普遍流行也。故林名在一般人中，轉出嚴上。聞耶穌敎初請嚴譯新舊約，以索價奢而未成。使是書出嚴手，吾知今日讀聖經者，必不限於敎會中人也，惜哉！惜哉！」

這段批評記載，非如嚴氏對林氏之「寓貶於褒」，而是明顯的「尊嚴而抑林」。其指林譯「多矯揉造作」；創作「更爲遜色」，與嚴氏本人對林作的感覺：「心志澄然」「有導人性情入正之功」

者，則未免大相逕庭。幸好在他又指出林文「可以普遍流行」。能流行，即能收「導化之功」，盡了文學的道義責任，故林譯仍不失其在文學上的價值。

七七　國難捐怪劇

九一八事變發生後，救國之聲，掀爲巨潮。時有山東梁作有者，以三千萬捐助政府，挽救國家。報紙雜誌，盛傳其事，譽爲卜式。

事雖盛傳，外間究不明眞象。有謂梁係山東大財神，有謂梁家與日本有殺父之仇，有謂梁係店夥，其款係得自張宗昌被刺後所遺落之銀行存摺。其至京也，聞經韓復渠之介見宋子文（當時財政部長），宋盛爲招待，其名益震。未幾，復傳梁實無款，僅有一籌款計劃。因之訕笑、詈罵、奚落、驅逐之聲，又高漲一時。梁在衆手所指之下，祇得抱頭鼠竄，轉回山東，情亦可哀！而論者謂梁作有在舉世昏狂之時，能與匹夫之責，以感動世人，事雖怪誕，情亦可原！

七八　二千年前的畫像

長沙出土戰國時代的「楚國漆器」中，有各種化裝盒，其中「舞女奩」，外繪黑漆粉彩畫。彩畫展開：舞女着黑衫，外披縠紗，細腰欲折，表現出當時「楚王好細腰，國人多餓死」的社會風尚和宮廷生活的陰暗面。畫中有一老婦人，是教舞的老師，反捲兩袖至肘，攘臂奮鞭，柳眉倒豎，額有縐紋，顯出一付兇相。正在督促舞女們，學習腰舞。這些舞女們，兩手在袖中微拱，左右搖擺，舞姿綽約輕盈。或坐或立，有正有側，姿態各不相同。她們長裙曳地，罩上黑衫，袖長不過腕，杏仁形領口，可以看出內衣有白色領袖。帽的式樣，也有好幾種，都是結頷頷下。其中有三個結髻垂毛過肩的裝扮，面孔特別秀麗的舞女，表現出雅氣猶存。

教舞，是分班進行的，學罷在室內休息。同時，還可以看出：她們走動時有微風，衣裳被吹動，也就看不出細腰了。從展開的圖上，還可以看出當時宮殿房屋建築，在紅色的宮牆上，還有彩繪的圓形圖案。這也就是兩千年前珍貴的畫像，也是建築史料。

七九　中原大戰

民國十九年，南北中原大戰時，閻錫山將軍，既砲擊曲阜，南攻徐州，南北兩軍，相持於銅山縣一帶。上海小報，有李玉茗作打油詩云：「杜門日日有謠言，報導閻王進孔壇；畢竟徐州是天險，錫山打不過銅山。」陳去病見之曰：「嘸啥關係，打過銅山，還有鎮江格金山。」

八〇　鄧錫侯與康莊

「康莊」，爲鄧錫侯將軍的別墅，以鄧字晉康命名。「人間勝境豪居半，天下名山僧佔多。」康莊佔了成都風景地帶浣花溪，居百花潭之濱。風光明媚，四時花色滿溪。杜甫有浣花草堂，唐王建「萬里橋邊女校書，枇杷花下閉門居」詩，薛濤也曾在此居住；鄧亦遠承了杜、薛風流餘韻。時值冬令，正康莊梅花怒放之時。余躬逢康莊主人，爲新來蓉城作客的外省文人學者洗塵。余與友劉半渠兄應邀，特提早趕去，藉機領略久已聞名的百花潭及康莊景物。

出成都西郊，至浣花溪百花潭，便到了康莊。見彼岸一片青幽幽的竹林中，夾植映成紅、綠、白似錦的梅花樹。乘小艇過潭，至一小涼亭前登岸，卽爲步入康莊的起點。每值宴集，屆時主人則常立於小亭之前迎賓。亭之內外，備置大小不一的靠椅，供來往客人待艇或休憩之用。平時常備茶水，宴集之日，更備有茶點乾果。潭水清澈見底，近岸之亭臺、花木、人影，都倒影於百花潭中，幽雅有趣，首收眼底，亦成了康莊勝景之一。

康莊面積不廣，樓臺亭閣的佈置，疏落有緻。沒有大門，亦無圍牆。潭畔涼亭，卽入口的起步點。亭中懸有一竹製對聯，聯云：「諸葛大名垂宇宙；元戎小隊出郊坰。」語集杜工部句，不知出自何人之手？語很自然，也夠拍馬之能事。進入不遠，竹林深處有人家，卽別墅的中心，爲一座小洋樓。其實並不小。祇因林深園濶，顯得小巧玲瓏而已。此卽康莊主人的住宅，亦名鄧家別墅，主人卽鄧晉康錫侯將軍是也。樓上懸主人戎裝巨像，魁梧其偉，整容正視，相當威武。樓下懸對聯很多，過多反覺失其雅。過洋樓，爲一花圃，與梅竹林園相混。梅亦各色相間，幽香一片，姿態盡妍，尤能引人入勝。通過曲折幽徑，爲一小山林，林中仍間植梅樹。出竹籬門，又修竹成林，仍不減其淸幽。繞竹林而行，約數百步，回到潭邊小涼亭。風景之勝，在乎山環水抱。康莊有水無山，固爲美中不足，但梅竹成林，蔚爲奇觀，亦足補其缺。別墅面積雖不廣，偎依梅竹懷抱，樓臺、亭閣、假山、流水，俱未添香生色，惟梅竹交配，相映成趣，春夏可看竹，冬春可賞梅，終年不失其雅。故詩人墨客，儘有題材可取，亦多流連終不忍捨去。

主人機智、巧思也深。每有較大宴集，發柬邀賓，必舉觴於康莊。輒以「梅花宴」或「竹林集」爲號召。參加者，有詩人、學者，有大學教授，有新聞記者和社會名流。余與半渠兄參加之日，席開十數桌，散佈於梅竹林中，固不失其風雅；客旣衆，侍役亦不少，雜錯於穿花拂葉之中，失去幽靜氣氛，卻又輸了風雅。反不若其南打金街「星五集」，輕談細語，優遊淸靜之可取也。康莊梅竹，盛傳成都，主人開明，平時固不禁人遊賞，但一般居民，總多裹足不前。懾於主人過去之威嚴，或另有其他緣故？則不得而知。

八一　中國古代建築師

在中國廣泛的區域中，人們所傳頌的古代建築名師之中，首先應該提到的，當然是魯班。他是公元前第六或第七世紀——史家們對於魯班的時代至今爭辯未已——時代的人，由於他對建築房屋——尤其一些設計特別複雜、條件特別苛刻和形式特別古怪的大屋宇——、橋樑、和製造車輿，以及日用器皿的高度造詣，就成功了一個爲大家所推崇的、有創造性的巧匠，而且兩千多年來，還一直被供奉爲土木工之神，爲廣大的木工工人所崇拜，也被所有的建築工人所欽服着，人們甚且還把建築工業統稱爲「魯藝」呢（有人以爲只有「木工」才能稱爲「魯藝」，其實不對，蓋魯班的技藝非僅木工一門也）。

中國民間，長期以來，到處都可以聽到一些魯班的傳說，到處可以聽一些吹頌魯班的故事或歌謠；從前中國各地的木工工人，每年還有一定的日子來奠祭魯班呢（工人們稱爲「魯班誕」或「師傅誕」，但各地所定日子不同）。到過北京的人，都知道那兒有一條專賣木器的街道，叫做「魯班街」，汕頭也有一個專製木器的小角落，叫做「魯市」，這都是後人對於先賢表示崇拜的好現象，由此可見，魯班對中國木構建築的影響是何等巨大！

再要說的是，隋朝（公元五八一至六一八）的一位天才建築名手李春，他也是中國建築史上數一數二的人物。李春曾設計過十一座寺院和八座大橋樑，在他的時代裏，他對於國家的貢獻是十分重要與巨大的，難怪朝廷會在他死後「賜以良田十石，二遺孤各得其五，令百戶（相當於保長的小官）年年祀之，不得有間」；他所遺留下來的傑作（能確知是他所設計者），爲河北省趙縣城外的趙州橋（又名安濟橋）。趙縣縣志說：「李春建橋始於一月，明年一月竣事，計用工可十萬」云，則該橋規模之大，也就可以想見了。安濟橋長三十七公尺，橫跨在汶水之上，是一座很合科學邏輯而又非常雄偉精緻的單孔石券橋。這橋至今還給完整地保留着，且繼續地發揮它的高度的功用。這座古橋的設計，令人最爲欽服的是，爲了減少洪水時橋身的阻流面積，和減輕大券上的負重，故特地在大券兩券之上，各加上了兩個小券。這不但創造了世界上第一座「空券撞橋」，且因這種設計產生於那麼古遠的時代裏，而使中國建築史上增加了輝煌的一頁。

新加坡南洋大學前教授楊介眉氏，曾在一次有關「中國建築發展史」的講解中，提起上述的安濟橋，楊氏挑起他的大姆指說：「……沒有一位現代大建築家能於參觀過安濟橋之後不自覺羞愧的……它的存在，將永遠是對現代建築家們的一項責問：你們爲什麼進步得這樣遲慢呢！」由此就可知，李春的建築技藝是何等驚人了！要知道，像安濟橋這樣富於創造性的設計，在歐洲竟遲到一九一二年才初次出現呢。

第十世紀末葉，中國建築界出了一位善於建造木塔的人物，他就是中國最早一部木工專書「木經」的作者俞皓。俞皓自己善於製造任何建築物的小模型，並力倡「先製模型，然後施工」之法，這是個正確的法度，直到今天，世界各國的建築界還在奉行着。

研究中國建築史的人，大抵都知道河南開封地方，在一千年前有一座奇特的木塔，雖然我們只能在古籍上看到它的繪圖，而不能在今日的開封市上找到它的一釘一木。據史籍指出，這木塔就是俞皓的精心傑構。俞氏使這木塔的塔身向西北部作有限度的傾斜，故於完成後，受到各方嚴重的攻擊，咸認爲是他的技藝不到家的證明。及至開封府的道臺巡向俞氏責問時，俞氏才微笑地對他說明原因：「塔身向西北方微斜，爲的是要抵抗當地主要的風向，如果塔身直立，則二百年後，這塔一定要因長期給大風吹打而向後傾斜，則三百年後，此塔必倒無疑；現在使它向西北微斜，則二百年後將被吹正，再三百年始有向後傾斜的可能，這樣，此塔最少就耐得上五百年光景。」道臺聽了覺得有理，反而大加讚賞。這座微斜其身的木塔的完成，對中國建築藝術上是有不可忽略的啓示的，因爲在這之前，建築師們都不懂得「傾斜」的道理，自木塔建成之後，大家才知道「有限度傾斜」的妙用，於是在建築一些較高的屋宇時，都能注意它的風向，而使建築物作適宜的傾斜（其傾斜程度，肉眼是很難看得出來的），於是，建築師們不但敢於設計更高的樓屋，且依此道理（原則）所建成的高樓大厦也比較堅固和耐久了。

再說到公元第三世紀初年的建築名師陽城延吧。陽氏在當時是很負盛望的，他替漢高祖營造了長安城和著名的「未央宮」，又創造了完整的首都的範例。後來日本的平安京，就是模仿長安來修建的。再後來長安毀滅了，就有建築師劉龍和宇文愷替隋文帝在舊長安附近另外設計了一個新都，首次有規律地把都城實行了分區計劃，使皇宮、衙署、民宅都分別佔有它們適當的區域。這個新都相當大，榮華鼎盛的唐朝就承繼了這個都城，作爲它的首都。這巨大的功勳，是應歸於多智多藝的偉大建築師的身上的啊！

八二　漢文帝拒獻馬

漢文帝卽位後，有獻千里馬者，帝曰：「鸞旗在前，屬車在後，吉行巡狩，日五十里，師行征伐，日三十里，朕騎千里馬，獨先何往？」既而下詔曰：「朕不受獻也！其令四方勿來獻」。此爲文帝絕賄獻之運歟？抑有懲於趙高獻馬之故事，而明示其不可欺歟？歷代史家，僅紀其事，未辨其理，殊可惜也。

按秦丞相趙高，既設計以殺李斯矣，乃欲專秦之政，恐羣臣有反之者，於是持鹿以獻於秦二世皇帝曰：「此馬也」。二世笑曰：「丞相誤耶？乃指鹿爲馬」！趙高問於廷臣，以驗衆意；而羣臣之中，或默爾不言，或言爲鹿，或竟謂爲馬。忠奸顯然，一見而辨，致趙高乃得陰將言鹿者，盡置於法而誅戮之；自是以後，羣臣皆莫敢有言趙高之過失者。

復按自趙高「指鹿爲馬」，至漢文帝拒受千里馬之時，中間相距，不過二十有八年耳。以漢文帝之英明，嫻於掌故，趙高獻馬之故事，必在素識中，文帝以拒受獻馬，而警戒其羣臣，明示其不可欺，實爲事理之常。且「朕騎千里馬，獨先何往」之語，其不自享受，不離羣衆，不私利得，不爲天下先，均了然如見矣。其足以令羣臣感奮者，更何可勝道哉！故吾人讀史，當得其間，而窺取其隱，如僅以拒獻卻略視之，則膚淺矣！

八三　長條櫈上學游泳

中國語言學之父趙元任（仲宣，江蘇人）一生之成就，無論研究學術與動手動腳之前，都是運用理智，三思而後行的。凡一個不會游水的人，無不覺得水之無情與可怕。而趙元任之於游泳，卻是一躍入水，無師自通，一舉成功的游泳好手。趙氏賦性，相當機智勇敢。他說過：「機智勇敢，是成功之母」。機智以慮事，勇敢以行事。爲智慮周詳，才能放膽去行。天下無難事，只怕有心人。有心人所依賴的，也就是機智和勇敢！

陳衡哲曾對我說過：「只有趙元任學游泳，最特別，是無師自通的。一般所謂函授學校，都只是言而不行，趙元任卻自開門路，行通其言」。趙元任當年在美國讀書時，忽然興趣風發，寫信到哥倫比亞大學的函授學校，索取一份游泳講義。講義上只有言論，卻沒有臨水不懼、如魚適水的方法。他於收到函授講義之後，只研究其言論法則，不問有經驗的人，亦未經人臨池指導，就眞的閉門造車起來。在家裏俯伏在一張長條櫈上，照著講義所說的：手腳應如何動作？呼吸應如何控制？依樣葫蘆畫起來。自認已經相當熟練，有相當把握之後，便躍躍欲試，一顯身手了。一日，與幾個愛好游泳的朋友，偕往游泳池畔，立在池旁，先於任何朋友，毫不遲疑畏縮，勇敢的一躍入池。衆皆驚惶不已！他卻仿照在家長櫈練習的動作方式，游泳自如，大家始由驚惶而讚其爲游泳英雄。也有人說：這只是他冒險的僥倖而已。乃不知偶一不愼，是會要命的。同時趙元任向不孟浪行事的。他之敢於勇敢赴水，與其游泳自如者，乃是他先已研究透徹、考慮周詳的結果。

八四　巧宦得志

「學而優則仕」，作官本來是先要學。爲要做宰相，而學點田園之事，知道稼穡之艱難，似乎是必要的。柳亭詩話，說孝宗欲相范石湖，以其不知稼穡之艱，遂止。范因作田園雜興詩十六首，繪聲繪色，眞不愧乎田園之詩。只是心作廟望之夢，手寫田園之詩，南轅北轍，此心實不難於捉摸。

然古來巧宦得志之士，其用心之苦，其所學所習之出乎人意之外，更有千百倍於此者，卻比比皆是。且以數事作證：

唐朝武后則天生病時，閻朝隱把自己脫得赤條條的，又洗得乾乾淨淨的，伏在祭壇上面，當做死豬。一面叫人焚香拜禱，祈求后病早痊！武后病好之後，他自然是升官了。

宋韓侂胄當國時，於杭州吳山作南園，竹籬茅舍，宛然田家景物。侂胄遊其中，異常高興！說：「像似田家，可惜沒有鷄鳴犬吠。」忽然他聽見林中汪汪之聲，原來是臨安府尹趙師睪伏在那裏作狗叫。因此不久，師睪便昇了工部侍郎。

與侂胄生日，羣臣上壽。吏部尚書許及之遲到，大門已閉，不得進去。便俯身從旁邊的狗洞裏，傴僂而入，自不以爲恥。

諸如此類作爲，分明都在學習那些禽獸行爲，但結果一樣的飛黃騰達。更有甚者：如徐之才暗使其妻私通和士開；紀處訥陰令其妻私通武三思，簡直是學縮頭烏龜。較之「八百牟尼親手拷，回朝猶帶乳花香」，更要下賤十倍。但是在富貴名利場中，這類故事，似乎不足大驚小怪。因之在今日這世界中，太太的交際手段，仍得列爲終南捷徑之一。人而無恥，一至於此。那麼，天下事還有什麼不可爲？有此學力，巧宦宜乎得志。

八五 黃帝陵

「黃帝陵」，位於今陝西黃陵縣城北的橋山上，故亦稱「橋陵」。自古傳說：是中華民族祖先軒轅氏之墓。據司馬遷「史記」載：「黃帝崩，葬橋山。」歷代帝王均到此祭祖謁陵。我生有幸，民國二十四年，得隨政府大員，參加祭陵，親見其勝。

相傳：黃帝陵，原建於漢代（大約在公元二三〇年之前），宋開寶五年，遷移至現址，此後歷代皆敬重其事，迭有修葺。陵內有祭亭，四角微翹，柱紅詹翠。內立石碑，上刻「黃帝陵」三大字。還有碑亭一座，鐫有「橋陵龍馭」四字。再前方有「古軒轅黃帝橋陵」石碑。山下的黃帝廟，內有十四株古柏，其中有一株，則稱爲「軒轅柏」，據傳是黃帝親手種植的，信不信由你。廟中有過亭，內豎石碑七十多塊，皆明、清兩代所立，上刻歷代帝王祭文。大殿正中，高懸「人文初祖」巨匾。其他並無可觀，惟山陵起伏。

八六 東方人的女性觀

在東方人的觀念中，女性是嬌柔的表現，是應當被人憐愛，而沒有資格去憐愛人的。說起女人，一般的觀念中，就不免湧現出一個林黛玉或是崔鶯鶯，她們是我們歷史中傳統的典型美人。說起女人，我們也會連帶想起花、草，想起黃鶯，想起掌上明珠，盡是纖巧與弱小的美人。說起女人，讀書人總帶幾分鄙視的觀念：「惟女子與小人爲難養也。」孔子的名言，支配了二千年來男人對女人的態度。現在雖說女權運動，已經隨海上的波濤，來到我東方的古國。儘管鬧婦女解放，叫得起勁，機關工作的婦女，依然是供人賞玩的花瓶。我們這種觀念，要到幾時才能風光月霽?!

八七　雌雄變性

男女變性，在時代進化，科學昌明之季，並非異事。數年前，報載：美國某士兵，大男人變爲克麗斯汀小姐以後；臺灣有士兵謝尖順，亦傳有此變態。東西兩洋，遙遙相映成趣，街談巷議，傳爲佳話。

據漢書五行志載：「南朝宋元嘉二年二月，燕有女子化爲男，燕主以問羣臣，尙書左丞傅權對曰：西漢之末，雌鷄化爲雄，猶有王莽之禍，況今女化爲男，臣將爲君之兆也。」燕女化男，爲人世所罕見之怪事，其時人文固陋，智識膚淺，不知生理構造，更不知生理變態，宜乎傅權視爲妖異，而附會爲臣將爲君之兆。據後漢書方術列傳載：「徐登者，閩中人也，本女子化爲丈夫。」又五行志載「獻帝建安七年，越嶲有男化爲女子，時周羣上言哀帝時亦有此異。」則女化男，男化女之事，前代已有之。第一身之微，一態之變，何預於帝王之祚運，所見抑何淺也。

魯魯山「燕喜堂文賸」載：「人有變態，於物亦然。童時，家中所飼雌鷄，其一忽然作雄鳴。祖母愀然不樂。余問其故，祖母曰：牝鷄司晨，爲家之索，兒未讀焉？此反常之事，將不利於主婦。余曰：此迷信也，鷄具口，其鳴乃其本分。其不鳴者，以不善鳴也，何足怪？又何與於主婦？其後竟無他異。祖母壽至七十五而終」。魯又云：「我竄跡臺員，養鷄爲樂，晨夢方醒，習以爲常。一日忽聞怪聲，短而促，非所習聞者。竊窺之，則一雌正振翅引吭而鳴。後間有聞之，僅報曉而不唱午，亦無他異也」。

上述傳權所言雌鷄化雄，與「宣帝時，未央宮雌鷄化雄，不鳴無距」，極類似。又「靈帝時，南宮侍中寺，雌鷄欲化雄，一身毛皆似雄，但頭冠尚未變」。似可謂爲「准雄」，而非眞雄，卽今之所謂兩性鷄也。雌化爲雄，與克麗斯汀、謝尖順兩人，以男變女，同爲生理變態，而非醫生手術所造成，實不足異。

八八 學者日記

盧某，號稱學者，所作日記，皆極坦白。中有二條云：「余何醜耶？父斥余曰：『拚種』。妻罵余曰：『屌形』。斯二人者，誠不明於聖賢之道也。」「季弟，娶妻甚妖豔，余甚想……之。（唔！此心不對，後當戒之。附記。）」

八九　妙語解頤

葉楚傖氏，文士而富有詩人氣質，居常語多解頤，幽默風趣，有類東方朔之流。略舉數事言之，資爲閒話之助。二十五年六月，時葉氏正任中央委員兼立法院副院長。有某委員私詢於葉氏曰：「爲什麼某顯要常有詩文在報上發表？」葉氏笑答之曰：「大概是此地無銀三百兩吧！」一則似有而實無；一則說無而實有；語妙京華，耐人尋味。益相信葉氏在任中委與立法院副院長時，仍未稍改小鳳時代的風趣。葉氏主江蘇省政府時，拉胡樸安做江蘇民政廳長。相傳胡氏到差之次日，曾以油印詩稿，索職員們步和。詩首兩句有云：「我本上海一腐儒，強我來長民政蘇。」葉氏偶然見之曰：「妙詩，與『憲法分權五，主義說三民』的默齋，無獨有偶了。」（默齋不知爲何人？）葉氏又說：以前東南大學某生作論文，開口就說：「嘗讀中國歷史。」陳去病（江蘇人，南社社員）眉批云：「大有外國人口氣。」今日「強我來長民政蘇」，則「大有外國詩文筆法」。不過「胡詩」這故事，情理乖舛，或係傳聞失實，作者殊不相信。

胡樸安說：「人謂楚傖的小說，都是酒話」。（見前）葉氏自明其言有「絃外之音」。因對胡氏說：我現在唸幾句詩給你聽聽：「一舉累十觴，十觴亦不醉」；「何當載酒來，共醉重陽節」；「俯飲一杯酒，仰聆金玉章」；你看何如？胡氏一時腦筋未轉過來，疑係葉之自作，急促答曰：「酒詩、酒詩。」葉說：「本來是酒詩，何如酒話」？胡說：「五十步與百步耳」。葉說：「既屬五十步與百步，那酒話與酒詩，當可同傳千古了。」胡氏覺得不對，始悟詩皆唐人之句。大呼：「上當、上當，落進楚傖的圈套了！」葉氏也報復了胡氏「絃外之音」！

九〇　曠世奇才詹天佑

滿清末季，國人提倡洋務、自強運動。清同治初年，曾國藩、李鴻章等，奏准選派優秀青年留美，學習西洋科技。十一年，由容閎率領第一批詹天佑等三十人赴美入學，詹天佑習土木工程，於耶魯大學畢業後，光緒七年回國。時正昏庸之輩，把持朝政，國事日非。盛倡修築鐵路，徒託空言而不行。詹氏用世心切，有志莫伸。張之洞知其才，乃延爲水師學堂教習，詹以用非所學，仍覺計無可展。會伍廷芳任津楡鐵路總辦，特選詹氏爲工程師。從此，詹氏三十餘年的血汗，乃盡瘁於中國鐵路的興建。他也成了舉世聞名的工程師。

詹氏從事全國鐵路建築，最大成就，在京張鐵路。自北京至張家口，長三百七十餘里。南口以北，岡巒重疊，溪澗交錯。出居庸關，八達嶺橫阻於前，上則長城峭壁矗立，怵目驚心，較諸平原興築，艱難萬倍。外人估計，此路工程費，非九百萬元，需時七年不可。結果，詹氏所費僅五百餘萬元，經時甫四年，卽全線通車。外人初勘，計需鑿洞六千餘尺。詹氏改線重勘，則僅鑿洞三千五百尺。詹氏獨任艱鉅，躬親跋涉，歷時僅一年有半，山洞全部鑿通。當通車之日，朝廷權貴及中外人士，前來參觀者萬餘人。盛況空前，無不嘖嘖稱奇！英國報章神奇的說：「中國安得有建築此路的人才！」繼而則謂：「外人有眼不識泰山」！此固爲詹氏的榮譽，亦實國家之空前偉業。英國工程研究會，向無東方會員，至此，始選詹氏爲會員。清廷遂亦認詹氏爲曠世奇才，除授以進士（人稱洋翰林）外，並擢爲漢、粵、川鐵路總辦。嗣後，歐洲協約國，召開共同管理俄國鐵路會議，詹氏代表中國參加。詹氏努力折衝，卒獲中東鐵路工程師之地位者，亦詹氏之力也。尤其詹氏有關建築及行車等問題之創造發明，亦極受國際之推崇、採納，更爲國家增光不少。現在內蒙古的青龍橋，猶有紀念詹氏的銅像存焉。

九一　飛　天

「飛天」，是古代我國建築上的一個名詞，一般人是不易瞭解的。唯有建築師匠，才懂得這名詞；亦唯有從宮殿、廟宇等古老建築物或壁畫上，才能見到、領略到所謂飛天的形象。簡單說：「飛天」，是古代美術家以驚人的想像力，取材於佛經神話而創造出來的藝術形象。飛天，都是美妙的仙女、樂伎，在雲中飛翔，表現健美的體態；往來自如的神情，正是古代藝術家，追求自由夢想的體現。由於早期的佛教藝術，受到外來的影響，「飛天」大都是半裸體，頭戴波斯式的寶冠。爲要表現飄然飛翔的神情，多藉助於衣裙飄帶的流利線條，以傳其神；或手拈鮮花，任意散播；或持不同的樂器，安然撥弄。引人心情嚮往，如聞仙樂，彷彿也飛翔雲中。

這類飛天作品，在龍門、敦煌等石窟壁畫中，尤多浮雕和彩繪出現；但在建築中，卻極少有。泉州開元寺，大殿內斗拱上，木雕彩繪的飛天，卻是僅見的例子，成了建築藝術中，難得的作品。這大殿的斗拱、朱漆樑柱上，一行行的飛天，是利用斗拱雕刻而成的，突出在空中，大有瞬卽飛去的動態，實是大膽而又巧妙的創造。每個飛天，都顯出莊嚴健美和巧妙的神態。置身殿中的人，無不頓覺有空間廣濶無限、仙樂飄飄可聞之感！

九二　四不朽人葉德輝

葉德輝，字煥彬，別號郋園（有謂爲「郎園」者、「郎」字似不見於辭書字典），晚年有時自稱怡園先生。先世不傳，以農商起家，稱鄉中富有。生於清同治三年（民前四十八年，一八六四），民國十六年（一九二七），被長沙農民會殺害死，享年六十四歲。幼卽天資穎悟，向學頗勤。二十二歲舉於鄉。二十九歲（光緒十八年）成進士，任吏部文選司主事。以不樂仕進、取功名，未久，乞歸養親。他本湘潭人，就長沙卜宅而居，奉母讀書，矢志於學術研究。

葉氏貌清癯，未留鬚，面麻齒露，眼近視，其貌殊不揚。湘人多以「葉麻子」呼之，葉聞之，亦漫應之而不慍。生性相當怪僻，倔強、頑固、保守俱備。意氣甚豪，談鋒極健。復玩世不恭，不拘細節，也不亞於辜湯生。平時詼諧百出，愛譏嘲罵人。對於清末民初維新、革命兩派的主張和人物，均反對甚力。於軍閥與共產兩種份子，尤深惡痛絕。亦因之而屢屢賈禍。

家中藏書甚豐，珍本尤深藏不露，且絕不借人。爲防杜親友開口借書，常於書齋標貼一字條：

「老婆不借、書不借」。視書與老婆同等珍貴。或謂其標貼爲「妻可借、書不可借」者，卽貴書而賤妻。敢信葉氏雖怪，縱是開玩笑，亦決不會乖常理若是。當屬訛傳無疑。葉氏除「書與妻不借」之標箋外，又常表示「二不吃」曰：「鴉片不吃、虧不吃」。且刻一圖章自罵爲：「四不朽人」（朽人，爲湘中土話，罵人語），見者無不捧腹。不過葉氏尚豪俠，不畏強梁，好打抱不平，嫉惡如仇。同時，也最樂意獎掖後進。凡投其門牆者，例不受贄。卽席命題作文一篇，以代贄敬。縱所作不佳，亦必爲之游揚曰：「某聰明，某穎悟」。葉氏原精占卜星命之學，並視各生之文，評其將來的榮枯顯澀，常多應驗。職是之故，當時藝窗士子，覺其平易近人，亦多樂願列入門牆之下，且引以爲榮！

九三　棉藝之花

中國民間的藝術作品，常能從一些普通材料，和日常所見事物中，演化出來的，有時直令人難以相信。其可愛可貴之處，正是藝術家的精心巧思，以雙手創造，變平常爲神奇的藝術作品。

用棉花紮製花、鳥、蟲、魚，源出於彈棉絮的匠師之手。近世在福建、廣東一帶，鄉間彈棉花的匠師，在爲人彈製嫁粧棉被之時，往往用加色的棉絮，做一些象徵「吉祥」、「幸福」等的花卉圖案，以取悅顧主！經過漫長的歲月，平常裝飾性的花卉，就漸漸發展成爲手工藝術的奇品，深得人們的愛好。

這類手工藝品，以廣東、福建享譽最隆。廣東潮安的傳統作品，多爲花鳥、母鷄、鵪鶉、靈貓等；福建漳州的傳統作品，多爲熊貓、麋鹿、蝴蝶等；都是棉花製成，或爲浮雕式的圖畫，全可說是「棉藝之花」，美譽亦早傳播中外。

九四　荔枝禮讚

荔枝是嶺南的名產，其品種據說有七十種之多。嶺南荔枝，人稱「果王」，所以它亦特別富有詩意和演出很多歷史故事。最著名的詩便是蘇東坡的：「羅浮山下四時春，盧橘楊梅次第新，日啖荔枝三百顆，不辭長作嶺南人。」可見荔枝對於詩人的誘惑力。又云：「不須更待妃子笑，風骨自是傾城姝；不知天公有意無？遺此尤物生海隅。」以尤物視荔枝，可謂禮讚備至。於是一經品題，荔枝便成爲獨著嶺南的嘉果。鄭熊嘗說過「每食荔枝，與飯相半」，可見嶺南人喜啖荔枝是等同家常便飯的。故梁梅有詩云：「生來幸作嶺南人，買夏探春不厭貧；日日果餐三百顆，頭銜須署荔枝民」。而陳白沙則自稱「我是荔枝仙」，更見風趣。蓋荔枝味道的腴美，吃了確使人齒頰流馨，大有飄飄欲仙之概。至其歷史故事，多而且香艷。知之者衆，玆不煩言。

九五 妙 哉

山東西南很多縣，有所謂鄉土戲——大綁子者，戲詞粗鄙，有時令人噴飯。某次，有一王服者登場，唱云：「有爲王，出京來，比官還大。思一思，想一想，我是朝廷。」此可與「有朝一日得了地，你坐江來我坐山」比美。妙哉詞也。

成都某中學，招考新生時，國文試題爲「我的家鄉」。有一考生，所作爲新詩體。開首數句云：「我的家鄉，是個村莊。前有小河，後有土崗。人民頭腦聰敏，身體驍強。雖不敢云大富，亦可謂之小康；並無山珍海味，只有半斗米糧……。」妙哉詩也。

某年秋，黃水禍魯。至春，荒歉特甚。某君於春監工修路。所調民夫，日未午，已有叫餓者，某君怪而詢之，答係早晨喝「四眼湯」來的。繼詢四眼湯爲何物？始悉喝的是清水。蓋人雙眼與水中所反映者，共成四眼也。此所謂悲哀的微笑乎?!妙哉湯也。

廣川某偵緝隊捕盜，當追強盜時，反被盜殺死。開追悼會，有一輓聯云：「追盜未能，只能追悼；成人不易，豈易成仁?」某年春節，余見一春聯云：「不管新舊曆年，一概遵守；只要中西鈔票，兩樣齊來。」坦白有趣。對日抗戰前，上海某小報，有以宋人王婆語之「潘、驢、鄧小閑」，徵人名對者。有某應徵者，答以「顧、鼇、薛大可」，人稱絕對。此皆妙哉聯也。

前清某遺老，辛亥鼎革後，仍寄居都門。始終舊恩未忘，不齒新主。兩孫幼稚頑皮，遺老厭之，常於日記中書其事，曰：「此民國人也」，指其非前朝人。某以經商致富，兩子老大、老二，皆頑劣不馴，不受管教。某常臨之以威，破口大罵。老大於日記中記其事曰：「老頭，開口大罵我們歪種。老二，反唇相向：你也是歪種。老二隨問我：什麼是歪種？我說：不知。斯二人者，皆未讀聖賢書者也，太不講理啊！」皆屬妙記也。

九六　讖語

「讖」字，據辭源解釋：兆也。如符讖、圖讖、語讖，皆言將來之兆也。「讖語」即爲言之預兆。「揮塵餘話」：張步溪中有一巨石，里人號曰團石。有讖語云：「團石圓，出狀元；團石仰，出宰相。」以後是否出了狀元或宰相？則不見有證詞。史載：秦二世元年七月，發閭左適戍漁洋九百人屯大澤鄉，會天雨失期。陳勝、吳廣乃合謀丹書吊曰：「陳勝王」。置人所會魚腹中。卒買魚烹食，得魚腹中書。又間令吳廣至近所旁叢祠中，夜篝火狐鳴，呼曰：「大楚興，陳勝王。」卒皆夜驚恐，遂羣從二人揭竿而起，終以三戶亡秦。後來漢高祖，復師承「篝火狐鳴」的故智，以白帝當王，赤帝當興，提三尺劍，斬白蛇而起義，建立大漢王朝。光武中興，也酷信讖語。是以漢家一代，不出術數讖語。潁川歌起：「潁川清，灌氏寧；潁水濁，灌氏族！」結果灌夫不免。漢成帝時童謠：「燕燕尾涎涎！」而飛燕、合德姊妹，擅寵十餘年，日夜蠱惑，致帝暴殂。

初唐，李淳風、袁天綱共創「推背圖」。李淳風明步天曆算，製渾天儀。太宗時累遷爲太史令，於占候吉凶，若合符契。著有「已巳占」等書。袁天綱精風鑑，自謂術勝君平，相人窮通輒奇驗。武后幼時，由姆抱以見之。紿以男。天綱驚曰：「龍瞳鳳頸，極貴驗也；若爲女，當作天子。」其子客師，亦傳其術。著有「九天玄女六神課」一卷。蓋宋、元時，術數之所依託也。至於「推背圖」，係李、袁二人共爲之圖讖，每圖附七言詩一首，預言歷代興亡變亂之事。至六十圖，袁推李背止之，故名「推背圖」。此圖傳本不一，其詞若明若昧，大都在可解與不可解之間。

至「燒餅歌」，乃明劉基（伯溫）所撰。劉精天文兵法，佐明太祖滅陳友諒，平張士誠，定中原，基謀爲多。太祖常呼爲「老先生」而不名。歸隱後，口不言功，深自韜晦。卒爲胡惟庸搆陷，憂憤以卒。著有「郁離子」、「覆瓿集」等書。相傳：明太祖方食燒餅，適劉基至，帝詢以後世治亂。基用隱語以對，全書作歌謠體，故曰「燒餅歌」，亦名「帝師問答歌」。「推背圖」遂與「燒餅歌」，同被視爲後世圖讖所宗。流傳頗廣，民間江湖術士，信之者尤多。

九七　閒話熊貓

四川松潘縣境的九寨溝，盛產枝葉幼嫩的箭竹，是熊貓最愛的食物，熊貓麕集，有「熊貓之鄉」的雅號。熊貓的體態，似乎很笨鈍，實則異常靈巧。牠們知道在竹林內，開闢迂廻曲折、縱橫交錯的隱道，有的通往岩洞，有的通往水澗。憑其靈敏的嗅覺，在百公尺以內，能察覺任何敵體，便迅即逃脫無影無踪。牠們夏季愛在高山清涼環境中生活，冬季愛在山下避寒。冬季食物缺乏，膽大的，竟跑到藏族人家中找食物。藏人因爲牠們可愛有趣，通常會予以優容。熊貓似爲我國所獨產。牠已被動物學家注意着了。他們都在想盡方法去搜獵，和埋頭去探討它的生長和生活史。抗戰勝利之後，我國爲了答謝美國救濟中國難民協會，特贈與熊貓兩頭，因爲它是世界所稀有的動物，所以紐約博物院專家蒂文，很鄭重的從美國飛到重慶，親自把它帶到美國去。這兩隻熊貓，一隻是雄的，重六十磅，一隻是雌的，重十二磅。

熊貓的產地，於我國的西藏和四川省，它常在山中的竹林裏，它雖然有熊貓的名稱，但在多天並不和熊一樣的潛伏。它是一種貓屬的動物，成長者約有三英尺長，毛色大部份爲白色，惟頸項及四腿處，呈黑色，眼圈也呈黑色，遠望之宛如銅鈴，耳甚小，極爲美觀，確係一種不可多得的動物。惟這次運到美國去的兩頭，卻是黑白相間，眼睛的周圍有黑圈，好像戴上了一副黑色的眼鏡。肩上披着一圈黑毛，耳和四肢亦爲黑色。還記得幾年前國立中央研究院已有報告，說華西生產的熊貓，因獵捕過濫，產額逐漸稀少，若不及時禁止濫捕，則此珍貴的動物，將有絕跡之虞。我政府據此報告，亦即通令各省當局，嚴禁傷害及裝運出境。一面且通告各國駐華外交團，此後外國團體不得無限制地獵捕。

第一隻裝運出國而供展覽的熊貓，是在廿七年死在美國芝加哥布魯克斐動物園裏的一隻，名叫做「書麟」Su Lino在廿七年六月間，紐約動物學社，又在中國獲得一隻，取名「潘多拉」Pandora，它是運到美國去的第三隻了。

關於熊貓日常的食物，人們通常都以爲它只吃竹筍，其實它吃的是多種食物。餵養在美國的動物園中的潘多拉，每天餵吃四次，每餵一次後，小睡一、二小時，醒後，它會作着各種的遊戲，活動不息，參觀的人，當時都可看到它企圖坐在一只橡皮球上，或去玩弄一只木箱，或由一塊斜板上滑下來。它每日進食的時間是有規定的，上午六時，餵以牛乳，蜜，一只蛋和小量魚肝油等，午餐卻只有牛乳，下午二時半吃橘汁，是用一只橘的汁和水及蜜調餵的，下午五時的一餐和早餐大約相同，夜裏則在它的前面放上了綠色的玉蜀黍莖，楊柳樹的嫩枝，芹菜，萵苣和烘山芋等，由它自由地去選食。每隔一星期，便很細心地替它記錄體重一次，依現在的生長速率計算，預料它在二年之內，就可達到它最大的體重，當它在四川成都時，體重約爲二十四磅，二年後它已加重一倍了。

英國在廿七年年底，從我國一共運去五隻，現均已長成，其中三隻取名爲「明」Ming、「唐」Tang、和「宋」Sung，倫敦動物學社採集這三者，雖用去二千四百萬鎊的巨款，但因觀衆極多，門票的收入已大可抵償了這筆費用。「宋」成長爲雌熊貓，現仍在 Whipsnade 地方展覽，因爲「明」有昏睡的傾向，動物園當局，特地用一隻受訓練的狗名叫 Alatian 引它運動，這兩種動物，每天都在一起，作成很好的朋友，它每天另有一種規定的功課，那便是洗澡。它很聰明，首先去試試水的溫度，然後進入浴桶作水浴的遊戲，情狀有點像小兒入浴的一樣。

九八　救國七君子

對日抗戰之前，上海有全國各界救國聯合會（簡稱救國會）組織，首要人物原有馬湘伯、宋慶齡、何香凝等；但對本會事務，很少過問。該會成立後，僅沈鈞儒等七人，從事活動。二十五年，以罷工鬧事，犯危害民國罪嫌，被捕下獄。左派人士譽爲「救國七君子」。

救國會派之中，各上層份子間，初無權利矛盾，表面尚能比較合作。其中雖有南北兩派之分；但以各有所圖，地緣不屬，便少利害衝突。大體上以沈鈞儒爲首領，似尚爲各方所許。沈鈞儒字秉甫，號衡山，晚號民主老人，齋名「與石居」。生於浙江紹與，遜清光緒甲辰進士。繼東渡日本，畢業於東京法政大學。清末戊戌變法運動、辛亥革命，以及護法、北伐諸役，皆曾參與其事。以後則在上海專任大學教職及執律師業務，任上海律師工會主席。抗戰時，在重慶仍執律師業務。畫家徐悲鴻與其妻蔣碧微，三十四年在渝辦理離婚手續，沈即他們的證明律師。其人性情和順，不好計較，在民盟之中，人緣最好，向有老好人之稱。惟其貌不甚揚，身材矮小，蓄長鬚髮多斑白，頗有道貌岸然之態。雖年近七十，而做官熱衷，卻始終未衰。任北京最高法院院長；中共人大常委副會委員長等職；但下場則很悲哀！該會另一最活動的人物，則爲鄒韜奮。鄒爲黃炎培的乾兒子。民國十五年，在上海創辦「生活周刊」，小有名聲。「九一八」事變後，利用該刊發動，藉口支援東北義勇軍，募得各界捐款十餘萬元，盡飽私囊。懼事洩漏，乃挾款外遊暫匿。海外飄流數年，二十三年回滬，改辦「新生週刊」。不久被禁。二十四年復辦「大衆生活」，主張抗日；但因反政府之故，亦被查封。旋走香港，創辦「生活日報」，仍未得志。回滬復辦「生活週刊」，再度遭禁。惟所經營之「生活書店」，出版「婦女生活」、「讀書生活」等左傾刊物，頗風行一時。生活書店，後來亦成了左傾人物的大本營。左派在上海不能立足時，既賴鄒韜奮暗中支持；黃炎培落拓於上海時，亦爲鄒所牽引而出。此人對於「統戰運動」的貢獻，實不亞於沈鈞儒。沈爲組織効力，鄒則爲宣傳宣勞。只是其人壽命不長，死於抗戰時期，未能與沈鈞儒等，同享新朝的「黃梁富貴」。章乃器，一八九七年生於浙江靑田。學歷不高，僅在浙江省立商業職校畢業。一向在銀行界服務，曾任浙江實業銀行副經理。以在銀行界所得經驗學識，間亦兼任大學教授。在「七君子」中有「資本家」之稱。二十五年，與沈鈞儒等除組織「全國各界救國聯合會」外，尚有「中國文藝家協會」、「文藝工作者協會」、「上海著作人協會」、「上海各界緝私大同盟」、「上海學生救亡同學會」等。這雖不屬「救國會」，亦多被左派所利用。章乃器也可算是中共統戰運動中的一員大將。抗戰初期，任安徽財政廳長。在中共朝中，則任糧食部長，仍歸屬於其財政本行。中共實行大鳴大放後，章以資本家餘孽被圍攻，卒打入右派，加以整肅。李公樸，江蘇揚州人，留美學生。在上海曾任量材（紀念記者史量材）圖書館長。亦所謂救國「七君子」之一。三十五年七月，在昆明被刺。民盟皆誣指爲國民黨所害。經民盟派梁漱溟赴昆明查證，知係左派的苦肉計，民盟亦不敢宣佈。他如沙千里，爲領導上海職業界救國聯合會的首腦。史良（女性，江蘇無錫人，上海法政大學畢業，業律師）則爲領導上海婦女界救國會的首領。她與上海律師王造時，皆以業務上的關係，才與沈鈞儒結識而合作的。故所謂救國「七君子」者，初皆名不見經傳之人，直可說是以左傾搗亂而起家發跡的人。

九九　毛洛人

散居在菲律賓岷答那峨與蘇綠島的土著民族毛洛人，其祖先不是海盜，就是水手。海盜一向備受敬重，算是高尚職業之一。遺風所及，民性驃悍，一向視戰爭爲兒戲，把刼掠殺人當消遣。他們百分之九十以上，爲回教徒，壁壘高築，今日一如往昔。非政府的政令，向難推行。文盲充斥，迷信甚深，生活落後，習俗特異。

他們有一種「立誓」的宗教儀式，把自殺視爲遊戲。當他們的宗教受到侮慢蔑視時，一經祭司號召，他們即自動踴躍効命。接受此種儀式的人，在神前獲得祭司祝福後，回家淨身潔齒，剃眉剪髮，以布條緊紮腰臂腿各部。一切摒擋完畢，大喊「別無他神，只有上帝」一聲，本性便告失去，勇氣百倍。發狂似的，遇到人便舉刀刺殺，直到自己力竭身死而後已。不過此種儀式，禁止女性參加。因爲女性反有被俘的危險！他們自認爲罪大惡極，死後不能昇入天國。生前多事斬殺，以期贖罪，才能獲得永生。中國人常說：「放下屠刀，立地成佛」，他們卻恰恰相反。

目前，當地舉凡謀殺盜竊案件，表面似由非政府法庭受理，實際並不盡然。尤其關於結婚、離異，以及男女的糾紛，仍由蘇丹的代表，依照自古以來的傳統習俗處分。他們沒有什麼徒刑或死罪，不管案情輕重大小，一律都以罰金了事。這罰金，在勝訴的一方，只能獲得一小部分。其餘的，則由蘇丹和其代表分飽私囊。他們對於婦女保護的道德，似乎很高。其實是非常畸形而不合乎常情。譬如他們任何一個男人，可以任意調戲婦女，不管是言語調戲，或動手動腳，女方都要受到罰金的處分。此類事情，如果發生在黑夜，那罰金還要提高幾倍。已完婚的少女，倘遭非禮，罰金就更多了。女方「賠了夫人又折兵」；而作惡的男人，反而逍遙法外；自然大乖情理。可是他們習俗上，卻另有一種解釋：認爲這是女人「冶容誨淫」，才會「引狼入室」。疏忽之過，在女人，而不是男人有意的。

男女蜜月期間，約束男性行爲的種種規定，更別饒風趣。因爲女方怕被罰金，平時即不敢接近男性。因之新婚夫婦，多數是素未謀面，更沒有經過戀愛階段，所以雙方都異常生疏。而習俗上，即規定：洞房花燭之夜，限令分室而寢，漁郎不得妄想問津。次夜，才可同寢一處。這時男性，仍應絕對安分守己，保持柳下惠的風度，不得唐突西施，引起女方的惡感！經過兩日之後，在七天之內，如果「流水有意」，「落花無情」，新娘不予新郎以青睞，那婚約就此解除。這一習俗，似爲男女雙方，製造感情，增進認識而安排的。使各有考慮的餘地，補救「盲婚」的意思。平時，如女方鍾情於某一男性，她不惜撤除女性的尊嚴，大膽進攻。如此，多能得心應手，獲得如意郎君。如果女性「毛遂自薦」，而男性不識擡舉，給以閉門羹的話。女性照例是要被罰金的。相反的，男性看中了一個少女，自認有能力養活她，又能付得起聘金。女方家長，除甘心受罰金處分外，則毫無拒絕的理由。至於「身當其衝」的那少女，雖是她終身大事，反而無權過問。但未來問題的發展，仍要取決於洞房花燭時。

他們有社會地位的男子，如拿篤（封爵之名）階級的人，娶四位妻妾，是合法的。不過在毛洛人區域中，人民生活，普通是貧窮的。女子的身價，竟然出奇的高貴。才貌比較出衆的女孩子，聘金動輒要幾千或萬元菲幣。一般拿篤，縱享有艷福的優待權，如果生財無術，也仍不易享到齊人之福。丈夫要和妻子離婚，可說一點沒有困難。妻子如要與丈夫離婚，藉口也是很多的，如虐待、感情不好等，固可作爲理由。如丈夫遠遊返家，沒有送妻子禮物；丈夫身患痼疾；丈夫經常不在家等；也都能使她獲得勝訴。婦女最受歧視的一點，即永遠得不到兒女的「監護權」。他們認爲一個婦女，十月懷胎，撫養成人。身爲母親的，僅像一部機器，發揮其生產工作的能力而已。無功可居，當然也就無權可享了。這種習俗，據說是生於當地回敎徒的特殊觀念。一個妻子，如果對丈夫不忠，不論是自動或被動，所科巨額罰金，往往不是她力量所能負擔的。這樣一來，別無辦法，妻子只有淪爲丈夫的奴隸。奴隸一生，也不易了清被罰的金額。有時丈夫也能不念舊惡，恢復她妻子的合法地位；但這種情形，卻不太多。

一〇〇　嘉定揚州之屠

滿清入關，多鐸下江南，縱兵大事屠殺，以嘉定、揚州爲最殘酷。歷史上有名的「嘉定三屠、揚州十日」，卽爲最驚心動魄之一頁。這一慘史，後讀「明季稗史」，所記當年嘉定、揚州情形，猶令人難以卒讀。記其片段，足徵其他。

「予鄰人偶匿叢篠中得免，親見殺人情狀，初砍一刀，大呼都老爺饒命。至第二刀，其聲漸微，以後雖亂砍，寂然不動，刀聲劃然遍於遠近。乞命之聲，嘈雜如市，所殺不可計數，其懸梁者、投井者、斷肢者、血面者、被砍未死手足猶動者，骨肉狼藉，彌望皆是。投河死者，亦不下數千人。三日後，自西關至葛隆鎭，浮屍滿河，舟行無下篙處，白骨浮於水面，坌起數分，婦女寢陋者，一見輒殺，大家閨秀及民間婦女有美色者，皆生擄。白晝於街坊當衆姦淫，毫不知愧，有不從者，用長釘釘其雙手於板，仍逼淫之……」

還有揚州屠城，也是一件歷史上重大的慘劇，在揚州十日記中有一節記之如下：

「……二妾皆散髮露肉，足深入泥中沒脛，一妾猶抱一兒，卒鞭而擲之泥中。旋卽趨走，一卒提刀前導，一卒橫槊後逐，一卒居中，或左或右，以防逃逸。數十人如驅牛羊，稍不前，卽加捶撻，或即殺之，諸婦女長索繫頸，纍纍如貫珠，一步一跌，遍身泥土，滿地皆嬰兒，或施馬蹄，或籍人足，肝腦塗地，泣聲盈野，行過一溝一池，堆屍貯積，水碧赭化爲五色，塘爲之平。……」

「予蹲亂草中，置子於柩上，覆以黃蓆，婦僂伺其前，我曲蹲於後，揚首則頂靈，舉足則踵見，微出氣息，拘手足爲一裹。魂少定而殺聲逼，刀環響處，愴呼亂起，齊聲乞命者，或數十人或數百人，遇一卒至，南人不論多寡，皆垂首匍伏，引頸受刃，無一敢逃者。紛紛子女，百口交啼，哀鳴動地，更無論矣，至午後屍積如山，殺掠更甚……」。日寇侵華，南京的大屠殺，其兇殘情形，當不下於嘉定、揚州。這都是時代的悲劇，不過其間已相距了三個世紀。

一〇一 天下第一泉

國人稱「天下第一泉」者多矣。余或所見未周，僅就已見者言之，實無出乎「趵突泉」之右者。趵突泉，在山東濟南市西門橋南約半公里。古稱檻泉、瀑流和濼水。春秋魯桓公「會齊侯於濼」，卽爲此地。濟南市原是「家家泉水，戶戶垂楊」的泉城，共有七十二泉，趵突泉，居其首席，更有「天下第一泉」之譽。余之有此同感，因素太多，玆不暇述。

趵突泉，有三股泉眼，平地湧出，晝夜噴射，宛若三堆白雪，勢如鼎沸，聲若隱雷。元代文學家趙孟頫，歎爲奇觀，寫了一首詩云：「濼水發源天下無，平地湧出白玉壺，谷虛久怨無氣濤，歲旱不愁東海枯；雲霧潤蒸華不注，波濤聲震大明湖；時來泉上濯塵土，冰雪滿懷淸興孤」。趵突泉，平均流量，為每秒一千六百公升；恒溫為攝氏十八度。水質澄淨，甘美可口，最宜烹茶。遊人憩泉畔的茶亭，一邊啜飲甘冽泉水泡成的香茗；一邊欣賞泉景，實是一生一大樂事。

主泉附近，還有金線泉、柳絮泉、和漱玉泉。宋代女詞人李清照，最愛來此遊賞。她的著名作品「漱玉集」，就是在此泉畔所獲得的靈感。圍繞泉旁的秀麗建築，有濼源堂、半壁廊、觀瀾亭、來鶴橋、望鶴亭等，全屬賞心悅目的遊樂處，令人眞可流連忘返。

一〇二　朱其慧其人其事

熊希齡以搞政治起家，但對實際政治，卻很少有建樹。他對政治建設，固然有很多好的理想；但因受扼於袁項城總統與北洋軍閥，而不克展其懷抱。然於社會慈善與教育事業，二十餘年中，卻有輝煌的成績，膾炙人口。而能力助其成且擴張其業者，他的兩位夫人——朱其慧女士創於前，毛彥文女士踵其後，皆有不可沒之功。

熊希齡之開創北平香山慈幼院，辦理兒童福利與幼稚教育等，皆由其前夫人朱其慧女士主其事。朱其慧係江蘇寶山人，清末大世家，中國近代名學者兼教育家的朱經農（與胡適約同時留美，生平著述極多），卽係朱其慧女士之姪。朱女士本身的來頭亦不小，她是清末陝、甘、新總督及閩浙總督湘鄉楊昌濬（石泉）宮保的契孫女。由於家族親姻淸白顯赫，朱其慧身世淸純，根基深厚，自然亦可想而知。

當年熊希齡隨五大臣出洋考察各國憲政時，朱其慧亦伴其行。爲展開國民外交活動，她曾在歐洲大陸與南美各國登壇演講，口若懸河，轟動國際，成爲全世界的風頭人物。回國以後，所營慈善與教育事業，由其先聲奪人關係，亦因之蒸蒸日上。當時北洋官場應酬風氣，流行竹林之遊（打痲將），總理夫人公餘之暇，應酬場合自亦未能免俗，亦資爲消遣而已。不意「九一八」那年，忽於牌局中中風，血管爆裂，逝世於北平石附馬大街舊赫王府的熊總理公館。

鳳凰總理悼痛至深，爲酬其一生內助之勞與服務社會之功，特豐其後事。因係國務總理夫人，又是舊京第一位女慈善家之喪，捧香、獻花前來弔祭者，途爲之塞。在熊公館舉喪九日，孤兒寡婦臨喪而泣者，日有其人。出殯之日，樂隊及各種儀隊，素車白馬，綿亙至數里之遙。喪事之盛，亦實舊京民間近二十年來所罕見。

一〇三　陶業世家言

湘人李少陵先生，祖先由贛入湘，卜居湘陰。清康熙初，再遷居銅官。銅官，以陶器稱著，與「宜興陶器」同鳴於時。其家開始業窰，代代相傳，歷二、三百年，至少陵則早成了「窰業世家」。少陵任甘肅省政府委員兼秘書長時，每過西安，必爲余話中國陶瓷的史事，如其言曰：

中國發明陶瓷與使用陶瓷，爲世界創始的國家。早於公元三千年，還在新石器時代初期，中國即已發明、製造、使用了陶器。「陶」「瓷」，就質來分，應爲兩種物質；但歷史發展，兩者實有一體不可分的關係。今日雖分「宜興陶器」與「景德瓷器」；但其史源，由「無窰陶器」而「烘乾陶器」，再進入「有窰陶器」。「陶」的本身，亦由此而有紅陶、彩陶、灰陶、黑陶的發展。在這發展過程中，除燒製方法的改進外，更有美化與實用，都隨着時代文化而進步。到了殷商，進入白陶時期，面上的花紋，便能與當代銅器比美了。至周代，塗釉之法萌芽，使製陶工業，步入一新世紀——瓷器時代發端。故「陶」「瓷」史源，是不可分的。

陶器的發展，與文化是並進的。早期的發展，在黃河流域。極盛，則多在長江下游，此實六朝的遺址。直到現代，著名產地，仍在宜興。窰的興起，陶器更加完善。我國窰的起始，早於漢代，「鉛釉」也已成爲新技術。由於鉛釉的使用，至隋唐時代，已由單一色，發展而成爲「唐三彩」，便進入陶器的新時代。由於六朝遺物出土，更可信西晉時，已有「瓷器」。窰則斷定在江西南昌。唐之「越窰」瓷器，更可印證。元於景德鎮設樞府「窰」，燒製白瓷的日用器具。明代著名官設瓷窰，有永樂、宣德等窰；民間瓷窰，亦相繼興起。清朝瓷器，繼明代基礎，更有空前成果。清季乃我國瓷器的黃金時代。康、雍、乾而下，至嘉慶朝，則裹足不前了。產品雖多；並無有特殊表現，無一能跨過前朝。

時至今日，南北各地，名窰林立。由於原料性質不同，製作技巧差異，加上製作家天才的創作，形成各自的風格與傳統。南方名窰，有江西景德、湖南醴陵、廣東石灣、楓溪、福建德化、浙江龍泉，都是具有悠久歷史的千年瓷鎮，各有獨到的成品名器。景德鎮以「瓷都」著稱於世。瓷質潔白光潤，釉色最負盛名。彩繪方面，有素靜曲雅的青花；有五色繽紛的古典彩繪，瓷塑人物，更集傳統技法之大成。廣東陶瓷，素以造型和釉色見長，世稱廣彩。石灣之彩釉陶塑，尤爲獨到，名家輩出，代有其人。潮州、楓溪瓷製作之精，構思之巧，色釉之潤，實爲罕見。福建德化瓷器，遠在明代，以瓷塑觀音名聞四海。德化瓷器和諧優美，神態生動逼眞，人物衣紋簡練有力，極富線條美。瓷質潔白、釉色凝厚，後更創釉下素花、粉彩貼花，風格更新。諸名窰佳作，有如春水繁星，數不勝數。至於我家的「銅官窰」（說者自稱），現仍在製陶階段，自不敢與諸先進並提。

一〇四 泰國人戀愛與婚姻

泰國男女，自由戀愛之風氣極爲流行。男子求愛，用情甚專，而愛情術語，無慮計算。男喚女爲妹妹，女呼男爲哥哥，雖老夫老妻，亦稱兄道妹。青年之情，其烈似火，一經相識，山盟海誓，卽行同居。有錢者按照俗例，遣媒說親，無錢者都效紅拂之奔。

北部與東北部佬人（泰國的一種民族）之求愛風俗，饒有趣味。其俗有所謂「腰騷」者，每當華燈初上，閨閣少女，華衣靚裝，以候男子登門，夜深互相調笑，父兄亦絕不禁。華人結婚，昔時有六禮，曰納采、問名、納吉、納徵、請期及迎親。泰人婚禮，雖無上禮，規定亦十分嚴繁，蓋處處摻以宗教之儀式也。

泰人婚制，可分三種：曰男娶女，曰女招男，曰男女合婚——卽男女均離開父母，組織新家庭，普通婚姻以男娶女入室者居多。結婚費用，雙方各負其半，男宅建新屋，女家備器用。各地婚娶，簡繁之禮，容有不同，但大體上必須經過(一)問婚(二)定聘(三)迎娶三個階段。其中最具風趣者，乃是迎娶。喜日中午時分，新郎與賓客至婦家。婦家則緊閉雙扉。新郎與伴郎立於門外，伴郎問伴娘：「此是何門」？「銀門」！於是開頭門，進入二道門，門又緊閉，又問曰：「此是何門？」「金門！」門又開，乃入第三道門，門仍緊閉，又問曰：「此是何門？」「玉門。」每問每開時，伴郎必須塞以大批金鈔，謂之「送門包」。此與舊時華人婚禮之「小開門」「大開門」送紅包者，有異曲同工之趣。

一〇五　張治中做官三昧

有人說：張治中說話最靈活婉轉，最懂得「做官三昧——諂上、壓下、排平」。他能得到蔣介公兩老之信賴、依重，小有才，固其一端。主要的，還是在「僞裝忠誠，卑躬屈膝」。對於前輩元老，如吳稚暉、戴季陶先生，乃至馮玉祥，都相當謙恭有禮；惟對後輩或部屬，則官派十足；對其平輩，則視而不見；乃其通常態度。常說：保定軍校的同期同學：「白健生（崇禧）在校中很平凡；我和黃季寬（紹雄）幾個，比較淘氣」。他這「淘氣」二字，意義上，就是代表「不平凡」。他所謂平凡如白健生者，後來卻官居大將大吏。雖與中央意見，有時不免紛歧；但能全始全終，爲黨爲國，歲寒才知松柏之後凋。不平凡如塡絕妙好詞「北國正花開，已是江南花落」的桂系主幹黃季寬者，雖歷任了國民政府的封疆大吏。至三十九年，舊軍政官僚七十三人，在香港發表「起義宣言」，投共靠攏。其帶頭領銜者，就是黃紹雄。張治中則更不必說了，這個不平凡人物，在黨、政、軍三方面，都是領導班子中的人；萬千黨、政、軍幹部的師表，竟爾奴顏婢膝於新朝。所謂「不平凡」者，豈如是耶？同門相輕，同行相妬，自古已然，何況世道衰微的今日！張文白排斥同儕之居心，似乎尤甚。文白受知於蔣介公，三十年來，寵信未衰。輿論所傳：他在領袖之前，幾有與陳誠抗禮之勢，亦常有「辭修與文白，爲領袖左右手」之譽。兩人的關係，即此亦可見其端倪，更未可以平常心理來衡量。而陳、張之間，意見暗潮，亦司空見慣之事。張文白經常向人標榜的，是「無私心、無野心」。陳辭修則被人稱爲「能實幹、能苦幹」。有好事者，因綴成一聯曰：「無私心、無野心，文白可爲天下白；能實幹、能苦幹，辭修應是幾生修」。此聯對陳、張兩人，固皆無所損益；但兩人的結果，則迥然有別。陳辭修可算是「鞠躬盡瘁，死而後已」，俯仰此躬，算是修到了。張文白則「忘恩負義，喪志變節」，朝三暮四，捫心自問，豈能爲天下白耶？

一〇六 西施是蕭山人

後漢書郡國志云：「越絕書曰：蕭山西子之所由出」，此係本越絕原文，其足取信明矣。又西河詩話載：今蕭山有苧蘿村，村有苧蘿山，山前有西施廟，足證西施係出之蕭山。據說西施廟最靈，廟前有紅粉石，相傳爲浣紗處。邑有某生題詩廟壁曰：「紅粉溪邊石，年年漾落花，五湖烟水闊，何處浣春紗」。時學使按部試越，夜夢一美婦，自稱：「我施也，不幸入吳，然並未有浮湖事。蕭山某生妄言，請黜之。」及試日唱名至生詢之，生誦前詩悔過，學使遂使詣廟謝罪。

一〇七　談木乃伊

古埃及人，企圖保持人死後，屍體永不腐朽。用一種特製的防腐劑，塗在屍體上，然後用綢帛或蔴布緊密包紮，投於防腐液中，浸泡數日，其屍便可永存不朽。且認將來復活時，靈魂可以回其本體。如此所製屍體，雖歷數千年而不壞，埋葬出土後，依然當年包紮後的人形，稱之爲「木乃伊」。此類木乃伊，出土後，現存各國博物館者多有之。埃及金字塔內的木乃伊，則多移存於埃及博物館。

輟耕錄云：「回回地區，有年七八十歲老人，自願捨身濟衆。絕不飲食，惟澡身啜蜜。經月，便溺皆蜜。既死，國人殮以石棺，仍滿用蜜浸之，鐫年月日於棺瘞之。歷百年後啓封，則成蜜劑。有病患折傷肢體者，服少許立愈。雖彼中亦不可多得。俗曰蜜人，番言木乃伊」。此又木乃伊另一種的說法。

據親歷所聞所見：廣州六榕寺，禪宗六祖慧能的肉身銅像，是用其死後多年的肉身，外用銅包鑄成與其人無異的銅像，供奉於龕中，任人參觀膜拜，視若神明。湖南長沙距城約二十里之朗梨市的陶公眞人廟，供奉陶公眞人叔姪的肉身，外髹金漆，着錦衣冠，端坐於龕內。鄉人稱陶公菩薩，傳係陶侃之後。這又是木乃伊的另一形態。相傳中國高僧死後，多係坐缸而葬。故叢林寺觀，多有如少林寺之塔林，皆係僧人的墳墓。其塔之建築，高低、大小、形式，一依高僧的等級、地位、道行、威望而別。高僧將死之前，多有預感。服飲自己採自山中之秘藥，密製成飲料，大量飲服。從此顆粒不食，迨腹內便溺盡淨，肌肉已漸乾瘦，於是瞑目盤膝而坐，以待化逝。既歿，徒衆移坐缸中，缸內多置石灰、木炭等吸水物。上覆一缸，再依定式建塔。約百年後，屍體水份吸收盡除。始啓封，屍已完全枯槁，移出製成肉身，便稱眞人、神人，建寺廟以祀之。上述廣州、長沙的見聞，其製成過程，也或如此。又余所親見：長沙馬王堆出土的漢墓女屍，屍體捆紮有九道絲帶，包裹衣衾十二層。皮膚呈淺褐黃色，尙潤澤有彈性。臉型方圓，張口、舌稍外露，口內存有牙齒十六顆，發黃黑色。據云：經解剖研究查明，屍體外型和內臟器官均完整。死時年約五十歲左右。考係西漢時入土，經歷二千餘年，尙未腐朽，宛若新屍，則似不可與一般木乃伊同看。或其防腐劑，比以上所施藥料及技術，更加高明。

據民國八十年五月十四日，中央日報載：「江西省北部德安縣發現了一具保存完好的明代女屍。這是繼該縣四年前發現一完整的宋代女屍後的又一重要發現。『中新社』引述大陸考古專家指出，這一發現對研究明代古墓葬和防腐等技術，提供了重要的實物資料。據德安縣博物館負責人說，該館和江西省考古隊等考古人員本月三日開棺驗屍，棺內女屍屬馬王堆式半濕式屍，皮膚黃褐色，有彈性，關節可活動，屍體完整無損。墓內隨葬品包括金、絲和棉織品和飾物共五十一件，全部文物約一百多件。這具女屍是該館考古人員四月二十七日在該縣愛民鄉新屋羅村發現的。據同時出土的兩塊墓誌記載，女屍名稱熊氏，德安人，享年五十六歲，葬於明嘉慶十六年，距今已有四百五十多年歷史。墓誌還稱，女屍葬前曾在家中佇棺八十天，屬於病故。」這在江西德安出土的，雖年代較近，也是一具完整女屍，但我未見過。

據大陸搜奇馬先生說：我國九華山高僧的木乃伊，係僧人歿後，移坐於缸中，待其體內所餘水份，排除淨盡，然後移出製成肉身。馬先生之言曰：「……我國僧人用『秘方』保存肉身，可謂古已有之。唐代高僧無際禪師的肉身，歷千多年而迄今保存完好，被學術界視爲『世界唯一奇蹟』。可惜的是，這國寶級的文物現在卻不在中國，而在日本。

唐貞元六年（公元七九〇年），九十一歲高齡的無際禪師自知來日無多，悄然返回故鄉湖南衡山的南臺寺，停止進食。只囑門徒將他平素搜集來百多種草藥熬湯，他每日豪飲十多碗。然後小便頻繁，大汗涔涔，門徒紛紛勸阻，大師只笑而不答，繼續飲用這種芬香無比的湯藥。

一月後，他消瘦了，但臉色紅赤，兩目如炬。有一天，他口念佛經，端坐不動，安詳地圓寂了。又越月餘，禪師的肉身不但不腐，而且芬芳四溢。門徒及當地善信大感驚詫，認爲這是禪師功德無量的結果，便特地建了祀廟敬奉。千多年來，香火甚盛，歷久不輟，一直到清末民初。三十年代，日本間諜渡邊四郎早就知道禪師肉身的價值，將無際禪師肉身移置寺廟外隱藏起來。不久後，該寺毀於兵火，世人都以爲禪師的肉身也一起遭刼了。

抗日戰爭末期渡邊便偷偷地將肉身僞裝成貨物，裝船經上海偷運返日本。移置在東京郊外一座小山的地下倉庫裏，秘而不宣。

一九四七年，渡邊一病身亡，在清理遺物時，人們從其日記中，得知這一重大秘密。日本當局當即派人打開倉庫，在揭去黃色綢罩後，只見禪師盤腿而坐，雙目有神，儼如活人。專家指出，木乃伊的保存，是人工藥製的『軀殼』，並不太奇。

但暴露於空氣中的肉身千年不朽，實爲世界唯一奇蹟！經檢查，禪師腹內無汚物，體內滲滿了防腐藥物，嘴及肛門均封住，這些都是肉身不朽的基本原因。

至於他臨終前飲用的大量湯藥究竟是什麼草藥，那就無從探究了。

無際禪師的肉身現存於橫濱鶴見區總持寺，被視爲日本的國寶。……」這段記載，與上所述者，大致相同。雖略有差異，亦未脫本題之旨趣，無以名之，亦祇好納於木乃伊一類。

一〇八 藥渣魚

友人楊皖南，爲言安徽省南部一個小縣——涇縣，有兩種特產：一爲揚名全國幾千年，而爲書畫家們所最器重的「宣紙」。一爲知名已久的「藥渣魚」。涇縣，在唐時爲宣州。「宣紙」之名，一直至今日未變。有人認爲「宣紙」，爲「宣城」（係涇縣之鄰縣）的產物，撇開了涇縣，其實非也。

至於藥渣魚，爲涇縣名物，則無異議。藥渣魚，又名「琴魚」，極富神話色彩。有一類似傳說：江蘇常州有伯牙瀆，云係俞伯牙曾居此地。鍾子期死，伯牙便棄琴於瀆中。後來瀆中生長一種小魚，名「琴魚」，紘徽皆備。此與「藥渣琴魚」名同而實異，一以姓得名，一以物得名。當地人士相傳：古代有一仙人，名「琴皐公」，曾在涇縣北鄉一條小溪旁，開爐煉丹。丹成，琴皐公得道成仙。當其飛昇上天之時，便將煉丹爐中的藥渣，傾注於小溪中。溪長約十餘里。後來產生一種小魚，異於他種，年年按時生產，極爲當地所重視。說：這種小魚，係琴皐公煉丹，所餘藥渣化育而成，故名「藥渣魚」。

從此有關琴皐公的神話，歷代相傳，也就愈傳愈多愈廣：溪旁一小小山阜，指是琴皐公當年的

「煉丹臺」。小溪獨得琴臯公的垂青，爲紀念仙人，小溪則定名「琴溪」。小魚由煉丹藥渣化育而來，自不同於凡魚，因名「琴魚」或「藥渣魚」。此類神話，不一而足。連帶爲適應自然環境，小魚的生產與活動，也要附上一種神話。藥渣魚身長約一寸半左右，類似臺灣的香魚，不過比較小。每年春之三月，桃花水汛時，溪中魚羣，密密麻麻，不可數計，似從天而降。過此汛期，魚羣又忽然散去，一尾不見。必待來年此季，仍然魚羣簇集。當地人爭相捕取，似又取捕不盡。咸謂：「此乃琴臯公，有意特惠於吾土吾民者」。烹食，細嫩、無刺，鮮美可口。有固神其說者，則謂：略有藥味，可保無病無災。烘乾，銷售各地，購者爭求。琴溪旁，有一種小筍叢生，名爲琴筍，頗似蘆筍，與琴魚調配食之，更屬上味。魚乾與筍乾，皆係琴溪名物，外地皆不易得。當地人則認爲：藥渣魚之名貴，高於琴筍；琴筍的味道，則勝於藥渣魚。見仁見智，難有共識。而吾友楊皖南則謂：「什麼仙魚、仙筍，都難與我口腹結良緣。」

一〇九　日本人之迷信

日本也是一個迷信鬼神術數的國家。西洋人忌十三，日本則忌四，因「四」與「死」同音，這是日人最普遍的忌諱。

中國有所謂六壬時課，日本亦有所謂「六曜星」，兩者大體相同。那卽是：大安、先負、先勝、赤口、佛滅、友引。大安爲大吉日，先勝爲吉日，先負與友引爲平，佛滅爲大惡，赤口爲兇。日人旅行、婚嫁、遷移、開市，皆要選擇吉日。

日本雖已採用陽曆，陰曆（亦曰農曆）依然存在。農民不但耕種須按農曆節氣，即新年大節也要大舉慶祝。所以曆書亦年有發刊，陰陽合曆，並附載六曜星、吉日、兇日、值日等，均一目瞭然。日人備極崇信，幾乎家有一册。

堪輿之術，日本亦極流行，算命、看相、卜課、批查流年等，或設屋懸牌做生意，或擺小攤於街頭巷口。在熱鬧市區，也和中國的城隍廟內一樣。很多鬚髮皤皤的老者，在推演周易，批課算命。甚有口講指劃，繪色繪聲，像若有其事然。圍觀者極衆，婦女信者尤多。

日人篤信佛教，不亞於我國。因之佛寺到處皆有，每逢朔望日春秋令日和年節，燒香拜佛之信男信女，絡繹不絕於途。而交通機關和旅館營業，亦靠此爲收入之大宗。婦女信佛更篤，常有爲父母病災，爲丈夫兒子出徵或疾苦，發許心願！或則燒香演戲酬神；或則斷髮製新裳獻牌匾以報佛。此情此意，亦無殊於我國。

日本供佛，焚香而不燒紙（臺灣似亦如此），這是與我國內地不同的地方。上供之物，普通爲供餅和家吉魚。吉魚即我內地所稱之鯉魚，在日本極爲名貴，不但供佛用之，即親朋之祝壽賀喜，亦以致此爲榮。

日本各佛寺各神社（如明治神社、靖國神社等），多出售神符。信男信女參神後，多購之以歸，懸貼家庭門頭。據云：可以驅鬼避邪，保佑清吉！此亦我國最普遍的作風。迷信鬼神者，必然相信「神力萬能」，日本人亦不例外，家人如有疾病發生，不必照顧醫生，只要花點香費，到神前求一張藥方。這些藥方，亦大都爲我國的單方，也多半是一些無關大體的藥物。日本現在西醫藥業雖極發達；但中醫藥方，仍然保存。漢藥店亦復所在皆有，不過僅賣丸散成藥而已。討藥方或問吉兇求籤的地方，多在觀音堂諸佛寺內。寺中設有籤筒，盛竹籤約百數。求之者只須拜神後，隨便抽出一籤，按號依彙取印好的說明，他就會告訴你所求問的。我國內地如此，臺灣亦然。

每當清晨傍晚，或夜深人靜之際，亦常可聽到木魚聲、唸佛聲。很多的家庭中，供奉佛像，早晚明燭上香。街途亦常可見戴大笠、着草履的遊方行腳的頭陀和尼僧。偶然的感覺，這似非理想中的日本情景，不然，何與我國毫無二致。蓋日本深受我國古代文化影響，迷信程度亦深。雖科學昌明，教育普及，但神權政治的傳統迷信思想，實非一朝一夕之功可除也。這是友人方君武所言十年前的情形，今則未可知了。

一一〇　不以私害公

袁項城（世凱）北洋練軍時，聲勢煊赫！嚴幾道（復）不爲所用。袁懷恨在心，曰：「嚴復縱是聖人復生，我也不敢再用他了」。嗣項城落職，人多毀之，而嚴則反爲袁辯護：「世凱的才幹，一時沒有第二個人能及。」因此，袁又很感激他，後來項城位居大總統，乃聘嚴爲京師大學堂監督、總統府顧問、約法會議議員。據嚴氏表示：袁可算是他晚年的知己了。但項城稱帝，對嚴亦曾施威脅利誘。而嚴雖列名籌安，終「不以私害公」，獨完晚節，這是很可貴的。

幾道早年翻譯西書很多，極崇信自由民權等學說；可是他晚年發表「民約平議」，則似反對自由平等而主專制。嚴氏此論一出，乃啓了袁氏利用之心。民國四年八月，袁氏帝制運動開始發動。在言論方面，首由美人古德諾（總統府顧問）發表「改變國體論」一文，以測輿論動靜。楊哲子（度）組籌安會，初藉名研究所謂國體，迫嚴列名參加。嚴勉強應之入會，並謂：「既以研究來做號召，想不能強人家的意見一定相同的。」越日，哲子會孫毓筠、劉師培等柬約嚴吃晚飯，嚴以病辭。哲子乃親去，更謝不見客。楊無可奈何。深夜以函報嚴：「籌安會事，實告公，蓋承極峯（係指袁）旨與公商榷。極峯諭：『非得公爲發起人不可！』固辭恐不便。事機稍縱卽逝，發起啓事，明日必見報。公達人，何可深拒？已代公署名，不及詳覆矣」。翌日，籌安會啓事，果然刊出，嚴列名第三。嚴氏之被強迫利用，事實卻很顯然。

一星期後，梁任公啓超，發表「異哉所謂國體問題者」一文，極力反對帝制陰謀。袁氏恐慌，乃遣夏壽田携四萬金致嚴，乞嚴爲文駁議梁詞。嚴氏拒之。隨後嚴氏便時接獲匿名信件，不是利誘便是威脅。嚴毫無所動，往訪夏壽田，告以各種情形，並謂：「梁啓超的議論，我誠然可以駁倒他的。不過我想主座叫我做文章，目的在解除天下之惑，而有益於事的！福建的俗話說：『有當讓新婦說話的時候，有當阿婆自己說話的時候。』時勢到現在，正當讓新婦去說。我雖不過顧問，終究是政府中人，話說出自我的口中，縱極天花亂墜，人家看來，終是阿婆自己的話，不但不足以解天下之惑，或者專供人做藉口。至於外面拿生死來恫嚇，實在非我所介意！我年近六十，愁病相逼，甘心求解脫而不得，果眞能夠死我，我且百拜謝他了！」嚴氏這種不爲利動，不爲威屈的精神，確是值得頌揚的。

嚴氏遭此次威脅刺激之後，便閉門謝客，不問政事。但袁世凱死後，嚴仍異常悲悼！這自然只是他知己之感而已。在挽袁詩中，其一有謂：「夙承推獎兮，及我未衰時。積毀能銷骨，遺榮屢拂衣。

持顛貞有負，垂老欲疇依。化鶴歸來日，人民認是非。」卽已隱見其情。嚴氏一生功過，說者原無一致意見。惟「不以私害公」這一點，確是值得一書的。

一一一　品級棍

「品級棍」，這一怪異的名字，典籍不載，史無可考，卻得之民初故老口頭所傳。辛亥、武昌起義，中國由數千年的專制變成共和的劃分時代。胡兒野服，自不能用，漢代威儀，又無可考。大家無所適從，人人各自爲政，以致弄得更加龐雜動亂了。西裝革履，自然最時髦；圓領大袖，也有人用。但人多有兩樣隨身法寶——「皮包」和「司的克」。那時，尚沒有漂亮而好看的皮包，祇有如現在賣藥人及理髮匠所用的皮包。最小的體積，也要佔三十生的。人們卻不嫌它累贅，神氣活現的挾着出門奔跑。

說到「司的克」，那就更神秘了。人們替這一根洋化討飯棍，卻題了一個「品級棍」的尊貴名號。人究竟是優秀動物，腦筋會想事。他們以爲滿清王朝，用紅、藍水晶各種頂子，來區分品級。現在中華民國，是應該在這根棍子上面，分出品級。一般人士，先還以爲大有來頭，不敢僭竊妄用。後來見嘸啥道理，便人人非有隨身一棍不可。「司的克」供不應求，於是竹根木梢、粗製濫造之外，洋傘柄、叉衣竿，也被選爲人們手中的品級棍。投機的棍商，因時而起，就來廢物利用，收羅許多已廢棄的前清紅、藍水晶頂子，釘在短竹桿頂頭，製造大批眞正「品級棍」出賣，按品級取價，大發其利市。這種「品級棍」我看過，卻沒有用過。

一一二 劉文典目空一切

古典文學大師、莊子專家劉文典，字叔雅，曾任大學校長，初受業於徵儀劉師培（又名光漢，字申叔）之門，得申叔正傳。劉之後，稱海內第一人。惟其人恃才傲物有狂狷之稱，目空一切，向不佩服任何人。對當時國家領袖蔣委員長中正先生，亦能猖狂無禮。當他任教清華大學文科時，某次，清大開教授會議，朱自清任中國文學系主任，提某人應晉級教授。劉文典當即提出反對，謂朱自清曰：「如果某人當教授，你請我去那裏？置陳寅恪（與梁啓超、王國維齊名）老於何地？必先請當局給我們兩個設法，謀一條出路，然後可以語此」。朱自清與某人皆大窘。時馮友蘭亦參加此次會議，當出面調解。劉文典竟給了馮友蘭一次大面子，始息其爭。蓋朱自清任清大文學系主任，既不重詞章，又不重考據，其虛弱無能，自不待言。而劉文典對他，實早已不重視。

劉文典常舉以對人說：「他校吾不得知，吾清華文科，實在祇有兩個半教授」。人有問之者曰：「那兩個半？」劉笑曰：「寅恪一個、友蘭一個、我半個也」。有人謂：「劉文典這次眞夠謙虛，自己祇算半個，對馮芝生反青睞有加」。有人則說：「此亦勢力眼光作祟耳」。因馮原做過清華文學院長，故以另眼相看。其實，馮氏在文學上，是站得住的。後來，北大文學院長，再改為臨大，三改為聯大，都是胡適。胡適都未實到，始終是由清大文學院長馮友蘭代。他包羅中國三個著名大學的文學院長於一身，這也當算中國大學教育的異數。

一一三　溥心畬有怪癖

溥心畬（儒），滿清皇室血統，爲道光之子，咸、同、光三朝重臣。入民國後，終未涉及政治，日惟以詩、書、畫消遣，且藉以維持生活。三十八年，播遷來臺，居陋巷，蕭然若寒素，仍以鬻文與書畫自給。他不但以詩、書、畫三絕聞名於世，且以懶散、善忘、好吃三癖傳於時。現在不談其三絕，衹言其三癖：

一、懶散：乃大多數文學家的通癖。溥心畬不會料理自己的日常起居生活。食不知飢飽、衣不知冷暖、住不論豐嗇、行不明路徑。有錢不會花用，出門不識歸路，所以出門，必須有人帶錢，跟隨照顧。

二、善忘：這或與其「心有獨專，而無旁務」有關。他與朋友相見多次，仍然陌生相處，不明其性格者，多以爲是驕狂自大，常常得罪了人，或鬧出大笑話，而終不自覺。

三、好吃：這或許是身高體壯，少時養成的習慣。每食有超人之量，但食相不雅。最愛吃螃蟹，一餐能盡半百，有時或過之。水餃，一餐盡百餘，西餐必雙份才能飽。

一一四 伯牙古琴臺

史籍相傳：春秋時代，楚國音樂家俞伯牙，在今湖北漢陽龜山下，月湖之濱，鼓琴寄慨。有精通音律的隱者鍾子期，聞其音響，知其志在高山，志在流水。俞、鍾乃結爲知音之交。次年，伯牙重來鼓琴，而子期已逝。伯牙在子期墳前，重奏高山流水，以酬知音後，謂世再無音者，乃碎琴斷絃，終身不復鼓琴。後人感其情誼深厚，遂於其當日鼓琴之處，築臺以紀念之。

考古琴臺，始建於北宋。清代湖廣總督畢沅予以重修，繼又擴建園林，於入口處，顏其額爲「古琴臺」。沿甬道過印心石屋照壁，就到了曲折精巧的琴臺碑廊。廊內原存有古代碑刻，其中清書法家宋湘，東竹葉爲筆，書寫的「琴臺題壁詩」，爲別具一格的作品。碑廊門額上「琴臺」二字，則傳爲北宋大書法家米芾的眞蹟。

古琴臺，主體建築，是一座單檐歇山頂的大廳。檐下有「高山流水」橫額。彩樑畫棟，瑰麗堂皇。堂前有一座漢白玉方臺，相傳就是俞伯牙鼓琴的遺址，臺中央豎「琴臺」碑一方。四周有石欄，上刻浮雕。刻工精細，畫面優美。景無甚可觀，用意則極深遠。凡遊江蘇常州者，皆知有伯牙瀆。相傳：伯牙曾居此地，鍾子期死，伯牙便棄琴瀆中。瀆之北，且有鍾村，傳係鍾子期的居地。現其地，鍾姓後人甚多。

一一五　嵌字聯

嵌字聯，雖小道，然能運用得法，若天衣無縫，則佳矣。張敬堯督湘，舉辦惠民彩票，以償搜括之慾，民怨其貪，張一聯於搖彩臺柱云：「惠而不知爲政，民欲與之偕亡。」集成語而不着斧鑿痕，可稱工穩。傅良佐督湘，以其弟良藻爲旅長，與護法軍戰，中彈陣亡，兵潰棄屍而退。湘人某集舊詩輓之云：「人之無良，宛然死矣；於以采藻，誰其屍之。」至嘲顧問聯則云：「顧我則矣，問道於盲。」又云：「顧影自憐，問心有愧。」又云：「祇顧自己，不問別人」。爲直截了當。

抗戰勝利後，美援物資，源源而來，因有救濟署之設。某省救濟署長，專以救濟物資，營私舞弊，人咸稱其發救濟財。同時該省建設廳長，才具短拙，成績毫無，僅建該廳頭門座。如是有人撰聯嘲之云：「救濟署，救濟署長；建設廳，建設廳門。」此爲嵌字之別具一格者。至於風月場中，采蘭贈芍，此道尤多，其琅琅成誦，落落大方者，更不勝數，姑舉數則，以備一格。某人贈大姑聯云：「大抵浮生若夢，姑從此處銷魂。」又集東坡詞贈憐生云：「祇堪粧點浮生夢，莫教虛度可憐宵」。祇惜名爲上下聯顛倒。亦有將名字隱藏如謎語者，如嵌玉蓮云：「待善價而沽，出污泥不染。」

一一六　古寒山寺

唐代詩人張繼，「楓橋夜泊」詩云：「月落烏啼霜滿天，江楓（或作村）漁火對愁眠；姑蘇城外寒山寺，夜半鐘聲到客船」。是傳誦千古的作品。詩中時、地、情、景，都說得明白眞實，已不用猜測。所指「寒山寺」位於今蘇州閶門外楓橋鎭。考寺始建於南朝天監年代，原名妙利普明搭院。相傳：唐貞觀年間，高僧寒山和拾得，由天台山來此住持，才更名爲「寒山寺」。其間曾經五次火災，今存現狀，乃清末重建的。

高僧寒山，亦名寒山子。狀似癲狂，人莫能識。與僧拾得友善，好吟詩偈，有詩僧之稱。高僧豐干（亦國清寺高僧，晝舂米，夜吟詩）言於丹陽閭太守曰：「寒山是文殊菩薩化身，拾得是普賢菩薩化身，在天台國清寺庫院厨房着火。」後閭調任天台，到任三日，親往國清寺見二人，施大禮膜拜。二人大笑曰：「豐干饒舌、饒舌阿彌不識，禮我何爲？」卽歸始豐縣寒岩而去。閭追踪訪問，寒山縮身入石穴，其穴自合。拾得本孤兒，國清寺僧豐干，見一年約十歲兒，收而養之，故名拾得。在厨房爲操作役，與寒山善。後因閭太守禮拜事，乃與寒山連臂而走。三僧後來皆有詩集（見全唐詩）。一九七七年前後，報章傳播；美國曾掀起中國熱，青年人更熱衷於寒山、拾得詩偈，跡近瘋狂，亦一怪事。正因寒山、拾得，皆係詩僧，趣味相投的一些詩人學者，多趨交之。或亦寒山寺當日聲名鵲起之一因。

寒山寺，前臨楓溪，上有獨拱石橋，稱爲「楓橋」。寺門標書：「古寒山寺」。寺中有大殿、藏經樓、楓江樓、鐘樓、碑廊等建築。大殿供寒山、拾得兩僧金身塑像。相傳張繼「楓橋夜泊」詩，宋王郇公爲之書碑石刻，不傳；明文徵明再刻詩碑，又毀；淸俞曲園三鐫，始存（因「江楓」與「江村」之議異故）；咸稱奇事。碑廊、殿閣及走廊壁上，有寒山、拾得畫像；尚有韋應物、岳飛、陸游、唐寅、王世禎、康有爲等，題咏寒山寺詩文碑刻數十方。鐘樓在大殿右側月門內，張繼詩中所提「夜半鐘聲」的古鐘，早已失落。明嘉靖年間，重鑄一鐘，據說後流落到了日本。淸光緒年間，重建寒山寺時，日人仿鑄唐式青銅乳頭鐘送歸，並由伊滕博文作銘文。碑有一人高，後懸於大殿右側者，即日本仿造之鐘。抗戰時，詩碑被人移去。勝利後，民國三十六年，蘇人重修，以當時國史館長張繼，與原詩作者同姓名，便請張氏重寫。碑成，一時傳爲佳話。詩碑，多次歷刼，其詩之價值可知，亦因之使平淡無奇的寒山寺與楓橋，一躍而居蘇州名勝之冠。同時，古鐘由日人另鑄歸還，現亦成了稀世之寶。康有爲曾爲此鐘題詩於寺中云：「鐘聲已渡海雲東，冷靜寒山古寺風；勿使豐干（僧人）又饒舌，化人再不到空空」。由是觀之，張詩頗有相當魔力，凡與詩有關之寺、橋、鐘、碑，亦無不與之共增其勝。

一一七　祇重生男不生女

華封人祝堯以三多，多男其一，祝以多男，不祝以多女，可見古代重男輕女觀念之深，形諸言語，同時，在文字上也是如此——詩經：「乃生男子，載寢之牀，載衣之裳，載弄之璋。乃生女子，載寢之地，載衣之裼，載弄之瓦。」誠想在牀與在地，高下既殊，弄璋與弄瓦，貴賤迥異，自呱呱墮地時，便予以不平等的待遇，無非是一念偏見作祟，輕重其心。他（她）們把女兒看作「賠錢貨」，自不願其多。

舊俗有「家有五女賊不偷」之諺，假如一個婦人生女太多，不明白事理的翁、姑、丈夫，都埋怨她的肚皮不爭氣，親友也不免加以嘲笑。從前有人連生六女，他的朋友聽了寫一首詩送給他：「五女之家賊不過，更添一個卻如何？可憐一對賢夫婦，專替人家塑老婆。」又堅瓠集載：「鄒光大生女，設湯餅宴，招友人不至，報以一詩云：去歲相招因弄瓦，今年弄瓦又相招，作詩覆上鄒光大，令正原來是瓦窰。」「瓦窰」二字，謔而近虐，與前面一首中「塑老婆」一語，異曲同工，極盡嘲謔的能事。其實多男並不一定是福，「劉景升兒皆豚犬耳！」雖多何益，要是生女能像花木蘭、秦良玉一樣的彪炳青史，多又何妨？總而言之，「犬子」不如「虎女」。

一一八　紗廠大王被綁

民國三十六年，十里洋場的上海，正是動盪多故之秋，發生紗廠大王榮德生被綁案。綁匪勒索美金五十萬元，且牽涉及當時軍統局上海辦事處總務組上校組長黃景岐、少校組員邵虎，通同串謀，實屬駭人聽聞。其聳動全國，也不下於民初，臨城突刼津浦路客車案。

榮德生，是已故榮宗敬（紗廠、麵粉大王）的弟兄。於是年春之某日，由滬西寓邸乘車赴江西中路申新紗廠辦事處。中途對遇一輛汽車，攔住去路，車上下來兩個彪形大漢，手持紅色逮捕證，迫使榮德生下車，換上兩大漢的汽車，迅即開車架走了。消息傳至紗廠及榮家，乃分向上海警備司令部、警察局、軍統局、中統局查詢，都不明其下落。綁匪將榮氏關在荒僻地區一小樓上，派人守護。同時脅迫榮氏親寫信回家，勒令家人備五十萬美金來贖，並不准報警。否則，便撕票了事。榮家從郵局接到勒索信後，乃派親信申新九廠廠長吳昆生（後查明與匪有勾結）暗中與匪商談。討價還價，恩威並施。榮家不得已，祇好依其所索，一文不少，約期交付後，榮德生才獲得了自由。

榮既獲釋，謠言亦滿天飛。有傳此案，乃軍方所爲，軍統嫌疑尤重。事聞於最高當局，蔣介公即責令軍統毛人鳳副局長，限期破案。並指軍統份子複雜，亦非大加整頓不可。本案毛森得到黃福林（毛舊部）之助，發現軍統總務組長黃景岐嫌疑最重；逮捕證也原是由總務組保管的；由此兩疑點出發，進行追查。經過四小時的審問，黃景岐露了馬腳，並吐露邵虎亦與合謀。捕了邵虎後，同供出「浦東幫」巨匪「駱爺叔」爲主犯。主犯聯合「嵊縣幫」與不肖軍人，共同做成此案。逮捕了駱爺叔，及其附匪，無一漏網。駱、黃、邵及附從匪對質後，皆俯首認罪（皆施國法制裁）。轟動一時的綁架巨案，眞相乃完全大白。

一一九　改詩破案

唐詩，在中國社會，已成了一種大衆讀物。過去無論男女，凡對文學方面，稍有涉獵者，無不能出口成章。愛玩遊戲筆墨的人士，更常變更其意義與字句，綴之成詩。不但能譁衆取樂！事後且常能對改體的意義，發生另一種積極作用。如杜牧的清明詩：「清明時節雨紛紛，路上行人欲斷魂；借問酒家何處有？牧童遙指杏花村」。這首詩，被人更改後，就發生過極大效用——破了一宗貪汚案件。

滿清雍正年間，福建布政使（專管一省民政和財政）陳鵬，勤政愛民，罷免省中一切苛捐雜稅，閩人極爲愛戴。那時的閩浙兩省總督是汪志伊，貪贓枉法，無所不爲，因陳鵬不肯同流合汚，遂借故中傷，逼令服毒自殺。陳鵬死時適在清明節，閩人哀之，遂改唐詩曰：「清明時節雨悲悲，路上行人哭布司。借問寃家誰個是？牧童遙指汪志伊」！事聞於御史，乃將之上奏查辦。世多改唐詩者，卻不及此首之改得自然而有力，結果把那位「老虎」汪志伊問成死罪，這年頭，還有許多「老虎」似的貪官汚吏。安得有心人再改寫清明詩來諷刺他們呢！貪汚不除，政治是難得清明的。

一二〇　張大千昆仲

大千與善孖爲昆仲，皆以丹青著於時。善孖死於抗戰期中，國人悼之，認係革命藝壇之一大損失。大千則於抗戰時赴美，今猶徜徉海外。非留心其人者，或不免疑慮叢生。論者謂：「大千與善孖，雖同蜚聲於藝術界，但兩人之性格與生活態度，則稍有不同，其作品亦多異其趣。論者謂：「大千之藝術智慧較高，而善孖之藝術血管則較熱」，實則尚未可必。善孖固已蓋棺論定，而大千亦猶多後望可期耳！

大千畫虎最傳神妙，日本藝壇素重之，所入日本畫酬亦不尠。抗戰初起，大千陷北平未能逃脫，當時謠傳，已被日人所用。未久，得輾轉至重慶，一世清名，不爲所污，亦云險矣。嗣卽偕所娶鼓姬，遠渡重洋，對於抗戰貢獻，卻無大可觀，善孖之藝術精神，多發揚於抗戰大業，所繪「正氣歌圖」廣播民間，不惟藝術價值崇高，其正氣亦隨其作品而永傳。政府嘉其行其技，命赴美從事國際宣傳。善孖以五十高年，不辭風塵跋涉，受命出發，盡其天職。謂其藝術血管較熱，實不爲無因。善孖不善積蓄，回渝時，仍恃一茶食店爲生，店以售「瓜子大王」盈利頗厚。親朋獲其惠者，實多其人。河南楊震歐君卽其一，前事亦楊君親述。

一二一　閨中人語

曹仲方妻張藝芳，秉母教，有才名。不容於夫子，欲離異。張借蔡持正題松樹「常在眼前君莫厭，化爲龍去見應難」之句以諷之，夫念乃止。郭暉遠寄家書，誤封白紙。其妻答以詩云：「碧紗窗下啓緘封，尺紙從頭徹尾空，應是仙郎懷別恨，憶人全在不言中」。王漁洋言錢武肅王，目不識書，然寄夫人詩云：「陌上花開，可緩緩歸矣」。不過數言，而姿態無限，雖大文人操筆，無以過之。金陵徐氏女，適張某，其夫久客不歸，寄以詩云：「殘月已摧明月盡，五更如度五重關。」魯月霞者，嫁而寡，有掃花詩云：「觸我朱欄三日恨，費他青帝一春功」。此佳作也，痛在不言中。高文良公撫蘇，與總督不合，屢爲所傾，而公卓然孤立。其詠白燕有云：「有色何曾相假借」，沉思不得其對。其夫人博極羣書，兼通政治，爲代握筆對：「不羣仍恐太聰明」。蓋助公詩興，亦以規之也，不愧巾幗丈夫。毛西河選閨秀詩，獨遺山陰女子王瑞淑。王獻以詩：「王嬙未必無顏色，爭奈毛君筆下何」！一以譽己，一諷其人。寄遷女子倪瑞璿憶母：「暗中時滴思親淚，只恐思兒淚更多」。女子葉小鸞，受戒於月郎大師。師問犯淫否？曰：「徵歌愛唱求凰曲，展畫羞看出浴圖」。趙鈞台欲買蘇州李姓女爲妾，女貌美而足闊，趙曰：「似此風姿，可惜重土」。（杭諺腳大也）媒曰：「女能詩、曷試之？」趙戲以弓鞋爲題，女應聲曰：「三寸弓鞋自古無，觀音大士赤雙趺。不知裹足從何起？起自人間賤丈夫。」趙悚然而退。杭州張夫人，以夫常作狎邪遊，規之以詩云：「此去湖山汗漫遊，紅橋白社更青樓，攀花摘柳尋常事，只管風流莫下流」。

二二一　紅顏薄命

女子紅顏，是人人所愛欣賞的。但一聽到「紅顏薄命」，又不禁令人常有不必要的驚悸與惋惜！雙珠記傳奇有云：「紅顏薄命，古今常見」。古樂府有「妾薄命」之曲。可知「紅顏薄命」一說，由來已久。傳統上，一般人對之，都沒有好感；而詩人墨客，抒寫美人命薄，卻視爲極好題材。所以中國歷史上所讚賞的紅顏美人，在故事中所表現的，無一不是傾國傾城的絕色，如妹喜、妲已、褒姒、夏姬、西施、王嬙、趙飛燕、綠珠、張麗華、楊貴妃，以至於陳圓圓、董小宛、李香君、賽金花等，她們的身世，有的是后妃、姬妾，有的是尼姑，有的淪爲妓女，結局大概是悲劇，或身世堪憐，流離淪落，留給後人的是感慨唏噓，成了戲曲、小說、電影、電視、歌舞的一種新奇題材。

因爲紅顏美人，麗質天生；但「薄命」則非先天註定，乃是後天人爲的：一方由於客觀環境的促成；一方由於主觀自作孽的後果。蓋過去美麗的女人，自然爲衆目所視，十手所指的對象，最容易養成她驕傲自大的態度。人們把她捧得愈高，寵愛過甚，便會養成其異常變態，目空一切。偶爾遇到挫折困難，不被別人遷就，馬上就會怨天尤人；一旦色衰愛弛，可能就是薄命的來臨。富貴安樂的美人，如曹丕、曹植的母親卞夫人，據說青樓出身，倘無絕色美姿，自然受不到曹操的寵愛。及她死後，還配享於太廟。低賤出身，享最高尊榮，這當算是例外。否則，姿色美艷，而遭困挫者，亦史不乏人，如王昭君、綠珠一類故事，都是例子。尤其亂世美人，風險愈甚，或被擄掠作盜賊妻妾；或衝鋒破敵如秦良玉；或組娘子軍，橫掃關中如唐之平陽公主。故好自爲之，紅顏亦非全是弱者。

自古紅顏美女，歷史上都是取得較高地位與較好的生活環境。但中國式的紅顏，自宋以後，文人所歌頌的，大都是弱不禁風、多愁善感的病態美，如林黛玉一類人物。倘這類的紅顏，加以性的早熟、慾的放縱，生活失常，自暴自棄；益以客觀環境的引誘、壓迫、欺凌、陷害等等，漸漸從國色天香隊伍中，落到不幸或薄命的窠巢裏，也常是不免的結果。故所謂紅顏與非紅顏，都是同一條件下，上帝創造的，所謂「天作孽，猶可爲；自作孽，不可活」，生命可以創造，薄命惟人自召，有何關於紅顏！

一二三　粥話

啜粥。臺省人很少有此習慣，內地惟沿海人士用代早餐者頗多，餘則未成風氣，則不普遍。啜粥一事，古今相傳，更有不少佳話，當玆米比珠貴之時，提倡粥食，實亦節約之道。清人有煮粥詩云：「煮飯何如煮粥強，好同兒女細商量，一升可作三升用，兩日堪作六日糧。有客只須添水火，無錢不必作羹湯。莫嫌淡泊少滋味，淡泊之中滋味長」。說得面面俱到，可謂節約之至。不論富有或貧寒，宗此而行，亦可培德而養廉。

後漢光武帝，自奉儉約，平素布衣蔬飯，爲臣民表率。某年爲王郎所敗，逃至荒僻，饑寒交迫，苦不堪言。適有大將馮異煮豆粥以進，光武如獲至寶，狼吞虎嚥，連盡數器，覺得津津有味！翌晨對諸將曰：「昨得公孫豆粥，饑寒俱解。」這雖是饑者易爲食的道理，亦可說是富貴中人領略到食粥滋味的好處。宋名臣范仲淹，家本素寒，早歲讀書於一破寺。一日三餐，常不可得，輒飲薄粥兩次充饑，常用瓦罐煮粥，待其冷透凝結，乃分成四塊，早晨取食兩塊，餘則留作夜餐。這一位赫赫宋史中的卿相，可說完全是由粥食刻苦中磨勵出來的。他不惟位至卿相，且爲中國有名的政治家。在南北朝時，義興太守任昉，品學兼優，致仕清廉。某年適逢旱災，他乃將所有俸米，慷慨捐獻，煮成豆粥，濟施貧民，賴以更生者有三千餘人。同時他自己亦食豆粥與民共艱苦！作官至此，亦才不愧爲民之父母，這都是古人啜粥之可以爲後世法的事實。

啜粥可以養生，今日西醫，已多其說。中國古人，又何嘗沒有見到？張來粥記：「每日起，食粥一大碗，空腹胃虛，穀氣便作，所補不細。又極柔膩，與腸胃相得，最爲飲食之妙訣。」齊和尚說：「山中僧，每將旦一粥，便可以養生而求安樂。」蘇東坡帖云：「夜甚饑，吳子野勸食白粥。云能推陳致新，利膈益胃。粥既快美，粥後一覺，妙不可言。」粥食的好處，不惟是養生之道，而「妙不可言」更是細味無窮。不但此也，愛國詩人陸放翁，竟謂食粥可以延年益壽，且可登進神仙之城。他晚年鄉居，即常食粥度日，有食薄粥詩：「薄粥枝梧未死身，饑腸且免轉車輪。往來不解周公意，養老尙須祝鯁人。」「世人個個學長年，不悟長年在目前，我得宛丘平易活，只將食粥致神仙。」語雖不免辛酸，然食粥有益腸胃，今人亦不敢於否認。

宋范成大，不但認爲食粥是衞生之道，而且可以預防疫癘。他有詠粥詩，備述其理。因其長冗，置不引證。此外，文人固窮，因窮亦不能不粥食。如秦少游未得學士時，爲京城黃門校勘，俸祿極薄，而家口又繁，整日都為一家大小飲食而奔波。嘗為詩向戶部尚書錢修文乞米，謂：「三年京師鬢如絲，又見新枝發故枝。日典青衣非爲酒，舉家食粥已多時。」唐李商隱詩：「粥香餳白杏花天，省得流鶯坐綺筵。今日寄來春已老，鳳樓迢遞憶難鞭。」李商隱將食粥與愛情夾纏在一塊，比之秦少游之窮酸告貸要風流得多！然此則實非在困苦中的人們，所能瞭解得出其深情密意的。

一二四 通書

自小便翻熟了一本「陰陽合曆通書」。今日寶島臺灣，仍流行着有幾種，其中一種名「農曆通書」，內容還是一樣。猶憶幼時每屆新年的前一、二月，祖父自坊間購得「通書」，自「春牛圖」、「地母經」、「流郎歌」、「嫁娶周堂圖」起，一直看到最末的「水泉動」、「征鳥厲疾」等止。把二十四節氣，六十年的九宮生肖，都熟記清楚。並可能在春牛肢體顏色上，預卜流年的吉兇。最不忘懷的，便是「諸事不宜」「土王用事」的日期。前者切忌出門，出門恐有不利，後者切忌下田施肥，施肥亦必無效。諸如此類，不一而足。

現在回想起來，不免可笑。可是吾人似亦未可輕視「通書」。讀莊子、左傳諸書，可知自殷周開始（或許還早點），「通書」即支配了我國民數千年來的生活。今所異於古者，古有司曆之官，今則習成民間風俗儀式。書中對社會各階層人士的生活，都有一定規律安排：何時親民臨政，何時入學、出行，何時開市、交易、立劵、納財，何時開倉、栽種、牧養、出貨，俱有明白指示。乃至築堤、修防、嫁娶、建築、剃頭、沐浴，亦無不預爲定籌。卽不論何界人之生活秩序，不遺巨細皆有規定。由前輩的指示所知，通書原是脫胎於書經的「洪範」。書經深奧難解，僅飽學之士能予瞭解利用。一般人士，尤其是農民，少讀詩書，只好轉而利用其次，便是「通書」。因之「通書」之最多用者，便是農民。與達官貴人，並不親切。而今日之反對用通書（或名黃曆）者，也就是一般達官貴人或所謂前進份子。我自然也不贊成這種通書，但是有條件的，必有一種合理的代替品。

一二五　神乎醫術的楊叟

王湘綺（壬秋）先生撰譚鍾麟（文卿，湖南茶陵人，譚延闓之父）墓誌銘，其中有一段云：「……七年（按爲光緒），補陝甘總督，目眚請告。詔令臥治。三歲四請，許歸就醫。道出華陰，隱士楊叟（忘其名），慕公德政，扶杖施鍼，翳目復明。以親政詣覲，兩宮優禮，晉補吏部左侍郎，權工部尙書，出督閩浙，一秉將軍，移四川未上，調督兩廣。……」。王壬老在這段簡略的敍述中，卻隱藏着隱士楊叟（未傳其名）神奇醫術的故事，頗饒興趣，因補述之如次：

墓誌所云：「許歸就醫，道出華陰」，寄寓於旅邸中，忽有鬚髮皓白、道貌岸然之楊姓老人，策杖而至，請求晉謁總督。門者詢其來意，老人稱：「身懷小技，能醫目疾。嚮慕譚公德政，不惜如毛遂之自薦。倘目復明，我無他希冀；但乞賜金二百，以養餘年。」從者上以報總督，公令姑請試之。楊叟入視，復請於公曰：「公春秋已高，目翳已久，兩目宜分兩次施鍼。一目見效，再鍼一目，庶獲休養，俾策萬全」。譚公許之。楊叟隨請譚公仰臥。袖出一銀鍼，長約五、六寸，閃閃發光。對準左目，刺入寸許，隨卽抽出，鍼無血痕。堅請靜息，越日再來。翌日，左目果然重放光明。譚公喜不自勝，贊爲神技！明日，楊叟再來，鍼治右目。此時左目已能視物，見鍼來刺之頃，不免一驚。及抽鍼出，微有血跡。楊叟恐已肇禍，便揚長而去。及次日，右目亦果復明。家人以公宿疾頓除，羣相慶幸！並遣從人賫金去謝楊叟。其人已不明去向了。派人分途踪跡之，則已逃抵潼關。叟見多人跟踪而至，疑禍事已降臨！蓋因其鍼治右目時，抽鍼見血，慮已出了毛病，實未料其固無恙而瘉也。

譚文卿公得神醫楊叟之鍼治，終於雙目復明。抵京覲見，兩宮旣優禮有加，許多官員親友，悉其雙目復明，也咸來問訊、慶賀！常熟翁同龢（叔平），與公交誼尤厚，當集「爭座位」帖，綴成七言聯，親書以贈之。時墨瀋猶未乾，遣兩弁以竹竿，豎懸持送於譚寓處。聯云：「斯人一出世無比；君目再明天有功。」以譚目再明，歸功於天，亦可謂善頌善禱者矣！

一二六 酒話

酒能提醒神經，也能痲醉神經。喝酒，無論古今中外，在人類的生活中，是佔有相當重要的地位。相傳酒爲杜康所造。他所造的酒，旣非高粱；又非紹興花雕；更不是所謂威士忌、白蘭地、香檳、啤酒之類。或曰卽係山西汾酒，但無可靠的根據。

大禹飲夷狄所造之旨酒而甘之，喟然而歎曰：「後世必有以酒亡其國者！」可眞未料到就在他的次一朝代，昏迷的紂王，果以美酒而送掉他的錦繡河山。大禹的預言，竟兌了現，眞不愧爲聖人！

歷史上以酒量見稱的，也要首推商紂。宮置酒池，率千萬人入池牛飲，不到半刻工夫，將一個酒池，喝個乾淨見底。他當算是空前絕後的喝酒大王；但不是他一人的獨量。

漢高祖既得天下，一般酒肉朋友，羣相依附。醉則妄呼，不成體統，高祖厭之。樊噲自恃功高，妄作妄爲，於是蕭何造律，「三人以上羣飲者，罰金四兩」以限之。曹參爲相，聞吏卒醉酒歡呼！自亦垂涎三尺，取酒狂飲。宰相大臣壞法，不是應該伏繫嗎？

漢武帝時開始釀酒，自是以後，政府常以酒稅爲國庫收入之大宗。唐太宗詔天下州縣，各量酒酤、酒戶，隨同納稅。宋孝宗時，承相李燾奏請設法勸飲，以增酒稅。這種財政政策，世亦罕見。

魏文帝四年，釀酤飲者斬。金海陵正隆五年，有官飲者死。元世祖時，造酒者本人配役充軍，財產沒收，子女歸公。立法實亦不免過嚴。三國時，劉備禁酒，凡釀酒者皆殺。一日顧雍侍先主登樓，見少年與婦人同行，白先主：彼將行姦，何不執之？先主曰：何以知之？曰：彼有淫具，何故不知？先主悟其旨，大笑，乃緩酒禁。相傳爲禁酒的笑話。

酒與文學，尚有深切交誼。李白愛酒，所謂「李白斗酒詩百篇」可見酒對李白的著作，是起了很大的作用。也有借酒來發抒情緒的，如「勸君更進一杯酒，西出陽關無故人。」「能向花中幾回醉，十千沽酒莫辭貧」。此外如揚雄酒後之酒箴；劉伶之酒頌；杜少陵陶淵明等之酒詩；今猶膾炙人口。總之，酒與文士詩人，結緣最深，佳話流傳亦最多。劉伶出飲，令人荷鋤以隨，眞不怕作醉死鬼。阮籍鄰家美婦當爐，籍嘗詣飲，醉便臥其側。卓文君私奔相如，當爐賣酒。文士風流，也是酒之作怪！

在生意場中，酒店老闆爲廣招徠，不惜犧牲半張紅紙，高攀歷代喝酒名士：「劉伶問道誰家好，李白回言此地高！」今日酒家，則不高攀死人，就地僱用活潑美麗的酒女，比較更現實得多。而一些喝酒朋友，也就多有醉翁之意了。

寫文章的朋友，當文思不大暢達，常沽幾兩白乾，說這樣才有「煙士披里純」來臨。亦有所謂達觀主義者，雖三餐不繼，但酒卻不能不飲，其論調則謂：「今朝有酒今朝醉，明日沒有明日談！」自命曠達，實則火燒烏龜，殊不足法。

中國習巫術的人，當飲酒之時，必先以手指沾酒少許向左右揮射，然後再行進食。江湖與幫會的朋友，飲時先舉杯臨空一照。據說這都是「有酒食，先生饌」，不忘師恩，尊師重道的意思。這點似乎值得提倡！

民間發生糾紛，常藉酒來和解，認爲「無酒不成理」，「三杯萬事和」。否則不免弄成僵局，打官司。此外壽酒、喜酒，不外乎吹、捧、拍，不敢贊同！鷄尾酒會，既節約，又聯絡感情，可惜東道太少！

一二七　老人政治與青年政治

英國國家的命運，一直是操在老人手裏。他們的內閣，是有名的老人內閣。擔任首相的人，多半是花甲老翁，邱吉爾還超過了古稀。像艾登五十入閣，算是頂年輕的。有人形容英國的政治爲「老人政治」，不爲無因。

「老人政治」，不僅表現了英國政治的外形，確也象徵着英國政治的指導精神。英國政治上的老人，如包爾溫、張伯倫、阿德里、邱吉爾，似乎找不着可以交待政權的兒子輩，只好拼着老命一樣。孫子輩年歲差得更遠，思想行爲，老人們更是不敢放心！因之英國的政治，也就始終被家長所把握着。

英國的行動，素有老大、遲暮、魯鈍、懦弱之稱，老人們血冷氣衰，優游寡斷，又何怪其然！兒孫輩血氣方剛，見着國事日非，喊着改革前進！而老人們則世故老練的說：「孩子們！先忍耐一會再說！」細細體味着這種情形，焉無淒涼屈抑之歎！所以今日英國的政治，欲不和其老人們一樣日近黃昏，是很難得的。

如果說英國的政治是老人政治，反照出來，美國的政治，則是「青年政治」。天眞、活潑、樂天、俠義、好冒險、不知足，是美國人民的天性，亦是美國政治的特徵。美國的青年政治家，永遠是不易瞭解英國老人政治的作風，承認中國共產黨的政權，過去舊金山和會的幕幕陰影，既是青年政治家所不可解的。七十老翁的遠涉重洋，使美國人也得出一身汗！

這些青年的政治家，與英國的老人們，原是一支血統，何以會有截然相反的性格？（前者俠義，富於反抗性，尤其是冒險精神，後者則喜走曲線、妥協、投機取巧的路線）。這難道是地理上的風水關係嗎？自然不合邏輯。暫不管這些，美國人愛走直線，有進無退，卽有錯誤，回頭卻很徹底。他也不易瞭解社會上的卑汙齷齪，一旦知道了，挺身而起亦不讓人。卻是無可否認的，此輩血性青年，今日也正掌握了美國的政治，朝氣勃勃，有色有聲，名以「青年政治」，誰曰不宜。

一二八　對聯的教育作用

對聯雖小道，亦有可觀者焉。凡名山勝景、寺廟菴堂、亭臺樓閣……等，大都有之。最易引起墨客騷人的雅興，藉以表志、遣懷、抒情、述事，尤富有教育作用。譚組菴先生，卽曾藉聯發揮了教育作用，平服衆怒的故事。清季末葉（宣統三年），正革命運動蓬勃發展之際。畏公正任湖南省優級師範學堂（後併入湖南大學）監督（卽校長）。某日學生因伙食不好（時師範學生皆公費，供食宿），鬧風潮罷食罷課。一般教職員，皆已束手無策。惟監督譚公，鎭定不慌，從容籌思，撰一聯曰：

君試看世界何如乎？橫流滄海，突起大風波。山河帶礪屬誰家？願諸君嘗膽臥薪，每飯不忘天下事！

大多爲環境所累耳，咬定菜根，方是奇男子。公矦將相原無種，思古人斷齏晝粥，立身端在秀才時。

自己隨卽寫好，令人張黏於飯廳門上兩側。諸生見之，自覺汗顏，皆自動前往進食、上課。一場風波，消弭於無形，無不是此聯數語感化之功。

一二九　菩薩蠻與蝶戀花

我國文學人士，對男女正統的觀念：是樂而不淫，好色而不亂。所以古來文人的偷情作品，多屬絕妙好詞，冶艷而不誨淫，高雅而能令人怡魂盪魄。如此偷情冶艷詩詞，當以「菩薩蠻」與「蝶戀花」為首席代表。「菩薩蠻」是李後主的作品，是寫李後主的昭惠后染疾時，他乘隙與小姨偷情即景。詞云：

花明月暗飛輕霧，今宵好向郎邊去，剗襪步香階，手提金縷鞋。

畫廊南畔見，一向偎人顫，儂為出來難，教君恣意憐。

為了怕步履傳聲，給人聽見，寧願脫鞋赤足而行，對於偷情刻畫入微，意境高妙，終不着一淫字。

「蝶戀花」，是程詠靈描寫閨情的詞：

十二欄杆人悄悄，細數花枝，私把儂顏較。挽就雲鬟鬆更巧，妝成偷點櫻桃小，底事蛾眉顰不了。說傷春，偏是春光好，燕語鶯聲都着惱，不情不緒誰能曉。

少女懷春，人之常情，蝶戀花詞句，可算入木三分，而於春花怒放之際，絕不顯露衾枕一類之詞，自是超人一等。

一三〇 敬酒與罰酒

對日抗戰前，華北漢奸王揖唐（曾任華北政務委員會委員長），某日，設宴款待日本特務頭子土肥原。座中有北洋老官僚政客潘復等作陪。土肥原敬酒至潘復時，潘推不善飲。王揖唐低語告潘復：「日人喝酒，最愛痛快。」及土肥原再度舉杯，遍桌皆讓，惟潘復一飲而盡。後土肥原告人曰：「中國人就是這樣子，敬他的酒，他說不會；遍桌皆讓，他倒乾了杯。這與中國俗話說的：『敬酒不喝喝罰酒』正相似耳」。「敬酒不吃吃罰酒」，原是國人在應酬上一句常用的話，但出諸土肥原之口，卻有特別刺激的味道。後有愛國志士劉某聞之，則說：唯酒無量不及亂，對友，我是敬酒不辭，罰酒不辭；對敵，則其一言一動，都有陰謀存於其中，我皆敬謝不敏。

一三一 張作霖伏炸案

張作霖之死，世人僅知爲日人伏炸之謀，而未明所以設謀之實。就所傳聞，錄供參考。

民國十六年，張作霖在北平，受孫傳芳與張宗昌之擁護，就所謂大元帥職，與國民革命軍爲敵。辛苦支持，年餘不得成績。張爲之心灰意冷，廢然有回東北老家之念。集僚屬會商，意見不一。惟吳俊陞極力迎合主意，贊張卽回東北。張意亦決。蓋東北早為日本覬覦之地，張之經營東北，卽早為日人所忌，日人早欲去之而甘心。張既決定回東北，行之先日（十七年六月），復大事張揚，市人皆知大帥卽將成行。最可怪者，張平日之行動，向極秘密。唯此次則大異其作風，不惟無隱，反肆張揚，亦無怪日人之謀之愈急也。

與張專車同赴瀋陽者，除張之隨從侍衞之外，尚有所謂日本顧問二人，卽土肥原與儀我。而此二人者，又皆係日本軍部特務機關之主要角色。當車過天津時，二人托詞有事，聯袂下車而去。張固未疑，左右卽有懷疑者，亦不敢向張進言。車至皇姑屯，日本駐瀋陽領事某，更登車歡迎，但只匆匆數語寒暄，卽告辭去。依向例觀之，日本領事由此上車歡迎，必須同車返瀋陽。而此次獨非如此，左右更疑之。但張仍坦然處之，不疑有變。當車過鐵橋時，張喜形於色，起立而言曰：「到家啦！到家啦！」方命侍者更衣，忽轟然一聲，炸藥爆發矣。吳俊陞及侍從多人皆立斃。張傷重不能言，惟以手指作勢而已，瀋陽軍政要人聞訊，急以汽車來迎，而張卒以流血過多，氣絕於車中，初猶秘不發喪，故事後所公佈張之逝世月日，殊不確實也。

其時張學良尚在關內。聞耗，立率衞隊兩營，專車赴瀋陽。車抵灤州，忽報前途炸藥未清，阻車前進，張學良正躊躇間，土肥原與儀我兩人由天津趕到，反力勸學良回瀋，並保證決無危險。儀我且願隨行。日人謀張之馬腳，則更露矣。此時，土肥原則奉日本軍部密令，轉回天津，另設陰謀，以防閻軍之軍事行動也。

張學良雖已明知乃父是被土肥原與儀我兩人所陷害，終以大局關係，隱忍不敢發，但仇恨日本之心理，亦從此而加深！後來東北之毅然易幟，與張作霖之死，固不無關係。而三年後，日本之強佔東北四省，又可說是其先聲耳。

一三二　汪精衛死於粉骨症

汪精衞之死，最初根據日本醫生的報告：爲「體內遺彈，舊創復發」所致。繼謂：汪氏所患者，實爲「粉骨症」。過去舉世罹此症者，不過三人。然大家所瞭解的事實：汪病由舊創復發（假定是）而動手術。手術以後，成爲半身不遂，癱瘓不能動彈。結果，又成了奇怪的「粉骨症」。實使人如墮五里霧中，更加莫明其所以然。此種病症，在此以前，卻從未聽人說過。病情如何？是否與手術、打針、吃藥、綁縛有關？半身不遂、癱瘓不能動，是否爲其必然現象？病中軀體逐漸縮小，是否爲其必然結果？當時旣有這種舉世罕見的奇症，繼日醫之說以後，何以未見舉世其他醫生有所反應？國人有詢之西醫及中醫者，亦皆說：醫書上找不出這種醫例。由此種種疑問來看，也實難逃出我們的推斷。如果不是醫生庸碌，誤診殺人；便是日醫明知固昧，播弄玄虛，惑人視聽，以掩其謀害的把戲，使汪氏竟作吳玉帥第二。

「粉骨症」的病象，果是病中軀體逐漸縮小的話，近代文學家易君左先生，曾對作者閒話中，說過一種彷彿相似的病情，卽他本人的父親易實甫先生（字順鼎，與樊樊山同爲清末民初，國內的大文學家），晚年，初無任何病象，僅身體疲軟乏力多時。繼之臥床數月。經中西醫診治，皆不明其爲何病症？不但醫藥罔效，身軀亦逐漸縮小。到其死時，縮小得如同小兒童的軀體。這病情的發展，如卽是所謂「粉骨症」，亦實與汪氏由舊創復發病，加上日醫人爲病，曲折轉致的粉骨症，全不相屬。因憶述之於此，俾供研究者的參考。

一三三　選　美

世界小姐競賽的「選美」運動，現正在世界各地發展中。其事雖非初創，今年覺得分外不同，香港這塊小地方，固然爲之轟動一時，就是臺灣的許多小姐們，也不免有向隅之歎！選美的動機，如以提倡健美爲宗旨，到不可厚非。如爲時裝的表演，便作了商人的工具，如此而侈言選美，品斯下矣。西洋選美，固有一定的標準，玆不具論。而中國古人之談選美者，頗多有力之論，李漁卽其中之一。清初李漁認爲美人應以肌膚爲第一選。其談婦女之肌膚，多能發前人未發之隱，亦今日談肉感之才子所望而卻步的。李一則曰：「人之根本誰何？精也、血也，精色白，血則紅而紫矣。多受父精而成胎者，其人之生也必白。父精母血，交聚成胎，或血多而精少者，其人之生也必在黑白之間。若其血色淺紅結而成胎，雖在黑白之間，及其生也，豢以美食，處以曲房，就可日趨於淡。」再則曰：「婦人之白者易相，黑者易相，惟在黑白之間者，相之不易。有三法焉：面黑於身者易白，身黑於面者難白，肌膚之黑而嫩者易白，黑而粗者難白，肉之黑而寬者易白，黑而緊且實者難白。」是否合於生理構造的原則？且不討論。同時此等奇語，雖只就膚色選美來說的，然在古籍中，亦可謂空前。幽默派專門推崇袁中郎而遺忘了李漁。李漁之才，實倍於袁中郎也。

西洋選美，多講修短肥瘦尺度，而清季蔣戟門觀察之選美，亦有所謂「測美絲」。戟門精於選美，家多姬侍，環肥燕瘦，無美不臻。其選美的方法，先以線量其身，線長四尺八寸，一如西洋之尺度。必須有線之長，而後再端詳其眉目。當時人都笑其太拘謹，獨有他的同好袁子才（枚），甚稱其法，且引詩稱：「碩人頎蜷」，騷稱：「長肩連蜷」以贊之。並謂「漢馮伉爲子娶長妻，晉武帝稱衞瓘女有五美，長而白，其一也。但宜娉婷夭裊，不宜挺立，森然如束長竿耳。」

子才雖贊人選美的方法，可是他自己一生，卻以未遇美人爲歎！自指雙眸，常呼負負！嘗謂：「平生入金門，登玉堂，爲文人，爲循吏，求則得之，惟娟娟此豸，不可求思，想坤靈扇槷，別有前緣，不可以氣力爭也。」其言如此，亦可見選美之不易。良以情人眼裏出西施，有時又未可以機械標準限之也。

世界小姐競選，羣雌粥粥，亦只能於比較中求得其一，而能人人寸心許可者，或卒無一人。如僅選合於機械標準者爲「美」，自當別論。

一三四　外交官的資格

王大楨曾任駐日大使館參事，常語人曰：「作一個優秀的外交官，須兼具五個條件，缺一不可：第一，腦舌並存；第二，情癡；第三，老寡婦；第四，老道僧人；第五，貪官汚吏。」聽者驚異不已，逐一提出質詢。王亦逐加解釋說：「第一，腦舌並存。中國以前的外交官，有腦無舌，雖能不辱國命，但言語不通，與外人交涉，需舌人翻譯，諸多不便。近世外交官，則多有舌無腦，滿口洋話，流利無比；但忘自身乃中國之外交官，於是有親甲、親乙等之外交官生。如能腦舌並存，當不致如此。第二，是情痴。外交官對其祖國，應永久愛護，卽國家待我很薄，或不爲國家所諒，仍對國家始終忠誠。不有痴愛，不可以爲外交官。第三，是老寡婦。老寡婦守業，吝嗇已極。外交官對國家之土地、主權，亦應如此慳吝，決不可如公子哥兒，擺架子、充大方，將祖產拋掉。第四，是老道僧人。外交官應如老道僧人之有修養，一切利祿美色的引誘，不能動其心。駐國外的外交官，此種機遇甚多，惟有深具修養者，才能渡過種種關卡。第五，是貪官汚吏。外交官對於智識情報，應如貪官汚吏之貪婪，如是始能獲得知已知彼之功效。

一三五　文人欺騙的自薦

文人以「自薦」方式求謀出路或其他事故者，在人事行政完全合理化的社會中，已是司空見慣。史記平原君傳：毛遂向平原君，上書陳薦到楚國去談合縱，似爲最早的自薦方式。演變至今，中國如此，西方國家亦多如此。不過，如果自薦手段，有失正常，那就不足爲訓了。

我國文人學士，自古以來有許多淸高自持，而不屑求人的，也有夤緣之不暇，進而採用不正當手段的。急於求出路的知識分子，有時手段用得不太正當，也有可原諒的理由。因爲，知識分子，不論學問與技能成功與否，十之七八的命運都是悲哀的。卽文章詩賦如杜甫、韓愈，也要向皇帝或宰相搖首乞憐。我們讀到杜甫的「進雕賦表」，眞要爲他流一把眼淚。他在上表中說：自七歲所綴詩章，向四十載矣，約千有餘篇。今賈、馬之徒，得排金門上玉堂者甚衆矣，惟臣衣不蓋體，常寄食於人。奔走不暇，只恐轉死溝壑。安敢望仕進乎！伏惟明主哀憐之。按杜甫上進雕賦表時，已經四十七歲。他的詩雖已大成，而仍不免凍餒。一番哭窮的話，簡直是向皇帝討飯吃。如韓愈的三上宰相書，也頗不離於後人之口，淸人李斗的「揚州畫舫錄」卷四說：陳祖范，字亦韓，號見復，雍正癸卯進士。有貴官愛之，欲其一見，逃歸。作詩云：「生平不滿昌黎處，三上河東宰相書。」時人高其風節。

唐宋時代的知識分子，爲了生活，甚至有採用欺騙手法的，宋人曾慥的「類說」引芝田錄云：崔君出牧衢州，有一士投贄，公開卷，閱其文十篇，皆公所製也。密語曰：「非秀才之文。」對曰：「某苦心夏課，知己不一，非假手也。」公曰：「此某所爲文。兼能暗誦否？」客詞窮，吐實曰：「得此文，無名姓，不知是員外撰述。」惶懼欲去，公曰：「此雖某所製，亦不示人，秀才但有之。」留連厚卹，比去，問其所之，曰：「汴州梁尙書也，是某親丈人，須往旬日。」公曰：「大梁尙書乃親表，與君若是內戚，卽某與君合是內親，此說想又誤耳。」其人戰灼若無所容，公曰：「不必如此，前時惡文，及大梁親表，一時奉獻。」

這個崔君，可謂解人，出語亦極幽默。而這個讀書不成的小騙子，也總算是個知識分子，爲了出路，竟不惜做出卑劣的行爲。從芝田的故事，不難窺見唐代知識分子求謁的風氣。也有能文之士，由於無人援引，做出冒名頂替藉求進身之階的事。明人田汝成的「西湖遊覽志餘」卷二十一說：

韓侂冑當國時，嘗招致水心葉適。已在坐，忽門外有以漫刺求見，題曰「水心葉適候見」，坐中恍然。佗胄乃匿水心於便室，延見之。歷問水心進卷中語，其人曰：「此皆某少作也，後嘗改削矣。」每誦改語，極精妙，遂延入書院，出楊妃卷令跋之。卽揮筆曰：「開元天寶間，有如此姝，當時丹靑不及麒麟、凌煙，而及諸此。吁！世道判矣。」又出米南宮帖，卽跋云：「米南宮帖盡歸天上，猶有此本散落人間。吁——欲野無遺賢，難矣。」如此數卷，言簡意盡。韓駭然謂曰：「自有水心在此，豈天下有兩子耶？」其人曰：「文人才子，如水心比者，車載斗量。今日不假水心之名，未必蒙與進至此。」佗胄笑而然之，收屬門下。其人姓陳名讜，建寧人，後舉進士。

這個陳讜，總算是幸運的，碰到一個能欣賞他文才的韓佗胄。不過，從陳讜的自薦方式說，跡近欺騙的行爲，我們並不能因有文才而就可以原諒他。

唐宋時代的知識分子，都熱中於做官，自薦的風氣一盛，成功的機會當然不很多。正常的自薦很少有成功的希望，修養較差的人，就不免想方設計的要一鳴驚人，於是常常會出現許多欺騙的自薦方式。像前面舉的兩個例子，只是許多例子中的兩個比較典型的罷了。

一三六　竹雕筆筒

中國文學人士，且凡是一個讀書人，除愛好文房四寶外，對於「筆筒」，亦多在愛好之列。筆筒上，加上雕刻裝飾，則尤値得珍視。

遠在毛筆沒有發明之前，我國古代的著作或公私文件，就是以刀代筆，在竹片上刻寫文字，稱爲「竹簡」。這可說是竹刻竹雕藝術的起源。唐時，已有人在筆管上刻出詩文或圖畫。不過竹雕藝術最盛時期，卻在明、清兩代。當時高明的竹雕家，以浮雕或透雕及圓雕等方法，創造各種不同的作品，成爲精緻的藝術品。介乎平雕與圓雕之間的是浮雕，一般稱之爲「薄地陽文」。清代吳之璠的作品，尤具特色。所作山水、人物、花鳥，更臻上乘。

筆筒、形式簡單，利用不同手法，刻出不同圖畫，改變了原來竹的形態，是要花很多構思與雕刻工夫的。尤其要突破材料的限制，實現創作意圖，更是難能可貴了。

一三七　輓明星阮玲玉

羅心冰，長沙新聞界有名人物。爲文幽默，常以壺公筆名，撰「隨便談談」小品文，發表於長沙國民日報副刊，甚得讀者歡迎。年前，電影明星阮玲玉，以愛情關係，憤而自殺逝世。國人咸爲惋惜！悼者甚多。羅心冰憤急，乃作悼「張、唐夫人阮玲玉」一文，極譏詆之能事。末集「阮玲玉所演各影片名」，作輓聯一副，嵌於文後，云：

不了是「人生」，卿原「野草閒花」，「香雪海」，「城市夜」，魂兮「歸來」，鵑血啼殘「故都夢」；

可憐「新女性」，儂亦小姑「神女」，「一剪梅」，「千古恨」，緣慳「再會」、鳳笙吹冷「玉堂春」。

阮玲玉以情自殺，當年曾轟動一時。上聯所指「張、唐夫人」，人多不解其意。蓋阮玲玉微時，委身於張達民，後爲上海茶商唐季珊所獵。唐、張爭訟，報章喧騰。多以阮背舊從新，爲重利虧德。人言可畏，凶終隙末，卒致自盡謝世，玉殞香消。唐經此變，痛惜殊深，乃以巨資購銅棺爲殮。出殯之日，行列長達十餘里，男女影迷，途爲之塞，甚有流淚滿面者。四十餘年後，唐以舊業來臺。有人見之者曰：唐之生活，頗多失常，酒酣耳熱之餘，輒老淚縱橫。或因阮死，內疚殊深，未能自已也。

一三八　清道人兩次遇騙

民國初年，李瑞清，字梅盦。江西臨川人，清光緒廿一年進士。辛亥革命後，以遺老隱於上海，易黃冠，常作道士裝，儼然道士也，便別署爲「清道人」。居常與隱滬遺老瞿子玖（鴻機）輩，爲酒食，組織「一元會」，作酒食之資。清道人平生食量過人，尤喜把酒持螯，自號李百蟹。在上海賣字，求書者應接不暇，聲譽鵲起，遠近周知，上海市招，多出其手筆，以故知名度高，收入自然日益豐盈。相反的，也引起市井無賴之覬覦，迭接藉名慈善團體函件勒索。清道人竟不明其底蘊，猶欲與虎謀皮，復信與之情商。函云：

「……貧道，傷心人也。辛亥國變，求死不得，飄泊海上，鬻書偷活。寒家幾四十人，恃貧道一管以食，六年以來，困頓極矣。昨接貴會來書，業已作書報復；頃又得來書，云未取得。以萬人行路之通衢，何能禁人之不取！至云屬貧道備滙豐銀行票三百，以助貴會，此說誤矣。貧道，鬻書人也，非有多數之錢，儲之篋笥也。有一日而得數元，數日而不得一圓，此種營業，非平靜市面好，然後人才思及此粧飾品，非野鷄之能到處拉人也。近日銀根緊急，十餘日來，無一圓之收入，自顧不暇，何能爲貴會之助！俗語云：『有錢錢當，無錢命當』。且人之樂生，必有後來之希望。貧道無妻無妾，無子女；所有子女，皆兄弟之子女，或寡婦孤兒而已。吾友吳劍秋云：『道士無妻妾之奉，而有室家之累』。況世風日變，姦慝僉壬，俱居高位，擁重兵，亡國之禍已在眉睫，惟求速死，得大解脫。兩得手書，故此掬誠相告，請貴會切實調查，如有謊言，手槍炸彈，引領甘受，而無悔焉。」

函中所言，別於一般俗套，不以清高自炫，專縷述家計負累很重，賣字生意不佳，並道其生世實況，說得可憐兮兮，簡直自比野鷄之不如。此其第一次遇騙情形。再次，有些無賴之徒，以清道人之衣冠形象，並其別署觀之，眞誤以他爲「道人」。乃假託道友：靜虛、養光、葆眞、涵光等十餘人，聯合發起組織「中國道教會」。函請「清道人」捐助巨款，共襄盛舉。清道人，自居爲儒教學者，便復函反將此輩騙財道士申飭一番。語極嚴正，亦多幽默風趣，頗值玩味。函云：

「……忽辱手教，公等不以瑞清爲不肖，引爲同道，并錫以道號，但有皇悚。瑞清塵俗人也，非欲求金丹，慕長生，思輕舉也。辛亥國變，刀斧餘生，伏處海濱，以求苟活，寒家三十餘人，賴以爲生，亡國罪臣，不入地獄，便足爲幸，尙何面目談大道樂神仙乎！其云『道人』者，不過如明之大滌子，自稱石濤和尙，假道號聊以自娛耳。以名瑞清，故自號『淸道人』。又來函云，公等欲立中國道教會，……欲命瑞清爲發起人，則非所願也。瑞清自辛亥以來，陳死人也，不願拙名復存於世界。……又命清捐貲，義宜樂助，然瑞清雖出世，未能出家。……太史公曰，老子無爲自化，清靜自正，此道家宗旨也。故道貴自衞，無事求助於世。況當此舉世溷濁，豺狼遍地，諸會林立者，無非爭權利耳。非但瑞清不肯爲，更望諸道長勿以清靜之身，而與此汶汶者浮沉也……」

清道人，在上海賣字，以遺老自食其力，自是難能可貴。在滬兩次遇騙，雖未破費分文；但兩次復函，「物以人貴」，亦足爲世所珍。

一三九　漢唐三戇直之臣

自古名大臣，大都具有戇直性格。嘗讀歷史，中國盛世，向多漢、唐並稱。其稱盛的原因：兩朝皆在賢明之主與戇直之臣，統治之下實現的。其戇直之尤者，余得三人焉。

漢武帝、唐太宗、唐玄宗，均係有爲之主，能容直言敢諫之臣，故文治武功，炳耀一時。汲黯爲人，性懦少禮，不能容人。時武帝方招文學倨者，黯對曰：「陛下內多欲而好施仁義，奈何欲效唐虞之治乎？」帝默然怒，變色而罷，公卿皆爲黯懼。帝退謂左右曰：「甚矣汲黯之戇也。」羣臣或數黯，黯曰：「天子置公卿輔弼之臣，寧令從諛承意陷主於不義乎？」帝曰：「古有社稷之臣，至如黯近之矣。」太宗謂魏徵曰：「公每諫我不從，我與公言，輒不應，何也？」徵曰：「臣以事不可爲，故諫，陛下不從，而臣應之，則事遂施行，故不敢應。」太宗曰：「應而復諫，庸何傷。」對曰：「昔舜戒羣臣，無面從，退有復言，臣心知其非而口應之，乃面從也，豈稷契事舜之意耶？」太宗大笑曰：「人言魏徵舉止疏慢，我視之，更覺嫵媚，正爲此耳。」徵起謝曰：「陛下開臣使言，故臣得盡其愚，若陛下拒而不受，臣何敢數犯顏色。」韓休爲人戇直，不干榮利。及爲相，守正不阿。玄宗或於宮中宴樂，及後苑游獵，少有過差，輒謂左右曰：「韓休知否？」言終，諫疏已上。嘗臨境黯然不樂，左右曰：「韓休爲相，陛下殊瘦於舊。」玄宗歎曰：「吾貌雖瘦，天下必肥。蕭嵩奏事嘗順旨，既退，吾寢不安。韓休嘗力爭，既退，吾寢乃安。吾用韓休，爲社稷耳，非爲身也。」是皆能直言極諫，不面從心遠者。

一四〇 曹娥碑和其故事

「曹娥碑」，係記東漢時，上虞女子曹娥，投江殉父的孝行，爲元嘉元年（公元一五一年），上虞長度尚所建。世說新語：曹操有一次路過「曹娥碑」，見石碑背面題有：「黃絹、幼婦、外孫、虀臼」八個字。他問楊修：「懂不懂？」楊修說：「懂」。曹操說：「你先不要講。讓我想想看。」騎馬走了三十里，才說道：「我懂了」。於是要楊修把他猜的意思記下來。原來這碑文，曾被當時大文豪蔡邕以隱語「黃娟幼婦外孫虀臼」八字，隱譽爲「絕妙好辭」，成爲千古奇謎。

當時楊修出其記說：「黃絹、色絲也，是個『絕』字。幼婦、少女也，是個『妙』字。外孫，女子也，是個『好』字。虀臼，受辛也，是個『辤』字。合起來便是絕妙好辭」。曹操一聽，和自已的意思正相符合，便歎說：「我的天才不及你，相差三十里。」曹操與楊脩，爲了這八個字，作了一次智力測驗。結果，曹操成了楊脩的敗兵之將，也因此招了孟德的嫉忌，終於未得好死。這是有關曹娥碑的故事，亦見奸雄之不能容才也。不過「曹娥碑」，因得大文豪蔡邕的隱語，大奸雄與楊脩的競賽，其名在歷史上亦益彰。

曹娥碑的石碑，久已不存於世，碑文墨跡，至今猶在。此一被晉代以後之書畫家，認爲「正書第一」的珍品，作者爲誰，尚無定論。北宋黃長睿派，認爲是王羲之晚年作品；宋高宗則認是晉代佚名書家所書，亦有人認爲是南朝後期的人所書。近代人有研究歷代書法遞變者的分析，則認爲晉代佚名書家所作，比較可信。

一四一　袁籜菴受口舌之報

清初有「輕薄」文人之名的袁籜菴，曾因與吳江沈同及趙鳴鳳，爭妓而結怨。挾怨作西樓記傳奇，以譏沈、趙。曲雖盛傳於時，而袁之詞品亦下矣。袁嘗爲荆州守，一日謁某道，卒然問曰：聞貴府有三聲，謂圍棋聲、鬥牌聲、唱曲聲也。袁徐應曰：下官聞公亦有三聲，道詰之曰、算盤聲、天平聲、板子聲，袁竟以此罷官。董含三岡識略云：「吳中有袁于令者，字籜庵，以音律自負，遨遊公卿間。所著西樓傳奇，優伶盛傳之。然詞品卑下，殊乏雅馴，與康王諸公作輿臺，猶未首肯。其爲人貪汚無恥。年逾七十，強作少年態。喜談閨閫事，每對客，淫詞穢語，衝口而發，令人掩耳。余屢謂人曰，此君必當受口舌之報。未幾寓會稽，冒暑干謁，忽染異疾，覺口中奇癢，因自嚼其舌，片片而墮，不食二十餘日，竟不能出一語，舌根俱盡而死。」不知事實果爾，抑係咀咒之辭也。要亦足覘袁氏之爲人矣。

一四二 王鐵珊懲頑

一代廉吏王鐵珊（名瑚，山西原籍，遷住河北），馮玉祥將軍常尊之爲師。他在江蘇省長任內，一日，微行出署，偶至一家浴室沐浴。寬衣解帶時，一未注意，將榻几上的茶碗，碰落地上打碎。茶房見鐵珊，貌不軒昂，像鄉下人，又口操北音，便大肆咆哮。鐵珊道：「打碎你的茶碗，我自然照賠，你發這大脾氣幹什麼？」因問多少錢？茶房見其可欺，故意擡高價錢，非三四元不可。鐵珊知其不可理喻，因和他好言相商說：「我帶的錢不夠，我有個朋友在附近，他可以借錢來賠你。你們的電話請借我用一下，何如？」他借打電話，將警察廳長請來浴室，告以經過，請他評理！這時浴室的掌櫃、茶房，才知道這鄉下佬，原是王省長。掌櫃隨卽跪地叩頭謝罪。鐵珊說道：「你們開澡堂，是正當買賣，怎麼可以胡亂欺人！」給他一次嚴厲教訓，給以一元賠償而去。

一四三　我國端午節

我國傳統習俗，一年之中有三大節日——新年、端午、中秋。元旦清晨，迎歲納福。端午則中午舉行龍舟競渡。中秋則在夜晚，團圓賞月。這三大節日，吃的玩的，各有不同的慶祝特徵，與豐富多彩的遊樂；都是耐人尋味的。現在單說端午節。

端午節，民間習俗，各地大同小異，多削菖蒲爲劍，或用菖蒲、艾葉、蒜頭等，成束懸於戶外。焚蒼球、白芷、艾葉等燻烟、灑雄黃酒等。這些作法，名爲驅殺五毒及蟲蟻等。或謂作一次迎夏的大掃除，亦無不可。端午吃的東西，也很有意思，僅僅粽子一樣，就有幾十種之多，更視爲端午的主食。而且各地粽子，各有不同的風味。當這時節，鴨蛋生產，正爲旺季。由吃「鹹鴨蛋」而產生了彩蛋的藝術，特以點綴富有意義的佳節。

端午節，也是民間三節中，玩意兒最盛的季節。各地民間藝人，巧思精作，創造了極多富有特色的藝術。像五彩絲纏粽子、老虎、香荷包；蠶繭做的五毒、鳥獸；以及彩繪的圖畫；彩蛋亦古代傳統基礎上，發展而來的一種民間藝術。在圓潤的蛋殼上，表出千形百態，雖是兒童們的小玩具，也確表現了人們的妙手，實不平凡。至於龍舟的競賽、藝術、意義，尤有深遠重大的歷史價值在。當以另文述之。

一四四 黨派誤國

中國近代的政治黨派，是隨中國對日抗戰而忽然的、凌空的蓬勃與起來的。雖或眞爲時代環境所使而然；但吾人總覺與現代實行政黨政治國家的政黨，顯有偏差，未循政黨發展的正軌。不獨抗戰時期的黨派如此，民初北洋時代的政黨，亦復如此。這種偏差，卽美英國家的政黨，都是受人民領導的。而中國民初與抗戰時期的黨派，卻是要領導人民的。這自然是由於經濟能力、教育程度及社會組織各方面的差殊。然也不是說，中國的政治黨派，完全不受人民的領導；但就實際來講，在民主政治發展的初期，政黨對人民的領導，實多於人民對政黨的領導。中國的政治黨派，既有領導人民的責任，那黨派的負擔，便因之而加重了。換言之，人民對於政治黨派，既還沒有充分發揮監督的能力，那政黨的本身，便須有自我監督的能力。然而辛亥革命以後，中國的政治黨派，竟不能走上政黨政治的常軌，竟不能藉議會制度，完成立憲，走上民主政治的道路。其主要原因，卽在黨派本身的自私、自利、腐敗、墮落，沒有道德的操守。不能領導人民，更放棄了自我監督的責任。自民國初年正式成立國會至民國十三年中國國民黨改組以前，北洋政府時代，大小政治黨派，先後不下數百。除國民黨之外，其較著者，前後有共和黨、進步黨、統一黨、民主黨以及政學系、研究系、交通系、安福系等等黨派。在最初，各黨派尙能爲其政綱而致力，爲立憲而呼號，爲主張而論戰，爲民意而前奔，亦略具歐美政黨政治的形象。隨之，各黨派由政治理想的結合，一變而爲私人朋黨的結合，或狼狽爲奸，或互相利用。由領導人民，變爲忽視人民，出賣人民。不但擾攘十多年，沒有見到憲政的影子，連一部憲法，都沒有制定出來。甚且由維護立憲，變爲毀法亂紀，投靠軍閥。直皖戰爭以後，竟公開受賄選舉總統，政黨更成了財閥軍閥的御用品。終使段祺瑞說：「政黨成了歷史的陳跡」，而行集總統、國會、內閣於一身的大獨裁。至此所謂政黨，在北方實亡而名亦不存了。

一四五　八旗閨秀亦能詩

滿清八旗命婦名媛，無不學習漢文學。其能詩能文者，頗不乏人。其中詩詞清逸可愛者，余最賞其三：

德齡公主之母，冬夜偶吟云：「一篝燈火歲將除，寒素家風稱索居；細剪花囪三四幅，爲兒黏補讀殘書。」

明瑞妻常氏，送夫征緬甸詩云：「家事紛紜莫掛牽，與君結締總前緣；不求長作雙棲鳥，但願同雕並蒂蓮。」

莽鵠立之女巴顏珠，習靜吟云：「枯坐小蒲團，菩提結靜緣；一庭月花好，悟得美人禪。」

一四六 藉公報私

中國海軍，規模粗具於光緒年間。初聘英人琅威理相助，畀以提督銜，職名「總查」，實司訓練而已。中國早年海軍禮節，即由琅威理所建議而釐定的海軍衙門，初定官制，設提督一員，總兵二員，副將五員，參將四員，游擊九員，都司二十七員，守備六十員，千總六十五員，把總九十九員，經制外委四十三員。丁汝昌卽爲當時之海軍提督。琅威理之實職，僅爲一總兵而已。

光緒十六年，海軍巡泊於香港。丁提督以事離艦，照規定應下提督旗，而升總兵旗。琅威理猶在艦上力爭，自認亦一提督。迨告渠爲有銜無職提督，實一總兵之後，琅威理乃怫然辭職離去。返英後，則多方侮辱我國，亦藉公報私之謀也。

一四七 劉春霖狀元艷事

清代最後一科狀元，爲渭琴劉春霖。文采風流。微時，女伶黃錦華鍾愛之。入闈前，猶在錦華閨中燈下，由美人督課。劉騰達後，感其惠，娶之爲妾。詠曰：「十年回首聚賢堂，曾醉佳人錦瑟旁。

記否高歌青眼底，萬花叢裏一劉郎。」

劉狀元曾爲其至友鄧小川書一小條幅，文曰：「天下有三難，登天難，求人更難。人間有二苦，黃連苦，貧窮更苦。」更切今日時代。

一四八　八旗第一公

清代八旗世爵之最顯貴者，除三順王（孔、耿、尙三漢王，不包括吳三桂）外，以正白漢旗沈氏爲最著名。明末，沈氏有名志祥（或作致祥）者，稱雄山海關外盤山寨。清太祖慕其名，思羅致之。以爵秩爲餌，反爲沈氏所敗。

及三順王降後，始起大兵征盤山。沈知不敵，乃薙髮投降。時正吳三桂請兵入關，沈未及封爵，卽隨兵南下。沈之部下，不食滿洲餉糧，號稱「盤山十萬虎」，所向無敵。

時清廷封吳三桂爲平西王，將三順王改封爲定南、平南、靖南等王號。攝政王多爾袞，因洪承疇獻策，恐在後藩鎭尾大不掉。乃於改封孔、耿、尙三順王後，下詔停止册封異姓王。但沈志祥功在三順王之上，仍勉強封爲續順王。

沈志祥功大爵小，乃於召見時，世祖欲以金錢慰之。遂詢之曰：「你的部下家兵若干？」沈恐觸帝忌，不敢以實對。去百爲十，奏曰：「三十人」。帝乃命照宗室王公制，每月由戶部給沈氏三十份藍甲糧餉。

清時，漢軍之有藍甲，僅沈氏一家。繼又賜阿姑拉槍（俗曰阿虎槍，卽王公府門前陳列之豹皮槍）及紅棍。清制，貝勒四棍，貝子以下則二棍，皆立門內影壁前。而沈家則六棍，以三棍相交，用鐵圈箍緊爲架狀，門內左右，各列一架爲儀衞。故都人士，因其制度在諸王之上，稱之爲八旗第一公。

一四九 怎可不怕老婆

名文學家老舍（舒舍予），向負幽默風趣之名，無論說話、行文，都多表露。他代林語堂所擬赴美宣傳大綱中，談到「男人怎樣可以不怕老婆」時說：

在今日的中國，怕老婆者穿洋服。與夫人同行，代她拿傘、抱孩子。洋服者，西洋之服，自古已然，怕老婆已非一日矣！爲今之計，西洋男子，應馬上改穿中服，以免萬刼茫茫。中服威嚴，雖賈波林穿上，亦無局促瘦窘之象。望而生畏，女人就不敢大發雌威。中服舒服，男人知道求舒服，女人卽知責任之所在；反之，自上鎖鐐，硬領皮鞋，以示甘受苦刑，女人見景生情，必使跪着頂燈。猛醒吧，西洋男子！中服使人安詳自在。氣度安詳，則威而不猛，增高身分。譬如老婆發了命令，穿大衫之丈夫，可漫應之 Yes, dear.，而許久不動，直至對方把命令改爲央求，乃徐徐起立。穿西服之丈夫，鮮能爲此。洋服表示乾淨俐落之精神，一聞令下，必須急驅而前，顯出脆快；Yes, dear.，未及說完，早已一道閃光而去，臉上笑容，充滿宇宙。久之，夫人並發令之勞且厭之，而眉指頤使，丈夫遂成了專看眼神的動物！這還了得，西洋男子必須革命！

一五〇　政學系人物

今日說到政學系，非平日關心政治歷史有素者，必是茫然不知。現在既然提到它，似有說明之必要。所謂「政學系」，與交通系（梁士詒等）、安福系（段祺瑞等）、研究系（梁啓超等）爲同時代，同一型政治性的結合。結系搞黨，固不是好事；但政學系，並不算是一個壞的政團。政學系，這政團的淵源（源出中國同盟會），是由清季末葉，而民國初年國會初開多黨林立時代，所遺留而來的政團，到南北國會時期，又一再演變而爲政學會系，簡稱「政學系」。

據傳政學系的份子，多爲富有政治支配慾的官僚，以政客作風，利用軍閥，來爭取政治權力。其方法，與研究系頗相似，習於縱橫捭闔之術——卽玩弄權術手段，成爲名重一時的政團。南北政府對立時，吳佩孚當日通電中所云：「北有安福，南有政學，國之蟊賊，其罪惟均」，指的就是政學系，亦足見其勢力之雄厚。其主要組成分子，初爲岑春煊、景耀月、孫毓筠、李根源、陸榮廷、李烈鈞、鄒魯、童士釗、張耀曾、湯漪、沈鈞儒、徐傅霖、彭允彝、谷鍾秀等。繼傳吳鼎昌（達銓）、熊式輝（天翼）、張岳軍（羣）、張公權（嘉璈）、陳儀（公俠）、楊暢卿（永泰）、黃郛（膺白）、萬耀煌（午橋）、吳鐵城、何成濬（雪竹）、周亞衞等，皆其中堅人物，多出身於日本學校。外交方針，因其留日學生居多，也比較傾向於日本。本系曾於民國九年，發表解散宣言。此不過爲一時的對外策略。其實內部，仍維繫得很好，團結亦堅。因爲此系，最重現實，尤注意當前的政治實力。故有「官僚派」或「政客黨」的渾名。

本系分子的結合，似無嚴格的形式組織，與什麼紀律制裁。唯重精神貫通、聲應氣求，互相標榜，力求合作。故其入系分子，似有相等的一定的政治地位。頗重私德，尤講究操守。陳儀之出身、經歷、處世、做人、以及在政治上的作風，頗多與上述條件吻合，便不怪人咸以政學系份子目之。由於國民革命軍北伐成功，統一全國以後，全國各黨派——尤其是政學系，源出於中國同盟會，卽大都心悅誠服的歸入革命陣營，成爲領袖蔣公的股肱，接受領導。由於這一客觀因素，政學系無論在精神上實質上，便漸次鬆懈冷落下來了。至民國二十五年，湖北省主席楊永泰遇刺殞命以後，這一黨政上的贅瘤，便根本烟消雲散，也把陳儀政學系的色彩沖淡了。

一五一　韓愈對避諱的灼見

「避諱」是我國封建時代特有的產物，君主專制時代的一種規律。古代君主，爲了顯示自己「唯吾獨尊」的精神化，鞏固他的統治地位，才想出這個花樣來。爲了這，古來有多少倔強之士，不甘屈服被割去了頭顱，或者還要犧牲自己的父母妻孥親戚朋友；爲了這，古來亦有多少奸詐險狠之徒，利作登龍之術獵取了厚爵高官。歷史上關於這件事情的公私記載，實不少見，令後人猶有不寒而慄之感！現在所謂「避諱」的時代，已經過去了。我們來考古式的來談一下，也不會有斷頭流血的危險！

避諱之制，起於周朝，及乎後世，既亂且雜，而欲一言一字之不觸諱，相信必無可能。後世之人，雖明知避諱的麻煩，起來反對之者，究不多見。韓愈（昌黎）「諱辨」一文；（唐詩人李賀，爲避父諱「晉」，而不去考「進士」。韓愈勸之，不應，因作「諱辨」，爲他辯護。）就應視爲傑出之代表作，他雖沒有反對「避諱」，卻給了一般妄解「避諱」、濫用「避諱」者，以嚴重的打擊。「諱辨」中說：

「……今賀父名晉肅，賀舉進士，爲犯二名乎？爲犯嫌名乎？父名晉肅，子不得舉進士；若父名仁，子不得爲人乎？諱始於何時？作法制以敎天下者，非周公、孔子歟？周公作詩不諱，孔子不偏二名。……凡事父母得如曾參，可以無譏矣。作人能如周公、孔子，亦可止矣。今世之士，不務曾參、周公、孔子之行，而諱親之名，則務勝於曾參、周公、孔子，亦可見其惑也……」這一篇詞嚴義正的文章，不僅說明了「避諱」的規律與避諱的眞義，而且直敎人不必徒務「避諱」末節。要務實際以曾參、周公、孔子做標準來作人。「避諱」的目的，僅在表示敬悃。倘人而習曾參、周公、孔子的實行，對於國家社會之影響，不更有勝於務虛文虛言之「避諱」的敬悃乎!?

現在「避諱」的時代，是已經過去了，當然沒有人再來考究「避諱」了。但一些舊日遺老遺少們，還想拖着這老僵屍復活，在訃聞、行狀、神主上，還保留着一些痕跡，然亦早已成了具文。這些人，說他還是防着斷頭流血或欺祖滅宗可，說他不是二十世紀時代的人亦無不可。

一五二　中國巨人的神話

中國發見「北京人」以後，世人多認就是原始的人類，實不盡然。後來一位荷蘭生物學家哥尼華，他在香港買到三顆大型的臼齒化石，化驗結果，證明乃是一種巨猿的牙齒。此化石又經過一位美國古人類學家詳細研究，則認爲此臼齒，並非屬於猿類所有，而是屬於一種最原始的人類所有。後來又證明此人類不是「北京人」，而是比北京人更原始的高大人類。因此，他就將其命名爲「中國巨人」。

「中國巨人」體格高大，估計比現在人要高兩倍，卽高十一、二呎。他們最先是住在中國西南部的山洞裡。其生存時代，距今約六十萬至一百萬年以前。他們的起源地，似乎是在新疆的塔里木盆地以及崑崙山一帶，後來才向中國各地四處探險求生活。其探險路線，是由崑崙山出發，沿青海進入甘肅，轉入陝西。不過陝西並不是他們的最後居留地，隨又繼續向四方八面散開，而分佈在中國大部地區。

中國巨人本來是住在中國的西南部，後來爲什麼又闖出西南而到各地流浪呢？原因他們要生活、要吃要喝。而西南部並不是富饒的地區，多高山峻嶺。中國巨人由於遭到食物的缺乏，四出分散求生，這就是中國巨人散佈各地的客觀因素。

中國有許多關於中國巨人的古怪神話。這些神話，大多數是很難取信的，不過也說明了中國巨人之確實存在的事實。現在我根據種種傳說或古老記載的一些神話略記於次：

有一個關於中國塔里木盆地中國巨人的神話說：塔里木盆地，既是中國巨人最早聚集的地區，因此，這裡也就是中國巨人大搏鬥的場地。中國巨人，也是有個人野心的─爭權奪利，作一個統治這羣人的大王。據「馬來西亞華人史」所說：這裡最初的王位，原是由一個名叫祝融的巨人所把持的；但是另一個巨人叫共工的，卻偏偏要與祝融作對，並有野心要奪取王位。結果他爭不過而將一根「天柱」拉倒，「天柱」一倒，天地就失去平衡。「淮南子原道訓」一書中所云：「昔共工之力，觸不周之山，使地東南傾。與祝融爭爲帝，遂潛于淵，宗族殘滅，繼嗣絕祀。」又唐司馬貞補「三皇本記」一書中，也有提及共工折「天柱」之事，書中說：「諸侯有共工氏，仇智刑以強霸而不王，以水乘木，乃與祝融戰，不勝而怒，乃頭觸不周山崩，天柱折，地維缺。」

當共工氏將「天柱」碰斷後，幸好有另一位女人名叫做女媧者，她卽時出來把蒼天補好，才挽救了天下的生靈，免遭天塌下而壓死。另有一個巨人名叫做相柳，此巨人生來特別奇怪，其外形簡直是畸形極了，他的身體才一個，但是卻有九個頭，手大腳也大，他的身體不知有多大，但是，他踏過的地方卻變成「澤溪」，由此可以想像此巨人究竟有多大了。可是，他後來卻被夏禹殺死。夏禹既然能殺死如此巨大的相柳，可見他本身也是一個巨人了，說不定還比相柳更巨大呢。

關於夏禹殺相柳一事，「海外北經」一書中有記載，文中謂「禹殺相柳，其血腥，不可以樹五穀種。禹厥（掘）之三仞，三沮，乃以爲衆帝之臺，在昆侖之北」。又「大荒北經」一書中「禹堙洪水，殺相繇，其血腥臭，不可生穀。其地多水，不可居也。禹堙三仞，三沮，乃以爲池。羣帝因是以爲臺，在昆侖之北。」

此外，還有幾則神話，出於「北婆羅洲史話」，也曾提到中國中部北部與東南西南的巨人活動以及他們與盤古氏與夏禹氏之間的關係。例如，夏禹曾在黃河上看到一種「長人」，授他「河圖」治水。「尸子」曰：「禹理洪水，觀於河，見白面長人魚身出曰：『吾河精也。』授禹河圖，而還於淵中。」夏禹還見到另一種「長人」，身長卅呎，有長尾巴，謂之「臨洮人」。除外，還有形形色色的巨人，其中有身高五十四呎至一百呎的鄋瞞國人，身長三十丈的龍伯國人。當然，也有一些古怪的人，所謂「身長千里」，就是形容此類怪人的身高。

新加坡名作家連士升「閒人雜記」中載：有關中國東南與東部的巨人神話，其中就提到盤古氏，說盤古氏也是一個巨人。所謂「盤古極長」，就是指此。在中國古籍上，也記載許多有關「大人之國」、「大人之市」以及「大人之堂」的神話。他們都把這些巨人，形容爲「其高千仞」（卽八百丈）。又說「身長五丈，足跡六尺」，或說「丈長，六十圍」；或說「應長一丈五六尺也。」

這些文字，雖然是誇大了，近乎神奇玄渺，在無可實際證明之前，都祇能以神話視之。不過眞正的巨人，過去報章也偶有「在某地發現巨人足跡」等類的報導。信不信由你，我也不敢確定。

一五三　精采的霍小玉傳

唐人愛情小說中，特多描寫進士與娼妓戀愛之作。而霍小玉傳與李益傳可以爲此類作品中之佼佼者。胡應麟曰：「唐人小說紀閨閣事，綽有情致。此篇尤爲唐人最精采動人之傳奇，故傳誦弗衰。」

霍小玉傳內容敘述大曆中，有一未婚進士李益，在長安與歌妓霍小玉邂逅，並立盟誓，誓不相忘。兩年後，李益赴官任，卻遵母命與貴族女盧氏訂婚，並與小玉絕。霍小玉被棄，相思成疾。一日李益出遊，竟為一黃衫俠客強邀至霍小玉家中，小玉怒斥十郎負心，後激憤而死。死後化為鬼魂，使李益婚後終無寧日。明代湯顯祖曾取其本事作紫簫記、紫釵記。

霍小玉傳所敘述的李益，可能依附於當時之眞人眞事。我們可以在舊唐書找到有關李益的事蹟：「李益，肅宗朝宰相揆之族子，登進士第，長為詩歌……然少有癡病而多猜忌，防閑妻妾，過為苛酷，而有散灰扃戶之譚聞於時，故時謂『妬癡』，為李益疾……」

霍小玉傳是一個愛情悲劇，這個悲劇深刻地反映了唐代娼妓的悲慘命運。這些娼妓們本來嚮往着好的歸宿，希望能夠和風流才子結婚。然而風流才子並不願意和她們眞正的結合，他們多是逢場作戲，心中所追求的是功名富貴，而在當時走向富貴功名的捷徑便是高攀名門閨秀。萬一才子和娼妓眞正發生了愛情，並且希望能夠永遠在一起，那就必定要產生像霍小玉傳這樣的悲劇。中晚唐嚴格的門閥制度絕對不允許「士與娼婚」的事情發生。

霍小玉是一個年輕美麗，富有才情的妓女，她有美好的理想，她希望能夠有一個幸福的婚姻生活，她也在現實中找到了一位有才情、風流瀟灑的對象。但是現實生活隨時在提醒她，這是一個不能實現的夢幻。因此，當她和李益在極其歡愛時，不能不感到悲劇下場的恐怖，她流涕觀生曰：「妾本倡家，自知非匹。今以色愛，托其仁賢。但慮一旦色衰，恩移情替，使女蘿無托，秋扇見捐，極歡之際，不覺悲至。」霍小玉知道自己和李益的階級地位懸殊，一旦色衰，必被拋棄。因此，儘管李益對她「引諭山河，指誠日月」，願意「粉身碎骨，誓不相捨，請以素縑，著之盟約」，霍小玉還是放心不下。當李益「授鄭縣主簿」，將赴任時，小玉又說了：「以君才地名聲，人多景慕，願結婚姻，固亦衆矣。況堂有嚴親，室無冢婦，君之此去，必就佳姻。盟約之言，徒虛語耳。……」這並非小玉多心，事實上在當時的環境下，甚麼山盟海誓都是沒有保障。這怎麼辦呢？小玉很愛李益，而且早已將自己的全部愛情奉獻給李益，但是要和進士結婚又是萬萬辦不到的事。可憐的小玉提出了一條折衷的辦法。她對李益說：「妾年始十八，君才二十有二，適君壯室之秋，猶有八歲。一生歡愛，願畢此期。然後妙選高門，以諧秦晉，亦未爲晚。妾便捨棄人事，剪髮披緇，夙昔之願，於此足矣。」這是一條多麼悲慘的道路！她請求李益卅歲時才妙選高門，讓她和李益再共同生活八年，到那時，她願意遁入空門，削髮爲尼。李益回家後，果然不出霍小玉所料，他終於在母親的命令下，「逡巡不敢辭讓」而答應和高門女盧氏訂婚了。他已經忘記了望眼欲穿的霍小玉，也忘記了自己的山盟海誓，反而四處投奔親友求貸，籌足百萬做聘財。他偶而也思念起霍小玉，但對於小玉的愛情終敵不過令他眼花撩亂的功名富貴。這時候，一方面是霍小玉的日思夜想，「博求師巫，遍詢卜筮」，「羸臥空閨，遂成沈疾」，一方面是李益「慚恥忍割，終不肯往。晨出暮歸，欲以迴避。」小玉在這種情況下是無能爲力的，她只有日夜啼泣，廢寢忘餐，萎頓牀枕。小玉的遭遇正是唐代娼妓們的共同命運。

故事到這裏還沒有完，作者又塑造了一位黃衫俠客出來爲霍小玉打抱不平。他將李益強邀至小玉家中，還報效了酒餚數十盤。小玉此刻是斷腸人見負心人，頓時悲憤交集，怒責李益道：「我爲女子，薄命如斯，君是丈夫，負心若此。韶顏稚齒，飲恨而終。慈母在堂，不能供養。綺羅絃管，從此永休。徵痛黃泉，皆君所致。李君李君，今當永訣！我死之後，必爲厲鬼，使君妻妾，終日不安！」這一席話眞是罵得淋漓痛快，大快人心！小玉死後，果然化爲鬼魂，時而變成美男子藏於盧氏幔中，使李益猜忌其妻。時而又向盧氏投遞相思子，將李益擺佈得由妒忌而近於瘋狂，甚至休妻殺人。這個情節雖然超現實，但它嚴厲的訓斥了負心漢，因此具有積極的意義。

一五四　泥塑戲文

中國泥塑藝術，近代都相當進步。作品題材，包羅既廣。各地泥塑，又各有其地方色彩，可說是一種獨特的民間工藝品。不過這些工藝品，自非近代所創發，而是脫胎於唐、宋時代。到了清代，江蘇蘇州、無錫的泥塑工藝，都已達到最高水準。自崑曲興起後，於是開始捏塑「戲文」（戲劇人物），則以江蘇惠山戲景泥塑，如「寇丞御」、「蘇三起解」、「三岔口」，不僅神彩奕奕，酷似眞人，而且飾物道具，亦皆精緻靈巧。其知名度之高，已居全國之冠。

一五五　珍貴茶具砂壺

中國人一向把「品茗」，列爲日常生活中的重要部份；且認是中華文化有益於心身的藝術；由於品茗與藝術的結合，首郎重視「茶具」的考究。中國歷代出產的精良茶壺中，「砂壺」是最珍貴和難得的一種；不但成爲明淸時代王公大人們搜求的珍皿，同時也是當時許多騷人墨客所吟詠的對象。淸代大詩家張廷濟有過十首專詠砂壺的詩作，其中一首題爲「喜得砂壺」的詩云：「添得蕭蕭一石壺，少山佳製果精殊（筆者按：明末龔供春自江蘇宜興金沙寺偸得製壺秘法，大加製造，名聞遐邇，咸譽之爲「製壺神手」，後時大彬出，倣供春之法製之，精益求精，出品之佳妙，尤在供春之上。「少山」卽時大彬別號也），從來器樸原團土，且喜形方未破觚。生面別開宜入畫，詩腸借潤漫愁枯。金沙僧寂供春杳，此是荆南舊範模。」清季中葉名畫人李維尙曾花費三年的功夫，寫成一幅有名的「一百砂壺圖卷」，康熙帝聞悉此圖佳妙，特命李維尙携畫入宮「賜坐啓談，直至中宵」，後來，這位對藝術獨具好感的皇帝，還親用御筆，在那圖卷上題上了「能狀其形肖，故此圖生香」這兩句讚語呢！砂壺在它的時代裏，身價如何，於此不難想見了。

中國在明朝之前，雖品茗之風極盛，但當時的所謂名貴茶壺卻可說全是用銅鐵錫或銀等來鑄造的，直到明朝末年，才有陽羨砂壺面世，而成爲藝林珍品，頓敎先前的銀銅鐵錫等茶具爲之黯然失色。

據江蘇宜興縣人郝邇謙孝廉所撰的「宜興風土」說：「我縣西南方沉月山有金沙寺，始建於元，占地五畝，而簡陋不堪住用，至明初，蒲田僧人無惠法師携鉅款駐錫於此，施工擴建，又廣置山林，縱橫可百畝奇，乃有大觀四處……明中葉，有僧人百許長住於斯，內有一緣和尙者，善製雅器，所造尤以紫砂泥壺爲最可，人競爭之……其法毫無奇秘，以紫砂製坯，附陶穴中燒煉十日乃成。其壺能蘊蓄茶香，挽留眞味至於二日之久，置乾茶於壺中，歷二歲而不變其色味，其貴重若此……後鎭江吳頤山讀書寺中，家僮龔供春盜得製壺之法。既歸。又能匠心獨運，精益求精，所出尤爲金沙寺僧之不可及者矣……」另據明代書法家薛敬軒的「半硯齋隨筆」指出：「……龔供春所製金沙壺，蓋泥土出自宜興金沙寺之紫沙坑者，故名。後寺僧拒其取土，且傚法漸衆，龔乃又名之曰『沙壺』，以有別於俗者……當時聲譽鵲起，名公巨卿，墨士高人，競相爭購，未十載而供春富冠桑梓矣，吳頤山赴試時，非得其助，不可成事」云。這就是砂壺的來歷了。之後，不論仿製冒牌者如何衆多，龔家的出品，無論如何還是一家獨秀，原因是各界老於「茗藝」者，多能認清貨色，不讓魚目混珠，且龔家出品，也確有其獨到之處也。龔供春的砂壺一直享着盛譽，到了清朝初年，時大彬（少山）出，綜合歷代壺藝之大成，予砂壺以極大之改良，其作品雖仍「砂壺」之名，卻能兼敦樸妍雅之特長，因此龔家招牌，遂爲各界所漸忘。從此，「砂壺」一直走紅，在藝林中奠定了它鞏固崇高的地位，而代代相傳，直至清朝滅亡，砂壺還是不失其藝林珍品的身價。民國六年十月，時家陶穴爲戰火所毀，從此遂無繼起之人，因之，砂壺便成爲古董商或收藏家所搜求的對象，其身價益高也必矣。

第二次世界大戰之前，上海南京或汕頭厦門各地的古董商店，還常在報上刊登巨幅廣告說有「眞正龔供春手製砂壺一座」求售，或是「時少山秘製，且曾經清帝御用紫金砂壺」待價而售的消息，戰後幾年間，筆者也曾跑過好些個碼頭，雖曾偶然地在「富而好古」的親友家中見過砂壺一兩面，但古董店中，卻早就找不到它們的芳踪了。

一五六　飛機先進—風箏

每當春秋佳日，在山青水秀之地放風箏，的確是一件賞心樂事。在此景境之下，無論其爲男女老少，祗要看到青天白雲裏，升起風箏，心頭自然會湧起過去歲月，童時的回憶：我也年輕過，我也放過風箏。隨着風箏的飛翔，也會乘興起舞。

風箏的起源，據傳是「五代李鄴，在宮中作紙鳶（即風箏），引線乘風爲戲。復於鳶首，以竹爲笛，使風入竹，聲如箏鳴，故名「風箏」。紙鳶，是最早體現人們飛上太空的幻想。而最早飛機的設計，就其原理來說，也是由風箏演繹而來的，儘管科學已經進步到打開了宇宙航行的大門，而風箏對人們，卻仍具有極大吸引力。它形形色色的造形和結構，始終給了一切巧思匠心的人，開闢了無窮的創造、前進之道！

一五七　中國最古的報紙

中國報紙的起源，以一般史家的推斷，是在漢武帝在位的時候，就是在公元前一百四十年至八十七年之間。當時各諸侯在京師都設有辦事處，稱爲「邸」；這種「邸」是各諸侯到京師覲見帝皇時作爲逗留的地方。當諸侯離開京師之後，這些府邸就要負責通奏報；因此，它遂成爲一種傳遞消息的通訊站。

府邸裏的人員，時常都要傳鈔詔令章奏交給郵驛傳到遠方，報告給諸侯知道。這一類的京師通訊，後來一律被稱爲「邸報」，就是府邸報條的意思。我們知道，這種邸報並非一個報的專名，而是一些「報條」的通稱。但是，無論如何它卻是中國最早的一種報紙。

漢武帝是一個武功顯赫的君主，在他的統治期間，開疆拓土，版圖大增；此外且崇尚儒學，以孔子爲宗師，又建立太學，整頓教育制度；因此文化水準大爲提高，而京師的政治更爲穩固。故各諸侯在武帝的督導之下，對於京師的政治情報殷切要求。在這種情形之下，府邸的傳遞詔令章奏以及其他的消息的工作更爲繁忙了。由於當時尚未有紙的發明，通訊只能寫在帛上，這就是邸報最原始的型式。

到了東漢和帝的時候，有一個叫蔡倫的發明以樹皮、蔴和爛布等原料造紙。那時的京師通訊才可以書寫在紙上，而邸報也開始以「報紙」的型式出現。

邸報的消息來源，大部份都是宮廷裏的記錄和京師裏所發生的事情。宮廷裏的記錄，要由內廷摘要通傳，然後各府邸的人員才可以抄錄和傳遞。朝臣的奏摺，邸報裏也常有記敍。每一張邸報的內容，皆是詔令在前，章奏在後，以端正的字體書寫。府邸裏的管理抄錄人員，就是該報的記者，同時也是編輯，把邸報編成若干頁之後，等待交付郵驛。

到了唐朝，已經是公元六一八年。由唐高宗以迄昭宣帝，歷時二百八十九年，那時天下統一，整軍經武，揚威域外，爲中國一個極盛時代。當時唐朝建都於長安，其諸侯皆稱爲「節度使」，而那些節度使仍然在京師裏設邸，統稱「上都留候院」，同樣是作爲覲見帝皇時逗留之用，邸報在唐朝不斷地繼續存在，而且較前更爲完備。

公元七七八年，唐代宗敕改「上都留候院」爲「上都知進奏院」，根據「西京城坊考」的記載，計有河南、東都、兗州、翼州、福建、天德、江西、荆南、廣桂，安南等二十餘所。那時諸侯的府邸很需要宮廷正式發佈的消息，故此邸報改由內廷統一編印，然後分發給「進奏院」，再由進奏院傳遞給各節度使。接着，邸報的內容一天比一天廣泛，版位一天比一天增多，當然其傳播也日趨普遍。

在唐朝以後爲後梁、後唐、後晉、後漢及後周等五代，在這期間，各郡主照樣設立府邸於京師，而其主要的作用依然是傳遞宮廷消息與各郡主，因此，邸報自然不會偏廢。

邸報到宋朝，有更良好的發展，它繼續由內廷統一編印與發行，並已成爲政府發佈新聞的制度，比宋太祖登極後，即公元九七六年，由於進奏院的官員多不願久羈京師，故下詔罷各州郡在京師所設的「進奏院」，而另設「都進奏院」於內廷，繼續編印邸報的工作。邸報到了那個時候，已經算是最早的印刷官報，其所登載的消息也是最可靠的。

因爲邸報是一種正式的官報，富有參考的價值，所以當時有很好讀者特別予以保存，近似現代報紙之彙訂爲合訂本。

一五八　胡說猪玀龍馬

民國二十三年，考銓大會，在南京召開。會畢照例要發表宣言。執筆人選，大會當推定胡適、羅家倫、朱經農、龍灣、馬鶴天、水梓、史尚寬諸人起草。當時各代表之意認此宣言，不甚緊湊；但討論時，各代表都無意見提出，故即通過。實則草此宣言，胡適與羅家倫，均未參加意見，徒負起草人之名而已。時有某報記者，訪胡適於旅舍，言及宣言事。胡適說：余有一聯，可爲宣言寫照。聯云：「猪玀筆墨；龍馬精神。」意皆有所指。當有某代表曰：「聯固佳矣，惜無橫匾，余思以『胡說』二字題之」。意盡備矣。

一五九　官商勾結

凡主管行政部門之公務人員，與商人通同作弊，進行貪汚枉法的事，謂之「官商勾結」。初不外利用財、物、聲、色爲媒，專找法律縫隙，或施欺矇詐騙諸般手段，以遂各自的利源爲目的。官商勾結，無論任何國家、任何時代，類皆不免。皆可從其「政治之隆汚，官箴之邪正」之中，窺其風氣之程度。事雖古已有之，實則於今較甚，即官邪愈甚使然。因背官箴或觸犯法令，而撤差去職，或判刑入獄者，亦與時俱進。利之所在，勾結如故，絕不以爲恥者，幾成風氣。輿論雖多垢病，法令儘管嚴厲，而言之諄諄，聽之藐藐，若究其極，實官箴敗壞，有以致之。於今雖烈，實來有自。歷史所載，如：

呂不韋陽翟不賈也。賈於邯鄲，見秦質子子楚而憐之，謂爲奇貨可居。以五百金與之爲進用結賓客，復以五百金買奇物玩好，自奉而西游，以獻與華陽夫人。子楚因以得立爲太子。不韋且以所幸邯鄲姬有身者獻之。及子楚爲莊襄王，拜不韋爲丞相，封文信侯。莊襄王薨，邯鄲姬所生子政，繼位爲秦王，尊不韋爲相國，號稱仲父。不韋奇貨可居之計得售，取富貴如拾芥，此古官商勾結之最幸運者。不韋復附庸風雅，使其客人著所聞集論，號曰呂氏春秋，錢可通神，商人呂不韋，則更上層樓之巔矣。

又食貨志載：王莽之世，「洛陽薛子仲張長叔臨邛姓偉等，乘傳求利，交錯天下，因與郡縣通姦，多張空簿，府藏不實，百姓愈病。」簿籍不設，計吏無法勾稽，舞弊玩法，禍國殃民，此又官商勾結之罪大惡極者。二千年的陋習，流傳至今。世風日益澆薄，官箴日益敗壞，「官商勾結」，何時可以根絕？誰也不敢預言。

一六〇 梁任公之死

梁任公（啓超）能文而好謔。因病入北京協和醫院，一華人而習西醫者，診斷爲腎病，剖其腹，取一肉出，病仍未愈。友爲之不平，勸公訟之。公曰：「算了罷！中國人學西醫，能夠開刀，而令我活到至今，已經算不錯了，我何必告他！」其豁達有如此。當其養病之時，有貴陽名士蹇季常，性嗜酒，當五十生日時，雖於病中猶爲一聯賀之：「四十九年長不死，三百六日醉於泥」，亦可徵信其豁達。

任公臥病，協和醫生力囑其暫屏筆墨。一日，有人寄以「信州府誌」。任公因其中有關辛稼軒之材料甚多。時公方編辛稼軒年譜，未完稿，正待此項材料爲之佐證。獲書極喜，立出院，馳返天津寓廬，欲蕆其事。不數日，病復大作，其弟啓勳挾之返平，仍乞靈於協和醫院，醫師驗其痰涎，曰「殆矣！」一死時，辛稼軒年譜猶未完成。一代學人，似爲辛稼軒而亡矣。

一六一　吉欽人

緬甸是一個民族極複雜的國家，其中吉欽族人，約佔緬甸總人口的百分之二（約四十萬人）。他們分佈在緬甸西南阿拉干山區一帶。地方閉塞落後。奇風異俗，亦多非外人所能想像的。

「入境問禁，入鄉問俗」，如去緬甸與吉欽人交遊，縱是很親密的朋友，切不可撫摸他們的「頭」部。吉欽人認爲他們的頭，是「最崇高」的，不能讓人觸及。如果他們的頭部，被人撫摸或打擊，對方又不給以相當賠償的話，他們將永不會忘此恥辱，而成爲仇敵。就是「頭巾」，也不能去碰動的。據說：二次大戰時，日本人在緬甸，初不明其風俗。捉到吉欽人，就用他那長長的頭巾，來綁紮他的兩隻手。因此，引起了吉欽人不斷報復的行動。一個吉欽人的叔父，教訓自己十歲的姪兒，責打之餘，曾扯拉姪兒的頭髮一下。十歲的姪兒，當時對叔父，自然不敢採取報復行動；可是經過了十五年，當他二十五歲的時候，買獲了一個外人，終於把叔父殺了。一個吉欽人，帶了一些鹿肉，向一個錫克族人警察出售。因爲警察出錢太少，吉欽人不願意賣給他。錫克人乃用手輕輕打了吉欽人一下頭，並且將其頭巾擲在地上。不料那吉欽人，便拔出隨身佩戴在腰間的刀，把警察的頭顱砍了下來。他們尊頭重巾之甚，這就完全說明了。

吉欽人，當一個孩子有病，祭拜過神靈很多次，尚不見奏效時，便歸咎於其母親。認爲這孩子的母親，有惡運纏身，所以才遺害着孩子生病。於是，便請祭司來家察看，作法術，並宣佈將這孩子轉交給村內某一個「幸運」的婦人。孩子的疾病，就可以痊癒。吉欽人村莊的入口處，如果有三顆大石頭，半掩埋於泥土中，成一條直線形。這就是表示：曾有一隻吃過人或牛羊的老虎，被擊斃後，埋在這地下面。第一顆至第二顆石頭間的距離，是老虎身軀的長度。二至三顆石頭間的距離，是老虎尾巴的長度。在掩埋老虎之前，要請祭司來作法。祭司口中吃着一個煮熟的鷄蛋，將一塊石頭，塞進老虎的口裏，表示「老虎是難於制勝人的」；祭司吃着鷄蛋，表示「人類對於野獸的侵害，總是可以制服的」。在阿拉干區域，山林川澤之間，老虎很多，經常出入爲害。來往旅客，晚上睡覺，沒有房舍。祇能幕天草地，露宿樹下。因此睡前，必須作一些措施，以免受老虎的侵害。其法是砍下一些竹子，破裂爲兩半，揷在就寢處的周圍。每隔十尺，揷立一片。竹片青皮向內，內皮向外。據說：老虎在黑夜行過時，見到竹片內皮的白色，便會突然驚慌逃遁。他們也認爲如果有「達肯鳥」在其寢宿處啼叫，此地也不會有老虎來的。但竹片仍然要揷，以防萬一。

吉欽人是最「多疑」的。時有提防他人「邪惡心」的疑慮。如果某甲懷疑某乙，在作法咒詛他的時候。甲便裝作親善的樣子，盡力引誘乙來家中，共進飲食。在飲食內，暗中放下一塊從婦女下裳取來的小布；或命婦女秘密的在食物上跨過七次，這樣便可使某乙的害人法術，失去效驗。如果某乙知道了，要對抗甲這種破壞的法術。也可如法泡製，邀甲共進食物，暗中吐婦人的口液於食物中，亦可使甲的法術無靈。緬甸一般村莊，村長白天打銅鑼，是召集居民；夜間打鑼，是表示村內有緊急事故發生。但在吉欽人的村中，傍晚，便會四處鑼聲嚐！嚐！這不是有什麼緊急發生，而是他們召喚猪羊回家吃食料的舉動。各村的猪羊，一聞鑼聲，也會很快地奔回。有時或用一支破竹竿，重擊猪羊的圍欄，召喚猪羊。猪羊聞聲，也會齊奔而來。可見畜類，也會習慣成自然。

一六二　戈公振之婚變

由於焦鴻英的婚變，想到公振黎錦暉兩人故事。

紅影星徐來之棄黎錦暉而就唐生明時，錦暉涕淚送之，且告之曰：「汝今必欲去，我亦不能留，惟他日倘不得於唐某，請重來歸我！我當愛汝如舊，亦待汝如舊也！」徐來時猶嗤之以鼻。

戈公振素性端謹，結婚十餘年的愛妻，忽告婚變，從他人去。公振深染西習，有高尚的宗教信仰，對此並無沮喪，且致書其婦曰：「據汝書所說，汝等今日之結合基於愛情，吾敬爲汝祝！惟後事茫茫，未可逆料，倘有需吾之處，請卽見告！且汝之重來歸吾，尤吾所日夜盼禱者也！」此後二十年中，公振亦不復他娶，心中憔悴，直至於死，知者莫不憐之！

一六三　湯恩伯公私兩全

陳儀出道以後，扶搖直上，風光一世。晚年雖大節有虧，私德尚屬不惡。大家公認他較著的缺點：好玩手段、弄權術。政壇之上，便不免有人畏之、忌之。有人說他愛貪杯中物，常常因酒誤事。其實陳不善飲，有時藉酒運思，以僞掩眞或有之。通常酒與色連，而陳則爲一目中有色，心中無色之人。蓋棺論定，自然毀譽參半。而哀情最難自已者，就是湯恩伯將軍。這也無怪其然。因爲湯恩伯從學就業，陳儀對他都有很大影響，這是無人能否認的。後來他成了領袖蔣公生死不渝的忠實幹部，亦爲無可否認的事實。以他與陳儀的公私淵源，及事若父師的深恩厚澤而言，目睹陳儀最大悲劇下場。宜乎至性如湯恩伯者，其心情之慘痛，自難自已。

湯恩伯原以國家大事，義不徇私；但爲顧全大德，便不能私誼無虧。深覺「我雖不殺伯仁，伯仁由我而死」，亦爲人情之常。因特備楠木棺材，親赴刑場，收屍成殮，（因陳儀並無親人在臺）。湯恩伯在自宅設陳儀靈位，祭之以禮，用了餘情；但話說轉來，倘陳儀能早知警惕，不太過剛愎自用，接受湯恩伯忠言，懸崖勒馬。既能保持晚節不會身敗名裂，更何至演成後來之戮屍悲劇！陳儀無子嗣，且近老年，早應「戒得」。浮雲名利，才是智者自處之道。其妻陳月芳（原名古月芳子）早年娶於日本。個性雖強，但亦溫柔媚人，深得陳之寵愛。陳儀一生官運亨通，所獲其妻之助者亦多。抗戰初期，陳主閩政六年，對地方尚能維持和平安定。有人疑其妻與日人有勾通之嫌，事無佐證，只好存疑。陳月芳與陳儀結婚後，經常未離左右。陳儀軟禁由滬遷衢解臺，她一直留在上海。中共竊據大陸後，她的生活，漸臻窘迫。中共對她雖未加迫害，亦未予以照顧。傳說：她爲自尋生路，已於民國四十三年，孤苦伶仃的經由香港回去日本老家——廣島，幸得其親弟之援手，乃得苟活於世，今則下落不明了。

一六四　鳳凰臺上憶吹簫

現代男女，戀愛自由，常不免踰越常軌。花前月下的幽會，或桑間陌上的野合，已經毫不足怪。前人卓人月有「鳳凰臺上憶吹簫」一詞，於其中的艷情妙景，繪聲繪影，相當動人。詞云：

鬧裏招人，冷中覓地，落花權作衾裯。笑鳳尖高舉，似鬪蟬鈎。逗得龐兒紅暈，無躱閃，只閉星眸。聞挑問，低聲難聽，語到還留，羞、羞！按魂不定，兩三遍央郎，看有人否？被風篁驚起，旋把鞋抽。重向花神私禱，須照顧，兩個情由。歸來也，還防聲響，環佩牢收。

既而登堂室，餘興猶濃，牽手入幃，放浪形骸，彌添艷麗，作一七絕云：

記得床前爲解衣，含羞見說比環肥；良宵好似迎風月，嗔怪如何不掩扉。

細玩情景，尙屬含蓄。文人無行，缺德冒烟，類多如此；今日不學無術之人，似仍多不能體會其中意境。迨偷情的白話詩出，濫調直嚎，見不到半點溫柔敦厚，曲折隱約，品斯下矣。例如：

悄悄裏，爬起去，房裏的燈兒已熄，摸摸地走到後門時，月亮怪圓圓的，貓兒吱吱吱，狗兒汪汪吠，奴的心兒急，還不見他至。打開門來看，哥喲？一趟撲在奴懷裏。

毫無一點文藝氣息，味同嚼臘。

一六五　唐代詩人多狂傲

文人的器量一般都很褊狹，詩人尤甚。相輕的方式有二：一爲直接以各種手段壓倒對方。一爲自擡身價，以示唯我獨尊。在唐代詩人中，以杜審言最狂（杜甫之祖父），不僅狂，而且狂到妄的程度。元人辛文房（精通漢語並能詩的西域人）的「唐才子傳」卷一說。

審言……恃高才傲世見疾。蘇味道爲天官侍郎，審言爲集判，出謂人曰：「味道必死。」人驚問何故，曰：「彼見吾判（裁決書），當羞死耳！」又曰：「吾文章當得屈（原）宋（玉）作衙官，吾筆當得王羲之北面。」……初，審言病，宋之問、武平一往省候，曰：「甚爲造化小兒相苦，尙何言！然吾在，久壓公等。今且死，但恨不見替人也。」

像杜審言之狂妄，幾乎到了無理取鬧的地步。他至死亦不少改，可謂狂妄中之尤者，其實蘇味道、宋之問等人，在初唐皆有盛名，不應該這樣輕視他們的。

杜甫也是相當狂的，不過，他只是高自狂傲，並不以言語損害別人的尊嚴。今本杜工部集有一首五言古詩，也有相當的狂妄。詩曰：

紈袴不餓死，儒冠多誤身。丈人試靜聽，賤子請具陳。甫昔少年時，早充觀國賓。讀書破萬卷，下筆如有神。賦料揚雄敵，詩看子建親。李邕求識面，王翰願卜鄰。自謂頗挺出，立登要路津。致君堯舜上，再使風俗淳……（奉贈韋左丞丈二十二韻）

綜觀全詩，杜甫似有所求於韋濟的（韋嗣立之子，天寶中授尚書右丞），他還這樣自吹自擂，與杜甫同時的李白，狂的程度更甚。宋人王讜的「唐語林」卷五說：

李白，開元中謁宰相，封一板（相當現在的名片），上題曰：「海上釣鼇客李白。」宰相問曰：「先生臨滄海，釣巨鼇，以何物爲鉤線？」白曰：「風波逸其情，乾坤縱其志，以虹霓爲線，明月爲鉤。」又曰：「何物爲餌？」白曰：「以天下無義丈夫爲餌。」宰相竦然。

李白的一番無稽的大言，把個據高位的首輔也嚇了一跳。他對一人之下的宰相如此，對地方官吏，當然更不放在眼裏了。辛文房在「唐才子傳」卷二中說：

白浮游四方，欲登華山，乘醉跨驢，經縣治，宰不知，怒引至庭下曰：「汝何人，敢無禮？」白供狀不書姓名，曰：「曾令龍巾拭吐，御手調羹，貴妃捧硯，力士脫韡（靴）。天子門前，尚容走馬；花陰縣裏，不得騎驢。」宰驚愧，拜謝曰：「不知翰林至此。」白長笑而去。

其實李白所標榜的，並不値識者一笑。宋人黃徹論此事曰：「世俗夸太白賜牀調羹爲榮，力士脫靴爲勇。愚觀唐宗渠渠（恩寵深厚貌）於白，豈眞樂道下賢者哉！其意急得艷詞媟語，以悅婦人耳。白之論撰，亦不過爲玉樓、金殿、鴛鴦、翡翠等語，社稷蒼生何賴？」（砦溪詩話卷二）按黃氏所論，實不算過苛之論。

晚唐詩人杜荀鶴，（原爲杜牧的兒子，後寄養於杜筠。十國春秋註云：「牧有妾懷孕，出嫁長林鄉正杜筠，而生荀鶴。」）也是個狂詩人。五代人王定保的「唐摭言」卷十二，有一則記杜荀鶴與張曙互相笑謔的故事。

張曙拾遺與杜荀鶴同年。嘗醉中謔荀鶴曰：「杜十五公大榮！」荀鶴曰：「何榮？」曙曰：「與張五十郎同年，爭（怎）不榮？」荀鶴應答曰：「是公榮，小子爭（怎）得榮。」曙笑曰：「何也？」荀鶴曰：「天下只知有杜荀鶴，阿沒處（沒有地方）知有張五十郎。」

以上所述皆唐代詩人，其中最狂的是杜審言。觀其言行，似乎爲一精神不正常者。

一六六 古代名人異相

人之不同，各如其面。中國古代名人相貌特點，史籍所述之具興味者頗多。「仲尼面如蒙倛，周公身如斷菑，皋陶色如削瓜，閎夭面無見膚，傅說身如植鰭，伊尹面無鬚眉」，此皆荀卿所說。周文王身長十尺，明秦世顯長四尺弱，一長一短，相對生趣。

諸葛瑾之面似驢，歐陽詢之面似猴，斛律光之面似馬，朱元璋之面似猪，胖頭肥耳，相者謂爲福相。

何晏面如敷粉，有婦女態。潘岳美丰姿，嘗出洛陽道，婦人遇之者，皆連手縈繞，投之以果。尚有宋玉、陳平、彌子瑕、董賢，亦皆有美色。彌、董二人爲孌童，彷彿今日之相公。相反的，最醜者要算張載。他每出門，小兒以其面醜，以瓦石投之。左思亦然，每出必被羣嫗所亂唾。

生理方面不同者，文王、唐高祖、宋人范鎡父子，皆生四乳。清人馬槃什乳長尺餘，亦爲奇相。眉本黑色，年老始白。壯年白眉者，有馬良、劉耀。堯眉八彩，世無二人。目重瞳者，爲舜、項羽、王莽、顏回諸人。晉阮籍不拘禮教，能青白眼，見俗士以白眼對之；稽康挾酒與琴來，則青眼相看。

似與生理無涉，與世態有關。王安石、褚淵眼多白色，孫權眼作碧色。趙南仲眼一高一低，孫叔敖腳一長一短，眞上下皆可的一對妙人。面紅者關羽、趙匡胤（宋太祖）；面藍者盧同、丁大全；白面曹操；黑面包拯。清人王商容貌絕人，單于拜謁仰視，大畏之。口特大者，有舜與孫權；口方者，老聃與漢高祖。駢肩有孔子、晉文公、張儀。曾子宣指少一節，明太祖雙手過膝。

表情方面異相者，晉衞玠、宋曹悅，未嘗有喜慍之色，近乎「冷面」。晉人陸雲有笑疾，最後竟大笑落水。宋人包拯則不笑，有一笑黃河淸之謠。賈誼長哭無已，李煜投宋後，常面有淚痕，其告人曰：「此中光陰，日以淚洗面耳！」

一六七　蘭陵女子題壁詩

閩侯陳建寅（愉）偕客柳君來訪。客健談，豪而多不平語。有頃，出蘭陵女子鵑紅題壁詩十二首，求批評。詩固非女子之作，乃客之自況。蓋柳君曾客侯門，不見重於府主，託於美人香草，以洩其牢愁。此才子不遇之常事，非柳君獨然。詩尙淸澈，因存之於册。

苔徑無人草自靑，深深庭院掩重扃。吳孃日暮秋房冷，夜雨瀟瀟不可聽。
而今孰與話溫存？夜夜衾羅漬淚痕，萬種相思千種恨，要憑題葉一相聞。
卻悔當年不自持，微波宛轉許通辭，明珠雙寄綢繆意，恰是相逢未嫁時。
不因佻巧謝鳴鳩，鴆鳥無端託蹇修，剛得琴心通一語，相攜便上木蘭舟。

未能深淺識郎情，爲倩煙波打槳迎，但願郎心如妾意，肯辭多露畏宵行。
立殘風露夜深時，爲製春衣織耦絲，未得盡平鍼線迹；要將辛苦與郎知。
誰料郎情已漸移，別風吹水綯春池，一從打鴨鴛鴦後，雲鬢無端怨別離。
春閨曾與致纏綿，秋扇如何忽棄捐，不怨郎恩輕似葉，自知妾命薄如烟。
蓉塘驀地起輕雷，遙想瓊情寸寸灰，尙有龍樓侍兒在，可知赤鳳爲誰來。
杜鵑紅盡隔天涯，嬰武傳言事可疑，便是蛾眉善謠諑，不應虛構十香詞。
回廊獨自步莓苔，織錦心情久已灰，況是紅顏近憔悴，容光原讓趙陽臺。
飄煙抱月守空船，尙得江心一見憐，一樣琵琶嗚咽語，向誰哀怨訴秋徑。

一六八　天上九頭鳥

「九頭鳥」之說，過去的雜記、隨筆、怪異錄等書，言之已多。大體指爲一種妖鳥。梅堯臣詩，卽有：「山夔一足走，妖鳥九頭鳴」之句。齊東野語，言之較詳：「此鳥似野梟，赤色，十頭環簇，其一無頭而滴血，僅有九頭，每頭兩翼，飛則並進，翼廣丈許，俗稱妖鳥。妖鳥所至，災異隨之，滴血之處，必起大火。」人多畏之，談之變色。如此九頭怪物，天地之間，相信必然沒有。儘管齊東野語這類書中，言之確鑿不移，試問有誰眞的看過九頭鳥？胡適說：「大膽假設，小心求證」，科學是講證據的，找不出證據，卽虛、卽假、卽無，當不得是實、是眞、是有。

過去我國長江流域一帶，流行有兩句話：「天上九頭鳥，地下湖北佬。」以九頭鳥比之湖北人，眞未免寃枉透了。據中國地域民族性的調查：湖北人的性格，爲忠實、熱情、智慧、才能，那能與妖鳥——九頭鳥同看？我故說「寃枉」。不過無風不起浪，此語之傳播，必有其因。相傳：張居正（明江陵人，明神宗時，爲相十年，海內大治）爲相時，大權在握，整頓吏治，聲譽日隆，不免爲政敵所忌嫉。時有九大御史（皇帝的言官，對朝廷百官的優劣，能言敢奏。多類今日之特務、打小報告）、交章參劾。而張之相位，始終不搖。後來，九大御史，反被張居正一一整肅。因之，當日民間，乃有「天上九頭鳥，地下湖北佬」之謠，意指九頭鳥雖然利害，還是敵不過一個湖北佬。依此說法：九頭鳥，係指九大御史，而不是指湖北人，卽很顯然。這是根據老報人龔德柏所言，引證而來的，頗有道理。如藉此誤解了湖北人爲狡惡之徒，則謬矣。

一六九　佛　牙

世界上有許多流傳至今的神聖遺物存在，其中要以「佛牙」所經過的歷史，最爲複雜離奇。據傳：至今這顆佛牙，仍保存在錫蘭山城首府，堪帝之著名達拉德瑪里格哇寺院中，任人參觀膜拜。

佛教鼻祖，大約於耶穌誕生前四百八十年逝世，在印度亳那拉城舉行火葬。據稱，這位佛祖遺體於進行火葬時，以柴堆蓋着，由主持葬禮者點火燃燒，但那堆柴屢點不着，個中原因據佛教門徒說，是因爲當時佛祖的一位得意徒弟馬哈卡沙巴還沒有到來參與最後葬儀之故。於是派人去找他。不久他到達後，在佛祖腳下拜祭一番，果然木柴能着火，將遺體焚化，只剩下頭蓋骨、兩塊頭頸項骨及四隻牙齒。其中一隻牙落在一位名基馬的聖賢之手。

後來由基馬把它贈送給印度南方的布拉哈馬達德王，此佛牙乃因而首次易手。布王虔誠供奉它，並在他的丹達布拉首府建築一間華麗堂皇的佛廟，作爲陳列所，同時還在置放佛牙的四週鑲上貴重的眞珠寶石，更顯得其寶貴。

這樣它便成爲年年代代印度佛教徒禮拜的對象，直至那些不承認佛教教條的印度王卽位，佛教才呈衰弱之態，跟着教派的歧視和敵對之風凌厲，延續了多年之久，弄到這隻珍貴的佛牙竟無安定棲身之所。

經過了這些動盪日子之後，佛牙這件寶藏，不曉得怎樣竟在蘭卡一位偉大王公的掌握中，在當時的錫蘭首府波倫那魯哇，他特地建築一座宏大寺院讓佛牙安息。

迨至這王公逝世，蘭卡的偉大與光榮蕩然無存，其朝廷官員明爭暗鬪，又遇外來勢力侵凌，陷入內憂外患境地。一般居民在驚惶失措下抱着佛牙逃遁到山區去。

終於在混亂狀態中有一位辛哈里王子出現，由於領導有方，乃能逐漸將侵入勢力驅走，已建都於覃巴登尼耶，重新召回逃到山林的僧侶，同時把佛牙自藏匿地攜回首都，然後爲了安全着想，再遷往居格拉縣區的貝里卡勒地方去。

錫蘭繼後過一個短暫的相安時期，然好景不常，外來的侵略接踵而至，首先受到葡萄牙人的欺凌。這時，保護佛牙的人只好再把這個遺物帶返山區。

接下來，荷蘭人與錫蘭的堪的王結盟對付葡萄牙人，是以這個小島嶼就有三種競爭勢力存在——

葡萄牙、荷蘭、辛哈里王二世互爭雌雄。辛哈里王既得荷人相助，想把葡人逐出，但結果反被荷人所乘，一切權柄落於荷方手裏。之後，辛王駕崩，其繼位人向英國求助，欲一舉趕走荷勢力，惟事與願違，直至他死時，荷人仍操勝劵。

一七四七年，卡狄西利爲錫蘭王，對佛教甚爲虔誠，建立一間宏麗寺院收藏那隻神聖的佛牙。可是，那時正值荷人勢力蔓延之際，卡王見勢不妙，迫得放棄其首都，帶着佛牙退隱到干都沙爾去。

在這期間，辛哈里人不斷受到戰爭的摧殘，力量大創，當然無法與荷軍匹敵，但他們的鬪志仍盛，繼續頑抗，至迫使荷軍退到哥倫坡爲止。斯時，卡王再度佔領堪的，佛牙又被携回此地供人拜祭。

至十八世紀末期，協助辛哈里人驅逐荷人的英國人於達到其主要目的之後，突然轉移其意向，圖壓服山區裏的辛哈里人。此時最後一任的堪的王西里威格林認爲有退守的必要，於是又携佛牙在身，暫避英人的鋒芒。如此，佛牙在遷徙無定的境遇中渡其時日。

一八一五年，那堪的王國終於割讓給英國，一切敵對行動才告停止，在寧靜的時代中，佛牙到頭來還是被置在現今的馬里格哇寺院中，成爲數以百萬計人民的崇拜對象。

一七〇　八大山人故居

八大山人，名朱耷，爲明宗室。明亡後，與其兄弟來到青雲譜隱居。從此不問世事，並佯狂嗜酒，醉心書畫。他擅長繪花鳥，間有山水之作。在藝術上，自闢蹊徑。其潑墨畫法，對三百餘年來，大筆寫意畫派的畫風影響，實深而且鉅。在中國繪畫史上，居最高的地位。藝術家輩，每集論畫時，每提到八大，盡皆翹大拇指相向而不言。

青雲浦，是坐落江西南昌城南郊。始建於西漢時代。當時南昌郡尉梅子貞，棄官隱居於此，名梅仙祠。東晉，許遜治水至此，建「淨明眞境」，名太極觀。唐貞觀時，刺史周遜，易名太乙觀。宋時，又易名天寧觀。清順治時，八大山人始改建爲道院，稱「青雲譜」。三百餘年來，歷經興毀。清時僅存小部，與原來道院，大致相同。雖不算宏，但曲折幽深。太乙觀，坐東朝西，「淨明眞境」四字仍在。關帝殿、呂祖殿、許祖殿、三官殿、斗姥閣，都未毀。殿廡中部有一室，名爲「黍居」，曾爲八大山人住所。道觀外有圍牆，正門題「青雲譜」三字。住室內，尚存有八大山人及其弟兄眞蹟手畫。

一七一　仇瞎子相馬君武

世界上有一種專替人看相算命爲職業的人，外國有之，中國爲盛。長沙有一相者，聞得高人傳授，善摸骨看相，名仇慶雲，眇兩目，人多以「仇瞎子」稱之，賃屋設「摸骨談相處」於長沙市中。有往求相者，初略摸其全身骨格，便說相金索値。再詳摸細審，始談被相者的過去、現在、未來，斷其終身窮通顯蹇，輒多言中。因之，前往求相者，門庭若市，譽騰遠近。對日抗戰，武漢撤退時，仇瞎子為逃兵燹，乃還至廣西，仍以摸骨看相為號召。未久，又轟動了桂林。達官顯貴、豪紳巨賈，亦多私拜其門。仇瞎子既目不見人，亦不明其人的身份，依相言命，常能使人心口俱服，驚為神人。

馬君武慕其名，某日，亦欣然偕其所謂契女小金鳳，化裝同往。從牆頭鏡框中，知其相金定值，最高二十元，最低一元（當時法幣與銀元等值）。求相者，常排隊就坐以待。輪到馬君武時，粗摸其骨格後，開口索值二十元（不討價還價）。馬君武固難之曰：「余小學教書匠耳，那有多金奉酬？」仇瞎子說：「君不必欺我。君曾居特任級高官，現已名揚中外，貴極卿相之尊，僅索二十元，何敢相欺。」馬君武驚其神奇，私心為之折服。繼請相其契女，馬君武給之曰：「此弱息耳，煩便相之。」仇瞎子按摸畢，曰：「相金一元，不敢多取。」馬君武愈信之。小金鳳則以自己相不好，怒形於色，急促馬君武離去。馬遂藉口身邊無此多資，且待改日來相，當奉二元作茶資，仇亦拒之未納。以後馬君武輒以告人曰：「找仇瞎子看相，只視其索值之多寡，即已定了相的貴、賤，索值高者，相貴；值低者，相賤，便不必再勞他來看了，自己也可省下一筆相金。」自此以後，馬君武親友，有找瞎子看相者，多依馬君武此言而行，都不花半文錢，便能明白自己的貴賤。此說傳開，一言喪邦，仇瞎子的財源，又不知無形中被馬君武斷絕了多少。

一七二　宋哲元葬父壽母

宋哲元職掌冀、察兩省與平、津兩市軍政全權。數年以來，限於環境不許與日人之破臉，於公自難有建樹可言。於私則有兩件大典發生，轟動了半個中國。一爲遷葬其父；一爲大壽其母，前者尙算莊嚴盡禮；後者豪華奢侈，爲北方所罕見。

宋氏既風雲遂志，更相信世俗陰宅風水之說，乃有遣人返山東樂陵，遷葬其父之舉。事驚朝野，禮數難缺。一時權貴專程前往執紼，或藉機會遊覽風景者，車水馬龍，途爲之塞。路局並加開專車數列，以應其急。凡送葬執紼與致送奠儀者，除設盛筵接待外，並均答贈江西景德鎭御窰的飯碗一對，作爲紀念。此碗瓷細，其薄如紙，白潤如玉，相當精緻可貴。上書：「孝思不匱」與「年月日山東樂陵某某堂敬贈」字樣。當時熱衷於官場者，無不以獲得此碗爲榮，且有出高價而沽之者。

宋母七十慶典，事前顯要集議，設籌備委員會總理其事，委員會復分爲若干處。執其事者，盡皆平津顯達與社會名流，而以天津市長蕭仙閣爲總招待、張振鷺任司儀、潘復任提調、林叔言任賞金、常小川任收禮、鄭道儒任總務、雷嗣尙任文書、潘毓桂任警衞、張璧任飲食監督、李顯堂任連絡。門致中、秦德純、過之翰分任前院、後院、傍院總理。陳璞章任登記、陳繼淹任交通、李鳴鐘任軍界、陳中孚任外賓、管翼賢任報界、冷家驥任商界、蕭劉輔瀛（蕭仙閣妻）任女賓、王鐵珊任耆老。原來都是鉅公大官，現在都成了宋門走卒執事。由這一人事安排看來，其規模之大，舖張之盛，即可見其一斑。每處之下，均各有辦事長與辦事員若干人。所有執事人員，均佩戴壽字徽章，下加紅綢條，書明職務與姓名。工人與警衞亦配有淺紅色壽字徽章。所有上下執事之人，到處周旋，各依其職，各司其事。

壽期中，舉行「堂會」三日，京、滬平劇名角，均應聘登場。劇臺設於花園中，雖滿佈椅凳，而觀者如雲，仍有滿坑滿谷之患，秩序很亂。次日，改用戲票辦法，賀客有僅得一日戲票者，他日祇好向隅。有一人而多票者，則舉家偕往。飲食則採「流水席」方式，三院之內，密佈八仙桌。八人坐齊，立刻開席。一桌食畢，猶覺未飽者，可立轉坐他席。飲饌極豐，山珍海味畢具。貴賓則另在東西花廳內聚宴，飲饌更為豐美。所有菜單，逐日早晚更換。賀客中舉家大小，來此全日坐食者，比比皆是。亦有與宋家毫無淵源者，日攜裱紙壽聯一幅，偕全家登門拜壽畢，聽戲坐食至晚。次日，仍如法炮製。故宋家所收壽聯壽幛之多，堆積如山，無法張掛。

壽堂中，懸壽字幅，高大過人。案上巨燭，亦粗過人臂。正中且懸有國民政府主席林森與軍事委員會委員長蔣中正所題之匾。林公之下款僅署名；蔣公之下款則自稱為「姪」，宋氏尤視為無上光榮。日方人物中，贈祝壽屏、聯、壽詞者亦不少。客有自上海專程北來祝壽者曰：此一慶典之盛，在中國南方亦未曾有。唯當年上海聞人杜月笙，為祝建立家祠之舉，差可並觀。

至於所費之浩繁，自屬意料中事。有一老新聞記者曾說：「此為宣統大婚後，古城中第一大濶事。僅三日所耗之資，當足十萬貧民一月的口糧也。」這位老記者並謂：「此款在宋明軒私蓄中，必是應付不了的。這全是各方面人物所『報効』而來。」他約略指出：冷家驥代表華北商界，慨贈禮金十萬元，壽筵一千席。蕭仙閣一人「孝敬伯母」禮金五萬美元。湯玉麟以待罪之身，蟄居古城，亦忍痛報効一萬元。陳繼淹、馮治安、吳大業（造幣廠長）、寧恩承（稅務局長）、陳覺生（北寧鐵路局長）、徐銑（印花烟酒稅局長）、謝振紀（海關代監督）等，均各贈禮金五千或一萬元，即如常小川（官產局長）、林叔言（財政局長）亦各贈五千元。日人土肥原送金桂圓三斤，約值大頭六、七千元。其他禮金在五千元以下百元以上者，更多得一時無法統計。

一七三 訂情詞一剪梅

中國古代婚姻制度，大都決定於父母之命、媒妁之言，故有人稱之爲盲婚時代。蓋在這種制度之下，男女當事人雙方，在婚前未曾一度謀面者，旣多其人，甚至要到洞房之夜，才算初次相見，那時男女雙方心情之緊張激動，皆非身歷其境，不易體會得出來。縱有婚前見過面者，不是偸窺，便是偶遇而已，也未曾交談過一言半語。古典詩詞中，有「一剪梅」一詞，描述花燭之夜，定情綺景，繪景繪情，艷麗傳神，極盡美妙。詞云：

相對銀紅寶燭燒，郎也苗條，妾也苗條，魂兒眞箇許郎銷。愛也今宵，怕也今宵，十幅流蘇護翠翹。推也含嬌，就也含嬌，明朝春意滿眉梢，郎也苗條，妾也苗條。

此中況味何如？決不是今日自由戀愛結婚者，可能領會其萬一。詞中尤以「怕也今宵，愛也今宵，推也含嬌，就也含嬌」等句，忐忑之情，更刻畫得鑽心入骨，當算是定情詩詞，臻於化境之作。

一七四 毛公鼎滄桑錄

毛公鼎，相傳爲周時所造。三足兩耳。記周成王冊命之詞。鼎的表面，有一團花紋圖案；鼎裏面底盤，有古文字，凡三十二行，計四百九十一字，爲誥文體。毛公是周武王姬發之弟。史記周本紀：毛叔鄭奉明水，卽其人也。叔鄭其名，字痯（讀如闇）。鼎在晚淸時出土，完好無損。有毛公痯對揚天子皇句，遂以毛公鼎爲名。毛公鼎富有歷史文義篆法，能穆然相見鎬洛遺型，且可正周書之誤，因富文史價値。以前上海有幾家出售古籍碑帖的書店，曾設法拓了鼎文出沽，取價頗高。

毛公鼎乃稀世之寶，出土後，就藏在大內。後光緒帝，賜給兩江總督端午橋（方）。端方最愛搜求古董。歷任南北洋大臣，宣統後始奪職。辛亥革命時，被刺殺。毛公鼎在北洋時代，流落關外張作霖手中。張在皇姑屯被炸後，鼎又落入北洋某總長家，回到天津。未久，這位總長家道衰落，將鼎押給葉恭綽（譽虎，曾任交通總長）。葉在張作霖家，曾見過此鼎，知其十分名貴，故樂意承押。但送押的那位總長，無力贖回，鼎便易主，終爲葉所有。二十六年「八、一三」，日本侵佔滬；汪精衞繼又粉墨登場；葉氏寄居上海，老邁多病，醫藥費用，皆無所出。不得已，將毛公鼎賣給上海富賈陳詠仁（在滬經營鐵工廠的）。

毛公鼎，由帝王光緒家，到總督府（端方），而元帥府（張作霖），而某總長私邸，而葉恭綽。這些王公大臣、名宦巨卿，凡是收藏過毛公鼎的人，結果，不是被刺被炸的慘死；便是失意官場，貧病交迫，很少人能得善終的。最後，這鼎流入尋常百姓家，落在商人陳詠仁手，他也終於抄家破產，逋逃流亡。國寶不祥，飽經滄桑，而愛好之者，也隨之落得身世淒涼，眞何不幸乃爾！

抗戰勝利復員，政府還都南京。商人陳詠仁，以在戰時曾與敵人勾結，爲企圖避禍計，擬將所收藏之毛公鼎，獻呈政府，希望能將功贖罪？不意陳詠仁弄巧反拙，被歹徒勒索不遂，轉生仇恨，乃向某機關密函檢舉：「通敵罪嫌」。陳不得已，乃棄而逃赴海外。另一方面某機關，接獲檢舉密函，乃派大員前赴陳家接收毛公鼎，不料已人去樓空。大員乃破門而入，遍查毛公鼎不可得。正苦思不解之際，偶見屋角一字紙簍，非竹木籐條所製，乃一廢鐵爐，經仔細審視後，乃赫然所要追求之物——毛公鼎。眞是「踏破鐵鞋無覓處，得來全不費功夫！」大員由滬回京覆命，將鼎呈繳南京故宮博物館保藏，以供衆覽。後來政府播遷，鼎亦轉運來臺，國人才得一飽眼福。

一七五　紅樓夢是淫書嗎

五四時代，文學革命後，舊時說部小說，如水滸傳、老殘遊記等，都漸漸翻起身來。被目爲淫書的「紅樓夢」，更是大行其道，許多文學人士如胡適、吳宓（雨僧）諸學者，掀起一股研究「紅學」的熱潮，繼續迄今，仍未稍衰。因紅樓夢雖被目爲淫書，懸爲厲禁；但未發生「禁」的效果。其所以然者，良以紅樓夢這書，實在寫得太好，「騷氣內存，淫不外露」，正如庸閒筆記所云：

> 淫書以紅樓夢爲最；蓋描摹癡男女情性，其字面絕不露一淫字，令人目想神遊，而意爲之移。所謂大盜不操戈矛也。豐潤丁雨生中丞，巡撫江蘇時，嚴行禁止，而卒不能絕；則以文人學士多好之之故。余弱冠時，讀書杭州，聞有某賈人女，明艷工詩，以酷嗜紅樓夢致成瘵疾。當緜綴時，父母以是書貽禍，取投之火。女在牀，乃大哭曰：「奈何燒煞我寶玉！」遂死。杭州人傳以爲笑。此書乃康熙年間，江寧織造曹練亭之子雪芹所撰。練亭在官，有賢聲，與江寧知府陳鵬年素不相得；及陳被陷，乃密疏薦之，人尤以爲賢。至嘉慶年間，其曾孫曹勛以貧故，入林清天理

教。林爲逆，勛被誅，覆其宗，世以爲撰是書之果報焉。

故紅樓夢一書，是否淫書？見仁見智，迄無定論，且不研究。至於上述「果報」之說，果有靈驗，那繪春畫的仇十洲；作性史的張競生輩，更非打入十九層地獄，果報十代不可。

一七六 中秋

「月」在詞客騷人之頭腦中，原極富有詩意。月屆中秋，彌能引人入勝。歐陽詹玩月詩序：「秋之於時，後夏先冬，八月於秋，季始孟終，十五於夜，又月之中，稽於天道，則寒暑均，取於月數，則蟾兎圓」。對於一年一度之中秋月，讚美備至。是時也，皓月當空，彩雲初散，傳杯洗盞，兒女喧嘩，眞可謂佳節也。中秋節，鄉諺亦作「人節」，所謂人節者，別於清明中元等鬼節之稱，蓋清明中元爲鬼之樂，中秋爲人之樂。然人果何所樂？杜少陵八月十五夜月詩云：

「滿目飛明錦，歸心折大刀；轉蓬行地遠，攀桂仰天高。水路疑霜雪，林棲見羽毛；此時瞻兎白，直欲數秋毫」。「稍下巫山峽，猶銜白帝城，氣沉全浦暗，輪倒半樓明，刁斗皆催曉，蟾蜍且自傾；張弓倚殘魄，不獨漢家營」。

一種美麗之想像，痛苦之感喟，全爲晶瑩皎潔之月而發。李嶠中秋月詩云：

「盈缺青冥外，東風萬古吹；何人種丹桂？不長出輪枝」。「桂魄上寒空，皆言四海同；安知千里外，不有雨兼風」。

其悒鬱之感，已流露於詩人口吻中，不足以言樂，適足以添愁。而「莫辭達曙殷勤望，一墮西巖又隔年」（許渾八月十五玩月詩），尤不勝時光易逝之歎！陸龜蒙中秋待月詩，秦觀中秋月詩，雖屬琳琅艷麗，膾炙人口，然不免無病呻吟，誇張渲染，徒顯一己之清閒，不若李、杜、許詩之動人親切。中秋，亦有樂其樂者，則爲流俗迷信之徒。每屆中秋，府第朱門，皆以月餅果品相餽贈。至十五月圓時，陳瓜果於庭，以供月，並祀以毛豆、鷄冠花之類，祀畢，家人團坐，飲酒賞月，謂之「團圓」，讀下述二則，更可徵信。

「中秋，大家互送禮節，送館師節敬，放學三日，賞奴僕錢，舖肆送賬帖，年年如此。」（春明采風志）「中秋夕，貴家結飾臺榭，民家爭占酒樓玩月，笙歌遠聞，市里嬉戲，連坐至曉」。（夢華錄）

流俗之樂，止於此矣，似無足取。而愚昧迷信者，惑於傳說，視中秋益爲神化。據逸史所載：「羅公遠，鄂州人，開元中中秋夜，侍明皇於宮中玩月。奏曰：陛下能從臣月中遊否？乃取枉仗向空中擲之，化爲大橋，其色如銀，請帝同登。約行數十里，精光耀目，寒氣侵人，遂至大城闕。公遠曰：此月宮也。見仙女數百，皆素粧雲霓裳，舞於廣庭。帝問曰：此何曲也？曰：霓裳羽衣曲也。帝密記其聲調而回。卻顧其橋，隨步而滅。且召伶官，依其聲，作霓裳羽衣曲。」月宮之令人羨慕，傳起於此，迷信之者，更無不神馳嚮往。關於中秋之神化與月宮之登遊，在「諸山記」、「明皇雜錄」，「集異記」，「宣室志」，「三水小牘」，「仙釋傳奇」諸書，多所記載，內容既多雷同，說亦荒誕無稽，在一切富有神秘性之國度中，斯亦不足怪！究其樂，亦無非幻想而已。「莫辭達曙殷勤望，一墮西巖又隔年」。余人果有同感，卽宜及時抓住時代，其爲歡樂，豈僅吟風弄月可比。但每憶及坡翁詩云：「此生此夜不長好，明月明年何處看？」又不勝時事滄桑之感！

一七七　大義滅親

周公輔成王，誅管叔，囚蔡叔，大義滅親，歷史傳爲一代盛德。左傳：「衞石厚與州吁弒桓公，其父石，殺石厚，君子曰：大義滅親，其是之謂乎」。故大義滅親之解釋，卽謂以君臣之大義，滅父子之私親。君臣之大義爲「忠」，忠不止是君主時代爲臣事君之鐵則，亦人類極崇高之道德。蓋忠必有目標，盡忠必忠於一目標，在道德上不矛盾時，同時一人亦可忠於兩個以上之目標；但兩個目標與道德觀念衝突時，則忠心耿耿之士，勢必有所選擇，忠於最高至上之目標，卽最高至上道德之表現。故在忠於國家民族與忠於家庭骨肉之際相逕庭時，選擇其較高目標，卽必忠於國家民族，古人所謂「移孝作忠」，義卽在此。大義滅親者，卽此目標高下選擇決定表現於行動者也。

無須泛言歷史，抗戰以來，本有高目標，而大義滅親者，亦足多矣。據香港西報所載：「滬寧漢奸羣中，有閩人王某，大肆活動，準備登臺任傀儡一配腳。其子大爲不滿，反對無效，竟在厦門登報聲明脫離父子關係，並直斥其爲不肖父，爲賣國通敵之漢奸云云。」斯卽以子棄父之大義滅親。據同報所載：「日軍佔領江蘇松江，欲拉本地聞人蔡某任「地方維持會」會長，蔡聞逃往上海，日人竟強其妻任是職，妻不識之無，一無所作，日人目的在利其名以資號召，亦所以要挾蔡某也。蔡夫妻感情極篤，聞訊大哭，且謂：『寧願夫妻分離亦不作漢奸』。日人無法，強將蔡妻送往上海，居於新亞酒店，示蔡云：『欲夫妻相敍，只須親到新亞』。蓋欲藉此以綁架蔡某也，蔡終不理，日人亦無如之何。」

蔡某雖非滅親，爲大義而不顧私親一也，事尤悲壯可風。兩例，惜不詳其姓字，流俗或難信其有徵。而事之確鑿爲人所傳誦者，有如溫宗堯任南京僞職時，乃姪應星（美國陸大出身，任稅警團長，曾在滬江與敵血戰數月），冒險赴滬，苦諫不從，厲聲曰：「旣如此，惟有各行其道，不能再顧叔姪之情。請立刻殺我於此，否則，請使我安全出新亞」（新亞酒店原爲漢奸辦事處）。宗堯無奈，乃遣差送之返。嗣宗堯思以官職（聞爲僞陸軍部長）籠之，應星聞訊，化裝遁逃。宗堯無恥，應星不愧健兒，叔姪雖親，亦不能使大義有虧。李思浩爲寇所理想之傀儡人物，當李正徘徊欲躍之際，子卽諍諫之曰：「如不俯聽而決作漢奸，必脫離父子關係，甚至不憚大義滅親」，李心折服，卽密逃避港，亦子動之以大義之功也。他如唐生明（徐來之夫）任職僞政府，乃兄唐生智，登報聲明與之脫離關係。梅思平之女，視乃父通敵，多行不義，亦公告不能認賊作父。前者以兄棄弟，後者以女離父，亦大義滅親之例證。

古人云：「疾風知勁草，板蕩識忠臣」，又曰「時窮節乃見」。國難至此，華夏裔胄，不僅「忠節」之士所在多有可歌可泣之史事，而「大義滅親」之士，尤多與歷史爭美於前。此無他，卽忠於國家民族之目標，超於家庭骨肉之私親也。

一七八　數字詩

對日抗戰時期的四川，交通極爲困難。由重慶至成都，公路僅三百餘公里，汽車行程要三天。路旣不好，如坐的是老爺車，其情就更慘了。來臺已故的近代文學家易君左，某次坐車由渝至蓉。剛下車，一面以水盥面，一面口吟五絕數字詩曰：「一去二三里，下車四五回，拋錨六七次，八九十人推。」形容「蜀道難」的實情滋味，相當切貼。清乾隆向以詩詞文學，驕視臣下。他下江南時，路遇雪景，隨口數雪片，數到八九片時，無以爲繼，正默思之間，紀曉嵐侍側，信口一句。爲乾隆所激賞。詩題「飛雪」云：「一片一片又一片，兩片三片四五片，六片七片八九片，飛入蘆花都不見。」君臣合作成詩，妙在不言雪卻是言雪。與上述易君左詩語數字的安排，似爲同出一轍。某家筆記載某縣令一故事說：一日地方某紳開筵宴客。本縣縣長及地方聞名人士，均應邀赴席。車水馬龍，盛況空前。酒過三巡，縣尊酒興勃勃，創出酒令古詩一首曰：「一去二三里，烟村四五家，樓臺六七座，八九十枝花」。座中飲者，均須依詩句挨次各唸一字，凡唸至詩中數字時，應令者皆須如數唸去，如唸錯或不唸，均須罰飲，令甫出畢，一人躍起言曰：「此令雖佳，但詩中言辭容有未妥，不佞爰改之」。卽脫口而出：「一來二三年，捐稅四五重，放穀六七船，八九十月時」。縣尊聞言，顏色如疾風浮雲，忽紅忽白。是時另一名士，嘻皮涎臉問曰：「恐不止六七船罷？縣尊」！

這段笑話故事，雖是借數字托出來的；但對數字安排，仍未脫上詩一類格調，卻不足觀。茲舉清末無名氏「閨怨」一詩觀之，卻匠心獨具，深見巧思，數字包羅，更爲廣濶。詩云：「六曲圍屏九曲溪，尺書五夜寄遼西；銀河七夕秋塡鵲，玉枕三更冷聽鷄。道路十千腸寸斷，年華二八髮初齊；情波萬丈情如一，四月深山百舌啼」。此詩不但深閨獨守，抒其幽怨；詩中顯其巧技，嵌一至十百千萬寸尺丈諸數字。天衣無縫，尤見才華，足供淸賞。

一七九　獺性極淫

浙江同事何咫威君，湖州人。曾爲余言：他在地攤舊書堆中，發現一小本驗方新編。書名：「奇症靈方」，內載許多奇怪藥方，其中「獺勢壯陽」一條，令人頗覺駭然！其爲言曰：「獸性多淫，獺性尤然。古籍流傳，獺飲洗濯褻衣之水，久能爲異迷人。雌者，迷惑男子；雄者，聞淑女褻衣氣，輒纏繞不去，雖擊之至死，而勢猶不痿。」袁子才隨園筆記，述蔡村人娶婦事，亦能見之。「獺身長一尺五寸，勢長七寸，與人無異，而肉稜甚大……或曰：獺肝髓入醫經。其勢異若此，可爲房中藥。」得之者，輒視爲至寶，入藥製壯陽劑。

一八〇　紅葉題詩

「紅葉」，乃一美麗嬌艷之名，富極了詩情畫意，令人最爲懷念不已。每當碧雲天、黃花地、西風緊、北雁南飛的秋天。在山間、在水涯、在小橋溪邊，到處都有它冷艷的嬌姿，「霜葉紅如二月花」。紅葉，不僅在文學上，有其地位，與梅、竹、蒼松、牡丹、柳絮、紅杏、白蘋齊名，它在愛情的媒介上，簡直與中國的月下老人、外國的丘彼特比肩同功。不但在詩人筆下，時常會歌詠它；在文人的口頭，時常會讚美它。每逢這一季節，看到鮮艷的紅葉，更會想到歷史上那些「紅葉題詩」的佳話。在許多的佳話中，它都是故事中的驕子、詩詞裏的尤物。在它的芳姿上，寄託過多少感慨，多少懷念！同在中國的盛唐時代，紅葉題詩的韻事，就接二連三發生過。

唐至德進士顧況的故事：唐天寶末葉，顧況拾得從御溝中流出的一片宮娥（唐詩謂爲洛苑宮娥）題詩的紅葉。葉上題着：「舊寵悲秋扇，新思寄早春；聊題一片葉，寄與接流人。」顧況拾之，也題詩於一葉上云：「花落深宮鶯亦悲，上陽宮女斷腸時；君恩不閉東流水，葉上題詩寄與誰」？泛於御溝上流。閱十餘日，顧於葉上又得一詩：「一葉題詩出禁城，誰人解和獨含情；自嗟不及波中葉，盪漾乘春取次行。」後來這題詩紅葉的宮女，恩放出宮，遂獲自由。

賈全虛的故事：唐德宗貞元時代，進士賈全虛，偶於御溝得一花葉，上有句云：「一入深宮裡，無由得見春；題詩花葉上，寄與接流人。」（此詩與顧況所得者，略同）賈讀其詩，想見其人，徘徊溝旁，不忍離去。被巡邏者所捕，事聞於上。德宗詢得其情，知爲宮女鳳兒所作。召全虛至，除以鳳兒妻之外，並授官「金吾衞兵曹」。誠是雙喜臨門，比顧況更爲幸運。

盧偓的故事：盧偓入京應舉，偶臨御溝，得一紅葉，上有絕句云：「流水何太急，深宮盡日閒；慇懃謝紅葉，好去到人間。」盧偓拾得後，藏之篋中。後來這題詩宮女，被放出宮，恰好配與盧偓爲妻。宮女原名韓翠蘋，定情之夕，檢整箱篋，得此紅葉，不禁驚喜交併的說：「當時偶題，不謂郎君得之。」因復詠一絕云：「一聯佳句絕流水，十載幽思滿素懷；今日得成鸞鳳侶，方知紅葉是良媒。」

青瑣雜譚：「唐僖宗時，于祐於御溝中拾一葉，上有詩，祐亦題詩於葉，置溝上流，宮人韓夫人拾之，後值帝放宮女，韓氏嫁祐成禮，各於笥中取紅葉相示曰：可以謝媒矣。韓氏有『方知紅葉是良媒』句。」雲溪友錄：「宣宗朝有題紅葉隨流者，盧偓舍人，應舉偶得之，藏於笥中。及宣宗旨，許宮人出宮。盧所獲其人，題紅葉曰：『當時偶題，不意君得之。』賈全虛故事，與顧況事吻合；于祐故事，與盧偓故事吻合。各書所載互異，顯爲文學人士的虛構臆造，而其情節，皆與紅葉題詩有關，因並存之。

一八一　李秀成供詞被刪

曾國藩刪改忠王李秀成口供一事，論者謂曾國藩生平以公正光明自勵者，此則不無巧詐蒙蔽之嫌。秀成被虜後，或「解京」或「正法」均死也，國藩不顧成議而變更處置，此中宜有病也。緣秀成解京之議，當時國藩之奏摺家書及與李鴻章往還書中，固已言之，卽朝野上下，亦無不同主解京。迨國藩得秀成口供後，不顧前議，突將秀成就地正法。爾後奏詞前後矛盾，友朋函牘敷衍未圓，皆足見其遁詞理窮之情形。國藩不將秀成獻俘，與以後大刪秀成供詞，關係聯繫，極爲顯明。第其刪改之原因，據某筆記所載：「一、金陵破後，軍士所獲庫藏甚多，而天京之財富，秀成知之最詳，恐被聖詢。二、曾軍歷來奏報軍功多與事實不符，而秀成所述清洪兩軍戰史，則適證其濫報邀功之罪。三、秀成盛譽國藩而誹謗清廷，國藩恐增滿人對己之疑忌。」觀此數因，則國藩不解秀成及刪改其供詞，亦自有其委曲苦衷。考之他書，如王闓運「湘軍志」、王定安「湘軍記」，皆足證明。大體言之，曾國藩兄弟，雖不必私其破城後之貨財（當時傳國荃所獲甚豐，後以劾官文一案，已洗國荃之誣），而得之者，乃其衆將士。國藩兄弟雖明知之，固亦無如之何。殺秀成以滅其口，旣免株連，亦飾國藩之作僞。故當國荃施秀成以虐刑時，國藩後至則曰：「是活我將帥多人者」，一語已心照不宣矣。余所見秀成供詞，計有三種：一爲木刻單行本，次爲石印本，附於「蕩平髮逆圖誌」內；再次爲「近世中國秘史」內，所載係抄錄自日本者。三者之中，字句各異，字數以木刻爲三萬字，餘二種爲二萬餘字。秀成供詞親筆本，聞有七、八萬字，尙保存於國藩後嗣之手，其後段亦已刪去。詳推深考，卽於國藩奏摺及家書家訓中，亦可見之而非虛也。秀成供詞，以悃樸之言，述縱橫之事，考之他籍，均能印證，實太平革命之信史。惜刪改過多，完璧缺損，深爲遺恨！其被刪改之部份，據雙照廬筆記所載之推測：「一、與國藩奏報軍功不符之事實。二、詄訟楚軍者。三、招降十要與秀全敗亡十誤。四、秀成宛轉乞生，請招降鄂贛各股餘衆以贖罪。」如此數者。除第一項有礙國藩之虛僞以外，其餘亦皆無關大旨，有何删改之必要？國藩素以光明自勵，惟此而不見其磊落，斯論者有以詬病之歟。

一八二　明太祖故事

遊南京名勝，必至明孝陵。過去每過明太祖陵，同遊者無不樂道明太祖的故事。腦海中至今，還浮現着幾則。

史稱明太祖猜忌、殘忍，尤好殺戮。其佐命開國功臣，除徐達、常遇春數人外，鮮有能保其首領以終者。南京巨富沈萬三，太祖正因其富而嫉之。令與己分築南京城。沈不明太祖意，乃厚資募工，竟得先期竣事。後沈被杖戍雲南邊地，卽種因於此。太祖曾有詩云：百僚已睡朕未睡，百僚未起朕先起，不如江南沈秀翁，日高一丈猶擁被。」秀翁卽沈萬三，其嫉恨之心，實早已見於詞色。

太祖常微服遊多寶祠，見殿中幡引書有「多寶如來佛」字樣，當口出一對，令侍從臣僚屬對。聯云：「寺名多寶，有許多多寶如來。」侍從某學士答對曰：「國號大明，無更大大明皇帝。」馬屁拍得有力，太祖大喜，厚賞之。

太祖一日微行鄉村中，過一酒店。店小且陋，除售酒與鹽豆外，別無他物。太祖信口道出：「小村店，三杯五盞沒甚東西。」侍從陳君佐，係揚州才子，順聲應對曰：「大明君，一統萬方不分南北。」太祖微行，路次遇一儒服士人，互相寒暄，士人自稱爲重慶監生。太祖當出語屬對：「千里爲重，重山重水重慶府。」士人不假思索，卽應之曰：「一人爲大，大邦大國大明君。」太祖當詢士人寓處，翌日，遣使賜以千金。士人始悟所遇者爲誰。

此類故事，都已聽過很多遍；正史與文學典籍，卻未見過，其爲好事者之所爲，無疑。惟明詩集中載明太祖「卽景」七絕一詩，似非文人虛構。詩云：「馬渡溪頭苜蓿香，片雲陣雨過瀟湘；東風吹醒英雄夢，不是咸陽是洛陽。」蓋明太祖與元爭有天下後，與張士誠、陳友諒，猶爭戰未息，及鄱陽湖大戰，陳友諒死，明師全勝，太祖意氣昂揚，「卽景」以抒心意。時咸陽與洛陽，皆帝王之都。朱在咸陽，陳在洛陽，爭帝業之失敗者，是你洛陽，而不是我咸陽。雄豪流露，恰如太祖其人。

一八三　聯話

明禮部尚書錢謙益，明亡後歸降清朝，復襲舊職，猶靦然常自號遺民，蓋第一等之無恥漢奸也，晚年大營第宅，自題宴客之室曰逸老堂，有少年於夜間傍一聯於其楹云：「逸居無敎則近，老而不死是爲」。諷諭之意，溢於言外。相傳康有爲於民國九年，赴陝西考古。不料至西安未久，卽有「康有爲竊取古物」之傳言出。陝西人士憤甚，乃有驅康之舉。康氏將離西安之日，其居處門首，忽張一聯云：「國家將亡必有」，「老而不死是爲」。聯末恰嵌「有爲」二字。如就聯語所用之成句全文看，則爲「妖孽」爲「賊」。可謂謔而虐矣。

故老相傳，湖北柯逢時，官江西巡撫，頗爲贛人所惡。其去任之日，贛之好事者爲聯以贈之曰：「逢君之惡，罪不容於死。時日曷表，予及汝偕亡。」橫匾則爲「執柯伐柯」。全屬成語，亦天衣無縫。

王樂平追悼大會時，有署名胡某者，送挽聯一首，文曰：「革命不能認眞，公太認眞革命，活該枉送一條命。騙錢惟有做官，我爲做官騙錢，乾脆不值半文錢。」聯對頗佳，是褒是貶，挽人抑自挽？則不得而知。

一八四　曾國藩之風趣

曾文正公國藩，爲清代中興名臣。因其生平制行整嚴，秉性方正，人常誤以爲理學儒家。實則只見其一面，而未明其另一面。他有時談笑風生，詼諧百出，多出人意料之外。所以李鴻章常說：「在軍營中時，我老師（指曾）總要等我輩大家同時吃飯，飯罷後，卽圍坐談論，證經論史，娓娓不倦，吃一頓飯，勝上一回課。他老人家又最愛講笑話，講得大家肚子都笑痛了，個個東歪西倒的，他自已偏一些不笑，以五個指頭作把，只管捋鬚，穆然端坐，若無其事，教人笑又不敢笑，止又不敢止，這眞被他擺布苦了。」（見吳永庚子西狩叢談）這種融和氣氛，完全是由於他亦莊亦諧的風趣所孕成。他不僅日常生活如此，卽在軍事緊張之際，亦常能從容應變。如曾公被困祁門時，軍心動搖，有思逃離者。公乃傳令曰：「賊勢如此，有欲暫歸者，支給三月薪水，事平仍來營，吾不介意。」這種風趣態度，卒令官兵慚愧難安，不忍見背。

曾公季女紀芬，晚號崇德老人，其自訂年譜中，載一段故事說：「余幼時頭上常生蝨，留髮甚遲，十一歲始留髮。因髮短年稚，須倚丁婆爲余梳頭。其時方行抓髻，須以鐵絲爲架而髮繞之。余聞而以意倣製，爲之過大。文正見而戲曰：須喚木匠改大門框也。」曾公平日治家極嚴，對兒女詼諧笑語，亦常不免，其家庭之雍和溫暖，概可想見。

曾公措語之妙，更常有令人深思難解者。裴景福「河海崑崙錄」云：「許仙屏（振禕）中丞工書。撫粵時，告予曰：曾文正嘗言：作書要似少婦謀殺親夫。人多不解。公曰：既美且狠！可謂形容盡致。」又瞿宣穎（兌之，長沙瞿相國鴻機之子，曾紀芬之壻）說：曾文正公喜詼諧，其日記中親記一事云：「有建德李把總文書一通，面用移封。余戲於移封上，題十七字令云：團練把總李，行過平等禮，云何用移封，敵體？」又其督兩江日，嫌公牘上所用官銜太長，亦自題一絕於其上云：「官兒儘大有何用，字數太多看不清，減去數行重刻過，留敎他日作銘旌。」亦見日記。凡此亦足見公之文筆詼諧，雅趣通達，非僅出於笑談間而已。

一八五 奮發之詩

朝鮮（今日韓國）原爲中國的藩屬，對中國年有朝貢，恭順誠服。甲午（一八九四）中日戰後，清廷失敗於日本，訂馬關條約，朝鮮遂淪爲日本的附庸。朝鮮人民，眷念祖國，若兒女之思親，備極憂怨！爾時，清廷積弱不振，幾乎自身難保，那能拯救韓民之陷溺？可憐的朝鮮人民，只有徒作秦廷之哭而已。

對日抗戰前，見友人李君承邦摺扇書五言絕詩一首，上註：「四十年前某韓人（現忘其姓字）感懷」，余感其意，因默記之，詩云：「欲住不堪住，欲行不忍行，乾坤雙淚眼，何處是秦廷？」清宣統二年，日本正式併吞朝鮮。此韓人詩，似成於若亡未亡之秋。一息尚存，總想恢復國土！可惜上國無靈，不免韓人氣沮。詩句哀惋悽楚，令人殊難卒讀。

日本併朝鮮，韓宦李範晉，方持節爲駐俄羅斯公使，聞亡國之耗，悲鬱萬分，以不能恢復其國家，乃刎頸以殉。在絕命之前，賦詩二絕，以代遺言：

其一：「國亡君失我何歸？支廈擎天事已非。萬里孤臣忠膽裂，悲風淅瀝雨霏微。」

其二：「歐美棲遲十六年，忍看宗室破無全，國仇未報生何益？一劍橫腔獨快然！」

詩於重慶某雜誌見之。情雖悲憤填膺，表明亡國之慟，實屬悽慘！然此消極之詞，似不宜全取。本來「詩言志，歌詠言」，聲音之道，感人至深！但總以導向積極之途，方算絕妙好詞。嘗見明詩別裁，載征夫征婦詞各一首，卻眞令人在悽絕之中，興起死回生之感！

征夫詞云：「征夫語征婦，此行未可知，欲慰泉下魂，善視襁中兒。」

征婦詞云：「征婦語征夫，有身當殉國，君爲塞下土，妾化山頭石。」

兩詩皆於極纏綿之中，寓極悲壯之意。披襟朗誦，令人意志奮發！當此鬪爭的大時代，人慾橫流之會，此類振作民氣之作品，尤宜多揚之於民間。

一八六　邵飄萍與京報

聯合報副刊，前載筠盧「黃遠庸採訪賈禍」一則。觸類引發，想起另一名報人邵飄萍，則以涉嫌風流得罪，不免同聲一歎！

北洋政府時代，在京新聞界中，人每以黃（遠生）邵（飄萍）並稱。以輩資而言，飄萍固去遠生頗遠。然而聲光之茂，表現之宏，則遠生尚遜飄萍一籌也。兩人實皆死於非命，黃被暗殺，邵被槍決耳。

飄萍於民元主杭州「漢民日報」筆政，卽已稍露頭角。嗣入上海「申報」被派爲駐北京記者。申報經常發表其通訊稿，遂享盛名。其新聞筆調，特創一格，後起採訪，多宗其法，其文筆活力，支配中國新聞界十餘年。當時邵以申報記者爲基礎，並兼任日本「東朝」及「大每」兩報之駐京記者。利用外籍記者之身份，更展開其新聞活動範圍，聲勢乃日益煊赫，畏之敬之者亦日衆。未久，復自創「京報」，形成報閥，京報之名與飄萍之言，則轟動中外矣。

居尊不顧卑，臨高不思危，乃中國人之通病，飄萍亦未例外。當其在京活動期間，共不過十餘年，其收入約在四十萬元（大洋）左右，多揮霍於風流場合，死時幾無以爲殮。而其致死之因，當時新聞多諱其事，而專責軍閥之統制新聞，殘害記者。新聞界或本其立場而言，亦未可知。惟據知者說：「飄萍之死，由於平時得罪人太多，嗣以與張宗昌某妾有染。張爲軍閥，頭腦簡單，受人挑撥，以致飄萍之死，乃實情耳。張學良負殺邵之名者，不過爲其政治之藉口。」若據此說，飄萍盛名之下，行爲不檢，多爲常情。因之，說飄萍因風流賈禍，亦未嘗無因。

飄萍之通訊稿，多倣遠生（黃遠庸），文筆清麗，富有藝術，雖無黃作之開廣闊大，而文格體例則比黃爲嚴整。對於傳達重要新聞，善用托筆渲染。當段祺瑞與黎元洪交閧之時，飄萍爲文，乃用「總統府（黎）之斜陽與國務院（段）之燈火」，對照描寫，生氣勃勃，活躍紙上。此種作法，實當時儕輩所望塵莫及者。

飄萍死時，除「京報」外，別無積蓄，其無以爲殮者，正爲事實，友人集資，亦不敢公開，防軍閥之疑也。飄萍死後，京報由其夫人湯修慧女士主持，聲望已一落千丈，經濟乃日益困窘，勉強支持兩年，職工則亦欠薪兩年。

京報，是時以黃秋岳爲總編輯，幸黃在北京官僚之中，稍有挹注之方。否則，京報兩年延壽，亦不可能。汪精衞在南京政府時，黃以通敵罪正法。

一八七　潘光旦雖殘不怠

清華大學，初有一種風氣，學習洋人，重視體育。體育列爲必修科目，規定體育考試不及格者，不准出國留學。學生第恐斷絕了出洋路線，大家便趨之若鶩。所可惜的，當時沒有好的體育老師來指導。學生都自是其是，各行其道。潘光旦就是爲追踪體育風氣，而又行之不得其法。民國五年，他剛入清華不久，年方十五歲，就選擇「跳高」，作爲經常鍛鍊的方式，不到一年，就出了毛病（有人說：是踢球傷膝，不對），白白的送了一條左腿，成爲終身的恨事！傷膝本是小傷患，原無鋸腿之必要，乃因誤於庸醫，患處以細菌侵入，肌肉腐爛，無可救治，最後只好鋸去左腿，裝上義腿，又以行動不便，率性棄之不用，仍用兩根拐杖，夾在兩脅之下，藉助舉步。習慣成自然，終其身亦未變易。有人問他：「行動上，究竟有何大障礙」？他說：「什麼都過得去，只是在時間上，不能趕急，比常人要浪費得多。」不願浪費時光，一生孜孜求進之心，卽此亦可見之。

潘光旦於鋸腿之後，曾向各方探詢：能否仍可出國？時清華校長嚴鶴齡，以其儀態關係，曾阻其行。另一位美國女教師 Stor 以潘光旦成績第一，則謂：「潘光旦不能出洋，誰還能出洋？」潘光旦乃得眞償其出國之志。當其欣然就道之際，猶舉拐杖以示送行者說：「此自然所薄於我者，我又何怨」！不怨不尤，正中國儒家樂天知命的哲學觀，也正是潘光旦做人處世的態度。更非一個貫通中西學術思想者，亦莫克臻此。

這位面貌豐圓，儀容整潔，戴眼鏡、咬煙斗的青年，從此兩根拐杖伴一身；唯一的出路，也只好落在學術方面。過去的儀態豐姿，自然大改其觀了，這是毋容爲學者諱的。但由於他的生性，意志堅強，卽絕未因殘而怠於學。及病痊返校，則就誤了整整的一年，由「辛酉班」改入「壬戌班」。繼續所志，迎頭追趕。更不以腿殘而自卑，照様我行我素，一切處之泰然！在清華留美預備時期，以特優成績畢業，始償了放洋留美之願。對於學術研究，益加奮勵！在哥倫比亞，自本科而研究院，終於獲得博士學位而歸。

一八八 愛晚亭

湖南長沙對江嶽麓山腰的清風峽，有亭翼然，初名紅葉亭，又稱愛楓亭。亭由四根紅圓柱支撐，重檐攢尖頂，亭角高翹，氣勢飛揚。亭之始建年代，已無可考。有云：建於乾隆年間者，姑存其說。近代曾加修葺，信或有之。清楓峽，秋來楓葉紅艷，如燃烈火，與北京香山的紅葉，早有伯仲之稱，亭亦因得如上之名。及清詩人袁子才（枚）遊嶽麓山時，曾建議根據唐杜牧名詩：「停車坐愛楓林晚，霜葉紅如二月花」之句，改爲「愛晚亭」，比較雅緻。亭前石柱刻有一聯，統括了清風峽的佳趣，云：「山徑晚紅舒，五百夭桃新種得；峽雲深翠滴，一雙馴鶴待籠來。」佳趣何來？遊人則多未識。

愛晚亭下高地之上，有一麓山寺碑，又名北海碑，係唐代文學家北海太守李邕撰文並書；黃仙鶴鐫刻；筆力渾厚，刀法雄健。碑後有宋代大書家米芾題：「襄陽米芾，同廣惠道人來，元豐庚申元日」十六字，故又有「三絕碑」之稱。

一八九　奇能小技

某君每吸香煙，口噴煙圈，大小魚貫而出，一連可噴一二十個。人多笑而稱之，某君亦自詡爲特技。不料其同事許笠秋，與某爲鄰居。許之特技尤妙：能一口噴極小的煙圈，可達百餘二百個，如單龍出海，煞是美觀。某君大圈，見了許笠秋小圈，眞不啻小巫見大巫。相傳：汪僞政府的行政院長（後任主席）陳公博氏，有一絕技：取甘蔗一根，樹立桌上，他用手持筷子一隻，從側急手對蔗身橫插一下，筷子遽穿過蔗身，百試不爽，洵奇能也。以穿蔗比穿楊，則養由基不能專美於前也。

一九〇　胡漢民之喪

胡展堂（漢民）先生，民國二十五年五月十二日病逝廣州，全國震悼。有傳：胡死於五月九日晚。據留俄同學胡木蘭（胡氏女，國大代表）告余說：父疾始於五月九日晚八時。事先毫無病兆，尚集劉夢得、李太白「雪山童子應前世，金粟如來是後身」詩句，書成一聯，以贈顯園主人陳融（協之）。不圖乃成絕筆。並於同日，賦浣紗詞乙闋，寄上海易大菴氏，詞云：「百澀詞心已不支。覺翁家數本多奇。如何七寶世猶疑。少悔雕鎪楊子賦，漸歸平淡退之時。此情唯有故人知。」是日，還應顒園主人之招，參加其家的晚宴，飯後，父猶邀石光漢、譚惠泉二公奕棋。此亦尋常之事，唯兩戰皆北。再與潘景夷下象棋，正聚會神之時，忽長歎一聲，身漸傾倒。我（木蘭）急扶持之。當請醫診視，斷爲右腦溢血，人已昏迷，不省人事，惟尚有呼吸，右臂不時牽動，直至溢血壓迫腦中樞，始別人間而去。從昏迷至死歷三晝夜，去世之日，實爲十二日下午七時。

治喪會，爲紀念胡展公爲黨國之爛然勳業，特請專家作哀歌，延衆多女生，到場歌唱，歌曰：「謀國之忠，負責之勇，藎籌碩劃，節亮高風。服膺總理，貫徹始終。光復成其志，憂勞殞厥功。浩然之氣摩蒼穹，公去吾黨失所宗。萬姓同聲一慟，同聲一慟」。曲詞，聞係出自劉蘆隱手筆。國民政府明令褒揚，並予國葬。

輓聯以李祿超所作，寓意深長：「哭父漬啼痕，病裏更聞折天柱；從君歷災難，局中誰起拾殘棋」。隱寓哲人其萎，如蒼生何之意。伍伯良、伯勝兄弟挽聯云：「只令座上思元老；何止儒生痛陸沉」。係集展公詩句者，巧語天成，詞意貼切。悼詩中，陳協之作五律，其一云：「將死頓垂顧，回頭總費思；千金方莫得，百罪贖奚辭。努力爲誰竭，榮聲笑我悲；弱甥持痛哭，轉語慰支離」。其二云：「華首歸來即，曹溪調與新；徧詩疑有託，絕筆似明因。繼後人何在？空前事又陳；廿年知己淚，點點是酸辛。」語語悲惻，人難卒讀。

一九一　馬來人婚禮

馬來人的婚俗，大體與中國的舊式婚制相近。惟結婚禮是由女家主持，一連有三、四天。婚禮儀式的進行，卻與中國舊俗大不相同，他們有裝扮、染指、並坐、沐浴、訪親五大過程。

「裝扮」，是婚禮中第一件大事，婚前二日舉行。新娘在裝扮前，先行「剪髮」儀式，由巫師剪下新娘一小撮頭髮，唸著咒語，把頭髮拋入正燃燒著「甘文煙」的缽中，以卜新夫婦的命運。頭髮被火薰後，如捲成一團，就可白頭偕老；如零亂散開，便是不祥之兆。「裝扮」，是為新郎和新娘整理容顏。首先「修髮」，由陪嫁娘任修髮師，修剃眉毛和鬢髮。其次是「磨齒」，由磨齒師用特殊的磨石，將不整齊的牙齒磨平。新郎也一樣，不過比新娘次一點。再次，新人進行沐浴禮，用調有苦檸檬汁的清水洗身，說是洗去邪氣。

「染指禮」，在婚前一日下午或夜間，舉行「小染指禮」。新郎新娘穿上新衣，端坐在廳房正中，由親友輪流把「指甲花油」塗在新人指甲或掌中，並設小宴招待親友。當晚亦稱為「染指夜」。次日，行「大染指禮」，比較隆重。女家不但張燈結彩，並在廳中設置雙人花座。花座裝飾如同皇帝的寶座。座前安置一個高腳盤，盤內有四個小盅，盛著染指的原料。首先新郎獨坐花座中，由年長男性親友，輪流替他染指，不過人數必須保持單數。這過程是相當繁複的。男性親友完成儀式後，便紛紛退出。再由女性親友，為新郎行染指禮。直到禮成後，新郎才能離開花座，退入後室。繼由新娘接受染指禮，過程如新郎一樣。當親友在新人的手背潑過香水香粉之後，陪嫁娘馬上用兩片栳葉墊在新人的雙腿上，新人卽用雙手背按在栳葉上，親友復將指甲花染料，塗在新人手心。最後使新人把雙掌合攏，高舉在雙眉之間，作對親友們的答謝禮。是日，女家照例要設盛宴，款待參加染指禮的親友。富有的人家，在這幾天之內，都有鼓樂師不停的演奏，以增加熱鬧氣氛。

「並坐禮」，婚禮進行到第三天，是最熱鬧的高潮，亦稱「圓滿日」。典禮隆重，仍在女家於夜間七、八時舉行。所謂「並坐禮」，卽新郎新娘，並肩坐在花座上，接受親友祝賀的結婚儀式。先由男家組織歡送隊伍，擁著新郎到女家。在歡送行列中，新郎打扮得冠冕堂皇，威儀十足，胸前揷上一把家傳「基利斯劍」，居最前頭。左右各有一人，持椰子花梗的花杖，作爲領隊的大纛。樂隊繼其後，吟唱讚頌經辭。樂隊後，由一位長老手捧檳榔盒，盒上有四、五個小盅，盛著檳榔、栳葉、石炭等。長老左右，各一人捧持白蠟燭。再後很多送禮者，則提籃捧盤，皆盛有花菓、糕、餅等。陪行親友，則殿其後。婚禮多在夜間舉行，故歡送隊伍的兩旁，更有若干提燈籠持火把的人，爲之照路，擁向女家。當達到女家附近時，女家亦組歡迎隊伍迎接。儀隊與歡送儀隊，大體相同，兩隊會合，作爲「陰陽和合」的象徵。新郎進入女家大門，照例須付「入門金」（紅色），二門三門皆如是。否則，就不能過關登座。這時新娘已盛裝端坐於花座上。新郎登座時，仍須付「登座金」給座旁立的若干少女後，方能順利入座。可是麻煩仍未解除，還要付「開扇金」，陪嫁娘才將遮蓋新娘的花扇移開，使兩個新人見面。陪嫁娘和兩旁少女，並用花扇不時揮動，爲新人扇涼。照例也非紅包不可。一切有了紅包之後，一對新人，才能如君皇和皇后一樣，並坐在寶座上，接受親朋的祝賀！

行「並坐禮」時，花座前佈置得極爲繁複，並有香水粉、潑粉葉、唧筒等。特製的「八角盤」

中，盛有黃薑飯。飯中挿一根香蕉樹心，樹心上掛滿了「蛋花」（熟鷄蛋製）。主持婚禮的教長或教士以及親朋長輩，輪流把香水粉潑在新人的頭上和手上，以示祝福！接著陪嫁娘扶著新娘用右手取少許黃薑飯，送到新郎口中嚼食。新郎亦同樣進食新娘。八角盤中的「蛋花」，隨卽分贈參加的來賓，作爲答謝的禮物。禮成後，陪嫁娘便引新人入新房。新郎用右手小指抅著新娘右手小指，入室並坐於蓆位上。由陪嫁娘拉著新娘的雙手給新郎握著，行回教的握手禮，作爲新人正式的見面禮，亦馬來婚姻「先結婚，後戀愛」的開端。隨之兩位新人，在新房共進「團房飯」。飯後，陪嫁娘和親朋，都暫時離開新房，讓新人去談情親熱。但時間最多只有一、二十分鐘。陪嫁娘又來把新娘引入另一房間，讓新郎獨處新房。直到第四天晚上，新人才能正式同房，共享魚水之歡！

「沐浴禮」，是婚後第二天（第四天）清早舉行的。一對新人，先換上整潔的衣服，接受家人和親友祝賀！再更披浴巾，入浴室，坐在浴臺上，用苦檸檬汁的清水淋浴，並用苦檸檬汁擦身。然後新郎用手帕牽引新娘入新房更衣。沐浴內情如何？那就不是局外人所能知道了；但沐浴時，所更換下來的衣服和浴巾等，他們認爲是不祥的東西，照例都送給陪嫁娘。沐浴禮的下午，進行「訪親」。卽一對新人，偕同女家親友的歡送隊伍，到男家去拜訪。男家亦組歡迎隊並設宴歡迎！到了男家，也再舉行一次「並坐禮」，使男家亦有如女家一樣的熱鬧。隨後一對新人返回女家，正式開始甜蜜生活。至少要住一星期，新郎才能把新娘迎娶回家！

一九二 義僕顧媽

賽金花，這位八國聯軍陷北京時的風頭人物，晚年居北京香廠一陋巷中，饔飧不繼，而排場仍不減當年。有女僕名顧媽，此固被世人稱許為義僕者。

顧媽隨賽金花二十年，親眼見其零落，効死勿去。賽死後，居北京居仁里，房東似亦重其為人，雖屢欠租金，未遭脅逐。嗣聞遷居於東四樓胡同中，因何而遷，則不得知。當賽在生時，因景狀日下，顧亦十餘年未取工資。好事者之去訪賽者，例以資犒顧媽，而顧不自私，悉以之獻賽，北平報紙以義僕贈之，實不為過。

顧媽有弟，不知其名，人多以阿顧呼之，其人粗蠢不解事。賽死，聞充孝子者，即其人也。是時姊弟相依，均無以自贍其生，阿顧乃出賣勞力，為人拉車，以養其姊，但仍苦不足。聞有漢奸某，時尚分其搜括之資，潤其姊弟，以沽善名，亦為時甚暫。顧隨賽所認識之遺老闊少頗多，惟人情冷暖，亦無有為之助者。嗣以乞食為生，不知所終。

憶民國二十六年時，王瑩、金山率劇團至南京公演賽金花，有人建議出旅費二百元，召顧媽來飾劇中之顧媽，以資號召。亦以金山等之吝，而不果行。所謂義僕，恐早饑饉死矣。

章太炎得五千元為齊大帥（燮元）之太夫人作傳，果戈里為其馬車馬夫立傳，究不知傳何所傳？以文傳而不以事傳。義僕顧媽，事可傳而無文傳。因誌之，以待有心人！

一九三　凌鴻勛得金牌

中國工程師學會，前些日子在臺北召開年會，該會理事長凌鴻勛先生亦由美國趕回參加（凌之赴美，係參加美國工程百年大會），使本屆年會更覺有聲有色。鴻勛爲何許人？因他不是政治風塵中人物，除工程界人士外，知者尙尠。

鴻勛爲國內有數「橋樑專家」之一。他自美國留學歸後，爲京奉路局一小科員，因表現不壞，轉任京漢路工程師始稍知名，當時有「小詹天佑」（詹爲鐵路工程專家，國際有名）之稱。社會所給予的鼓勵亦不小，國府奠都南京之前數年，鴻勛曾以北京政府之命，長交通大學。民國十六年以後，僅專爲各大都市之工務官員，長材受屈，表現亦卽無多。

七七抗戰之前，政府爲準備長期抗日，卽命鴻勛加速完成粤漢路工程。時鴻勛已爲粤漢路局長，受命後，日夜督工，卒於限期內宣告通車。抗戰時，人力物力之少犧牲，軍事運用之靈活，實不得不歸功於此路之完成。中國工程師學會於成都開年會時，爲獎其加速完成粤漢路之功，卽公推鴻勛爲會長，且公贈以「金牌」。此固開中國工程界歷史之先例，實亦鴻勛三十多年篤學苦行的代價。

一九四 大同歌

夏威字煦蒼，廣西人，係桂系大將中之佼佼者。通曉儒術，亦以儒將見稱。軍中朋友，多以夏豹子呼之。另一花名「豹子頭」，指與林冲一樣，驍勇善戰。治軍，軍紀似鐵，軍令如山，誰有違犯，毫不徇情。曾任安徽省主席，頗著政聲。主張土地保有，而非國有。變「耕者有其田」，爲「耕者用其田」。惜主政爲時無多，未能收得急功近利之效。百戰餘生，於三十八年自告退休，時年已七十有餘。築室於香港九龍新界荃灣普陀寺山下，偕夫人陳明厚及子女隱居田間，種竹養魚維生。在其隱居期間，猶不忘家國大事，曾據禮運大同篇，作「大同歌」一首，以見其心志之所向！歌詞固不甚佳，而其用心則良苦，因錄之以供參考。歌曰：

天下之大道，爲公所築成，寬長無與比，平坦使人行；直達大同城，共活爲之乘。政權屬全民，治權選賢能，講信而修睦，不獨親其親，壯者有所用，百工任其分；聚貨不藏己，盡力以助人。設院以養老，老者有所終，院毗幼稚園，老幼樂融融。設校以教幼，幼者有所長，疾病由公醫，廢疾皆有養；養老與教幼，既是皆公費；人無後顧憂，貪惡自然開；和樂似一家，社會共享矣。教養費浩大，如何能維持？維持原有道，經濟共管分，政治任執行，專家事設計，考核屬議會，三聯制妙諦。此制之系統，中央省縣保，層層組織網，運用殊良好。市地是公用，農地是公耕；工礦林漁業，公私營劃清，生產計劃化，免朒與過盈；分配社會化，商業是公營。生產得公助，產品入公廳；生產者利潤，合理而公平。銀行悉公有，禁絕私貨患，資金以集中，萬事易舉辦。運輸與交通，管制權在公；使貨暢其流，以顯調節功。日常必需品，供應求足量，維持衆健康，營養爲至上。圖書館、遊樂場、療養所、大禮堂，保保有設備，足增保民精神體力之健康。處處有水電，不但潔而光，足供工農動力灌溉最大之幫忙。總之，鄉村城市化，城市鄉村化；車如流水馬如龍，樓閣亭臺堪入畫，生活水準頗等齊，人人快樂無牽罣。大同景象是如斯，創造過程在節私；若不節私仍共有，終成畫餅莫療饑。

一九五　中外合璧故事

我國古代民間傳說，以及文人所作小說，往往取材於佛經中的故事，或其他外國的傳說。宋吳曾「能改齋漫錄」云：我國袁天綱故事，原出於印度雜譬喻經。宋人周密「癸辛雜識」云：老虎渡河故事，出於英文書中，乃一遊戲問題，而非故事，大抵亦印度傳來。世人所傳「黃粱夢」故事，知者甚多。原出於李泌枕中記。開元天寶遺事，有「遊仙枕」一事。「黃粱夢」脫胎於「遊仙枕」，事很顯然，一望可知。南北朝吳均所撰「續齊諧記」，其中陽羨書生故事，亦實出於印度雜譬喻經。「老鼠嫁女」的故事，日本流傳極爲普遍。傳譯到中國已久。或爲中國固有。後來說者紛紜，已莫衷一是。有謂亦出於印度，則更費研究矣。有以印度寓言，撰作中國故事者。有以天方夜譚故事，變爲常遇春故事者。總之，故事是故事，多非事實。文人似洗衣店，你洗我的，我洗你的，何妨！

一九六　曾國藩兢業聯

曾國藩的道德、文章、勳業，在有清一代，實爲不可多見的人物。綜觀其一生的成就，確多得力於其「兢業」聯的修持自勵。聯云：「兢兢業業，旣生時勿入地獄；坦坦蕩蕩，雖逆境亦暢天機」。易言之，此聯亦卽曾氏生平的寫照。就其處人處事來看，可以說是完全以「勿入地獄」爲他的基本觀念，「兢兢業業」，正是由於這一種觀念的鼓勵。就他的自處自律來看，可以說是完全以「亦暢天機」爲他的主要精神，「坦坦蕩蕩」，正是由於這一種精神的表現。

曾國藩的最大優點，是賞拔人才，培育人才，這是他成功惟一的因素。當他爲兵部左侍郎時，曾上奏曰：「今日所當講求者，惟在用人。人才不乏，欲作育而激揚之，則賴皇上之妙用。有轉移之道，有培養之方，有考察之法……」可見他對於人才是怎樣注意。他對於部屬，是開誠布公，殷殷訓誨，「勸善於公廳，規過於私室」，和一般愛在公廳痛罵部屬，回到私室，則又各別的施以小惠，是截然不同。他對於子弟，和對部屬的訓誨一樣，整個的一部家書，完全是勉人以「兢兢業業」。我覺得這都是由於「勿入地獄」這一種觀念的光大。

時代給予曾國藩的任務，是一個艱鉅的。就以剿匪的軍事來說，當徽州初陷，休祁大震，有人勸他移營，他說：「我初次進兵，遇險卽退，後事何可言，我去此一步，無死所也。」匪至，四面環攻。他寫好了遺囑，把佩刀懸在帳上，從容布置，不改常度，死守二十多日，卒能轉危爲安。正是何璟所說：「皆因祁們初基不怯，有以寒賊膽振作士氣。」這是他軍事勝利的主因。他雖在軍事倥偬時期，每天還要看多少書，寫多少小楷，這又是何等的「坦坦蕩蕩」。我覺得這都是由於「亦暢天機」這一種精神的發揚。

一九七　今昔先生之稱

今日社會上，對人一個普通的稱呼——「先生」，在歷史上原有不同的意義。古者，先生可用之於父兄。論語：「有酒食，先生饌」。國策衞策：「先生長者，有德之稱」。尊老曰先生，孟子：「先生將何之」。王應奎著柳南隨筆「古者師曰先生。分際明顯，未嘗淆混。今則不然，同輩稱先生，後進亦先生，醫卜而先生，商賈而先生。甚至輿天、皂隸，亦先生矣。」方正學謂：「君子之於名，必尊之者無過，受之者亦無愧，而後可。況先生之爲義，漢儒以先醒釋之。今日衆人皆醉，誰爲醒者？乃尊之者不以爲過，受之者不以爲愧。」更糊塗者：戰前上海北里，有稱雛妓爲「小先生」者，倘王應奎尚在，便非氣死不可。觚不觚錄：「京師自內閣以至大小卿，皆稱老先生，門生稱座主亦如之，蓋皆謂之極尊也。外省則自僉憲以上，悉以此稱巡撫。」至元辨僞錄：「先生言道門最高，秀才言儒門第一」（元人稱道士爲先生）。先生品流，至此更趨雜亂矣。時至今日，已雜亂得不堪聞問了，或比所謂「小先生」，還要肉麻。

一九八　神針王瑗夫人

高郵縣，明清為州治，清王士禎（漁洋）詩云：「寒雨高郵夜泊船，南新湖漲水連天，風流不見秦淮海，寂寞人間五百年」。蓋對秦少游（太虛，有淮海集）有相當推重。亦若趙翼詩「江山代有才人出，各領風騷五百年」之感慨。高郵人傑地靈，不但出了秦觀，且多文士，更出了一位著大名的「神針」王瑗。瑗為進士李炳旦之妻，幼通經史，工書畫，尤精髮繡觀音。嘗為親疾發願，以絹素繡瓔珞大士像。折一髮為四，精細入神，不見針線迹，宛如繪畫，觀者歎為絕技。後年至大耋。有頌之者曰：「父家為王相國，夫家為李相國，高山深林，必蓄非常之寶；書法師衞夫人，畫法師管夫人，閒情逸致，應登大耋之年」。當時傳為盛事。

一九九　皮刀與鑽子派

中共挾破竹之勢，橫掃中原，長沙軍政要人，聞風起義。領導通電的巨頭為程頌雲（潛）。文人有周震麟、前湘省臨參會副議長仇鰲、長沙耆紳彭國鈞等。周曾任湖南省長。仇鰲曾任張難先時代的銓敍部政務次長。彭國鈞則係何鍵主湘時代與早故的王祺，戰時任湘省黨部主委，來臺後逝世的張焗，任湘省教育廳長的王鳳喈等，同爲傾向中央的「甲」派。曾任何鍵時代建設廳長的譚常愷，及程星齡、繆崑山、雷錫齡（戰時衡陽及貴陽力報社長），則爲擁何鍵的「乙」派。甲字形如鑽子，湘人多稱爲「鑽子派」；乙字形如皮刀，湘人則稱爲「皮刀派」；兩派都與做鞋子的皮匠結了緣。湖南人祇要談及皮刀與鑽子就知道是中央與地方兩派政敵的名詞。

他們兩派在戰前，就一直互相攻訐的。這是起因於皮刀派譚常愷，在建設廳長任內，曾秘密出售銲砂給日本，被鑽子派攻擊而下獄。從此退出政壇，一蹶不振。戰時在衡陽創辦了一張對開報紙——正中日報。再仇鰲在蔣介公任豫、鄂、皖三省剿匪總司令時，任總部軍法處長。因與秘書長楊永泰不和，連帶與蔣介公起了誤會。嗣彭國鈞，亦因未過到教育廳長的官癮，而懷恨中央。這些失意的小政客，遂和唐生智、陳明仁等起義軍人，聯成一氣，由傾向中央，一變而爲反中央。所謂皮刀派與鑽子派，自後便都消滅於無形。

二〇〇　紅寶石名鴿血石

「紅寶石」及玉石，是緬甸的特產，知名於世界。玉石產於北部孟拱山地，紅寶石則產於中部的摩谷。摩谷，位於瓦城北約九十里之處，中國明代載籍稱之爲孟告。原祇是一個小小的村寨，現在則擁有居民約四萬餘人，已形成一個相當熱鬧的重鎭。

英皇喬治第五行加冕禮，特製一頂皇冠，其中鑲着一顆「黑王子寶石」，大如鷄蛋，光彩四射，乃全世界聞名稀有的寶石。這顆寶石，卽是產自緬甸的摩谷。地以物傳，摩谷也就成了世人心目中的聚寶盆，引誘了不少旅客前來觀光，地方因而漸漸的繁榮起來。這顆「黑王子寶石」，是屬於尖品石之一種；但尖品石在緬甸，並不算是最好的寶石。緬甸最上等的寶石，還是「紅寶石」。據寶石專家的鑑定：全世界所產的寶石，祇有緬甸的紅寶石，是寶石中的絕品。其他任何地區所產者，都不能駕乎緬甸產品之上。緬甸紅寶石之足珍貴，便可證之而非虛。

一顆上等紅寶石的價值，是否會超過同樣大小金剛鑽的價值？這就很難說了，那是要看購買者的興趣愛好來定的。據寶石市場的品評，一顆上好的紅寶石，如有十克拉重的話，至少可售得一百萬美元。不過如此重量的紅寶石，在緬甸過去還未曾發現過。一九一八年時，緬甸採到一顆重約兩克拉的紅寶石，當時曾以約合美金三十萬元價值的盧比賣出。因爲這時，正遇着第一次世界大戰宣告結束，這紅寶石卽被西方人士命名爲「和平寶石」。現在花落誰家？卻不得而知。

英國人以紅寶石的顏色似鴿血，名爲「鴿血石」；緬甸人認爲它是兔血色，則名之爲「兔血石」。緬甸的寶石，除了鴿血色的紅寶石之外，尙有各種各樣顏色的寶石。有蔚藍色的藍寶石，產量亦不多。有些是白色；有些是水紅色；有些淺藍色；有些是灰色、紫色、混合色等；在緬甸出產都很多。但價值都比不上藍寶石，自然更比不上紅寶石了。當英國統治緬甸的時代，因爲利之所在，除英國人之外，不允許其他外人開採寶石。緬人開採時，亦須先領得特種許可證，並須抽取價值百分之十，作爲正式稅收。在緬甸開採寶石，原是一宗可獲厚利的生意。若幸而獲得一顆價值連城的寶石，立刻可以成爲百萬富翁。但做礦主的，總不免有許多麻煩和顧慮。最令他們感到頭痛的事，莫過於如何防止工人的偸取寶石？但凡存心偸取寶石的工人，多有一種傳統的秘密方法，並受過特殊訓練而來的，是不易被發覺的。有些甚至把寶石吞入腹內，回家吃下一種藥物。次日，那寶石便從大便中出來了。因之，工人放工時，雖然照例要受檢查，即明知寶石被偷，也沒有方法可以檢查得出來。所以至今仍是礦主們所最困擾的事。

滄海叢刊書目（二）

國學類

先秦諸子繫年	錢 穆 著
朱子學提綱	錢 穆 著
莊子纂箋	錢 穆 著
論語新解	錢 穆 著
周官之成書及其反映的文化與時代新考	金春峯 著

哲學類

哲學十大問題	鄔昆如 著
哲學淺論	張 康 譯
哲學智慧的尋求	何秀煌 著
哲學的智慧與歷史的聰明	何秀煌 著
文化、哲學與方法	何秀煌 著
人性記號與文明——語言・邏輯與記號世界	何秀煌 著
邏輯與設基法	劉福增 著
知識・邏輯・科學哲學	林正弘 著
現代藝術哲學	孫 旗 譯
現代美學及其他	趙天儀 著
中國現代化的哲學省思——「傳統」與「現代」理性結合	成中英 著
不以規矩不能成方圓	劉君燦 著
恕道與大同	張起鈞 著
現代存在思想家	項退結 著
中國思想通俗講話	錢 穆 著
中國哲學史話	吳怡、張起鈞 著
中國百位哲學家	黎建球 著
中國人的路	項退結 著
中國哲學之路	項退結 著
中國人性論	臺大哲學系主編
中國管理哲學	曾仕強 著
孔子學說探微	林義正 著
心學的現代詮釋	姜允明 著

中庸誠的哲學	吳　　怡　著
中庸形上思想	高柏園　著
儒學的常與變	蔡仁厚　著
智慧的老子	張起鈞　著
老子的哲學	王邦雄　著
當代西方哲學與方法論	臺大哲學系主編
人性尊嚴的存在背景	項退結編著
理解的命運	殷　　鼎　著
馬克斯・謝勒三論	阿弗德・休慈原著、江日新　譯
懷海德哲學	楊士毅　著
洛克悟性哲學	蔡信安　著
伽利略・波柏・科學說明	林正弘　著
儒家與現代中國	韋政通　著
思想的貧困	韋政通　著
近代思想史散論	龔鵬程　著
魏晉清談	唐翼明　著
中國哲學的生命和方法	吳　　怡　著
孟學的現代意義	王支洪　著
孟學思想史論（卷一）	黃俊傑　著
莊老通辨	錢　　穆　著
墨家哲學	蔡仁厚　著
柏拉圖三論	程石泉　著

宗教類

圓滿生命的實現（布施波羅密）	陳柏達　著
薝蔔林・外集	陳慧劍　著
維摩詰經今譯	陳慧劍譯註
龍樹與中觀哲學	楊惠南　著
公案禪語	吳　　怡　著
禪學講話	芝峯法師　譯
禪骨詩心集	巴壺天　著
中國禪宗史	關世謙　著
魏晉南北朝時期的道教	湯一介　著
佛學論著	周中一　著
當代佛教思想展望	楊惠南　著
臺灣佛教文化的新動向	江燦騰　著

釋迦牟尼與原始佛教　于凌波 著
唯識學綱要　于凌波 著

社會科學類

中華文化十二講　錢 穆 著
民族與文化　錢 穆 著
楚文化研究　文崇一 著
中國古文化　文崇一 著
社會、文化和知識分子　葉啟政 著
儒學傳統與文化創新　黃俊傑 著
歷史轉捩點上的反思　韋政通 著
中國人的價值觀　文崇一 著
紅樓夢與中國舊家庭　薩孟武 著
社會學與中國研究　蔡文輝 著
比較社會學　蔡文輝 著
我國社會的變遷與發展　朱岑樓主編
三十年來我國人文社會科學之回顧與展望　賴澤涵 編
社會學的滋味　蕭新煌 著
臺灣的社區權力結構　文崇一 著
臺灣居民的休閒生活　文崇一 著
臺灣的工業化與社會變遷　文崇一 著
臺灣社會的變遷與秩序(政治篇)(社會文化篇)　文崇一 著
臺灣的社會發展　席汝楫 著
透視大陸　政治大學新聞研究所主編
憲法論衡　荆知仁 著
周禮的政治思想　周世輔、周文湘 著
儒家政論衍義　薩孟武 著
制度化的社會邏輯　葉啟政 著
臺灣社會的人文迷思　葉啟政 著
臺灣與美國的社會問題　蔡文輝、蕭新煌主編
教育叢談　上官業佑 著
不疑不懼　王洪鈞 著
自由憲政與民主轉型　周陽山 著
蘇東巨變與兩岸互動　周陽山 著
鄉村發展的理論與實際　蔡宏進 著
戰後臺灣的教育與思想　黃俊傑 著

史地類

國史新論	錢　　穆　著
秦漢史	錢　　穆　著
秦漢史論稿	邢義田　著
宋史論集	陳學霖　著
中國人的故事	夏雨人　著
明朝酒文化	王春瑜　著
歷史圈外	朱　桂　著
當代佛門人物	陳慧劍編著
弘一大師傳	陳慧劍　著
杜魚庵學佛荒史	陳慧劍　著
蘇曼殊大師新傳	劉心皇　著
近代中國人物漫譚	王覺源　著
近代中國人物漫譚續集	王覺源　著
魯迅這個人	劉心皇　著
沈從文傳	凌　宇　著
三十年代作家論	姜　穆　著
三十年代作家論續集	姜　穆　著
當代臺灣作家論	何　欣　著
師友風義	鄭彥棻　著
見賢集	鄭彥棻　著
思齊集	鄭彥棻　著
懷聖集	鄭彥棻　著
周世輔回憶錄	周世輔　著
三生有幸	吳相湘　著
孤兒心影錄	張國柱　著
我這半生	毛振翔　著
我是依然苦鬪人	毛振翔　著
八十憶雙親、師友雜憶（合刊）	錢　　穆　著

語文類

訓詁通論	吳孟復　著
入聲字箋論	陳慧劍　著
翻譯偶語	黃文範　著
翻譯新語	黃文範　著

中文排列方式析論	司　琦　著
杜詩品評	楊慧傑　著
詩中的李白	楊慧傑　著
寒山子研究	陳慧劍　著
司空圖新論	王潤華　著
詩情與幽境——唐代文人的園林生活	侯迺慧　著
歐陽修詩本義研究	裴普賢　著
品詩吟詩	邱燮友　著
談詩錄	方祖燊　著
情趣詩話	楊光治　著
歌鼓湘靈——楚詩詞藝術欣賞	李元洛　著
中國文學鑑賞舉隅	黃慶萱、許家鶯　著
中國文學縱橫論	黃維樑　著
古典今論	唐翼明　著
亭林詩考索	潘重規　著
浮士德研究	劉安雲　譯
蘇忍尼辛選集	李辰冬　譯
文學欣賞的靈魂	劉述先　著
小說創作論	羅　盤　著
借鏡與類比	何冠驥　著
情愛與文學	周伯乃　著
鏡花水月	陳國球　著
文學因緣	鄭樹森　著
解構批評論集	廖炳惠　著
世界短篇文學名著欣賞	蕭傳文　著
細讀現代小說	張素貞　著
續讀現代小說	張素貞　著
現代詩學	蕭　蕭　著
詩美學	李元洛　著
詩人之燈——詩的欣賞與評論	羅　青　著
詩學析論	張春榮　著
修辭散步	張春榮　著
橫看成嶺側成峯	文曉村　著
大陸文藝新探	周玉山　著
大陸文藝論衡	周玉山　著
大陸當代文學掃描	葉穉英　著

走出傷痕——大陸新時期小說探論	張子樟　著
大陸新時期小說論	張　放　著
兒童文學	葉詠琍　著
兒童成長與文學	葉詠琍　著
累廬聲氣集	姜超嶽　著
林下生涯	姜超嶽　著
青　春	葉蟬貞　著
牧場的情思	張媛媛　著
萍踪憶語	賴景瑚　著
現實的探索	陳銘磻　編
一縷新綠	柴　扉　著
金排附	鍾延豪　著
放　鷹	吳錦發　著
黃巢殺人八百萬	宋澤萊　著
泥土的香味	彭瑞金　著
燈下燈	蕭　蕭　著
陽關千唱	陳　煌　著
種　籽	向　陽　著
無緣廟	陳艷秋　著
鄉　事	林清玄　著
余忠雄的春天	鍾鐵民　著
吳煦斌小說集	吳煦斌　著
卡薩爾斯之琴	葉石濤　著
青囊夜燈	許振江　著
我永遠年輕	唐文標　著
思想起	陌上塵　著
心酸記	李　喬　著
孤獨園	林蒼鬱　著
離　訣	林蒼鬱　著
托塔少年	林文欽　編
北美情逅	卜貴美　著
日本歷史之旅	李希聖　著
孤寂中的廻響	洛　夫　著
火天使	趙衛民　著
無塵的鏡子	張　默　著
關心茶——中國哲學的心	吳　怡　著

放眼天下	陳新雄 著
生活健康	卜鍾元 著
文化的春天	王保雲 著
思光詩選	勞思光 著
靜思手札	黑野 著
狡兔歲月	黃和英 著
老樹春深曾著花	畢璞 著
列寧格勒十日記	潘重規 著
文學與歷史	胡秋原 著
美術類	
音樂與我	趙琴 著
爐邊閒話	李抱忱 著
琴臺碎語	黃友棣 著
音樂隨筆	趙琴 著
樂林蓽露	黃友棣 著
樂谷鳴泉	黃友棣 著
樂韻飄香	黃友棣 著
弘一大師歌曲集	錢仁康 編
立體造型基本設計	張長傑 著
工藝材料	李鈞棫 著
裝飾工藝	張長傑 著
現代工學與安全	劉其偉 著
人體工藝概論	張長傑 著
藤竹工	張長傑 著
石膏工藝	李鈞棫 著
色彩基礎	何耀宗 著
五月與東方——中國美術現代化運動在戰後臺灣之發展（1945～1970）	蕭瓊瑞 著
中國繪畫思想史	高木森 著
藝術史學的基礎	曾堉、葉劉天增 譯
當代藝術采風	王保雲 著
唐畫詩中看	王伯敏 著
都市計畫概論	王紀鯤 著
建築設計方法	陳政雄 著
建築鋼屋架結構設計	王萬雄 著
古典與象徵的界限	李明明 著